황순원 소설의
모성원형 연구

황순원 소설의
모성원형 연구

손선희 지음

보고사
BOGOSA

머리말

　이 책은 황순원 작품이 한국인의 삶을 넘어서 인류 공통의 원형을 작품 속에 탁월하게 형상화하고 개인적 어머니상을 뛰어넘은 인류 보편의 모성상과 여성상을 창조하였음을 밝혀보았다.

　황순원의 소설 속의 인물은 서술자가 초점 화자인 경우가 많다. 흔히 이니시에이션 스토리를 가지고 있는 작품들로 일컬어지는 작품들은 주인공이 모두 소년이라는 점과 유년기에서 성년기로 나아가는 성장소설의 면모를 지녔다는 점에서 공통점을 가지고 있다.

　유년기의 인물들이 아이, 소년, 돌이, 바우로 지칭되는 것은 작중인물들이 특정한 의미를 지닌 개성적인 인물이라기보다는 인간이면 누구나 가지고 있는 보편성을 가지고 있는 인물로 설정된 것이라고 해석할 수 있다. 즉 모든 사람이 지나가야 할 유년의 어느 시기를 일컫는 용어는 어른의 세계로 진입하기 위해서 의식의 각성과 성숙의 단계를 거쳐야 하는 인간의 숙명적인 성장과정을 암시하는 장치가 된다.

　이렇게 인간 누구에게나 보편적으로 존재하여 인류 일반의 특성을 부여하는 요소들로 이루어진 층을 융은 집단무의식이라 부른 바있다. 집단무의식을 구성하는 요소들은 어느 시대 어느 곳의 사람이든 인간이라면 누구나 가지고 있는 선험적 조건이다. 또한 이것은 강한 에너지를 가지고 우리 정신의 본질을 구성하는 것으로써 융이 '원형'이라고 명명한 것이기도 하다.

이들 원형은 우리에게 상(像)으로 나타나는데 이를 '원형상(原型像)'이라 부른다. 이 원형상에는 민족 고유의 색깔이 묻어있다. 황순원의 작품에는 바로 이러한 한국인의 원형상이 잘 표현되어 있다. 특히 여러 원형상 중에서도 모성원형이 다양한 스펙트럼에 걸쳐 나타난다. 모성원형은 인류가 모성에 대하여 체험한 모든 것의 침전이다. 그것은 모성이라고 부르는 것에 대한 인류의 체험 반응을 결정하는 선험적 조건이다.

그 체험 양식은 우리가 태어나기 전부터 선험적으로 우리 안에 이미 존재해 온 것이다. 원형으로서의 모성상은 실재의 어머니 이외의 다른 많은 상들을 통해 체험될 수 있다. 이러한 원형들은 특정한 상황 하에서 개인적인 인간의 영역을 훨씬 초월하는 힘을 발휘한다. 내가 안다고 생각하고 있는 실재의 어머니 뒤에는 내 마음속의 비개인적인 어머니인 모성원형이 존재하기 때문에 내가 아는 어머니는 실재의 어머니와는 많이 다른 것이다. 모든 원형과 마찬가지로 모성원형도 끝없이 많은 측면을 가지고 있지만, 크게 나누면 긍정적이고 유익한, 혹은 부정적이고 파괴적인 의미를 가진다. 하지만 이러한 것들이 개인의 생활 속에서 경험될 때에는 양쪽의 측면이 분리되기보다는 오히려 긍정적이기도 하고 부정적이기도 한 양가적인 측면으로 경험된다. 모성원형은 생명의 부여자이자 보호자이고 생명을 다시 앗아가기도 하는 삶과 죽음의 여신이다. 모성원형은 대극을 포함하고 있다.

이 책에서는 황순원의 단편 소설에 모성원형의 양면적 구조가 탁월하게 형상화되어 있을 뿐만 아니라 황순원 소설의 특징을 요약해서 보여주고 있다고 판단하였다. 바로 이러한 측면이 융의 분석심리학을 해석틀로 선택한 이유이다. 이에 모성원형을 '긍정적 모성성', '부정적 모성성', 그리고 긍정적 모성성과 부정적 모성성이 혼재된 양상을 보이는 '복합적 모성성'으로 삼분해 보았다. 이 분류는 인류가 보편적으로 가지고 있는 모성원형의 특성을 바탕으로 나눈 것이다. 따라서 이런 분류틀의 근거를 명확히 밝히기 위해 Ⅱ장에서는 분석심리학적 연구방법에 대해 자세히 논해보았다.

Ⅲ장에서는 분석심리학적 연구방법을 바탕으로 하여 황순원 단편소설들 중 모성원형이 잘 형상화되어 있는 작품들을 셋으로 분류한 후 각각의 작품들에 나타난 모성원형의 양상에 대해 규명해보았다.

특히 모성원형이 잘 형상화되어 있는 단편소설들이 바로 이니시에이션 스토리를 가지고 있는 단편 소설들인 〈산골아이〉·〈소나기〉·〈닭제〉·〈별〉·〈왕모래〉라고 판단함에 따라 Ⅲ에서는 위의 다섯 작품을 중심으로 모성원형이 다양한 양상으로 나타나는 단편소설들을 분석심리학적 연구방법인 확충(amplification)을 이용하여 집중 분석하였다. 이를 통해 황순원이 아이를 초점 화자로 삼은 이유에 대해 규명해보았다. 또한 아이의 유형이 가지고 있는 특징들에 대해 살펴보는 과정에 있어 아이가 '영원한 소년[puer aeternus, 뿌에르 에테르누스]'의 특성을 보이고 있음에 주목하였다. 뿐만 아니라 이 작품들에 나타난 부성상과 모성상이 개인적인 아버지, 어머니를 넘어 보편적인 부성상과 모성상으로 창조되었음을 규명하고자 하였다.

끝으로 이 책이 나오기까지 많은 도움을 주신 여러 은사님들께 감사의 큰절을 올린다. 우선 목차 체계부터 꼼꼼하게 봐주시고 논문에 수정사항을 써주시며 최선을 다하는 연구자의 자세를 가르쳐 주셨던 지도교수 김종회 교수님의 가르침에 머리 숙여 깊은 감사의 인사를 드린다. 또한 따끔한 질책과 함께 용기를 북돋아주셨던 박주택 교수님, 서덕순 교수님, 오형엽 교수님, 김용희 교수님께도 감사의 말씀을 드린다.

또한 학부 시절부터 지금에 이르기까지 계속 학문의 길로 정진할 수 있도록 가르쳐 주시고 이끌어주신 강헌규 교수님께도 진심으로 마음 깊이 감사를 드린다. 정신적 스승이신 손희송 주교님, 김정택 교수 신부님, 살레시오회 양승국 신부님, 늘 따뜻하게 격려해 주시는 최정윤 교수님, 그리고 한국융연구원의 이부영 교수님, 융 텍스트를 정독할 수 있게 이끌어주신 이유경 선생님께도 감사의 마음을 드린다.

차례

III 의식발달 단계에 따른 모성 지향

IV 모성원형 분석의 세 유형

I
서론

1. 연구 목적

황순원은 시에서 출발하여 단편소설로, 다시 단편소설에서 장편소설로 장르적 변모를 꾀하면서 서정성과 서사성을 조화롭게 결합해낸 작가이다. 황순원은 언어 조탁에 의한 소설 미학의 전범을 보여주는 절제되고 단아한 문체, 인간의 본질에 대한 철학적 성찰, 소박하면서도 치열한 휴머니즘의 정신, 한국적인 아름다움을 고루 갖춘 작품세계를 펼쳐나감으로써 한국문학사를 풍성하게 하는 데 기여해왔다.

이처럼 황순원이 문학세계는 그 폭이 넓을 뿐만 아니라 깊이 또한 심오하다. 따라서 황순원처럼 다양한 문학적 특성들을 포괄하는 작가의 작품을 대상으로 하여 그 본질을 규명하는 것은 결코 쉬운 일이 아니다.

하지만 황순원 작품 중에서도 단단한 서정성과 미학적 완결성을 약여(躍如)하게 보여주는 작품들은 시를 거쳐 소설에 있어서도 원숙한 기량에 도달했을 때의 단편들이다.[1] 황순원의 단편들은 후기의 장편들을 가능하게 한, 창작과정상의 문학적 사다리 이상의 의미를 지닌다.[2]

한편 황순원의 소설이 인간에 대한 근원적이고 원형적인 탐구에 주목하고 있는 것은 '소설은 이야기'라는 그의 소설관과 자연스럽게 연결된다. '소설은 이야기'라는 그의 소설관은 단편소설에서 배태(胚胎)된 것이다.[3] 황순원 소설에서 "기억과 회상에 의해서 표현되는 서사"인 이야기는 기법이자 동시에 세계관과 연관된다.[4]

황순원은 전래의 풍속과 윤리가 담겨 있는 '이야기'를 단편소설에 끌어들이는 이야기 서술 방식을 통해 구술(口述)적 서사 전통의 맥락과 그에 기반을 둔 미의식을 계승하였다.[5] 이로써 황순원의 소

---

1) 김종회, 「순수성과 서정성의 문학 또는 문학적 완전주의 : 황순원의 작품 세계와 완결성의 미학」, 『문학의 숲과 나무 – 김종회 평론집』, 민음사, 2002, pp.223~236.

2) 황순원의 초기 소설에서 많이 거론되는 '서정적'이라는 용어는 작품의 주제나 격조를 가리키는 말이다. 그리고 이것은 그가 활용하고 있는 작품 구조의 개방적 결말 형식, 응축된 문장과 감각적인 언어를 통해 실현되는 전체적인 분위기와도 연관된다.(「황순원과 산문문체의 미학」, 『황순원』, 새미, 1998, p.204 참조.) 한편 김동리는 단편소설의 세 가지 특징이 '단일구성·낭만적 색채·통일된 주제'라고 보았다. 여기에서 말하는 서정성은 곧 '낭만적 색채'를 의미한다. 황순원의 작품에는 이 서정성에 향토성·토속성까지 합쳐져서 한국적·조선적인 냄새까지 풍기고 있다고 평가된 바 있다.(『최재단편논집』, 청운출판사, 1961, pp.304~311; 『황순원연구총서』 1, p.33 참조.)

3) 황순원 소설의 고유한 형식·주제·서술방식·문체·인물 등은 많은 수의 단편을 통해 형성되고 심화·확장되었다.(서준섭, 「이야기와 소설 – 단편을 중심으로」, 『작가세계』 제24호, 1995, p.327)

4) 서재원, 「황순원의 '목넘이 마을의 개'와 '이리도' 연구 – 창작 방법으로서의 '이야기'를 중심으로」, 『현대문학이론연구』 제14집, 현대문학이론학회, 2000; 『황순원연구총서』 4, pp.332~335.

5) 이야기가 단편소설로 변화하는 과정에 대해 벤야민은 청자, 즉 소설가의 역할을 중시하고 있다. 이야기꾼의 짧은 회상은 산만한 데 비해 소설가의 지속적 기억, 즉 회상은 하나의 사건에 대해 집중적이며 통일적으로 작용한다.(W.Benjamin, 반성완 편역, 『발

설은 "한국의 아름다움과 한국의 슬픔을 오랜 뎃상과 실험 끝에 얻어진 단 하나의 그림"처럼 만들어낸 "주옥편(珠玉篇)"이라는 평가를 받기도 했다.[6]

황순원의 단편에는 '이야기'가 가진 여담[7]의 속성이 도입되어 서사가 구성됨으로써 '소설' 장르에 편입된다. 이로써 황순원의 단편에는 '옛이야기와 소설의 혼합형식'과 '보다 정제된 소설형식'이 공존되어 나타난다. 이들 '소설'에서 되살아난 '전통의 이야기꾼'은 구연의 전통을 재연(再演)하면서 현대 '소설'이 '이야기'[8]와 접속하는 통로를 자연스럽게 마련함으로써 '소설' 장르가 유연하게 확장되기에 이른다. 이처럼 황순원은 "소설 속에 시 정신을 도입하는 한국적

터 벤야민의 문예이론』, 민음사, 1983, p.182.) 이처럼 기억에 의해 서술된 이야기는 작가의 의지가 개입되어 허구적으로 재구될 때 보다 전승력이 강화되고 의미와 가치가 있는 예술적 형상화가 이루어진다.(H.Meyerhoff, *Time in Literature*, University of *california press*, 1955 참조.)

6) 고은, 「내실작가론」, 『월간문학』 제2권 제5호, 1965.5; 『황순원연구총서』 1, p.54.

7) 「산골아이」에서는 할머니가 아이에게 옛날이야기를 들려준다. 또한 「차라리 내 목을」에서는 말을 화자로 선택하여 동물로 하여금 삶과 죽음의 갈림길에서 내민의 갈등을 말하게 한다. 「별과 같이 살다」가 이야기꾼의 현대적 변형이라고 지적한 이동하의 견해도 주목을 요한다. 본고는 배나뭇집 할머니가 곰녀에게 해 준 '똥을 누지 마라' 이야기(pp.49~51), '콩쥐팥쥐' 이야기(p.57) 등은 이야기꾼으로서의 '나'가 숨어서 이야기하는 양상을 보이는 것이라고 본 방민호의 견해와 맥락을 같이 한다. 또한 「목넘이 마을의 개」에서는 간난이 할아버지에 의해, 「이리도」의 경우에는 만수 외삼촌에 의해 구술되고 있다. 이야기의 본질적인 특성이 구술성과 공동체적 특징임을 미루어볼 때 이야기꾼의 설정이 황순원 소설의 형상화 기법 중의 하나임을 확인할 수 있다.

8) 황순원 소설의 '이야기'에 관한 관심은 유종호에서 시작되어 조현일에 의해 본격적인 논의가 진행되기도 했다. 황순원을 "우리의 옛 이야기의 전수자이자 활용자"라고 본 유종호, 황순원을 "이야기꾼의 기본적 타입을 알아차린 드문 작가"로 보고 황순원 소설의 창작방법으로 "묘사의 거부로서의 설화성 혹은 민담의 세계"를 든 김윤식, 프라이에 의해서 개진된 편력 로맨스 구조를 원용하여 황순원 소설을 설명한 이동하, 황순원의 소설을 "소설의 이야기화"한 유형과 "이야기의 소설화"유형으로 나눈 홍정선이 바로 이에 해당한다.

미학"을 터득하고 있다.[9]

위의 특징을 바탕으로 본고는 황순원의 문학적 본령을 단편소설로 상정하고 작품 분석을 시작해보려고 한다. 황순원의 단편 소설이 가진 가치를 규명하기 위한 선행 연구는 상당한 성과를 거두어왔다. 하지만 문학작품을 올바르게 이해하기 위해서는 다양한 연구방법이 적용되고 다양한 층위에서의 평가가 이루어져야 한다는 견지에서 보면, 황순원 연구 또한 아직 보완되어야 할 연구의 빈자리가 숨겨져 있고 텍스트를 새롭게 읽어낼 수 있는 독서법이 요구된다. 이에 본고에서는 황순원 단편을 분석하는 유용한 해석틀로 분석심리학적 연구 방법을 적용하여 이니시에이션 스토리를 가지고있는 단편을 중심으로 모성원형이 잘 형상화된 작품들을 분석해보도록 하겠다.

이러한 연구는 황순원 소설의 가치를 재조명하는 기회가 될 뿐만 아니라 황순원 작품이 다른 나라에 번역되어 널리 사랑받는 근본적인 이유가 바로 한국인의 삶을 넘어서 인류 공통의 원형[10]을 작품 속에 탁월하게 형상화하였기 때문임을 보여주리라고 생각된

---

9) 고은, 「내실작가론」, 『월간문학』 제2권 제5호, 1965.5; 『황순원연구총서』 1, p.54.

10) 이기서는 "상상력의 유연(柔軟)한 진폭은 융의 분석심리학 가운데 특히 원형 무의식 (Archetypal unconscious)의 이론에서 도출될 수도 있다"고 역설한 바 있다. "인류의 경험은 무의식중에 후손에게까지 전래된다면 역으로 오늘의 상상력은 다시 신화의 위치로 거슬러 올라갈 수 있어야 한다는 논리가 성립하게 된다. 그러므로 현대소설에 있어서 상징성 문제를 논의한다면 그 원천은 신화, 전설, 설화 그리고 무속의 아키타입에 합일되는 상징의 유형까지 찾아야 할 것이다." "현대소설에 있어서도 의미의 다층적인 해석을 추구함으로써 소설의 상징화작업문제를 논의하면 소설의 폭넓은 이해가 가능"해질 것이며, "그러한 상징화 작업은 신화적인 자료를 아키타입으로 도출시켰을 때 독자의 정서를 자극할 수 있으므로 더욱 심화될 것"이다.(이기서, 「소설에 있어서의 상징 문제」, 고려대학교 『어문논집』 제19집, 1977.9; 『황순원연구총서』 5, pp.117~118.)

다. 아울러 본 연구를 통해 황순원 소설이 우리나라의 영역을 넘어 세계문학으로서의 위상을 공고히 하는 데에 일조를 하게 될 것으로 판단된다.[11]

이에 문학 텍스트에 대한 심리학적 접근이 야기할 수 있는 '심층 심리 분석 자료로서의 분석 텍스트'로 본 연구의 텍스트가 고정되는 것을 방지하기 위한 노력의 맥락 속에서, '종교사, 고고학, 선사학, 민족학[12] 등 다양한 영역에서 유사한 자료를 해석하는 비교형태론 심리학의 한 방식'인 '확충(amplification)'의 방법을 사용하여 작품 분석을 탄력적으로 수행해보려 한다.

즉 출발점의 전도를 통해 텍스트 분석의 편향성을 보완하려 함인데, '문학적 상상력의 층위'라는 문학적 출발점에서 그것의 원형적 혹은 신화적 성격을 검토하려는 것이다.

주지하는 바와 같이 원형적 상상력 혹은 신화적 상상력은 궁극적으로 융의 분석심리학에 기초를 둔 개념이다. 이에 분석심리학이 제공하는 방법론을 이용함으로써 텍스트의 새로운 의미를 조명해

---

11) 권영민은 한국 현대소설 작가 가운데 번역된 작품이 가장 많은 작가로서 황순원과 김동리를 손꼽고 있다. 또한 한국문학의 세계화를 위해서는 민족의 고유성과 특수성을 바탕으로 하는 문화적 정체성을 유지하면서도 범세계적인 인류적 보편성을 추구하면서 널리 확대될 때 차원 높은 세계문학의 대열에 동참할 수 있다고 역설하였다.(권영민, 「한국문학 세계화 ㄱ 현황과 전망」, 『인문과학연구』 제5집, 대구가톨릭대학교 인문과학연구소, 2004.12, pp.1~15.)

12) 민족학[Ethnology, 民族學] 넓은 의미에서 인류학은 형질(形質)인류학, 문화인류학, 선사학(先史學)으로 크게 세 가지로 나뉘는데, 민족학은 문화인류학과 같은 뜻이거나 혹은 인류학적 고고학, 인류학적 언어학 등과 마찬가지로 그 한 부문이기도 하다. 민족학은 민족을 비교·연구함으로써 문화의 본질과 기원·발달을 명백히 밝히고자 하는 것이다. 이러한 비교연구를 하기 위해서는 세계 속의 미개·반개한 여러 민족의 모든 생활양식과 문화를 자세히 관찰하여 기술한 자료가 필요하다.(임석진 외 편저, 『철학사전』, 중원문화, 2009.)

보도록 하겠다.

본고의 연구 내용 및 방법은 황순원 소설의 미학을 근거 있게 규명하는 틀을 제공함으로써 황순원 작가 정신의 핵심을 짚어내기 위한 작업이 될 수 있으리라 생각한다. 이런 접근을 통해 황순원 문학의 내밀한 부분을 밝혀봄으로써 황순원 소설 작품에 면면히 흐르는 한국적 원형, 특히 모성성[13]에 대하여 면밀히 규명하는 첫걸음이 되리라 생각한다.

또한 황순원의 소설이 개인적 어머니상을 뛰어넘은 인류 보편의 모성성과 여성상을 탁월하게 형상화한 문학임을 밝혀보겠다. 이런 작업은 황순원 작품세계 전체를 관통하는 문학적 원형에 대한 탐색이 될 수 있으리라 생각한다.

2. 연구사 검토

황순원 문학 연구[14]는 작품론을 중심으로 1950년대에 시작되었

---

13) '모성(성)'의 문제는 그의 문학세계를 특징짓는 용어로서 채택될 수 있다. 황순원 문학의 모성(성)과 관련된 논의들은 주로, 훼손된 자아의 감싸기, 생명력의 발현 등과 같은 맥락에서 이루어져 왔다. 진형준, 「모성을 감싸기, 그에 안기기 – 황순원론」, 『황순원 연구』(전집 12), 문학과지성사, 2000; 김선태, 「황순원 소설연구 – 모성애와 범 생명사랑을 중심으로」, 동국대 석사논문, 1998.(김은경, 「김동리·황순원 문학의 비교 고찰」, 『한국현대문학연구』 11, 한국현대문학회, 2001.6; 『황순원연구총서』 7, p.398 참조.)
14) 황순원의 작품 활동에 대해 논자들은 크게 세 시기로 나누거나 넷에서 다섯 시기로 나누기도 한다. 황순원 연구에 대한 총체적인 조망을 시도한 장현숙은 (1) 제1기 : 1930~1949년, (2) 제2기 : 1950~1955년, (3) 제3기 : 1955~1964년, (4) 제4기 : 1964~1975년, (5) 제5기 : 1976년 이후 등의 다섯 시기로 나누어 고찰하였다.(장현숙, 『황순원 소설 연구 – 주제의식의 전개양상과 지향성을 중심으로』, 경희대 박사논문, 1994.), 황효일, 김윤정 등은 그 시기를 (1) 제1기 : 1937~해방 직전, (2) 제2기 : 해방

다. 『황순원전집』 12권(1980.12~1985.3)이 간행된 1980년대 이후로
는 황순원 연구를 위한 텍스트가 집대성되었다. 이를 계기로 한층
다각도로 깊이 있는 논의가 본격적으로 전개되는 가운데 석·박사
학위 논문들이 다수 제출되기 시작하는 등 학계의 연구가 활성화되
었다.

황순원 문학은 "꾸준한 지속과 꾸준한 변모로 행복한 조화"[15]를
이루면서도 나름대로의 독자성을 일구어 왔기에, 그의 소설 속에는
"우리 소설의 전체적인 윤곽을 구획 지을 수 있는 여러 가지 특징이
담겨 있다."[16] 그래서 황순원은 "소설이라는 장르가 용납할 수 있는
모든 방법을 시험해왔고 소설적 형상화가 가능한 모든 주제를 다루
어 온 작가"이자 "소설가 황순원을 말한다는 것은 해방 이후 한국
소설사의 전부를 말하는 것과 다름없다"[17]는 평가를 받기도 했다.

황순원 문학 속에는 하나의 해석틀로 아우를 수 없는 매우 다면
적이고도 복합적인 요소들이 혼재해 있다. 이에 다양한 관점에 입
각하여 황순원 소설의 미학을 밝혀내기 위한 분석적 고찰이 진행되

직후~1949년, (3) 제3기 : 1950~1960년, (4) 제4기 : 1960년대 이후~1980년대와 같이
네 시기로 나누어 고찰하였다.(황효일, 『황순원 소설 연구』, 국민대 박사논문, 1996;
김윤정, 『황순원 문학 연구』, 새미, 2003) 송현호는 (1) 등단 이후부터 해방 이전까지,
(2) 해방 이후부터 1950년대까지, (3) 1960년대 이후로 나누어 각 시기의 작품의 의미
를 각각 (1) 부의식의 상실과 전통지향성, (2) 이념의 갈등과 부조리한 현실, (3) 절망적
현실과 인간 구원의 문제로 나누어 고찰하였다.(송현호, 『선비정신과 인간 구원의 길
– 황순원』, 건국대 출판부, 2000; 『황순원연구총서』 6, p.336.)

15) 천이두, 「전체소설로서의 국면들」, 『현대문학』 제336호, 1982.12.

16) 권영민, 「선생의 영전에 삼가 명복을 빕니다」, 『문학사상』 336, 2000.10; 『황순원연구
총서』 8, p.331.

17) 권영민, 「황순원의 문체, 그 소설적 미학」, 『말과 삶과 자유』, 문학과지성사, 1985,
pp.148~149.

어 왔다. 황순원 문학에 대한 기존 연구의 경향을 대략 살펴보면 다
음과 같다. 문학사(소설사) 기술의 일환으로 논의된 연구[18], 설화의
속성을 중심으로 장르론적 검토를 한 연구[19], 이니시에이션 스토리
로서의 특성과 상징성을 분석하는 연구[20], 사회학적 연구 및 역사
주의적 비평연구[21], 심리주의 비평 및 신화주의 비평 연구[22], 문체
나 기법 및 서술시점을 중심으로 한 형식주의 비평 연구[23], 테마 비

---

18) 김윤식·김현, 「황순원 혹은 낭만주의자의 현실인식」, 『한국문학사』, 민음사, 1973; 김
    윤식, 「묘사의 거부와 생의 내재성」, 『한국현대문학사』, 일지사, 1976, pp.169~186;
    이재선, 「황순원과 통과제의의 소설」, 『한국현대소설사』, 홍성사, 1979.
19) 이용남, 「조신몽의 소설화 문제」, 『관악어문연구』 제7집, 1980; 유종호, 「겨레의 기억
    과 그 전수」, 『동시대의 시와 진실』, 민음사, 1981; 이동하, 「황순원의 「잃어버린 사람
    들」에 대하여」, 『우리 문학의 논리』, 정음사, 1985; 홍정선, 「이야기의 소설화와 소설
    의 이야기화」, 『역사적 삶과 비평』, 문학과 지성사, 1985; 김윤식, 「민담 또는 민족적
    형식」, 『우리근대소설논집』, 이우출판사, 1986.
20) 이재선, 「황순원과 통과제의의 소설」, 『한국현대소설사』, 홍성사, 1979; 장수자,
    「Initiation Story 연구 – 황순원 단편소설을 중심으로」, 『전국대학생 학술논문대회 논
    문집』 제3호, 이화여자대학교, 1978; 『황순원연구총서』 2, pp.83~107; 김용희, 『현대
    소설에 나타난 '길'의 상징성 – 이니시에이션 구조를 중심으로』, 정음사, 1986; 이동하,
    「입사 소설의 한 모습」, 『물음과 믿음 사이』, 민음사, 1989.
21) 김병익, 「순수문학과 그 역사성」, 『황순원연구』, 문학과지성사, 1993; 김종회, 「문학
    의 순수성과 완결성 또는 문학적 삶의 큰 모범」, 『작가세계』, 세계사, 1995, p.37; 이태
    동, 「실존적 현실과 미학적 현현」, 『황순원연구』, 문학과지성사, 2000, p.90; 이인복,
    『한국문학에 나타난 죽음의식의 사적 연구』, 열화당, 1979; 김치수, 「소설의 사회성과
    서정성」, 『말과 삶과 자유』, 문학과지성사, 1985.
22) 김병익, 『상황과 상상력』, 문학과지성사, 1979, pp.133~134; 양선규, 『황순원 소설의
    분석심리학적 연구』, 경북대 박사논문, 1991; 이남호, 「물 한 모금의 의미」, 『문학의
    위족(僞足)』, 민음사, 1990; 김용희, 『현대소설에 나타난 '길'의 상징성』, 정음사, 1986;
    임관수, 『황순원 작품에 나타난 자기실현 문제 – 「움직이는 성」을 중심으로』, 충남대
    석사논문, 1983; 김정하, 『황순원 『일월』연구 – 전상화된 상징구조의 원형 비평적 분석
    과 해석』, 서강대 석사논문, 1986; 양선규, 「어린 외디푸스의 고뇌 – 황순원의 「별」에
    관하여」, 『문학과 언어』 제9집, 1988; 양선규, 「황순원 초기 단편소설 연구 1」, 『개신어
    문연구』 제7집, 1990.
23) 권영민, 「황순원의 문체, 그 소설적 미학」, 『말과 삶과 자유』, pp.148~159; 김현, 「계

평적 관점에서 행위의 패턴을 분석하여 창작심리학적 문제 및 효용론적 지향성의 문제를 검토하는 연구[24] 등이 바로 그것이다.

간결하고 서정적인 문체, 토속적 소재의 능란한 처리, 민족적 체취가 담긴 성격 창조, 원초적 심리에 대한 탁월한 통찰, 옛이야기의 현대적 구연을 통한 설화적 지식의 전수 등에서 보여준 황순원 소설의 독자성은 한국 현대소설사의 맥락에서 독보적인 한 흐름으로 평가될 만한 가치를 지닌 것으로 판단된다.

한편 시에서 백석·정지용·청록파·미당 등이 한국 시의 세련화에 기여했다면, 같은 시기 한국 소설을 한 단계 성숙시킨 것은 황순원의 단편이었다.[25] 따라서 소위 이니시에이션 스토리를 가지고 있는 단편소설들과 모성원형이 잘 형상화된 작품들을 심도 있게 연구하는 것은 그의 문학세계의 본령을 규명하는 데 중요한 역할을 할 것으로 판단된다.

본고에서는 이니시에이션[26] 스토리를 가지고 있는 단편 소설들[27]

단만으로 된 집 – 『일월』의 한 문단의 해석」, 위의 책, pp.160~171; 최옥남, 「황순원 소설의 기법 연구」, 서울대 교육대학원 석사논문, 1986; 이호숙, 「황순원 소설의 서술시점에 관한 연구」, 이화여대 석사논문, 1987; 구수경, 「황순원 소설의 담화양상 연구」, 충남대 석사논문, 1987.

24) 이보영, 「황순원의 세계」, 오생근 편, 위의 책, 1985, pp.36~71; 김현, 「소박한 수락 –『별과 같이 살다』小考」, 『황순원문학전집』 6, 삼중당, 1973.12; 조남현, 「황순원의 초기 단편소설」, 전광용 외, 『한국현대소설사연구』, 민음사, 1984.

25) 김종회, 「황순원 – 소나기」, 『한국현대문학 100년 대표소설 100선 연구』, 문학수첩, 2006.

26) 이니시에이션(initiation)이란 통과제의를 시작한다는 뜻으로, J.L.Henderson은 이를 '인생의 한 단계'라고 했다.(J.L.Henderson, 『인간과 상징』, 범조신서, 1981, p.153.) 모르데카이 마르쿠스(M.Marcus)는 "〈이니시에이션〉 소설이란 어린 주인공에게 주변 세계나 자기 자신에 대한 인식이나 성격 또는 그 두 가지에 다 중대한 변화가 일어났다는 것을 깨닫게 해준다"고 보았다. 마르쿠스는 힘의 강도와 영향의 종류에 따라서 〈이

을 중심으로 하여 모성원형이 잘 형상화된 단편소설들을 연구 대상
작품으로 다루기 때문에 제의사회학적 관점에서 이니시에이션 스
토리로서의 속성과 상징성을 분석하는 선행 연구들을 먼저 살펴보
도록 하겠다.

이재선[28]은 『한국현대소설사』에서 「황순원과 통과제의의 소설」

니시에이션〉을 아래와 같이 삼분(三分)했다.

　①시험적(tentative) 이니시에이션 : 성숙과 각성의 문턱에까지만 이끌어갈 뿐 결정
적으로 문지방을 넘어서지 못함. 경험의 충격적 효과만을 강조함. 그런 경우의 주인공
은 유난히 나이가 어림.

　②미완성(uncompleted) 이니시에이션 : 주인공을 성숙과 각성의 문턱을 넘어서게 하
지만 주인공을 어떤 확신을 찾으려 애쓰고 있는 상태로 놓아둠. 이 경우에는 그대로
자아 발견까지 포함됨.

　③결정적(decisive) 이니시에이션 : 주인공을 완전한 성숙과 각성에 다다르게 함. 혹
은 최소한 주인공이 성숙에 이르는 결정적인 진로를 정했음을 보여줌. 이 경우에 〈이니
시에이션〉은 자아 발견을 중심으로 함. 압도적으로 의식 행위가 많음.

　(Mordecai Marcus, '*What is an Initiation Story*' In *Critical Approach to Fiction*,
ed. by Shiv K. Kumar & Keith Mckean, McGrow－Hil, 1968, pp.201~213; 김병욱
편, 최상규 역, 『현대 소설의 이론』, 예림기획, 2007, pp.658~677.)

　김병욱은 『일월』에 의식적(儀式的) 행위가 두드러지게 나타나 있지는 않지만 인철이
자아발견을 하고자 하는 강렬한 욕구가 충만해 있다는 점에서, 이 작품이 주인공 인철
의 의식 성장에 초점이 놓여 있는 '결정적 이니시에이션 소설'에 해당한다고 보았다.
(김병욱, 「황순원 소설의 꿈 모티프」, 『문학과 비평』 6, 1988.5.여름호; 『황순원연구총
서』 8, p.181 참조.) 또한 임관수는 「움직이는 성」(임관수, 『황순원 작품에 나타난 자
기실현 문제－「움직이는 성」을 중심으로』, 충남대 석사논문, 1983.)이, 장수자(장수
자, 「Initiation Story 연구」, 『전국대학생 학술논문대회 논문집』 제3호, 이화여자대학
교, 1978.)는 「학」과 「달과 발과」가 결정적 이니시에이션 소설에 속한다고 보았다.

27) 본고에서는 이니시에이션 스토리를 가지고 있는 작품들 중에서 「산골아이」·「별」·「닭
제」가 자아의 의식발달단계를 잘 드러내고 있다고 판단하였다. 이에 이 작품들을 별도
의 장으로 분류하여 집중적으로 작품을 분석하였다. 한편 이니시에이션 스토리로 분류
되는 작품 중에서 「차라리 내 목을」은 김유신과 천관에 관한 설화에서 추출된 단편으
로, 말을 화자로 한 작품이라는 면에서 이채로운 양상으로 형상화되나 본고에서는 논
외로 한다. 「왕모래」의 경우는 '부정정 모성성'의 장에 작품을 분류하여 이니시에이션
양상을 분석한다.

28) 이재선은 「별」이 '경험의 충격성과 죽음에의 인식과정'이 잘 형상화된 시험적 이니시에

이라는 항목을 설정하여, 제의사회학적 관점에서 황순원 소설의 이니시에이션 스토리로서의 문학적 가치를 구명해내고 있다. 황순원의 초기 단편들을 중심으로 통과제의적 성격에 주목한 이재선은 「세레나데」·「별」·「닭제」 등의 단편을 '통과제의적 소설' 또는 '이니시에이션 스토리[initiation story, 新入(參)小說]'로 파악하였다. 이재선은 황순원의 문학이 삶의 제전적(祭典的) 과정과 밀접히 연관되어 있으며, 이는 변화의 변증법을 통해서 어둠을 초극하고 자아발견을 해나가는 과정을 암시하는 것이라고 보았다.

이재선은 황순원 초기 단편들의 소년들이 죽음과 사랑, 잔혹한 악과 마주쳐 정서적인 아픔을 깨달아가면서 커가는 데서 이니시에이션의 성격을 갖게 된다고 보았다. 즉 「세레나데」에서 '색시 무당'이 치르는 애처로운 굿거리나 「별」에서 '아이'가 누이에 대한 반발로 각시인형을 매장했다가 누이의 부고를 받고 인형을 파보는 행위, 「닭제」에서 '소년'이 제비새끼를 지키기 위해 뱀으로 변신하는 닭을 살해하는 행위 등은 '걸어야만 할 길'로서의 통과제의의 길을 걸어 나가는 것으로서 "성숙과 변화에 입문하는 단계"이자 "인간으로서는 응당 밟아 나가야만 하는 운명적인 과정"이라고 본 것이다.

이 견해는 「별」에 대한 유종호(1964)의 견해에 힘입어 향후 큰 영향력을 행사하게 된다. 특히 「별」과 「닭제」를 거론하는 연구에서는 일반적으로 이들 선행연구의 관점과 동일선상에 있는 양상을 보여

이션에 해당하며, 「닭제」는 '통과제의의 아픔과 선악의 발견'이 잘 드러나 있다고 보았다. 또한 「소나기」는 인생 입문의 과정에서 보편적으로 겪게 되는 외상적인 아픔과 정서적인 손상을 다루고 있고, 「늪」 역시 성년의 세계와 그 세계의 비밀을 깨달아가는 소녀의 입문 과정을 그리고 있다고 역설했다.(이재선, 「황순원과 통과제의의 소설」, 『한국현대소설사』, 홍성사, 1979; 『황순원연구총서』 2, pp.108~123.)

왔다. 또한 이재선의 논의는 이후 황순원 소설에 대한 정신분석학
적 비평 및 심리주의 비평의 출발점이 되었다.

김용희[29]는 소설의 공간, 특히 '길'을 중심으로 한국 현대소설의
서사적 구조를 고찰하는 가운데 「별」과 「독짓는 늙은이」를 원형적
이미지로 분석하였다. 특히 「별」에서의 '누이'의 역할을 '완벽한 대
리모성의 수행'으로 간주하여 논의를 진행하였다. 이로써 「별」에서
'모성애와 관련된 심리'가 중요한 핵심 요소임을 밝혀내어 연구의
지평을 넓힌 것으로 평가된다.

이동하[30]는 「닭제」가 입사소설의 성격을 뚜렷이 지니고 있어 「별」
·「소나기」 등과 직접적으로 연결된다고 보았다. 이동하는 이 작품
속에 등장인물의 이름이 제대로 나타나 있지 않고, 시간과 장소의
표시도 불명확하며, 묘사가 거의 없고, 대화가 전부 지문 속에 녹아
들어가 있으며, 내면 심리의 표현이 거의 나타나지 않는 것과 같은
여러 가지 특징적인 면모에 주목했다. 이로써 「닭제」가 '이야기성'
을 압도적으로 전면에 내세운 결과 본격적인 근대소설이라기보다
오히려 설화의 세계에 접근하게 되었다고 보았다. 또한 속신이 작
품의 발단을 이루고 있고 시제가 과거형으로 일관하고 있는 점들도
이러한 설화적 성격을 강화시키는 데 기여한다고 역설했다.

특히 이동하는 이처럼 작품을 설화의 경지에 접근시키는 것은 융
이 말한 원형적 성격을 작품 속에 부여하는 데 도움을 준다고 역설

29) 김용희, 『현대소설에 나타난 '길'의 상징성 – 이니시에이션 구조를 중심으로』, 정음사,
   1986, pp.24~36.
30) 이동하, 「입사 소설의 한 모습 – 황순원의 〈닭제〉」, 『한국학보』, 1987년 겨울 ; 『황순원
   연구총서』 5, pp.368~381.

했다. 즉 「닭제」처럼 입사 이야기의 틀을 갖고 있는 경우 이와 같은 원형적 면모의 부여가 작품의 효과를 높이는 데에 상당히 효과적이기에, 「닭제」·「별」·「소나기」와 같은 입사담들의 경우에는 작가의 그러한 선택(설화적이고 원형적인 성격의 도입)이 긍정적인 효과를 발휘한 것으로 판단된다고 본 것이다. 이 연구는 민담과 원형의 관계에 대해 주목하였다는 점에서 분석심리학적 방법을 연구방법론으로 삼은 본고와 맥락을 같이 한다.

한편 본고에서 작품 연구 방법으로 분석심리학의 연구방법론을 선택하였기에 원형 비평적 관점에서 원형적 모티프와 '자기실현'의 문제를 분석하는 선행 연구들에 대해 고찰해볼 필요가 있다고 판단된다.

임관수[31]는 『움직이는 성』을 '확대 해석의 방법'으로 분석하면서 '황순원 작품에 나타난 자기실현 문제'에 대해 논하였다. 임관수는 이 작품 속에 중년기의 인물들이 자아(ego)와 자기(Self)의 갈등을 해소하여 자기실현(individuation)을 하고자 하는 노력이 잘 나타나 있으며, 주요인물인 민구·준태·성호는 서로 다른 자기실현의 과제를 갖고 있다고 보았다. 이 연구는 자아-페르소나·그림자·아니마·아니무스를 인식하고 의식화하는 주체-를 중심으로 작중인물의 성격을 자아실현이라는 목표 아래에서 살펴보았다는 점에서 의의 있는 연구로 파악된다.

김정하[32]는 『일월』 연구를 함에 있어 '전상화(前像化)된 상징구조

---

31) 임관수, 『황순원 작품에 나타난 '자기실현' 문제 – 「움직이는 성」을 중심으로』, 충남대 석사논문, 1983.

32) 김정하, 『황순원 『일월』 연구 – 전상화된 상징구조의 원형비평적 분석과 해석』, 서강

의 원형비평적 분석과 해석'을 시도하였다. 김정하는 이 소설에 제
시된 '현실적 구원'이라는 주제는 신화적 사고가 긍정적으로 수용된
결과라고 보았다. 또한 김정하는 이 작품 속에는 현대인의 합리성
을 뛰어넘는 정서적 '원형성 추구'가 나타나 있을 뿐만 아니라 우공
태자 신화에 대한 분석과 더불어 인간의 심성을 소설로 해석해내려
는 시도가 담겨 있다고 역설했다.

이 연구는 이조소설에서의 신화적 영향관계에 대한 기존의 논의
들을 작품론에서 전개하였다는 점과, 작품의 문면에 삽입된 백정세
계에 대한 자료가 주제형성을 위한 구조적 모티프로 기능하는 것으
로 보았다는 점에서 그 의의를 밝힐 수 있다. 또한 '피'와 '집'의 상
징이 구조의 역동성을 북돋는 기능을 함으로써 작품 전체의 상징적
구조화를 이룬다고 본 점과, 『일월』안에 담긴 우공태자 신화의 구
조론적 가치와 영향을 밝혔다는 점에서 관심을 환기한다.

양선규[33]는 황순원 소설의 심리학적 동기를 심층적으로 분석하여
텍스트의 미학적 구조를 밝히는 한편 작가의 심층심리를 해부하여
창작심리의 층위에서 작가 상상력을 해명하려고 시도하였다. 양선
규는 심리소설로서의 황순원 소설이 에로티즘과 나르시시즘, 그리
고 원시주의로 주제화되는 심리학적 동기를 지니고 있다고 보았다.

양선규는 에로티즘으로 주제화된 심리학적 동기는 '위대한 어머
니'와의 근친상간, 삼각관계의 아니마 갈등, 에로티즘의 성별화 양
상, '어머니의 신체'로서의 여성 에로티즘과 소-노년기 에로티즘으

대 석사논문, 1986.

33) 양선규, 「어린 외디푸스의 고뇌 – 황순원의 「별」에 관하여」, 『문학과 언어』 제9집, 문
학과언어연구회, 1988; 『황순원연구총서』 4, pp.64~82.

로 대별되어 분석될 수 있다고 보았다. 또한 원시주의라는 세계관
은 원시적 감성의 이미지로 황순원 소설에서 구체화되고 있는데 외
디푸스적 갈등의 두 가지 양상, 노현자의 만다라적 의미와 양성구
유적 성격, 여성 영웅주의와 신화적 비전 등으로 그 세부적인 의미
가 설명될 수 있다고 역설했다. 이 연구는 황순원의 창작심리를 에
로티즘과 나르시시즘, 원시주의 등으로 나누어 심층적으로 분석하
였다는 점에서 의의가 있다고 판단된다.

　한편 본고에서는 연구 대상으로 삼은 작품들이 아이, 소년과 같
이 보편성을 가진 인물들로 그려지고 있다는 점을 토대로 하여 황
순원 소설에서 이니시에이션 소설의 형상화는 주로 민담의 세계를
통해 이루어진다고 판단하였다. 이에 황순원 문학을 설화와 소설의
연관성이라는 측면에서 해명하려 한 연구들에 주목했다.

　유종호[34]는 황순원을 가리켜 "우리의 옛 애기의 정통의 전수자이
며 활용자"라고 보았다. 유종호는 황순원 문학에서 옛말이나 옛 이
야기의 활용은 작중인물의 조형이나 세부의 진실에 기여할 뿐만 아
니라 우리의 옛 전통과 이어줌으로써 그에게 겨레의 기억의 전수자
로서의 위치를 굳혀주고 있다고 보았다. 또한 유종호는 황순원 단
편소설에 나타난 설화적 요소를 분석하여 형성적인 세계해석의 의
미를 적출하고, 황순원의 작품이 집단의 기억과 개인의 상상적 재
능의 결합이라는 하나의 가능성을 한국현대소설사에 제시한다고
역설했다.

---

34) 유종호, 「겨레의 기억과 그 전수 – 황순원의 단편」, 『동시대의 시와 진실』, 민음사,
　　1982; 『황순원연구총서』 3, pp.547~562.

홍정선[35]은 황순원 소설에서 '이야기의 소설화와 소설의 이야기화'라는 소설 구성방식은 훼손되지 않은 세계, 순수한 어린이의 세계와 표리관계를 이루고 있다고 보았다. 또한 이 세계는 우리의 근원적인 삶과 관계가 있는 것으로, 우리 겨레의 기억과 관련된 세계이자 우리 민족의 무의식의 세계라고 역설했다. 홍정선은 황순원의 소설 속에 우리들에게 익숙한 옛이야기로부터 탁월한 이야기꾼으로서의 작가 자신이 수집한 이야기, 그리고 시간이 조금만 지나면 곧 이야기화될 수 있는 현대의 설화들 모두가 살아 움직이고 있다는 점에 대하여 주목했다.

또한 황순원이 행복한 시절에 대한 그리움과 꿈을 현재화(소설화)하고 현실의 암담함을 과거화(소설화)시켜서 무화시키려는 욕망의 발로로 이야기에 주목하고 있다고 파악하였다. 따라서 소설화란 현재와 과거에 동시적으로 이야기의 닻을 내리고 이 욕망의 성취를 기대하는 작가의 실천적 작업이라고 보았다.

김윤식[36]은 황순원이 이야기꾼의 기본적 타입을 알아차린 드문 작가라고 보았다. 따라서 황순원 문학의 고유한 특징은 민담에 대한 확실한 이해를 수반할 때 보다 명확히 드러날 것이라고 역설했다. 즉 민담이 황순원 소설의 창작 방법의 원리이자 민족적 형식을 창출하는 가능성이라고 파악하고, 민담의 심리학적 영역, 민속학·인류학적 영역, 형태학적 영역을 고찰한 것이다. 이후 김윤식[37]은 세련성

35) 홍정선, 「이야기의 소설화와 소설의 이야기화」, 『말과 삶과 자유』, 문학과지성사, 1985; 『황순원연구총서』 2, pp.221~237.
36) 김윤식, 「민담, 민족적 형식에의 길 – 황순원의 〈땅울림〉」, 『소설문학』, 1986.3.
37) 김윤식, 『작가론의 새 영역』, 강, 2006, p.362.

으로서의 『문장강화』와 실험성으로서의 기하학적 대칭성이 만들어
낸 황순원식 창작방법이 이른바 '완성도'의 본질이라고 역설했다. 또
한 설화적인 문체의 특징으로 '묘사의 거부'를 들면서 황순원 소설의
'묘사 거부-설화성'[38]의 문제를 심도 있게 해부하고 있다.

이동하[39]는 「기러기」가 선택한 기법적 장치가 설화성을 강조하는
수법으로서, 이 장치가 작품 전체를 옛날이야기의 분위기에 접근시
키고 있다고 파악했다. 또한 식민지 말기의 어두운 상황에 대한 작
가 나름대로의 적극적 응전이 단편집 『기러기』를 통해 전통세계에
대한 집착으로 나타난 것이라 보면서 이를 위해 설화성을 강조하는
수법이 도입되었다고 지적했다.

송하섭[40]은 황순원 문학이 지닌 서정적 특성을 규명하면서 그의
소설 속의 옛이야기는 짧은 전설, 속담, 민간요법, 동물[41]의 이야기
등으로 다양하게 등장하고 있을 뿐만 아니라 오늘의 이야기까지도
옛이야기의 형태를 띠는 경우가 많다고 역설했다.

또한 이용남, 우한용, 이정숙[42], 장덕순[43]도 설화와 소설의 관련
성을 고찰하는 연구를 수행하였다. 이용남[44]은 설화문학이 소설문

---

38) 김윤식, 「묘사의 거부와 생의 내재성」, 『한국 현대 문학사』, 일지사, 1976, pp.169~
   171.
39) 이동하, 「전통과 설화성의 세계 - 황순원의 〈기러기〉」, 『한글새소식』, 1987.12.
40) 송하섭, 『한국현대소설의 서정성 연구』, 단국대 출판부, 1989, p.110.
41) 황순원 소설에는 쇳네, 호랑이영감, 동이, 노새 달구지, 재니, 독 짓는 늙은이, 주영구
   슬 등 작가가 사용하는 어휘의 사용과 사물의 명명법에 동물이미지가 많고 또한 그것
   은 설화성에 기초하고 있다. 그래서 황순원의 소설에는 두꺼비, 호랑이, 황소, 이리,
   개, 고양이, 닭, 곰, 뱀, 학 등 동물이 많이 등장한다.
42) 이정숙, 「민담의 소설화에 대한 고찰 - 〈명주가〉와 〈비늘〉을 중심으로」, 『한성대학교
   논문집』, 1985.
43) 장덕순, 「천관사 전설과 차라리 내 목을」, 『한국 설화문학 연구』, 박이정, 1995.

학과 긴밀한 연관성을 가지고 있다는 점에서 설화의 소설화 과정과 그 설화를 소재로 한 소설의 분석 연구는 매우 의의 있는 일임을 지적했다. 이용남은 이를 바탕으로 「잃어버린 사람들」도 이 설화의 소설화라고 보고 「꿈」과 「잃어버린 사람들」의 구조 분석을 시도하여 「조신몽」이 이 두 작품에서 수용(변용)되는 양상을 검토하였다.

우한용[45]은 『움직이는 성』을 서사무가 '칠공주'와 대비적으로 분석하여 무교적 소재의 현대 소설적 굴절 양상을 구조와 기법 그리고 주제의 측면에서 밝혀보려고 시도하였다. 이를 통해 우한용은 『움직이는 성』은 무교를 서사적인 모티프로 수용하여 구조와 의미의 측면에서 굴절되어 있다고 보았다. 또한 사랑이라는 서사적 바탕을 밑에 깔고 있어서, 무가와 복선적인 플롯을 조직해 나아가고 있다고 파악했다. 그리고 이 작품의 기법적 특징은 서사적 양식과 주제적 양식이 교착(交錯)되는 데에 나타난다고 역설했다.

특히 이정숙[46]은 민담의 소설화를 살펴보는 방법으로서 「비늘」이라는 구체적 작품의 구조 분석을 통해 '명주가'와 「비늘」을 대비해 봄으로써 소설이 무엇인가에 대한 의문에 우회적으로 접근해보는 방식을 취했다. 즉 '명주가'와 소설과의 연계성을 살펴봄으로써 소설의 설화 수용, 특히 민담 수용에 대한 고찰을 하였다. 이로써 「비늘」은 설화를 원용했을 뿐 설화를(정확히는 史實을) 무시하거나, 주관

---

44) 이용남, 「〈조신몽〉의 소설화 문제 -〈잃어버린 사람들〉, 〈꿈〉을 중심으로」, 『관악어문연구』 제5집, 1980.

45) 우한용, 「현대 소설의 고전 수용에 관한 연구 -『움직이는 성』과 서사무가 '칠공주'의 관련성을 중심으로」, 『국어국문학』 제23집, 전북대학교, 1983.

46) 이정숙, 「민요의 소설화에 대한 고찰 -「비늘」을 중심으로」, 『한성대학교 논문집』 제9집, 1985.

적 해석에 치우쳐서 객관성이 결여되는 식의 미흡함을 느끼게 하지
않기 때문에 설화의 소설화-특히 민담의 소설화-에 있어서 긍정
적으로 평가할 수 있는 작품이라는 의견을 피력했다. 또한 황순원
의 소설에 나타나는 주인공들의 성격이 가진 특징적인 면들이 「비
늘」에서도 잘 드러나고, 작가의 세련되고 깊이 있는 소설의 미를 보
여주고 있다고 보았다. 이로써 이정숙은 황순원이 설화의 소설화
과정을 통해서 소설 창작의 영역을 넓히고 있음[47]을 밝혀냈다.

한편 문학은 신화적 구조의 일부분이며, 모든 문화에 있어 신화
는 문학과 서서히 합병한다[48]는 노드롭 프라이(Northrop Frye)의 말
에 비추어보면 현대소설에서 원형으로서의 신화적 요소를 분석하
는 것은 신화·원형 비평의 핵심적인 논의라 할 수 있다.

원형 상징은 인류 전체 또는 대부분의 사람에게 동일하거나 매우
유사한 의미 내용을 갖는 상징들이다. 신화가 이용하는 상징들과
더불어 신화 그 자체는 결코 정신의 현세계로부터 사라지는 것이
아니라 다만 그 양상을 바꿀 뿐이고 그 작용을 변장할 뿐이다.[49]

이제 본고가 모성 원형이 형상화된 작품들을 연구 대상으로 삼은
점을 바탕으로 하여, 본고의 논지인 모성과 연관성을 갖는 선행 연
구를 고찰해보도록 하겠다.

천이두[50]는 황순원이 감성과 지성을 적절하게 조회시겨 나가는

---

47) 황순원의 작품에는 「비늘」·「차라리 내 목을」과 같이 직접적으로 설화가 배경이 된
  작품뿐만 아니라 작품 속에 설화의 세계가 배어있는 장단편이 많다. 앞에서 살펴본 홍
  정선의 「이야기의 소설화와 소설의 이야기화」가 바로 여기에 속한다.
48) 노드롭 프라이, 김병욱 외 편, 「문학과 신화」, 『문학과 신화』, 예림기획, 1998, p.30
  참조.
49) 미르체아 엘리아데, 김병욱 외 편, 「현대의 신화」, 위의 책, p.324 참조.

작가라고 보았다. 그리고 천이두는 황순원의 문학이 '노년의 문학' 이라고 부를 수 있는 것으로서, 노년기에 접어든 작가가 생산한 문학일 뿐만 아니라 노년기의 작가에게서만 느낄 수 있는 특수한 분위기의 문학이라는 의견을 피력했다.

또한 천이두는 그의 문학세계에서 생명(혹은 자연성)에 대한 무조건적인 경외의 감정을 찾을 수 있다는 점에서 그의 문학은 궁극적으로 인간긍정의 낙천주의에 기반을 두고 있다고 보았다. 그리고 그런 특질은 생명 그 자체에 대한 무조건적 승인의 모습으로 나타나기도 하고, 윤회적 숙명에 대한 승인의 형태로 나타나기도 하며, 신비로운 상호색인이나 유명(幽明)을 초월한 우정의 교류로 나타나기도 한다고 역설했다.

아울러 천이두는 이러한 황순원 문학의 특질이 「어머니가 있는 유월의 대화」·「겨울 개나리」·「막은 내렸는데」·「뿌리」 등에서 드러나듯이 모든 존재의 근원인 모성(母性)에 대한 무한한 신뢰의 모습으로 나타나기도 한다고 역설했다. 특히 「겨울 개나리」와 「막은 내렸는데」 등은 이러한 근원적인 인간구원의 원천으로서의 모성을 그려낸 성공적인 작품들이라고 평가했다.

윤민자[51]는 황순원에 나타난 장편소설을 대상으로 삼아, 애정의 특성을 모성적 애정의 추구·순수한 애정의 추구·정신적 애정의 추구·영원한 애정의 추구로 나누었다. 그리고 이 애정의 구조적 특성의 예로 파행적 삼각관계 양상과 꿈을 이용한 애정의 고백과 암시

50) 천이두, 「원숙과 패기」, 『한국소설의 관점』, 문학과지성사, 1980, pp.43~57; 『황순원 연구총서』 7, pp.56~73.
51) 윤민자, 『황순원 소설에 나타난 애정관』, 연세대 교육대학원 석사논문, 1986.

를 거론했다.

진형중[52]은 황순원이 작가의 의식은 언제나 깨어 있어야 하며, 무의식의 세계를 그릴 때도 작가는 그걸 분명히 의식하고 있어야 한다는 세계관을 가지고 있음에 주목하면서 그의 소설이 '모성으로 감싸기, 그에 안기기'의 세계를 보여주고 있다고 보았다.

또한 황순원 소설의 여성인물들에게 나타나는 주된 모티프는 '여성적 감싸기의 세계'이며, 그 '여성적 감싸기'는 어린아이의 세계와 긴밀하게 맺어져 있다고 역설했다. 이어 모성과 어우러진 세계는 열린 순진성의 세계이기 때문에 추한 것·무서운 것은 공포의 대상·증오의 대상이 되는 게 아니라, 그것마저도 싸잡아 즐거움의 대상이 된다고 보았다. 진형준의 논문은 황순원 소설에 나타난 모성의 문제를 작가의 세계관과 연결시켜 논의한 연구로 파악된다.

이보영[53]은 황순원의 중심 메타포는 「별」의 어머니로되 "잃어버린 어머니"이기 때문에 그의 근본문제는 "어머니와의, 어머니로부터의 이합(離合)의 문제"라고 역설했다. 이보영은 이렇듯 황순원 문학에서 안정과 조화와 구제의 빛이사 그 계기는 어머니로서, "이 어머니야말로 황순원의 구경(究竟)"이라고 역설했다.

장현숙[54]은 황순원의 장편소설을 중심으로 하여 애정과 모성의 접맥양상을 살폈다. 장현숙은 남녀가 사랑할 때 서로에게 모성을 추구하고 투사한다고 말하면서 모성애의 절대성을 강조했다. 장현

---

52) 진형준, 「모성으로 감싸기, 그에 안기기 – 황순원론」, 『세계의 문학』, 민음사, 1985년 가을호; 『황순원연구총서』 2, pp.142~165.
53) 이보영, 「황순원의 세계(下)」, 『현대문학』 제182·183호, 1970.2·3.
54) 장현숙, 『황순원 작품 연구 – 「모성」 문제를 중심으로』, 경희대 석사논문, 1982.

숙은 소설 속 남주인공이 여성에게 모성을 포함한 애정을 추구하면
서 작품 속 주인공은 구원에 이르지 못하고 파멸하게 된다고 설명
하면서 이것을 작가의 인생의식의 발로로 보았다. 또한 장현숙[55]은
애정과 모성의 접맥 현상으로 모성에 대한 강한 인식은 이성과의
애정 관계에서도 확대되어 반영되었다고 역설했다.

김은희[56]는 돌아가야 할 '어머니'나 '고향'을 상실한 자의 고아의
식을 논하면서, 뿌리 뽑힌 자의 정신적 고통과 그로 인한 외상의 증
후가 얼마나 큰가를 분석한 작가가 황순원이라고 보았다. 또한 '고
아의식'은 작가 자신이 뿌리 뽑힌 실향민이었다는 것과 고국 상실
의 시대를 거쳐 6·25전쟁을 체험한 세대라는 것과 연관을 맺고 있
다고 역설했다. 아울러 황순원이 부재하는 어머니와 아버지로 인해
겪는 아이들의 심리적 결손과 상처, 그 아이들이 성인으로 성장하
였을 때 나타나는 정신적 외상의 증후들을 분명하게 보여주었다고
파악했다.

장연옥[57]은 황순원의 작품에서 모성은 모든 생명의 근원인 동시
에 인류가 구원의 세계를 향해 나아갈 수 있는 방법으로 제시되고
있음을 논하였다. 또한 황순원의 작품에서 모든 생명의 근원인 모
성이 인류가 구원의 세계를 향해 나아갈 수 있는 방법으로 제시되
고 있음을 논하였다.

김선태[58]는 황순원 문학에서 중심을 이루는 것이 모성애라고 지

---

55) 장현숙, 『황순원 문학연구』, 시와시학사, 1994.
56) 김은희, 『황순원 소설연구 – 고아의식을 중심으로』, 명지대 석사논문, 2002.
57) 장연옥, 『황순원 단편 소설 연구』, 서울여대 석사논문, 2002.
58) 김선태, 『황순원 소설연구 – 모성애와 범 생명 사랑을 중심으로』, 동국대 교육대학원

적하면서 모성이란 마술의 힘을 가진 것이라고 보았다. 아울러 작품 분석을 통해 모성애가 확대되고 승화된 범 생명사랑에 대하여 논하였다.

정수현[59]은 황순원의 작품에서의 모성은 예외 없이 삶의 가치와 의의를 상실한 허무 의식과 죽음 의식을 극복하는 계기로 작용하며, 궁극적으로 생명의식의 차원으로 고양된다고 보았다. 또한 황순원이 거의 모든 작품에서 모성을 중심으로 한 다양한 주제 의식과 문학적 기법을 보여주고 있지만, 그가 추구하는 모성을 하나의 일관된 의미로 추출해내기란 그리 쉬운 일 아니라고 역설했다.[60]

박혜경[61]은 황순원의 문학활동 초기에서부터 지속적으로 나타나는, 유사한 맥락에서의 의미화가 가능한 특성들 가운데 대표적인 것은 모성성에 대한 작가의 두드러진 심리적 경사라고 보았다. 또한 황순원의 작품에서 모성성의 세계는 기실 하나의 의미로 아우를 수 없는 모순된 양상으로 착잡하게 얽혀 나타난다고 역설했다. 특히 어머니의 세계에 대한 강한 심리적 집착은 황순원 작품의 남성 주인공들에게서 특징적으로 나타나는 '모성 콤플렉스'라고 파악하였다.

남보라[62]는 "황순원 소설의 여성은 모성성을 근간으로 '희생과 인내로 점철된 인물에게 절대성을 부여'하고, 모성성을 통해서만 주

석사논문, 1998.

59) 정수현, 『황순원 단편 소설 연구』, 서울여대 석사논문, 2002.
60) 정수현, 「결핍과 그리움 – 황순원의 작품집 「늪」」, 『여성문학연구』 3, p.244.
61) 박혜경, 『황순원 문학의 설화성과 근대성』, 소명, 2001, p.34.
62) 남보라, 『황순원 단편 소설의 모성 형상화 연구』, 성균관대 교육대학원 석사논문, 2007.

체로서의 인간으로서 적극적이며 개척적인 모습을 보인다"고 파악
했다. 따라서 모성의 절대성을 강조하는 '편향적인 연구'가 지속되
는 것은 모성의 사회적 담론을 더욱 견고하게 고착화시킬 위험이
있으므로, 여성의 억압 기제이자 남성 종속의 수단으로 작용하는
여성의 모성 지향성의 긍정을 냉정하게 평가하는 것은 중요한 의의
를 지닐 수 있다고 보았다.

　이런 견지에서 남보라는 여성 형상화의 대립 양상과 이에 따른
문제점을 초점에 두고, 황순원 소설을 페미니즘의 시각으로 '다시
읽기'를 시도하였다. 이 연구는 황순원 소설에 대한 다면적인 연구
의 필요성을 제기했다는 데에서 의미가 있다고 파악된다.

　이상에서 살펴본 문학사(소설사)적 관점에서의 황순원 소설 연구
이외에도 연구사적 의의를 지닌다고 판단되는 선행 연구들은 많이
있다. 본고는 본고의 논의와 관련된 선행 연구를 중심으로 선행연
구사를 고찰해보았다. 이제 선행연구를 바탕으로 본고의 연구 방법
및 범위를 밝힌 후 황순원 소설의 본령을 파악하기 위해 정밀한 작
품 분석을 통해 황순원 문학세계에 대해 고찰해보도록 하겠다.

3. 연구 방법 및 범위

　황순원은 1930년대 말에서 단편집 『학』을 발표하였던 1956년에
이르기까지 집중적으로 소년·소녀를 주인공으로 등장시키고 있으
며, 특히 6·25전쟁 직후에는 초기 단편소설인 「산골아이」·「소나
기」 등을 창작하였다. 이 소설들은 대체로 성장기 아동의 시선으로

삶과 죽음, 폭력 문제 등을 다룸으로써 인간의 본질적인 문제에 대해 문제제기를 하는 작품들이다. 이러한 주제들은 궁극적으로 모성성과 휴머니즘의 문제가 결부되는 양상을 드러내고 있다.

황순원 소설은 유년기의 순수한 세계를 소설화한 작품뿐만 아니라 성인의 시각에서 현실 체험을 형상화한 작품에서도 그 밑바탕에는 유년에 대한 그리움이 깔려 있는 경우가 많다. 이런 황순원 문학의 창작 경향이 그의 문학 창작 이력의 전반을 포괄한다는 점을 고려해볼 때, 이니시에이션 스토리를 가지고 있는 단편소설들과 모성원형이 잘 형상화되어 있는 작품들을 심도 있게 연구하는 것은 그의 문학세계의 본령을 규명하는데 중요한 역할을 할 것으로 판단된다.

'이야기'[63]는 공동체의 집단적 기억을 전수하는 중요한 서사체이며, 이야기의 본질은 기억의 전수로서 이 기억을 통해 특정 사건은 세대를 초월해서 존재하게 되는 전통의 연쇄를 만들어낸다[64]는 발터 벤야민의 논리를 언급하지 않더라도 옛말이나 옛 이야기의 활용으로 작중인물의 조형이나 세부의 진실에 기여하면서 동시에 우리

---

63) 원형의 세계인 '이야기'가 시대성과 개인을 드러내는 '소설'과 접촉하며 소설 장르가 아직 생성 중이라고 한다면 그 속에는 언어 이전 단계의 집단적 무의식이 아련한 밑그림을 이루고 있다.(미하일 바흐친, 『장편소설과 민중언어』, 전승희 외 옮김, 창작과비평사, 1988, pp.38~51 참조.)

64) 벤야민에 의하면 이야기꾼의 행위에 있어서 핵심적인 부분은 공동체의 경험에 뿌리박은 지혜의 전수이다. 이야기꾼은 개인의 기억을 어떤 집합적 기억과 통합하는 방식으로 이야기를 제시하려고 할 것이고, 그렇게 하는 가운데 그와 그의 청중이 함께 살고 있는 공동체적인 삶에 대하여 도덕적이거나 기술적인 측면에서 뭔가 유용한 조언을 제공하려고 한다는 것이다. 이렇게 이야기꾼은 언어공동체와 생활공동체를 그 존재기반으로 삼았기에 이들이 전해주는 이야기(신화·전설·민담 등)에는 많은 사람들에 의해 오랫동안 이야기된 보편적 주제가 응축되어 있다는 것이다.(발터 벤야민, 『발터 벤야민의 문예이론』, 반성완 옮김, 민음사, 1992, p.170 참조.)

의 옛 전통과 이어주는 "거레의 기억의 전수자"[65]로서의 황순원 문
학의 특질을 규명하는데 있어 아이들을 초점 화자로 삼는 설화적
상상력에 대한 연구는 새롭게 조명될 필요가 있다.

황순원 스스로도 "나만큼 아이들 이야기를 쓴 사람도 드물게다.
아이들 것을 쓸 때는 언제나 즐겁다."[66]라고 토로한 바 있다. 홍정
선과 유종호는 황순원 작품의 동화적인 특성과 기법에 대해 다음과
같이 주목했다.

> 황순원의 소설 제목으로 등장하는 돼지, 닭, 노새, 개 등의 가축과
> 이리, 여우, 기러기 등의 동물들은 우리 옛이야기의 주요 소재이면서
> 어린이들과 특별한 관계가 있는 것들이다. 어린이들의 세계는 전통
> 적인 우리 삶에서 볼 때 이들 짐승과 어울리고 이들에 대한 이야기를
> 들으면서 성숙되어 간다. 이와 같은 점들을 생각한다면 황순원의 소
> 설은 동화적인 측면에서도 새롭게 이야기될 필요가 충분히 있는 것
> 이다.[67]

황순원에게 있어 어린이는 늘 희망의 가능성으로 나타난다. 무구
한 어린이와 절망의 거절은 삶의 외경에 대한 감각과 어울려 황순
원의 문학세계에서 늘 은은한 빛이 되어주고 있다.[68] 황순원에게 소
년세계는 "'휴매니티'의 이름으로 귀성(歸省)해야 할 인간의 고향"으

---

65) 유종호, 「겨레의 기억」, 『황순원전집』 2, 문학과지성사, 1981.
66) 황순원, 『황순원전집』 2, 문학과지성사, 1980, p.317.
67) 홍정선, 「이야기의 소설화와 소설의 이야기화」, 『말과 삶과 자유』, 문학과지성사, 1985, p.95.
68) 유종호, 「겨레의 기억」, 『황순원전집』 2, 문학과지성사, 1981, p.331.

로서 생명적이요 원시적인 동심이 충일한 본래한 인간속성인 것이
다.[69] 따라서 황순원은 자신의 소설에서 유아나 어린이의 시점을 통
한 자아의식의 성장 및 세계 인식의 확대를 꾀하는 수법을 자주 구
사한다.[70]

이미 언급한 바와 같이, 이니시에이션 스토리를 가지고 있는 작
품들로 일컬어지는 「산골아이」·「소나기」·「닭제」·「별」·「왕모래」
등은 주인공이 모두 소년이라는 점과 유년기에서 성년기로 나아가
는 성장소설의 면모를 지녔다는 점에서 공통점을 가지고 있다.

유년기의 인물들이 모두 아이, 소년, 돌이 등으로 지칭되는 것은
작중인물들이 특정한 의미를 지닌 개성적인 인물이라기보다는 인
간이면 누구나 가지고 있는 보편성을 가지고 있는 인물로 설정된
것이라고 해석할 수 있다. 즉 모든 사람이 지나가야 할 유년의 어느
시기를 일컫는 용어는 어른의 세계로 진입하기 위해서 의식의 각성
과 성숙의 단계를 거쳐야 하는 인간의 숙명적인 성장과정을 암시하
는 장치가 된다. 이것은 곧 작가가 고유명사의 사용을 통해 개성을
담아내기보다는 보편적인 호칭을 통해 보편성을 획득하는 것에 더
큰 비중을 두고 있음을 알 수 있다.

---

69) 천이두, 「인간속성과 모랄」, 『현대문학』 제47호, 1958.11; 『황순원연구총서』 3,
    pp.24~25.
70) 전흥남, 「해방 직후 황순원 소설 일고(一考)」, 『현대문학이론연구』 제1집, 현대문학이
    론학회, 1992; 『황순원연구총서』 4, p.169.
    「황소들」에서는 소년의 시점을 통해 '순진성으로서의 객관성'을 유지하고 있다는 점
    에 주목할 필요가 있다. 유년의 주인공을 내세운 소설에서는 세계와 자신에 대해 새롭
    게 인식하고 변화를 겪게 되는 성장의 과정을 다룸으로써 현실인식의 확대 및 사회화
    를 설득력 있게 표출할 수 있기 때문이다.(서재원, 「황순원의 해방 직후 소설 연구」,
    고려대 석사논문, 1990, p.27 참조.)

이렇게 인간 누구에게나 보편적으로 존재하여 인류 일반의 특성을 부여하는 요소들로 이루어진 층을 융은 집단무의식이라 부른 바 있다. 집단무의식을 구성하는 요소들은 어느 시대 어느 곳의 사람이든 인간이라면 누구나 가지고 있는 선험적 조건이다. 또한 이것은 강한 에너지를 가지고 우리 정신의 본질을 구성하는 것으로서 융이 '원형'[71]이라고 명명한 것이기도 하다. 이들 원형은 우리에게 상(像)으로 나타나는데 이를 '원형상(原型像)'[72]이라 부른다. 이 원형상에는 민족 고유의 색깔이 묻어있다. 황순원의 작품에는 바로 이러한 한국인의 원형상이 잘 표현되어 있다. 특히 여러 원형상 중에서도 모성원형이 다양한 스펙트럼에 걸쳐 나타난다. 모성원형은 인류가 모성에 대하여 체험한 모든 것의 침전이다. 그것은 모성이라고 부르는 것에 대한 인류의 체험 반응을 결정하는 선험적 조건이다.

그 체험 양식은 우리가 태어나기 전부터 선험적으로 우리 안에 이미 존재해 온 것이다. 원형으로서의 모성성은 실재의 어머니 이외의 다른 많은 상(image)들을 통해 체험될 수 있다. 이러한 원형들은 특정한 상황 하에서 개인적인 인간의 영역을 훨씬 초월하는 힘을 발휘한다. 내가 안다고 생각하고 있는 실재의 어머니 뒤에는 내

---

71) 문화인류학적 측면에서는 프레이저나 프라이가 말하는 원형의 개념을 살펴볼 필요가 있다. 이들은 유사한 모티프나 테마가 상이한 신화들 가운데서 원형이 발견될 수 있으며 시간과 공간상 현격히 떨어진 사람들의 신화에서 떠오르는 이미지가 공통의 의미를 지니는 경향이 있다고 보았다. 이러한 모티프와 이미지가 이른바 원형이다. 이 원형은 보편적인 상징이다.(윌프리드 L. 게린 외, 정재원 역, 『문학의 이해와 비평』, 청록출판사, 1986, p.168 참조.)

72) 전 세계에 퍼져 있는 이야기 속에서 발견되는 이야기의 핵, 이른바 신화소[神話素, Mythologem]가 바로 원형의 내용인 원형상(原型像)이다.(이부영, 『분석심리학』, 일조각, 1998, pp.100~104 참조.)

마음속의 비개인적인 어머니인 모성원형이 존재하기 때문에 내가 아는 어머니는 실재의 어머니와는 많이 다른 것이다.

모든 원형과 마찬가지로 모성원형도 끝없이 많은 측면을 가지고 있지만, 크게 나누면 긍정적이고 유익한, 혹은 부정적이고 파괴적인 의미를 가진다. 하지만 이러한 것들이 개인의 생활 속에서 경험될 때에는 양쪽의 측면이 분리되기보다는 오히려 긍정적이기도 하고 부정적이기도 한 양가적인 측면으로 경험된다. 모성원형은 생명[73]의 부여자이자 보호자이고 생명을 다시 앗아가기도 하는 삶과 죽음의 여신이다. 모성원형은 대극을 포함하고 있다.

본고에서는 황순원의 단편 소설에 모성원형의 양면적 구조가 탁월하게 형상화되어 있을 뿐만 아니라 황순원 소설의 특징이 요약적으로 담겨 있다고 판단하였다. 바로 이러한 측면이 융의 분석심리학을 해석틀로 선택한 이유이다. 특히 이니시에이션 스토리로 분류되는 「산골 아이」·「별」·「닭제」의 경우 의식발달 단계에 따라 소년의 자아가 성장하는 과정과 그 단계에 따른 모성 지향성이 잘 형상화되어 있다고 판단하였다.

이런 이유를 근거로 하여 세 작품을 의식발달 단계에 따라 '근원적 통일성', '모성 콤플렉스', '모태로의 회귀'로 단계별 분류하여 자세히 작품을 분석하고, 모성원형[74]을 '긍정적 모성성', '부정적 모성

---

73) 황순원은 모든 존재의 근원인 모성에 무한한 신뢰를 보내며 근원적 인간 구원의 원천으로서의 모성을 그려낸다.(천이두, 〈원숙과 패기〉, 『한국소설의 관점』, 문학과지성사, 1980, p.53.) 이러한 황순원 소설에서 모성의 궁극적 지향점은 생명성에 있다.(노승욱, 「황순원 단편소설의 환유와 은유」, 『외국문학』 봄호, 열음사, 1998; 『황순원연구총서』 2, p.377.

74) 원형은 그 자체로 선하지도 악하지도 않다. 그것은 도덕적으로 무관심한 누멘[Numen,

성', 그리고 긍정적 모성성과 부정적 모성성이 혼재된 양상을 보이는 '복합적 모성성'으로 삼분(三分)하여 고찰해고자 한다. 이 분류는 인류가 모성에 대하여 가지고 있는 집단무의식, 즉 인류가 보편적으로 가지고 있는 모성원형의 특성을 바탕으로 나눈 분석심리학의 연구를 그 틀로 삼은 것이다. 따라서 이런 분류틀의 근거를 명확히 밝히기 위해 Ⅱ장에서는 분석심리학 연구방법을 '분석심리학의 기본 개념', '모성원형의 성격', '분석심리학의 연구방법론'의 순서로 논해보기로 하겠다.

Ⅲ장에서는 의식발달 단계에 따라 소년의 자아가 성장하는 과정을 모성 지향성을 중심으로 삼분하여 「산골 아이」·「별」·「닭제」를 자세히 고찰해보겠다. 또한 위의 방법론을 바탕으로 하여 황순원 단편소설들 중 모성원형이 잘 형상화되어 있는 작품들을 '긍정적 모성성', '부정적 모성성', '복합적 모성성'의 셋으로 분류한 후 각각의 작품들에 나타난 모성원형의 양상에 대해 규명해보겠다.

특히 모성원형이 잘 형상화되어 있는 단편소설들이 바로 이니시에이션 스토리를 가지고 있는 단편 소설들인 「산골 아이」·「별」·「닭제」이며, 이 작품들이 황순원 소설의 본령을 잘 요약해서 보여주고 있다고 판단함에 따라 이 작품들을 중점적인 연구 대상으로 삼되, 긍정적·부정적·복합적 모성성이 선명하게 드러나 모성원형이 잘 형상화된 작품들을 셋으로 분류한 후 각 작품에 드러난 원형상에 대해서 살펴보고자 한다. 이처럼 Ⅲ장에서는 위의 세 작품을 중심으로 모성원형이 다양한 양상으로 형상화된 단편소설들을 분석심리학 연

신성한 힘]으로, 의식과의 충동을 통해서 비로소 이런저런 또는 모순적 이원성이 된다.

구방법인 확충(amplification)을 이용하여 집중 분석해보기로 하겠다.

이를 통해 황순원이 아이를 초점 화자로 삼은 이유에 대해 주목해보겠다. 또한 그 과정에서 아이가 '영원한 소년[puer aeternus, 뿌에르 에테르누스][75]의 특성을 보이고 있음에 주목하기로 하겠다. 뿐만 아니라 이 작품들에 나타난 부성성과 모성성이 개인적인 아버지, 어머니를 넘어 보편적인 부성성과 모성성을 띠고 있음을 규명해보겠다. 즉 황순원의 소설 속에 등장하는 개인적인 어머니와 모성원형과의 관계, 그리고 그것들이 한 개인 안에서, 혹은 그가 살고 있는 삶 안에서 어떻게 관계하고 작용되는지에 대해 언급해보도록 하겠다.

본고는 황순원의 단편소설들 중에서도 이니시에이션 스토리를 가지고 있는 작품들과 모성원형의 다양한 양상들을 형상화한 작품

---

75) 영원한 젊은이[Puer aeternus]는 고대 신의 이름으로 Ovid의 Metamorphoses에서 유래했으며 그 책에 나오는 어린이 신(child-god) Iacchus에게 붙여진 이름이다. 여성형으로는 puella aeterna이고 영어로는 eternal youth라고 한다. 주로 부정적인 의미로 사용할 때 'Puer aeternus'라는 용어를 쓴다. 본고에서는 폰 프란츠의 책인 『The Problem of the Puer Aeternus』와 『Senex and Puer』, 융의 「어린이 원형」을 주요 참고문헌으로 삼아 논의를 진행한다.

일찍이 김현은 성관계에서 황순원 인물들의 상당수가 도착적이라는 면에서 주목을 요하기에 정밀한 분석을 할 필요가 있다는 견해를 피력한 바 있다. "대부분의 경우, 여자는 풍만하고 멋있는 육체를 소유하고 있으며, 남자들은 여위고 병적인 육체를 갖고 있다. 여자는 거의 언제나 능동적으로 작용하며, 남자가 먼저 관계를 요구하는 경우는 깅깐이나 배음의 형태로 상대방의 반응이 거의 무시된다. 남녀 간의 관계에서 항상 '딸'기만 하는 남자가 동성연애에서는 비교적 행복한 상태를 영위하는 것은 분석을 요한다."(김현, 「소박한 수락」, 『황순원 연구』, 황순원전집 12, 문학과지성사, 2000, p.97.) 김종회도 『일월』에 나타나는 소극성이 황순원의 소설에 등장하는 남성들이 거의 공통적으로 갖는 속성으로서 정적인 소극성에 머무르고 있지만, 여성상은 다르다는 견해를 피력했다.(김종회, 「소설의 조직성과 해체의 구조」, 『한국 문학이론과 비평』 제18집, 한국문학이론과비평학회, 2003.3.) 본고에서는 김현과 김종회가 주목한 황순원 소설 속의 남자들이 '뿌에르 에테르누스'의 성향을 가지고 있다고 파악한다.

들에 주목하고 있으나, 이것은 장편소설[76]에도 단편소설과 상호교
통이 가능한 비슷한 의미화의 구조[77] 및 '뿌에르 에테르누스'와 같은
모티프가 자리 잡고 있다는 믿음을 전제로 하고 있음을 밝혀둔다.

---

76) 『카인의 후예』의 박훈, 『나무들 비탈에 서다』의 동호·현태, 『일월』의 인철, 그리고
『움직이는 성(城)』의 준태는 섬약하고 병든 '낭만주의자들'이며 여자와의 관계에서 수
동적이다. 이처럼 '수동적인 남자 – 낭만주의자, 강하고 능동적인 여자 – 현실주의자'
의 대위법은 장편소설에서도 그대로 확인된다.

77) 본고에서 연구대상으로 삼은 황순원의 작품들은 단편들의 삽화적 구조와는 다르게
제시되어 있지만, '약하고 수동적인 남자 – 낭만주의자'와 '강하고 능동적인 여자 – 현
실주의자'의 대위법을 보이고 있다.(op.cit, pp.91~102 참조.)

Ⅱ
이론적 검토

1. 분석심리학의 기본 개념

본고에서 다루고 있는 모성원형에 대한 이해를 위해 연구의 이론
적 배경이 되는 분석심리학의 중요개념을, 문학 연구와 관련되는
내용을 중심으로 이야기해보겠다. 분석심리학이란 융(Jung.C.G.)의
심리학직 제가실(諸假說)을 말한다. 분석심리학은 심층심리학의 한
조류(潮流)에 해당한다. 심층심리학[78]이란 '무의식'을 심리적 실재로
보고 대상으로 삼아 연구하는 학문이다. 심층심리학에는 프로이트
의 정신분석학, 융의 분석심리학, 아들러의 개인심리학이 있다.

융은 예술이 신화·종교와 마찬가지로 정신의 한 현상으로서 '무

---

78) 심층심리학은 문학, 예술 및 신화나 민담을 해명하는 데 큰 영향력을 발휘했다. 왜냐
하면 이들은 모두 합리적인 정신의 산물로 보기 어렵다는 이유 때문에 쉽게 무의식의
영역으로 소급시킬 수 있었기 때문이다. 따라서 전래의 민담과 전설 등과 같은 옛 이야
기를 내용으로 한 황순원 초기 단편이 형상화하고 있는 삶을 담은 소설 미학을 이해하
는데 있어서 분석심리학은 적절한 연구방법이 되리라는 판단 하에 연구를 진행한다.

의식'에 공통의 지반을 둔다고 보았다. 융에게 있어 정신은 그 스스로의 '자율적 활동'으로서 창조적 능력을 수행하여 의식에 끊임없이 영향을 미치는 정신의 전체성으로서의 무의식이다. 그래서 무의식의 자발적인 창조적 충동은 신화, 종교와 더불어 예술에서 상징[79]적 형상으로 드러난다. 따라서 '무의식'은 예술창조의 근원적 정신이라 할 수 있다.[80] 융은 무의식에는 억압된 성적 욕구나 충동뿐만 아니라 종교적 원천과 같은 전혀 다른 창조적 가능성이 있는데 이는 모든 인류에게 태초의 시간부터 내재하는 것이며, 단순히 개인적인 획득물이나 부속물 이외의 다른 것을 포함[81]하는 것이 무의식이라고 역설했다.

융에 의하면, 위대한 예술 작품은 꿈[82]과 유사하다. 왜냐하면 표면적인 명료성에 관한 한, 예술 작품은 그 자체로 스스로를 설명하지 않고 언제나 모호하기 때문이다.[83] 융에게 있어서 예술은 혼란스러운 본능을 의식의 질서 속으로 통합시키는 하나의 방법이었다.[84]

---

79) '상징'은 희랍어의 동사 "Symballein"으로 "함께 던져진 것(to throw together)"을 의미한다. 융은 이것을 권위 있는 원형(Archetype)을 묘사하기 위한 의식적인 마음에 의해 선택된 심상(image)의 형태들 속에 포함되어 "함께 던져지는(throwing together)" 것으로 보았다.(James Baird, *Jungian Psychology in criticism*, ed.by Joseph P.Strelka, *Literary criticism and psychology*, pensylvania state university, 1976, p.9.)

80) 졸고, 「문학의 분석심리학적 연구에 대한 고찰」, 『고황논집』 제51집, 2012, p.104.

81) C. G. Jung, 한국융연구원 C. G. 융 저작 번역위원회 옮김, 『인격과 전이』, 융 기본 저작집 3, p.30.

82) 황순원의 소설에는 '꿈'이 문학적 장치로 빈번하게 활용되고 있는데, 대부분 주인공 의식의 간접적 표명을 통한 스토리의 매개 기능을 맡는다.(안영, 「황순원 소설에 나타난 꿈 연구」, 『어문논총』, 중앙대, 1982; 김영화, 「황순원의 소설과 꿈」, 『월간문학』 제183호, 1984 참조.)

83) Jung. C. G., *Collected Works of C. G. Jung*, Princeton university Press, 1953~1979.

예술 작품의 개별적 특성과 의미는 그것의 외부 결정요소 안에 있
는 것이 아니라 그것 안에 내재되어 있다. 따라서 사람이 그의 능력
을 그것 스스로의 법칙에 따라 사용하고 그 자체를 자신의 창조적
목적의 이행으로 형성하면서 오직 영양이 되는 매개체로 사용하는
살아있는 것으로 설명할 수 있을 것이다. 융은 이렇게 창조적인 충
동은 이것의 영양분을 흡수하는 땅의 나무처럼 그 안에서 자라고
살며, 창조적 과정은 인간 정신에 심어져 있는 살아 있는 것이라고
보았다.[85]

　융이 「분석심리학과 문학」에서 언급한 바 있듯이, 인간 정신은
모든 예술과 과학의 발생지이기 때문에 정신적 과정에 대한 연구인
심리학이 문학 연구에 가져와질 수 있다는 것은 명백하다. 또한 정
신에 대한 연구는 예술 작업의 심리학적 구조를 설명할 수 있어야
하고, 다른 한편으로는 사람을 예술적이고 창조적으로 만드는 요소
를 드러낼 수 있어야 한다.[86]

　융은 모든 심적 동기에서 나온 인간의 작업은 심리학의 대상이
될 수 있다고 보았다. 그 이유는 마음이란 모든 과학의 어머니인 동
시에 모든 예술작품의 어머니이기 때문이다. 예술작품은 어디서 유
래된 것이거나 무엇으로 연역될 수 있는 게 아니고 창조적으로 새
로 형성된 것이다. 또한 융은 예술가의 개인적 심리가 작품 그 자체

---

84) Barbara Rogers - Gardner, *Jung and Shakespeare; Hamlet, Othello, and the Tempest*, Chiron Publications, 1992.

85) Jung. C. G., *On the Relation of Analytical Psychology to Poetry; in The spirit in Man, Art and literature*, princeton university Press, 1978, pp.34~38.

86) *Op.cit.*, p.39.

는 아니[87]며, 예술 작품은 인간이 아니고 개인적인 것을 초월한 어떤 것이기에 진정한 예술 작품이 가지고 있는 특별한 의의는 이것이 개인적 한계를 벗어났고 창조자의 개인적 관련을 넘어 날아올랐다는 사실에 있다[88]고 보았다.

따라서 모든 작품이 창작되기 위해서는 작가 무의식의 창조적 충동과 무관하지 않다고 보았다. 이것이 무의식의 자율적 콤플렉스라고 하는 것으로 이는 상징으로 작품 속에서 그 모습을 드러낸다.

분석심리학에서 상징은 두 가지 주요 기능을 갖는다. 회고적이고 본능에 이끌리는 측면과, 전망적이고 인류 궁극적인 목표에 이끌리는 상보적인 측면이 바로 그것이다. 여기에서 상징은 회고형의 분석에서 본능적인 기초를 밝히며, 전망형의 분석은 인간의 완성, 재생, 조화, 정화 등에 대한 갈망을 나타낸다.[89] 융은 바로 이 상징을 이해하는 방향에서 작품 분석에 접근했다.

1) 의식과 무의식

본고에서는 황순원의 단편소설 중에서 「산골아이」·「별」·「닭제」가 자아의 의식발달 단계를 선명하게 보여주고 있음에 주목한다. 따라서 의식과 무의식에 대한 설명도 이러한 논지 전개의 근거를

---

87) Jung. C. G., *psychology and literature; in The spirit in Man, Art and literature,* princeton university Press, 1978, p.41.

88) Jung. C. G., *On the Relation of Analytical Psychology to Poetry; in The spirit in Man, Art and literature,* princeton university Press, 1978, p.34.

89) C.S.Hall, G.Lindzey, *Theory of personality;* 이상로 외 옮김, 『성격의 이론』, 중앙적성출판부, 1980, p.148.

제시하는 방향으로 서술하도록 하겠다.

　융에 의하면 인간 정신은 의식과 무의식으로 구성되어 있는데, 의식이 무의식적인 것에서 유래된다고 본다. 즉 인간의 의식은 유아기 때부터 무의식에서 계속 발달하고 있다는 것이다. 이어서 융은 의식발달 단계를 세 가지로 구분하였다. 첫째는 원시인의 의식이나 유아의 의식 상태와 같은 태고적이며 혼돈적인 단계이고, 둘째로는 자아 콤플렉스의 발달과 더불어 생기게 되는 일원적인 상태이며, 셋째는 의식에로의 길인데 이것은 자신의 분열상을 의식하는 이원론적인 상태를 말한다.[90]

　이를 기반으로 하여 융 학파인 노이만(Neumann, Erich)은 『의식의 기원사』에서 자아와 의식의 발달[91] 단계를 신화적으로 창조신화, 영웅신화, 변환신화 단계로 나타내고 있다. 융은 노이만이 『의식의 기원사』에서 했던 작업은 자아와 의식의 발달과, 원형들에 관한 총체적인 그림을 보여준 것이라고 보았다. 이 책에서는 융의 이론을 바탕으로 자아의 발달을 원형적 단계들로 기술하여 자아 발달이 계통 발생적이면서 개체 발생적으로 전개해나가는 과정을 설명하고 있다.

　일련의 원형들은 신화의 본질적 구성요소를 형성하고 있으며, 원형들의 법칙에 따라 의식의 발전이 단계별로 드러나게 된다. 개체 발생적 발달에서 보면 한 개인의 자아의식은 인류의 내부에서 의식

---

90) Jung. C. G., *Modern Man in search of a soul*, routledge Kegan Paul, p.114.

91) 융에 의하면 의식의 발달은 어머니와의 구분, 부모 및 가족으로부터의 구분에서 생겨나며, 무의식과 본능의 세계에서부터 어느 정도 분리되어야만 이루어질 수 있다.(Jung. C. G., Métamorphose de l'âme et ses symboles, Librairie de l'Universite, Georg&Cie S.A., 1953, p.373.)

의 발전을 규정해왔던 동일한 원형적 단계들을 통과해야 한다. 각 개인은 자신의 삶에서 인류가 앞서 살아간 그 자취를 고스란히 더 듬어가게 되어 있다. 곧 분석심리학에서 신화 및 민담을 연구하는 것은 여기에서 원형적 상들과 관련된 침전물을 찾아보려는 것이다.

아동기 분화 과정의 특징은 아동의 완전함과 전체성을 이루고 있던 모든 요소들이 포기되고 상실된다는 점이다. 그런 요소들은 아동의 심리 안에 규정된 것으로 플레로마[92], 즉 우로보로스[93]를 통해 주어진 것들이다. 아동은 전(前) 개인적 본질에서, 더 나아가 집단 무의식에 의해 결정되므로, 실제적으로 선조의 경험을 간직한 담지자이다.[94]

---

92) 플레로마(고대 그리스어 : πλήρωμα pléróma)는 "채우다"(to fill up) 또는 "완전하게 하다"(to complete)를 뜻하는 플레로오(πλήρης pléroó)[1]에서 유래한 낱말로, 충만·완전, 채우는 것·완전하게 하는 것, 채워진 것·완전하게 된 것, 충만한 상태·완전한 상태를 뜻한다.

93) 우로보로스(그리스어: ουροβόρος)는 "꼬리를 삼키는 자"라는 뜻이다. 고대의 상징으로 커다란 뱀 또는 용이 자신의 꼬리를 물고 삼키는 형상으로 원형을 이루고 있는 모습으로 주로 나타난다. 세계창조가 모두 하나라는 것을 나타내는 상징도로서 천지창성 신화나 그노시스파에 이용되었다. 종말이 발단으로 되돌아오는 원 운동, 즉 영겁회귀나 음과 양과 같은 반대물의 일치 등 의미하는 범위는 넓다. 연금술에서는 우주의 만물이 불순한 전일(원물질)에서 나와서 변용을 거듭한 후, 순수한 전일로 회귀하는, 창조·전개·완성과 구제의 원을 나타내는데 사용되었다.(『종교학대사전』, 한국사전연구사, 1998.)

　우로보로스는 수세기에 걸쳐서 여러 문화권에서 나타나는 상징으로, 시작이 곧 끝이라는 의미를 지녀 윤회사상 또는 영원성의 상징으로 인식되어 왔다. 융에 의해 인간의 심성을 나타내는 상징으로 여겨졌다. 또한 원을 손가락으로 따라가다 보면 끝을 찾지 못하고 무한하게 회전을 되풀이한다는 점 때문에 우로보로스에게도 '불사' 또는 '무한' 등과 같은 의미가 주어졌다. 그리고 그 속에는 탄생과 죽음을 끝없이 되풀이하는 '시간'이라는 의미도 포함되어 있었다.

94) Neumann, Erich, Hull, R.F.C., *The Origins and History of Consciousness*, Princeton University Press, 2007; 노이만, 이유경 역, 『의식의 기원사』, 분석심리학연구소, 2010, p.54.

무의식이란 우리가 가지고 있으면서 아직 모르고 있는 인간 정신의 모든 것을 말한다. 융은 무의식을 개인의 생활과 체험에서 유래한 개인적 특성과 관련된 경험의 저장고인 '개인무의식'과, 초개인적으로 계통 발생적인 모든 인류에게 공통적으로 존재한다고 본 '집단무의식'으로 나누어 설명한다.

융은 자신의 연구 영역을 임상에만 두지 않고 정신 현상과 관련된 제반 학문들, 즉 철학·인종학·예술·종교·신화학 등의 탐구를 통하여 인간의 공통된 정신의 전형성인 '원형(原型)'을 '집단무의식'으로 상정함으로써 정신이 카운슬링(counseling)의 방에서 빠져나올 기회를 제공하고, 상상력의 영역에 주목할 통로를 개설하게 된다. 이로써 정신이 오랜 정감적, 창조적 근저에 연결된 기회를 갖게 됨에 따라, 개인을 넘어서 모든 삶의 원형적 기초인 미지의 것으로 되돌아가 심리학이 개별적 관계가 아니라 그 역의 관계를 통해 정신의 문제를 해결한 고전적 인간과 고대인의 전통을 따르게 되는[95] 발판을 마련하는 계기가 된다.

무의식은 독립적으로 의식적 태도들 또는 성격과 대상적인 관계를 구성할 수 있는 능력이 있는 '자율적 실재'이다. 융은 "무의식의 자기 조절"이 존재하기 때문에, 무의식은 '요구'할 수 있을 뿐 아니라 자신의 욕구를 다시 거두어들일 수도 있[96]으며 현실적·의식적 통찰을 능가하는 지성과 합목적성을 발휘할 수 있다[97]고 보았다.

---

95) Roberts Avens, *Imagination is Reality: Western Nirvana in Jung, Hillman, Barfield and Cassirer*, University of Dallas, 1980, p.41.

96) Frey-Rohn, Liliane, *From Freud to Jung: A Comparative Study of the Psychology of the Unconscious*, trans. Fred E. Engreen and Evelyn K, Shambhala, 1974, p.66.

그 중에서도 집단무의식은 '무의식의 더 깊은 층'으로서 인류의
비개인적이며 보편적인 근본 특성을 말한다. 융은 '꿈에서 신화와
종교의 모티프가 명료하게 이용되는 것도 집단무의식의 활동을 시
사하는 것이라고 보았다.[98]

즉 집단무의식은 아득한 시간 이래 인간 정신에서 상응하는 경험
을 통하여 형성[99]된 것으로, 태어날 때 이미 부여되어 있는 선험적
조건이며 예외 없이 유전되는 성질을 가지고 있다.[100] 융의 집단무
의식은 또한 강한 에너지를 저장하고 있는 층으로서 강력한 정동
(emotion)을 일으키는 곳[101]이다. 집단무의식의 원형과 본능은 '우리
내부에 있는 선조들의 경험'이다.

집단무의식은 의식의 뿌리이며 모든 창조와 파괴의 가능성을 잉
태하는 씨앗과 같은 것으로, 많은 원형(archetype)들로 구성되어 있
다. 원형은 문화나 인종의 구별 없이 존재하는 인간의 가장 원초적
인 유형[102]을 말하는 것으로, 집단무의식을 구성하는 가능성을 지니
고 있는 선험적 조건들[103]을 일컫는다.

모드 보드킨(Maud Bodkin)은 융의 말을 빌어서 시에서 나타나는

97) Jung, C.G., *Dogma and Natural Symbols; in Psychology and Religion*, p.81.
98) Jung. C. G., 한국융연구원 C. G. 융 저작 번역위원회 옮김, 『인격과 전이』, 융 기본
   저작집 3, p.59.
99) *Ibid.*, p.152.
100) Jung. C. G., 한국융연구원 C. G. 융 저작 번역위원회 옮김, 『원형과 무의식』, 융 기
   본 저작집 2, 2002.
101) 이부영, 『한국 민담의 심층분석』, 집문당, 1995, p.24.
102) Jung. C. G., 한국융연구원 C. G. 융 저작 번역위원회 옮김, 『꿈에 나타난 개성화과
   정의 상징』, 융 기본 저작집 5.
103) *Ibid.*, 1995, pp.41~112 참조.

비슷한 원형들을 "시대마다 달라지는 변화의 와중에서도 지속되는, 그러면서도 주제에 감동을 받는 사람들의 마음속에 들어있는 정서적 성향의 패턴 또는 형태에 일치하는 특정한 형식이나 패턴"[104]이라고 불렀다. 융은 또한 신화와 무의식에서 보이는 패턴은 전 인류가 갖는 내적 유사성에 대한 전제 조건이고 신화적 모티프에서 주로 발현되며, 현 시대인의 무의식적 산물 속에서 반복해서 자연스럽게 재등장[105]한다고 보았다. 이처럼 타고난 구조로서의 원형은 인류의 집단무의식에 속하며 인간성이 시대를 거듭해 천천히 진화하면서 인간 본성의 본질적 법칙뿐만 아니라 이미지를 구성하는 것이라고 할 수 있다. 관계들에는 수많은 원형이 존재한다.[106]

특히 모성원형은 인간으로 하여금 세상에서 '어머니'를 발견하게 하는 소인을 제공한다. 살과 피로 이루어진, 양육하는 어머니에 대한 실제 경험은 단지 모성원형을 '배열'하거나 '자극'한다.[107]

이러한 유형이 하나의 상으로 표현된 것을 원형상(Archetypal Image)이라 하는데 수많은 원형상은 꿈, 민담, 신화, 종교 현상 등 무의식의 심연 속에서 자기를 현시한다.[108] 한편 신화의 세계는 물론

---

104) Maud Bodkin, *Archetypal Patterns in Poetry*, Oxford University Press, 1934, p.8.
105) Jung. C. G., letter dated May 30, 1960: *in Letters*, Ⅱ, p.560.
106) 우리의 내부에서 이미 반응하도록 되어 있는 준비 상태는 원형에 해당하는 것이므로, 원형이 콤플렉스를 형성하는 기초가 된다. 이렇게 콤플렉스의 핵심에는 원형이 자리를 잡고 있는데, 융은 '근친상간 원형'이 첫 번째로 발견된 원형으로서 프로이트가 발견했다고 본다. 신비한 근친상간적 합일에 대한 다양한 상징의 형태가 의식화되는 것, 즉 근친상간의 원형 이미지로서의 융합은 대극의 조화와 정신적 합일의 과정을 상징적으로 의미한다고 본 것이다.
107) Jung, letter dated February 13, *in Letters*, Ⅰ, p.414.
108) *Ibid.*, p.33.

이고 민간신앙이나 원시종교에서의 귀령관(鬼靈觀)에는 풍부한 원형
상이 반영되어 있다.[109] 원형이 일으키는 감정은 평범한 것이 아니라
누미노제(Numinose)[110]를 내포한 감동 또는 충격이다. 그것은 초인적
이며 비인간적인 충동이다. 원형의 내용은 하나의 상(像, image)으로
나타나기에 융은 원형은 이미지이며 동시에 감정이라고 보았다.[111]

의식의 중심에 의식을 대표하는 자아(Ego)가 있는 것과 같이 개
인무의식에는 그림자(Shadow)가 있다. 그림자[112]란 '나(자아)'의 어두
운 면으로서 무의식적 측면에 있는 나의 분신이다. 즉 그림자는 의
식화되지 않은 인격의 어두운 면이라 할 수 있다.[113] 자아의식이 강

---

109) 이부영, 『분석심리학』, 일조각, 1998, p.107.

110) 누미노제. 오토(R.Otto)가 라틴어 numen(神的 存在)의 형용사 numinos로부터 종교
   적 경험에 있어서의 비합리적인 것을 나타내기 위해 만든 말. 초세속적, 압도적 절대
   타자이며 경외의 감정과 종교적 매혹(tremendum ac fascinosum)을 내포하고 있다.
   (임석진 외 편저, 『철학사전』, 2009, 중원문화)

111) Jung. C. G., *Man and his symbols*, Dell, 1977; 이부영 외, 『인간과 무의식의 상징』,
   집문당, 2000.

112) 그림자는 보통 개인무의식의 특징을 나타내지만 때로는 집단무의식의 내용인 원형의
   상을 띤다. 그런 이유들로 해서 우리들이 될 수 있으면 깊이 살펴보지 않으려 하는 우리
   의 인격의 여러 측면을 우리는 꿈을 통하여 알게 된다. 이것이 바로 융이 말한 "그림자
   의 인식"이다. 어떤 면에서는, 그림자 역시 개인의 사적인 생활 밖에 있는 근원에서
   나온 집단적인 요소들로 구성될 수 있다.(폰 프란츠, 「무의식의 상징」, p.173) 그림자는
   의식에서 제거해 버린 것들로만 구성되지는 않는다. 그것은 충동적이거나 부주의한 행
   위에서도 똑같이 본색을 드러낸다. 게다가 그림자는 의식적 인격보다도 훨씬 더 심한
   정도로 집단적 감염에 노출된다. 우리들의 결점들이 그림자에 의해서 드러날 때 우리
   는 직관하는 대신 오히려 그것들을 다른 사람들에게 투사한다.(Ibid., p.177) 그림자가
   우리의 친구가 되느냐, 적이 되느냐는 주로 우리들 자신에 달렸다. 그림자는 반드시
   언제나 적대적인 것은 아니다. 그림자는 그가 무시되거나 오해될 때에만 적대적이 된
   다. 그림자의 두 가지 측면, 즉 하나는 위험하고, 다른 하나는 가치 있는 측면을 가지고
   있다고 말할 수 있다.(Ibid., p.179)

113) Jung. C. G., *Aion : Researches into the Phenomenology of the Self*, Princeton
   University Press, 1969, p.14.

하게 조명될수록 그림자는 더욱 짙어지게 마련이다. 자아와 그림자
는 서로 대극 관계로서 상호보완적이다.

그림자는 겉보기에는 자아의 바로 밑바닥의 어두운 그늘 속에 있
는 심리적 경향 또는 내용이므로 그 특징은 상당히 자아의식의 특
징과 닮았다고 볼 수 있고 비슷하면서도 전혀 예기치 못했던 경향
을 띄게 된다.[114] 그림자는 이렇게 겉보기에는 낮고 열등한 성격을
띠지만, 사실은 창조적인 성질을 가지고 있다고 융은 지적한다.[115]
따라서 우리가 우리의 마음속의 그림자들을 하나씩 소화시켜 나갈
때 우리의 의식은 그만큼 넓어지며 자신에 대한 통찰은 깊어지게
되면서 우리에게 창조적이며 긍정적인 것으로 바뀌게 되는 것이다.
인간 속에는 정신의 분열을 지양하고 통일케 하는 요소가 내재하기
때문에 자아의 좁은 울타리를 넘어 무의식적인 것을 깨달아가면서
본연의 자기를 실현시킬 수 있게 된다.

융은 또 우리 내면에 있는 수많은 요소들이 대극적(對極的)으로
존재한다고 보았다. 의식과 무의식, 자아(ego)의 밝은 측면과 어두
운 측면인 그림자(shadow), 외적 인격과 내적 인격, 사고와 감정 등
이 바로 그렇게 대극적으로 존재하는 요소들이다. 이를테면 '흥부
와 놀부', '콩쥐와 팥쥐', '가짜와 진짜' 등 무수한 쌍들이 바로 인간
정신의 의식성과 무의식성, 명과 암을 표현하고 있다.[116] 융은 이 대
극적인 요소들을 끊임없이 인식하고 통합시켜 나가야 한다고 보았
다. 우리 자아의식이 이 대극적 요소 가운데 어느 하나만을 강조하

---

114) 이부영, 『그림자』, 한길사, pp.58~59.

115) Jung. C. G., *ibid.*, p.380; 이부영, 『그림자』, 한길사, 1999, p.81 재인용.

116) 이부영, 『분석심리학』, 일조각, 1998, p.70.

고 발달시키면 그 요소는 우리 인격에 지배적인 위치를 차지하게 되고 우리 정신은 균형을 잃게 되어, 우리가 기대하지 않고 있을 때 이 발달되지 않은 요소가 반란을 일으켜 우리 의식의 표면을 뚫고 나와서 우리 의식을 지배하게 된다는 것이다.[117]

무의식의 의식에 대한 관계는 대상적이어서 무의식은 의식에 결여된 것을 보충하는 역할을 함으로써 개체의 정신적인 통합을 꾀한다. 의식이 너무 일방적이고 지적(知的)이면 무의식은 정적인 특징을 띠고, 의식이 지나치게 외향적이면 무의식은 내향적인 경향을 띤다.[118] 인간의 의식은 무의식에 비해 극히 작은 일부에 불과하므로 우리의 의식이 정신세계를 대변할 수 없다. 그러므로 의식의 중심이 되는 자아는 내부 세계와 관계를 맺고 적응해 가면서, 무의식적인 것을 깨달아간다. 이러한 무의식의 내용과 부딪치면서 무의식의 내용을 이해하게 되면, 자아는 의식의 영역을 넘어 인간 정신의 성숙을 이룰 수 있다는 것이다. 이를 '개성화과정' 또는 '자기실현(individuation)'이라 부른다.

2) 내적 인격과 외적 인격

융은 인간의 무의식 속에 독자적 인격이라 할 만한 것이 존재한

---

117) 융은 이런 현상을 에난치오드로미(enantiodromie)라고 명명하면서 우리가 건강한 정신 생활을 해나가기 위해서는 이 현상을 특히 조심해야 한다고 주장하였다.(Jung. C. G., *Type psychologique*, librairie de l'université Georg et Cie S. A., 1950, pp.424~425.) 이 원초적인 대극상은 우리 삶에서 빛과 어둠, 남과 북, 건조함과 습기참 등 많은 상징적인 모습으로 나타난다.

118) 이부영, *op. cit.*, p.71.

다고 보았는데 이를 내적(內的) 인격이라고 불렀다. 융은 페르소나
(persona) - 집단사회에 적응하는 가운데 형성된 외적(外的) 인격 - 에
대응하는 무의식적 인격을 내적 인격이라고 보았다. 또한 융은 외
적 인격이 타고난 성에 따라 남성성과 여성성의 특성을 나타내듯
이, 내적 인격도 남성과 여성에 따라 각기 다른 특성을 나타낸다고
역설했다.

　융은 우리 정신 속에서 우리의 내면적인 욕구를 표현하고 우리를
영혼의 세계로 인도하는 것은 우리의 자연적인 성과 반대되는 성의
이미지, 행동 양식, 정서적 반응이라고 주장하였다. 다시 말해서 한
남자 안에서 그의 내면적 욕구는 여성과 관계되는 이미지나 행동
양식, 정서적 반응을 통해 나타나며 그것들은 우리의 정신 속에 하
나의 정신적 요소로 존재한다는 것이다. 이렇게 남성 속에 있는 여
성적 요소가 아니마(anima)이고, 여성 속에 있는 남성적 요소가 아
니무스(animus)이다. 아니마와 아니무스는 우리 꿈이나 환상 또는
행동을 통해서 나타나 우리에게 영혼의 상태를 보여주고 우리를 환
상의 세계로 이끌어간다. 그것은 우리 마음속의 혼과 같은 것으로,
자아의식을 초월하는 성질의 표현이며 자아의 통제를 받기보다는
고도의 자율성을 지닌 독립된 인격체와 같은 것이다. 그러므로 우
리가 우리 인격을 성숙시키기 위해서는 우리에게서 이성의 모습으
로 나타나는 이 정신적 요소들을 유심히 관찰하고 그 요청에 귀를
기울여야 할 필요가 있다.[119]

---

119) 폰 프란츠가 아니마를 가리켜서 자기실현의 길잡이라고 한 것은 이 때문이다. 우리
　　무의식 속에는 우리 의식이 인식하고 실현시켜야 하는 요소들이 많이 있다. 그 무의식
　　적 요소들을 소홀히 하고 무시할 때 우리 삶은 경직되며 개인과 사회는 위험에 빠져든

한편 아니마·아니무스는 여성적인 것과 남성적인 것이 동일한 육체 가운데에서 함께 공존하고 있다는 인류의 신화에서 착안한 개념이다.[120] 내적 인격은 본래 그렇게 체험하게끔 준비된 원초적인 조건, 즉 원형 가운데 하나이다. 그러나 융은 아니마·아니무스가 어디까지나 경험적 관념이므로 철학적·이론적으로 이해하기보다는 경험적으로 이해될 필요가 있다고 강조한다. 페르소나가 자아와 외계 사이를 중재해주는 기능을 하듯이, 아니마·아니무스도 자아와 내면세계를 중재하는 기능을 한다.

한편 자아가 외부세계와 접촉하는 가운데 자아는 외부의 집단세계에 적응하는데 필요한 여러 가지 행동양식을 익히게 되는데 이것을 융은 외적 태도 또는 페르소나(persona)[121]라고 불렀다. 페르소나는 집단정신의 한 단면으로, 외계와의 적응에서 생긴 것이기 때문에 근본적으로는 실제적인 것이 아니며 개인과 사회 사이에서 처신하기 위해 필요한 일종의 타협이다.[122] 이것은 그 집단 밖에서는 인정될 수 없는 경우도 있다는 점에서 인간의 보편적·원초적 행동유형과 반드시 일치하는 것은 아니다.

인간이 집단속에서 삶을 영위하는 이상 가족과 사회의 교육을 통해서 페르소나를 형성하고 그것을 강화하는 것은 필요하다. 특히

다.(Von Franz. M. L., *An introduction to the psychology of fairy tales*, spring publications, 1973, pp.69~70 참조.)

120) Jung. C. G., *Psychology and Religion*, C.W.11, Princeton university press, 1977: 융 저작집, 『심리학과 종교』, p.43.

121) 페르소나는 고대 그리스에서 연극할 때 쓰던 가면을 일컫는다. 사람들은 누구나 페르소나를 배우고 여러 종류의 페르소나를 번갈아 쓰면서 사회 속을 살아간다. 우리나라 말 가운데 '페르소나'에 해당되는 말로는 '체면', '얼굴', '낯'과 같은 것이 있다.

122) Jung. C. G., *Two Essays on Analytical Psychology*, pp.245~246.

유아기에서 청소년기에 이르기까지 페르소나의 형성은 외계와의 관계에서 없어서는 안 될 것이다. 여기에서 위험한 것은 페르소나와의 무조건적인 동일시이며 이것이 심해지면 자아는 그의 내적인 정신세계와의 관계가 힘들어지게 되어 인격의 해리를 일으키게 된다. 자아가 외적 인격과 동일시되면 내적 인격과 관계를 잘 맺지 못하기 때문에 오히려 그 영향을 받아 내적 인격에 의해 자아가 동화된다. 페르소나는 가상이다. 그러나 그것은 없애야 할 것이라기보다는 구별되어야 할 것이다. 페르소나 자체가 나쁜 것이 아니라 페르소나와의 맹목적 동일시가 문제가 된다. 따라서 사회적 역할, 의무, 도덕규범, 예의범절과 같은 것을 없애야 하는 것이 아니라 맹신하지 않는 것이 필요하다.

3) 자기실현의 작품화 과정

자아(ego)가 의식의 중심이라면, 자기(Self)는 의식과 무의식이 하나로 통합된 전체 정신의 중심이다. 다시 말해 '자기'란 의식과 무의식이 하나로 된 정신의 본체, 전체정신이다.

무의식은 개인이 현실적 삶에서 어떤 위기에 직면하게 되어 마음의 평정을 잃었을 때 흩어져 있는 마음을 하나로 모아 전체정신이 되도록 이끄는 역동성을 지니고 있는데, 융은 이것을 무의식이 지닌 '목적의미'라고 설명한다. 무의식이 가지는 목적의미는 개인이 분열된 마음을 통일하여 자신이 지닌 숨은 능력, 즉 창조적 능력을 발휘하도록 하는 가능성이다.

이러한 가능성이 '자기원형(Self archetype)'인데 이는 집단무의식의 원형들 가운데 가장 핵심적인 원형으로, 분열된 정신을 하나로 통합하는 치유 능력을 가지고 있다. 이처럼 '자기원형'이 개인의 집단무의식에 존재하면서 진정한 자기 자신이 되게끔 이끄는 근원적 가능성이라면, '자기실현(individuation)'은 이러한 가능성을 자아의식이 통합하여 실천에 옮기는 능동적 행위를 의미한다. 자기실현의 여부는 개체의 자아가 가진 태도 여하에 달려 있기 때문에, 자아는 무의식에 관심을 두고 그 뜻을 이해해야 하며, 그렇지 않고서는 상징의 의미를 파악할 수 없다. 자기실현은 다른 말로 '개성화과정'이라고 부르기도 한다. 자기실현에 이르려면 페르소나에서 벗어나는 것, 즉 집단정신과 나의 삶의 목표를 구별해야 한다. 둘째로 필요한 것은 자아를 무의식의 내용의 암시적인 힘에서 구출하는 것이다. 자기실현은 그림자·아니마·아니무스의 의식화가 이루어져야 비로소 가능해진다. '자기(Self)'는 언제나 자아(ego)를 넘어서며, 자아가 자기를 알 수는 없다. 따라서 자기실현은 자신의 무의식의 원형상으로부터 나오는 신화를 인식하여 그 신화를 몸으로써 사는 것을 의미한다고 할 수 있는 것이다.

　한편 '모성원형'은 인간으로 하여금 세상에서 '어머니'를 발견하게 하는 소인을 제공한다. 살과 피로 이루어진, 양육하는 어머니에 대한 실제 경험은 단지 모성원형을 '배열'하거나 '자극'한다.[123] 모성원형은 파괴적으로 나타나기도 하지만, 그런 다음에는 운명을 형성하는 힘으로, 마침내는 새롭게 하고 변환하게 함으로써 삶을 생산하는 원리로 작용한다.[124]

---

123) Jung, letter dated February 13, *in Letters*, Ⅰ, p.414.

'영원한 소년'의 치유를 통해 '자기실현'을 하기 위해서는 우선 자아에 덮어씌운 '페르소나'를 벗기고, 자아를 무의식의 암시적인 힘에서 구출해야 한다. 그렇게 하기 위해서는 하나씩 깨달아가는 의식화의 과정이 필요한데, 그 과정에서 제일 먼저 부딪히는 무의식의 내용은 '그림자'이며 그림자 다음에는 아니마 또는 아니무스의 의식화가 뒤따른다.

이를 단계별로 구분해보면 '자아의 그림자 인식－자아의 아니마·아니무스 인식－원형상의 등장－무의식과 의식의 중심인 자기(Self)의 생성－자기실현의 생성'으로 나눌 수 있다. 자기실현과정에서 이 다섯 단계는 순서대로 나타나거나 한 단계 후에 다른 단계로 이행되어 나타나는 것은 아니고 한 사건에서 여러 단계가 복합적으로 나타나기도 하며, 종종 순서를 뒤바꾸어 나타나기도 한다.

이제 위의 다섯 단계를 '영원한 소년'과 '모성 콤플렉스'와의 관련성[125]에 유의하여 '모태로부터의 분리－그림자의 극복－페르소나(persona)와 자신과의 구별－부정적인 모성 콤플렉스에서 벗어나 자신의 아니마(anima) 인식하기－자기실현'으로 나누어 설명해보겠다. 그리고 자기실현의 작품화 과정을 설명하기 전에 '영원한 소년'의 의미를, 어머니와 자녀와의 관계를 중심으로 설명해보기로 하겠다.

124) 지벨레 비르크호이저－왜리, 이유경 옮김, 『민담의 모성상』, 분석심리학연구소, 2012, p.49.

125) 「별」에서 비롯하는 황순원의 한결같은 모색－어머니를 갈망하는 소년의 꿈은 「닭제」·「목넘이 마을의 개」·「잃어버린 사람들」 등을 거쳐, 『카인의 후예』의 오작녀에 이르러 하나의 상징적 결정체를 형성하였다고 할 수 있다.(천이두, 「청상의 이미지·오작녀」, 『한국현대소설론』, 형설출판사, 1983; 『황순원연구총서』 5, p.177.)

(1) '영원한 소년'과 모성 콤플렉스

본고에서 연구 대상으로 삼은 작품들의 초점 화자가 소년임을 미루어볼 때 자녀의 발달과 부모(특히 어머니)와의 관계가 한 개인의 삶에 지대한 영향을 주어왔음을 전제로 하여 어머니-자녀 관계를 연구한 융의 사상은 문학 연구 방법론 면에서 주목을 요한다.

융은 모성원형과 모성 콤플렉스를 통해 자녀의 정신발달에 지속적이며 결정적인 영향력을 행사하는 모성상과 그에 영향을 받은 자녀의 특성을 설명한 바 있다.

콤플렉스의 핵심에는 원형이 자리 잡고 있다. 콤플렉스(complex)는 우리 사고의 흐름을 훼방 놓고 우리를 당황하게 하는 마음속의 것들로, '감정적으로 강조된 심리적 내용'이며 '핵 요소와 그 주위에 모인 많은 연상'들로 이루어진다. 원형 주변에 그와 관련된 다양한 정서가 모여 일종의 감정 덩어리를 형성하는데 이것이 콤플렉스인 것이다. 개인의 고조된 감정은 콤플렉스를 활성화시키며 그 핵심에 있는 원형이 드러나게 되기 때문에, 아동이 개인적인 어머니[생모]에게서 느낀 정감들이 모성원형과 결합하여 모성 콤플렉스를 형성한다. 콤플렉스들은 그림자를 형성하고 아니마·아니무스를 자극하여 이야기를 통해 표현된다.

원형들은 상호보완적으로 작용하여 심리적 역동에 동참한다. 원형은 인간으로 하여금 부모, 어린이, 남녀 연인 등의 존재에 본능적이고 자발적으로 반응하도록 준비시키고 촉진한다. 융이 논의한 원형에는 모성원형·부성원형·근친상간 원형·아니마·아니무스 원형·그림자[126] 원형·여울 원형·트릭스터 원형·영웅원형·어린이 원형[127]·노현자 원형·태모원형·자기 원형 등 무수히 많은 원형이 있으며, 모성 콤플렉스 중심에는 모성원형이 있다. 끝이 없을 정도로 많은 수의 원형이 있는 이유는 인간의 다양한 상황의 수 만큼에 해당하는 원형이 있기 때문이다.

또한 콤플렉스는 자아와 '원형' 사이에 연결을 제공하고 원형적인 것을 개인적인 것으로 변환시키는 작용을 하기도 한다.[128] 콤플렉스의 핵심에는 두 가지 요소가 있는데 환경과 결부된 개인적 감정 경험과 개체의 성격에 내재하는 원형적 감정이 바로 그것이다.

융은 모성 콤플렉스가 현실적인 개인적 어머니와의 관계에서 파생된 감정이라면 모성원형은 인류가 태초로부터 모성과 모성적인 것에 대해 끊임없이 되풀이하여 경험해 온 모든 체험의 침전임을 강조했다. 아이가 어머니에 대해 경험하는 것은 실재의 어머니로부터 유래된 것이기도 하지만 어린이가 어머니에게 투사한 모성원형

---

126) 황순원은 "한국 작가로서는 드물게 그림자에 대하여 거의 본능적일 만큼 관심이 많은 작가"로 손꼽힌다. 그림자 원형에 대해 논의된 작품으로는 「그림자풀이」·「담배 한 대 피울 동안」·「늪」·『움직이는 성』·「지나가는 비」·「거리의 부사」·「허수아비」 등이 있다.(이상섭, 「'유랑민 근성'과 '창조주의 눈'」, 『황순원전집』 9, 문학과지성사, 1980.12; 이보영, 「인간 회복에의 물음과 해답」, 『한국대표명작총서』 12, 지학사, 1985.7; 문흥술, 「전통지향성과 이야기 형식 : 황순원」, 『언어의 그늘』, 서정시학, 2011 참조.)

127) 융이 말하는 어린이 원형은 의식과 무의식의 중재자로서 때로는 긍정적으로, 때로는 부정적으로 우리의 정신세계에 영향을 미친다.
"어린이는 버림받은 자, 내맡겨진 자이면서 동시에 신적인 힘을 가진 자이며, 보잘 것 없고 불확실한 시작이면서 영광스러운 결말이기도 하다. 인간 안에 내재한 '영원한 어린이'는 말로 표현할 수 없는 경험이며, 하나의 부적응, 불이익, 신적 특권, 그리고 궁극적 가치와 무가치를 하나의 인격에다 동시에 실현한 측량할 수 없는 존재에 해당한다." (Jung. C. G., The Archetypes of the Collective Unconscious, p.300; 융, 『원형과 무의식』, p.271.)

128) Shalit E., The Complex : Path of transformation from Archetype to Ego, inner city books, p.25.

에서 유래된 것이기도 하기 때문에 실재의 어머니와 모성원형 모두
가 모성 콤플렉스의 형성에 영향을 준다는 것이다.[129)]

샬리트도 콤플렉스가 원형적 본질과 개인적 경험에 의해 발생된
다고 역설했다.

> 콤플렉스의 근본적 작업은 변형의 수레바퀴로서 봉사하는 것이다.
> 이에 따라 원형적 본질이 살아있는 실제 안으로 옮겨진다. 콤플렉스는
> 원형적 핵과 개인적 경험을 정신적 삶의 흐름 안에서 서로 묶는다. 건
> 강한 상태에서 콤플렉스들은 원형적인 것에서 개인적인 것으로 순탄
> 하게 전환할 수 있다. 그러나 콤플렉스의 자연적 과정은 외적·내적으
> 로 발생한 다양한 이유에 의해 방해받는 면이 있다.[130)]

원형들이 집단무의식 안에 존재한다면, 콤플렉스는 주로 개인무
의식의 그림자 안에서 작용한다.[131)] 이처럼 모성 콤플렉스가 실재
어머니와의 관계에서 파생된 감정이라면, 모성원형은 집단무의식
에 내재된 선천적인 정신 에너지에 해당된다.

어머니는 남성이 만나는 가장 최초의 여성이다. 아들은 어머니와
에로스적인 매력으로 동일시하거나 저항하고 혐오함으로써 서로
충돌하기 때문에 아들의 모성 콤플렉스의 상은 매우 복잡해진다.

> 남성의 모성 콤플렉스는 결코 '순수하지' 않다. 그것은 언제나 아니
> 마의 원형과 혼합되어 있어서 결과적으로 어머니에 대한 남성의 진술

---

129) 융, 융 저작 번역위원회 역, 『원형과 무의식』, 융 기본 저작집 2, 2002.
130) Shalit E., *The Complex : Path of transformation from Archetype to Ego*, inner city books, p.68.
131) *Ibid.*, p.73.

은 대부분 정서적 반응, 즉 '흥분된' 반응이 전제되어 있다. 여성만이 유일하게 모성원형의 효과를 '흥분'된 감정이 섞이지 않은 상태로 조사할 수 있는 가능성이 있다. 물론 거기서도 보상적인 아니무스가 아직 생기지 않은 경우에만 성공할 가망이 있다.[132]

한편 모성원형은 양가적인 특성이 있어서, 생명을 낳고 기르고 보살피는 긍정적인 측면뿐만 아니라 파괴하고 죽이는 측면도 가지고 있다. 어린이를 자기 발치에서 떠나지 못하게 하여 그의 성장을 방해하는 것은 부정적인 측면을 보여주는 것으로, 신화 속에서 자기 아이를 잡아먹는 어머니가 바로 이런 경우에 해당한다.[133] 어머니의 자궁은 생명을 잉태하는 자리이기도 하면서 동시에 모든 것을 삼켜버리는 죽음의 함정과도 같다.[134]

융은 남성이 모성원형의 부정적인 특성에 사로잡히면 무의식에 병적으로 의존하여 창조적인 삶을 살기 어려워지며, 어머니의 '영원한 소년'으로 남게 된다고 하였다. 이처럼 모성 콤플렉스는 현실적 어머니와의 관계와 모성원형 사이의 역동적 관계에서 발생한다.

'영원한 소년'은 일반적으로 청소년기의 심리상태에 너무 오래 머무르는 경향이 있다. 이들은 대부분의 경우 어머니에게 지나치게 의존하여 모성 콤플렉스에 사로잡혀 자신의 고유한 삶을 살지 못하고 모성 콤플렉스에 의해 휘둘리는 삶을 살게 된다.[135]

---

132) 융, 융 저작 번역위원회 역, 『정신요법의 기본문제』, 융 기본 저작집 3, pp.206~207.
133) 융, 융 저작 번역위원회 역, 『영웅과 어머니』, 융 기본 저작집 8, 2006.
134) Jung, *Symbols of transformation*, Princeton University Press, 1967, p.264·396.
135) Von Franz, M.L., *The Problem of the Puer Aeternus*, 3rd Edition Inner City Books, Toronto, 2000.

그로 인해 '영원한 소년'은 여러 가지 특징을 보이는데 우선 자신을 특별한 존재로 생각하면서 일상의 삶에 적응하려 하지 않는다. 열등감과 잘못된 우월감을 동시에 가지고 있어서 "내 때가 아직 오지 않았다"라고 말한다. 영원한 젊은이는 스스로 움직이려 하기보다는 생각에만 골몰하는 습성이 있다. 위험한 스포츠 특히 비행(飛行)과 등반에 매료되는 경향을 보이기도 하는데 이는 가능하면 높이 올라가기 위한 것으로 현실, 즉 대지와 일상적인 삶으로부터 벗어나려는 것을 상징한다. '영원한 소년'은 모성 콤플렉스의 영향 때문에 남성성의 건강하고 강인한 속성에서 분리되며 실제적으로 노인과 같은 삶의 태도를 가지고 있다.

모성 콤플렉스에 사로잡혀 있는 '영원한 소년'은 동성애, 돈 주앙 [Don Juan] 같은 호색벽, 경우에 따라서는 성 불능증을 보이는 경향이 있다. 동성애에서는 이성의 요소들이 무의식적 형태로 어머니에 부착되어 있고, 돈 주앙 같은 호색벽의 경우는 무의식적으로 '모든 여성에게서' 어머니를 찾는다.[136] 동성애[137]는 이성애적인 리비도가 아직 어머니에게 결합되어 있어 어머니가 유일한 사랑의 대상이기 때문에 다른 여성과 성을 경험하는데 어려움을 겪는다. 이처럼 동성

---

136) 융, C. G., 한국융연구원 C. G. 융 저작 번역위원회 역, 「모성 원형의 심리학적 측면」, 앞의 책, 2002, pp.206~207.

137) 「내일」에는 동성연애를 암시하는 대목이 아래와 같이 나타난다.
   "그즈음 어떤 소년 하나를 알게 된 것이다. 학교가 다른 이쪽보다 한 살 아래인 소년이었다. 아주 계집애처럼 예뻤다. [⋯⋯] 소년은 만날 적마다 그 계집애처럼 흰 볼을 물들이면서, 저번에 받은 편지 속에서는 이러저러한 구절이 참 아름답다는 말을 했다. 이 말을 듣는 게 다시없는 행복이요, 즐거움이었다."
   한편 「내일」에서 막연하게 암시된 동성연애가 『움직이는 성』에서는 민구와 변씨의 관계와 같이 구체적인 사건으로 확대되어 제시된다.

애는 실질적으로 여성을 거부하여 생산성을 제거해버린다.[138] 따라서 성적인 욕구는 오로지 동성의 사람으로 충족되는 경향을 보인다. 돈 주앙니즘(Don Juanism)은 한 여인에게 매료되었다가도 그녀가 모든 것을 주는 완전한 여자가 아니라 평범한 인간이라는 것을 발견하면 실망해서 돌아서고 또 다른 여인에게 그 이미지를 투사한다.

'영원한 소년'이 가진 긍정적인 특성은 영성(靈性)이 발달되어 있기 때문에 대화하기 좋은 면이 있다는 점이다. 그들은 일상적인 것을 좋아하기보다는 심오한 질문을 하고 순수한 종교에 대해 추구하는 모습을 보인다.

'영원한 소년'이 되는 이유는 어머니의 과잉보호나 애정 결핍 때문이다. '영원한 소년'의 어머니는 그들의 아들이 자신에게 늘 머물러 있도록 아들에게 집착하여 아들을 둥지에 남아있게 하려고 애써왔으며, 아들은 항상 그곳에서 벗어나는 데에서 어려움을 겪고 오히려 둥지속의 안락감을 계속 즐기려 해왔다는 것이다. 따라서 '영원한 소년'을 치유하려면 부정적인 모성 콤플렉스에 대한 치유가 필요하다.

이미 언급한 바와 같이, 인생의 전반기에는 실재 어머니로부터의 분리와 독립을 통해 자아의식을 형성하는 것이 필요하다. '영원한 소년'은 유아적인 낙원이나 환상적인 삶에서 나와 창의적이고 자발적인 삶을 살 수 있도록 자기 내면의 소리에 귀를 기울여야 한다. 또한 '영원한 소년'이 심리적 자립을 수행하기 위해서는 '잡아먹는 태모의 살해'를 수행해야 한다. 그것이 불가능한 경우에 그 사람은

---

138) 융, 융 저작 번역위원회 역, 『원형과 무의식』, 융 기본 저작집 1, p.206.

무의식중에 작용하는 모성상(母性像)에서 유리(遊離)되지 못한 채 '영원한 소년'의 상태에 언제까지나 머무르며, 땅에 발을 내디딘 성인의 삶의 방식이 불가능하게 된다.

한편 신화를 완전히 상실한 것처럼 보이는 현대 문화에서도 신화는 인간의 생의 근본에 관련된 중대한 의미를 가지며 계속 작용하고 있다[139]고 융이 지적한 바 있듯이 인간은 무의식중에 신화를 창출하고 신화 속에서 계속 살아가고 있다.

본고에서 연구 대상으로 삼은 단편소설들의 초점 화자들은 바로 이러한 '영원한 소년'으로서, 자아의식을 형성하기 위해 노력하는 과정을 보여주고 있다고 판단된다. 이에 「산골 아이」·「별」·「닭제」를 중심 텍스트로 하여 황순원 단편소설에 나타난 자아의식 발달과정 및 '영원한 소년'과 '모성 콤플렉스'의 연관성에 대해 밝혀보도록 하겠다. 또한 바로 이런 작업을 수행하기 전에 '영원한 소년'과 '모성 콤플렉스'와의 관련성에 유의하여 '영원한 소년'의 자기실현 과정에 대해 '모태로부터의 분리 - 그림자의 극복 - 페르소나(persona)와 자신과의 구별 - 부정적인 모성 콤플렉스에서 벗어나 자신의 아니마(anima) 인식하기 - 자기실현'으로 나누어 설명해보겠다.

(2) '영원한 소년'의 자기실현 과정

① 모태로부터의 분리

모태(母胎)인 '어머니'는 '무의식'을 가리킨다. '모성원형'이란 인

---

139) 종교학대사전, 1998.8.20, 한국사전연구사.

류가 태초로부터 모성에 대하여 끊임없이 되풀이해서 경험해 온 모든 경험의 침전이며, 모성에 대해 가지고 있는 각종 체험과 반응의 선험적 양식 또는 조건을 말한다. '모성성'은 태초로부터 인류가 모성과 모성성에 대하여 생각하고 상상하고 경험한 자료에 반영되어 있기 때문에, 원시시대의 동물벽화나 종교제의에서부터 신화·전설·민담·민간신앙·문학예술뿐만 아니라 사람들의 환상과 꿈 등의 무의식의 체험내용 속에서도 발견된다. 여기서 추출되는 보편적인 모성성은 '개인적인 어머니'의 성격을 뛰어넘는 것이다. 이것이 모성에 투사될 때 모성은 신화적인 후광 속에서 권위와 신성력(神聖力)을 띤 존재가 된다.[140]

모성성은 우선 개인적인 모성성─어머니, 할머니, 계모, 장모, 시어머니, 기타 관계를 맺고 있는 부인─에서 시작하여 신화에 나타난 고귀한 여신상에 이르기까지 다방면에 걸쳐 나타난다.

융은 모성원형을 어머니다운 염려와 보살핌, 합리성을 뛰어넘는 지혜와 영적인 기쁨, 성장과 발전 혹은 재생의 의미 등으로 설명했다. 모성원형의 역할은 실제로 외부세계의 어머니가 어린아이를 먹이고 보살피듯이, 내부에서 자아에게 영양을 공급하고 보호해주는 집단무의식의 한 측면이다. 특별히 자아를 산출한 원초적인 집단무의식을 어머니 성향으로 여기듯이, 모성원형은 내면의 어두움의 주체로서 어리고 약한 자아를 무의식의 영향으로부터 지켜주는 보호자 역할을 한다.

그러나 모성원형은 대극성을 띠고 있기 때문에 부정적 의미도 지

---

140) 이죽내, 「융의 모성성과 모성 콤플렉스론」, 『심성연구』 2권 2호, 1987, p.75.

닌다. 뭔가 숨겨져 있고 비밀스럽고 어두운 것, 죽음의 세계, 운명처럼 회피할 수 없는 무서운 것이 바로 여기에 해당한다. 개인은 그 자신의 내적인 모성성과 어떻게 관계하느냐에 따라 그 결과는 창조적으로 되기도 하고 파괴적으로 되기도 한다.[141]

　모성원형상은 단지 상(像)에 불과한 것이 아니라 우리에게 강력한 충격을 줄 수 있는 것이다. 한 사람이 하나의 인격적인 존재로 성장하려면 그는 반드시 아버지나 어머니로 표상되는 유아적인 세계와 무의식 세계에서 분리되고, 성장한 다음에는 그의 삶에 지배적인 역할을 하고 있는 집단의식으로부터 떠나야 한다. 어린 아이일 때 인간은 자신의 부모 특히 어머니와 무의식적으로 융합되어 있기 때문에 어머니와 자신을 동일시하는 경향이 있다. 그러나 청소년기에 도달하면 인간은 반드시 부모로부터 분리되어야 하는데, 그것이 이루어지지 않을 경우 부모의 연장일 뿐 부모와 다른 또 하나의 인격체로 존재할 수가 없게 된다. 원시 사회에서 '상징적인 죽음과 재생'을 표상하고 있는 입사식(initiation)이 그렇게 중요하게 행해졌던 이유는 바로 여기에서 기인한다.[142]

　황순원 소설에 등장하는 '영원한 소년(puer aeternus)'은 바로 이렇게 어린 아이가 '모성 콤플렉스'에 사로잡혀 부모로부터 제대로 분리되지 못할 때 생기는 것이다. 이제 '영원한 소년'에서 벗어나기

141) 유정희, 「융 학파에서 보는 여성심리」, 『신경정신의학』 31, p.10.
142) 엘리아데는 입사식을 가리켜 제의적인 죽음과 부활을 포함한다고 말한 바 있다. 수많은 원시 부족 가운데서 신입자가 상징적으로 살해당하여 침묵 속에 묻히고 다시 나뭇잎들로 덮이게 되는 것은 이 때문이며, 그는 한 번 더 우주적인 어머니에 의해서 직접 탄생하였기에 새로운 인간으로 간주된다는 것이다.(M.Eliade, 이동하 역, 『성과 속』, 학민사, 1983, p.111 참조.)

위해 필요한 자아의 노력 중에서 '모태로부터의 분리' 단계 다음에
필요한 '그림자의 극복' 단계에 대해 논의해보겠다.

② 그림자의 극복

그림자(shadow)는 의식의 바로 뒷면에 있는 무의식의 열등한 인
격으로, 어둡고 바람직하지 않은 면을 가지고 있어서 의식이 거부
하기 때문에 무의식으로 들어가 버린 요소들과, 아직 발달하지 못
해서 미숙하고 원시적으로 남아있는 요소들로 구성된다.

황순원은 「그림자풀이」(1983.11)에서 자신의 그림자 찾기라는 모
티프를 통해 잃어버린 자아의 정체성을 탐색하고, 본질과 현상에
대한 존재론적 질문을 예각화한 바 있다. 또한 「담배 한 대 피울 동
안」에서는 양공주들이 먹다버린 깡통을 줍기 위해 달려드는 어른들
을 "검은 그림자"로 표현하고 있다.

「늪」에서도 소녀에 대한 연정을 정리하지 못해 혼란스러워하는
태섭을 "자신의 그림자"가 검은 늪에 떨어져 분간할 수가 없는 모습
으로 형상화하고 있다. 즉 미분화(未分化)의 배후에 "검은 늪"과 같
은 '허무주의'가 도사리고 있는 이유가 "자신의 그림자"를 잃었기 때
문이라고 표현함으로써 그림자가 의식화되지 않은 인격의 어두운
면이라는 점을 보여주고 있는 것이다.

이상섭[143]은 『움직이는 성』에서 성호가 준태의 얼굴에서 그가 당
장 겪고 있는 고뇌의 그림자를 읽어내고, 준태는 성호의 말투에서

---

143) 이상섭, 「'유랑민 근성'과 '창조주의 눈'」, 『황순원전집』 9, 문학과지성사, 1980.12;
『황순원연구총서』 3, p.314.

고뇌의 과거가 있음을 짐작한다고 보았다. 또한 "준태와 성호가 고뇌의 깊은 경험을 한 까닭에 남에게서도 그 그림자를 식별할 만큼 고뇌의 아픔을 철저히 알고 있다"고 술회한 바 있다.

문흥술[144]도 타락한 세계와 건강한 세계의 경계선에 서서 정체성을 상실한 상태로 살아가는 겁쟁이 선생 태섭이야말로 자신의 그림자를 상실한 인간이라고 보았다. 다만 그는 '그림자'가 "인간이 자신의 정체성을 확보하기 위해 필요한 타자(The Other)"로 보았다는 점에서 본고와 입장을 달리한다. 이어서 문흥술은 "타자로서의 그림자 상실감"이 「지나가는 비」에서는 사생아 의식으로, 「거리의 부사」에서는 고향상실감으로, 「허수아비」에서는 생명력 잃은 폐병환자로서의 자신을 허수아비와 동일시하는 의식으로 표출되고 있다고 역설했다.

한편 그림자는 우리가 가급적 피하려 하고 깊이 살펴보지 않으려 하는 우리 인격의 여러 측면을 꿈을 통해 알려주기도 하는데 이것을 융은 '그림자의 인식'이라고 불렀다. 융은 "꿈을 단순히 환상에 불과한 것이 아니라 인간 정신을 개인적 유대의 부적절성에서 서서히 빠져나오게 하는 무의식적 발전의 자기 묘사"[145]로 본 것이다.

황순원의 소설은 '꿈'에 대하여 초기작인 「머리」(1942)를 시작으로 광범위하게 다루어져 왔으며, 작품 창작의 후반기로 갈수록 꿈에 대한 깊이 있는 천착이 이루어졌다. '현실의 내면화'[146]라는 지적

---

144) 문흥술, 「전통지향성과 이야기 형식 : 황순원」, 『언어의 그늘』, 서정시학, 2011; 『황순원연구총서』 2, pp.387~388.

145) Jung. C. G., 한국융연구원 C.G.융 저작 번역위원회 옮김, 『인격과 전이』, 융 기본 저작집 3, pp.17~31.

에서도 드러나듯, 황순원 소설은 인간의 내면을 묘사하는데 중점을
두고 있다는 평가를 받아왔다.

본고에서 주목하는 부분은 황순원 소설이 이러한 '현실의 내면
화' 작업을 하는 데 있어서 '산문의 아름다움을 특징짓는 내면 대화,
작품 속에서 번번이 활용되고 있는 꿈, 내면 화법과 꿈을 적절히 이
어놓은 것 같은 연상수법'[147]을 담아내고 있다는 점이다.

특히 '프로이트를 비롯해 많은 정신분석학자, 심리학자, 생리학
자가 꿈의 세계를 파헤치고 있지만, 작가는 작가 나름대로 이 무진
한 광맥에 곡괭이질을 해야 한다'[148]는 황순원의 지적에서도 작품
이해의 단서를 얻을 수 있듯이, 작품 속에 있는 꿈은 작중 인물의
내면의식과 작품의 주제의식을 드러내는 중요한 장치로 활용되었
다. 본고는 황순원 소설 전체를 관통하고 있는 꿈이 주인공의 내면
의식을 드러내는데 일조를 하고 있으며 그 과정에서 인물의 그림자
(shadow)를 잘 담아내고 있다고 판단하였다.

그림자는 이미 언급한 바와 같이 부정적인 속성만 가지고 있는
것이 아니어서 억압하지 않고 관심의 중앙에 놓을 때 긍정적인 에

---

146) 김병익, 「순수 문학과 그 역사성」, 『황순원 연구』, 문학과지성사, 1993.
147) Jung. C. G., *Ibid.*, p.29.
148) "내 소설에는 꿈 이야기가 많이 나온다. 의식적으로 작품 속에 꿈을 삽입하고 있는
    것이다. 하루에 여덟 시간을 잔다면 하루의 삼분의 일이고, 여섯 시간을 잔다면 사분의
    일, 네 시간만 잔대도 우리는 하루의 육분의 일을 잠으로 보내는 셈인데, 우선 이 결코
    짧다고 할 수 없는 시간을 그냥 잠으로만 보낼 수 없다는 생각에서다. 그리고 실제로
    우리는 잠 속에서 얼마나 많은 꿈을 꾸고 있는가. 이 풍성하고 다양한 세계를 그냥 버려
    둘 수야! (중략) 한때 나는 꿈을 적어두기 위해 머리맡에 메모지와 연필을 놓고 잔 적도
    있다. 그게 소설 속에 꿈을 집어넣는데 적잖이 도움이 돼 주었다."(황순원 외, 「말과
    삶과 자유」, 『말과 삶과 자유』, 문학과지성사, 1985, pp.35~36.)

너지로 변환될 수 있는 성격을 가지고 있다. 하지만 새로운 것을 창조하기 위해 파괴해야 할 때가 있는 자연의 법칙과 마찬가지로 어머니가 모성적 느낌이나 여성적 에로스의 원칙을 너무 과도하고 본능적으로만 사용하면 '영원한 소년'의 성장을 가로막고 그를 파괴하게 될 수 있다. 이 파괴적 욕구는 본래의 여성적 특성에 내재된 것이므로 어떤 어머니가 그녀의 모성적 감정을 순수한 본능에 결박시켜둘 때 무의식적으로 파괴적인 힘이 생겨나게 되는 것이다.

종종 부정적 모성은 개성화과정을 시작하게 하는 역할을 한다. 노이만도 '모성 콤플렉스'를 오히려 모성원형의 지배하에 있는 '창조적 인간'이라는 관점으로 해석하기를 요청한 바 있다.[149] 따라서 '부정적 모성 콤플렉스를 지닌 여성이 높은 의식을 달성할 수 있는 좋은 기회를 가진다'고 융이 말한 바 있듯이 부정적인 모성 콤플렉스를 가진 '영원한 소년'이 그림자를 인식하고 극복할 수 있을 때 '인격과 삶의 창조적인 변환(transformation)'을 함으로써 '자기실현'에 이를 수 있을 뿐 아니라 높은 의식을 달성할 수 있다는 점을 전제로 삼아 논의를 진행해 가도록 하겠다.

---

149) 「레오나르도 다 빈치와 모성원형상」(1954)을 쓴 에리히 노이만은 "창조적 인간은 이집트의 왕처럼 모성 지배적 정신 단계에 매우 넓게 정착하고 있어서 결코 젖을 떼어놓지 않는 동정녀의 아들인 영웅으로 경험되는데 레오나르도도 그렇게 보아야 하며"(E. Neumann, *Leonardo da Vinci and the Mother Archetype, in Art and the Creative Unconscious*, p.19.) 그때 영웅이 두 아버지와 두 어머니를 가진다는 것은 영웅 신화의 범례이듯이 레오나르도 그 자신도 영웅 신화처럼 알려지지 않은 아버지의 아들로서 경험하는 것(*Ibid.*, p.34.)이라고 보았다. 이처럼 노이만은 프로이트의 접근이 주로 레오나르도의 가족상황에서 모성 '콤플렉스'를 끌어내려는 시도였던 것과 달리, 그러한 '모성 콤플렉스'는 오히려 모성적 원형의 지배하에 있는 '창조적 인간'이라는 관점으로 해석해야 한다고 요청한다.

③ 페르소나와 자신과의 구별

'영원한 소년'이 모성 콤플렉스를 극복하고 자기실현에 이르기 위해서는 '그림자의 극복' 다음에 필요한 '페르소나와 자신과의 구별'이 요청된다.

자아(ego)가 외부세계와 접촉하는 가운데 자아는 외부의 집단세계에 적응하는데 필요한 여러 가지 행동양식을 익히게 되는데 이것을 융은 외적 태도 또는 페르소나(persona)[150]라고 불렀다. 즉 자아가 외부에 적응하는데 필요한 행동양식을 익히면서 갖게 되는 이차적 인격이 바로 페르소나(persona)인 것이다.[151] 페르소나는 집단정신의 한 단면으로, 외계와의 적응에서 생긴 것이기 때문에 그 집단 밖에서는 인정될 수 없는 경우도 있다는 점에서 인간의 보편적·원초적 행동유형과 반드시 일치하는 것은 아니다.

인간이 집단속에서 삶을 영위하는 이상 가족과 사회의 교육을 통해서 페르소나를 형성하고 그것을 강화하는 것은 필요하며 필수적인 것이다. 특히 유아기에서 청소년기에 이르기까지 페르소나의 형성은 외계와의 관계에서 없어서는 안 될 필수 과제이다. 여기에서 위험한 것은 페르소나와의 맹목적인 동일시이며 이것이 심해질 때 자아는 그의 내적인 정신세계와의 관계가 힘들어지게 되어 인격의 해리를 일으키게 된다. 자아가 외적 인격과 동일시되면 내적 인격과 의식된 관계를 맺지 못하기 때문에 오히려 그 영향을 받아 내적

---

150) 사람들은 누구나 페르소나를 배우고 여러 종류의 페르소나를 번갈아 쓰면서 사회 속을 살아간다.

151) Jung.C. G., 한국융연구원 C. G. 융 저작 번역위원회 옮김, 『인격과 전이』, 융 기본 저작집 3.

인격에 의해 자아가 동화된다. 페르소나는 가상이다. 그러나 그것은 없애야 할 것이라기보다는 구별되어야 할 것이다. 페르소나 자체가 나쁜 것이 아니라 페르소나와의 맹목적 동일시가 문제가 된다. 따라서 사회적 역할, 의무, 도덕규범, 예의범절과 같은 것은 없애야 하는 것이 아니라 맹신하지 않는 것이 필요하다는 점이 페르소나에 대해 인식하는 데 주의할 부분이다.

페르소나는 자아와 외계 사이를 중재해주는 기능을 갖는다. 페르소나(persona)는 고대 그리스의 연극에서 배우가 쓰던 가면을 말하는 것이므로, 가면을 쓴 사람의 개성이 가면이 아닌 것과 같이 페르소나라고 하면 실상이 아니라 가상이라는 뜻이 포함된다는 점을 염두에 두어야 한다.

한편 '영원한 소년'은 어린 시절의 삶이 진정한 삶이고 그 밖의 모든 것은 자신의 본성을 잃어가는 페르소나라고 믿는다. '영원한 소년' 중에서 성격이 약한 이들은 집단무의식의 지배를 받기 쉽고 또한 페르소나와 동일시하기 쉬운 양상을 보인다. 또한 부정적인 모성 콤플렉스를 갖게 하는 부정적인 어머니는 자아에게 사회의 행동규범, 즉 페르소나를 강요하며 본능적 자아를 억압하는 경향이 있다.

자아의 페르소나(persona)로부터 억압받는 열등한 내적 인격이 바로 앞에서 설명한 그림자(shadow)이다. 「산골 아이」에 수록된 민담에 등장하는 여우는 바로 민담 속의 총각의 외면(外面), 즉 '페르소나(persona)'에 가린 내적 인격상인 부정적 아니마상인 것이다. 따라서 '영원한 소년'이 모성 콤플렉스에서 벗어나 '자기실현'에 이르려면 우선 페르소나와 자신을 구별할 필요가 있는 것이다.

④ 부정적인 모성 콤플렉스에서 벗어나 자신의 아니마 인식하기

영원한 소년을 사로잡고 있는 모성 콤플렉스는 의식에서 남성성의 부족을 야기하기 때문에 이러한 남성들에게는 그림자 문제가 야기된다. 동성애자가 아니라고 해도 대개 이들은 섬세하고 예민하고 관대하고 지적이며 과묵해 보인다. 어떤 경우에서는 당당함이 지나쳐 보이며 그들이 끔찍이 싫어하는 현실적인 삶에 매진하는 것을 유치하고 경망스럽게 바라보면서, 자신이 추구하는 영적인 것들만이 진정한 삶이라고 여긴다. 이들은 신심이 있고, 순진하고, 이상주의적으로 되려는 경향이 있다. 그래서 '영원한 소년'은 저절로 사람을 속이고 주의를 끄는 행동을 하기도 한다. 이것은 대극이 서로 끌어당기는 힘이 있기 때문에, 특별히 순결하고 순수한 것의 상징이 감염이나 악마의 공격에 특별히 잘 노출된다고 폰 프란츠는 설명한다.[152]

이들의 이러한 의식의 태도로 인해 이들의 그림자는 매우 잔혹하고 냉정하며 얼음처럼 차갑다. 폰 프란츠는 다음과 같이 말한다.

> 그것은 지나치게 이상적인 의식의 태도를 보상하는 것이고, 영원한 소년이 동화할 수 없는, 혹은 최소한 자발적으로는 동화할 수 없는 것이다. 예를 들어, 돈 후안 형에서 그런 잔혹함은 그가 한 여성을 떠날 때 드러난다. 그의 감정이 사라졌을 때, 인간적인 느낌이라고는 전혀 없는 얼음같이 차가운 잔혹함으로 드러난다. (중략) 이런 잔혹함 또는 냉정한 현실적인 태도는 흔히 돈과 관련된 일에 나타난다. 사회에 적응하려 하지 않고 정규적인 직업을 가지려 하지 않지만, 어쨌든 그도

---

152) Von Franz, M. L., *The Problem of the Puer Aeternus*, 3rd Edition Inner City Books, Toronto, 2000, p.42.

돈이 필요하기 때문에, 그는 일반적으로 은밀하게 불법적인 혹은 비도
덕적인 방식으로 그 목적을 달성한다.[153]

예의 바르고 도덕적이며 이상적인 그의 의식의 태도와는 달리,
거칠고 교만하며 자신의 이익을 위해서는 불법을 서슴지 않는 그림
자가 '영원한 소년'에게 발견되는 것이다. 그는 한 가지 현실에 잘
적응하지 못하기 때문에 쉽게 포기하고 새로운 것을 다시 시작하려
한다. 그렇기 때문에 그는 참을성이 없고 항상 초조하다. 내적인 혹
은 외적인 무엇인가 해야 할 때 조급하게 포기한다. Aion에서 융은
다음과 같이 말한다.

> 그의 내면에는 현실과 접촉하고, 땅을 품고, 세상의 들판을 기름지
> 게 하려는 욕망이 있다. 그러나 그는 단지 일련의 단속적인 출발을 할
> 뿐이다. 그의 인내력 뿐 아니라 그의 주도권이 어머니로부터 세상과
> 행복을 선물로 받을 것이라는 비밀스런 기억으로 마비 당하기 때문이
> 다. 모든 사람과 마찬가지로, 그가 반복해서 접촉해야 하는 현실의 단
> 편은 결코 옳은 것이 아니다. 그것은 그의 뜻대로 되지 않고, 타협하지
> 않고, 완고하며, 정복당해야만 하고, 힘에 굴복해야만 하기 때문이다.
> 그것은, 그의 전 존재를 바쳐 요구를 관철하려고 할 때, 그의 남성성과
> 열정 그리고 무엇보다도 용기와 결심을 요구한다. 이것을 위해 그는,
> 어머니를 잊을 수 있는, 신의 없는 에로스(faithless Eros)가 필요할
> 것이다.[154]

이와 같이 '영원한 소년'이 부정적인 모성 콤플렉스를 극복하기

---

153) *Ibid.*, p.13.
154) Jung. C. G., C. W. 9-2, *Aion, III, The Sysygy : Anima and Animus*, 1959, pp.11~12.

위해서는 어머니의 영향력으로부터 벗어날 수 있는, 융이 말한 '신의 없는 에로스(faithless Eros)'[155]가 필요하다. 그것은 관계를 시시각각으로 외면할 수 있는 능력[156]이기도 하다. 이것은 자아 발달을 위해서는 어머니에게로 향한 신의를 적절히 배반할 필요가 있다는 것을 의미한다. 또한 '영원한 소년'의 고분고분하고 착한, 의식의 태도를 보상하기 위해 모성을 배반하는 그림자(shadow)를 자아와 적절히 통합할 필요가 있다.

아이들은 실제적으로 부모와 자신을 분리시킴으로써 궁극적으로 자기 무의식으로부터 분화를 시작한다. 왜냐하면 우리의 인격이 발달한다는 것은 결국 무의식이라는 용암 덩어리로부터 우리 삶에 필요한 정신 요소들을 하나하나 분화시키는 과정이기 때문이다.

이와 같이 진정한 성인이 되려면 어머니로부터 분리되어 새로운 관계 양식으로 다시 태어나야 한다. 그러기 위해서는 어머니로부터의 독립이 우선적으로 요청된다. 그는 어머니를 잊고 자신의 인생에서 첫 번째 사랑을 배신해야 하는 고통을 견디어 내어야 하는 것이다. 또한 모성 콤플렉스가 극복될 때 남성은 자유롭게 자기 본성에 있는 여성적인 측면, 즉 아니마(anima)[157]를 발달시킬 수 있다.

---

155) '신의 없는 에로스'란 자신의 인생에서의 첫 번째 사랑인 어머니를 잊고 배신해야 하는 고통을 의미한다. 이것은 관계를 시시각각으로 외면할 수 있는 능력을 말한다. (융, 융 저작 번역위원회 역, 『원형과 무의식』, 융 기본 저작집 2, 2002 참조.)

156) Von Franz, M. L., *The Problem of the Puer Aeternus*, 3rd Edition Inner City Books, Toronto, 2000, pp.51~52.

157) 아니마 형상은 또한 원형의 양면적 구조를 지니고 있으며, 위대한 어머니처럼 긍정적 배정, 부정적 배정, 양가적으로 균형을 갖춘 배정들이 나란히 위치해 합일체를 형성하는 긍정적 양상과 부정적 양상을 지닌다.(노이만, 박선화 역, 『위대한 어머니 여신』, 살림, 2009, p.55.)

여성성[158]은 남성으로 하여금 남성이 못 보고 있는 것을 보게 하고 그를 보다 높은 경지로 인도하는 특징을 가지고 있다. 결합하고 참여하며 관계 맺는 에로스(eros)로 상징되는 여성성은 에로스의 원리에 따라 가정 안에서 가족 구성원들을 품어주고 그들과 관계를 맺어, 그들을 다시 사회에 돌려보내는 데 초점을 맞추고 있다. 이것은 수용성, 공감적 능력, 정서적 표현 등과 관계가 있기 때문에 직관적 인식과 구체적 감정을 느끼는 데 익숙하다. 또한 현재의 삶을 중요시하며 양육하고 보살피는 능력과 긴밀한 관계가 있기 때문에 불변성, 안정성, 보수성의 기초가 된다. 그리고 여성성은 친절, 조화, 참여 등 모성과 관련된 특성도 가지고 있다.

단테의 베아트리체, 샤머니즘의 수호신령, 성 어거스틴의 어머니 등에서는 영혼의 인도자로서의 여성의 역할이 발견된다.[159] 이런 영혼의 인도자 상은 남성의 무의식에 존재하는 아니마(anima)이다. 이러한 인도자상은 '우부현처'[160] 설화에서 볼 수 있다. 이는 여필종부의 전통적인 순종형 여성과는 정반대의 성격을 보여준다. 꿈이 의식의 일방성을 보상하듯, 민담은 그 시대의 지배적 가치관이나 통념의 편향성을 보상적으로 수정한다는 점에서 그 시대 민중의 무의식의 언어를 표현하고 있다고 볼 수 있다.

---

158) 여성성의 특성은 남성성과 대극적인 관계에 있다. 남성성이 로고스로 상징된다면 여성성은 결합하고 참여하며 관계 맺는 에로스로 상징된다. 융은 로고스가 '객관적 관심'이라면 에로스는 '정신적으로 관계 맺기'라고 말한 바 있다.(Jung. C. G., *Woman in Europe*, p.123.)
159) 이부영, 『한국민담의 심층분석』, 집문당, 1995, p.227.
160) '우부현처(愚夫賢妻)' 설화는 똑똑하고 현명한 아내가 어리석은 남편을 도와 큰 부자가 되거나 남편을 훌륭하게 만든다는 이야기이다.

아니마의 부정적 속성이 드러난 민담으로는 '여우요귀'(여우누이) 설화[161]가 있다. 동물이 미인으로 변화된 이야기는 자연의 충동 속에 감추어진 남성의 아니마상을 분화시키는 주제가 표현되어 있다고 볼 수 있다. 반면 '선녀와 나무꾼'[162], '우렁 속에서 나온 미녀'[163] 설화는 아니마의 의식화가 얼마나 어려운 과제인지를 보여준다.

이처럼 '영원한 소년'이 치유되려면 부정적인 모성 콤플렉스에서 벗어나 자신의 아니마를 인식해야 할 뿐만 아니라 부정적인 모성 콤플렉스의 극복을 포함하여 무의식의 의식화과정을 거쳐야 한다.

---

161) '여우요귀(여우누이)' 설화는 여우가 아들만 있는 집안의 막내딸로 태어나 그 집안과 마을을 몰락시키거나, 여우가 예쁜 여자로 둔갑하여 선비를 유혹하는 이야기이다. 집안과 마을까지 몰락시키는 요귀는 남자 주인공의 페르소나에 가린 부정적 아니마상으로, 창조적 사고를 모조리 잘라버리는 살인적 아니마의 파괴력을 제시한다. 요귀가 선비를 유혹한다는 것은 주인공인 선비의 무의식에 도사리고 있는 변덕스럽고 영악한 감정을 상징한다. 점잖은 선비의 이성적·지적·금욕적인 태도 때문에 햇볕을 보지 못한 채 무의식에 억압된 미숙하고 파괴적인 정동(情動)이 이 설화 속에 내포되어 있다.

162) '선녀와 나무꾼'에서 하늘나라의 딸이 지상의 연못으로 내려와 목욕한다는 것과, 하늘이 지상에서 물을 퍼 올린다는 것은 여성적인 것의 상징이 생명의 원천과 관련되어 있다는 것을 나타낸다. 이는 아니마가 지닌 생명력은 의식세계와의 소통을 통해서라야 항상 새로워진다는 것이다. 잡힐 듯 말 듯 잡히지 않는 선녀의 속성은 남성들의 아니마 원형상에 부합한다.(이부영, 『한국민담의 심층분석』, 집문당, 1995, p.196.)

163) '우렁 속에서 나온 미녀'는 '우렁 속의 미녀', '우렁미인', '조개색시 민담', '우렁색시', '달팽이각시', '우렁에서 나온 각시' 등의 이름으로 다양하게 불리며 전승되고 있는 이야기이다. 이 유형의 설화는 가난한 총각이 우렁이 속에서 나온 여자를 금기를 어기면서 혼인하였으나, 임금 혹은 관리가 색시를 빼앗아 파탄이 생겼다는 이야기가 큰 틀이다. 우렁이를 숨기거나 나타나는 장소는 물항, 우물, 웅덩이 등이다. 우물은 무의식의 세계를 상징한다. 우렁이가 미녀로 변신하는 것 또한 무의식의 분화를 나타낸다. 여주인공은 선녀와 같이 정령(精靈)적 여성상의 하나이다. 그러나 그 또한 참을성 없는 남자주인공과 시어머니의 태업으로 결국 원님에게 빼앗기고 만다. 이러한 초속(超俗)적 여성이 완전히 이승의 사람이 되려면, 다시 말해서 아니마가 본능의 심층에서 분화되어 의식의 내용으로 소화될 수 있는 모습으로 의식화되기 위해서는 자아가 일정한 시기를 기다리거나 정해진 금기를 지키는 꾸준한 의지가 필요하다는 뜻이 이 이야기에는 내포되어 있다.

⑤ 자기실현

자기(Self)[164]는 자아와 무의식이 함께 하는 심혼의 전체성이다. 이 통합된 정신에서는 상반되고 갈등의 요소들이 결합되고 조정된다. 이 마지막 단계에서 의식과 무의식은 완전히 통합되어 하나의 조화로운 전체를 형성한다.

융은 이러한 자기실현의 상태를 다음과 같이 설명한다.

> 이 넓혀진 의식은 더 이상 무의식의 반대 경향들에 의해서 보상되고 교정되는 개인의 욕망, 두려움, 희망 그리고 야심으로 어우러진 이기적인 덩어리가 아니다. (중략) 대신에 그것은 대상세계와 가지는 하나의 관계이다. 그런데 이 대상세계는 개인을 거대한 세계와의 절대적이고 결속적이며 분리될 수 없는 친교 속으로 데려간다.[165]

주인공이 자기실현에 이르는 전 과정이 상징적으로 그려진 이야기로는 '지하대적평정' 설화[166]가 있다. 이 이야기는 우리나라는 물론이고 전 세계적으로도 널리 분포[167]되어 있기 때문에 인간의 보편

---

164) 융에 의하면 자기(Self)는 그 안에 우리 정신의 모든 대극적인 요소를 통합하여 전체성을 이루고 있다. 의식과 무의식, 밝은 것과 어두운 것, 남성적인 것과 여성적인 것들을 모두 포용하고 있어서 융은 '자기'를 대극의 복합(complexio oppositorum)이라고 불렀다.(Jung. C. G., *Aion*, p.246.)

165) Eric Ackroyd, p.84.

166) '지하대적평정' 설화는 설화 분류 중에서 '신이담(神異譚)'[현실에서는 절대로 일어날 수 없는 상상적인 초인들의 이야기(조희웅, 『한국설화의 유형』, 일조각, 1996, pp.21~23.)]에 속하는 민간설화이다.

167) 아르네 - 톰슨에 의하면 이 설화의 유형으로는 AT300 〈용 퇴치자〉, AT 301 〈곰 아들〉, AT 303 〈두 형제〉와 같은 것이 유명하다. 랑케(Ranke)에 의하면, 유형 300은 368유화, 유형 303은 770유화가 채집되었음을 알 수 있다. 이 3유형 중에서 우리나라의 자료들은 유형 301과 매우 비슷하다. 유형 301은 〈납치당한 세 명의 공주〉로도 알려져

적인 집단무의식이 잘 담겨 있다고 볼 수 있다. 이 설화는 우리나라
의 경우 고전 소설 창작에도 영향을 주어 「홍길동전」·「최고운전」
·「금방울전」·「김원전」 등은 이 설화의 '부녀 납치' 모티프로 이루
어졌다.[168] 이 설화의 중심 모티프는 '탐색'[169]이다. 탐색담은 일반적
으로 '영웅이-결실물을 찾아-여행하는 도중-시련을 겪게 되나-
원조자의 도움으로 성공하는' 것으로 진행된다.[170] 그 대체적인 줄
거리는 다음과 같다.

옛날 어느 곳에 한 여자가 괴물에게 납치당했다. 여자의 부모가 재
산과 딸을 현상으로 내걸고 용사를 구하자, 어떤 용사가 나타나 혼자
(혹은 부하와 함께) 여자를 찾아 출발하였다.
천신만고 끝에 용사는 괴물의 거처가 지하에 있음을 알게 되고 그
곳으로 이르는 좁은 문도 발견하였다. 밧줄을 드리워 부하들을 차례로
내려 보내려 했으나 모두 중도에 포기하고 말아, 드디어 용사 자신이
지하국에 이르렀다.
용사는 우물가 나무 위에 숨어 있다가 물을 길러 나온 여인의 물동
이에 나뭇잎을 훑어 뿌려 자신의 존재를 알렸다. 용사는 여인의 도움
을 받아 괴물의 집 문을 무사히 통과하였다. 여자가 용사의 힘을 시험

있어 명칭부터가 우리 설화와의 관련성을 짐작하게 해준다.(조희웅, 「지하국대적퇴치
설화」, 『한국민족문화대백과사전』 21, 한국정신문화연구원, 1991, pp.34~350.)

168) 「금방울전」에서는 이 이야기가 삽입 설화의 단계를 넘어 소설 구성상 중요한 부분을
이루고 있으며, 「김원전」은 이 설화 자체를 뼈대로 하여 소설화한 작품이다.

169) '탐색'이란 '결여된 사물을 찾기 위해 갖가지 시련을 극복해야만 하는 여행을 함'을
가리키는 설화학의 용어이다.

170) 전형적인 탐색담은 〈탐색목적물〉, 〈영웅〉, 〈여행〉, 〈시련〉, 〈장애자〉, 〈원조자〉의
여섯 가지의 필수적인 요소를 가진다.(W.H.Auden, *The Quest Hero, Perspectives in
Contemporary Criticism,* Harper & Row Publishers, 1968; 김병욱 외 편역, 『문학과
신화』, 대람, 1981, p.182.)

하려고 바위를 들어보게 했으나 용사가 들지 못하자, 용사에게 '힘내
는 물'을 먹였다.

　힘을 기른 용사는 마침내 괴물을 죽이고 납치되었던 사람들을 구하
여 지상으로 올려 보냈다. 그러나 부하들은 용사를 지하에 남겨둔 채
여인을 가로채 가 버렸다. 용사는 결국 신령의 도움을 받아 지상에 오
를 수 있었다. 용사는 부하들을 처벌하고 여자와 혼인하였다.[171]

　주인공이 어머니로부터 무능하다는 핀잔을 듣고 집을 떠난다.[172]
남성성은 여성성의 특성과 대극적인 면이 있다. 여성성이 에로스
(eros)로 상징된다면, 남성성은 '객관적 관심'에 해당되는 로고스
(logos)로 상징된다. 즉 남성성은 우리가 객관적인 세계와 접촉하고
거기에 적응하며 거기에서 어떤 성취를 이루기 위해 필요한 정신적
태도이다[173]. 주인공이 집을 나서는 것은 관계 지향적인 에로스보다
는 미지의 세계에 대한 '객관적 관심'의 경향이 보이는 로고스의 성
격을 보이고 있다고 판단해 볼 때 주인공은 어머니로부터 독립할
시점에 이르렀음을 인식하고 있는 남성성의 특질을 드러내고 있다
는 것을 알 수 있다. 이처럼 자아가 자신의 내적인 모성상과 어떻게
관계를 맺느냐에 따라 그 결과가 창조적으로 되기도 하고 파괴적으
로 되기도 한다.

---

171) 손진태, 『조선민족설화의 연구』, 을유문화사, 1947.

172) 외견상으로는 민담에서 흔히 주체자는 유복자, 고아, 기아, 축출된 아들이나 아우
　　등으로 이들의 고립된 상황이 자연히 그 해소를 요구하며 탐색으로 나가는 계기가 되
　　기도 한다.(조희웅, 『설화학강요』, 새문사, 1989, p.121.)

173) 남성은 자기의 남성성을 잘 발달시켜야 한다. 그렇지 않을 경우 그의 남성적인 모습
　　은 발달하지 않고 무의식 속으로 들어가 그가 그림자라고 말한 요소들과 결합되어 열
　　등하고 파괴적인 모습으로 나타난다.

여성은 모성의 두 가지 측면, 곧 생산적인 면과 파괴적인 면 모두를 가지고 있다. 아들을 쫓아내는 어머니는 주관적인 기분이나 감정으로 아이를 지배하려는 모성상을 보여준다. 그런데 주인공의 어머니는 자신 속에 있는 이러한 악한 모성성을 발휘함으로써 자기도 모르는 사이에 아들로 하여금 로고스가 발현되도록 도와주어 자기실현에 이르게 하는 계기를 마련해주고 있다.

모성으로부터 떨어져 나온 남자 주인공은 '지하 세계', 즉 모성으로 상징되는 무의식의 세계로 들어간다. 원형으로서의 모성성은 실재의 어머니 이외의 다른 많은 상(image)들을 통해 체험할 수 있는데, '지하 세계'도 모성을 상징하는 대표적인 형태이다.[174] 따라서 여자를 구하기 위해 지하국으로 '자기 자신이 스스로 들어가는 것을 선택한 행동'은 모성으로 회귀하고자 하는 본능을 드러낸 것이라고 볼 수 있다. 즉 남자 주인공의 탐색 여행은 표면상으로는 미지의 먼 세계로 설정되어 있으나, 땅속으로의 탐색은 동물이나 괴물의 뱃속처럼 어둡고 음습한 곳이기에 원초적 공간인 대지의 자궁(womb of Mother Earth)[175] 속으로의 귀환을 상징한다. 따라서 탐색자의 여행공간은 혼돈과 어둠이 지배하는 모체의 자궁 속이 된다. 모성의 강렬한 힘은 그가 떠나온 곳으로 다시금 돌아가도록 그를 끌어당기고 있다.

주인공은 모태에 흡착하는 퇴영적이고 안일한 안주와는 대조적으로 투쟁과 모험의 긴 여행을 선택한다. 이 모습은 강함, 공격성,

---

174) 융, 「모성 원형의 심리학적 측면」, 앞의 책, p.201.

175) M. Eliade, *Rites and Symbols of Initiation*, Harper, p.51, pp.61~62; 주종연, 『한국민담비교연구』, 집문당, 1999, p.14, p.90.

경쟁 능력, 성취 의욕, 독립성 등을 보여주는 행동이라고 생각해볼 때 로고스로 상징되는 남성성을 보여주고 있다.

주인공은 지하세계에 납치된 처녀의 지혜로 괴물을 죽인다. 어둠의 세계를 지배하고 있는 괴물은 그때그때의 주관적 기분이나 감정으로 아이를 지배하는 또 다른 모성을 상징한다. 그러므로 괴물을 무찌르는 것은 모성으로부터의 적극적인 분리의 상징적 표현이라고 할 수 있다. 모태로부터의 분리와 독립은 궁극적으로 당당한 자아의 자립을 의미하기 때문에 자기실현으로 나아가고자 하는 자아의 모습을 상징한다. 또한 그러한 자아의 몸짓은 대단원을 장식하는 혼례의 의식으로 자기실현을 완성하는 모습을 보여준다고 할 수 있다.

분석심리학에서 결혼은 중요한 상징으로서 '대극의 합일'을 의미한다. 결혼은 개인의 마음속에서 이루어져야 할 합일, 의식과 무의식, 남성과 그의 아니마, 여성적 의식과 아니무스의 합일을 의미한다.[176]

주인공은 처녀를 구하기 위해 산 속의 큰 돌, 바위 등을 찾아 든다. 동굴에 갇히거나 숲[177]에 들어가는 것, 괴물의 뱃속에 들어가는 것 등은 모두 입사식에서의 '상징적 죽음'[178]을 의미하며 거기에서

---

176) 폰 프란츠, 이부영 역, 「개성화 과정」, 『인간과 무의식의 상징』, 집문당, 2000.

177) 우리는 특정한 성스러운 지역에서 신성을 만난다. 이에 견주어볼 때 자유롭게 표현된 자연의 한 부분, 신령한 숲이나 산 혹은 섬뜩한 숲도 신성을 경험하는 장소가 될 수 있다. 이처럼 원형의 영향력은 대부분 특정한 장소와 관련되기에 원형이 장소와 결합되어 나타난다고 말할 수 있다. 그런 까닭에 로마인들은 아직도 자연의 특정 장소에 신이 있다(genius loci)는 말을 사용한다.(지벨레 비르크호이저 - 왜리, 이유경 역, 『민담의 모성상』, 분석심리학연구소, 2012, p.97.)

178) 한 사람이 인격적인 존재로 성장하려면 반드시 아버지나 어머니로 표상되는 유아적인 세계와 무의식 세계를 떠나야 한다. 아이일 때 사람들은 그의 부모 특히 어머니와

빠져나오는 것은 '재탄생'을 상징한다. 통과제의적 죽음에는 끔찍한 양상들이 포함되어 있기는 해도 그 자체 내에 재탄생의 약속이 담겨 있다. 이 죽음은 삶을 향한 죽음이다.[179] 통과제의적 죽음은 곧 삶이며, 분열은 새로운 결합이 되고, 분리는 사회적으로나 정신적으로 보다 나은 세계 속으로의 통합이 된다. 이후로 입문자에게 있어서 긴장상황은 사라지는 것이 아니라 초월되고 실존적 경험 속에 흡수되고 통합된다.[180]

주인공의 탐색 과정을 통해 짐작할 수 있듯이, 이 설화는 우리가 자기실현에 이르려면 우리 내면의 동굴로 직접 들어가서 무의식의 많은 요소들을 분화시키고 통합시켜야 한다는 것을 보여준다. 남자가 다른 사람의 도움이 아니라 자기 스스로 지하세계에 들어가 여자를 구하고 괴물을 퇴치하였듯이, 소년은 자기 스스로의 힘으로 원초적 공간인 어둠 속에 드리운 끈끈한 모성의 사슬을 끊어버리는 것을 선택할 수 있을 때, 비로소 독립된 개체로 성장할 수 있는 것이다.

이때 도둑은 부정적 아니무스(animus)의 상징이라고 볼 수 있다. 부정적 아니무스는 정신의 전체성, 즉 인간 심성에 내재하는 인간 정신의 분열을 지양하고 통일시키는 힘을 지닌 전일에의 의지에 의해 극복될 수 있다.

주인공을 돕는 여성은 주인공의 아니마(anima)로 대변될 수 있

자신을 동일시한다. 어머니와 무의식적으로 융합되어 있는 것이다. 하지만 청소년기에 도달하면 사람들은 반드시 부모로부터 분리되어야 한다. 분리되지 않으면 그는 부모와 다른 또 하나의 인격체로 존재할 수 없다. 원시 사회에서 '상징적 죽음과 재생'을 표상하고 있는 입사식(initiation)이 그렇게 중요하게 행해졌던 이유는 바로 이 때문이다.
179) 시몬느 비에른느, 이재실 역, 『통과제의와 문학』, 문학동네, 1996, p.186.
180) *Ibid.*, p.141.

다. 곤경에 처한 처녀의 형상[181]은 아니마에 대한 보편적인 표현으로 '남자의 아니마'를 상징한다. 처녀가 곤경에 처해 곧 죽게 될 위험 속에 있다는 것은 집단의식이 '아니마의 상실이라는 위기'를 맞이했음을 가리킨다. 곧 곤경에 처한 처녀는 '무시하거나 억압해 온 무의식'을 표현한 것이다. 집단의식이 아니마를 상실했다는 것은 아니마와의 관계를 잃은 것이기에 우울하고 경직된 상태처럼 감흥을 잃어버린 의식상황이 되었음을 의미한다.

자아는 처녀로 대변되는 내적 인격의 위험을 알게 된 후 이 상태를 원래대로 되돌려놓기 위해 노력한다. 그래서 분별, 판단, 통찰 등과 같은 남성성의 기능을 살려 '아니마의 상실'이라는 위험을 직시하고 문제에 정면으로 도전하는 모습을 보이고 있다. 이러한 지시와 도전성 앞에서 아니마는 주인공을 돕고 있다. 붙잡혀간 처녀는 도둑의 약점을 잘 알고 있기 때문에 주인공을 잘 도울 수 있기도 하다. 이 부분은 그림자(shadow)가 아니마(anima)의 도움으로 극복이 가능하다는 사실을 보여준다. 이처럼 그림자는 잘 극복하게 되면 아니마뿐만 아니라 처녀와의 혼인이라는 보배를 얻을 수 있다. 그림자를 극복하기란 쉽지 않지만 막상 그것을 이루고 나면 큰 이익이 따르고 오히려 그전의 상태보다도 더욱 의식이 풍요로워지는 것이 그림자가 가진 속성이라고 할 수 있다.

다시 말해 이 설화는 자아가 무의식에 대해 수용하고자 하는 자세를 갖추게 되면 무의식이 자아로 하여금 자기실현에 이르도록 도

---

181) 곤경에 처한 처녀의 형상은 영웅 신화에서 빈번히 드러난다. 영웅은 아름다운 처녀를 구출하고 대부분의 경우 그녀와 결혼한다. 동일한 주제를 다양하게 말하는 민간설화에서 영웅은 입맞춤으로써 죽음의 잠을 자는 처녀를 깨운다.(Eric Ackroyd, p.80.)

움의 손길을 뻗는다는 것을 보여줄 뿐만 아니라 그림자를 극복하고
나면 더욱 풍요로워질 수 있음도 알려주는 이야기라고 미루어볼 때
탐색 여행은 시련의 여행이라는 점에서 죽음의 제의, 태아 상태로
의 귀환(모태 회귀), 지옥으로의 하강과 천국으로의 상승의 양상으로
이해할 수 있다. 이런 맥락에서 이 설화는 모성으로부터 벗어나려
는 개체가 벌이는 '치열한 자아와의 싸움'을 상징적으로 표현한 것
이며, 동시에 주인공이 자기실현에 이르는 전 과정을 상징적으로
그린 이야기라고 해석할 수 있다.

2. 모성원형의 성격

1) 여성성의 두 가지 성격

　인류의 보편적 심성에 기초한 민담의 상징성은 모든 시대를 망라
하는 신화와 의례, 전설과 예술에서 예증할 수 있는 원형적 특성을
지니고 있으며, 전 세계의 종교와 민담에서도 그 예를 찾아볼 수 있
다.[182] 민담은 인류의 보편적 심성에 기초한 것으로, 민담에 등장하
는 인물상은 실제의 한 개인이 아니라 '집단무의식'에 기초한 '원형
상'들이다.

　실제 개인은 삶에서 '모성원형'을 경험하기보다는 개인적 어머니
의 내용이 가미된 '모성 콤플렉스'를 경험하게 된다. 융은 한 개인이
경험하는 어머니가 개인적 어머니의 영향력을 전적으로 배제하지

---

182) 노이만, 박선화 역, 『위대한 어머니 여신』, 살림, 2009, p.67.

는 못하겠지만 어떤 특정의 개인적 어머니에 기인한 것만이 아님을
다음과 같이 서술하고 있다.

> 임상경험에서 우리는 먼저 개인적인 어머니가 겉보기에 어마어마
> 한 중요성을 갖고 있다는 인상을 받는다. 이런 개인 어머니의 형상이
> 인격에 많이 등장한다고 할수록 개인 심리학적 견해는 물론 이론조차
> 도 개인적 어머니에게서 결코 빠져나오지 못하고 만다. 이 문제를 제
> 대로 처리하기 위해서 나는 정신분석적 이론과 근본적으로 견해를 달
> 리한다. 즉, 나는 개인적 어머니에게 단지 제한된 의미를 부여할 뿐이
> 다. 문헌에서 묘사하고 있는, 아동의 정신에 미치는 어머니의 모든 영
> 향은 개인적인 어머니로부터 나온 것일 뿐만 아니라, 또한 어머니에게
> 투사하고 있는 원형이며, 오히려 원형이 모성에 신화적 배경을 제공하
> 고, 그와 함께 권위, 심지어 신성을 부여하는 것이다.[183]

위의 지적처럼 한 개인이 어머니를 경험하는 데에 있어서도 '모
성원형'에서 비롯된 것들이 함께 하고 있다. 신화나 민담에서의 '모
성상'은 어떤 특정의 개인적 어머니에 기인한 것이 아니라, '모성 원
형'에 기초한 것이다.

'모성원형'에 기초하여 등장하는 '모성상'은 반드시 자녀에 해당
하는 심상과 더불어 등장하기 때문에 긍정적이든 부정적이든 아들
에 대한 모성적 영향력을 가지고 있는 심상이다. 이러한 모성-자
식으로 그려지는 심상의 관계는 우리의 내부에 있는 정신의 구성요
소 간의 관계에 관한 것이다.

---

183) Jung. C. G., *Die psychologischen Aspekte des Mutterarchetypus*, in : G.W.Bd.9,
   Par.159.

민담에서는 '모성 콤플렉스'보다 '모성원형'에 비롯된 심상이 등장한다. 그리고 대부분 '모성상'은 한 개인의 상식적 이해를 초월하는 지혜와 정신적인 숭고함, 그리고 어떤 마력을 나타내는, 소위 여신으로서의 특성을 가진다. 무엇보다 '모성상'은 기본적으로 여성의 특질을 기본적으로 가지면서 전형적으로 자애로움, 돌보는 것, 유지하는 것, 성장하게 하고, 풍요롭게 하고, 영양을 공급하는 모성의 특질을 나타낸다.

우선 모성원형을 셋으로 분류하기 전에 여성성의 두 가지 성격[184]을 구별하는 작업이 선행될 필요가 있다. 그 두 가지 성격[185]이란 여성성의 '기초적 성격'과 '변환적 성격'이다. 이 두 가지 성격은 그 상호 침투성, 공존성, 그리고 길항 작용에서 전반적인 여성성의 본질적인 부분이 되고 있다.

'기초적 성격'[186]이란 위대한 용기(容器)인 위대한 원형(圓形)으로서 여성성에서 유래한 모든 것을 고수하고, 영원불멸의 본질과 같이 모든 것을 감싸려고 하는 경향을 지닌 여성성의 양상을 일컫는다. 기초적 여성성의 기능들에는 생명, 자양분, 온기, 보호를 제공하는 것 등이 있다. 기초적 성격은 거의 항상 '모성의' 결정소를 지니고 있다. 기초적 성격은 비록 '선'하고 '사악'한 양상을 띠고 있다 하더라도, 모성이 지배하고 있는 여성성의 보수적이며 안정되고 변

184) 에리히 노이만, 박선화 역, 『위대한 어머니 여신』, 살림, 2009, pp.44~60.
185) 두 성격에 기초한 여성성에 대한 표현은 여성 자신의 여성에 대한 경험과 남성의 여성에 대한 경험 두 가지를 일원적으로 해석하려는 시도이다.
186) 여성성의 기초적 성격은 자아와 의식이 여전히 왜소하고 미발달된 상태에 있거나, 무의식이 지배적으로 작용하는 경우에는 언제든지 명백히 드러난다. 자아, 의식, 개인은 남성이든 여성이든 상관없이 성격과 관련해서는 어린 아이와 같으며 의존적이다.

하지 않는 일부의 토대가 된다. 한편 원형적 여성성의 기초적 성격은 오로지 긍정적 특성만을 포함하고 있지 않다.

'변환적 성격'은 여성성의 상징성과 연관된 정신적 배치의 표현으로서 변환으로 이끌어가는 정신의 역동적 요소에 강조를 둔다. 변환적 성격을 보여주는 아주 훌륭한 매개물은 아니마[187]이다. 변환적 성격에는 여성 자신의 몸에서 변환적 성격을 경험하는 상황[188]과, 여성의 관계가 너(타자)에게서 작동하는 다른 상황들이 있다.

여성성의 기초적 성격이 무의식 안에서 자아와 의식을 용해하는 경향을 지닌다면 아니마의 변환적 성격[189]은 인격체를 추진시키고 변환을 생성한다.[190] 두 가지 근본적인 성격의 대립과 공존은 원형적 여성성 발달에 나타난 모든 단계에서 볼 수 있다.[191]

위대한 어머니가 선한 속성뿐 아니라 사악한 속성을 지니는 것과 같이 원형적 여성성 또한 생명의 부여자이자 보호자이자 용기(容器)로서 확고하게 붙들고 있고 생명을 다시 앗아가기도 하는 삶과 죽음의 여신이다. 이처럼 여성성은 대극을 포함하고 있다.[192]

---

187) 아니마의 홀림은 심혼과 원기, 내부 세계와 외부 세계에서의 활동과 창조의 모든 모험으로 남성을 돌진하게 하고 유혹하고 용기를 북돋아주는, 움직이게 하는 자이자 변화의 선동자이다. 아니마는 단순히 여성에 대한 남성의 투사 작용일 뿐만 아니라 여성성에 대한 사실적 경험에 상응한다.(노이만, 박선화 역, 『위대한 어머니 여신』, p.54, p.102.)

188) 초경(初經), 임신, 모유로의 변환 등이 그것이다.

189) 이 과정은 또한 종종 죽음을 초래하는 위기로 가득 차 있지만 실제로는 위대한 어머니 또는 심지어 모성 우로보로스가 아니마에 대해 우세하게 작용하기 때문에 자아의 파괴 상태에 이르게 되어서야 위험에 처하게 된다. 다시 말해서 어머니 원형으로부터 아니마의 분리는 완전히 이루어지지 않는다.

190) 자아와 의식을 용해하기는 하지만 말소하지는 않는다.

191) 그 중심에는 언제나 새로운 변형물로 나타나고 두 가지 성격을 포용하는 하나의 이미지가 존재한다.

한편 천이두[193])는 「별」에서 비롯하는 황순원의 한결같은 모색 – 어머니를 갈망하는 소년의 꿈은 「닭제」·「목넘이 마을의 개」·「잃어버린 사람들」 등을 거쳐, 『카인의 후예』의 오작녀에 이르러 하나의 상징적 결정체를 형성하였다고 보았다. 천이두는 "오작녀가 '자연' 바로 그것이며 선악미추가 미분화의 상태에서 소용돌이치는 카오스 자체"이기에, 전형적인 단편작가이자 시적 분위기의 작가로서의 황순원의 예술적 가능성은 오작녀에 이르러서 하나의 이상적 표상을 성취한 것이라고 역설했다.

한편 황순원 문학은 대립되는 두 요소를 공존시키고 변증법적으로 지양해가는 미적 구조를 가지고 있다. 성과 속, 유랑성과 정주성, 모성과 부성, 장년과 유년, 자연과 문명 등 그의 문학에서 검출되는 대립적 가치의 표상은 매우 다양하다.[194] 대극적인 여성성이 잘 형상화되어 있는 것도 그의 문학에서 검출되는 대립적 가치의 표상이라고 말할 수 있는 것이다.

2) 모성성과 부성성

남성적인 것의 모상(模像)인 원형으로서의 '아버지'는 마치 바람처럼 세계를 움직이는 것, 창조적 기풍, 입김, 기[氣,Pneuma], 아트만[Atman], 혼[Geist]이다. 집단원형으로서의 아버지는 인간과 법과

---

192) 노이만, 박선화 역, 『위대한 어머니 여신』, 살림, 2009, p.69.
193) 천이두, 「청상의 이미지·오작녀」, 『한국현대소설론』, 형설출판사, 1983.(『황순원연구총서』 5, p.177.)
194) 노승욱, 『황순원 문학의 수사학과 서사학』, 지교, 2010, p.18.

국가, 이성과 정신에 대한 관계를 결정하는 존재이며, 자연의 동적
(動的)인 힘, 바람과 폭풍과 뇌성과 번개와 같은 것이다. 반면, 여성
적인 것의 모상인 원형으로서의 '어머니'는 산출력 있는 대지(大地)
와 같은 것으로 그것은 생명을 잉태하고 기르기도 하나 또한 죽음
을 포용하기도 한다. 그만큼 무의식적인 것, 비합리적이며 영원한
것에 연계되어 있다. [195)

   부모원형으로서의 부성원리와 모성원리는 서로 대극의 관계를
이루고 있다.

> 대극의 구별 없이는 의식성도 없다. 그것은 로고스(logos)라고 하는
> 부성원리이며 그것은 끝없는 싸움 속에서 모성적 품의 따뜻함과 어두
> 움, 말하자면 무의식성을 물리친다. 어떤 갈등, 어떤 고통, 어떤 죄도
> 마다않고 신과 같은 호기심은 새로운 탄생을 지향한다. 무의식성은 원
> 죄, 즉 로고스에 대하여 바로 악이다. 그러나 그의 세계 창조적 해방
> 행위는 모친 살해이며, 온갖 높이와 깊이에서 두려움 없이 신의 징벌
> 을 견뎌내야 한다. 왜냐하면 어떤 것도 다른 것 없이는 존재할 수 없으
> 며, 그 둘은 처음부터 하나였고 마지막에도 하나가 될 것이기 때문이
> 다. 의식은 오직 무의식을 끊임없이 인정하고 고려할 때 존재할 수 있
> 다. 이는 모든 생명이 수많은 죽음을 통과해야 하는 것과 같다. [196)

   로고스로서의 부성원리가 정신으로서의 의식성을 출현시키는 반
면, 모성원리는 물질, 원죄, 악, 죽음으로서의 무의식성을 대변하게
된다. 즉, 의식의 출현은 무의식의 죽음을 의미하지만 무의식을 의

---

195) 이부영, 『분석심리학』, 일조각, 1987, p.87.
196) 융, 융 저작 번역위원회 역, 『원형과 무의식』, 융 기본 저작집 2, 2002, p.219.

식화하는 과정을 통하여 의식이 성장하고 발달하게 되는 것이다. 이처럼 부모원형은 무의식에서 출발하여 의식의 출현에 따라 의식과 무의식의 대극을 이루게 되지만 궁극적으로 하나에서 출발하여 다시 하나로 통합되어야 할 원형임을 말해주고 있다.

부모원형을 개인정신의 차원에서 심리학적으로 이해할 때, 부모원형은 흔히 '남녀 신(神)의 쌍의 주제'에서 발견된다. 남녀 신의 쌍의 주제는 우리 모두가 어린 시절에 체험하게 되는 원형상이다. 네 살 이전의 어린이는 아직 연속적 의식을 가지고 있지 않기 때문에 이러한 상태에서 인지하는 부모의 상은 현실적 상이 아니라 풍부한 환상에 의해서 채색된 부모상이라고 한다. 이 환상은 단순한 공상이 아니라 심적 현실로서 그 환상을 낳게 하는 마음속의 모체를 전제로 하며 그것이 '신의 쌍' 주제에 반영되는 부모원형인 것으로 융은 설명하고 있다.[197]

어린이가 지각하는 부모는 부모의 현실상이 신성(神性)으로 덧입혀진 상이다. 부모의 상은 어린이에게 있어 근친간적 환상의 대상이라기보다 더 강렬한 내용을 포함하고 있는데, 융은 이것을 종교적 표상이라고 지적하고 있다. 부모의 상은 사랑의 관념뿐 아니라 신의 관념과 관련된다. 이러한 부모에 대한 원형적 체험은 어린이가 성장하고 의식이 강화됨에 따라 사라지고 어린이는 현실적 부모상을 적지 않은 실망과 함께 원형적 부모상으로부터 구별하기 시작한다. 그러나 원형적 부모상은 그대로 무의식에 남아 있어 부모 아닌 다른 이성에 투사되거나 또한 투사될 준비 태세를 간직한 채 있

---

197) 이부영, 『분석심리학』, 일조각, 1987, p.90.

게 된다.[198]

이처럼 부모원형은 종교적 표상으로서의 신의 관념과 관련되면서 일생동안 무의식에 자리 잡게 된다. 부모원형으로서의 신의 쌍에 관한 특성을 잘 묘사하고 있는 대표적인 예는 15세기 스위스의 신비가인 성 니클라우스로서, 그는 신비적 환상을 통해 신의 쌍으로서의 부모원형을 체험하였다.[199]

이러한 부모원형은 일생 동안 인간에 대한 기본적 상으로 존재하게 된다. 우선 그들은 개별적인 부모와의 초기 대상관계에 중요한 영향을 미치게 되며, 의미 있는 타인들과의 대상관계에도 지속적으로 영향을 미치게 된다. 그러나 부모 중 누구와 보다 친밀하고도 깊은 관계를 가지는지는 개인마다 다르다. 또한 미해결된 부모와의 관계는 애증의 감정과 함께 본능적으로 원형적 부모상과의 결합을 지속시키면서 콤플렉스를 형성하게 된다.

융은 모성 콤플렉스로부터 해방되면서 의식성을 획득해가는 과정을 다음과 같이 설명하고 있다.

> 어머니가 심혼상의 일차적 담지자이기 때문에 어머니와의 분리는 최상의 교육적 의미를 지닌 어렵고도 중요한 기회이다. 원시인들에게는 이러한 분리를 조직화하는 수많은 의식들이 있었다. 단순히 성장해서 외관상 어머니와 분리하는 것만으로는 충분하지 않다. 어머니(그리고 이와 더불어 어린 시절)와의 분리를 효과적으로 수행하기 위해서는 매우 특별하고 가혹한 성인식과 재생의식을 필요로 한다.[200]

---

198) Ibid., p.91.
199) 융, 융 저작 번역위원회 역, 『원형과 무의식』, 융 기본 저작집 2, 2002, p.184.

어린이들이 부모와의 일체감을 지양하고 종족, 사회, 국가와의 새로운 형태의 일체감-하나의 새로운 신비적 융화-을 지향하기 위한 제도적 장치가 원시사회에서의 입사식이다. 사내아이에게 아버지는 외계의 위험에서 보호하는 존재이며 남성으로서의 페르소나의 표본이 되듯, 어머니는 그에게 어둠 속에서 그의 마음을 위협하는 여러 위험으로부터 보호한다. 입사식에서 후보자는 어머니 아닌 다른 성인으로부터 그 어둠의 세계, 즉 저승의 모든 것에 관해서 배움으로써 어머니의 보호권에서 탈피한다.[201] 이러한 성인식의 과정을 통해 남성은 어머니로부터 분리되면서 성인으로서의 남성성을 획득해 나가게 된다.

그러나 여성의 성인식은 어머니로부터의 분리가 아니라 어머니처럼 되어가는 과정이다. 여성은 초경을 시작하면서 사회가 요구하는 성인으로서의 여성성과 모성성을 획득해 가게 된다. 성인이 된다는 것은 초기 부모와의 관계에서 성역할 학습을 통해 형성된 페르소나로서의 여성성과 남성성을 기초로 성인으로서의 여성과 남성으로 발달해가는 것이다.

그러나 성인이 되는 과정에서 부모원형의 콤플렉스를 극복하지 못할 경우, 남성이나 여성 모두 원형적 부모상에 의존하게 되며, 점차 원시적이고 고태적 성향이 무의식에 가라앉게 될 것이다.

어머니와 아버지는 남성과 여성 모두에게 지대한 영향을 미치는 원형상이기 때문에 이들과의 관계에서 경험되는 정동들이 흔히 부

---

200) 융, 융 저작 번역위원회 역, 『인격과 전이』, 융 기본 저작집 3.
201) 융, 1954, pp.69~70.

성 콤플렉스와 모성 콤플렉스로 표현되기도 한다. 그러나 성인이 되는 과정에서 남성들에게는 모성 콤플렉스가 집단의식에 참여하기 위하여 극복해야 할 과제인 반면, 여성들의 경우에는 초기의 동일시를 통해 분리와 개별화를 거친 후 궁극적으로는 다시 동일시해야 할 과제이기도 하다.

부모는 세계 최초의 안내자인 동시에 세계를 대표하는 지도자이다. 그 중에서도 어머니라는 존재는 아이들의 최초의 세계이면서 동시에 어른들이 돌아가야 할 최후의 세계이기도 하다. 죽음이란 개별 인간 안에 통합되어 있던 정신과 물질이 해체되는 것이며, 거대한 정신으로서의 아버지와 물질로서의 어머니에게로 회귀하는 것이기 때문이다.

3) 모성원형의 다층성(多層性)

모성원형은 인류가 모성에 대하여 체험한 모든 것의 침전이다. 그것은 모성이라고 부르는 것에 대한 인류의 체험 반응을 결정하는 선험적 조건이다. 그 체험 양식은 우리가 태어나기 전부터 우리 안에 이미 존재해 온 것이며 원형으로서의 모성성은 실재의 어머니 이외의 다른 많은 상(image)들을 통해 체험할 수 있다.

집단무의식으로서의 원형은 다양한 상을 통해 우리에게 나타난다. 우리는 우리의 꿈과 환상, 인류에게 전승되는 신화나 민담, 종교, 예술가들의 예술작품 등에서 그것을 볼 수 있다. 그렇기 때문에 원형은 대단히 다양한 측면들을 가진다.

모든 원형이 그렇듯이, 모성원형도 끝없이 많은 측면을 가지고 있다. 모성원형을 크게 나누면 긍정적이고 유익한, 혹은 부정적[202] 이고 파괴적인 의미를 가진다. 하지만 이러한 것들은 개인의 생활 속에서 경험될 때에는 양쪽의 측면이 분리되기보다는 오히려 긍정 적이기도 하고 부정적이기도 한 양가적인 측면으로 경험된다.[203]

이 모든 상징들은 긍정적이고 유익한, 혹은 부정적이고 파괴적인 의미를 가질 수 있다. 양가적 측면으로는 운명의 여신(파르젠, 그래 엔, 노르넨)이 있으며, 부정적으로는 마녀, 용(거대한 물고기와 뱀같이 모든 것을 삼키고 칭칭 감는 동물들), 그리고 무덤, 석관(石棺), 물의 심 연, 죽음, 유령 그리고 어린이를 놀라게 하는 괴물(엠푸사 유형, 릴리 스 등)이 있다.

모성원형의 성질은 '모성적인 것'이다.[204] 또한 그것은 마술적 변 용의 터고 재생의 터며, 도움을 주는 본능이나 충동이며, 비밀스러 운 것, 감추어진 것, 어둠, 심연, 죽은 자의 세계, 삼켜버리고 유혹 하고 그리고 독살하는 것, 두려움을 유발하는 것, 그리고 피할 수 없는 것이다.

---

202) 융은 모성원형의 부정적 측면을 〈비밀스러움, 은둔하는 것, 암흑, 나락, 죽음의 세계, 집어삼키는 것, 유혹하는 것 그리고 독살하는 것, 불안을 일으키는 것, 헤어날 수 없는 것〉이라고 하였는데, 이러한 모성의 어두운 측면에 대해서는 모든 민족의 신화나 종교 에서 드러난다.(C.G.Jung, *Die psychologischen Aspekte des Mutterarchetypus*, GW9/Ⅰ, Par.157)

203) 『인간접목』에서 종호는 모성원형어머니에 대한 두 유형의 꿈을 꾼다. 무서운 꿈과 안온한 꿈이 바로 그것이다. 첫째 유형은 어머니가 총알을 맞고 세상을 떠나는 모습, 격노한 어머니가 내 팔을 내놓으라며 거세게 다그치는 꿈이다. 둘째 유형은 흰 옷을 입은 어머니가 나타나 종호의 팔을 여러 개 간수해 두었으니 염려 말고 언제든지 가져 가라고 당부하는 꿈이다.

204) 그것은 오로지 여성적인 것의 마술적인 권위 : 상식적 이해를 초월하는 지혜와 정신 적인 숭고함; 자애로움, 돌보는 것 유지하는 것 성장하게 하고 풍요롭게 하고 영양을 공급하는 제공자다.

융은 이런 모성원형의 특징들을 그의 책 「변환의 상징」(융 기본 저작집 7권과 8권)에서 충분히 묘사했고 전거들을 제시했다. 융은 거기서 이러한 특징들이 가진 대극성을, '사랑하면서도 엄한 어머니'로 묘사했다.[205]

분석심리학적으로 한 개인의 인격 형성 과정은 근원적 '무의식'으로부터의 자아의 형성, 정립 그리고 분화 발전을 의미한다. 비록 자아는 모성에 해당하는 근원적 '무의식'의 도움으로 분화 성장을 거듭하지만, 어느 시기가 지나면 스스로 독자적인 발전을 할 수 있도록 도약이 있어야 한다.

이를 이론적으로 설명하자면, 자아는 한 개인의 인격적 면모를 갖추기 위해 '집단무의식'으로부터 떨어져 나와 독립된 '콤플렉스'로 분화해 나가야 한다. 그러면 근원적 '무의식'은 자아가 분화할 수 있도록 지지와 호응을 아끼지 않는 배경적 영역이 된다. 개인마다 차이가 있겠지만, 자아가 '집단무의식'으로부터 떨어져 나와 독자적으로 분화 발전을 이룬다는 것은 그리 쉽지 않은 과정이다. 그래서 일종의 전형을 제시하듯 자아가 분화 발전하기 위하여 '집단무의식'으로부터 떨어져 나오는 내용이 여러 신화에서 다뤄지고 있다.

신화 속에서 영웅이 극복해야 할 위험한 괴물들은 자아가 극복해

---

205) 우리에게 가장 잘 알려진 역사적 유비는 마리아일 것이다. 마리아는 중세 시대의 비유에서는 그리스도의 십자가로 묘사되기도 한다. 인도에서 대극적 특성을 나타내는 것은 칼리(Kali)일 것이다. 삼캬 철학(Sâmkha)은 모성원형에 프라크르티(Prakrti) 개념을 부여하여 나타내는데 그것은 기본이 되는 특징으로서 세 가지의 구나[Gunas, 三德]로 나누어진다. 즉 자애, 정열 그리고 암흑이 그것이다. 이들은 본질적으로 세 가지의 모성적 측면인데, 돌보고 기르는 자비와, 열광적인 정동과, 지하계적인 어둠이다 (융, 융 저작 번역위원회 역, 『원형과 무의식』, 융 기본 저작집 2, 2002, pp.201~205.)

야 할 '모성상'인 경우가 대부분이다. 모성 콤플렉스에서의 극복이란 '삼켜버리는 어머니'의 극복을 의미한다. '모성상'은 자아의 태도에 따라서 긍정적으로 혹은 부정적으로 작용한다. 신화에서 괴물을 극복하는 영웅은 실제의 남성이라기보다는 '집단무의식'으로부터 분리를 시도해야 할 남성과 여성 모두의 자아에 해당하는 진형이다.

그러나 실제로 남성은 근원적 '무의식'인 '모성'과의 적극적 분리를 통하여 자아의식의 분화 외에도 남성적 특성을 획득할 수 있다. 만약 남성이 '모성상'과의 분리를 상대적으로 유보한다면 자아의식의 유약함은 물론이고, '모성'의 영향으로 성적 정체감을 획득하기 어려울 수 있다.

여성이든 남성이든 자아의 분화 및 성장과 더불어 차츰 '모성상'의 영향력은 상대적으로 미약하게 된다. 그러나 제대로 자아의 분화 및 분리가 이루어지지 않은 경우 '모성상'은 자아에 압력을 가하는 강력한 힘으로 작용한다. 이로써 '모성상'은 자비와 사랑이 넘치는 것이 아니라, 파괴적 영향력을 가진 것으로 나타난다. 파괴적 성향의 '모성상'은 주로 삼키는 동물의 형상으로 나타난다. 이처럼 '삼켜버리는 어머니'[206] 혹은 '무서운 어머니'는 상대적으로 발달을 지연시키고 있는 자아에 대해 '무의식'이 갖는 태도를 반영한 심상이다.

실제로 아동의 성장사에서 보면 아동이 어느 시기까지는 선량하고 자비로운 '모성상'을 경험할 수 있지만, 어느 시기가 넘어가면 오

---

206) 많은 여성들이 자녀들을 사랑한다는 이유로 자녀의 성장과정 중 과잉보호를 하고, 자녀들을 정신적으로나 물질적으로 자신의 삶에 머물러 있게 하려는 집착에서 문제가 발생하는데 상징적으로 이런 어머니를 '삼켜버리는 어머니'라고 한다. 이런 어머니에게 유착된 자녀는 성인이 되어도 유아적 의존성에서 벗어나지 못하여 영원한 소년이 된다.

히려 무섭고, 삼켜버릴 것 같은 '모성상'을 경험할 수 있다. 아동이 근원적 지지와 보호 상태를 벗어나야 함에도 불구하고 계속 의존하고 보호를 요구하면서 독립을 유보하고 있을 경우에 무서운 '모성상'에 관한 꿈을 꿀 수 있다. 발달사적으로 보면, 남성의 경우는 자아가 전반부의 삶에 가능한 빨리 '모성상'과의 분리를 시도한다.

이처럼 근원적 '무의식'은 다른 역할을 목적으로 모습을 바꾸어 등장한다. 다시 강조하면 민담에서의 부정적 '모성상'은 외부의 실재의 부모에 대한 것이 아니라, 성장을 지연하는 자아를 강력하게 밀어붙이는 내면의 원형적 힘의 한 표상인 것이다. 이처럼 '원형'은 새로운 심상의 생산으로 자아로 하여금 태도의 변화를 갖도록 반응하게 만든다.

민담에서의 부정적 '모성상'은 외부의 실재의 부모에 대한 것이 아니라, 성장을 지연하는 자아를 강력하게 밀어붙이는 내면의 원형적 힘의 한 표상인 것이다. 이처럼 '원형'은 새로운 심상의 생산으로 자아로 하여금 태도의 변화를 갖도록 반응하게 만든다.

한편 융은 '두 어머니 주제'가 정신적 탄생과 관련이 있음을 다음과 같이 언급하고 있다.

> 두 어머니 주제는 이중의 출생에 대한 생각을 시사하고 있다. 한 어머니는 실재하는 인간적인 어머니이지만, 또 다른 어머니는 상징적 어머니로 신적이고 초자연적이고 어떤 경우에는 비범한 특질을 갖고 있다. 그녀는 또한 동물의 형상으로 묘사되기도 한다. 많은 경우에 그녀는 인간적인 면모를 더 많이 드러낸다. 그럴 때는 원형적 관념이 어떤 특정한 주변 인물들에게 투사된 경우인데 그 결과로 대개 복잡한 문제들이 생겨난다. 그래서 재탄생의 상징은 즐겨 계모, 혹은 시어머

니로(물론 무의식적으로) 투사된다.[207]

이런 두 어머니 혹은 이중부모의 환상은 모두 원형적 표상에 해당한다. 이 원형적 표상은 한 개인의 인격 발달을 위하여 한 번의 탄생이 아니라, 두 번의 탄생, 즉 정신적 탄생을 유도하는 상징이다.

한편 우리는 소설의 주인공을 자아로 상정할 수 있고 다른 인물들은 그와 관계를 맺는 내면의 다양한 심상들로 볼 수 있다. '모성상'에 관한 내용들은 대략 우리가 '무의식'에 대한 기본적인 것이 반영된다. 왜냐하면 자아 영역은 '무의식'에서 생겨났고, 그것을 기반으로 하여 자신의 영역을 펼쳐 성장하기 때문이다.

자아는 자신을 생성한 모성적 영역으로부터 영향을 받아 성장하고 성숙할 기회도 얻지만, 또한 다른 한편으로는 그 영향력에 의하여 자신의 존립이 흔들릴 정도의 심각한 위기감을 경험할 수도 있다. 이런 의미에서 '모성상'은 도움을 주는 심상이면서 동시에 삼켜버리고 파괴하려는 어두움, 사자(死者)의 세계와 같으며, 피할 수 없는 운명적인 그 무엇으로 작용한다.[208]

이제 분석심리학의 연구방법론인 확충에 대해 설명함으로써 의식발달 단계에 따른 자아의 발전과정을 전제로 하여 모성 지향이 변모하는 양상을 설명하기 위한 초석을 놓도록 하겠다.

---

207) Jung. C. G., 『영웅과 어머니 원형』, p.257.
208) C.G.Jung, *Die psychologischen Aspekte des Mutterarchetypus*, in : G. W. Bd.9, Par.158.

3. 분석심리학의 연구방법론

융은 예술작품에 관하여 의식적 의도에 의해 이루어진 것과 순수한 무의식의 자발적 산물과 구분을 하듯이, 문학작품에서도 두 가지 구분을 하고 있다. 작가가 인간의 의식적 삶에서 뽑아낸 제재를 가지고 작업을 하는 것을 '심리학적 방식'이라 하고, 작가 자신이 심리학적 의미로 묘사하지 않았지만 심리학적 해명의 여지를 풍부하게 제공하는 것을 '상상적 방식'이라고 부른다.

전자는 창조의 근원이 의식적 내용에서 유래하므로 주로 작가의 의식적 의도에 의해 밝혀지고 변형된 것이다. 융은 후자의 방식이 '창조적 무의식'의 재현물이기 때문에 '원형상'[209]이 더 잘 발견된다고 보았다.

융에 의하면 "집단무의식의 상 내지 상징은 종합적 혹은 구성적으로 다루어질 때 그것의 본래적인 가치를 살릴 수 있다. 분석은 상징적 환상자료를 하나하나 구성요소로서 해체하지만, 종합적 태도는 일반적이고도 이해할 수 있는 형태로 표현한다."[210] 따라서 신화적 환상들로 무의식적 내용들을 객관화하고 구체화하는 과정[211]이 필요한 것이다.

즉 "분석이란 그저 해체되어야 하는 것만이 아니라 반드시 종합이나 구성이 뒤따라야 한다." "해체하기보다는 오히려 그것의 의미

---

209) 융은 예술작품에서 '원형상'을 보려고 시도했기 때문에 그의 저서에서 자주 괴테, 니체에 관해 언급된다.

210) C.G.Jung, *Über die Psychologie des Unbewussten*, G.W.Bd. 7, par.122.

211) Steven F. Walker, *Jung and Jungians on myth*, routledge, 2002, p.93.

를 확인하며, 일체의 의식적 수단을 취해 더욱 확대[말하자면 확충]
시킬 때야 비로소 갖가지 뜻을 전제로 하는 심혼적 자료가 있다는
것을 깨달을 수 있다."

　어떤 심상들은 주관정신(의식이나 개인무의식)에 기초한 것이 아니
라 객관정신(집단무의식)의 산물이므로 개인의 경험적 사실이나 연
상으로 전혀 이해할 수 없다. 이런 이유에서 융은 신화적 심상, 즉
'원형상'들을 이해하기 위해 '확충'을 제안하였다.[212]

　확충(amplification)은 종교사, 고고학, 선사학, 민족학 등 다양한
영역에서 유사한 자료를 해석하는 비교형태론 심리학의 한 방식이
다.[213] 이 확충법은 신화나 민담 등에서 모든 비슷한 모티프의 것을
모아 서로 비교해보는 것이다. 이러한 작업은 마치 해부학적인 입
장에서 항상 발견되는 장기의 일정한 위치나 기능이나 양상을 확인
하는 것과 같다. 그렇게 하여 어떤 원형상, 말하자면 어떤 특정의
신화적 모티프가 드러나게 되는 일정한 콘텍스트를 확인하려는 것
이다.

　신화의 목적론적 혹은 종합 내지 구성적 해석으로 나아가기 위해
서는 우선적으로 원형, 즉 신화적 모티프의 이해에 주력해야 하는
데, 신화적 모티프는 집단적·비개인적이기 때문에 자유연상 대신
오로지 역사적 유비로만 이해될 수 있다.

　즉 융은 원형상의 역사적 인식을 위해 '확충'을 제안한 것이다.[214]

212) 이유경, 『원형과 신화』, 분석심리학연구소, 2008, p.160.

213) 에리히 노이만, 박선화 역, 『위대한 어머니 여신』, 살림, 2009, p.29.

214) Neumann, Erich, Hull, R.F.C., *The Origins and History of Consciousness*,
　　Princeton University Press, 2007; 노이만, 이유경 역, 『의식의 기원사』, 분석심리학

민담의 해석은 민담에 나오는 상들이 어떤 심적인 내용을 상징적으로 표현하고 있는가를 살펴보아야 하기 때문에, 그 상에 대한 인류의 오랜 연상을 수집하여 서로 비교하여 공통의 뜻을 발견해내는 확충의 방법[215]을 이용하는 것이다.

'확충'에서 가장 기초적인 작업은 원형상으로 나타난 모티프와 유사한 모티프를 신화나 민담, 심지어 각종 종교 현상까지 범위를 넓혀 찾아내 나란히 비교해보는 것이다.[216] 이처럼 같은 모티프의 다양한 비교는 해석자의 의식에 더욱 친밀하게 수용될 뿐 아니라 좀 더 수월하게 인간집단의 보편적 심상으로 소급하여 이해할 수 있게 된다.

하나의 원형에 대한 여러 번의 형상화는 그 자체가 강한 정동의 완화라는 의의도 있지만, 원형의 형상화가 궁극적으로는 의식에 알려지고 이해되기 위해 스스로 변형을 시도하고 있는 것이기도 하다. 이를 융은 '원형의 자발적 확충'이라고 한다. 이처럼 의식과 무의식의 통합이라는 궁극 목적을 고려한 원형상의 이해야말로 분석심리학이 도달하고자 하는 해석의 목적이다.[217]

확충은 개인에게서 출현하는 상징과 집단적 재료에 종교사, 원시심리학 등에서 비롯된 상응하는 산물들을 첨부하여 '문맥'을 형성하게 함으로써 해석에 도달하게 한다. 이런 방법은 또한 발달사적 관점으로 보충하게 되는데, 이는 의식의 발달에 관한 자료와, 의식이

연구소, 2010, p.22.
215) 이부영, 『분석심리학』, 일조각, 2003, pp.176~196.
216) *Ibid.*, p.162.
217) *Ibid.*, p.163.

무의식과의 관계에 이르게 되는 단계에서 드러내는 자료를 살펴보
는 것이 된다.[218]

신화 분석에 있어서 이렇게 확충을 한 후에는 "다루고자 하는 신
화가 가진 특수한 콘텍스트를 고려하여 전체적으로 신화적 모티프
를 파악한다. 그리고 나서 신화적 모티프가 형성하고 있는 각 상들
이 서로 관계하면서 일어난 갈등과 그 갈등이 해결되는 측면을 따
라가는 하나의 목적적인 방향성을 통찰해야 한다. 그 후에는 총체
적인 해석으로 들어가는데 이때 신화를 심리적인 구성요소가 이루
어내는 내용으로 설명해야 한다."[219]

심층적인 상징적 의미를 탐구하는 것은 객관적 현실의 조사기록
이 정확하고 광범위할수록 신빙성을 갖는다. 이미지들의 확충 작업
은 현상의 내면에 있는 의미를 파악하고 상징을 이해하는 방식이
다. 이것은 대상이 되는 이미지에 비길 수 있는 많은 이미지를 집중
적으로 비교함으로써 거기서 우러나오는 의미를 살펴보는 작업을
통해 이루어진다.

확충의 방법은 해석대상이 되는 빈남 속의 어떤 상 또는 행위-
가령 '선녀와 나무꾼의 결혼', '동물의 힘을 빌린 괴물의 제치(除治)'
같은-를 중심으로 이와 비교할 수 있는 자료를 모든 우리나라나
다른 나라의 민담, 전설, 신화, 민간신앙, 속담, 민간의학, 때로는
고등종교의 의식과 도그마, 심지어 철학 및 종교사상·문예작품 속
에서 찾게 된다. 얼른 보면 이런 것들은 서로 연관성이 없는 듯이

---

218) Neumann, Erich, *ibid.*, p.22.
219) 이유경, 『예술로서의 창조적 무의식에 관한 연구』, 홍익대학교대학원 석사논문,
1987, pp.151~152.

보이지만, 인간의 무의식적 심성이 반영되고 있는 것들이라는 점에서 공통점을 지니고 있다. 이렇게 하면 그 비교과정에서 하나의 공통된 의미가 우러나온다.

이렇듯 확충은 신화적 모티프(원형상)를 이해하는 방법으로, 문학연구방법으로 적용이 가능한 방법론이라고 할 수 있다. 이것은 현상의 내면에 있는 의미를 파악하고 상징을 이해하기 위하여 대상이 되는 이미지에 비길 수 있는 많은 이미지를 집중적으로 비교함으로써 거기서 우러나오는 의미를 살펴보는 작업이기 때문이다.

이와 같이 융의 분석심리학은 문학, 심리학, 인류학 등의 이론적인 조화와 융합 속에서 문학을 전체적으로 바라볼 수 있는 새로운 문학 비평의 장을 열었다고 볼 수 있기에 소설 텍스트 분석 도구로 적합하다고 판단된다.

이제 의식발달 단계에 따른 자아의 발전과정을 전제로 하여 모성지향이 변모하는 양상을 「산골아이」·「별」·「닭제」를 통해 설명하고, 모성원형을 긍정적 모성성·부정적 모성성·복합적 모성성의 세 유형으로 분류한 후 해당 작품에 대해 설명해보도록 하겠다.

Ⅲ
의식발달 단계에 따른 모성 지향

1. 근원적 통일성 －「산골 아이」

1) 겨레의 기억의 전수

황순원 소설의 이야기는 잡다한 묘사가 생략된 채 요약적 진술에 의해 군더더기 없이 정결하게 짜인다.[220] 〈이야기의 소설화〉로 특징지어지는 황순원 소설에서 '이야기'는 단순한 기법이 아니라 작가의 세계관과 창작방법에 해당된다. "기억과 회상에 의해서 표현되는 서사적 예술 형식"인 '이야기'는 황순원 소설에서 전통지향성과 밀접한 관련을 맺고 있다. 이 전통지향성의 소실직 형상화가 바로 '이야기'의 도입인 것이다. 곧 '이야기' 속에 사라져가는 전통적인 것을 형상화함으로써 시적 묘사의 한계를 극복하고 황순원 소설만의 고

220) 서재원, 「황순원의 '목넘이 마을의 개'와 '이리도' 연구」, 『현대문학이론연구』 제14집, 현대문학이론학회, 2000; 『연구총서』 4, p.340.

유한 소설적 장치를 확보하게 되는 것이다. 이를 가장 분명히 보여
주는 초기 작품이 「산골아이」이다.[221]

「산골아이」에서 할머니가 아이에게 이야기를 하는 시점은 추운
겨울밤이다.[222] 「산골아이」는 '도토리'와 '크는 아이'라는 부제가 붙
은 두 개의 삽화로 연결되어 있다. '도토리'는 꽃 같이 예쁜 색시가
나타나 서당 총각을 홀린다는 여우고개 민담을, '크는 아이'는 호랑
이 굴에서 아들을 구해낸 반수 할아버지의 무용담을 각각 서사구조
의 근간으로 삼고 있다.

'도토리'에서 총명한 서당 총각은 여우고개에서 예쁜 색시를 만
나 입맞춤을 당하는데, 색시로 둔갑한 늙은 여우가 총각의 입에 알
록달록한 구슬을 넣다 뺐다 되풀이하며 사랑 놀음을 하나, 사실 이
를 통해 총각의 기를 빨아먹고 있다.

> 거긴 말이야, 넷날부터 여우가 많아서 여우고개라구 한단다. 바루
> 이 여우고개 너믄 마을에 한 총각애가 살았구나. 이 총각애가 이 여우
> 고개 너머 서당엘 다녔는데 아주 총명해서 글두 썩 잘하는 애구나. 그
> 른데 하루는 이 총각애가 전처럼 여우고갤 넘는데, 데쪽에서 꽃같은
> 색시가 하나 나오드니 총각애의 귀를 잡구 입을 맞췄구나. 그러드니,
> 꽃같은 색시가 너무나 고운데 그만 홀레서 색시가 하는 대루만 했구

---

221) 문흥술, 「전통지향성과 이야기 형식 : 황순원」, 『언어의 그늘』, 서정시학, 2011; 『황
순원연구총서』 2, pp.396~397.

222) 「이리도」에서 만수 외삼촌이 이야기를 하는 시점도 "추운 겨울의 길고 긴 밤"이다.
「목넘이 마을의 개」에서 간난이 할아버지가 이야기를 하는 시점은 "잠시 일손을 쉬면서"
이다. 이야기는 공동체의 수공업적 일과 관련을 맺으며 달콤한 휴식의 시간이나 혹은
지루함을 견디기 위해 진행되는 경향을 가지고 있다.(Peter Brooks, 「the storyteller」,
Psychoanalysis and Storytelling, Blackwell, 1994, p.81 참조.)

나. 이르케 구슬알 옮게물리길 열두 번이나 하드니야 꽃같은 색시가 하는 대루만 했구나. 이르케 구슬알 옮게물리길 열두 번이나 하드니야 꽃같은 색시가 아무말 없이 아까 온 데루 가버렸구나. 저녁때 서당에서 집우루 돌아올 때두 꽃같은 색시는 아츰터럼 나와 총각애 입을 맞추구 구슬알 옮게물리길 열두 번 하드니야 아츠머럼 온 데루 가버렸구나. 이르케 날마다 총각애가 서당에 가구 올 적마다 꽃같은 색시가 나와 입맞췄구나. 그른데 날이 갈수록 총각앤 몸이 축해가구, 글공부두 못해만 갔구나.[223]

총각은 나날이 수척해져 가고, 이를 의아히 여긴 훈장이 총각을 뒤따라가 현장을 목격하고는 구슬을 삼키라고 이른다. 총각은 선생이 시킨 대로 몇 번의 시도 끝에 구슬을 삼키니 색시는 큰 여우로 변해 죽는다. 그러나 총각이 서두르는 바람에 하늘을 쳐다보지 못하고 땅만을 내려다보았으므로 그는 오직 지상적인 것에만 통달할 수 있었다. 또한 구슬을 삼킴으로써 총각이 위기를 극복한다는 이 이야기를, 아이는 꿈을 통해 재연함으로써 민담이 소설로 재창작된다.

그런데 꿈속에서 애는 꽃 같은 색시가 물려주는 구슬을 삼키지 못한다. 살펴보니 아슬아슬한 여우고개 낭떠러지 위이다. 그러니까 꽃 같은 색시는 여우가 분명하다. 할머니가 그건 다 옛이야기가 돼서 그렇다고 했지만 이게 분명히 여우에 틀림없다. 그래 구슬알을 아무리 삼켜버리려 해도 안 넘어간다. 이러다가는 여우한테 홀리겠다. 그러

---

223) 황순원, 「산골아이」, 『목넘이 마을의 개/곡예사』, 황순원전집 2, 문학과지성사, 1981, p.176. 본고에서 인용되는 황순원의 작품은 위의 전집에 따른다. 처음에 작품이 나올 경우에만 위의 표기에 따르며, 이후로는 내용의 말미에 텍스트의 쪽수만을 밝히고자 한다.

면서도 색시가 너무 고운데 그만 홀려 하라는 대로만 하지 구슬을 못 삼킨다. 이러다가는 정말 큰일나겠다. 어떻게 하면 좋은가. 옳지 눈을 딱 감고 삼켜보자. 눈을 딱 감는데 발밑이 무너져 낭떠러지 위에서 떨어지면서 깜짝 잠이 깬다. 입에 도토리알을 물고 있었다. 애는 무서운 꿈이나 뱉어버리듯이 도토리알을 뱉어버린다. 그러나 다음날 아침이면 이 가난한 산골애는 다시 도토리를 먹는다.(p.176)

「산골아이」에 수록되어 있는 '여우고개' 민담은 전국적인 분포를 보이는 민담이다. 다른 나라와 마찬가지로 우리나라에서도 여우의 이미지는 다양하여, 『한국구비문학대계』[224]에서 다양한 모습의 여우가 존재하는 것을 확인할 수 있다. 민담이 범세계적인 보편성을 가지고 있고, 소설의 발생과 그 관계가 긴밀하다는 것을 고려해볼 때 황순원만큼 설화적 세계와 긴밀한 관계를 형성하고 있는 작가는 드물 것이다. 따라서 황순원 작품을 연구하는 데 있어서 설화성은 빼놓을 수 없는 중요한 특성임이 분명하다.

---

224) 『한국구비문학대계』 여우구슬 유형

대계1-2(65), 도선이 이야기
대계1-2(167), 도선이 이야기
대계1-2(430), 도선이 이야기
대계1-3(419), 택당(澤堂) 이야기
대계1-8(172), 도선이 이야기
대계2-2(340), 여우고개
대계2-4(505), 여우에 홀린 송강
대계2-4(681), 여우에 홀린 아이
대계2-6(639), 여우구슬 뺏어 먹은 총각
대계2-8(646), 여우구슬 삼킨 퇴계
대계4-1(80), 하인 곰쇠
대계4-2(470), 송우암과 여우구슬
대계4-2(649), 여우구슬 삼키고 명풍이 된 박상의
대계4-2(791), 여우의 여의주

대계6-5(146), 백여우의 구슬
대계6-5(274), 이신과 여우구슬
대계6-5(359), 백년 묵은 여우구슬
대계6-7(35), 백년 묵은 여우
대계6-8(135), 박상의가 지관이 된 유래
대계7-2(126), 여우의 구슬
대계7-16(157), 여우구슬 삼켜 풍수된 인간
대계8-8(580), 여우의 구슬 빼앗은 서당꾼
대계8-9(621), 글방 아이와 여우
대계8-13(35), 성지도사가 지리에 달통하게 된 내력
대계8-13(59), 매구와 서당꾼
대계9-2(614), 월계 진좌수
대계9-3(77), 이신

김윤식은 민담을 황순원 소설의 창작 방법의 원리이자 민족적 형식을 창출하는 가능성[225)]으로 보았다. 홍정선은 황순원 소설에서 설화가 차지하는 비중에 대해 논의하며 구비 전승되어 널리 알려진 우리 고유의 설화들과 작가 자신이 수집한 설화들이 소설을 살아 움직이게 하는 방식이 마땅히 주목해야 할 대상[226)]이라고 평가한 바 있다.

유종호는 황순원이 '우리의 옛이야기의 정통의 전수자이자 활용자'로서 그의 단편들은 '겨레의 기억'에 바탕을 두고 있다고 지적하고 있다. 그는 황순원 소설에 "우리의 옛 경험의 정수가 간결한 요약의 형태로 처처에 보석처럼 박혀 있다"[227)]고 평가하면서 황순원을 '겨레 기억의 전수자'라고 칭했다.

조현일은 서사가 불가능해진 현실에서 "근대의 대표적 장르로서의 소설과의 대비 속에서 이야기의 의미를 탐구"[228)]하고 있으며, 작품에 이야기 도입 방법과 경험과 체험으로서의 이야기에 주목하여 논의를 진행하였다.

박혜경[229)]은 황순원 문학이 지닌 특성을 모성성·부성성, 설화성·근대성이라는 대립된 항목으로 파악하고 황순원 문학의 다양한 국면들을 포괄적인 논의로 조명했다. 특히 모성성을 긍정적으로,

225) 김윤식, 「민담과 민족적 형식」, 『김윤식 선집 4』, 솔, 1996, p.71.
226) 홍정선, 「이야기의 소설화와 소설의 이야기화」, 『말과 삶과 자유』, 문학과지성사, 1985, p.94.
227) 유종호, 「겨레의 기억」, 『목넘이 마을의 개/곡예사』, 황순원전집 2, 문학과지성사, 1994, p.255.
228) 조현일, 「근대 속의 이야기 - 황순원론」, 『소설과 사상』 17, 고려원, 1996, p.170.
229) 박혜경, 『황순원 문학의 설화성과 근대성』, 소명, 2001.

부성성을 부정적인 것으로 파악하고, 긍정적인 모성이 설화성과, 부정적 부성이 근대성과 밀접한 관계를 가지고 있다고 파악했다.

한편 황효일[230]은 「산골아이」가 깊은 산골에 살면서 합리적 논리와 물질적 세례에 잠식되지 않은 어린이에게서 인간 정신의 긍정적 원형을 찾아내고 있다고 보았다.

이태동[231]은 「산골아이」는 주인공 소년이 앞으로 부닥쳐야 할 어려운 삶의 현실을 그 속에 담고 있는 '살아있는 이야기'로, 자연주의적 삶의 구조에 대한 '입사의식(入社儀式)'을 민간전승의 신화를 통해 보편화시킨 소설이라고 보았다.

서준섭[232]은 「산골아이」가 소설 속의 옛이야기를 적극적으로 도입하고 활용하고 있음에 주목했다. 예를 들어 여우에 홀린 서당 총각 이야기는 독자에게 재미를 자아내고, 예쁜 색시는 여우처럼 사람을 홀리기 때문에 공부할 때 여자를 조심해야 한다는 교훈적인 요소를 지니고 있다는 것이다. 서준섭은 작가가 옛이야기와 산골아이 이야기를 결합시켜 「산골아이」를 만들고 있다고 보면서, 이 작품이야말로 '순수한 이야기와의 혼합형식'이라고 역설했다.

이러한 평가에서 볼 수 있듯이, '황순원 소설의 창작 방법의 원리이자 민족적 형식을 창출하는 가능성'인 민담이 황순원에 의해 소설이라는 현대적인 서사로 새롭게 창조된 것을 확인할 수 있다.

집단무의식의 층에 이르게 되면 그것이 인간의 행동 패턴을 형성하고 있는 대부분의 원형상(archetypal images)을 제공하지만, 그 기

230) 황효일, 『황순원 소설 연구』, 국민대 박사논문, 1996, p.30.
231) 이태동, 「실존적 현실과 미학적 현현」, 김종회 편, 『황순원』, 새미, 1998, pp.75~76.
232) 서준섭, 「이야기와 소설 – 단편을 중심으로」, 1995 봄, p.88.

반은 같은 대집단에 속하는 어떤 개인 안에서 거의 똑같이 발견된
다. 하지만 국가의 층은 상당히 다르게 나타난다.[233]

황순원은 민담을 소설 속에 삽입 혹은 구조화하여, 소설을 흥미
있게 하거나 예술성을 높이고, 이야기(소설)의 설화화를 통하여 자
신의 문학을 민족 전통성과 연계시킨 작가인 것이다.

본고에서는 「산골아이」에 '여우고개' 민담이 수록되어 있는 것에
주목한다. 장덕순의 분류대로 보면 '여우고개' 이야기는 설화 중에
서도 '민담'이다. 즉 스토리 속에 민담이 하나의 에피소드로 삽입된
경우이다. 「산골아이」는 『별과 같이 살다』에 삽입되어 있는 첫 번
째의 이야기 ― 주인공 '곰녀'가 자신을 돌봐주는 '배나뭇집 할머니'
로부터 자주 들은, '들을 때마다 재미있는' 이야기[234] ― 와 비슷한 방
식으로 수록되어 있는 것이다.

『별과 같이 살다』의 두 번째 이야기는 한명인[235]의 이야기로서,

---

233) 바바라 한나, 심상영·김영중 옮김, 『융, 그의 삶과 저작』, 한국심층심리연구소,
2013, p.23.
234) 전집 6, pp.49~51. 참조.
ⓐ 한 농부가 쇠쪼가리 하나를 지음 ⓑ 쇠쪼가리로 낫을 벼려서 싸리를쳐 삼태기를
엮음 ⓒ 삼태기로 개똥을 주움 ⓓ 개똥 거름으로 보리를 심음 ⓔ 싹이 돋아 방아만한
이삭이 나옴 ⓕ 그 이삭을 나랏님께 진상코자 길 떠남 ⓖ 주막에서 자고 나니 보리
이삭 잃음, 쥐가 이삭 먹음 ⓗ 다음날 쥐를 가지고 떠남 ⓘ 주막에서 자고 나니 쥐를
고양이가 먹음 ⓙ 다음날 고양이를 가지고 떠남 ⓚ 주막에서 자고 나니 개가 고양이
죽임 ⓛ 개를 가지고 떠남 ⓜ 주막에서 자고 나니 말이 개늘 죽임 ⓝ 말을 가지고
떠남 ⓞ 주막에서 자고 나니 처녀가 말을 죽임 ⓟ 처녀를 가지고 떠남 ⓠ 주막에서
자고 나니 총각이 처녀와 혼인을 함 ⓡ 처녀대신 비지찌꺼기를 한 궤짝 넣어줌 ⓢ
비지를 지고 감 ⓣ 비지가 질질 흐르자 진상 가는 사람은 궤짝 속 처녀를 달래느라고
오줌은 누워도 똥은 누지 마라, 오줌은 누워도 똥은 누지 마라
235) 전집 6, p.14. 참조.
ⓐ 한명인이 밤늦게 돌아옴 ⓑ 웬 사나이가 돈 닷냥을 꾸어 달라고 함 ⓒ 사나이가
집이 어디냐고 물어봄 ⓓ 그 뒤 밤마다 돈 닷냥씩을 던져 주고 감 ⓔ 그 사나이는

복도깨비는 돈을 꾼 사실만을 기억하고 갚은 일은 기억하지 못해서 계속해서 돈을 갚는다는 이야기가 실제의 소설 주인공과 '연결'되고 있음을 보여주고 있는 형태를 취하고 있다. 삼국유사에 나오는 헌화가에 관한 근원 설화가 소설 속의 주인공과 '연결'되고, 소설의 한 부분이 되는 경우도 있다.[236) 또한 민간에게 전승되고 있는 도깨비 이야기를 소설의 인물과 연결시키는 형태[237)도 찾아볼 수 있다. 『카인의 후예』의 경우에는 근원적인 설화의 구조를 소설화한 경우로서 '큰애기 바위 전설'이 수록되어 있으며, 『일월』의 경우에는 백정들이 자신들이 하는 일을 신성시하는 설화가 나오고 있다. 또한 이 소설에서는 '선덕여왕과 지귀'의 이야기가 '다혜'라는 여주인공 하나를 사랑하는 '전경훈(국문학자)'이 자기의 사랑을 고백하는 비유의 하나로 사용됨으로써, 소설의 흥미를 돋우거나 분위기를 살리기 위해서 민담이나 설화를 소설 속에 단순 삽입시키거나 혹은 소설의 주인공과 설화의 내용을 일부 연계시키거나 하는 방법으로 삽입되고 있다.

복도깨비였음

236) 전집 6, pp.111~112. 참조.
ⓐ 귀돌이와 산옥이는 예닐곱 때까지는 소꿉질을 함 ⓑ 귀돌이가 산옥이에게 진달래꽃을 꺾어준다고 벼랑에 기어 올라감 ⓒ 산옥이 위험하다고 그냥 내려오라고 함 ⓓ 귀돌이 진달래꽃이 있는 데까지 올라감 ⓔ 꽃을 꺾음 ⓕ 귀돌이 벼랑에서 내려오다가 미끄러짐 ⓖ 귀돌이 다침(산옥이는 곰녀와 같은 창녀로서 어린 시절 귀돌이와의 풋사랑을 못잊어하는 인물로 등장한다.)

237) 전집 6, pp.111~112. 참조.
ⓐ 귀돌이와 산옥이는 예닐곱 때까지는 소꿉질을 함 ⓑ 귀돌이가 산옥이에게 진달래꽃을 꺾어준다고 벼랑에 기어 올라감 ⓒ 산옥이 위험하다고 그냥 내려오라고 함 ⓓ 귀돌이 진달래꽃이 있는 데까지 올라감 ⓔ 꽃을 꺾음 ⓕ 귀돌이 벼랑에서 내려오다가 미끄러짐 ⓖ 귀돌이 다침(산옥이는 곰녀와 같은 창녀로서 어린 시절 귀돌이와의 풋사랑을 못잊어하는 인물로 등장한다.)

김태준은 「동화, 전설의 소설화」라는 장에서 "그와 같은 동화, 전설은 우리나라에 들어와서 몇 백 년 몇 천년동안에 서로 유전하는 사이에 우리네의 문화와 조화하고 우리네의 풍속, 습관, 신앙, 전설 등과 절충하여 구래(舊來)의 원형을 변하여 버리고 점점 가극, 타령, 강담(講談) 소설의 유(類)로 변천해버렸다.[238]"라고 역설함으로써 신화·전설·민담류의 설화들이 소설화되는 것은 문학의 한 흐름이라고 보고 있다.

우한용은 『움직이는 성』을 서사무가 칠공주와 대비적으로 분석하여 무교적 소재의 현대소설적인 굴절 양상을 구조와 기법, 그리고 주제의 측면에서 밝히고, 『움직이는 성』과 무교의 관련성에 대한 검토 가능성의 근거[239]를 소설의 한 모티프로 칠공주를 수용하고 있다는 점, 인물들의 행동구조가 칠공주의 서사구조와 일치하고 있다는 점, 고전으로서의 서사무가가 현대소설에 수용됨으로 인해 무가 자체에 대한 새로운 의미 부여가 이루어지기 때문에 새로운 의미 부여에 기능적으로 작용하는 기법이 동시에 파악되어야 한다는 점을 들면서 『움직이는 성』에서 서사무가인 칠공주가 여러 가지 면에서 근원적인 설화로 작용하고 있다고 역설했다.

또 다른 방식으로는 『카인의 후예』와 같이 어떤 '근원적인 전설'과 '소설적 구조'를 거의 비슷하게 구성하기도 하는데 전설의 소설화라고 볼 수 있다. 이와 같은 특징은 장편소설에만 나타나는 것이

---

238) 김태준, 『조선소설사』, 한길사, 1976, p.126.
　　동화와 전설의 전파성은 세계성이고, 본디부터 제나라 고유의 것이라고 오랫동안 믿어오던 것도 자세히 상고하여 보면 수백 수천 년 전, 혹은 짐작할 수 없는 아득한 옛날에 서로 전파되어 온 것임을 강조하고 있다.
239) 우한용, 『한국 현대소설 구조연구』, 삼지원, 1990, p.343.

아니라 단편소설 「차라리 내 목을」·「잃어버린 사람들」·「할아버지
가 있는 데쌍」 등에서도 사용되며, 단편 「비늘」은 고려사악지 속악
부 「명주가」를 근원설화로 하여 이를 소설화한 것이다. 단, 장편을
통하여 이러한 '설화의 소설화'가 황순원 소설에서 신비한 분위기를
느끼게 하는 요인의 하나가 되고 있다.

이처럼 황순원의 소설과 설화화의 관계를 살펴보면 『별과 같이
살다』의 경우처럼 기왕에 민간에게 전승되어 왔던 설화나 민담을
소설 속에 '삽입'시켜 소설적 흥미와 분위기를 살리기 위해서 설화
를 차용한다. 또한 그러한 설화나 민담의 단순한 삽입이 아니라 그
이야기가 소설의 주인공과 '연결'시키기도 한다. 다음으로는 소설
속의 인물의 신비감을 극대화하기 위하여 소설의 에피소드를 설화
처럼 과장하여 꾸미는 기법도 있다.

이런 선행 연구들을 바탕으로 '여우고개' 민담에 나타난 여성상
및 모성성에 대해 살펴봄으로써 「산골아이」에 형상화된 모성원형
상에 대해 고찰해보도록 하겠다. 아울러 「산골아이」의 소년상이 의
식발달 단계에 따른 모성 지향을 볼 때 근원적 통일성의 단계에 있
음을 밝혀보도록 하겠다.

2) 창작 방법의 원리

민담은 인간의 보편적 심성, 즉 인간 정신의 기초인 집단무의식
에서 자발적으로 발현된 심상들로 이루어진 것이다. 민담의 심상에
는 인간 정신의 구성 요소들인 집단무의식의 원형들이 어떻게 작용
하는지 잘 드러나 있다. 민담은 신화와 전설에 비해 비교적 시대 의

식의 영향을 덜 받고 있어 순수한 집단적 무의식의 원형상(原型像)을 보존하고 있다고 간주되고 있어, 분석심리학에서는 민담해석 작업을 인류 보편적인 집단적 무의식의 원형상을 이해하는 중요한 수단으로 생각한다.

민담을 해석하는 작업은 꿈을 해석하는 작업과 다를 바가 없다. 다만 꿈을 해석할 때는 꿈을 꾼 사람의 개인적인 연상 자료를 참고할 수 있지만, 민담은 그것이 갖는 원형적인 특성 때문에 그 상들이 갖는 내용들이 어떤 상징을 표현하고 있는가를 살펴보아야 한다. 이때 분석심리학에서 사용하는 방법이 앞에서 이야기한 확충이다. 확충(amplification)은 그 상(像)에 대한 인류의 오랜 연상을 수집하고 서로 비교하여 공통의 뜻을 발견해내는 방법이다.[240]

한편 유종호는 "여우고개 전설은 매정한 유혹자(誘惑者)의 모티프"[241]를 보여주고 있으며, 유형상으로는 듣기 좋은 노래가 파멸을 안고 있다는 오딧세이 속의 사이렌의 유혹과 비슷하다고 파악한다. 사이렌은 자기들의 달콤한 노래를 들으면 더욱 지혜로워진다고 말한다. 이것은 트로이 평원에서 그리스인과 트로이인이 싸움을 했다는 것도 알고 있고 앞으로 풍요한 땅 위에서 일어날 일도 알고 있기 때문이라는 것이다. 오딧세우스 일행이 귀를 틀어막거나 제 몸을 묶어둠으로써 위기를 모면하듯이 글방 총각은 구슬을 삼킴으로써 위기를 넘긴다고 보았다.

유종호의 이러한 의견은 확충의 방법과 공통분모를 가지고 있

---

240) Von Franz M. L., *Interpretation of Fairy Tales*, Spring Pb. N.Y., p.7
241) 유종호, 「겨레의 기억」, 김종회 편, 『황순원』, 새미, 1998, p.124.

다.[242] 여우가 예쁜 여자로 둔갑해서 선비를 유혹하는 이야기가 많은데, 「백년 묵은 여우」(한상수, 1980, 39), 「여우 소녀」(임동권, 1972), 「여우물」(현용준, 1976), 「십 년 묵은 닭」(한상수, 1980.) 등이 바로 그 것이다.[243]

유종호는 "작가 황순원의 특징이 되어 있는 간결하고 세련된 문체, 군더더기 없는 구성과 훈기 있는 여운 등은 우리의 전통적 산문 문학에선 낯선 요소들"임에도 불구하고 "그의 문학은 외래적인 것에서 아주 멀리 떨어져 우리 전통의 한복판에 서 있다는 느낌을 강력하게 촉발"하는데, "이것은 근본적으로 그가 우리의 옛 얘기의 정통의 전수자이자 활용자라는 사실"에서 기인한다고 보았다.

즉 "기법상으로는 현대적 세련을 거쳤지만 옛 얘기의 전승과 활용이라는 점에서는 토착적인 것의 주류에 자리 잡고 있는 것"이라는 것이다. 이런 점은 그의 작품 곳곳에 모아 놓은 옛 얘기의 실상을 알아보면 분명해지는데, 황순원은 우선 지칠 줄 모르는 얘기의

---

242) 우리나라에서 여우와 관련된 대표적인 선행연구는 다음과 같다. 강진옥의 「변신설화에 나타난 '여우'의 형상과 의미」(『고전문학연구』19, 1994.)와 이명현의 「이물교혼담에 나타난 여자요괴의 양상과 문화콘텐츠로의 변용-구미호이야기를 중심으로」(『우리문학연구』21)과 「「전설의 고향」에 나타난 구미호이야기의 확장과 변주-90년대 구미호와 2008 구미호를 중심으로」(『우리문학연구』28) 그리고 「구미호에 대한 전통적 상상력과 애니메이션으로의 재현: 「천년여우 여우비」를 중심으로」(『문학과 영상』겨울, 2007.)나 나지영의 「「여우구슬」과 성(性)불안의 극복」(『고전문학과 교육』14), 이윤경의 「여우의 이중성과 불교적 변신의 의미-『삼국유사』설화를 중심으로」(『돈암어문학』12), 조미라의 「애니메이션의 변신(變身) 모티브 연구」, 이도희의 「한국민담 '여우누이'의 분석심리학적 해석」(『心性硏究』21, 2006.), 장영미의 「「여우누이」 다시 쓰기에 나타난 현대적 의미 고찰-'여우누이'와 '끝지'를 중심으로」(『동화와 번역』9, 2005.), 이나미의 「여우 누이-여성성의 냉혹한 측면」15)와 같이 대부분 문화콘텐츠 관련 연구나 분석심리학적 입장에서의 연구가 있다.
243) 이부영, 『한국민담의 심층분석』, 집문당, 1995, p.213.

채집가요 익히 아는 얘기의 틀을 통해서 사람과 사람의 거동을 살피고 적으며, 그 얘기는 짤막한 전설에서 민간요법이나 실용적 속담에 이르기까지 다양하다고 역설한다.

속담은 분명한 진리를 표현한 짧고 보편적인 말이다. 민족의 지혜가 오랜 생활경험을 완벽한 언어 표현 속에 응결(凝結)시킨 것들이어서 어느 것 하나도 진리의 천명(闡明)이 아닌 것이 없고 처세의 교훈이 아닌 것이 없다.[244] 그리고 격언과 속담은 일반적으로 많은 경험과 개인적인 노력의 결과이고, 적은 수의 함축적인 단어로 통찰력과 결론을 포함하여 의식적 또는 무의식적으로 최상의 것에 기초한 인간의 태도를 반영할 수 있다.[245] 또한 유종호는 훌륭한 옛 이야기는 재미있으면서도 유용성[246]을 내포하고 있다고 보았다. 그 유용성은 설교나 교훈일 수도 있고 실제적인 충고일 수도 있으며 격언이나 속담으로 요약될 수 있는 것이기도 하다. 뿐만 아니라 인쇄술이 발달 보급되기 이전의 세계에 있어서 옛 이야기는 어린이들에게 주어지는 최초의 형성적인 세계 해석이기에 「산골아이」는 뜻 깊은 본보기가 되어 준다고 파악했다.

또한 이태동[247]은 「산골아이」에서 구슬 이미지에서 상징주의적인 정신의 흐름을 읽어내고 있다. 즉 "여우의 탈을 쓴 '꽃 같은 색시'와 글방 소년과의 이야기는 민속적인 설화이지만, 그것은 구슬의 이미

---

244) 이기문, 『한국의 속담』, 삼성문화문고84, 삼성문화재단, 1976, p.4.

245) Jung. C. G., *Spirit and Life*, C. W. 8, Revision by R. F. C. Hull Routledge & Kegan Paul London and Henley, 1926, p.331.

246) 유종호, 「겨레의 기억과 그 전수」, p.309.

247) 이태동, 「실존적 현실과 미학적 현현(顯現)」, 김종회 편, 『황순원』, 새미, 1998.

지를 통해 자연주의와 상징주의를 융합시키고 있다"고 본 것이다. 이태동은 여기서 "구슬 이미지[248]'는 황순원이 언제나 즐겨 사용하는 이데아의 이미지인 「별」과 크게 다를 것이 없"다고 역설했다.

다시 말하면, "글방 총각이 영혼의 구체화된 구슬을 삼켜서 그것을 몸속에 지니고 있을 때, 건강한 인간으로 다시 살아나고 꽃같이 예쁜 색시는 짐승으로 퇴화한다는 것은 구슬이 본질적인 영혼 현실에 대한 마스크란 사실을 자연주의적인 바탕 위에서 우리 조상들의 정신적 경험의 잔여인 신화를 통해 상징적으로 나타내어주고 있다"고 본 것이다.

이상에서 볼 수 있듯 이태동은 「산골아이」가 주인공 소년이 앞으로 부닥쳐야 할 어려운 삶의 현실을 그 속에 담고 있는 '살아 있는 이야기'로서, 자연주의적 삶의 구조에 대한 '입사의식(入社儀式)'을 민간전승의 신화를 통해 보편화시킨 소설이라고 보고 있다.[249]

이와 같이 「산골아이」는 민담이 전체 스토리 속에 하나의 에피소드로 삽입이 된 작품이다. 민담은 이렇게 황순원 소설의 창작 방법의 원리로 사용되면서 스토리 속에 '입사의식'의 모티프를 담는 방법론으로 작용하게 된다. 이로써 민담은 「산골아이」의 미학적 구현뿐만 아니라 재미와 유용성도 잘 담아내는 중요한 촉매가 되기에 이른다.

---

248) 「그늘」에서도 구슬 이미지는 나타나는데 이때는 한국의 전통적인 인간 정신을 상징한다고 이태동은 역설한다. 또한 「소나기」에서 소녀가, 들여다보고 있던 물속에서 건져낸 조약돌을 소년에게로 던진 것은 자신이 물속에서 찾고 있던 구슬 이미지와 같은 성격의 영상을 소년에게서 찾은 것으로 보았다.

249) 이태동, 「실존적 현실과 미학적 현현」, 김종회 편, 『황순원』, 새미, 1998, pp.75~76.

3) 변신 모티프와 소재의 상징적 의미

한편 여우[250]가 인간으로 변신하는 모티프는 스티스 톰슨의 모티프 색인의 D313.1에 속하는 것으로 중국, 일본, 한국, 에스키모와 같은 동북아시아에만 분포한다. 서양에서 이와 유사한 것으로 볼 수 있는 것은 모티프 색인 D313.2에 속하는 늑대가 사람으로 변하는 모티프를 들 수 있다.

여우[251]는 다른 동물들보다 위장술이 뛰어날 만큼 영리하기 때문

250) 여우는 개와 비슷한 동물로서 한자어로 '호(狐)'라 한다. 여우는 후각과 청각이 발달하였고 행동이 민첩하다. 굴은 자기가 파지 않고 너구리를 쫓고 굴을 이용한다. 여우는 굴에 사는 동물이지만 굴 파는 기술이 좋지 않아 오소리가 외출한 틈을 타서 굴속으로 들어가 방뇨와 배변을 하여 굴속을 더럽혀 놓는다. 그러면 오소리는 정든 자기 굴이지만 포기하고 떠나갈 수밖에 없다. 이는 교활하고 게으름뱅이인 여우만이 사용하는 작전이며 술법이다. 여우의 보금자리가 주로 야산의 공동묘지였기 때문인지 우리에게 있어 여우는 술수와 변화를 부리며 인간을 괴롭히는 동물로 인식되어 왔다. 한편 늑대와 여우는 같은 개 과(科)에 속하는 포유동물이고 신화적으로 밀접하다. 여우에 해당하는 라틴어는 vulpes인데 이는 늑대 wolf와 같다. 그러므로 동양에서 여우가 의미하는 것이 서양에서는 늑대가 나타나는 것과 같다고 보아도 될 것이다.(Von Franz M. L., *Individuation in Fairy Tales*, spring Pb. N. Y., p.165.)

251) 서양에서도 중세에 여우는 교활하고 꾀가 많은 짐승으로 위선, 기만, 아첨, 지혜 등을 상징하고 악마의 보편적인 상징이기도 하다.(Cirlot J.E., *A Dictionary of symbols*, Routledge&Kegan, London and Henley, 1983.)

기독교에서 여우는 인간을 속이는 사탄이고 교활함, 음험함을 뜻한다. 그리고 여우는 죽는 시늉을 해서 먹이를 잡기 때문에 사탄의 속임수와 책략을 뜻한다.(Cooper J.C., *An Illustrated encyclopedia of traditional symbols*, thames and hudson, London; 이윤기 옮김, 그림으로 보는 세계문화상징사전, 까치, 1994.)

파시넬루스는 "여우는 교활한 잔학성을 표상한다. 그것은 나쁜 아첨꾼이다. 그것은 허영심을 표상한다. 그레고리우스 대왕은 "여우는 옳지 못한 동물이고 항상 부정한 방법을 사용하므로 무섭고 교활한 악마를 표상한다."라고 말한다. 이것은 남부 독일과 오스트리아 그리고 스위스에서 여우를 마녀의 영(靈)으로 간주하고 있는 사실과 들어맞는다.(Von Franz M. L., *Puer aeternus*, Sigo Press, Zürich, p.93.)

여우는 아메리카 인디언들에게 교활함, 나쁜 꾀, 계략을 뜻한다. 중국에서는 장수(長壽), 나쁜 꾀, 요괴가 변신한 것, 망령(亡靈)을 나타낸다. 고대 중국의 관념에서 여

에 그와 관련된 민담이 전 세계적으로 많이 전해져 온다. 이솝우화,
러시아·한국·몽고 민담집, 레이나드 동물담, 우리나라의 고전소설
'섬동지전'과 '논처토현회' 등에서 여우는 꾀 많고 교활하여 다른 동
물들을 속여 이득을 취하기도 하고, 때로는 자기 꾀에 스스로 손해
보거나 죽임을 당하는 존재로 나온다.[252] 여우는 세계적으로 술책,
교활함, 위선, 나쁜 꾀, 음험함을 상징한다.[253]

　우리나라에서도 여우에 대해 많은 민간전승이 내려오고 있는데
대부분 여우를 술수와 변화를 부려 인간을 괴롭히는 요물로 인식하
였다.[254] 변신한 구미호가 새신랑 대신 장가를 들어 사람이 되려다

우는 덕(德)과 간교(奸巧)함을 동시에 내포하고 있다. 크리스트교에서 여우는 인간을
속이는 악마 사탄, 교활함, 음험함, 기만을 뜻한다. 여우는 죽은 시늉을 해서 먹이를
잡기 때문에 사탄의 속임수와 책략을 뜻한다.(진 쿠퍼, 이윤기 옮김, 『그림을 보는 세
계문화상징사전』, 까치글방, 2010, p.144.)일본에서 여우는 여러 가지로 둔갑하거나
사람을 홀린다고 전해지는 동물이며 동시에 장수를 의미한다. 여우가 둔갑한다는 전승
은 원래 중국에서 나온 것으로, 특별한 여우만이 둔갑한다고 알려져 있다. 일본의 일부
지방에서는 여우를 우리나라의 재산 가신(財産家神)인 '업'처럼 여긴다.(최래옥, 『한국
문화상징사전』 1, p.474.)
　중국에서 여우는 『설문해자(說文解字)』에 의하면 요괴스러운 짐승인데, 한편으론
세 가지 덕을 지닌다고 보았다. 서방에서는 그리스의 『이솝이야기』에 여우가 다수 등
장한다. 중세의 〈동물우의담〉에서 여우는 교활한 지자(知者)로서 설명되어 있다. 여우
는 12세기부터 14세기에 걸쳐서 유행한 여우를 주인공으로 하는 동물이야기인 『여우이
야기』에 의해서 특히 일반 대중에게 친숙한 것이 되며, 그것이 『이솝이야기』 등과 함께
교회당 부조나 사본화에서 도상화되었다.(종교학대사전, 1998.8.20, 한국사전연구사)
252) 이도희, 「'여우누이'의 분석심리학적 해석」, 『심성연구』 Vol.21, 2006, p.15.
253) 이창배(李昌培), 『한국문화상징사전』 1, p.475.
254) 『고려사』의 고려 건국신화에 여우가 조화를 부리는 영물로, 사악한 악물로 등장한다.
　　민간속신에 여우의 울음은 죽음을 뜻하며, 여우는 무덤을 파서 송장을 먹는다 하여 더
　　욱 죽음을 상징하고 있다. 특히, 천년 묵은 여우는 꼬리가 아홉 달린 구미호(九尾狐)라
　　하여 더욱 신통력이 있는 것으로 생각하였다. 꼬리 아홉 달린 황금빛 여우가 상서로운
　　조짐을 의미한다는 기록(『태평광기』 권 제447 서응(瑞應))은 "신성한 존재로서 여우"라
　　는 관념의 계승 또는 그와 동일한 연장선상에 있는 사고체계일 수 있다.

가 강감찬(姜邯贊)에 의하여 죽음을 당하였다는 강감찬 탄생설화[255]에서는 인간사회에 지혜로 처신하고 풍요를 암시하는 존재로 전해 내려오고 있다. 여기서 여우는, 출산을 담당하는 여성으로서 인간 사회에 비범한 인물을 선물하고 있다. 이 점에서 여우는 자연의 근 원적 힘, 특히 지혜와 관련한 풍요를 암시한다.[256]

'여우고개'라고 불리어지는 고개는 전국 여러 곳에 있다. 불교와 관련된 설화에서 여우는 승려의 불력(佛力)을 증진시키는 영물로 등 장한다. 민속에서는 대개 교활하고 변덕스럽거나 요염한 여자를 '여우'라 일컫는다. 구미호 또는 여우의 도상은 민화(民畫) 중에서 찾아볼 수 있다. 우리의 민속이나 전설, 풍습에서 여우는 사람을 괴 롭히는 악물로 흔히 나타나지만, 원광법사는 오히려 불력을 이루는 도움을 받았다. 원광법사를 도와 준 삼천 년 묵은 여우 귀신도 이와 같은 인식과 연결된다.[257] 이러한 것들은 여우에 대한 관념의 원초 형태로 볼 수 있다.[258] 원시 신앙에서는 모든 동물에 정령이 있음은 물론이고 그 정령을 인식하였다.[259]

여우에 관한 속담[260]도 많다. 속담에는 상징이 쌓여 있다. 속담에

---

255) 강감찬 탄생설화에서 여우는 인간사회에 지혜로써 처신하고 풍요를 암시하는 존재로 전해 내려오고 있다. 신화적 성격을 지니고 있는 강감찬 탄생담은, 민중적 관념을 반영 한 문화 영웅으로서의 면모를 신화적 성격을 계승한 이물 교혼 모티프로 부각, 형상화 되었다.

256) 이것은 중국의 고대 문헌에 보이는, 그것이 출현하면 상서로움을 보인다는 '꼬리가 아홉 개 달린 여우[구미호]'와 같은 신성수(神聖獸)의 관념과 상통한다.

257) 삼국유사(三國遺事) 권4 의해(義解) 5 원광서학(圓光西學).

258) 강진옥, 「구전설화 이물교혼 모티프 연구」, 『이화어문논집』 11, 이화여자대학교 한국 어문학연구소, 1990.

259) 최래옥, 『한국문화상징사전』, pp.473~474.

260) '여우가 범에게 가죽을 빌리란다.'는 속담은 가당치도 않은 짓을 무모하게 한다는 뜻

등장하는 상황이나 현상은 거의 예외 없이 무엇인가 다른 것에 견주어지고 비유되곤 하는데, 그 비유의 대상은 으레 추상적이고 관념적이기 마련이라서 상징적인 내용을 갖는다. 속담은 쉽사리 대하고 흔하게 보게 되는 사물들을 통해 생각과 사념을 상징하는 극히 일상적인 손쉬운 백과사전 구실을 한다.[261] 또한 속담은 인류의 보편적인 무의식을 많이 나타내고 있다.[262]

이와 같이 여우에 대한 관념의 원초 형태를 설화, 속담, 민속 등을 통해 살펴보면 여우가 지혜와 악이라는 상반된 상징을 동시에 드러내고 있음을 알 수 있다. 『삼국유사』에서 여우는 원광법사의 불력(佛力)을 증진시켜 신승(神僧)을 탄생시키는 긍정적인 영물(靈物)의 역할을 하고 있다.[263] 여우가 지혜로서 사람에게 도움을 주는 예

이고, '여우 굴도 문은 둘이다.'라는 속담은 무슨 일에나 예비적 대책이 있어야 안전하다는 뜻이다. 또, 어쩔 줄을 모르고 갈팡질팡하며 헤맨다는 뜻으로 '여우가 두레박 쓰고 삼밭에 든 것 같다.'라고 한다. 간사하거나 약아빠진 사람을 두고 '여우같은 인간' 또는 '백여시'라고 말한다. 이런 비유는 여우의 영악스러움을 반영한 것이다. 그리고 볕이 나 있는 상태에서 잠깐 오다가 그치는 비를 여우비라 하고, 반대로 비나 눈이 오다가 잠깐 볕이 났다가 이내 구름에 가려지는 볕을 여우볕이라 한다. 또 여우비나 여우볕 현상을 "여우가 시집간다."고 하는데, 이런 것들은 모두 여우가 변덕이 심하고 요망하다는 생각에서 나온 말이다. 그래서 "계집이 늙으면 여우가 된다."는 속담도 생겼다. 길을 갈 때에 여우가 가로질러 가면 "사람이 죽는다."고 하였고, 일이 낭패한 경우에 "금정(金井 : 무덤 등을 팔 때 치수 등을 재기 위하여 놓아두는 자)을 놓아두니, 여우가 지나간다."고 하여 불길함의 대표적 동물로 여우를 가리키기도 하였다. 그리고 소견이 좁고 옹졸하며, 남을 잘 속이는 사람을 일러 '좁쌀여우'라고 하고, 봄에 일어나는 화재는 매우 위험함을 비유하여 '봄불은 여우불'이라고 한다. 한편, 악물스럽고 영악한 여우도 제 꾀에 제가 빠진다는 뜻으로 "여우 뒤웅박 쓰고 삼밭에 든다."고 하였다.(종교학대사전, 1998.8.20, 한국사전연구사)

261) 김열규, 『상징으로 말하는 한국인, 한국 문화』, 일조각, 2013, pp.36~37.
262) 이도희 · 이부영, 「심리학적 상징으로서의 '어린이'」, 『심성연구』 12, 한국분석심리학회, 1993, p.26.
263) 삼국유사(三國遺事) 권4 의해(義解) 5 원광서학(圓光西學).

는 이물교혼[264] 모티프로 형성된 강감찬 탄생 설화[265]와 몽고의 설화[266]에서도 보인다. 이처럼 여우와 관련된 민속적 관념은 설화에서와 마찬가지로 긍정적인 면과 부정적인 면을 동시에 드러내며, 긍정적으로 인식되는 경우 생태적인 특성[267]과 마찬가지로 지혜와 풍요의 의미를 지닌다.

한편 삼국시대 이래로 여우는 긍정적인 측면보다는 악과 죽음의 상징[268]이라는 부정적 면모를 강하게 보이기 시작한다. 여우에 대한

---

264) 이물교혼(異物交婚)은 국조 단군신화에서부터 비롯되는 신화 주인공의 출생을 나타내는 신화적 성격을 지닌 모티프로서, 이렇게 태어난 인물의 비범성은 그 같은 출생근원의 특이성에 기인하고 있음을 암시하고 있다.

265) 늦도록 자식을 두지 못한 강감찬의 아버지는 뛰어난 아들을 얻을 수 있다는 異人의 말에 따라 전국을 다니며 정성을 들이고, 집으로 돌아오는 길에 주막집 여자의 집요한 유혹으로 동침하게 되었다. 그 여자가 바로 여우인데, 자신이 강감찬의 아버지를 위해 아들을 낳아 줄 것이며, 그 아이는 앞으로 훌륭한 인물이 될 것이라고 예언한다. 약속한 날에 여자는 아이를 데려다 주고 사라졌는데, 그 아이가 강감찬이다.(강진옥, 「구전설화 이물교혼 모티프 연구」, 『이화어문논집』 11, 이화여자대학교 한국어문학 연구소, 1990 참조.) 강감찬 탄생설화에서 여우는 원광의 설화와 비교해볼 때 지혜를 가진 존재로 드러난다.

266) 백호(白狐) 이야기에서 여우는 요괴의 술수로 흉측한 얼굴이 된 공주를 치료하기 위해 헤매는 가난한 젊은이에게 약을 주면서 "나는 이 산에 사는 오래 묵은 암여우입니다. 당신이야말로 공주의 신랑감입니다. 공주의 병이 즉시 나을 즉효약을 드리겠습니다." 라고 말한다.(최진학, 『구전설화 연구』, 새문사, 1994, pp.238~239.)

267) 여우는 영리하며 위장술 또한 동물들의 상위에 속한다고 한다. 특히 울음소리가 아이의 울음소리와 같아 사람이 잘 속는다. 여우를 잡으려고 화약을 묻거나 줄에 걸어두면, 소심스럽게 파내거나 붙어서 설벽에 버릴 술도 안다. 웅크리고 있는 고슴도치를 앞발로 굴려 물에 넣어 놀라서 날뛰면, 한쪽 발로 목을 누르고 다른 발로 껍질을 벗겨 먹는다. 이렇게 영리한 여우가 오래 살면 사람만큼 영리해지고, 아예 사람으로 둔갑한다는 생각은 우리에게 강하게 인각되어 있다. 백여우나 구미호가 변신한다는 둔갑 신앙은 지금까지도 전해지는 사고의 한 갈래로서, 설화나 전설을 통하여 전승되고 있다.(최래옥, 『한국문화상징사전』 1, p.473.)

268) 민간속신에 여우의 울음은 죽음을 뜻하며, 여우는 무덤을 파서 송장을 먹는다 하여 더욱 죽음을 상징하고 있다.

부정적 관념은 『삼국유사』 설화에서 다수 보인다.[269] 거타지 설화[270]에서 여우는 불승(佛僧)의 모습을 하고 악물(惡物)로 등장하고 있다. 이밖에도 『삼국유사』에는 비형랑이 귀신을 시켜 여우로 변해 달아나는 길달을 죽였다는 이야기[271], 밀본이 법척과 함께 늙은 여우를 쫓았다는 이야기[272], 고구려 차대왕의 여우 사냥 이야기[273], 백제의 패망을 예고하는 의자왕 때 흰 여우 한 마리가 상좌평의 책상에 올라앉았다는 이야기[274] 등을 통해 여우가 사람에게 해를 끼치고 생명을 위협하는 악물(惡物)의 상으로서 인식된 것을 확인할 수 있다.

한국 민담에서 무엇보다도 악한 모습으로 등장하는 여우는 민담 '천년 묵은 여우'에 등장한다. 거기서 여우는 노파로 변신해 해골에 이끌려 자기에게 온 나무꾼을 뚜렷한 이유도 없이 잡아먹는다. 이부영[275]은 여기서 나오는 여우를 절대악(絶對惡)으로 보고 모성 콤플렉스와 결부지어 해석한 바 있다.

이상에서 보면 여우는 꾀가 많지만 교활하고, 경솔한 면이 있으며, 미래를 내다보는 지혜도 있고, 경서에도 능통한 지혜 있는 존재

---

269) 이것은 민속에서 여우의 울음이 죽음을 상징하고, 여우가 사신(死神)과 같은 구실을 하며, 무덤을 파서 송장을 먹는 해물(害物)이라는 속신이 있어 여우가 요물로 인식된 것과 관련이 깊다.

270) 여우가 부정적인 악으로 나타나는 것이 원광의 설화와 다르지만, 여우를 용왕조차 대항하지 못할 정도로 조화를 부리는 영물로 설정, 이를 주인공 능력의 신이함을 드러내기 위한 수단으로 사용한 점은 같다고 볼 수 있다.(『삼국유사』 권2, 기이(紀異) 2, 진성여왕 거타지(居陁知))

271) 『삼국유사』 권1, 기이(紀異) 1, 도화녀 비형랑(鼻荊郎).

272) 『삼국유사』 권5, 신주(神呪) 6, 밀본최사(密本摧邪).

273) 『삼국유사』 권15, 고구려본기 차대왕(次大王).

274) 『삼국유사』 권28, 백제본기 의자왕(義慈王).

275) 이부영, 『한국민담의 심층분석』, 집문당, 1995, pp.137~148.

이기도 하다. 또한 위대한 인물을 탄생케 하는 모성적인 역할을 하기도 하고, 자신을 구해준 사냥꾼에 보은하는 아름다운 여성이며, 다산의 여인이다. 하지만 여우에 관해서는 이와 같은 긍정적인 의미보다는 부정적인 것이 더 많아서 여우는 여자로 변신하여 사람을 병들게 하기도 하고 죽이기도 하는 악마 같은 존재로 그려진다. 그리고 민간 속신에서도 여우는 불길함을 가져다주는 영물이라는 믿음이 많다. 그러면서도 겉으로 드러난 악(惡)의 뒤에는 여의주 같은 자연의 빛을 가져다주는 보배를 지니고 있고, 이는 서양에서 동양의 여우에 비견될 만한 요물인 늑대가 갖는 양면성, 즉 어두운 공격적인 동물이면서 놀라운 자연의 지혜를 갖는 동물과도 일치한다.[276]

4) 확충에 의한 작품 분석

이 작품에는 여우가 '총각애'에게 '구슬'알을 '열두 번'이나 물리는 모습이 형상화되어 있는데 이는 민담의 소설화 과정을 잘 보여주는 것이다. '구슬', '도토리'는 모두 둥근 형태를 하고 있다. 둥글다는 것은 인격의 통일성, 심리학적으로 표현하면 자기(Selbst)를 표현하고 있다.[277]

구슬[278]은 주술적인 힘을 상징하거나 부적과 같은 효능을 지닌 주물(呪物)을 상징한다. 죽은 사람의 입에 구슬을 물리는 풍습은 동서

---

276) 이도희, 「'여우누이'의 분석심리학적 해석」, 『심성연구』 Vol.21, 2006, p.19.

277) 지벨레 비르크호이저 - 왜리, 이유경 옮김, 『민담의 모성상』, 분석심리학연구소, 2012, p.108.

278) 최래옥, 『한국문화상징사전』 1, pp.72~76.

양을 막론하여 널리 퍼져 있다. 엘리아데에 의하면, 인도의 베다 시
대부터 진주의 우주론적 기능과 주술적 가치는 알려져 있었다. 또
한 구슬은 신비의 중심이면서 한편으로 물질의 영성의 획득을 상징
한다. 플라톤은 완전한 인간, 진화의 끝에 이른 인간의 형상을 구슬
에 비유한 바 있다. 이때의 구슬은 외부로부터 애초부터 주어진 완
벽함이 아니라, 변모와 진화에 의한 완벽한 완성을 상징한다.

특히 여의주는 불교에서 나온 말이다. 이것은 도깨비방망이와 같
은 풍요의 주력을 지닌 것으로서 종교적인 신비력을 가지고 모든
것을 가능하게 하는 신적인 능력을 말한다. 따라서 분석심리학에서
말하는 자기원형－창조적 변환과 치유－의 상징이라고 볼 수 있다.
그러한 초자연적 능력을 가진 구슬이 어두운 악귀의 상(像) 속에 숨
어 있다는 사실을 「산골아이」는 보여주고 있는 것이다. 악귀가 사
는 곳에 언제나 보배가 있다는 사실은 민담에서 잘 알려진 주제이
다.[279] 한국 민담에 천년 묵은 여우는 입 속에 여의주를 품고 있다는
이야기[280]도 이 이야기에 속한다고 볼 수 있다.

12는 4의 3배수이다. 분석심리학에서 4[281]는 전체성의 상징이다.
이에 반하여 숫자 3은 심리학적으로 네 번째로 나아가려는 역동적
발전 과정과 관계한다.[282] 따라서 12는 전체성을 세 번 반복하여 이

---

279) 이부영, 『한국 민담의 심층분석』, 집문당, 1995, p.152.
280) 임동권, 「여의주」, 『한국의 민담』, 서문당, 1986, pp.200~201.
281) 융에 의하면 3이라는 숫자는 남성적인 숫자이다. 3은 움직임을 나타내며 변화되는
    시간성과 관계있는 숫자로 불안정한 숫자이다. 그러나 4는 3과 달리 안정성이 있으며
    완전성을 나타낸다. 사람들이 전통적으로 완전한 것을 나타낼 때 4라는 숫자를 사용한
    것에서 그 근거를 찾아볼 수 있다. 우주의 방위와 시간을 넷으로 구분해야 가장 완전하
    리라고 생각했던 것이다.(Cf.Bernard Kaempf, *Trinité ou Quaternité?; Etude
    Theologique et Religieuses*, 1987, pp.59~79 참조.)

루어진 숫자이므로 새로운 통일성과 관계가 있으며 완전무결함을
상징한다.

따라서 이 소설에서는 "아주 총명해서 글두 썩 잘하는" 총각애가
"꽃같은 색시"에게 완전히 매료된 것을 보여주었다고 할 수 있다.
이렇게 자아가 아니마에 매혹되는 경우 무의식적인 충동이 자아의
식을 사로잡아버릴 수 있음을 보여준다. 또한 12는 인간의 삶을 주
관하는 순환적 원리를 상징하기도 한다.[283]

한편 '총각애'는 기력이 쇠해가는 이유를 묻는 훈당에게 사실을
말하지 않고 거짓말을 하는 모습을 보여준다. '총각애'는 "꽃 같은
색시"로 변신한 여우와의 입맞춤으로 인해 자기원형의 누멘적 작용
과의 접촉에 사로잡혀 "꽃 같은 색시"에게 매혹되어 의식의 고갈 상
태가 초래되고 있는 것이다.

> 날이 갈수록 총각앤 몸이 축해가구, 글공부두 못해만 갓구나. 그래
> 하루는 훈당이 총각애 보구 왜 요샌 글두 잘 못 외구 얼굴이 상해만
> 가느냐구 물었구나. 그랬드니 총각앤 그저 요새 집에서 농사일루 분
> 주해서 저낙(저녁)에 소멕이구 꼴베구 하느라구 그렇디, 몸만은 아무
> 데두 아픈 데가 없다구 그랬구나. 그래두 총각앤 나날이 더 얼굴이 못
> 돼만 갓구나. 그래 어느날 훈당이 몰래 총각애의 뒤를 쫓아가 봤구
> 나.……[284]

---

282) Jung. C. G., *Versuch zu einer psychologischen Deutung des Trinitätsdogmas*.
283) 지벨레 비르크호이저 – 왜리, 이유경 역, 『민담의 모성상』, 분석심리학연구소, 2012,
    p.212.
284) 황순원, 「산골아이」, pp.176~177.

  '총각애'는 "꽃 같은 색시"와 "날마다" "서당에 가구 올 적마다" 입을 맞추고 있는 것을 훈당에게 이실직고하지 않는다. 다만 "집에서 농사일루 분주해서", "글두 잘 못 외구 얼굴이 상해" 가는 것이라고 거짓말을 한다. 이 모습을 통해 확인할 수 있듯이, '총각애'는 페르소나와 자아의 무조건적인 동일시에 의해 날로 쇠약해지는 모습을 보이고 있다. '총각애'는 자신의 이성적·지적·금욕적인 태도에 의해서 미숙하고 파괴적인 정동(情動)을 햇볕에 내놓지 못한 상태로 무의식에 억압하고 있는 것이다. 여우가 '총각애'를 유혹한다는 것은 주인공인 '총각애'의 무의식에 도사리고 있는 변덕스럽고 간사하며 영악스러운 감정의 특징을 표현한 것이다.

  "꽃 같은 색시" 모습으로 변신해 있는 여우는 '총각애'의 페르소나(persona)에 가린 내적 인격상으로서, 총명한 '총각애'의 충동 속에 감추어진 부정적 아니마(anima)라 할 수 있다. 여우는 소년의 무의식에 억압되어 부정적이고 열등하며 고태적인 색채를 띠게 된 여성성의 원형을 표상한다. 여우가 '총각애'의 기(氣)를 빼앗으며 "나날이 고와만가는" 것을 통해 알 수 있듯이 이 소설은 아니마의 부정적 속성이 드러난 이야기로서, '총각애'의 아니마상이 분화되는 주제를 표현하고 있다.

  「산골아이」에서 '총각애'는 구슬알을 삼키라는 훈당의 조언을 듣고도 제대로 따르지 못한다. '구슬을 삼키는 것'은 단지 경계선상의 반의식적 상태를 넘어서 자기를 의식에서 충분히 수용하는 것, 완전한 의식화를 의미한다. 이미 자아는 결국 그 건강한 기능이 정지된 채 자기원형에 의해 대치되고 있기 때문에 '총각애'는 훈당의 조언을 제대로 따르지 못한다. 무의식은 의식에 대해 보상적 관계에

있다. 의식이 무의식에 관심을 가지고 그것과 더불어 살 때 인간정
신의 전체적 실현과 그 성숙은 가능해진다[285]는 점을 '총각애'의 모
습을 통해 형상화하고 있는 것이다.

> 그른데 그날두 훈당이 몰래 뒤따라가 봤드니 총각앤 구슬알을 못
> 생켔구나.
> 여기서 이야기 듣던 애는 또,
> ―생켔으믄 둏을걸 잉?
> 한다.
> ―그럼. 그래 총각앤 자꾸만 말못하게 축해갔구나. 그래 훈당이 보
> 다못해 오늘 구슬알을 생키디 않으믄 정 죽구 만다구 했구나. 그리구
> 꽃같은 색시가 구슬알을 물레주거들랑 그저 눈을 딱 감구 생케버리라
> 구까지 닐러주었구나.(p.177)

총각애는 구슬을 삼키라는 훈당의 충고를 따르지 못한다. 이것은
부정적인 아니마에 사로잡혀 미분화 상태에 남아있던 원시적인 감
정이 작용한 것으로 볼 수 있다. 악(惡)으로 변한 부정적인 아니마
원형과 직접적으로 대면하는 것은 위험한 일이기 때문이다. 원형상
은 개인적 무의식의 내용처럼 의식의 일부로 동화시킬 수 없는 것
이다.[286] 직접적으로 대면하면 정신적인 전염의 위험성이 항상 있기
마련이다. 아이가 훈당의 조언을 이행하지 못하는 것도 이런 점에
서 기인한다고 볼 수 있다.

원형상은 항상 구별을 하고 주의 깊게 고려하는 태도가 필요하

---

285) 이부영, 「마음의 구조와 기능」, 『분석심리학』, p.76.
286) 이도희, 「'여우누이'의 분석심리학적 해석」, 『심성연구』 Vol.21, 2006, p.31.

다. 「산골아이」에서 소년은 원형과의 연결을 다른 곳으로 돌리지 못해 힘들어하다가 창조적인 아니마(anima) 원형에 해당하는 훈당의 도움으로 악의 원형을 물리치는데 성공하게 된다.

여우가 사람을 일정한 숫자만큼 잡아먹으면 사람이 된다는 이야기는 심리학 용어로 말하면 무의식의 파괴적 동물적 본능의 측면도 의식과의 접촉을 자주 하면 인간적 속성—즉, 의식의 일반 특성과 비슷해진다는 말을 의미한다. 부정적 아니마상은 자기원형의 그림자와 연계[287]된 것으로 파악되며, 부정적인 아니마를 통합하는 작업은 많은 희생이 필요한 위험한 작업임을 말해준다. 또한 인간 내면의 수성(獸性)이 영성(靈性)으로 전환될 수 있는 가능성이 있다는 것을 상징하기도 한다. 이러한 전환을 가능케 하는 요소가 「산골아이」에서는 바로 여우구슬인 것이다.

하지만 여우는 인간으로 변하지 못하고 실패한다. 이것은 위의 과정이 자아의 의식적 태도로 이루어지는 게 아니고 무의식적으로 일어나기 때문에 실패로 돌아가고 만다는 것을 지적한 것으로 볼 수 있다. 어떤 경우에나 자아의 참여가 없는 자기실현이란 없는 것이기 때문이다. 천년 묵은 여우의 입 속의 구슬 및 여의주, 무의식의 초월적 기능은 결국 사람, 즉 자아의식에 돌아가야 한다[288]는 것을 민담을 수용한 「산골아이」는 말해주고 있다.

'총각애'는 "사흘만 더 있었으믄 죽구 말걸 훈당 때문에 살"게 된다. 그리고 그 이후로는 "훈당 말"을 잘 듣고 공부를 열심히 하여

287) 이부영, 『아니마와 아니무스』, 한길사, 2001, p.276.
288) 이부영, 『한국민담의 심층분석』, 집문당, 1995, p.154.

과거 급제를 하게 된다.

> 할머니는 정한 말로,
> ―사흘만 더 있었으믄 죽구 멀걸 훈당 때문에 살았디. 그래 그뒤부
> 턴 훈당 말 잘 듣구 공부 잘 해가지구 과거급데했대더라.
> ―그리구 여우새낀?
> ―거야 가죽을 벳게서 돈 많이 받구 팔았디.
> ―지금두 여우가 고운 색시 되나?
> ―다 넷말이라서 그렇단다.(p.178)

'과거 급제'는 아니마가 본능의 심층에서 분화되어 의식의 내용
으로 소화될 수 있는 모습으로 의식화가 된 것을 의미한다. 이런 점
을 미루어볼 때 여우는 '총각애'가 '과거 급제'를 할 수 있도록 도와
준 측면도 있다. 즉 여우가 긍정적·부정적 관념이 공존하는 대극성
을 보였다는 점은 아니마 형상 또한 원형이 보편적으로 가지고 있
는 양면적 구조를 지니고 있다는 사실을 환기한다.

모성은 삶에 첫 발을 내디딜 때 아동을 위해서 뒤에 서서 도움을
주고 지지해주는 조력적 존재로 경험된다. 그가 젊은이로서 성장했
다면 젊은이는 자신이 사랑하는 여인에게 모성성을 투사하게 된다.
그래서 그 여인은 젊어진 모성이자 동시에 배우자가 된다. 그 형상
이 바로 아니마이다.[289]

아니마의 발전에 의해서 남성은 대립들을 하나로 통합하는 능력
을 갖게 된다. 그는 사랑의 원리, 연결하는 여성적 원리에 이르는

---

289) 지벨레 비르크호이저 ― 왜리, 이유경 옮김, 『민담의 모성상』, 2012, 분석심리학연구
　　소, p.46.

통로를 발견한다.[290]

아니마의 발전에는 네 단계가 있다.[291] ①이브(Eve)의 상, ②파우스트의 헬렌(Helene)과 같은 낭만적이고 미적 수준의 인격화, ③성모 마리아(Maria)의 영적 헌신의 극치에까지 올리는 상[태모(太母) 원형의 표상], ④가장 성스럽고 가장 순수한 것조차도 초월하는 지혜인 소피아(Sophia)가 바로 그것이다.[292]

여우는 이 중에서 이브의 상에 해당하는 아니마라 할 수 있다. '총각애'의 자아는 결국 무의식과 미성숙한 상태에서 탈피되어야 했기에 "탈피를 위한 투쟁"으로 영웅이 괴물과 싸우는 형태로 상징화[293]가 되었던 것이다.

여우는 신비한 구슬을 지니고 있다는 점에서는 신성(神聖)의 측면을 가지지만, 동시에 인간을 유혹하고 생명을 위협하는 사악(邪惡)한 측면도 지닌 존재이다. 결국 신성과 마성은 양립 불가능한 것이 아니라 한 존재 안에 자리하는 상반된 두 얼굴임을 보여주고 있는 것이다.[294] 『고본수이전』 원광법사전에 나오는 안강면 삼기산의 여우신, 울주군 대본리의 암각화에서 발견된다는 여우그림이나 일찍

---

290) *Ibid.*, p.263.

291) 아니마는 의식화를 통해 분화 발달을 할 수 있는데 그 단계와 특징에 대하여 융은 『전이 심리학』에서 아니마의 네 단계 발달을 언급한다.

292) Jung. C. G., *Psycholodie de übertragung*, 1958.
괴테의 『파우스트』에서는 ①그레트헨의 상 : 순수하고 충동적인 관계, ②헬레나 : 아니마상, ③마리아 : 천상적인 기독교적·종교적 관계의 인격화, ④소피아 : 영원한 여성성으로 연금술의 지혜의 여신 사피엔치아(Sapientie)의 표현으로 시사되어 있다.

293) 조셉 핸더슨(Joseph L. Henderson), 조수철·윤경남·이부영 역, 「고대 신화와 현대인」, 『인간과 무의식의 상징』, 집문당, 2000, p.120.

294) 강진옥, 「변신설화에 나타난 '여우'의 형상과 의미」, 『고전문학연구』 9, 1994, pp.16~17.

이 신라에 복속되었다는 실직국이 있었던 삼척 서구암의 변신여우
였다는 마고할미 전설 등은 여타 다른 지역보다도 신성과 마성 양
면을 지닌 여우와 관련된 흔적들을 많이 보여주고 있다.[295] 이와 같
이 하나의 존재 속에 공존하는 양극은 동일한 성격의 양면과도 같
은 것이다. 일찍이 관념적 대상인 신(神)에게서 발견되는 이러한 대
극성은 우리 민속과 설화의 세계에서도 많이 나타난다.[296]

이처럼 여우로 표상되는 아니마는 변환적 성격을 보여주는 아주
훌륭한 매개물이다. 아니마의 홀림은 남성으로 하여금 심혼과 원
기, 내부 세계와 외부 세계에서 활동하게 하고 창조하게 만드는 모
든 모험으로 돌진하게 하고, 유혹하는 것과 동시에 용기를 북돋아
주며 움직이게 하는 자이자 변화의 선동자인 것이다. 그래서 폰 프
란츠는 남성의 모성 콤플렉스는 창조성과 긴밀하게 연관성을 지닌
다고 말한 바 있다.[297]

이러한 변환적 성격은 여우가 악물(惡物)의 상징으로 나타나는 경
우에도 불교와 관련된 변신을 한다는 점과 관련지어 생각해볼 수
있다. 거타지 설화에서 거타지가 서해의 용왕의 부탁대로 중을 활
로 쏘아 맞히니 중이 늙은 여우가 되어 떨어져 죽었다는 이야기[298],
여우가 빛나는 부처의 모습으로 나타나 응종경을 외우며 용왕을 괴
롭히고 작제건은 부처와 너무나 흡사한 여우의 모습에 감히 활쏘기

---

295) *Ibid.*, p.34.

296) *Ibid.*, p.35.

297) 지벨레 비르크호이저 – 왜리, 이유경 역, 『민담의 모성상』, 분석심리학연구소, 2012,
p.10, 폰 프란츠 서문 참조.

298) 『삼국유사』 권2, 기이 2, 진성여왕 거타지.

를 주저했다는 이야기[299], 선덕여왕 덕만이 병을 얻어 밀본법사에게 치료를 부탁하니 밀본법사가 '약사경'을 읽어 병을 낫게 하고 육환 장으로 법척과 늙은 여우 한 마리를 찔러 죽였다는 이야기[300]도 소설 속에서의 여우의 역할과 유사한 경우에 해당한다.

또한 인간으로 변하기를 꿈꾸었던 여우 이야기 같은 변신 모티프는 신화를 포함한 전승설화의 중심 화소를 구조화하는 주된 원리이다. 뿐만 아니라 이 모티프 안에는 인간 본질에 대한 철학적 사고가 내포되어 있다. 이러한 신화적 사유에 기초하여 소설에 나타난 변신 모티프의 존재 양상을 살펴보면 닮음과 다름의 긴장 관계에서 비롯된 특징은 소설의 읽는 재미[301]를 만들어낼 뿐 아니라 신화나 설화가 현대적인 서사로 새롭게 창조되는 양상을 유추해볼 수 있는 작업으로서도 의미가 있다.[302]

그리고 변신 모티프는 각 민족의 고유한 사유와 문화 속에 관통하고 있는 원형들과 밀접한 관련을 맺고 있다. 변신 모티프에는 자연(신, 동물, 모든 생명체)과 인간의 관계를 대립된 존재로서가 아니라 '나(인간)'가 중요한 만큼 '당신(자연, 생명체)'도 중요하다는 열린 시각, 차이와 다양성을 인정하는 태도가 요구된다.

변신 모티프는 자연과 인간의 관계를 대립된 존재가 아니라 상대적 특징을 존중하는 공존의 세계에 대한 추구라 할 수 있는 것이

---

299) 『고려사』 권1, 세계(世系).

300) 『삼국유사』 권5, 신주(神呪) 6, 밀본최사.

301) 권택영, 『소설을 어떻게 볼 것인가』, 문예출판사, 2005, p.170.

302) 오은엽, 「김동리 소설의 변신 모티프 연구」, 『한국언어문학』 82집, 한국언어문학회, 2012, p.443.

다.[303] 여기에서 확인할 수 있듯이 「산골 아이」의 '여우'는 원형의 강력한 에너지가 가지고 있는 위험성과 함께 이런 아니마 원형에 내포된 무궁한 초자연적 능력을 제시하고 있다고 볼 수 있다.

요컨대, 「산골 아이」는 원형의 강력한 에너지가 어떻게 자아의식을 동화해 가는가를 보여주는 이야기이다. 또한 괴물이 가지고 있는 보배 이야기는 그러한 자기원형의 초자연적 능력과 접촉하려면 많은 난관을─때로는 죽음까지도 각오한 모험으로─겪고 지나가야 한다는 점을 제시하고 있다.[304] 이 소설은 민담을 활용하여 자아의 우유부단한 태도의 위험성을 경고하고 있다. 또한 낡은 자아의 태도를 변형시키려는 자기로부터의 요청을 이해해야 함을 보여주고 있다.

즉 「산골 아이」는 소년으로 하여금 이브 형의 아니마상이 가진 매력에 속지 않도록 조심하라는 유용성과 교훈성을 담고 있는 이야기이다. 그런 뜻에서 여우는 주인공인 소년의 무의식에 도사리고 있는 변덕스럽고 간사하고 영악스러운 감정의 특징을 표현한다고 할 수 있다. 즉 여우가 둔갑한 "꽃같은 색시"는 소년의 무의식적 내면의 인격상이자 부정적인 모성 콤플렉스라고 볼 수 있는 것이다.

반면 민담을 들려주는 할머니는 훈당과 마찬가지로 노현자 원형이라고 할 수 있다.

노현자는 꿈뿐만 아니라, 적극적 명상에서 매우 창조적 형태로 나

---

303) 조미라, 「애니메이션의 변신 모티프 연구」, 『애니메이션 연구』 11, 한국만화애니메이션학회, 2007, pp.164~165.
304) 이부영, 「한국민담의 심층분석」, 집문당, 1995, p.155.

타난다. (중략) 노현자는 꿈에서 주술사, 의사, 제사장, 교사, 교수, 할아버지 혹은 권위적인 사람으로 나타난다. 사람, 요괴 혹은 동물의 형태 안에 있는 원형은 통찰력, 좋은 충고, 결단, 계획 등이 요구되지만 우리 자신의 능력이 미치지 못하는 상황에서 나타난다. 그 원형은 차이를 메우도록 내용들을 통해 이런 영적인 결핍상태를 보상한다.[305]

유종호도 "짚세기를 팔러 장에 간 아버지가 생업에 얽매어 있는 동안 산골아이의 교육을 담당하고 있는 것은 마을의 기억의 전수자인 할머니"로 보았다.

그러면 할머니는 그 몇 번이고 한 옛이야기를 되풀이하는 게 싫지 않은 듯이 겯고 있는 실꾸리를 들여다보면서,
−왜 여우고개라구 있디 않니?
하고 이야기를 꺼낸다.
그러면 또 애는 언제나같이,
−응 있어,
하고 턱을 치켜들고 다가앉는다. (중략)
그래두 총각앤 나날이 더 얼굴이 못돼만 갔구나. 그래 어느날 훈당이 몰래 총각애의 뒤를 쫓아가 봤구나.······
여기서 할머니는 엉킨 실을 입으로 뜯고 손끝으로 고르느라고 이야기를 끊는다.
애는 이내,
−그래서? 응?
하고 재촉이다.(p.177)

---

305) Jung, *The Archetypes of the Collective Unconscious*, p.398.

태모는 세계의 민담에서 곧잘 실 짜는 사람으로 나온다. 할머니는 사물을 꿰뚫어 모든 것을 예견하는 예지 기능이며 정신적 위기에서 현명하게 문제를 해결할 수 있는 무의식의 지혜의 힘을 상징한다. 「산골아이」에서 할머니도 '실 짜는 모습'[306]으로 형상화됨으로써 태모가 가지고 있는 상징적 특징을 보여주고 있다.

이처럼 여성상은 한국 민담에서 다양한 모습으로 등장하고 있다. 이를 통해 미루어볼 때, 「산골 아이」는 여우를 통해서는 부정적 모성성을 보여주고 할머니를 통해서는 긍정적 모성성을 보여줌으로써, 궁극적으로 긍정성과 부정성이 양가적으로 균형을 갖춘 '복합적 모성성'을 보여준다고 말할 수 있다.

5) 근원적 통일성으로 향하는 소년

'크는 아이'는 호랑이 굴에서 아들을 구해낸 반수 할아버지의 무용담을 서사구조의 근간으로 삼고 있다. 짚세기를 팔러 나간 아버지의 안전을 걱정하는 소년의 모습을 통해 자의식이 성장하는 아이의 모습을 섬세하게 보여주고 있다. 소년은 "올해는 아무리 면상을 맞아 코피를 흘린대도 울지 않"고 "이편에서 증손이를 맞혀 울려주리라"(p.179)고 다짐하면서 '크는 아이'의 모습을 보인다.

돌아오지 않는 아버지를 기다리다 잠이 든 산골아이는 꿈속에서 백호 한 마리가 아버지를 물고 올라가는 것을 보고 "내 저놈의 호랑

---

306) 실 잣는 여성의 성격에서 보면 위대한 어머니는 인간의 삶을 엮을 뿐만 아니라 빛과 어둠의 세계의 운명을 잣는다.(노이만, 박선화 역, 『위대한 어머니 여신』, 살림, 2009, p.359)

이를 잡아 메치고 아버지를 빼앗고야 말리라"(p.183)고 결심한다. 한데 "난데없는 눈덩이가 날아와" 아이의 "면상을 맞힌다. 증손이 다. 붉은 코피가 이번에도 흰 눈에 떨어진다. 눈물이 난다. 그러나 울어서는 못쓴다."(p.183)라고 다짐한다. 아이는 아버지를 호랑이로 부터 구출하려는 결연한 의지를 보이고 증손이가 던진 눈덩이에 면 상을 맞아도 지난해와는 다르게 "그러나 울어서는 못쓴다."고 자기 자신을 타이를 정도로 크는 과정 중에 있다.

유종호는 "호랑이굴을 찾아가 어린이를 탈환해 오는 반수할아버 지 얘기는 살아남는 데 필요한 가치로서의 기운과 용기와 꾀의 필 요성을 가르치는 전설"이라고 본다. 또한 "범을 이겨냄으로써 반수 할아버지는 비로소 어엿한 얘기할아버지로서의 자격을 얻게 된다" 고 보았다. 이때 "돌아오지 않는 아버지를 기다리다 잠이 든 산골아 이는 아버지를 구하러 호랑이굴을 찾아가는 꿈을 꾼다. 그것은 전 설이나 옛 얘기가 내포하고 있는, 살아남기 위해 필요한 가치의 내 면화 과정을 보여준다."고 보았다.

이처럼 유종호는 "모든 훌륭한 얘기가 그렇듯이 「산골아이」는 한 편으로 얘기의 본질과 기능을 극명하고 간결하게 드러내 주고 있 다"고 역설했다. 한국의 전설 중에서도 효행에 관한 전설에서 호랑 이는 중요한 역할을 한다. 이야기 속의 호랑이는 아버지를 위한 치 료약을 찾고 있는 남자 주인공에게 그것을 찾을 수 있는 장소까지 데려다 준다. 많은 한국 민담에서 호랑이는 산신령으로서, 영혼의 인도자—즉 이승과 저승의 매개자 역할을 하고 있다.

「크는 아이」에서 반수할아버지는 호미 하나만 들고 용감하게 호 랑이굴로 들어가 빼앗긴 아들을 되찾아오는데, 이 이야기는 실제로 반수할아버지가 겪었다는 무용담이다. 이 이야기 역시 장에 갔다가 귀가가 늦어지는 아버지를 불안하게 기다리던 아이의 꿈속에서 재연된다. 공포는 아동기심리에서 정상적인 현상이다.[307]

이렇게 옛 이야기가 꿈속에 재연되는 것을, 유종호는 할머니가 들려주는 이 이야기들이 산골아이에게 있어 재미와 가르침이 미분화상태로 맺어져 있는 전설이자 철학적 실제적 우화[308]가 된 것이라고 역설한 바 있다.

소년은 '크는 아이'이고 자아는 더 이상 태아 상태가 아니라 이미 고유한 현존재가 되었다. 하지만 여전히 둥근 원환 속에 살고 있고 거기에서 전혀 벗어나지 못하고 있다. 모성적 우로보로스에 반하여 남성적 의식성은 태아기적으로 머물러 있는 것이다. 자아는 이러한 근원적 상징에 반해 전적으로 포함되어 있다고 경험되며, 근원적 상징에 반해 작고, 나중에 생성된, 무력한 존재이다. 플레로마적[309] (pleromatische) 삶의 시기, 즉 자아가 태아기적 핵으로 원환 속에서 헤엄치는 시기이므로 단지 우로보로스만 존재할 뿐이다.

이 시기는 자연스럽게 인간성을 가진 자아의식을 생성시키는 첫 시기로서 우로보로스가 지배적인 상태로서 둥근 천정을 이루듯 덮고 있다. 이런 초기 상태는 자아의식의 아동기 단계에 해당하며, 우

---

307) Neumann, Erich, Hull, R.F.C., *The Origins and History of Consciousness*, Princeton University Press, 2007; 노이만, 이유경 역, 『의식의 기원사』, 분석심리학 연구소, 2010.

308) 유종호, 「겨레의 기억」, 김종회 편, 『황순원』, 새미, 1998, p.124.

309) 플레로마(고대 그리스어: πλήρωμα pléróma)는 "채우다"(to fill up) 또는 "완전하게 하다"(to complete)를 뜻하는 플레로오(πλήρης pléroó)[1]에서 유래한 낱말로, 충만·완전, 채우는 것·완전하게 하는 것, 채워진 것·완전하게 된 것, 충만한 상태·완전한 상태를 뜻한다.

로보로스의 모성적 특성이 두드러지게 드러난다. 아동기적 자아가 그렇듯 이 시기를 고스란히 반복하면서 미약하게 발달하지만 쉽게 피곤해하고 단지 어느 순간 섬처럼 무의식의 희미한 빛에서 등장했다가 다시 그 속에 잠겨버린다. 그래서 자그마하고 약하고 자주 잠을 자야 하는, 말하자면 대부분 무의식적이다.

소년은 이렇게 요람에 있는 아기처럼 위대한 모성적 자연에 의해 감싸여 있고 지지받고 보호받으며 모성적 자연에 인도되어 있다. 거대한 양육자가 그에게 한없이 자유롭게 그가 필요한 모든 것을 제공하는 상태, 바로 이것이 지복한 초기적 상태이다. 그래서「산골아이」의 소년은 보호받고 따뜻하게 감싸 안아주며 위로하고 자비를 베푸는 긍정적인 모성상에 안겨 있는 상태이다. 그래서 태모인 할머니가 들려주는 옛 이야기를 듣고, 반수 영감이 들려주는 옛 이야기를 들으며 세상을 배워나간다.

이런 점에서 태모의 긍정적 측면이 우로보로스가 유지되어 있는 할머니의 모습으로 이 시기에 잘 드러나고 있는 것이다. 또한 부모상이 분리되지 않고 하나의 쌍으로 경험되는 시기이기도 하다. 그래서 생산을 나타내는 창조적 요소가 우로보로스의 부성적 측면에 자연스러운 방식으로 귀속된다.

우로보로스, 즉 거대한 원은 자궁뿐 아니라 또한 원상적 부모이기도 하다. 원상적 부성은 원상적 모성과 함께 우로보로스적 통일체로 결합되어져 있다. 그들은 서로 분리되지 않는다. 여기에는 여전히 근원적 법칙이 지배적이고, 거기에는 아버지와 어머니가 서로 함께 반영되어 어떤 것도 따로 분리되어 있지 않다. 대립들의 결합이야말로 첫 시작인 현존재의 상태를 나타내고 있으며, 이는 신화적으로 서로 결합된 원상의 부모의 상징으로 등장하게 되는 것이다.

상징의 의미에서 보면 자아의 상태는 시몬느 드 보부아르가 "어머니는 즉 혼돈(chaos)이다. (중략) 왜냐하면 혼돈은 이미 모든 생명이 나오는 뿌리이며 모든 생명이 되돌아가는 곳이기 때문이다. 그녀는 바로 무(Nothingness)이다."[310]라고 말한 바와 공통분모가 있다.

엘리아데는 혼돈으로 돌아가는 신화의 주제와 서로 맞닿는 것이 원시부락에서 널리 퍼진 '자궁으로의 복귀(regressus aduterun)'라 불리는 계몽의식으로서, 성인으로 하여금 상징적인 모태회귀, 즉 신화적인 의미에서의 '최초로의 회귀(return to the origin)'를 통해서 새롭게 태어나기 위한 전제라고 주장한다. 그러나 이러한 '자궁으로의 복귀'가 얻어낸 새로운 삶은 최초의 육체적 탄생과 달리 정신적이고 인격적인 측면에 무게를 둔 '삶'을 의미한다. 다시 말해 사회집단이 인정한 새로운 존재방식을 획득한 것으로 더욱 뚜렷하게 말하면 신화형식의 재생이다.[311]

이처럼 소년은 전(前) 개인적 본질에서, 더 나아가 집단무의식에 의해 결정되므로 실세적으로 선조의 경험을 산식한 담지자이다.[312] 소년은 우로보로스에 귀속되어 있는 시기이므로 세계의 내용을 섭취되어져야 할 것으로 여겨 바로 음식이 된다. 섭취하는 행위는 내면으로 받아들이는 내면화이다. 이러한 전(前) 생식기의 자기-해방

310) Simone de Beauvoir, *The second sex*, 1974, p.166.

311) M. Elliade, *Birth and rebirth : the religious of initiation in human culture*, Willard R. Trask, Harber, 1958, pp.51~54.

312) Neumann, Erich, Hull, R.F.C., *The Origins and History of Consciousness*, Princeton University Press, 2007; 노이만, 이유경 역, 『의식의 기원사』, 분석심리학연구소, 2010, pp.33~68. 참조.

은 음식물 섭취에 의한 포만감이다. 먹은 음식을 내용으로 받아들이고 내적으로 수용함으로써 변화, 변환이 일어난다.

> 진정 이런 가난한 산골에서는 눈이 내린 날 밤 도토리를 실에다 꿰어 눈 속에 묻었다 먹는 게 애의 큰 군음식이었다. 그리고 실꿰미에서 한 알 두 알 빼 먹으며 할머니한테서 듣고도 남은 옛이야기를 다시 되풀이 듣는 게 상재미다. (중략)
> 눈을 딱 감는데 발밑이 무너져 낭떠러지 위에서 떨어지면서 깜짝 잠이 깬다. 입에 도토리알을 물고 있었다. 애는 무서운 꿈이나 뱉어버리듯이 도토리알을 뱉어버린다. 그러나 다음날 아침이면 이 가난한 산골애는 다시 도토리를 먹는다. (중략)
> 산골아이는 화로에서 도토리를 새로 꺼내면서, 이제 눈이 내려 눈 속에 도토리를 묻었다 먹으면 덜 아리고 덜 떫으리라는 생각을 한다. (중략)
> -넌 또 웬 도토릴 그르케 먹니, 어서 자기나 해라,
> 한다.
> 가난한 산골아이는 화로에서 도토리를 골라내며 검게 그을은 얼굴을 붉혀가지고 이불 속으로 들어간다. (중략)
> 별로 도토리 맛도 없다. (중략)
> 이불을 땀에 젖은 머리 위까지 쓴다. 요까지 굴러 떨어지는 도토리까지 무섭다. 이제는 어서 잠이 들었으면 좋겠다.(pp.175~183)

도토리는 앞에서 이미 서술한 바와 같이, 둥근 형태를 하고 있다는 점에서 '구슬'과 공통점을 가지고 있다. 둥글다는 것은 인격의 통일성-심리학적으로 표현하면 자기(Selbst)-를 상징한다.[313] 따

---

313) 지벨레 비르크호이저-왜리, 이유경 옮김, 『민담의 모성상』, 분석심리학연구소,

라서 도토리를 먹는 것은 먹은 음식을 내용으로 받아들이고 내적으로 수용하는 것이다. 이로써 변화, 변환이 초래된다고 생각해볼 때, 도토리를 먹는 소년은 우로보로스적 자주성의 단계에 있다고 볼 수 있다.

한편 화로(火爐)는 모성성의 세 가지 본질적 측면을 통합적으로 보여주는 상징물이다. 우선 온기의 제공자로서, 우리 인간을 얼어 죽는 것으로부터 보호해줌으로써 생명을 보존하게 하는 역할이 그것이고, 두 번째로 변환과 탄생의 장소이며, 세 번째로 화덕에서 태우는 역할을 생각해볼 때 파괴적인 측면도 가지고 있다. 소년이 화로에서 도토리를 꺼내 먹는 것은 근원적 통일성으로 향하는 경향의 우로보로스 상태임을 보여주는 것이다.

소년은 '도토리'에서는 우로보로스적 자주성의 세 단계 중 첫 번째 단계에 속해 있다. 즉 아직 태어나지 않은 상태에 있는 낙원적 완전함을 나타내는 플레로마적 단계이다. 세상에서 비자주적 자아가 겪는 고통과 대비가 되는, 그럼에도 불구하고 나중에 의식이 될 자아의 배아기 상태이다. '크는 아이'에서는 두 번째 단계에 해당하는 것으로서, 음식물의 우로보로스적 단계에 속해 있다. 이는 '자신에게 음식을 공급하기 위해 스스로 해체하는' 폐쇄적 순환의 단계이다. 그래서 소년은 '죽었다가 다시 살아나기(Stirb und Werde)의 재탄생의 원리가 전면에 드러나는 시기에 있는 것이다.

　　졸린다. 자서는 안된다. 눈발 속에 분명치가 않은 아버지를 찾다가,

2012, p.108.

아버지가 눈발 속에서 분명치가 않은 아버지를 찾다가, 아버지가 눈발 속에 가리워지고 말면서, 아이는 종내 잠이 들고 만다. (중략)

백호는 그냥 운다. 한번 더 안은 팔을 죄니까 백호의 허리가 뚝 끊어진다. 깜짝 깬다.

막 깜깜이다. 어느새 돌아와 누웠는지 아이의 옆에는 아버지가 잠들어, 그르렁후우 그르렁후우 코를 골고 있다.

아, 마음이 놓인다. 이젠 아주 자야지. 그러는데 불현듯 무섬증이 난다. 아버지의 코고는 소리가 꿈속의 호랑이 울음처럼 무섭다. 아버지의 코고는 소리 새새 바깥 수수깡 바자의 눈이 부스러져 떨어지는 소리가 다 무섭다. 이불은 땀에 젖은 머리 위까지 쓴다. 요에서 굴러 떨어지는 도토리까지 무섭다. 이제는 어서 잠이 들었으면 좋겠다. (pp.182~183)

아이의 내부에 존재하는 초기 인류의 공포는 내부에 의해 변화되기도 하고 투사에 의해 외부에서 비롯된 것으로 여겨지기도 한다. 이러한 공포는 아주 작고 연약한 자아의식이 무시무시한 세계와 마주하여 드러내는 초기 인류적 삶의 상황에 대한 표현이다. 이런 이유에서 공포는 아동기 심리에서 정상적인 현상이다.[314]

개별의 의식은 실질적 삶에서 아동기 성장 과정에 무의식으로 생성되는 것을 경험하고 있다. 그리고 매일 밤 의식의 잠으로 빠져드는 것은 무의식의 심연으로 태양과 더불어 죽었다가 다시 아침에 태어나 낮을 밝히는 것으로 경험하고 있기 때문에, 「산골아이」에서

) Neumann, Erich, Hull, R.F.C., *The Origins and History of Consciousness*, Princeton University Press, 2007; 노이만, 이유경 역, 『의식의 기원사』, 분석심리학 연구소, 2010, p.71.

소년이 잠으로 빠져들고 다시 깨어나는 것은 바로 '죽었다가 살아나기(Stirb und Werde)'의 재탄생의 과정을 보여주는 것이라 할 수 있다. 소년은 이렇게 '모성적 우로보로스의 단계'에서 근원적 통일성 아래에 있는 '전(前)인간시기'의 모습을 보이고 있으며, 아직 중심화되지 못한 유아기적 자아의 상태에 머물러 있다고 할 수 있는 것이다. 또한 꿈에서의 목소리는 '자기(Self)의 개입'[315]임을 생각해 볼 때, "꿈속의 호랑이울음"소리 또한 자기가 개입하여 소년이 재탄생을 할 수 있게 돕고 있는 중이라고 말할 수 있다.

「산골아이」는 이렇게 「도토리」와 「크는 아이」와 같은 "설화적 이야기"를 꿈을 통해 어린아이 현실에 투사시킴으로써 '설화의 현실화'와 '현실의 설화화'를 이룩하게 된다. 황순원 소설은 이처럼 단편적 일상과 설화적 이야기를 매개하는 요소를 다양하게 변용시키면서 '이야기의 소설화'라는 황순원 고유의 창작방법을 확보하게 된다.[316] 또한 '이야기의 소설화'를 통해 인간 모두가 보편적으로 가지고 있는 집단무의식이 전통지향적인 '겨레의 기억'을 형상화됨으로써 황순원 소설은 인류사적 원형의 세계를 심화시키면서 한국 소설사의 거대한 산맥을 이루게 된다. 이처럼 「산골아이」는 민족적 원형이 '이야기의 소설화'를 통해 형상화되어 인류사적 원형의 형상화를 실현한 작품이라는 점에서 그 의의를 찾을 수 있다.

---

315) 이부영 외, 『인간과 무의식의 상징』, 집문당, 1983, p.290.

316) 문흥술, 「전통지향성과 이야기 형식 : 황순원」, 『언어의 그늘』, 서정시학, 2011;『황순원연구총서』 2, pp.396~398.

2. 모성 콤플렉스 -「별」

유종호가 「별」을 "인간심리의 근원적인 국면을 그 발생기에 포착하여 다루고" 있다고 밝힌 이래로, 이재선, 김용희, 인관수 등의 연구자들은 '별'이라는 황순원의 초기 소설을, 제의적 측면 내지는 신화학적 차원에서 보다 세밀히 분석하여, '인간 심리의 델리커시'[317] 한 일면이 가지고 있는 미학적 특징의 본질을 밝히는데 주력해왔다.

이재선은 초기 단편을 중심으로 사춘기의 소년·소녀가 죽음과 성, 선과 악의 도덕적 갈등, 미와 추 및 자아와 같은 일련의 충격적인 경험의 의미를 어떻게 수용하면서 성숙해 가는가를 분석하면서 황순원의 문학은 어떤 의미에서 삶의 제전적(祭典的) 과정과 밀접화되어 있는 통과제의적 소설이라고 밝힌 바 있다. 이재선은 특히 '별'을 '경험의 충격성과 죽음에의 인식과정'이라는 표제 아래 발견의 극화과정을 다루고 있는 이니시에이션 스토리로 파악하여 연구사의 한 획을 그었다. 그는 사내아이의 환상에 외디푸스적 콤플렉스가 작용하고 있음을 지적하면서 죽음의 미화와는 다른 성인적인 인식에의 입사과정(入社過程)이 효율적으로 이 소설에서 제시되고 있다고 역설하였다.[318]

이재선의 연구를 토대로 김용희는 '별'이라는 소설이 '의식이 분리되는 지하 공간'이라고 전제하고, 사내아이의 무의식 속에서 누이와 어머니가 혼합된 양상으로 존재하고 있었음을 지적하였다. 그

---

317) 유종호 외,『한국인과 문학사상』, 일조각, 1964, p.296; 이재선,『한국현대소설사』, 홍성사, 1979, p.473에서 재인용.
318) 이재선,『한국현대소설사』, 홍성사, 1979, p.472.

는 이어서 사내아이는 누이와 어머니를 구별하려는 의지를 행사하
는데 그것이 아이의 자아가 원초적인 전체성을 떠나서 개체로서의
자율성을 성취하려는 노력이었음을 주장하고, 전체적인 문맥을 신
화적 상징체계로 재구성하는 작업을 시도하였다. 특히 '나귀의 양
의성'이라는 독립된 장에서 나귀가 사내아이의 분신으로서, 미숙한
상태인 사내아이의 무의식의 폭발상태를 표상하는 것임을 지적하
여 이 소설을 이해하는 또 하나의 열쇠를 제공하였다.[319]

　임관수는 '어머니 원형(mother archetype)'의 작품 중 하나로「별」
을 분석하면서 이 소설에서 '어머니 원형'이 아니마(anima)로 변이
를 일으키는 원형으로 작용을 하며, 동시에 어머니 원형의 부정적
인 측면이 강하게 나타남을 지적하였다. 그는 아이의 피투사체 탐
구과정을 자세히 분석하고 '나귀'가 '일반적으로 도움을 주는 모든
동물'의 차원에서 어머니의 상징으로 볼 수 있음을 주장하였다. 이
어서 작품 속에 등장하는 상징물들을 분석함으로써 상징을 통해 원
형적 형상이 만다라(mandala)적 완성의 추구라는 의미를 드러냄과
동시에, 아이의 의식이 '무의식적으로 그가 만나는 모든 여성에게서
그의 어머니를 찾는 단계'를 어떻게 겪어내는지를 설명하였다.[320]

　주인공 아이의 외디푸스적 갈등을 묘사한 소년기 심리소설로 보
고 있는 양서규는 아이의 아니마가 상징화를 통해 망모를 향한 자신
의 성적 리비도를 '별'로 표상되는 미적 관념으로 치환하고, 자신의
아니마로 인한 현실과의 충돌을, '상징화의 방어기제'로 대체해 나가

---

319) 김용희, 『현대소설에 나타난 '길'의 상징성』, 정음사, 1986, p.24.
320) 임관수, 『황순원 작품에 나타난 '자기실현' 문제』, 충남대 석사논문, 1983, pp.25~30.

는 이상심리를 생산하는 일관된 과정을 보여주고 있다고 하였다.[321]

양선규는 「별」이 시간성을 배제한 인간심리의 본질적 측면을 다룬 소설이라는 점에서 미루어볼 때 설득력을 동반하지 않을 수 없을 것이라고 보았다. 즉 「별」에서 시간성이 배제되어 있다는 것은 이 소설의 구조가 시간의 변화가 행사할 수 있는 영향에서 비교적 자유롭다는 것을 뜻한다는 것이다. 양선규는 이 소설이 9개의 에피소드가 열서되는 구성을 취하고 있는데, 그것들의 상호관련성은 대체로 시간의 구속에서 벗어나 있다고 역설했다. 또한 인과관계는 오직 미추의 인식적 대립에만 의존해 있으며 사건의 전후관계가 시간적 인과를 형성하지 않는다는 점에서 미루어볼 때 「별」은 신화적 차원의 '비시간성'을 그 본질의 하나로 지니고 있다고 역설했다.[322]

황순원 소설에서 유년 인물은 인물의 현실적인 특성상 성장의 과정을 경험하면서 감당해야 하는 성인으로의 입사의식으로 고통 받는 모습으로 그려진다. 「별」에서 소년은 죽은 어머니와 누이의 닮음을 인정하지 못하고 갈등하고, 「닭제」에서 소년은 수탉의 죽음으로 인해 정신적·육체적으로 고통 받는다. 황순원은 두 작품 모두 특정한 인물을 부여하지 않음으로써 이들이 개성적인 인물이 아니라, 정도의 차이만 있을 뿐 누구나 경험해야 할 통과의례를 겪고 있다는 사실을 말해주고 있다.

이처럼 황순원의 「별」은 흔히 「산골아이」·「소나기」와 함께 통과의례 모티프를 가진 작품들로 분류된다. 이 글에서는 황순원의 여

---

321) 양선규, 「황순원 단편소설 연구2」, 『개신어문연구』 제9집, 1992, p.196.

322) 양선규, 「어린 외디푸스의 고뇌 – 황순원의 '별'에 관하여」, 『문학과 언어』 Vol.9, No.1, 1988, pp.104~105.

러 작품 중 초기 작품이라고 할 수 있는 「별」을 다룸에 있어서 주인
공 '소년'에게 초점을 맞추어 분석하려 한다. 「별」에서는 시공간이
비중 있게 다루어지지 않는다. 주요 인물 또한 소년과 누나 그리고
소년의 어머니로 크게 나눌 수 있는데 이 소설에서는 주인공인 소
년의 행동이나 심리가 중점적으로 묘사되어 있다. 따라서 소설의
텍스트에 나오는 소년의 행동이나 말, 심리가 이 소설의 분석의 핵
심적인 역할을 해준다고 볼 수 있다.

　본고에서는 새어머니와 누나가 소년에게 있어 실재의 어머니로
경험되고 있는 것에 주목한다. 「산골아이」에서도 지적한 바 있듯이
아동기에는 모성성이 무엇보다도 개인의 어머니에게로 투사[323]된
다. 즉 영원한 원형적 모성과 일회적인 실제의 어머니는 유일한 체
험 콤플렉스이다. 모성은 삶의 첫 발을 내디딜 때 보호해주는 선량
한 조력자로 경험된다. 이제 작품 속에 등장하는 상징물의 의미를
확충을 통해 살펴보면서 본고에서 형상화된 모성성과 소년의 모성
콤플렉스에 대해 정밀하게 고찰해보도록 하겠다.

1) 분리의 과정

　「별」의 주인공인 소년은 죽은 어머니가 누이와 닮았다는 과수 노
파의 말을 듣고 누이를 일방적으로 미워하고 괴롭히기 시작한다.

---

323) 투사[投射, projection]는 그 상대에게 보았다고 믿는 것을 실제적으로 다른 사람에
　　게 덮어씌우는 것을 의미한다. 좀 더 가까이에서, 그 사람이 자신이 알고 있는 것과
　　일치하지 않는 것을 확인할 때, 비로소 우리는 다른 사람에게 투사한 특성이 자기 자신
　　의 특성이라고 인식할 수 있게 된다.(Jung, C. G., *Psychologische Typen*, GW6,
　　par.793 참조.)

동네 애들과 노는 아이를 한동네 과수노파가 보고, 같이 저자에라
도 다녀오는 듯한 젊은 여인에게 무심코, 쟈 동복 누이가 꼭 죽은 쟈
오마니 닮았디 왜, 한 말을 얼김에 듣자 아이는 동무들과 놀던 것도
잊어버리고 일어섰다.

소설의 전개부분에서 소년이 누이의 못생긴 얼굴을 떠올리며 어
머니가 누이처럼 미워서는 안 된다는 소년의 말을 통해 소년의 어
머니는 소년이 아주 어렸을 때 세상을 떠났음을 알 수 있다.

융은 죽음이 생명을 향한 에너지의 흐름이라고 설명한다. 어머니
의 죽음은 소년에게 자궁에서 분리될 수 있도록 도와주는 에너지로
작용하고 있는 것이다.

> 우리는 죽음이 그저 하나의 경과의 끝이라는 사실을 너무도 확신하
> 고 있어서 죽음을 삶과 비슷하게 하나의 목표이며 삶의 충족이라고
> 이해할 생각이 대개는 전혀 머리에 떠오르지 않는다. 상승하는 청년이
> 삶의 의도와 목적에서는 주저 없이 그렇게 생각하면서도 말이다. 인생
> 은 다른 어떤 것처럼 하나의 에너지의 흐름이다.[324]

노파는 「산골아이」에서 아이에게 옛날이야기를 들려주던 할머니
처럼 노현자 원형상을 상징한다고 볼 수 있다. 노현자[325] 원형상은
조력자이자 구원자로서 역사 이래로 무의식 속에 잠재해왔으며 시
대가 혼란스럽고 커다란 잘못이 사회를 바른 길에서 빗나가게 할

---

324) Jung, 『인간과 문화』, 융 기본 저작집 9, 솔, 2004, p.96.
325) Jung. C. G., *Psychology and Literature*, *The Spirit in Man, Art and Literature*, C.W.15, para159.

때마다 깨어난다. 왜냐하면 사람들이 길을 잃었을 때 안내자나 스승이 필요하기 때문이다.

　노파는 또한 태모이기도 한데, 태모는 세계의 민담에서 곧잘 실 짜는 사람으로 나온다. 곧 노파할머니는 사물을 꿰뚫어 모든 것을 예견하는 예지 기능이며 정신적 위기에서 현명하게 문제를 해결할 수 있는 무의식의 지혜의 힘을 상징한다. 「산골아이」에서 할머니는 '실 짜는 모습'으로 형상화됨으로써 태모가 가지고 있는 상징적 특징을 보여주었듯이, 「별」의 노파는 "새로 지은 저고리 동정에 인두질을 하고 있"는 모습으로 형상화됨으로써 태모로서의 성격을 지니고 있음을 보여준다.

　　생각다 못해 종내 아이는 누이가 꼭 어머니같다고 한 동네 과수노파를 찾아 자기 집에서 왼편쪽으로 마주난 골목 막다른 집으로 갔다. 마침 노파는 새로 지은 저고리 동정에 인두질을 하고 있었다. 늘 남에게 삯바느질을 시켜 말쑥한 옷만 입고 다녀 동네에서 이름난 과수노파가 제 손으로 인두질을 하다니 웬일일까. 그러나 아이를 보자 과수노파는 아이보다도 더 의아스러운 듯한 눈치를 하면서 인두를 화로에 꽂는다. (중략)
　　노파는 더욱 수상하다는 듯이 아이를 바라보다가 그러나 남의 일에는 흥미 없다는 얼굴로, 왜 닮았디, 했다. (중략)
　　노파는 이번에는 화로에 꽂았던 인두를 뽑아 자기 입술 가까이 깆다 대어보고 나서, 반만큼 세운 왼쪽 무릎 치마에 문대고는 일감을 잡으며 그저, 그러구 보믄 다르든 것 같기두 하군, 했다. (중략)
　　과수노파는 아이가 가까이 다가와 어둡다는 듯이 갑자기 인두 든 손으로 아이를 물러나라고 손짓하고 나서 한결같이 흥없이, 그래앤, 했다.[326]

인두는 바느질할 때 불에 달구어 천의 구김살을 눌러 없애거나 솔기를 꺾어 누르는 기구이다. 인두질은 바로 그런 인두로 구김살을 펴거나 꺾은 솔기를 누르는 일이다. 인두를 불에 달굴 때 화로가 필요한데, 「도토리」에서 이미 설명한 바와 같이 화로(火爐)는 모성성의 세 가지 본질적 측면을 통합적으로 보여주는 상징물이다. 즉 화로는 온기의 제공자이면서, 변환과 탄생의 장소이며, 파괴적인 모성성의 측면도 상징한다. 노파는 아이를 보자 "인두를 화로에 꽂"아 모성성의 세 가지 본질적 측면을 상징적으로 보여준다.

즉 망모(亡母)에 대한 이야기를 아이에게 전달해줌으로써 아이에게 온기를 제공해주면서, 동시에 아이가 누이에 대하여 새로운 태도를 갖게 된다는 측면에서는 변환과 탄생의 계기가 되며, 아이가 누이를 괴롭히게 된다는 점에서는 파괴적인 측면을 보여주고 있는 것이다. 따라서 노파는 '보호해주는 선량한 모성성'과 '가두는 어두운 모성성' 모두를 가지고 있는 '복합적 모성성'으로서의 모습을 보여주고 있다고 말할 수 있다.

> 아이는 얼핏 누이의 얼굴을 생각해내려 하였으나 암만해도 떠오르지 않았다. 집으로 뛰면서 아이는 저도 모르게, 오마니 오마니, 수없이 외었다. 집 뜰에서 이복동생을 업고 있는 누이를 발견하고 달려가 얼굴부터 들여다보았다. 너무나 엷은 입술이 지나치게 큰 데 비겨 눈을 짭짭하니 작고, 그 눈이 또 늘 몽롱히 흐려있는 누이의 얼굴. 아홉 살 난 아이의 눈은 벌써 누이의 그런 얼굴 속에서 기억에는 없으나 마음속으로 그렇게 그려오던 돌아간 어머니의 모습을 더듬으며 떨리

---

326) 황순원, 「별」, p.164.

는 속으로 찬찬히 누이를 바라보았다. 참으로 오마니는 이 누이의 얼굴과 같았을까. 그러자 제법 어른처럼 갓난 이복동생을 업고 있던 열한살잡이 누이는 전에 없이 별나게 자기를 자세히 들여다보는 동복 남동생에게 마치 어머니다운 애정이 끓어오르기나 한 듯이 미소를 지어 보였을 때, 아이는 누이의 지나치게 큰 입 새로 드러난 검은 잇몸을 바라보며 누이에게서 돌아간 어머니의 그림자를 찾던 마음은 온전히 사라지고, 어머니가 누이처럼 미워서도 안 된다고 머리를 옆으로 저었다. 우리 오마니는 지금 눈앞에 있는 누이로서는 흉내도 못 내게스레 무척 이뻤으리라.(pp.163~164)

그리고 소년은 얼굴을 알지 못하는 망모(亡母)와, 현실에 존재하는 누이가 닮았다는 사실을 받아들이지 못하고 갈등한다. 소년은 과수 노파를 찾아가서 집요하게 누이와 생모가 닮은 사실을 부인하게 한다.

융은 개인의 의식적인 마음이 던지는 그림자(shadow)는 감춰지고 억압되고 받아들이기 어려운 성격적인 면들을 포함하고 있는데, 이 어두운 면이 단순히 의식적인 자아의 반대라고만 볼 수는 없으며, 자아와 그림자는 비록 서로 분리되어 있다고 하더라도 마치 사고와 감정이 상호 관련이 있는 것과 마찬가지로 서로 밀접한 관계를 갖는다고 보았다. 그럼에도 불구하고 자아는 그림자와 갈등을 일으키는데 융은 이 갈등을 "해방을 위한 투쟁"이라고 했다.

원시인들이 의식을 획득하려는 투쟁에서 일어나는 갈등은 원형적 영웅과 용 혹은 다른 괴물로 인격화된 악의 무한한 힘과 승부로 표현된다. 개인의 의식 발달에 있어서도 영웅상은 상징적인 수단이며, 이러한 상징적 수단으로 새로이 나타난 자아는 무의식의 무기력을 극복하고 어머니에게 점유되어 온 영아기의 행복한 상태로 되돌아가고 싶은 퇴행적 욕망에서 해방시켜준다. 신화에서 영웅은 대개 괴물과의 투쟁에서 승리를 거둔다.

대부분의 사람들에게는 성격상 어둡고 부정적인 면은 무의식 상태로 남아 있기 마련이다. 반대로 영웅은 그림자가 있다는 것을 알고 그 그림자로부터 힘을 끌어낼 수 있다는 것을 인식해야 한다. 용을 압도할 수 있을 정도로 맹렬해지려면 파괴적인 힘과도 손을 잡아야 한다. 즉, 자아는 승리를 거두기 전에 먼저 그림자를 정복하고 동화시켜야만 한다.[327] 따라서 소년은 자아가 노파의 말을 듣고 그림자와 갈등을 일으켜 "해방을 위한 투쟁"을 하고 있는 상황인 것이다.

> 아이는 곧 노파에게, 아니 우리 오마니하구 우리 뉘하고 같이 생겠단 말은 거짓말이디요? 했다. 노파는 더욱 수상하다는 듯이 아이를 바라보다가 그러나 남의 일에는 흥미없다는 얼굴로, 왜 닮았디, 했다. 아이는 떨리는 입술로 다시, 아니 우리 오마니 입하구 뉘 입하구 다르게 생기디 않았디요? 하고 열심히 물었다.(p.164)

소년은 누이가 만들어 준 각시인형을 땅에 묻고, 당나귀를 타다가 떨어진 아이에게 베푸는 누이의 호의를 거절하는 등 내적 갈등으로 혼란스러워한다. 그렇다면 여기서 우리는 '왜 소년이 끊임없이 누이와 어머니의 동일시를 부정하고 갈등하는 것인가?' 의문을

---

327) 조셉 핸더슨(Joseph L. Henderson), 조수철·윤경남·이부영 역, 「고대 신화와 현대인」, 『인간과 무의식의 상징』, 집문당, 2000, pp.123~124.

제기할 수 있다.

조셉 핸더슨(Joseph L. Henderson)에 의하면 어리고 분화되지 못한 자아인격은 어머니에 의하여 보호받으며 이 보호는 피난처를 제공해주는 마돈나로써 영상화된다. 혹은 몸을 구부려 지구를 둘러싸는 이집트의 하늘의 여신 누트(Nut)로써 형상화되기도 한다. 그러나 자아는 결국 무의식과 미성숙한 상태에서 탈피되어야 하며 "탈피를 위한 투쟁"은 흔히 영웅이 괴물과 싸우는 형태로 상징화된다.[328]

앞에서 언급한 바와 같이 아니마의 발전에 네 단계가 있는데, ①이브(Eve)의 상, ②파우스트의 헬렌과 같은 낭만적이고 미적 수준의 인격화, ③성모 마리아의 영적 헌신의 극치에까지 올리는 상[태모(太母) 원형의 표상], ④가장 성스럽고 가장 순수한 것조차도 초월하는 지혜인 사피엔치아(Sapientia)가 바로 그것이다. 소년이 망모(亡母)에 대해 가지고 있는 상은 ②③④가 혼재된 이상화된 아니마상으로서 현실적으로 존재하기 어려운 아니마상이라고 할 수 있다. 그렇기 때문에 소년은 끊임없이 실질적인 어머니 역할을 맡아 온 누이와 어머니의 동일시를 부정하면서 갈등하고 있는 상황인 것이다.

한편 이토록 강한 아이의 어머니에 대한 집착은 아이가 열네 살이 되어 뒷집 계집애보다 더 예쁜 여자애를 만나 모란봉에 놀러갔을 때 여자애가 이끈 입맞춤을 경험하고 그 여자애 역시 어머니가 아니라는 생각에 여자애에게서 돌아서는 데에서 드러난다.

---

328) 조셉 핸더슨(Joseph L. Henderson), 조수철·윤경남·이부영 역, 「고대 신화와 현대인」, 『인간과 무의식의 상징』, 집문당, 2000, p.120.

융이「모성원형」에서 설명한 바와 같이, 모성성은 여성에게서 남성보다 더 순수하게 드러난다. 남성의 모성성은 무엇보다도 자신의 이성의 형상, 즉 아니마와 섞이게 되고, 또한 남성이 여성에게 가지는 근원적 경험과도 섞이게 된다. 그래서 그것은 여성상 그 자체로 등장하지 않고, 오히려 남성과의 관계에서 드러난다.[329]

소년이 가지고 있는 아니마상과는 달리, 누이는 내적 세계로 이끌어 줄 안내자 역할을 하는 아니마의 모습을 보이고 있다. 문학의 많은 예들은 내적 세계로의 안내자와 중개자로서의 아니마를 제시하고 있다.[330] 만일 아니마가 전적으로 개인적 존재로 간주될 경우 여기에도 위험성이 따르는데, 아니마가 외계(外界)로 투사될 때 아니마가 발견될 수 있는 곳은 단지 외계일 뿐이라고 생각하게 되기 때문이다. 이 후자의 경우는 끝없는 말썽을 일으킬 수 있는데, 그 이유는 남자는 현실의 한 여성에게 강박적으로 매달리게 되는 데서 기인한다. 자신의 환상과 감정을 심각하게 받아들이는 고통스러운 결단만이 이 단계에서 내적인 개성화과정의 완전한 정체를 방지할 수 있다. 왜냐하면 남성이 아니마상이 내적 현실로서 무엇을 뜻하는가를 발견할 수 있는 길은 오직 이 방법뿐이기 때문이다. 그리하여 아니마는 다시 그녀가 본래 있었던 대로 ─즉, "마음속의 여성"이 되며, 그녀는 자기(Self)의 생생한 호소들을 전달하게─된다. 이

---

329) 지빌레 비르크호이저 ─ 왜리 지음, 이유경 옮김,「민담의 모성상」, 분석심리학연구소, 2012, p.55.

330) 괴테의 파우스트에서의 "영원한 여성" 등이 그것이며, 성모 마리아, "달의 여인"과 같은 중국의 아니마상 등이 여기에 해당한다. 공인된 종교적 상으로서의 아니마 숭배는 심각한 손해를 가져다주는데 그것은 아니마가 그녀의 개인적인 면들을 상실하기 때문이다.

렇듯 아니마는 (그림자처럼) 자애롭고도 유해한(또는 부정적인) 두 가지 측면을 가지고 있다.[331]

한편 소년은 "인형인가 누이인가 분간 못할 서로 얽힌 손들이 매달리는 것 같음"을 느끼면서도 "어머니와 다른 그 손들을 쉽사리 뿌리치[332]"면서 누이가 만들어 준 각시인형을 땅에 묻는다.

'손'[333]은 전능함을 나타낸다. 또한 '손'의 정교한 움직임은 뇌의 활동과 직결되어 있어서 자아의식의 의도를 가장 잘 수행하는 신체부위이다. '자아 콤플렉스'는 처음부터 신체를 전부 지배할 수 있는 상태는 아니다. 자아의식의 의지력이 본능적인 힘을 어느 정도 통제할 수 있게 될 때부터 가능해진다. 그래서 성인기에 이르면 '손'은 자아의식의 실행에 있어서 그 의도를 가장 잘 반영하여 구체화하는 도구가 된다.[334] '모성상'으로부터 분화되기 전의 '손'은 붙잡고 매달리고 끌어당기는 도구이다.

결국 각시인형을 땅에 묻을 때 "인형인가 누이인가 분간 못할 서로 얽힌 손들이 매달리는 것 같음"을 느끼는 것은 한 개인으로서 의식의 의도든 무의식의 의도든, 내부와 외부의 세계를 소통하면서

---

331) 마리 루이제 폰 프란츠, 「개성화 과정」, 『인간과 무의식의 상징』, 집문당, 2000, pp.182~195.

332) 황순원, 「별」, p.165.

333) '손'은 우리에게 다른 어떤 곳보다 중요한 신체부위이다. 그래서 일찍이 아리스토텔레스는 '손'을 '도구 중의 도구'라고 하였다. 우리는 '손'으로 무엇인가를 움켜쥐거나 어떤 것을 만들어내기도 하며 때로는 의사소통을 위하여 어떤 손동작을 취할 수도 있다. 이와 같이 인간의 활동 대부분이 '손'에 의하여 완성된다고 할 수 있는데, 이런 의미에서 '손'은 전능함을 나타낸다.(진 쿠퍼, 『그림으로 보는 세계 문화 상징사전』, pp.156~157.)

334) 이유경, 「민담 〈손 없는 색시〉를 통한 여성 심리의 이해」, 『심성연구』Vol.21, 2006, p.58.

구체화할 도구인 '손'이 소년의 각시인형 매장 행위를 만류하고 있음을 나타낸다. 하지만 소년은 '모성상'으로부터 분화되기 전의 '손'을 뿌리친다. 이러한 소년의 모습은 자아의식의 의지력이 본능적인 힘을 통제하여 '모성상'으로부터 분화되는 단계에 다다르고 있는 것을 보여주고 있다고 할 수 있다.

누이는 '베푸는 자로서의 모성, 흔쾌히 자진하여 모든 것을 바치는 자로서의 한국적 태모(Great Mother)의 모습'[335](모든 생명을 담을 수 있는 그릇과 같은 역할)[336]을 하며 소년을 보호해주는, 선량하고 긍정적인 모성성의 형상으로 소년이 행하는 모든 것을 기꺼이 치른다.

누이가 소년에게 보이고 있는 이른바 '복종(submission)'이라는 주제는 성인의식이 성공적으로 진행되도록 하는데 꼭 필요한 마음가짐으로써 소녀의 경우 뚜렷이 볼 수 있다. 그들의 통과의식은 여성들이 반드시 수동적이어야 한다는 것을 먼저 강조하며, 여성도 남성 못지않게 어른이 되기 위한 힘의 시련을 겪고 마지막 희생을 감수함으로써 재생의 경험을 겪기도 한다.[337]

> 아이는 계획해온 일을 실현할 좋은 계기를 바로 붙잡았음을 기뻐하며 누이에게, 초매 벗어라! 하고 고함을 치고 말았다. 뜻밖에 당하는 일로 잠시 어쩔 줄 모르고 섰다가 겨우 깨달은 듯이 누이는 어둠 속에서 조용히 저고리를 벗고 어깨치마를 머리 위로 벗어냈다. 아이가 치마를 빼앗아 땅에 길게 폈다. 그리고 아이는 아버지처럼 엄하게, 가루

---

335) 강인숙, 『박완서 소설에 나타난 도시와 모성』, 도서출판 둥지, 1997, p.205.
336) 조셉 핸더슨, 조수철·윤경남·이부영 역, 「성인화의 원형」, 『인간과 무의식의 상징』, 집문당, 2008, p.136.
337) *Ibid.*, pp.135~138.

뉘라! 했다. 누이는 또 순순히 하라는 대로 했다. 그러나 아이는 치마
로 누이를 묶어 강물로 집어넣는 차례를 이르러서는 자기의 하는 일이
면 누이가 죽는 한이 있더라도 아무 항거 없이 도리어 어머니다운 애
정으로 따라 할 것만 같은 생각이 들며, 누이가 돌아간 어머니와 같은
애정을 베풀어서는 안된다고 치마 위에 이미 죽은 듯이 누워있는 누이
를 그대로 남겨둔 채 돌아서 그곳을 떠나고 말았다.(p.172)

　여성은 자아의식 발달사에서 보면 '모성상'인 근원적 '무의식'과
의 동일시가 거의 사춘기까지 지속된다. 여성은 '모성상'과의 동일
시에 의하여 무의식적으로 초개인적인 인격의 측면을 반영하기 때
문에 남아보다 조숙한 특성을 갖게 된다. 누이도 소년에게 '모성상'
과의 동일시로, 흔쾌히 자진하여 모든 것을 바치고 베푸는 태모의
역할을 수행하고 있는 것이다.
　원시적인 성인의식은 젊은이들을 어른으로 만들어주며 종족의
집단적 동일성을 갖게 해준다. 대부분의 원시사회에서 성인식은
할례식으로 거행되는데 이것은 상징적인 의미에서 희생이다. 오스
트레일리아 원주민의 할례식에는 네 단계가 있는데 다음과 같다.
①소년들을 담요 밑에 눕힌다. 이것은 상징적인 죽음으로 이 죽음
으로부터 재생하게 된다. ②담요를 치우고 어른들이 할례를 거행
한다. ③할례가 끝난 소년들에게는 새로운 자격을 얻었다는 표시
로 어른들이 쓰는 원추모양의 모자를 씌워 준다. ④마지막으로 그
소년들을 정화하고 교화시키기 위해서 부족으로부터 격리한다.
　소년이 누이에게 "치마를 빼앗아 땅에 길게 펴고 나서" "아버지처
럼 엄하게, 가루 뉘라!" 하는 것은 바로 성인화(成人化) 과정의 첫 단

계에 해당하는 것으로 상징적인 죽음을 치루는 것이며, 아이는 이 죽음으로부터 재생하게 되는 것이다.

융은 죽음이 생명을 향한 에너지의 흐름이라고 설명한다.

> 우리는 죽음이 그저 하나의 경과의 끝이라는 사실을 너무도 확신하고 있어서 죽음을 삶과 비슷하게 하나의 목표이며 삶의 충족이라고 이해할 생각이 대개는 전혀 머리에 떠오르지 않는다. 상승하는 청년이 삶의 의도와 목적에서는 주저 없이 그렇게 생각하면서도 말이다. 인생은 다른 어떤 것처럼 하나의 에너지의 흐름이다.[338]

아동기에는 모성성이 무엇보다도 개인의 어머니에 투사된다.[339] 즉 영원한 원형적 모성과 일회적인 실재의 어머니는 유일한 체험 콤플렉스이다. 모성은 삶의 첫 발을 내디딜 때 아동을 위해서 뒤에서서 도움을 주고 지지해주는 조력적(助力的) 존재로 경험된다.[340] 즉 소년에게 실재의 모성으로 경험되는 여성은 바로 누이인 것이다. 또한 '부성원리'는 말씀·권위라는 의미 때문에 아동의 발달에 중요한데, 남아의 경우에는 어머니에게서 떨어져 나와 아버지와 동일시함으로써 자아를 발달시킨다. 따라서 실재의 모성으로 경험되는 누이에게서 떨어져 나와 부성과의 동일시를 통해 자아발달을 꾀하는 소년의 모습을 엿볼 수 있는 것이다.

한편 누이는 시내 어떤 실업가의 막내아들과 결혼을 하게 되고

338) Jung, 『인간과 문화』, 융 기본 저작집 9, 솔, 2004, p.96.
339) Jung, *Psychologische Typen*, GW6, Par.793.
340) 지빌레 비르크호이저-왜리 지음, 이유경 옮김, 『민담의 모성상』, 분석심리학연구소, 2012, p.46.

시집 간 지 얼마 안 되는 어느 날, 소년은 누이의 부고를 받게 된다. 그러다가 "아이는 지난날 누이가 자기에게 만들어 주었던, 뒤에 과수노파가 사는 골목 안에 묻어버린 인형의 얼굴이 떠오를 듯함"을 느끼고, 골목으로 뛰어가 "인형을 묻었던 자리라고 생각 키우는 곳을 손으로 팠"지만, "짐작되는 곳을 또 파보았으나 없었다."(p.173) 소년은 인형을 묻은 자리를 제대로 찾지 못하고 미로(迷路)에서 헤맨다. 이렇게 소년이 미로(迷路)에서 헤매고 있는 모습은 소년의 의식세계가 혼란스러운 상태임을 보여주는 것이다.

모든 문화권에서 미로(迷路)란 모성적인 의식세계의 뒤엉키고 혼돈된 의미를 나타내고 있으며 그 미로는 집단무의식의 신비스러운 세계를 향해 특별한 이니시에이션을 치를 준비가 되어 있는 사람만이 통과할 수 있다.[341] 미로는 미지(未知)의 가능성들을 갖고 있는 무의식의 상징이며, 한 개인이 그 사람의 무의식적인 그림자의 측면에 있는 다른 영향에 얼마나 "노출"되어 있는지를 보여준다. 무의식은 흔히 복도·미궁(迷宮)·미로(迷路) 등으로 상징화된다.[342] 따라서 소년은 지금 집단무의식의 신비스러운 세계를 향한 준비를 하고 있는 과정 중에 있는 것이다.

> 두 루 곰목을 나오는데 전처럼 당나귀가 매어 있는 게 눈에 띄었다. 그러나 전처럼 당나귀가 아이를 차지는 않았다. 아이는 달구지채에 올라서지도 않고 전보다 쉽사리 당나귀 등에 올라탔다. 당나귀가 전처럼

---

341) 제퍼슨, p.130.
342) 마리 루이제 폰 프란츠, 「개성화 과정」, 『인간과 무의식의 상징』, 집문당, 2000, p.175.

제 꼬리를 물려는 듯이 돌다가 날뛰기 시작했다. 그리고 아이는 당나귀에게나처럼, 우리 널 왜 쥑엔! 왜 쥑엔! 하고 소리질렀다. (중략) 그러다가 아이는 문득 골목 밖에서 누이의, 데런! 하는 부르짖음을 들은 거로 착각하면서, 부러 당나귀 등에서 떨어져 굴렀다. 이번에는 어느쪽 다리도 삐지 않았다. 그러나 아이의 눈에는 그제야 눈물이 괴었다.(p.173)

한편 자아의 출현은 투쟁으로서가 아니라 희생으로써 상징화될 수 있다. 즉 죽음으로써 부활에 이르게 된다. '누이의 죽음'은 예전의 지배원리가 쇠퇴했음을 의미한다고 말할 수 있다. 즉 자아가 출현하기 전 누이의 죽음으로 소년은 부활에 이르게 되며 자아의 출현을 준비하게 된다. 이로써 '누이의 죽음'으로 "죽음을 통한 새로운 탄생의 연출"이 이루어지게 되는 것이다.

누이는 시내 어떤 실업가의 막내아들이라는 작달막한 키에 얼굴이 검푸른, 누이의 한반 동무의 오빠라는 청년과는 비슷도 안한 남자와 아무 불평 없이 혼약을 맺었다. 그리고 나서 얼마 안 되어 결혼하는 날, 누이는 가마 앞에서 의붓어머니의 팔을 붙잡고는 무던히나 슬프게 울었다. 아이는 골목에 몸을 숨기고 있었다. 누이는 동네 아낙네들이 떼어놓는 대로 가마에 오르기 전에 젖은 얼굴을 들었다. 자기를 찾고 있음에 틀림없다고 생각하면서도, 아이는 그냥 몸을 숨기고 있었다. 그리고 누이가 시집간 지 또 얼마 안 되는 어느날, 별나게 빨간 놀이 진 늦저녁때 아이네는 누이의 부고를 받았다. 아이는 언뜻 누이의 얼굴을 생각해내려 하였으나 도무지 떠오르지가 않았다. 슬프지도 않았다.(pp.172~173)

이처럼 성인화(成人化)란 본질적으로 복종의 의식으로부터 시작되어 억제가 이에 뒤따르고 그 뒤에 해방의 의식으로 나아가는 과정이다. 이러한 방법을 통해 모든 개인은 자신의 성격 내부에서 서로 갈등을 일으키는 부분들을 화해시킬 수가 있다. 그는 그로 하여금 참다운 인간이 되고 또한 진정으로 그 자신의 주인이 되는 이러한 균형에 도달할 수 있다.[343] 그래서 아이는 "누이가 자기에게 만들어주었던, 뒤에 과수노파가 사는 골목 안에 묻어버린 인형의 얼굴이 떠오를 듯함"을 느끼고 "인형 묻었던 자리라고 생각 키우는 곳을 손으로 파"(p.173)보게 된다. 이것은 내적 갈등을 화해시킴으로써 균형감각을 되찾기 위한 소년의 시도라 할 수 있다.

하지만 인형 묻었던 자리라고 짐작되는 곳을 또 파보았으나 인형을 찾을 수 없게 된다. 그 이후 예전과 다르게 달구지채에 올라서지도 않고 전보다 쉽사리 당나귀 등에 올라타고 당나귀에서 "우리 뉠 왜 쥑엔! 왜 죽엔!" 하고 소리를 지르는 등 소년의 내적 갈등을 표출한다. 또한 누이의 죽음을 인정하지 않는 것처럼 누이의, 데런! 하는 부르짖음을 들은 거라 착각하면서, 부러 당나귀 등에서 떨어져 굴르는 과정에서 아이의 눈에는 그제야 눈물이 괴는 결과가 초래된다. 이로써 죽은 누이가 별이 되어 "돋아났다가 눈물 괸 아이의 눈에 내려"온다. 하지만 이런 과정 중에서도 아이는 자기가 생각해온 별이 실질적 모성의 역할을 담당했던 누이라는 사실을 부정하며 "눈을 감아 눈 속의 별을 내몬"(p.173)다.

별은 희망, 순수, 지조 그리고 도달하고 싶은 이상을 상징한

---

343) 조셉 제퍼슨, 「초월의 상징들」, 『인간과 무의식의 상징』, 집문당, 2000, pp.161~162.

다.[344] 지상에 존재할 수 없는 아이의 어머니는 천상의 별과 나란히 위치한다. 즉 아이는 자기에게 '천상의 별'로 존재하는 모성이 실제의 어머니라고 생각하고 있다. 아이의 비정상적인 환상 내용은 인간 존재의 불가능한 반응인 명백하고 실수할 수 없는 암시를 종종 포함하고 있다.[345] 모성 콤플렉스는 모성원형에서 나온 것으로, 모성에게 신화적 배경을 부여하고 권위를 부여한다. 여기에 투사된 모성원형은 아이의 피투사적 탐구가 되는 것이다. 그래서 아이는 어머니의 상을 찾기 위해 누이의 얼굴을 유심히 바라보게 된다. 이처럼 아이의 아니마(anima)는 투사[346]를 형성하는 요소로 작용하며 모성상(Mutterimago)과 동일시되고 있다. 지금 아이에게 누이는 실제의 어머니로 간주되고 있다. 하지만 개인적 실제의 어머니와 모성원형은 차이가 있기 때문에 구분해야 할 필요가 있다. 아이가 그리워하는 모성상은 망모도 아니고 누이도 아니며 자신의 심혼적 영역에 있는 모성원형이 별에 투사된 상황인 것이다.

아이는 전에 땅 위의 이슬 같이만 느껴지던 별이 오늘밤엔 그 하나가 꼭 어머니일 것 같은 생각이 들어 수많은 별[347]을 뒤지고 있었다.(p.170)

---

344) 단테는 지옥은 별이 없는 암흑의 장소라고 했다. 그는 「연옥편」에서 별을 정의, 질서, 힘, 사례, 절제 등의 미덕을 나타내는 정령(精靈)의 이미지로 제시했다.(이창배, 「별」, 『한국문화상징사전』, 동아출판사, 1992, p.344.) 가스통 바슐라르는 "하늘에는 낡아 버린 단어들 때문에 시를 가지고서도 채 다 이름 붙이지 못한 많은 꿈들(별들)이 있다"고 말하면서 별을 꿈과 이상과 희망의 상징이며 막연한 그리움의 모티프로 사용하고 있다.(가스통 바슐라르, 정영란 역, 『공기와 꿈』, 민음사, 1993, pp.351~352.)

345) Jung. C. G., *Four archetypes*, trans.by R. F. C. Hull, third printing, princeton university, 1973, p.17.

346) 투사[投射, projection]는 그 상대에게 보았다고 믿는 것을 실제적으로 다른 사람에게 덮어씌우는 것을 의미한다.

일찍이 방민호[348]는 별이 "일제가 지배하는 환멸적 현실을 벗어난 이상적 시공간이며, 황순원 문학의 '시적 근원', '원초적인 생명'의 상징어"라고 말한 바 있다.

별[349]의 상징에 대해 확충을 해보면, 별은 신(神)의 존재, 지고(至高)한 존재, 영원한 것, 죽지 않는 자, 최고의 위업, 신의 사자인 천사, (어둠 속에 빛나는) 희망, 밤의 눈을 나타낸다. 별은 '하늘의 여왕'으로 불리는 모든 여신의 부수물이며, 그 여신들은 별의 관을 쓰고 있다. 별은 아침의 금성이나 저녁이 금성으로 불리는 슈타르 여신이나 베누스 여신의 상징이다.

아이에게 별은 신적(神的)이면서 지고지순한 어머니의 모습을 상징하기에 실질적인 어머니가 아니라 모성원형의 영향을 받아 갖게 된 것이며, 실재적인 어머니로 경험되는 누이가 결국 아이에게는 별과 같은 존재이기에 아이는 그 사실을 받아들이지 못하고 부정하는 모습을 보이게 되는 것이다. 이로써 별은 아이에게 있어서 죽은 어머니이자 죽은 누이이면서 동시에 묻어버린 인형 그 모두에 해당하는 것으로서, 소년의 아니마[350]에 해당한다고 볼 수 있다.

---

347) 박진은 황순원 소설에서 '별'이 '눈[目]'과 함께 이상적 세계에 대한 주된 상징이라고 역설한 바 있다. 또한 『별과 같이 살다』의 '오작녀의 눈'이 그 대표적인 예이며, 『나무들 비탈에 서다』에서 숙이라는 인물은 동호의 정신과 이상을 동시에 상징하는 것이라고 언급했다.(박진, 「『나무들 비탈에 서다』의 구조적 특징과 서정성」, 『현대소설연구』 통권 제14호, 한국현대소설학회, 2001.6; 『황순원연구총서』 6, p.272 참조.

348) 방민호, 「현실을 포회하는 상징의 세계」, 『관악어문연구』 제19집, 서울대, 1994, p.97.

349) 진 쿠퍼, 이윤기 옮김, 『그림으로 보는 세계문화상징사전』, 까치, 2010, pp.330~332.

350) 남성에게는 자연 모성의 형상이 아니마의 내면적 힘에 영향을 미친다. 아니마는 앞에서 이야기했듯이 아들의 경우 투사를 형성하는 요소로서 모성상(Mutterimago)과 동일시된다. 그것은 나중에 실재의 어머니로 간주된다.

한편 아이는 별에 모성상을 투사하고 있으면서도 그 사실을 깨닫지 못한다. 또한 아이가 가지고 있는 실재의 모성상이 망모가 아니라 누이의 상에서 기인하고 있다는 것도 인정하지 않으면서 방향감을 잃고 있다.

> 어느새 어두워지는 하늘에 별이 돋아났다가 눈물 괸 아이의 눈에 내려왔다. 아이는 지금 자기의 오른쪽 눈에 내려온 별이 돌아간 어머니라고 느끼면서 눈에 내려온 별은 죽은 누이가 아니냐는 생각에 미치자 아무래도 누이는 어머니와 같은 아름다운 별이 되어서는 안 된다고 머리를 옆으로 저으며 눈을 감아 눈 속의 별을 내몰았다.(p.173)

아이는 누이의 죽음이 현실로 확인되는 순간, 내면의 또 다른 구석에 잠자고 있던 그리움과 애정이 되살아나는 것을 느낀다. 즉 죽은 누이에 대한 양가감정-그리움과 거부감-이 아이로 하여금 두려움과 무능감을 갖게 하고 있는 것이다.

이처럼 유아기 의식은 자기가 생성되었던 모체와의 연결 및 종속되어 있음을 끊임없이 경험하고 있지만 점점 독립적인 체제가 되기에 이른다. 이제 반성하고 자기 자신을 인식하는 자아가 의식의 중심으로 떠오름으로써 의식은 자기-의식에 이르게 된다. 아이는 이 과정을 통해 비로소 자립적이고 자신의 고유함으로 설 수 있는 자아가 형성되고 있는 단계에 봉착해 있는 것이다.

2) 당나귀의 상징과 유감주술[351]

한편 당나귀[352]는 교통수단으로 이용되는 동물로 속담, 해학담의
소재로 등장하고 성의 상징적 존재의 설화도 전한다. 임관수는 당
나귀를 일반적으로 도움을 주는 모든 동물이라는 차원에서 어머니
의 상징으로 보았고,[353] 김용희는 나귀가 사내아이의 분신으로서 미
숙한 상태인 사내아이의 무의식의 폭발상태를 표상하는 것이라고
역설했다.[354] 또한 양선규는 당나귀가 아이가 자신의 심리저층에서

---

351) 유감주술[類感呪術, Symoathetic magic] 모방주술(模倣呪術)이라고도 하며, 닮은
것은 닮은 것을 낳는다든가 결과는 그 원인을 닮는다고 하는 유사율(類似律)에 바탕을
둔다. 비를 내리게 하는 의식을 행하면 비가 내릴 것이라고 믿는 것이나, 수탉의 생식
기를 날로 먹으면 아들을 낳을 수 있다고 믿는 것, 아들을 많이 낳은 여자의 월경대를
차고 있으면 아들을 낳을 수 있다고 믿는 것, 석불(石佛)의 코를 떼어 먹으면 아들을
낳을 수 있다고 믿는 것 등이 유감주술의 일종이라고 할 수 있다. 또 옛날 궁중에서
상대방을 해롭게 할 목적으로 그의 제웅(짚으로 만든 인형)을 만들어 방자(남을 해롭게
하려고 신에게 빌거나 방술을 쓰는 행위)하던 행위도 이 범주에 속한다.
    한편 주술의 기반에 있는 원리에 의해서 J.G.프레이저는 주술을 유감주술(類感呪
術, homeopathic magic)과 감염주술(感染呪術, contagious magic)로 나누었다. 유감
주술은 모방주술(imitative magic)이라고도 하며, 유사한 원리에 의거한 것으로, 가령
기우제를 위한 불을 피워서 검은 연기를 내고 태고를 두들기거나 물을 뿌리는 것은
비구름, 번개, 강우의 흉내이다. 감염주술은 접촉주술이라고도 하며, 한 번 접촉한 것
은 떨어진 후에도 서로 영향을 미친다는 사고방식에 선 것이다.(『종교학대사전』, 한국
사전연구사, 1998.)
352) 당나귀는 삼국시대에 이미 사육되고 있었는데 이에 관한 기록은『삼국유사』권2의
48 경문대왕조(景文大王條)에 '임금의 귀는 당나귀 귀' 이야기에 나타난다. 당나귀는
행세하는 사람의 중요한 교통수단이 되었기 때문에 '도련님은 당나귀가 제격이다.'라
는 속담이나 '나귀를 구하매 샌님이 없고 샌님을 구하매 나귀가 없다.'는 속담이 생겨났
다. 또한, 자기에게 만만히 보이는 사람에게 함부로 할 때는 말을 잘 듣지 않는 당나귀
의 근성에 빗대어 '나귀는 샌님만 업신여긴다.'라든가, '당나귀 못된 것은 생원님만 업
신여긴다.'는 속담을 쓴다. 당나귀는 해학담의 소재로도 등장한다. 그리고 당나귀는 성
의 상징적 존재로 설화에 나타나고 있다.(『한국구비문학대계』, 한국정신문화연구원,
1980~1988. 이기문, 『속담사전』, 민중서관, 1966.)
353) 임관수, 『황순원 작품에 나타난 '자기실현' 문제』, 충남대 석사논문, 1983, pp.25~30.

"스스로의 악마적 표상"이라고 인식하는, 말하자면 가학적 본능의
대상이며 그 자체가 되는, 우회적 표상이며 동시에 어머니의 상징
이라고 보았다.[355] 그리고 방경태는 당나귀가 아이의 인생 여정에
있어서의 하나의 동반자라는 견해를 피력했다.[356]

　본고에서는 당나귀가 「별」에서 아이의 성장 과정을 보여주는 대
상이면서 동시에 우로보로스를 상징한다고 본다.

> 　일어난 아이는 당나귀 고삐를 쥐고 달구지채로 해서 당나귀 등에
> 올라탔다. 당나귀가 제 꼬리를 물려는 듯이 돌다가 날뛰기 시작했다.
> (중략) 그러다가 별안간 뒤에서 누이의, 데련! 하는 부르짖음 소리를
> 듣고 아이는 그만 당나귀 등에서 떨어지고 말았다. 땅에 떨어진 아이
> 는 다리 하나를 약간 삔 채로 나자빠져 있었다.(p.165)
> 　전처럼 당나귀가 아이를 차지는 않았다. 아이는 달구지채에 올라서
> 지도 않고 전보다 쉽사리 당나귀 등에 올라탔다. 당나귀가 전처럼 제
> 꼬리를 물려는 듯이 돌다가 날뛰기 시작했다. 그리고 아이는 당나귀에
> 게나처럼, 우리 널 왜 줴엔! 왜 줴엔! 하고 소리질렀다. 당나귀가 더
> 날뛰었다. 당나귀가 더 날뛸수록 아이의, 왜 줴엔! 왜 줴엔! 하는 지름
> 소리가 더 커갔다. 그러다가 아이는 문득 골목 밖에서 누이의, 데련!
> 하는 부르짖음을 들은 거로 착각하면서, 부러 당나귀 등에서 떨어져
> 굴렀다. 이번에는 어느 쪽 다리도 삐지 않았다. 그러나 아이의 눈에는
> 그제야 눈물이 괴었다.(p.173)

---

354) 김용희, 『현대소설에 나타난 '길'의 상징성』, 정음사, 1986, p.26.
355) 양선규, 「어린 외디푸스의 고뇌 : 황순원의 '별'에 관하여」, 『문학과 언어』 제9집,
　　 1988.
356) 방경태, 「황순원 '별'의 모티프와 작중인물 연구」, 『대전어문학』, 대전대학 국어국문
　　 학회, 1995.2.

우로보로스는 만다라[357]와 자기(Self)의 형상으로서 대립을 모두
포함하고 있는 완전한 것이며, 항상적-영원한 존재이다. 그것은
근원적 장소이자 창조적인 것의 배아가 있는 자리이다. 그것은 자
신 속에서 순회하며 살아 있는 존재로서 둥근 형상의 뱀, 자기 꼬리
를 물고 있는 시초의 원상적 용(Ur-Drache), 자신 속에서 스스로를
낳는 존재이다.[358] 또한 '모든 것은 하나다'의 원형이며, '나는 알파
요 오메가이다'라고 자신에 대해 말하는 존재이다.

「별」에서는 누이의 죽음 이후에도 "당나귀가 전처럼 자기 꼬리를
물려는 듯이 돌다가 날뛰기 시작"하는 모습으로 형상화됨으로써 우
로보로스를 상징화한다. 아이가 당나귀 등에서 떨어져 굴러도 "어
느 쪽 다리도 삐지 않"는 것에서 확인할 수 있듯이, 아이는 태모의
지배로부터 자아의식의 체제가 해방되면서 원상의 부모와 분리되
고 있는 과정을 보여주고 있는 것이다.

또한 「별」에서 아이는 동네 과수노파로부터 "지나치게 큰 입 새
로 검은 잇몸"을 가진 추한 누이가 죽은 어머니를 닮았다는 이야기
를 듣고 충격을 받는다. 이때부터 아이는 누이를 미워하게 되고, 누
이가 정성껏 만들어주어 "아이가 언제나 란도셀 속에 넣어가지고
다니"던 예쁜 각시인형마저 땅에 묻어버린다.

---

357) 만다라(曼茶羅, 曼陀羅, 산스크리트어: Maṇḍala, 원, 완료, 영어: Mandala)는 '원(圓
·circle)'을 뜻하는 산스크리트어 만달라(Maṇḍala)를 음역한 것이다. 만다라는 원래는
힌두교에서 생겨난 것이지만 불교에서도 사용된다. 주로, 힌두교의 밀교(단트리즘·
Tantrism)와 불교의 밀교(금강승·Vajrayana)의 종교적 수행 시에 수행을 보조하는 용
도로 사용하는, 정해진 양식 또는 규범에 따라 그려진 도형을 가리킨다.

358) Neumann, Erich, Hull, R.F.C., *The Origins and History of Consciousness*,
Princeton University Press, 2007; 노이만, 이유경 역, 『의식의 기원사』, 분석심리학
연구소, 2010, pp.38~39.

누이가 만들어준 각시인형을 땅에 묻는 아이의 행위는 샤머니즘적 저주의 비방인 유감주술(類感呪術, Symoathetic magic)과 관련이 있다. 저주의 비방에서는 흔히 그 대상이 지니던 물건이나 마음이 담긴 물건, 신체의 일부 또는 대상을 닮은 인형을 매장하는 방법이 쓰인다. 이는 그것들에 대상의 영혼이 깃들어 있다고 믿는 샤머니즘적 영혼관에서 기인하는 것이며, 이때 그것들은 대상과 동일시의 상징물이 된다.

주술을 성립시키는 것은 구체적으로는 주적 행위와 주물(呪物)이며, 그것을 관념적으로 지지하고 있는 것은 주적(呪的) 신앙체계나 주적 사고양식이다. 주적 행위에는 신체적 동작만이 아니라 말에 의한 주술, 즉 주문도 포함된다. 주술에 대한 신앙은 주력에 대한 신앙과 밀접하게 결부되어 있다. 특정한 물건이나 인간, 또는 인간의 행위가 초자연적인 힘을 가진다는 생각에 의거, 그 힘을 이용해서 목적을 달성하려는 것을 주술이라고 할 수 있다. 일반적으로 신성하며 비인격적인 힘을 오세아니아에 어원을 가진 마나(mana)라는 말로 부르는데, M. 모스는 주술이 그와 같은 마나의 관념과 결부되어 있다고 주장했다. 이 견해는 말리노프스키에 의해서 부정되었는데, 주술신앙의 배후는 물론 사회에 따라서 다르지만, 해당 사회에서 믿어지고 있는 힘의 관념이 있다고 고려된다.

주술은 단순히 무지한 사람들의 미신이 아니며 어떤 역할과 기능을 가진다. 사회인류학자 비아티(John Beattie)는 주술은 어느 상황에서의 연출이며 상징적인 의미에서의 원망의 표현이라고 주장하면서 주술의 정의적 측면을 강조하는 동시에 주술의 상징성을 지적했다. 이와 같이 주술에는 자신의 원망을 밝히는 것, 주술을 행하는 것 자체가 의미를 가지는 측면이 있다.

주술적 행위나 주구(呪具)는 상징적 의미를 가지고 있다. 그러나 그 의미는 다양한 각도에서 해석되어야 하는데 주술은 어떤 목적을 가지고 있다. 거기에서 문제가 되는 것은 그 목적을 달성하기 위한 수단과 방법이다.

프레이저에 의하면 주술은 인간이 현상을 컨트롤하려고 하고, 가능하다고 생각하는 점에서 부분적이기는 하지만 검증이 가능하다는 면에서 과학과 유사하며 주술이 종교에 선행한다고 보았다. 또한 레비스트로스는 종교라는 것은 자연법칙의 인간화이며 주술은 인간행동의 자연화 즉 일종의 인간행동을 자연계의 인과성의 일부분을 이루는 것으로 취급하는 것이며, 양자는 이자택일도 아니고 발전단계의 2단계도 아니라고 하였다.[359]

위에서 언급한 바와 같이, 누이가 만들어준 각시인형은 누이의 애정이 담긴 물건이며 아이가 책가방에 넣어 늘 지니고 다녔던, 누이와 동일시된 상징물이다.

한편 죽은 어머니의 지고한 아름다움을 훼손하는 누이에 대한 미움은 급기야 누이가 만들어준 각시인형을 매장하는 살해충동으로 이어지고, 이 상징적 저주의식은 아이가 누이를 대동강으로 산보를 가자며 데리고 가서는 아버지가 누이에게 엄포로 했던 '치마를 묶어서 강물에 집어넣고 말겠다'는 말을 소년이 내뱉음으로써 실제 살해의 시도로까지 발전한다. 누이가 죽은 어머니 같은 애정으로 소년의 말에 순순히 응하자 아이는 누이가 결코 어머니 같아서는

---

359) 『종교학대사전』, 한국사전연구사, 1998.

안 된다며 행위를 중단하고 누이를 남겨둔 채 돌아오고 만다.

이제 인형을 매장하고 누이를 수장하겠다는 소년의 유감주술에 담긴 샤머니즘 사상에 대해 살펴보기 위해 인형이 가진 상징적 의미를 확충(amplification)해보면 다음과 같다.

인형(Doll)[360]은 종종 특정한 인물의 혼을 지닌 상(image)이며, 교감마술(交感魔術)이나 요술에서는 인형을 통하여 그 인물에게 해를 입히기도 한다. '곡물 인형'[361]이나 '곡물 처녀'는 장래 성장하고 수확할 자식과 수확물의 상징이며, 또한 '곡물 여신'('곡물 태모'나 '곡물 처녀')의 모습이기도 하다. 넋전과 유사한 죽은 자의 인형(Totnenpuppe)[362]은 시베리아 여러 민족 중에서 볼 수 있다. 여기서는 한국 샤머니즘보다 인형을 더 정성껏 다룬다. 북부 오스차크족에서는 죽은 사람의 상(像), 즉 죽은 자의 인형을 만드는 관습이 있다.[363] 야쿠트족은 만일 불만에 찬 죽은 자가 산 자의 평화를 교란한다면 초상을 그려 죽은 자의 영을 그 속으로 불러들인다.[364] 골드족에서는 어려운 의식절차

---

360) 한국문화상징사전편찬위원회, 『한국문화상징사전』, 동아출판사, 1992, pp.105~106.

361) 「곡물 인형」은 수확의 마지막에 얻은 곡식 한 단으로 만들고, 의식이 치러진 후 밭으로 옮긴다. 인형은 종종 사람들의 비탄 속에서 땅으로 내려졌다가 이어 환희의 함성과 함께 높이 들어 올려지는데 이것은 곡물신의 죽음과 재생을 의미한다. 극동에서는 볏집으로 인형을 만들거나 길가의 사당을 장식한다. 논에 세워진 인형은 다음 수확 때까지 마녀, 요정 그리고 보이지 않는 악의 영향을 퇴치한다.

362) 이부영, 『한국의 샤머니즘과 분석심리학』, 한길사, 2012, p.484.

363) 망인의 부인은 죽은 남편의 옷 조각을 갖다놓고 나무를 깎아서 남편 비슷한 망자의 옷을 이 인형에게 입힌다. 그러고는 나무토막에게 남편이 생전에 좋아하던 음악을 다정하게 권한다. 인형을 잠자리에 누일 때는 마치 살아 있는 사람을 대하듯 안고 입을 맞춘다. 그녀는 죽은 자가 모든 것을 바라보고 있고 때로는 이 우상에 들어간다고 믿는다. 일 년 또는 그보다 뒤에 그녀는 이것에 옷을 잘 입힌 뒤에 땅에 묻으며 애곡한다. 혹은 부인들은 일정기간 이와 같은 보살핌을 끝내면 인형을 집 뜰에서 붙인 불로 태워 버린다.(Karjalainen.K.F., 앞의 책, 1927, p.137~138, p.143.)

를 통해서 미망인이 만든 죽은 자의 상 속으로 죽은 자의 영을 붙잡
아 옮기는 것은 샤먼의 과업이라고 믿는다. 그 다음에는 그 상을 숭
배하고 그에게 공물을 바친다. 얼마 지난 뒤에 가족들은 죽은 자에
대한 의무를 충분히 했다고 생각하고 초상은 없애버린다. 카리아라
이넨은 '죽은 자의 인형'은 죽은 자가 자기 물건, 특히 의복을 통하여
공양될 수 있다는 관념에서 한 단계 더 발전한 것이라고 보았다.[365]

한편 한국 샤머니즘에서 넋전[366]의 기능은 위에서 말한 것과 같은
죽은 자의 인형이 갖는 기능에 비하면 소극적이어서 위의 사례와
같은 개인적인 주술이 아니라 의식을 통한 사령의 치료이다. 특히
무당이라는 죽은 자와 산 자 사이의 중개자가 있어서 무당이 스스
로 죽은 자의 상을 받아 인형의 역할을 대신하기 때문이다.

사령제(死靈祭)[367] 끝부분에서 넋전이나 영의(靈衣)[368]를 태워버리
는 것은 북아시아 민족 사이에서 볼 수 있는 인형의 소각·파괴·매
장과 같이 영혼을 저승으로 보내 다시는 산 자를 괴롭히지 못하게
하는 데 목적이 있다.

죽은 자의 상(傷)에 전이된 감정이 대상과의 '신비적 참여'[369]를

---

364) 그처럼 행동하는 이유를 야쿠트족은 죽은 자를 위로하고 진정시켜 그의 영혼으로부
터 해방되려고 하는 데 있다고 설명한다. 하르바는 죽은 자의 산 자와의 해로운 결합을
이와 같은 방법으로 피할 수 있다고 하였는데, 초상에 포착된 영은 더욱 쉽게 진정시킬
수 있기 때문이라는 것이다.(Harva, U., 앞의 책, 1938, pp.370~371.)

365) Karjalainen,K.F.,위의 책, pp.176~177.

366) 죽은 자의 넋을 받는 종이인형(한국의 박물관, 1999.5.1., 문예마당) 죽은 사람의 넋
이 저승에 갈 때에 노자로 쓰라고 주는 돈. 넋전은 서울에서 지노귀굿을 할 때 죽은
망자의 혼백이 서리게 문창호지로 사람의 형상으로 복잡하게 오린 종이를 말한다.

367) 죽은이의 영혼을 위한 제의. 사령제(한국민족문화대백과, 한국학중앙연구원)

368) 죽은 사람이 살아 있을 때에 입던 옷. 또는 수의(壽衣)를 뜻하기도 함.(『한국고전용어
사전』, 세종대왕기념사업회, 2001.)

일으킬 만큼 산 자와 죽은 자가 동일시되어서는 안 되기 때문에 넋
전의 소각은 죽은 자에 대한 산 자의 두려움에 바탕을 둔 사령(死靈)
의 결정적인 송환을 의미하는 동시에 죽은 자와의 지금까지의 관계
를 청산하고 새롭게 바꾸고자 하는 하나의 변환과정이기도 하다.

중국 도교에서는 제의가 끝날 때 종이인형과 공양된 종이와 기도
문들을 불태운다. 생명이 있든 없든 모든 존재는 두 가지 성질, 즉
물질적·가시적인, 그리고 비물질적·불가시적인 것으로 이루어졌
다는 신앙에서 나온 행위로 해석된다.

그루베(Grube)[370]는 제의 중의 소지(燒紙)를 다음과 같이 설명하고
있다. 종이를 불태우는 연소과정을 통해 종이의 물질성은 파괴되고
소실되지만 바로 그 체공간(體空間)의 상실이야말로 귀신들이 이용
할 수 있는 상태를 제공한다는 것이다.

우리나라 샤머니즘에서도 가족의 신체와 영혼을 정화시킬 목적
으로 소지를 하는데 가족의 건강은 소지할 때 연기를 보고 결정한
다. 위로 오르면 경쾌, 따라서 건강해진다는 뜻이지만 아래로 내려
가면 중압, 따라서 질병을 의미한다.[371] 연기는 귀신들의 양식이다.

넋전의 소각에도 정화와 해방의 기능이 간여되는데 물질적, 현세
적인 것의 영적 변환, 하나의 영화과정(靈化過程)이라 할 수 있을 것
이다. 심리적 과정에서 본다면 인간적인 것과 신적인 것, 개인적인

369) '신비적 참여'는 프랑스의 인류학자 레비-브륄[Lucien Levy-Bruhl(1857~1939)]
    이 '신비한 동체성'과 함께 사용한 용어로, '객체에 대한 특유의 유대 관계'를 의미한
    다.(『정신요법의 기본문제』, 융 기본 저작집 1, p.4)
370) Grube, W., 앞의 책, 1910, pp.124~125.
371) 추엽륭(秋葉隆), 앞의 책, 1950, p.114.

것과 집단적·원형적인 것이 구별되는 과정이다.

　위의 사실을 통해 정리할 수 있듯이 소년이 유감주술(類感呪術)을 행한 것을 미루어보면, 누이의 분신(分身)인 각시인형을 땅에 묻음으로써 누이를 자아의 통제 아래 두려 한 것이라고 생각해볼 수 있다. 따라서 소년의 이 행위는 '우로보로스가 자아보다 우세한 단계', 혹은 '태모'의 단계에서 태모의 지배 하에서 벗어나려고 하는 자아의 의지를 상징한다고 볼 수 있다.

　자아가 우로보로스와의 동일시에서 벗어나기 시작하면 자궁의 태아상태에서 가졌던 근원적 연결 관계가 중단되기 시작하면서 자아는 세상에 대해 새로운 태도를 취하기 시작한다. 우로보로스로부터 빠져나오는 것은 태어남을 의미한다. 누이의 외모가 망모와 닮았다는 사실에 대해 불쾌감을 느끼는 소년의 모습은 자아가 성장하고 있는 것을 보여준다.

　　참으로 오마니는 이 누이의 얼굴과 같았을까. 그러자 제법 어른처럼 갓난 이복동생을 업고 있던 열한살잡이 누이는 전에 없이 별나게 자기를 자세히 들여다보는 동복 남동생에게 마치 어머니다운 애정이 끓어오르거나 한 듯이 미소를 지어 보였을 때, 아이는 누이의 지나치게 큰 입 새로 드러난 검은 잇몸을 바라보며 누이에게서 돌아간 어머니의 그림자를 찾던 마음은 온전히 사라지고, 어머니가 누이처럼 미워서는 안된다고 머리를 옆으로 저었다. 우리 오마니는 지금 눈앞에 있는 누이로서는 흉내도 못 내게스레 무척 이뻤으리라. 그냥 남동생이 귀엽다는 듯이 미소를 짓고 있는 누이에게 아이는 처음으로 눈을 흘기며 무서운 상을 해보았다. 미운 누이의 얼굴이 놀라 한층 밉게 찌그러질 만큼. (중략)

아이는 싸움터로 가까이 가자 누이의 흥분된 얼굴이 전에 없이 더
흉하게 느껴지면서, 어디 어머니가 저래서야 될 말이냐는 생각에, 냉
연하게 그곳을 지나쳐버리고 말았다.(pp.163~169)

형성되고 있는 자아[372]는 쾌와 불쾌의 특성을 감지하게 되는데,
그러한 쾌와 불쾌의 감각에 의해 자신의 경험을 하게 된다. 그 때문
에 자아에게 세계는 양가적으로 인식된다. 집어삼키는 악한 모성과
사랑을 아끼지 않는 선한 모성은 이 심혼적 단계를 지배하고 있는
우로보로스적 위대한 모성적 신성의 두 측면이다. 노파가 양가성을
가진 복합적 모성이라면, 누이는 사랑을 아끼지 않는 선한 모성을
상징한다.

원형의 양가성, 즉 이중성이 두드러지게 됨은 또한 자아가 자신
을 이끌어가는 원형들에 대해 양가적인 태도를 갖게 만든다. 무의
식의 우세적 형상, 즉 삼키거나 파괴하는 측면은 그렇게 하여 자신
을 드러낸다. 이러한 모든 것들에 마주하여 자아는 의식은 있지만
여전히 개인성은 작고 무력한 상태에 있다. 이 단계에서 의식은 아
직 무의식의 침범하는 힘 때문에 단단한 발판을 이룩하는데 성공하
지 못하고 있다. 이제 막 생기기 시작하는 자아인 소년에게는 모든
것이 끝없는 심연에 잠긴 듯 놓여 있다. 그래서 소년의 자아는 방향
감도 없고 물러나지도 못하며 저항도 못하고 이리저리 내몰리게 되
는 것이다.

---

372) Neumann, Erich, Hull, R.F.C., *The Origins and History of Consciousness*,
Princeton University Press, 2007; 노이만, 이유경 역, 『의식의 기원사』, 분석심리학
연구소, 2010, pp.69~136.

3) 모성 콤플렉스 아래에 있는 '영원한 소년'

「별」에서 어머니의 세계는 부재하는 세계이다. 따라서 어린 소년
은 현실 속에서 충족되지 않는 자신의 잃어버린 욕망의 대상인 어
머니의 이미지를 그를 둘러싸고 있는 대상들 속에서 찾으려 노력한
다. 아이에게 있어 죽은 어머니는 영원한 추구의 대상이다. 그러므
로 아이는 계속해서 어머니의 이미지에서 벗어나지 못하고 타자와
의 관계에 있어서도 적극성을 띠는 데 어려움을 느끼고 있다. 이처
럼 「별」은 소년이 이상화된 망모(亡母)에 대한 이미지를 쫓아다님으
로써 소년의 모성 콤플렉스가 상적인 성장을 방해하는 주요한 요소
로 작용할 수 있음을 보여준다.

> 열네 살의 소년이 된 아이는 뒷집 계집애보다 더 이쁜 소녀와 알게
> 되었다. (중략) 하루는 아이와 소녀는 모란봉 뒤 한 언덕에 대동강을
> 등지고 나란히 앉아 있었다. 언덕 앞 연보랏빛 하늘에는 희고 산뜻한
> 구름이 빛나며 떠가고 있었다. 아이가 구름에 주었던 눈을 소녀에게로
> 돌렸다. 그리고는 소녀의 얼굴을 언제까지나 들여다보기 시작했다.
> (중략) 아이의 어깨를 끌어당기면서 어느 새 자기의 입술을 아이의 입
> 에다 갖다 대고 비비었다. 아이는 저도 모르게 피하는 자세를 취하였
> 으나 서로 입술을 비비고 난 뒤에야 소녀에게서 물러났다. 벌떡 일어
> 났다. 이미 소녀는 아이에게 결코 아름다운 소녀는 아니있다. 얼미니
> 추잡스러운 눈인가. 이 소녀도 어머니가 아니라는 생각이 불현듯 떠올
> 랐다. (pp.169~170)

이 부분은 소년이 어느 정도 성장한 후 어떤 소녀와 만나게 되는
장면이다. 혈연의 관계로 묶여 있는 누이와는 달리, 이 소녀는 소년

에게 가족 이외의 완전한 타자로서 소년과 관계를 맺게 되는 최초
의 여성이라는 의미를 지니고 있다. 그런 점에서 소녀는 소년으로
하여금 어머니의 세계로부터 벗어나 어머니 아닌 다른 여성과 관계
를 맺음으로써 하나의 독립된 성인의 자리로 나아가도록 이끌 하나
의 매개적 인물로 작용할 수도 있을 것이다.

하지만 소년은 무의식적으로 '모든 여성에게서' 어머니를 찾는
다.[373] 이것은 여성들과의 관계가, 진정한 심리적 관계, 즉 의식화
된 관계로 발전하기 어려운 '영원한 소년'의 모습을 극명하게 드러
내 보여 주는 부분이라고 할 수 있다.

> 아이는 옥수수를 좋아했다. (중략)
> 누이는 금방 뜯어낸 쌍둥이를 아이에게 내주었다. 그러나 아이는
> 거칠게, 싫어! 하고 머리를 도리질하고 말았다. 누이가 새로 더 긴 쌍
> 둥이를 뜯어내서는 다시 아이에게 내밀었다. 그러나 누이가 마치 어머
> 니나처럼 굴 적마다 도리어 돌아간 어머니가 누이와 같지 않다는 생각
> 으로 해서 더 누이에게 냉정할 수 있는 아이는, 내민 누이의 손을 쳐
> 쌍둥이를 떨궈버리고 말았다. 그러던 어떤 날 저녁, 어둑어둑한 속에
> 서 아이가 하늘의 별을 세며 흡사 땅 위의 이슬과 같다고 생각하고
> 있는데, 누이가 조심스레 걸어오더니 어둑한 속에서도 분명한 옥수수
> 한 자루를 치마폭 밑에서 꺼내어 아이에게 쥐어주었다. 그러나 아이는
> 그것을 먹어볼 생각도 않고 그냥 뜨물항아리 있는 데로 가 그 속에
> 떨구듯 넣어버렸다.(pp.166~167)

---

373) 융, 융 저작 번역위원회 역, 「모성 원형의 심리학적 측면」, 앞의 책, 2002, pp.206~
207.

다산(多産)의 모성신(神)[374]으로서의 옥수수[375]의 형상은 보편적인 것으로 이는 곡물 씨앗의 '부패와 부활'이 그의 죽음과 부활을 유비하는 것으로 표현된다. 즉 옥수수는 '뜨물항아리'와 함께 모성원형의 상징으로 나타난다.

한편 아이는 부정직인 모성 콤플렉스를 가지고 있는 '영원한 소년'으로서 계속 모성원형을 추구하다가 마침내 만달라적 우로보로스 상징[376]에 해당하는 원을 그리면서 플레로마적 고착에서 벗어나려는 시도를 하게 된다. 즉 개인의 자아 발달이 시작되기 이전, 시작 단계에 있는 우로보로스적 상징성은 자아의 발달이 자기의 발달에 의해, 다시 말하면 개인의 전인격화에 의해 분리되는 지점에 다시 등장하기 때문에 우로보로스의 상징이 만다라로 다시 나타나고 있는 것이다.

　　이번에는 아이가 칠 차례였다. 옆집 애가 말을 놓았다. 그것은 아이
　　의 반달땅 끝에서 한껏 먼 고이었다. 그러나 아이는 기어코 반달 끝에
　　다 자기의 말을 놓았다. 옆집 애는 아이의 반달 땅에 달린 다른 나머지

---

374) Neumann, Erich, Hull, R.F.C., *The Origins and History of Consciousness*, Princeton University Press, 2007; 노이만, 이유경 역, 『의식의 기원사』, 분석심리학연구소, 2010, p.254.

375) 위대한 여신은 생명을 잉대한다. 그 생명은 바로 옥수수이다. 아마도 옥수수는 남근적 옥수수 신 또는 옥수수의 아들로 나타날 것이다. 여신은 또한 죽음을 낳는다. 즉 흑요석 칼을 생산한다. 삶이 죽음이 되고 죽음이 삶이 된다. 하나가 나머지에 의존하는 이러한 이중적 양상은 아스텍 신화와 의례에서 반복해서 발생한다.(노이만, 박선화 역, 『위대한 어머니 여신』, 살림, 2009, p.306) 옥수수는 남근적 다산의 상징이다.(Fuhmann, Mexiko, Vol.Ⅲ)

376) Neumann, Erich, Hull, R.F.C., *The Origins and History of Consciousness*, Princeton University Press, 2007; 노이만, 이유경 역, 『의식의 기원사』, 분석심리학연구소, 2010, pp.66~67.

땅에서가 자기의 말이 제일 가까운데 왜 하필 반달 끝에서 치려는지 이상히 여기는 눈치였다. 사실 아이의 어디까지나 반달 끝에다 한 뼘 맘껏 둘러재어 동그라미를 그어놓았으면 얼마나 아름다울지 모르겠다는 계획을 옆집 애는 알 턱 없었다. 아이는 반달 끝에서 옆집 애의 말까지의 길을 닦았다. 이번에는 꼭 맞혀 이 반달 위에 무지개 같은 동그라미를 그어놓으리라.(pp.167~168)

만다라적 우로보로스 상징을 통해 원형으로 형상화된 모성성의 투사는 '무의식적으로 그가 만나는 모든 여성에게서 그의 어머니를 찾는 단계'[377]를 겪는다. 그래서 열네 살이 된 아이는 소녀를 사귀게 되지만 소녀가 자신의 입술에 입 맞추고 거친 숨을 내쉬자 실망하고 돌아선다. 아름다운 소녀에게서 어머니의 모습을 찾으려던 아이의 바람은 좌절된다. 아이의 의식은 열네 살이 되어도 이상적 모성상에 대한 집착에서 벗어나지 못하고 있는 것이다. 현실에서 모성적 존재를 찾을 수 없었던 아이는 밤하늘을 뒤지며 어머니에 대한 그리움을 키워만 간다.

하늘에 별이 별나게 많은 첫가을 밤이었다. 아이는 전에 땅위의 이슬같이만 느껴지던 별이 오늘밤엔 그 어느 하나가 꼭 어머니일 것 같은 생각이 들어, 수많은 별을 뒤지고 있었다.(p.170)

아이는 어머니를 하늘로 이동시킨다. 별로 승화된 어머니는 모성(母性)이 하늘이라는 고도(高度)에 놓임으로써 이상화되고 있다. 여

377) 융, 융 저작 번역위원회 역, 「모성 원형의 심리학적 측면」, 2002, pp.206~207.

기에서 아이가 '어머니란 영원한 안식을 동경하는 인간의 본질과 그 의미를 부각'[378]시키는 존재라는 긍정적인 모성성을 추구하고 있는 것을 확인할 수 있다.

아이는 원치 않은 혼인을 했던 누이가 죽었다는 소식을 접하고 나서야 누이의 사랑을 깨닫고 땅 속에 묻어버린 인형을 파보지만 이미 오래 전에 썩어버렸을 인형을 찾을 수 없다.

한편 문학작품 속에 길이 등장할 때 그것은 지향성과 회귀성의 양면적인 의미를 갖는다.[379] 인형을 찾지 못하고 돌아오는 길에 골목에 매어져 있는 당나귀를 타다가 낙상하는 아이의 모습은 '죽은 누이에 대한 연민과 죽음에 대한 분노가 포함되어' 있는 행동이고 또한 '죽음의 의미를 이해하게 된다는 과정의 한 상징이기도 한 것이다.'[380]

아이는 당나귀에서 낙상한 자신을 걱정하는 누이의 목소리를 들은 것 같은 착각을 한다. 아이는 지난 날 누이에게 품었던 그릇된 감정과 비정한 행동을 후회하고 있는 것이다. 그러나 그러한 반성에도 불구하고 아이는 죽은 누이를 어머니와 같은 위치에 두기를 거부한다. 마지막까지 아이는 '신의 없는 에로스'를 행하지 못한다.

어느새 어두워지는 하늘에 별이 돋아났다가 눈물 괸 아이의 눈에 내려왔다. 아이는 지금 자기의 오른쪽 눈에 내려온 별이 돌아간 어머

---

378) 구인환, 「'별'의 이미지와 공간」, 『한국현대소설의 비평적 성찰』, 국학자료원, 1996, p.133.

379) 이재선, 「길의 문학적 상징체계」, 『한국문학주제론』, 서강대학교 출판부, 1991, p.179.

380) 이재선, 앞의 책, p.467.

니라고 느끼면서, 그럼 왼쪽 눈에 내려온 별은 죽은 누이가 아니냐는 생각에 미치자 아무래도 누이는 어머니와 같은 아름다운 별이 되어서는 안된다고 머리를 옆으로 저으며 눈을 감아 눈 속의 별을 내몰았다.(p.173)

아이의 누이에 대한 혐오는 극복되었으나 여전히 아이의 의식은 자아의식 발달의 문턱에까지 도달하지만 그 문턱을 넘어서지는 못하는 상태이다. 왜냐하면 절대적이고 이상적인 존재인 망모(亡母)에 대한 이미지는 여전히 아이의 의식 속에서 이상과 현실의 경계를 넘나들고 있기 때문이다.

또한 「별」에서의 소년은 '영원한 소년'의 특성을 가진 남성들이 그러하듯 여성과의 개인적인 관계에 어려움을 겪는 모습을 보인다. 뒷집 계집애보다 더 예쁜 소녀에게 매력을 느껴 그녀에게 다가갔다가 소녀가 평범한 인간에 불과하다는 것을 발견하고는 실망하고 곧바로 그녀에게서 멀어진다. 그는 그의 모든 욕구를 충족시켜줄 모성적인 여인을 영원히 그리워한다. 누이와 마찬가지로 그 소녀도 결국 죽은 어머니와의 비교대상일 뿐이었으나, 그런 여인은 현실 어디에도 존재하지 않는 것이다. 즉 아이는 '신의 없는 에로스'를 행하지 못함으로써 '영원한 소년'의 모습으로 머물게 되는 것이다.

모성원형은 소년에게 양가적으로 경험되기에 이른다. 즉 생명을 낳고 기르고 보살피는 긍정적인 측면은 누이의 모습으로, 파괴하고 죽이는 측면은 노파의 모습으로 소년에게 경험된다. 아이로 하여금 망모를 이상화하여 모성의 발치에서 떠나지 못하게 하여 아이의 성장을 방해하는 점은 모성원형의 부정적인 측면을 보여주는 것이다.

이런 부정적인 모성원형은 소년에게 '어떤 비밀, 어두움, 혼란 등이며 숙명처럼 공포를 주고 피할 수 없는 것들'[381]로 영향을 미침으로써 소년은 어머니의 '영원한 소년'로서 자신의 창조적인 고유한 삶을 살지 못하고 모성 콤플렉스에 의해 휘둘리는 삶을 살고 있는 것이다.

한편 의식 발달의 초기 단계에서는 의식이 아직 충분히 힘을 가지지 못한 상태에서 작은 어려움에도 불구하고 다시 무의식 상태로 돌아가려는 경향이 늘 존재하고 있다. 무시무시한 위협으로 이러한 경향을 막으려는 금지 원리는 주로 부성원리로 경험되고 그 상은 부성상으로 이루어지며, 이 상들이 먼저 개인적 아버지들에게 투사되는 것이다.[382] 「별」에서도 이러한 금지 원리는 부성상의 "누구를 꾸짖는 듯한 아버지의 음성"(p.170)으로 표현된다.

융은 부성상의 의미에 대해 말하기를, "아버지는 종교나 삶의 일반적 철학에서 표현되는 전통적 정신의 구체화이며 의식적 마음과 가치의 세계를 나타낸다. 아버지는 집단적 의식과 전통정신을 대표"하고 "삶의 의미를 전수하고 옛 가르침에 따라 비밀을 설명해주는 교육적인 정신이며 전통적 지혜의 전달자[383]"이다. 소년의 아버지는 누이의 연애 사건에 대해 "꼭대기 피도 안 마른 년이 누굴 망신 시킬려구"(p.170)이라고 노여움을 표현하면서 전통정신을 대표하는 말을 누이에게 하고 있다.

소년에게 아버지의 이런 말은 긍정적인 부성 콤플렉스로 작용한

---

381) Jung. C. G., *Four archetypes*. p.16.

382) Samuels, A. ed., *The Father - Contemporary Jungian Perspectives*. p.220.

383) Jung. C. G., *Psychology and Alchemy*. C.W.12. para59, 92, 159.

다. 이것은 권위를 잘 믿고 영적인 신조와 가치 앞에 기꺼이 복종하는 경향을 낳는다. 그래서 아이는 아버지가 누이에게 권위를 부리며 명령하던 것처럼 "초매 벗어라! 하고 고함을 치고" "아버지처럼 엄하게, 가루 눠라!"(p.172)라고 말하면서 "치마로 누이를 묶어 강물에 집어넣는", 죽음과 재탄생의 상징적 의식을 행하고 있는 것이다.

> 아이는 곧 안에서 누구를 꾸짖는 듯한 아버지의 음성에 정신을 깨치고 말았다. (중략)
> 두 번 다시 그런 일만 있었단 봐라, 초매(치마)루 묶어서 강물에 집어넣구 말디 않나, 하는 아버지의 약간 노염은 풀렸으나 아직 엄한 음성에, 아이는 이번에는 또 밤바람과 함께 온몸을 한번 부르르 떨었다. (중략)
> 아이는 계획해온 일을 실현할 좋은 계기를 바로 붙잡았음을 기뻐하며 누이에게, 초매 벗어라! 하고 고함을 치고 말았다. 뜻밖에 당하는 일로 잠시 어쩔 줄 모르고 섰다가 겨우 깨달은 듯이 누이는 어둠 속에서 조용히 저고리를 벗고 어깨치마를 머리 위로 벗어냈다. 아이가 치마를 빼앗아 땅에 길게 폈다. 그리고 아이는 아버지처럼 엄하게, 가루 눠라! 했다. 누이는 또 순순히 하라는 대로 했다.(pp.170~172)

이처럼 「별」에서의 아이는 의식이 자기-의식으로 바뀌기 시작할 단계, 즉 스스로를 자아로서, 개인으로 그리고 개별자로서 인식하고 구분하기 시작하는 단계에 있다고 볼 수 있다. 따라서 "바다를 모르는 아이"(p.167)이자 배아였던 아이의 자아는 어느 정도의 자기정립에 이르게 된다. 이제 아이의 배아적이고 유아기적 단계는 끝이 나고, 소년은 이제 우로보로스의 위력에서 벗어난 상태는 아니지만 더 이상 단순한 어린 아이로서 있지 않게 되는 것이다.

3. 모태로의 회귀 -「닭제」

이재선(1979)은『한국현대소설사』에서 "황순원과 통과제의의 소설"이라는 항목을 설정하여, 제의사회학적 관점에서 황순원 소설의 이니시에이션 스토리로서의 문학적 가치를 구명해내고 있다.「닭제」는 이재선이 '통과제의의 문제와 토속적인 민간사고의 미신 및 변신의 모티프가 교직되고 있는 작품'이며, '낙원적인 것과 악마적인 이원성의 대립성까지 문제되는 작품'[384]이라고 평가한 후 많은 논자들이「별」·「소나기」등의 단편과 함께「닭제」를 '통과제의 소설'로 이해하는 경향을 보이고 있다.

장수자[385]와 이재선[386]은 초기단편을 중심으로 사춘기의 소년·소녀가 죽음과 성, 선과 악의 도덕적 갈등, 미와 추 및 자아와 같은 일련의 충격적인 경험의 의미를 어떻게 수용하면서 성숙해 가는가를 분석하면서 황순원의 문학은 삶의 제전적(祭典的) 과정과 밀접히 연관되고 있는데 이는 어둠의 초극과 확실한 자아발견의 한 과정을 암시하는 것이라고 보면서, 황순원 소설이 특별히 성숙을 통한 통과제의의 충격이나 아픔들의 문제에 초점을 맞춘 통과제의적 소설[387]의 성격을 가지고 있다고 보았다.

심리주의 비평의 관점에서 '샤머니즘적 배경을 기반으로 한 그로테스크 미학의 범주에 드는 작품'[388]으로 파악한 양선규의 논의도 이

---

384) 이재선,『한국현대소설사』, 홍성사, 1979, pp.446~447.
385) 장수자,「Initiation Story 연구」,『전국대학생 학술논문대회 논문집』제3호, 이화여자대학교, 1978.
386) 이재선,「황순원과 통과제의의 소설」,『한국 현대 소설사』, 홍성사, 1979, p.465.
387) 이재선, 위의 책, p.471.

재선의 평가를 새로운 각도에서 심화·확대한 경우라고 할 수 있다.

이동하[389]는 「닭제」가 탄탄한 구성을 동반하면서 이야기성의 요소를 충분히 살리고 있으며, 입사소설의 성격을 뚜렷이 지니고 있다는 점에서 훗날의 「별」·「소나기」 등 황순원 문학의 한 중요한 부분을 대표할 수 있는 작품들과 직접적으로 연결된다고 보았다. 특히 이동하는 「닭제」에 등장인물의 이름[390]이 제대로 나타나 있지 않고, 시간과 장소의 표시도 불명확하며, 묘사가 거의 없고, 대화가 전부 지문 속에 녹아들어가 있으며, 내면 심리의 표현이 거의 나타나지 않는 등 여러 가지 특징적인 면모를 지적하면서, 「닭제」가 이야기성을 압도적으로 전면에 내세우고 있다고 보았다. 그래서 작가는 여기서 독자 앞에 어떤 장면을 구체적으로 보여주기보다는 이야기 한마당을 들려주려고 하기 때문에 설화의 세계에 접근하게 된다는 점을 간파했다. 이동하는 또한 속신이 작품의 발단을 이루고 있다는 점과 시제가 과거형으로 일관하는 점들도 이러한 설화적 성격을 강화시키는 데 기여하며 이처럼 작품을 설화의 경지에 접근시키는 것은 작품에 융이 말한 의미에서의 원형적 성격을 부여하는 데

388) 양선규, 『한국현대소설의 무의식』, 국학자료원, 1998, pp.248~249.

389) 이동하, 「입사소설의 한 모습 - 황순원의 '닭제'」, 『한국학보』, 1987. 겨울; 『황순원 연구총서』 5, pp.369~381.

390) 이동하는 「잃어버린 사람들」에서도 황순원의 주인공 명명법이 자아내는 효과는 자못 심대하다고 역설하였다. 주인공 두 사람이 성이 생략된 채 이름의 끝 자만 딴 "석이"와 "순이"라는 호칭으로 불리어지고 있는바, 즉 그들의 이름, 특히 여자 쪽의 이름이 한국인에게는 지극히 보편적인 것으로 되어 있다는 사실에서 독자의 공감대가 크게 넓어질 수 있음은 말할 나위도 없거니와, 그 점을 따지기에 앞서, 이름의 끝 자에 '~이'를 덧붙인 호칭 방법 자체가 이미 강한 친근미를 우리에게 안겨준다고 보았다.(이동하, 「주제의 보편성과 기법의 탁월성」, 『정통문학』 제1집, 1986; 『황순원연구총서』 3, p.498 참조.)

도움을 준다고 역설했다.

한편 김윤식은 「닭제」에 내재된 작가의 전통지향성과 근대지향성에 대한 균형감각에 주목하고, '통과제의스런 소년의 성장사는 표면적인 주제일 뿐 참주제는 모더니티(교사)와 샤머니즘(반수영감)을 맞수로 설정하고, 이 두 가지 중 어느 쪽도 우세하거나 결정적인 승리를 가져올 수 없다는 점을 보여주는 것'[391]이라고 평가한 바 있다. 김윤식은 「닭제」가 황순원의 단편소설 중에서도 배경과 인물, 스토리는 물론 주제에 이르기까지 샤머니즘의 요소가 전면적으로 수용된 작품이라고 보았다.[392]

이태동은 황순원이 초기의 「닭제」와 같은 작품에서 이니시에이션 단계에서의 인간 육체와 정신을 나타내는 뱀과 제비, 그리고 금지된 선을 상징하는 붉은 댕기 등과 같은 원형적인 이미지를 사용해서 인간 의식의 확대에 대한 변증법적인 과정을 신화적인 문맥 속에서 나타내고 있다[393]고 보았다.

또한 박혜경은 「닭제」가 외부 현실로부터 오는 직접적인 충격의 체험을 통해서, 혹은 그러한 체험을 들려주는 어떤 매개적 인물들을 통해서, 어떤 형태로든 자신이 속한 현실이 부서져 나가는 아픔을 겪거나, 혹은 현실에 대한 새로운 개안(開眼)이 체험에 이르는 성장기 어린아이들의 이야기를 다루고 있다는 점에서 성장기적 입사(入社)와 같은 유형의 특성을 공유하고 있다[394]고 보았다.

391) 김윤식, 『한국근대문학사상연구2』, 아세아문화사, 1994, pp.275~276.
392) 김윤식, 위의 책, p.271.
393) 이태동, 「실존적 현실과 미학적 현현 - 황순원론」, 『황순원』, 새미, 1988, p.95.
394) 박혜경, 「현세적 가치의 긍정과 미학적 결벽성의 세계」, 『황순원』, 새미, 1988, p.103.

본고에서는 이런 선행연구를 기본적으로 받아들이되, 「닭제」에 나타난 도지구타법 모티프, 금기침해 모티프, 변신 모티프를 중심으로 작품 속에 담긴 집단무의식의 형상화 양상에 대해 살펴보겠다. 또한 황순원의 「닭제」에 나타난 소년과 어머니 상에 주목함으로써 「닭제」의 모성성이 복합적 모성성으로 나타남에 대해 고찰해 보도록 하겠다.

우선 이 작품의 배경을 살펴보면 구체적인 시간과 장소가 제시되어 있지 않다는 점을 확인할 수 있다. 이 모습은 민담이 가진 성격과도 통하는 부분이다. '교사'라는 인물이 등장하지만 그 역시 전래의 민간치료법인 침술을 사용할 뿐만 아니라 여타 인물들의 강한 토속적 성격, 사건이 전개되는 무대와 이야기 소재들에 의해 지배되는 분위기는 근대적인 문명세계와 거리가 있는 토속성 짙은 농촌 마을의 모습이다.

한편 소년은 반수영감의 "그 닭을 어서 잡아먹어야지 그렇지 않으면 뱀이 된다."는 단정적 예언에 감응하여 실제 뱀이 제비집을 기어오르던 일을 떠올리고 자기의 닭이 그런 사악한 짐승으로 변신할 수 있다고 믿는다. 이에 소년은 수탉을 '새끼오라기'로 목 졸라 죽인 후 닭의 죽음이 소년에게 정신적인 갈등의 원인이 되어 앓아눕는다.

이렇게 늙은 수탉이 뱀으로 변신한다든가 소년이 소녀 귀신에 홀려서 못에 빠져 죽었다든가 하는 반수영감의 말을, 순진한 소년뿐만 아니라 소년의 가족과 대부분의 마을 사람들이 믿고 있다는 점, 갈밭의 구렁이며 못 속의 용이 되어가는 미꾸라지 소문(못 밑 감탕흙 속에는 여러 해 묵은, 이제 용이 돼가는 미꾸라지가 파묻혀 있으리라는 것과 못 속의 용 돼가는 미꾸라지가 소녀를 호린 거라는 반수영감)과 "이번에 소년이 못에 빠진 것은 용 돼가는 미꾸라지의 장난이 아니고, 소녀 귀신이 혼자 있기 적적해서 호려 갔음에 틀림없다고 했다. 이 말에 동네사람들은 그럴지도 모른다고 고개를 주억거렸다.(p.109)"와 같이 반수영감의 이야기를 믿는 마을 사람들의 심성을 고려할 때, 이 마을은 샤머니즘적 세계관이 지배하는 원시적인 공간이라고 할 수 있다. 따라서 이 작품에서 설정되어 있는 시공간적 무대는 샤머니즘 요소들이 수용되고 작용하기에 좋은 여건을 갖추고 있다고 볼 수 있다.

또한 샤머니즘에 바탕을 두고 마을 사람들의 의식을 지배하고 있는 반수영감은 주술사 또는 무당의 기능을 가진 존재라고 할 수 있다. 반수영감과 같은 인물형은 바로 작가 황순원이 생각하고 있는 '민족적 원시적 생명력'을 직접 나타내어 보여주는 인물들이다.[395]

「별」에서 이미 언급한 바와 같이, 의식 발달의 초기 단계에서는 의식의 힘이 약하기 때문에 다시 무의식 상태로 되돌아가려는 경향이 늘 존재하고 있다. 따라서 이러한 경향을 막으려는 금지 원리가 주로 부성원리로 경험되며 그 상은 부성상으로 이루어진다. 이 상들은 먼저 개인적 아버지들에게 투사되는데, 그 권위는 선생이나 아버지 또는 노현자 같은 남성상에서 나타난다.[396] 어떤 부성 콤플렉스는 부성상이 영적인 속성을 가지고 있는 진술, 행동, 경향, 충동, 의견 등을 생기게 하기도 하는데[397] 「닭제」에서는 바로 반수영

395) 김현·김윤식, 『한국문학사』, 민음사, 1973, pp.239~243.
396) Samuels, A. ed., *The Father–Contemporary Jungian Perspectives*, p.220.
397) Jung, C.G., *The Phenomenology of the Spirit in Fairtales*, C.W.9(1), para396.

감이 이러한 부성 콤플렉스를 만드는 부성상으로 작용한다. 반수영감은 종교[398]나 삶의 일반적 철학에서 표현되는 전통적 정신을 구체화하여 보여주고 있으며 집단적 의식과 전통정신을 대표하면서 삶의 의미를 전수하고 옛 가르침에 따라 비밀을 설명해주는, 교육적인 정신이며 전통적 지혜의 전달자[399] 역할을 하고 있는 것이다.

이렇게 부성상을 넘어서 원형적 남성상이 노현자[400]로 나타나는데[401] 이것은 노인이 삶에 관해 가지고 있는 특성에 기인한다. 노인은 세상을 떠날 준비를 하고 있어 세상과 거리를 두고 있으며 여성적 요소의 통합을 통해 지혜를 가지고 있는 존재이다.[402]

반수영감의 주술사적 지위는 소년이 가족 동의 아래 소년의 몸에서 뱀의 독기를 뺀다며 소년에게 담배 연기를 뿜거나 복숭아 나뭇가지로 때리는 일종의 벽사·치병의식을 통해 확고해진다. 이처럼 사건의 발단을 제공할 뿐만 아니라 플롯 전개에 핵심적인 역할을 하는 반수영감은 주술사 또는 무당의 기능을 갖고 등장한다. 그는 '수탉-뱀'의 변신 주문을 통해 소년의 희생제의를 유발하며, 소년

---

398) 종교는 누미노제에 대한 주의 깊은 고려와 관찰을 의미한다.(융, 「심리학과 종교」)

399) Jung, C.G., *Psychology and Alchemy*, C.W.12, para59, 92, 159.

400) 노현자는 나이가 든 테이레시아스(Teiresias), 메를린(Merlin), 오이디푸스(Oedipus), 그리고 테세우스(Teseus) 같은 사람이며 부성에 통달하여 자신의 기술을 아직 발달 중에 있는 젊은이를 돕는데 더 쓰는 경향이 있다.(Samuels, A. ed., *The Father- Contemporary Jungian Perspectives*, p.207.)

401) 노현자 원형은 조력자이자 구원자이지만 동시에 마술사, 사기꾼, 타락자 그리고 유혹자이기도 하다. 이 상(像)은 역사 이래로 무의식 속에 잠재해왔으며 시대가 혼란스럽고 커다란 잘못이 사회를 바른 길에서 빗나가게 할 때마다 깨어난다. 왜냐하면 사람들이 길을 잃었을 때 안내자나 스승 그리고 의사가 필요하기 때문이다.(Jung, C.G., *Psychology and Literature*, C.W.15, *The Spirit in Man, Art and Literature*, para159.)

402) Samuels, A. ed., *The Father- Contemporary Jungian Perspectives*, p.207.

의 병의 원인을 점치고 치유하는 구병의식을 행한다. 이런 기능은 단순 발화('늙은 닭이 뱀으로 변한다')뿐만 아니라 장면(소년이 앓아누운 것은 수탉이 뱀으로 변하여 독을 뿜기 때문이라고 진단함) 및 에피소드(소년의 몸에서 뱀의 독을 빼기 위해 담배 연기를 쏘이고 복숭아 나뭇가지로 때리는 벽사의식) 형태로 수용되고 있다.

한 마을에서 최고 어른이 될 정도의 나이는 지식의 정도와는 무관하게 체험을 통해서 인생의 교훈자가 될 수 있다. 이 작품에서도 '반수 영감'은 대개의 마을에 존재하는 보편적인 어른의 개념으로 해석된다. '반수'라는 용어는 이웃에서 늘 보는 머리가 반백이 된 가장 나이가 많은 할아버지의 느낌을 주는 말로, 시골에 보편적으로 존재하는 노현자를 떠올리게 하는 말이기도 하다. 이런 점에서 볼 때 '소년', '소녀', '아이'라는 호칭과 더불어 '반수'도 보편적인 호칭을 통해 보편성을 획득하고 있다고 볼 수 있다.

황순원 작품에서 노현자 유형으로 분류되는 인물은 '반수 영감', '과수 노파', '송 생원', '간난이 할아버지'라는 이름이 명시하고 있는 것처럼 우리들의 고향마을에 있었음직한 할아버지·할머니이다. 다시 말하면 이들은 교육적인 측면에서의 의미가 아니라, 삶의 경험에서 지혜를 얻은 인물들이므로 융이 말하는 집단무의식을 대변하는 원형적 인물이다.

이와 같이 이 동네의 분위기는 샤머니즘 세계관이 지배하는 누미노스한 세계이며, 초개인적이고 초월적인 원형적 세계이다. 집단무의식적으로 결정된 단계들이 인간의 신화에서 발견되기 때문에 신화적 공간이 선택된 것이다.

이처럼 「닭제」는 신화적 공간에서 '민족적 원시적 생명력'을 보여주는 무당 같은 반수 영감이 고태적인 벽사·치병의식을 통해 토속적인 성격이 강한 마을 사람들의 의식을 지배하고 있다는 점 등을 미루어볼 때 집단무의식의 미분화된 세계를 보여준다고 할 수 있다.

1) 도지구타법 모티프

반수영감이 사용한 벽사·치병의식 중에서 복숭아 나뭇가지로 때리는 도지구타법(桃枝毆打法)은 사건의 발단을 제공할 뿐만 아니라 플롯 전개에 핵심적인 역할을 하면서 반수영감에게 주술사 또는 무당의 자리를 부여한다. 그는 희생제의와 구병의식 및 소년의 몸에서 뱀의 독을 빼기 위해 담배 연기를 쏘이고 복숭아 나뭇가지[403]로 때리는 벽사의식을 행하는 노현자 역할을 담당하면서 소년에게 부성 콤플렉스를 불러일으키며, 소년으로 하여금 우로보로스의 지배하에 있는 자아로서의 자리를 공고하게 만든다.

> 반수영감은 소년의 부모를 밖으로 내보낸 후, 소년의 이모부더러 복숭아 나뭇가지를 꺾어오게 했다. 그리고 반수영감은 대에 담배를 붙여 물고 힘껏 빨아서는 소년의 얼굴에 내뿜기 시작했다. 소년은 눈을 감은 채 생담뱃내에 못이겨 캑캑거리면서 고개를 이리저리 내둘렀다. 그러면 반수영감은 이것이 소년이 몸속에 든 뱀이 독기가 담뱃내에 못 이겨 그러는 거라고 하면서, 내두르는 소년의 고개를 따라 생담뱃내를 자꾸 내뿜는 것이었다. 그러다가 소년이 숨이 막혀 까무라치듯

---

403) 이부영, 『한국의 샤머니즘과 분석심리학』, pp.292~306.

하니까 반수영감은 담뱃내 뿜던 것을 멈추고 곁의 소년의 이모부더러 복숭아 나뭇가지로 소년의 몸을 갈기라는 것이었다. 소년이 이번에는 복숭아 나뭇가지 매질에 몸을 비틀라치면 반수영감은 소년의 몸속에 든 뱀의 독기가 담뱃내에 혼이 나 어쩔 줄 모르다가 복숭아 기운에 자시 깨어난 것이라고 했다.

삽시간에 소년의 가는 몸에는 복숭아 나뭇가지 매자국이 푸르게 늘 어나갔다. 소년이 부모는 밖에 매 때리는 소리가 날 때마다 흠칫 흠칫 놀라며 가슴을 떨었다.[404]

한국민간에서 정신병 치료의 대표적인 것으로 알려진 도지구타 법(桃枝毆打法)은 아주 잔혹한 주술행위로 정신장애 가운데서 가장 다루기 힘들고 고치기 어려운 중환자에게 적용되었던 특수한 방법 으로서, 거의 치료 불가능한 병 다시 말하면 가장 집요한 악귀를 다 스리는 방법으로 실시되었다는 의미에서 분석심리학의 고찰 대상 이 되고 있다. 왜냐하면 극복해야 할 현실의 어려움이 크면 클수록 인간은 그것을 해결하는 수단으로 그만큼 중요한 것들을 선택하기 때문이고, 여기서 무의식이 지닌 내용들의 가장 근원적인 면이 나 타나기 때문이다.

복숭아[405]는 귀신을 쫓는 힘을 가지고 있고, 복숭아 씨앗도 귀신

---

404) 황순원, 「닭제」, p.107.
405) 불교에서 시트론(레몬 비슷한 열매), 석류열매와 함께 복숭아는 「지복(至福)의 세 과 실」 가운데 하나이다. 중국에서 복숭아는 불사(不死), 「생명의 나무」, 신선들이 먹는 과실로, 봄, 청춘, 결혼, 재력, 장수, 복의 상징이다. 크리스트교에서 복숭아는 구제의 과일로, 잎이 붙은 복숭아는 (과실과 잎의 모양에서) 심장과 혀(말)의 덕을 나타낸다. 또한 복숭아는 침묵의 미덕을 상징하기도 한다. 이집트에서 복숭아는 아토르 여신과 침묵의 신 하르포크라테스의 성스러운 과일이다. 일본에서 복숭아는 「불사(不死)의 나 무」이다. 복숭아꽃은 봄, 여성의 아름다움, 결혼을 나타낸다. 도교에서 복숭아나무는

을 쫓는 부적으로 사용된다. 도과(桃果)는 선과(仙果)로서 도가(道家)
들의 생명수(Elixir vitae)의 주성분이었으며 불로장생의 성인(聖人)
은 도과에서 나온 것으로 기술되었다. 도형(桃形)으로 새긴 도석(桃
石)은 어린이를 죽음으로부터 보호하는 주부(呪符)이며, 새해에 복
숭아꽃을 문가에 뿌리면 모든 종류의 사귀(邪鬼)를 물리친다고 생각
했다. 주대(周代)에는 궁중에서 도목(桃木)을 휘둘러 악귀를 내쫓았
는데 이러한 내용은 중국 민담에도 나타난다.[406] 도(桃)는 또한 봄과
다산, 결혼의 표징이며 여성원리, 신부의 표지였다. 동시에 액을 물
리치는 꽃이다. 대만에서도 무의(巫儀)에서 도지(桃枝)[407]를 사용하
였다. 아모이(Amoy) 지방에서는 이른 봄 따뜻한 날에 광란발작이

곤륜산의 「낙원」[현포(玄圃)]의 생명의 나무로 그 과실을 먹는 자는 불멸의 생명을 얻으
며, 신선들이 즐겨 먹었다. 복숭아와 봉황은 「불사의 나무」의 여신이자 「하늘의 여왕」
인 서왕모(西王母)의 표장이다.(진 쿠퍼, 『그림으로 보는 세계 문화 상징 사전』, 까치,
2010, p.265.)

406) Thompson, Stith, *Motif- Index of Folkliterature*, Vol.2, Bloomington, 1956. :
Indiana Univ. Press, p.118

407) 무라야마는 한국민간에서 복숭아 가지를 주술적으로 사용하는 것은 중국의 풍습과
같다고 지적한다. 중국에서 복숭아는 오목(五木)의 정(精)으로 사기(邪氣)를 염복(厭
伏)하며 백귀(百鬼)를 자(刺)하는 힘을 가졌다고 생각했다. 또 복숭아 나뭇가지로 구타
하는 것은 양으로 음을 다스리는 것과 같다고 하였다. 그는 중국 고서인 『용편』(龍篇)
의 기사를 소개했다. 도(桃)에는 춘양(春陽)의 생기가 있어 귀신이 두려워한다. 그뿐
아니라 복숭아나무 밑에서 백귀를 간열(簡閱)하는 '차'(茶)와 '울'(鬱)이라는 위인이 무
서워서 도수(桃樹), 도지(桃枝)에는 이 위력이 있다고 연상된다. 그래서 도목(桃木)을
귀신이 두려워한다고 전해진 듯하며, 민간에서는 섣달 그믐날 밤 악귀를 물리칠 때 동
쪽으로 난 복숭아 가지를 쓴다고 전한다. 복숭아나무는 북중국에서 기원하는 것으로
알려져 있는데 특히 중국에서는 고대로부터 주술적 수단으로 애용되어왔다. 중국 신화
에 의하면 복숭아나무는 서왕모(西王母)의 탄생일에 불로불사(不老不死)의 선인(仙人)
들이 모이는 요지(瑤池)에 있으며 불로장생의 능력을 주는 과실의 하나이다. 3천 년에
한 번 싹이 트며 그 뒤 3천 년에 한 번 열매를 맺는 신목(神木)이다. 또한 웬만해서는
사람 손이 닿기 어려운 산꼭대기에 있고 그 과실을 먹으면 몸이 가벼워져 하늘을 날
수 있는 힘이 생긴다.(이부영, 앞의 책, pp.293~300.)

생기면 도화귀(桃花鬼)의 소행이라고 생각하였기에 사람을 복숭아 나뭇가지로 때리면 그 사람은 광란하게 된다고 보았다.[408]

이와 같이 도(桃)는 봄, 빛, 열, 생명력, 여성적인 출사성, 천상성, 그리고 영원성과 관계가 있다. 이러한 속성으로 인해 어둠과 광란, 시간적 제약성과 질병을 제거하는 능력이 있는 것으로 표현되지만 경우에 따라 신화에서의 치료신의 이중적인 성격처럼 광란을 주는 부정적인 면도 있다.

도목(桃木)은 민담 상에 흔히 나타나는 '천국의 나무'나 샤머니즘 에서 볼 수 있는 '세계의 축'(Axis mundi)으로서의 나무와도 같다. 그 것은 정신적 세력의 원천이며 그를 통하여 정신계를 하나로 통일할 수 있는 무의식의 근원적 합일성과 성질을 같이한다.

도(桃)의 치료적인 기능은 한국의 무속 이외에 민간설화 가운데 더러 산견(散見)된다.[409] 또한 복숭아는 세계 각지에서 보편적으로 점복의 도구로 높이 평가를 받았으며, 도의 치료적 주력(呪力)에 관 한 관념이 다른 지역에서도 널리 퍼져 있었으며, 도지를 마력 있는 것으로 간주한 점에서 상술한 여러 민족의 관념에는 공통점이 있다.

중국이나 한국의 경우 복숭아의 이미지는 인간 무의식에 존재한 다고 믿는 시간성과 공간성의 제약 없이 작용하며 인격의 통합을 끊임없이 촉구하고 있는 융의 이른바 집단무의식의 투사상이다. 동 시에 그것은 특히 선녀적 속성, 즉 치유하고 변화시키며 산출하고

---

408) De Groot, J.J.M., *The Religious System of China*, New Yirk : McMillan, 1910, p.693.

409) 최상수, 「화장산전설 – 복숭아꽃이 신라 왕의 병을 고침」, 『한국민간전설집』, 통문관, 1984, pp.204~205; 이원수, 「동화, 선도복숭아」, 이상노, 『한국전래동화독본』, 을유 문화사, 1963.

투시적인 성격으로 보아 원형으로서의 아니마(anima)의 기능에 비길 수 있다.

따라서 사귀(邪鬼)가 복숭아 나뭇가지를 두려워한다는 생각은 무의식의 정동적(情動的)인 것(affectivity)의 작용이 환자의 정신적 혼란을 지양하는 데 중요한 역할을 한다는 융 학파의 치료자들의 체험과 일치된다. 사귀(중국)나 허주[410](한국)에 빙의(憑依)된 상태란 어둠이자 허위이며 맹목적 상태이다. 양(陽)과 광명과 열에 상응하는 복숭아는 이 어둠에 던지는 빛, 무의식의 어둠을 밝히는 자각의 기능과 같다고 설명될 수 있다. 이를테면 무의식 속에 있는 자각의 싹이다. 다시 말해서 치유과정과 관련된다.

프레이저(T.Frazer)[411]는 고대 그리스, 중동부 유럽의 일부 지역, 그리고 독일 등지에서는 특별한 날에 나뭇가지로 서로를 때리는 관습이 있었고, 그것은 건강에 좋다고 알려져 있었다고 보고한 바 있다. 그에 의하면 그때 사용되는 나뭇가지는 여러 종류인데 특별한 주력(呪力)을 가지고 있어서 악귀를 내쫓는데 도움이 된다고 여겼다. 게르만계 민족들에게서는 악귀의 추방, 산출성의 촉진, 병의 치료 등에 가벼운 구타법이 실로 다양하게 실시되었다고 보고되었다. 모든 통과의례, 성인식, 결혼, 장례 등에 필수적인 과정이었으며, 그

---

410) 양주 남무(男巫)의 경우 허주제 때 미친 듯이 날뛰며 욕설을 퍼붓고 제물을 부수어 신어머니가 새끼줄로 묶어놓고 복숭아 나뭇가지로 치면서 조밥을 던진다. 그러고는 정귀(精鬼)다리라 부르는 마포를 찢어 허주를 물리친다. 그 뒤 그는 집집을 돌며 받은 곡물(걸립)로 떡을 만들어 제물로 삼는다. 불사교(佛事橋)라고 부르는 백목 무명을 찢고 신칼을 세워 신들의 이름을 입에서 나오는 대로 부른다고 한다.(이부영, 앞의 책, p.119.)

411) Frazer Theodor, *The New Golden Bouch*, Criterion, 1959, pp.541~544.

예는 현대 교회의식이나 우리나라 풍습에도 남아 있다. 대상은 반드시 인간에게 국한되지 않았고 가축·농작물 등의 풍산을 꾀하는 데도 이용되었다. 구타에 이용된 나뭇가지에는 백양나무, 버드나무 가지 등을 주로 썼는데 버드나무 가지는 특히 한국무속에서도 복숭아 나뭇가지 다음으로 사용되었다. 이러한 가지에는 생명력이 있어 한편으로는 구타를 통하여 악귀를 물리치고 다른 한편으로는 그 생명력을 구타 대상에게 옮겨준다고 믿어왔다. 만하르트의 이른바 '생명의 채찍으로 때림'(Schlag mit der Lebensrute)이 그 한 예이다.

치료주술[412]에서는 특히 환자의 병이 나쁜 마력에 빙의되었을 때 이 방법이 사용되었다. 이부영은 구타행위가 극히 본능적인 무의식적 행동이며, '치는 것'은 인간의 쾌, 불쾌의 감정을 방출하는 '표현행위'라는 설을 강조한다. 또한 이렇게 볼 때 주술적 치료로서의 도지구타법은 상징적으로 정동적 충격(emotional shock)을 의미하며 정신적 해리상태에 대한 감정의 중요성을 나타낸다.

여기에서 주목을 요하는 부분은 주술행위에 나타난 인간 무의식의 상징적 표현이다. 어떤 심각한 병에 대해 무의식이 상징적으로 제시하는 정신적 치료 원리를 보고자 하는 것이다. 그러나 원시 심성은 항상 상징을 구체적인 행위로 환원한다.

---

412) 남부 헝가리에서는 사지마비에, 혹은 그 밖의 지역에서는 기침에 구타를 했다. 만하르트에 의하면 간질, 빙신자, 저주 당한 사람들도 이렇게 치료되었다고 한다. 빙신된 농부들을 주의(呪醫)가 채찍으로 때리는 치료는 아일랜드에도 있었다. 또한 정신이상이 된 남편을 고치려고 수도원에 같이 찾아간 부인에게 카푸치너 수도사가 매일 세차게 때리는 것 말고 좋은 방법이 없다고 말했다는 것을 보면 적어도 빙신상태의 사람에게 구타를 한 것은 실상 중세교회에도 있었으리라 짐작된다. 게르만 민족의 풍습에서는 또한 치병 주술이나 산출성 촉진 등의 효과 이외에 구타는 결말의 확인, 구별의 행위, 혹은 의지의 강화를 목적으로 실시되었다.

이처럼 양(陽)과 광명과 열에 상응하는 복숭아는 무의식의 어둠을 밝히는 자각의 기능과 같다는 측면에서 치유 과정과 관련된다. 또한 복숭아는 귀신을 쫓는 힘을 가지고 있다는 면에서 집단무의식의 투사상이다. 동시에 그것은 특히 치유하고 변화시키며 산출하는 투시적인 성격으로 보아 원형으로서의 아니마(anima)의 기능에 비길 수 있다. 주술적 치료로서의 도지구타법은 정동적 충격(emotional shock)을 상징하고 있다고 볼 때 「닭제」에서 반수영감이 도지구타법을 사용한 것은 우로보로스의 근원적 상황에서의 자아가, 신화적 통각에서 드러나는 집단무의식이 주도하는 고태적이고 근원적인 통일성의 세계의 강력한 영향 하에 있다고 볼 수 있다.

장현숙[413]도 황순원 문학 속에서 '복숭아'의 이미지가 상당히 중요한 상징을 내포하고 있다고 말한 바 있다. 장현숙은 작가의 사당동 자택에서 이루어졌던 작가와의 대담(1993.08.14.)을 그 예로 들면서, 황순원 문학 속에서의 복숭아 이미지를 '재생'의 의미로 파악하고 있다. 특히 복숭아 이미지를 '모성'의 무의식적인 표상으로 본다. 복숭아의 내피인 씨앗은 단단한 핵을 표상함으로써 견인주의, 인고, 생명지향성을 의미하고, 씨앗을 둘러싸고 있는 외피는 사랑과 성과 포용성, 화해 등을 의미한다는 것이다.

이처럼 도지구타법이 황순원 문학에서 차지하는 역할은 크며, 황순원 문학 속에서 '복숭아'의 이미지는 상당히 중요한 상징을 내포하고 있다고 볼 수 있다. 또한 상징은 다의성을 많이 가지고 있어서 무규정성과 규정할 수 없는 속성을 가지고 있다고 볼 때, 도지구타

---

413) 장현숙, 『황순원 소설 연구』, 경희대 박사논문, 1994, p.193.

법이 소년의 부모를 포함한 마을 사람들에게 받아들여지고 있는 상
황은 소년의 자아가 여전히 우로보로스의 강력한 영향 하에 있음을
상징적으로 보여주는 역할을 한다고 볼 수 있는 것이다.

2) 금기침해 모티프

한편 「닭제」에서 소년은 집단무의식의 미분화된 신화적 세계의
영향을 받아 금기침해의 행동을 함으로써 우로보로스의 강력한 영
향 하에서 벗어나려고 애를 쓰는 자아의 모습을 보여준다.

> 소년은 수탉 한 마리를 기르고 있었다. 늙은 수탉은 모가지에 온통
> 붉은 살을 드러내놓고 있었다. 그저 꼬리와 날갯죽지 끝에 윤기 없는
> 털이 남아있을 뿐이었다. 볏도 거무죽죽하게 졸아들어 생기가 없었
> 다. 이제는 소년이 손짓해 밖으로 데리고 나가지도 않으니까 수탉은
> 뜰안에서만 발톱 없는 다리로 휘뚝거리며 소년을 따라다녔다. 소년이
> 밖에 나가고 없으면 수탉은 응달을 찾아 혼자 졸기만 했다.(p.105)

중국의 이니시에이션 의례[414]에서는 오래된 생명을 죽이고 새로
운 생명의 순수성을 보여주기 위해서 흰 수탉을 잡기도 한다.

닭을 죽이기 전의 소년은 '아직도 삶과 사회의 가혹한 현장에 입
문하지 않은, 동화적인 낙원의 색채로 가리워진, 꿈과 순진의 세계
에 있었다.[415] 이 세계는 의식 발달 면에서 볼 때 신화적 단계에 해

---

414) 동음이자(同音異字)로서 수탉을 나타내는 '공계(公鷄)'는 '공적(功績)'과 동일시되며,
 그런 이유로 장례에서 수탉은 악령의 힘을 물리치는 데 사용된다.
415) 이재선, 『한국현대소설사』, 홍성사, 1986, p.467.

당하는 것으로 무의식에 자아가 포함되어 있는 시기이며, 자아가 자기 자신을 정립하기 위한 무의식과의 대립을 하지 않는, 모성과 통합되어 있는 우로보로스 단계이다.

그러던 중 소년은 자기가 기르던 늙은 수탉을 본 반수영감이 "그 닭을 어서 잡아먹어야지 그렇지 않으면 뱀이 된다."는 단정적 예언에 감응하게 된다. 또한 "벌써 목은 뱀허리같이 되지 않았느냐"는 반수영감의 말을 듣고 두려움에 사로잡힌다.

소년이 노현자 원형상인 반수영감의 말에 두려움을 느끼게 되었다는 것은 이제 우로보로스가 자아보다 우세한 단계인 태모의 단계에 이르렀다는 의미이다. 소년은 이제 우로보로스인 부모와의 동일시에서 벗어나기 시작하면서, 자궁의 태아 상태에서 가졌던 근원적 연결 관계가 중단되기에 이르고 세상에 대해 새로운 태도를 취하기 시작한다. 그래서 소년의 자아는 형성되는 과정 중에 쾌와 불쾌의 감각에 의하여 양가적 세계에 대한 경험을 스스로 하게 되고 세상 및 무의식의 어두운 막강한 힘들에 노출되기에 이르면서 아동기 심리의 대표적 정서인 공포를 경험하게 된 것이다.

소년은 실제로 뱀이 제비집을 기어오르던 일을 떠올리고 자기의 "수탉이 뱀이 되어 제비집으로 올라가는 일이 있어서는 안된다고 머리를 옆으로 젓고는" "새끼오라기를 집어들고" "수탉에게 손짓해" 갈밭으로 데리고 나간다.

소년은 사실 뱀의 허리같이 된 수탉의 모가지를 다시 내려다보면서 이 수탉이 뱀이 되어 제비집으로 올라가는 일이 있어서는 안된다고 머리를 옆으로 젓고는 뜰 구석으로 가 새끼오라기를 집어들었다. 그리

고 수탉에게 손짓해 밖으로 데리고 나갔다. 늙은 수탉은 이 또한 오래
간만에 휘뚝거리는 다리로 소년의 뒤를 따르는 것이었다.(p.106)

금기침해의 동물로 손꼽히는 닭[416]은 우리나라에서 가장 많이 사
육되는 가금(家禽 : 집에서 기르는 날짐승)으로, 우리 민족에게 친근한
존재이다. 우리나라의 닭은 신라의 시조설화[417]와 관련되어 등장하
는데, 이러한 설화로 닭이 이미 사람과 친밀한 관계에 있었음을 알
수 있다. 닭은 액을 막는 수호초복[418]과 벽사[419]의 기능도 가지고 있
으며, 상원일(上元日) 풍속에 새벽에 우는 닭의 울음이 열 번이 넘으
면 풍년이 든다고 하였다. 닭에 관련된 속담은 닭의 보편적 속성과
관련된 것뿐 아니라 세분화되어 다양하게 나타나며 닭과 관련된 길

---

416) 특히 수탉은 태양에 속하는 새이며, 태양신의 부수물(북유럽과 켈트의 상징체계는
예외)이고, 남성원리「명성(名聲)의 새」, 최고의 권리, 용기, 불침번, 새벽을 나타낸다.
불교에서 수탉은 돼지, 뱀과 함께「존재의 바퀴(round of existence)」중심에 있으며,
이 경우의 수탉은 육욕과 오만함을 상징한다. 켈트족에게 수탉은 신이 살고 있는 지하에
속하는 존재이며, 명계(冥界)의 신들의 상징이다. 중국에서 수탉은 양(陽)의 원리, 용기,
자비, 무용(武勇), 성실을 나타낸다. 흰 수탉은 마귀에 의한 액(厄)을 쫓는 부적이다.

417)『삼국사기』와『삼국유사』의 김알지(金斡智)의 탄생담에 의하면, "신라왕이 어느 날
밤에 금성(金城) 서쪽 시림(始林) 숲속에서 닭의 울음소리가 나는 것을 듣고 호공(瓠公)
을 보내어 알아보니 금빛의 궤가 나뭇가지에 걸려 있었고 흰 닭이 그 아래에서 울고
있었다. 그래서 그 궤를 가져와 열어보니 안에 사내아이가 들어 있었는데, 이 아이가
경주 김씨(慶州金氏)의 시조가 되었다."고 하였다. 그 뒤 그 숲의 이름을 계림(鷄林)이라
고 하였으며 신라의 국호로 쓰이기도 하였다.(한국민족문화대백과, 한국학중앙연구원)

418)『동의보감』에서는 흰닭의 발톱과 뇌는 난산을 치료안나고 기록되어 있다.『동국세시
기』에는 정월 원일(正月元日)에 항간에서는 벽 위에 닭과 호랑이의 그림을 붙여 액이
물러나기를 빈다는 기록이 있다. 여기서 닭은 액을 막는 수호초복의 기능이 있는 동물
로 나타난다.

419) 닭은 새벽을 알리는 동물로서 닭의 울음소리는 귀신을 쫓는 벽사의 기능을 가진다고
한다. 그래서 닭이 제때 울지 않으면 불길한 징조로 여겨진다. 닭이 초지녁에 울면 재
수가 없다고 하고 밤중에 울면 불길하다고 하며 수탉이 해진 뒤에 울면 집안에 나쁜
일이 생긴다고 한다.

조어도 매우 많고 닭에 관련된 전설[420] 및 민담[421]도 있다. 다른 나라 전설에서도 '닭'은 경사나 흉사를 예고하거나 경고하는 짐승이다. 또한 닭의 울음은 과연 하늘을 꿈꾸는 '과장된 감동'일는지 모르나 그 울음을 통해서 우리에게 무엇인가 고하고자 하는 무의식의 의도를 나타낸다.[422]

> 소년은 수탉[423]의 목을 지켜보다가 처마 밑으로 고개를 들었다. 거기에는 새끼를 깐 제비집이 있었다. 며칠 전에 제비들이 야단을 쳐서 나와 보니 뱀이란 놈이 제비집을 노리고 기둥을 기어 올라가고 있었다. 그것을 소년의 아버지가 가랫날로 뱀의 허리를 찍어냈다. 그 제비집이 지금은 어미들이 먹이를 물러 나가고 새끼들만 노란 주둥이를 밖으로 내민 채 조용하였다.(pp.105~106)

---

420) 황해도 장연군 소재 계림사(鷄林寺)에는 지네의 변괴로 승려들이 하나씩 없어지는 일이 있었는데, 어느 날 백발노인의 지시로 흰 닭을 키우면서 이와 같은 변괴가 사라졌다는 전설이 전해오고 있다. 강원도 치악산에 있는 상원사의 연기설화도 뱀이 인간을 해치려다 실패하고 만다는 내용이다. 또 탐욕하거나 호색한 인간이 죽어 뱀으로 환생한다는 설화도 전해지고 있다. 이 밖에도 절에서는 탐욕하거나 게으른 중이 뱀으로 환생하여 절 근처에 살면서 다른 중의 본보기가 된다는 전설이 많이 전해지고 있다.

421) 민담 〈나무꾼과 선녀〉에서는 날개옷을 찾아 입은 선녀가 하늘로 올라가 버리자, 나무꾼은 수탉이 되어 하늘을 향하여 운다는 내용이 있다. 그 밖에 짐승의 말을 알아듣는 사람이 아내가 공연한 트집을 잡아 괴롭힐 때 수탉이 암탉을 다루는 말을 듣고 아내의 버릇을 고쳤다는 이야기도 있다.

422) 이부영, 앞의 책, p.201.

423) 크리스트교에서 수탉은 '새벽을 기다리며 마음을 다듬는 사람의 영혼'(영국의 역사가 베데)이고, 이집트에서 수탉은 불침번·선견지명을 나타내며, 그리스·로마에서 수탉은 불침번·호전성(好戰性)을 나타낸다. 일본에서 수탉은 신도(神道)의 상징이고 미트라교에게 수탉은 태양신 미트라에게 바치는 제물이다. 북유럽에서 수탉은 명계(冥界)의 새로, 수탉의 울음소리는 발할라 궁전에서 잠자던 영웅들을 깨워 최후의 대 전쟁에 나가도록 한다.

특히 소년이 희생 제의로 쓴 늙은 수탉은 소년이 직접 기르던 가
금(家禽)이다. 소년이 닭을 기를 수 있는 나이가 되어 닭을 맡게 되
면서부터 늙은 수탉이 되기까지 소년과 계속 인연을 맺어왔다는 점
에서 미루어볼 때 수탉은 소년에게 특별한 존재이며 동시에 소년과
끈끈한 결속을 가지고 있는 동물이기도 하기에 어린 소년에게는 분
신(分身)으로 여겨질 만큼 동일시되는 대상이기도 하다.

> 수탉에게 손짓해 밖으로 데리고 나갔다. 늙은 수탉은 이 또한 오래간
> 만에 휘뚝거리는 다리로 소년의 뒤를 따르는 것이었다.(p.106) (중략)
> 소년은 흡사 늙은 수탉이 휘뚝이듯이 휘뚝거리는 걸음으로 동구 밖
> 갈밭까지 갔다. 갈꽃이 패기 시작하고 있었다. 소년은 무성한 갈대잎
> 에 손등과 목이 긁히는 줄도 모르고 수탉을 목매어 던진 곳으로 들어
> 갔다. 거기 늙은 수탉이 그냥 새끼에 목이 매인 패로 있는 것을 보고야
> 해쓱한 얼굴에 안심된 빛을 띠웠다. 그러나 다음 순간 소년은 그 이상
> 더 몸을 가눌 힘을 잃고 그 자리에 쓰러지고 말았다.(p.108)

따라서 수탉의 살해 행위는 소년에게 '죽여서는 안 될 동물을 죽
인' 금기침해의 행위 이상의 의미를 가진다. 즉 소년 자신의 분신(分
身)이기도 한 닭을 동물 제물로 쓴 '닭제'가 '죽음-애도-찾기-발
견-재탄생'의 순서로 이루어짐으로써 우로보로스의 지배 하에서
벗어나 재탄생을 하기 위한 자아의 모습을 보여주고 있는 것이다.

> 제의적 거세에 대한 석기 시대적 형태는 소아시아 반도의 갈리아
> 족이 돌칼로 그들 자신을 거세하였으며, 마찬가지로 이집트의 세트
> (Set)도 또한 오이리스의 갈가리 찢기와 살해에서 돌칼을 사용했던 것

으로 묘사되어 있다. 후기에 희생, 거세, 갈가리 찢기는 더 이상 인간
에게는 행해지지 않고 단지 동물 제물에게만 행해졌다.[424]

이처럼 액을 막는 수호초복과 벽사의 기능 등을 가지고 있는 닭
을 죽인 것은 금기침해에 해당한다. 어떤 특별한 동물을 해치면 그
분노나 원한으로 벌을 받아 병이 든다는 금기침해[425]는 곧 집단적
질서원리의 침해를 의미하며, 우리 민간전설에서도 같은 이야기를
찾아볼 수 있다.[426]

금기침해는 개인의 심리를 통해서 본다면 개인적 콤플렉스와 집
단적 콤플렉스와의 오염상태를 벗어나서 개인적 콤플렉스를 의식
화하고 집단적 무의식의 콤플렉스를 개인적 무의식에서 분리함으
로써 순수한 내적 질서로 정리하는 것을 말한다.[427] 곧 소년은 자신
의 분신과도 같은 수탉을 희생 제의로 쓰는 금기침해를 범함으로써
우로보로스의 영향에서 자유로워질 수 있도록 자아의 힘을 기르려
고 스스로를 정리하고 있는 것이라 할 수 있다.

한편 소년은 닭을 희생 제의로 삼기 전에, 소년의 아버지가 "제비

---

424) Neumann, Erich, Hull, R.F.C., *The Origins and History of Consciousness*,
　　 Princeton University Press, 2007; 노이만, 이유경 역, 『의식의 기원사』, 분석심리학
　　 연구소, 2010, p.111.

425) 북남미 대륙의 종족들 중 에스키모족은 질병은 금기침해, 즉 '성스러운 것에서의 무
　　 질서' 때문에 생기거나, 죽은 자가 영혼을 빼앗아갔기 때문이라고 생각한다. 아쿠마비
　　 족들이 가지고 있는 샤먼의 여섯 가지 병인론 중에도 금기침해가 있으며, 남미의 열대
　　 지방에서는 마물(魔物)이 신체 안에 침입한다는 생각도 위의 내용과 상통한다.

426) 최상수, 『한국민간전설집』, 통문관, 1984, p.116.

427) 이부영, 「한국무속관계 자료에서 본 '사령'(死靈)의 현상과 그 치료 '제1보'」, 『신경정
　　 신의학』 7(2), 1968, pp.5~14; 이부영, 「원령전설과 한의 심리」, 『한국 민담의 심층
　　 분석』, 집문당, 1995, pp.175~187.

집을 노리고 기둥을 기어올라가"던 뱀의 허리를 가랫날로 찍어내는 광경을 목격한다.

> 소년은 수탉의 목을 지켜보다가 처마 밑으로 고개를 들었다. 거기
> 에는 새끼를 깐 제비집이 있었다. 며칠 전에 제비들이 야단을 쳐서 나
> 와 보니 뱀이란 놈이 제비집을 노리고 기둥을 기어 올라가고 있었다.
> 그것을 소년의 아버지가 가랫날로 뱀의 허리를 찍어냈다.(p.105)

소년에게 금기침해는 닭을 희생 제물로 살해한 것뿐만 아니라 뱀의 살해에도 해당된다. 즉 살해에 대한 원한으로 인간을 병들게 하는 대상이 되는 동물로 닭과 뱀 모두가 해당되는 것이다.

뱀[428]은 신앙[429]의 대상이 되기도 하여 서양에서 뱀은 그 차가운

---

428) 그리스 신화에는 티폰, 피톤, 히드라 등 지하나 물의 세계와 결부된 많은 사신(蛇身), 또는 뱀 그 자체의 괴물이 등장한다. 사자의 혼이 뱀의 모습을 취하는 것은 묘의 그림이나 부조에서 잘 엿볼 수 있는데, 이는 지하의 명계로 향하는 사자와 지중에 사는 뱀과의 연상에 유래한다고 해석된다. 지중에 사는 동물로서 뱀은 미래를 점치는 힘을 가지며, 신탁에 도움이 되고, 수호신이 되며, 그 신체의 모든 부분이 민간 의료에 사용되었는데 세계의 여러 민족 사이에서 뱀 숭배나 심벌로서의 뱀의 존재가 알려져 있지 않은 곳은 없을 정도이다. 이집트의 쿠눔, 인도의 비슈누, 북구의 오딘 등은 뱀과 강력하게 결부된 신으로, 『구약성서』의『열왕기하』18장 4절에는 이스라엘인이 뱀에 향을 피워서 숭상한 것이 표시되어 있다.
  집의 수호와 관련해서 뱀 또는 용이 보물을 지킨다는 신앙도 독일 중세의 니벨룽겐 전설이나 그리스의 헤스페리데스의 동산의 사과의 전설 등에 보인다. 뱀은 또한 몇 번이고 탈피해서 젊어진다는 짐에서 새생과 불사신의 심벌이 되었는데 이 때문에 강력한 치유력을 가진다고 보았다.(『종교학대사전』, 한국사전연구사, 1998.)
429) 이와 같이 뱀을 신성시하여 조선시대에는 수경면 고산리의 차귀당(遮歸堂), 대정읍의 광정당(廣靜堂) 등 많은 당이 사신(蛇神)을 숭배하고 있었다. 오늘날에도 사신에 대한 신앙이 일상생활 속에 깊이 뿌리내려 있다. 그렇기 때문에 집에 뱀이 들어와도 그 뱀을 거칠게 함부로 처리하는 것이 아니라 말로써 안주할 곳으로 들어가기를 권유한다.
  또 어린이들이 뱀을 보았을 때 이를 손가락으로 가리키면 손가락이 썩는다고 믿게 함으로써 손가락질을 못하도록 한다. 가정에서 기제사를 지낼 때도 제사에서 모시고

눈, 독특한 기는 방법, 독 등에서 고대에는 마적(魔的)인 존재로서
두려운 것으로서 숭상되었다.[430] 제주도에서는 뱀을 죽이거나 죽인
것을 보면 그 죄를 업어 쓰게 되어 칠성신(七星神, 蛇神)의 노여움을
사서 아픈 병에 걸린다고 한다.[431] 죽여서는 안 될 동물을 죽이는 금
기침해(breach of taboo, Tabu-Verletzung)와 귀신이 신체에 드는 빙
의의 두 가지 과정이 동시에 일어난다고 보는 것이다. 뱀을 죽이니
그 원혼이 뱀장어가 되어 죽인 사람의 몸에 들어가 병을 일으켰다
는 이야기[432]도 이와 비슷한 유형이다.

　뱀의 상징[433]은 흔히 초월과 밀접한 관계를 가지게 되는데 그 이

　　있는 신위와는 별도로 '안칠성'이라 해서 사신을 위한 제상을 설비하기도 한다. 특히
　　표선면 토산리 지역에서는 세습적으로 뱀신에 대한 신앙이 전해지고 있다.

430) 성서에 「뱀처럼 지혜로워라」라고 있듯이, 뱀은 오래전부터 현명한 존재로 생각되었
　　다. 그래서 고대 오리엔트나 고전 고대에는 점술에 사용되었다. 가령 백사와의 만남은
　　길조로, 검은 뱀과의 만남은 흉조로 보거나, 뱀을 꿈에 보는 것은 죽음을 나타낸다고
　　하였다. 또한 뱀은 죽은 사람의 혼의 화신이라고 하는데 이 민간신앙은 행복을 부르는
　　집에 사는 뱀과 결부된다. 독일이나 스위스에서는 뱀이 집에 사는 것은 기뻐하며, 식사
　　나 우유를 주어서 키웠다.

431) 현용준, 「제주도 무속의 질병관」, 『제주도』 통권 제21호, p.106.

432) 최상수, 「백로리 전설」, 위의 책, pp.388~390.

433) 심층의 또 다른 초월적인 상징은 설치류, 도마뱀, 뱀, 때로는 물고기 등이다. 이들은
　　수중의 활동과 새의 비상을 지상생활로 연결시켜 주는 중간동물이다. 다리나 날개가
　　없이 움직이는 것으로서 뱀은 모든 것에 침투하는 영을 상징한다. 날카로운 통찰력을
　　가진 눈으로서는 인간의 내적 본성과 양심을 나타낸다.

　　똬리를 튼 뱀은 현현의 순환의 상징이며, 또한 숨겨진 힘, 생동력, 선악 양쪽의 잠재
　　력을 나타낸다. 알에 똬리를 튼 뱀은 생명 영기(靈氣)의 부화를 뜻하고 우로보로스는
　　대지를 감싼 바다의 힘을 상징한다. 뱀이 여인에게 감겨 있는 그림에서 여자는 「태모」,
　　즉 달의 여신이며, 뱀은 태양에 속하며, 뱀과 여자는 남녀 음양의 관계를 나타낸다.

　　아프리카에서 뱀은 왕의 표지이며, 불사의 용기, 죽은 자의 혼을 받은 육체이다. 뱀
　　은 영원의 상징이며, 죽음의 예고이다. 뱀은 인간과 하계의 중개자이다. 뱀은 「태모」로
　　서의 브리지트의 표지이다. 중국에서는 뱀과 용이 잘 구분되지 않지만 구별되는 경우
　　에 뱀은 부정적인 의미를 주며, 해악, 파괴, 기만, 교활, 아첨, 추종을 나타낸다.

유는 뱀이 전통적으로 지하세계의 피조물이기 때문이다. 그리하여 인생을 사는 여러 가지 방법들 간에 "중재자"의 역할을 한다.[434] 초월의 상징으로서의 보편적인 동물적 특성을 보면, 이런 동물들은 고대의 어머니 대지의 심층으로부터 유래되는 것이며, 그들은 집단 무의식의 상징적인 구성물들이다. 그 동물들은 특수한 지하의 메시지를 의식의 영역에 가져다준다.[435] 즉 뱀(serpent)[436]은 아주 복잡한 의미를 가진 보편적 상징이다. 뱀은 죽음, 파괴, 재생을 상징한다.[437] 또한 뱀은 모든 여신과 태모(太母)의 상징물[438]이며 돌연히 나

크리스트교에서 뱀은 상반되는 의미를 포함한다. 예지의 상징으로서, 또한 「생명의 나무」에 묶여서 희생된 예수를 나타내는 동시에 악마 사탄의 지하에 속한 면을 나타내기도 한다. 뱀이나 용은 사탄, 즉 「유혹자」, 신의 적, 인간을 타락시키는 자이다. 이집트에서 코브라 우라에우스는 지고의 신과 왕이 가지는 지혜와 힘의 상징이며, 지식, 황금을 나타낸다. 뱀은 생명원리, 선한 영이다. 유대교에서 뱀은 악, 유혹, 죄, 성욕을 나타낸다. 또한 신에게 저주받은 황천의 나라 시울(Sheol)에 떨어진 영혼을 나타낸다. 힌두교에서 뱀은 샤크티, 「자연」, 우주의 힘, 혼돈, 모양이 없는 것, 비현현의 상징이다. 생명을 호흡하는 동시에 생명을 유지하는 것, 생명을 수여하는 생명원리 그 자체이다.

434) 조셉 헨더슨, 「고대 신화와 현대인」, 『인간과 무의식의 상징』, 집문당, 2000, p.158.
435) 이부영, 앞의 책, p.158.
436) 진 쿠퍼, 이윤기 옮김, 『그림으로 보는 세계문화상징사전』, 까치, 2010.
　　뱀은 태양에 속하며, 지상에 존재하며, 성적(性的)이며, 장송과 연관되며 어떤 차원에서도 존재하는 힘의 현현이며, 영육(靈肉)의 모든 가능성의 근원이며, 생과 사의 관념에 동시에 밀접하게 연관된다. 지하에 사는 뱀은 명계(冥界)와 접촉하며, 죽은 자가 가지는 전지(全知)의 힘이나 마력을 사용할 수 있다. 지하계에 속하는 뱀은 하계(下界)와 암흑의 신들의 공격적인 힘을 나타낸다. 지하의 뱀은 이니시에이션의 인도자, 회춘을 가져오는 자, '대지의 내장의 지배자'이기도 하다. 지하의 뱀은 또한 태양과 태양에 속하는 모든 영적 존재의 적수이며, 인간 가운데에 있는 암흑의 힘을 나타낸다. 태양과 뱀의 싸움은 긍정적인 힘과 부정적인 힘, 빛과 어둠의 갈등이다.
　　뱀은 하늘과 땅, 대지와 하계의 중개자이며, 하늘과 대지와 물에, 또 특히 「우주수(宇宙樹)」에 연관된다. 뱀은 또한 암흑의 구름용이며, 보물의 파수꾼이다.
437) 뱀과 용은 호환성을 가지며, 특히 극동에서는 둘 사이의 구별이 없다. 뱀의 상징은 다의적이며, 남성도 여성도 될 수 있으며, 자기 창조(단성생식)도 하는 것으로 생각된다. 뱀은 살인자로서는 죽음과 파괴의 상징이다. 주기적으로 허물을 벗는 것으로서는

타나거나 갑자기 사라지기 때문에 예견할 수 없음을 상징한다. 뱀은 세계를 지배하고 유지하거나 또는 현현과 재흡수의 순환의 상징인 우로보로스(ouroboros)로서 세계를 감싸는 두루마리이다. 가족의 수호자인 '태모신'은 양손에 뱀을 들고 있는 모습으로 그려지며, 후대에 이르러서 뱀은 '태모신'의 후계자의 신들과 연관된다.

> 소년은 그날부터 자리에 눕고 말았다. 소년의 부모는 여러 가지로 소년에게 어디가 아프냐고 물었으나 소년은 아무데고 아픈 데는 없다고 고개를 저을 뿐이었다. 그러나 소년은 곧잘 무엇에 깜짝깜짝 놀라고 조그만 두 손바닥으로 얼굴을 가리고는 달달 떨곤 하였다. 그리고 때로는 문을 열어젖히고는 먹이를 받아먹으면서 지지거리는 제비집을 쳐다보는 것이었다. 그러는 소년은 날로 몸이 야위어갔다.(pp.106~107)

두려운 존재이면서 동시에 신성한 존재인 뱀을 해치는 것이 금기 침해에 해당한다고 볼 때 소년은 자신의 아버지가 뱀을 죽인 것도 금기침해를 행한 것으로 여기고 있다. 즉 아버지의 뱀 살해가 자신

생명과 부활의 상징이며, 그밖에 똬리를 튼 뱀은 현현(顯現)의 순환을 나타낸다. 뱀은 동시에 태양과 달에 속하며 생과 사, 빛과 어둠, 선과 악, 예지와 맹목적 정념, 치유와 독, 보존자와 파괴자, 영적(靈的) 재생과 육체적 재생을 나타낸다. 뱀은 남근상징이며, 남성적 창조력, '모든 여성들의 남편'이며, 뱀의 모습은 보편적으로 수정, 수태와 연관성을 띤다.

438) 도상(圖像)에서는 여신의 몸에 감겨 있기도 하며, 손에 쥐어져 있기도 한다. 이 경우에 뱀은 비밀, 모순, 직관이라는 여성적 특질을 지닌다. 뱀은 원초의 본능, 즉 다스려지지 못하는 미분화한 생명력의 용출(湧出)을 나타내며, 잠재적 활력 영적 활성력을 상징한다. 우주론에서 뱀은 만물이 나와서 다시 회귀하는 대해(大海), 태고의 미분화한 혼돈을 나타낸다. 고대의 화폐에는 여신이 나무 아래에서 옥좌에 앉아서 뱀의 머리를 어루만지는 모습이 새겨져 있다. 오세아니아에서 뱀은 천지의 창조자이다. 로마에서 뱀은 구제의 신들과 연관된다.

이 아픈 한 가지 요인이라고 생각하고 있는 것이다. 소년은 우로보로스의 강력한 영향 하에서 벗어나려고 애를 쓰는 자아의 모습을 보이고 있으나, 아직은 우로보로스의 영향 하에 있다. 그래서 우로보로스가 자아보다 우세한 단계인 태모의 단계에서 우로보로스와의 동일시에서 벗어나려고 노력하며 자궁의 태아 상태에서 가졌던 근원적 연결 관계가 중단되고 세상에 대해 새로운 태도를 취하기 시작한 시기에 있다. 따라서 아직 무의식의 어둡고 막강한 힘인 샤머니즘의 질병관[439]의 영향을 받고 있는 것이다.

한편 반수 영감은 '소년의 몸에서 뱀의 독을 빼기 위해 담배 연기[440]를 쏘'인다.

우리나라 샤머니즘에서도 가족의 신체와 영혼을 정화시킬 목적으로 소지를 한다. 연기[441]는 귀신들의 양식이다. 즉 주술사이자 무

---

439) 샤머니즘에서의 질병관은 ①실혼과 탈혼에 의한 피탈 ②악귀의 빙의와 병원체의 체내 침입 ③금기침해, 신벌 ④기타 다른 주술사로 인해 생긴 중독, '나쁜 피' 등으로 요약할 수 있다.
　　　원시적 질병관을 광범위하게 조사 연구한 클레멘츠(F. Clememts)는 질병관을 ①주병(呪病, disease sorcery) ②금기침해 ③물침입(物侵入, object intrusion) ④정령침입(精靈侵入, spirits intrusion) ⑤실혼(loss of soul)으로 구분한다. 그는 질병관의 전 세계적·지역적 분포를 조사형 지역에 따라 우세한 유형의 질병관을 제시했다. 질병관 중에서 물침입은 우리나라 샤머니즘 사회의 '척휘'라든가 '살'(殺)의 침입으로 병이 생긴다는 관념에 반영되어 있다.
440) 진 쿠퍼, 앞의 책, pp.320~322.
　　　사원의 옥상에 뚫려 있는 곳이니, 집에서 또는 디피나 유르트의 가운데에서 하늘로 올라가는 연기 기둥은 '우주 축'이며, 시공을 벗어나서 영원한 무한에 들어가는 길이다. 이 연기 기둥은 시간적, 공간적 연장이며, 불과 공기의 결합이자, 하늘로 올라가는 기도, 신을 지상에 초대함을 나타낸다. 연기 기둥은 또한 불의 경우처럼 정화된 혼의 승천을 나타내기도 한다. 크리스트교에서 연기는 인생의 덧없음, 명성이나 노여움이나 진노의 허망함을 암시하는 것으로 생각된다.(시편 102:3)
441) 가족의 건강은 소지할 때 연기를 보고 결정한다. 위로 오르면 경쾌, 따라서 건강해진다는 뜻이지만 아래로 내려가면 중압, 따라서 질병을 의미한다.(추엽륭(秋葉隆), 『조선

당인 반수 영감이 소년에게 담배 연기를 쏘이는 것도 샤머니즘적 질병관을 바탕으로 하여 벽사·치병의식을 행하는 것이라 할 때 소년의 자아는 아직 막강한 우로보로스의 지배하에 있다고 볼 수 있는 것이다.

3) 초월의 모티프와 모성 콤플렉스

한편 제비[442]는 소년의 또 다른 분신에 해당하는 존재로, 소년의 자아 성장을 보여주는 소재이기도 하다.

무속과현지연구』, p.114. 김태곤, 『한국무속연구』)

넋전의 소각에도 정화와 해방의 기능이 간여한다. 즉 물질적, 현세적인 것의 영적 변환, 하나의 영화과정(靈化過程)이라 할 수 있을 것이다. 심리적 과정에서 본다면 인간적인 것과 신적인 것, 개인적인 것과 집단적 원형적인 것이 구별되는 과정이다.(이부영, 『한국의 샤머니즘과 분석심리학』, p.486.)

442) 『세계문화상징사전』, pp.343~344.

제비는 초월의 상징으로 쓰이는 새 중의 하나로, "영매(靈媒)"의 작용을 통해 일어나는 직관의 특성을 나타낸다. 그 중에서도 제비는 희망, 봄이 다가옴, 행운의 상징이다. 고대 근동에서 제비는 「태모신(太母神)」의 상징으로 쓰인다. 새나 샤먼(원시적인 呪醫)은 모두 다 초월의 흔한 상징들이며 대개 함께 나타난다.

중국에서 제비는 대담한 용기, 위험, 충실함, 멀지 않은 성공, 유리한 변화를 나타낸다. 크리스트교에서 제비는 「체현(體現)」, 부활, 또한 봄과 함께 오는 것으로서 새로운 삶을 상징한다. 이집트에서 제비는 「태모」로서의 이시스에게 바치는 성스러운 새이다. 그리스 로마에서 제비는 여신 아프로디테/베누스의 새이다. 일본에서 제비는 열매가 없음을 나타내며, 또한 가정생활, 어머니들의 조심성을 상징하기도 한다. 미술에서는 물결과 버드나무로써 나타낸다. 미노아 운명의 크레타 미술에서 제비는 「태모」와 연관성을 가지는 것으로서 등장한다. 독일에서 제비는 신성한 새의 상징이다.

제비는 음력 9월 9일 중양절에 강남에 갔다가 3월 3일 삼짇날에 돌아오는데, 이와 같이 수가 겹치는 날에 갔다가 수가 겹치는 날에 돌아오는 새라고 해서 민간에서는 감각과 신경이 예민하고 총명한 영물로 인식하고 길조(吉鳥)로 여겨왔다. 따라서 집에 제비가 들어와 보금자리를 트는 것은 좋은 일이 생길 조짐으로 믿었으며 지붕 아래 안쪽으로 들어와 둥지를 지을수록 좋다고 본 것은 그만큼 사람들이 제비에게서 친밀감을 느꼈기 때문이다. 제비가 새끼를 많이 치면 풍년이 든다고 믿었다.

소년은 수탉의 목을 지켜보다가 처마 밑으로 고개를 들었다. 거기에는 새끼를 깐 제비집이 있었다. (중략)

소년은 죽은 수탉을 댕기 옆에 버리고 엉킨 갈밭을 급하게 헤치고 나왔다.

그리고는 단숨에 집까지 뛰었다. 집에 와서는 제비집이 있는 처마 밑 기둥에 얼굴을 비비며 울기 시작하였다. 해가 기울도록 울었다. (중략)

소년은 곧잘 무엇에 깜짝깜짝 놀라고 조그만 두 손바닥으로 얼굴을 가리고는 달달 떨곤 하였다. 그리고 때로는 문을 열어젖히고는 먹이를 받아먹으면서 지지거리는 제비집을 쳐다보는 것이었다. 그러는 소년은 날로 몸이 야위어갔다. (중략)

소년은 잠깐 눈을 떠 볏 붉은 얼룩수탉에게 한 번 눈을 주었을 뿐 돌아누워 처마 밑 제비새끼를 쳐다보면서 제비새끼가 언제쯤 날게 되느냐고 했다. (중략)

동구 밖 갈밭의 흰 꽃이 남김없이 다 패고, 다섯 마리 제비새끼가 죽가지 않고 완전히 날 수 있던 날, 소년은 그 제비들을 내다보며 미소를 얼굴 가득히 띄웠다.(pp.105~110)

새는 직관, 환상, 사유를 상징하며 부정적인 의미로는 실제로 동떨어짐, 무관성, 혹은 일반적으로 통합되지 않은 환상 생활을 나타낸다.[443] 한편 새의 상징은 인생의 초기에 자신이 태어난 가정이나 사회집단에 아직 밀착되어 있을 때 인간이 삶을 향한 결정적인 첫걸음을 혼자서 내딛는 것임을 배워야 할 성인화의 순간에 경험될 수 있다.[444]

---

443) 지벨레 비르크호이저 – 왜리, 이유경 역, 『민담의 모성상』, 분석심리학연구소, 2012, p.101.

소년은 제비의 성장 과정에 관심을 기울이며 제비가 "축가지 않고 완전히 날 수 있던 날, 소년은 그 제비들을 내다보며 미소를 얼굴 가득히 띠웠다." 이처럼 소년의 자아는 우로보로스가 자아보다 우세한 단계인 태모의 단계에서 우로보로스와의 동일시에서 벗어나려는 노력에서 전보다 한걸음 진일보한 모습을 보여주고 있는 것이다.

한편 「닭제」에서 모성(母性)은 서로 통합된 원상적 부모로서 그 모습을 강하게 드러낸다.

> 소년의 부모가 들에서 돌아와 소년의 사뭇 팽배해진 얼굴을 보고는 놀라고 겁나했다.
> 소년은 그날부터 자리에 눕고 말았다. 소년의 부모는 여러 가지로 소년에게 어디가 아프냐고 물었으나 소년은 아무데고 아픈 데는 없다고 고개를 저을 뿐이었다.(pp.106~107.)
> 하루는 반수영감이 소년의 집에 들렀다가, 늙은 수탉은 어떻게 했느냐고 잡아먹었느냐고 하며, 눈곱 낀 눈으로 뜰 구석을 살피었다. 소년의 부모는, 글쎄 며칠 전부터 뵈지 않는다고 하면서, 그러나 그런 것은 아무래도 좋다는 듯이 누워있는 소년에게로 눈을 돌렸다.(p.107)
> 삽시간에 소년의 가는 몸에는 복숭아 나뭇가지 매자국이 푸르게 늘어나갔다. 소년의 부모는 밖에서 매 때리는 소리가 날 때마다 흠칫 흠칫 놀라며 가슴을 떨었다.(p.107)
> 소년의 얼굴을 지키고 있던 소년의 부모와 이모는 지금 소년이 마지막 웃음을 웃는다고 막 소리내어 울음을 터뜨리었다.(p.110)

---

444) 조셉 헨더슨, 「고대 신화와 현대인」, 『인간과 무의식의 상징』, 집문당, 2000, pp.153~156.

우로보로스, 즉 거대한 원은 자궁뿐 아니라 또한 '원상적 부모'이 기도 하다. 원상적 부성은 원상적 모성과 함께 우로보로스적 통일 체로 결합되어져 서로 분리되지 않는다. 여기에는 여전히 근원적 법칙이 지배적이고, 아버지와 어머니가 서로 함께 반영되어 따로 분리되어 있지 않다. 대립들의 결합이야말로 첫 시작인 현존재의 상태를 나타내고 있으며, 이는 신화적으로 서로 결합된 원상의 부 모의 상징으로 등장하게 된다.[445]

또한 분리되어 제시되는 어머니의 모습은 소년을 '영원한 소년' 으로 묶어놓는 모성성을 보여준다. 왜냐하면 표면적으로는 소년을 아끼는 선한 모성의 모습을 보이고 있으나, 지나치게 감정적인 모 습을 보임으로써 소년이 어머니에게서 벗어나지 못하게 하고 있기 때문이다.

> 소년의 어머니가 겁먹은 음성으로, 그럼 어떻게 하면 좋으냐고, 늙 은 닭이 흉하다더니 종시 이 모양이 됐다고, 치맛자락으로 얼굴을 가 리고 소리 없이 울기 시작하는 것이었다.(p.107)
> 어느새 교사의 곁에 와 웅크리고 앉았던 소년의 어머니가 치맛고름 으로 소년의 이마와 코밑에 내밴 피를 훔치다가 소년이 눈을 뜨니까 그것이 기쁘고 신기로워 다시 소리 없는 울음을 우는 것이었다.(p.108)
> 소년의 어머니가 자기도 가 못에 빠져 죽어버리고 말겠다는 것을 소년의 이모와 동네 아낙네들이 겨우 붙잡아 말렸다. 그러자 소년의 어머니는 동네 한 여인의 어깨에 매달려 소리내어 울기 시작하였

445) Neumann, Erich, Hull, R.F.C., *The Origins and History of Consciousness*, Princeton University Press, 2007; 노이만, 이유경 역, 『의식의 기원사』, 분석심리학 연구소, 2010, pp.46~47.

다.(p.109)

   소년의 어머니가 먼저 달려와 소년을 쓸어 안고 미처 울음소리도 못 내고 흑흑거리기만 하였다.(p.109)

   소년의 어머니는 또 헛소리를 한다고 치맛귀를 물어뜯으며 소리없이 울기 시작하였다.(p.110)

이처럼 「닭제」는 반수영감의 주술에 대응하여 소년이 행하는 희생제의, 그리고 이로부터 유발된 소년의 병과 그 치료를 둘러싸고 벌어지는 사건들을 큰 줄기로 하여 전개되는 플롯을 취하고 있다. 「닭제」가 함의하는 주제를 형상화하는데 샤머니즘 요소들은 집단 무의식의 근원적 공간을 보여주는 작용을 하고 있다. 그리고 샤머니즘의 벽사·치병 의식이 강력한 영향력을 발휘하는 배경에서부터 이러한 요소들이 잘 수용될 수 있는 특징들을 가지고 있다. 또한 내용면에서 샤머니즘의 요소들인 도지구타법과 금기침해 모티프 및 닭·뱀·제비 등의 상징성이 집중적으로 수용되고 있으며, 현상적 요소로는 '닭-뱀'의 변신 모티프가 작용하고 있다. 이로써 소년은 우로보로스가 자아보다 우세한 단계에서 우로보로스와의 동일시에서 벗어나려고 노력하는 자아의 모습을 잘 보여주고 있다고 할 수 있다.

이제 모성원형의 유형을 긍정적 모성성, 부정적 모성성, 복합적 모성성으로 나눠보고 해당 작품들을 상세하게 분석해보도록 하겠다.

IV
모성원형 분석의 세 유형

1. 긍정적 모성성 –생명을 제공하고 치유하는 자연 모성

모성원형은 변화무쌍한 방식으로 드러나므로 그것은 위험할 수
도 있고 호의적일 수 있다. 이제 생명을 주고, 양육하고, 삶을 새롭
게 하는 모성의 긍정적인 측면을 살펴보도록 하겠다.

모성의 가상 기본적인 성격은 자식을 수태하고 태어나게 하는 것
이다. 자연 모성의 본질적 부분은 돌보고 감싸고 안전을 제공하는
모성성이다. 아이는 성장하면서 어머니로부터 건강하게 분화되어
야 하며, 어머니는 아이의 의식이 건강하게 발달할 수 있도록 적절
한 생명력을 공급할 필요가 있다. 이 점에서 볼 때 '충분히 좋은 어
머니(good enough mother)'는 아이의 생명력을 건강하게 지탱하는
역할을 하게 된다. 이러한 어머니의 모습은 여러 신화들에서 나타
나는 모성신의 모습으로 그려질 수 있다.

창조주로서의 모성신은 세계와 인류의 등장이 어떻게 이루어지

느가를 설명하는 구체화된 정신의 의인화된 형상이다. 모성 창조주
는 의식을 배태한 우주의 자궁과 같은 가치를 지닌다. 이들은 의식
의 출산 후 아이를 안전하게 보호하고 먹여주고 기르는 모성적 측
면이 강조된 것이다.[446] 또한 모성의 양육하는 특징 때문에 모성 창
조주는 다른 여신들과는 다른 신체적 특성을 두드러지게 나타낸다.
젖가슴이 수없이 많이 달리거나 매우 부른 배를 강조하는 것이 바
로 그러하다.

　젖가슴은 바로 자궁과 함께 여성성의 기초적인 상징적 요소이다.
이러한 상징성은 모든 시대를 망라하는 신화와 의례, 전설과 예술
에서 예증할 수 있는 원형적 특성을 지니고 있으며, 또한 전 세계의
종교와 민담에서도 그 예를 찾아볼 수 있다.

　「막은 내렸는데」의 직업여성에게는 '유방'이 강조되어 있는데, 이
것은 바로 생명력과 신성함을 보여주는 모성성을 상징한다.[447] 「피

---

446) Chevalier, J., Gheerbrant, A., tranlated by Buchanan - Brown J, *The Penguin Dictionary of symbol*, penguin books, London, p.677.
447) 이런 모성신들은 종종 사람을 낳기보다는 알을 낳는다. 여기서의 알은 세계의 태어남
　을 의미하므로 일반적인 타원형이 아닌 원형 - 즉 우주란(cosmic egg)으로 나타난다.
　이것은 생명원리, 미분화된 전체성, 잠재성, 모든 창조물의 씨앗, 태초의 모계적 혼돈
　상태, 우주를 포함하는 큰 원(great round), 존재의 숨겨진 기원과 비밀, 우주적 시간
　과 공간, 시작, 자궁, 모든 발생 초기 상태의 존재, 태초의 부모, 대립물이 통일된 완전
　한 상태, 모든 발생 초기의 존재, 태초의 부모, 대립물이 통일된 완전한 상태, 부활
　이전 상태의 유기물질, 부활, 희망 등을 나타낸다. 힌두교, 이집트, 중국과 그리스 등에
　서 이러한 알이 깨어져 산산이 부서짐으로써 세계가 시작함을 상징한다.(Cooper, J.C.,
　An illustrated encyclopedia of traditional symbols, thames & hudson, 1987, p.60.)
　　고구려의 건국신화의 주몽(장주근, 『한국의 신화』, 성문각, 1961, pp.26~31.), 신라
　의 박혁거세와 김수로(한국문화상징사전 편찬위원회, 『한국문화상징사전』 1, 동아출
　판사, 1992, pp.596~597.), 여용사(黎勇士) 설화(한국문화상징사전 편찬위원회, 『한국
　문화상징사전』 1, 동아출판사, 1992, p.532.)에 나오는 알은 세계의 주인인 왕을 품고
　왕을 낳음으로써 그가 다스리는 세계를 낳는 모성을 나타낸다.

아노가 있는 가을」에서도 "젖을 주는 게 어머니"라고 묘사되어 있다. 이처럼 모성의 양육하는 특징 때문에 모성 창조주는 다른 여신들과는 다른 신체적 특성을 두드러지게 나타낸다. 젖가슴이 강조되는 것이 이런 맥락이다.

「그래도 우리끼리는」에서는 "버스가 미끄러져 길 아래로 굴러 떨어진 상황에서 어린깃에게 젖을 물리고 있는" 어머니가 나옴으로써 젖이 모성성의 상징으로 형상화되어 있는 것을 확인할 수 있다.

「어머니가 있는 유월의 대화」에서는 감시병의 눈을 피해 임진강을 도강할 때 배에 탄 동행인들을 살리기 위해 울고 있는 갓난애를 강물로 던져버린 어머니가 젖꼭지를 제 손으로 잘라내는 행위가 나옴으로써 젖가슴은 '모성성'의 상징으로 다시 형상화된다.

「지나가는 비」에서 사생아를 낳아 공원에 버린 '매'가 가슴에 탄력이 없어졌다는 이유로 모델 일을 그만두게 된 후 이전에는 느끼지 못했던 모성애를 강하게 느끼게 되었다는 역설적인 사실이 나옴으로써 유방이 모성성의 상징으로 형상화된 것을 확인할 수 있다.

둥근 원환의 배를 강조하는 경우, 자궁과 같은 용기의 특성으로 세계를 품고 있는 '집단무의식'의 내용이 반영된 것으로, 이것은 근원적인 단계의 창조주의 특징을 드러낸다. 이것은 의식의 정립과 유지 및 성장을 위해 먹이고 보살피는 내용과 관련된 형상이다. 의식 이전의 상태에서 의식이 출현한 후 의식의 안정적인 정립을 위한 '집단무의식'의 고유한 활동이 반영된 것이다.[448]

---

448) 이유경, 「창조신화에 관한 분석심리학적 이해」, 『세계의 창조신화』, 동방미디어, 2001, pp.323~325.

그것은 무의식의 상태에서 깨어나서 그것으로부터 의식의 세계가 태어남을 의미한다. 「허수아비」에서 잠자리가 알을 낳기 위해 썩은 물에서나마 째진 날개로 꼬리를 담그면서 나는 모습도 이러한 탄생을 위한 상징으로 볼 수 있다. 또한 남편의 폭행에도 불구하고 아이를 낳고 이혼을 당하더라도 아이의 유모가 되겠다는 청년의 아내에게도 '생명을 제공하고 치유하는 자연 모성성'이 드러나고 있다고 볼 수 있다. 명숙이에게 피임을 하지 말고 자식을 수태하고 낳아기를 수 있는 "온전한 여인"(p.45)이 되라고 말해야겠다고 다짐하는 준근은 그런 면에서 모성에 대해 재인식하게 된 것이라고 볼 수 있는 것이다.

알과 함께 신화에서의 바위나 돌도 신격화된 인물이 태어나는 '생명력'을 상징한다.[449] 황순원의 「소나기」에서 소녀가 던진 돌멩이도 모성원형상으로서 소년의 마음에 영원히 남아 소녀가 죽은 뒤에도 살아 숨 쉬는 계기로 작용하게 된다.

우리 민족의 단군신화에 등장하는 곰은 쑥과 마늘을 먹으며 백일 동안 동굴 속에서 햇빛을 보지 않고 인간 여성이 된다. 그녀는 웅녀로 환인의 서자 환웅과 결혼하여 아들을 낳으니 그가 단군 왕검이다.[450] 곰이 여성으로 변화하여 단군을 낳음으로써 우리는 곰에서

---

449) 금와왕 탄생설화와 더불어 경주 북천면 동천리의 경주이씨 강천지(降天地)에 있는 표암(瓢岩)에서도 이러한 바위의 생명력이 나타난다. 특히 아이를 낳기를 기원하는 애기바위에 관한 전설들이 등장하는데 산아당 내지는 산신당의 주체가 된 바위들이 그것이다. 세조 때에 이회림이 삼각산에서 아들을 낳고자 빈 후 큰 바위에 앉았는데 흰 용이 그 바위를 깨치고 나타나는 것을 보고 득남하였다고 한다. 그 외에 칠성암, 양자암, 황룡사의 불좌석 등도 그러한 것들이다.(김열규, 『한국민속과 문학연구』, 일조각, 1971, pp.234~235.)

450) 장주근, 앞의 책, 1961, pp.13~18.

모성성을 찾아볼 수 있다. 백일동안 웅녀를 보호하고 있던 동굴에서도 모성의 여러 가지 측면들이 나타난다. 동굴은 부활의 장소이며 재생과 양육을 위해 닫혀있는 비밀의 공간이다.[451] 또한 그것은 모성의 품[452]이며 죽음과 재탄생의 장소[453]이기도 하다.

양육하고 키워내는 자신의 모성원형을 통해 아들은 자신의 신체를 발달시키고 보호하며 자신의 여성성, 즉 에로스[454]를 발달시켜 나간다. 모성은 에로스로서 우리 인간을 치유하고 전체가 되게 한다. 모성은 가장 드높은 것과 가장 심층적인 것을 무엇이라 표현하기 어려운 통일성으로 연결시키기 때문이다.[455] 연결성 혹은 관계성으로서의 에로스는 모성의 원칙, 즉 무의식의 원칙이다. 그것은 우리 인간을 위 아래로 연결할 뿐 아니라 또한 자기 자신과도 연결한다. 모성은 에로스로서 내적으로나 외적으로 단절된 균열을 치유한다. 모성은 의식과 무의식의 대립뿐만 아니라, 주체와 객체의 대립을 연결한다.[456]

---

451) Jung, C.G., *The archetype and the collective unconscious, concerning rebirth*, princeton university press, 1959, p.135.

452) 융, 융 저작 번역위원회 역, 『영웅과 어머니 원형』, 융 기본 저작집 8, 솔, 2006, p.420.

453) 융, 융 저작 번역위원회 역, 「어머니와 재탄생의 상징들」, 『영웅과 어머니 원형』, 융 기본 저작집 8, 솔, 2006, p.130.

454) 프로이트가 초기에 에로스라는 단어의 정의를 동물적인 본능으로서의 성애라는 의미로만 사용했던 것에 대해 융은 비판했다. 융은 인간이 동물적 육체를 가지고 있는 한 에로스가 존재할 수밖에 없지만, 즉 에로스가 근원적으로 동물적 본성에 속하기는 하지만, 인간은 정신과도 관계를 맺을 수밖에 없기 때문에 에로스라는 동물적 본성 외에도 정신적인 면이 반드시 필요하며 그러한 두 가지 특성의 조화가 유지될 때에만 인간은 살아갈 수 있다고 하였다.(C.G.Jung., *Two Essays on Analytical Psychology*, "The Psychology of Unconscious", routledge & Kegan Paul, C.W.7, pp.27~28 참조.)

455) 지벨레 비르크호이저 - 왜리, 이유경 역, 『민담의 모성상』, 분석심리학연구소, 2012, p.243.

한편 황순원 소설에서 읽혀지는 정감 있고 안온한 분위기는 모성 모티프에서 유발되는 경우가 많다. 황순원 소설의 모성[457]은 모성의 힘이 삶과 죽음의 분기점을 의학적 진단과 같은 일상적 차원에서 정서적 감응과 결단의 차원으로 상승시키는 데 매개되고 있음을 드러낸다. 이제 황순원 단편소설에 나타난 긍정적 모성성을 '모성성에 대한 각성'·'전형성을 지닌 한국적 모성성'·'자기희생의 모성성' 으로 나누어 살펴보도록 하겠다.

1) 모성성에 대한 각성 - 「허수아비」·「아내의 눈길」

(1) 「허수아비」

「허수아비」는 폐병을 앓고 있는 주인공 준근이가 고향(시골)으로 돌아와 요양하는 과정에서 생명과 모성에 대해 인식하는 과정이 잘 드러나 있는 작품이다. 준근이는 "세상과 거리를 둔, 추한 것에 혐오를 느끼는 여린 감수성의 소유자"이다. 준근이의 눈에 보이는 세계는 "현실 속의 환상 같은 세계"로서 "「갈대」·「닭제」·「사마귀」·「별」의 순수한 어린 아이의 세계이며, 「산골아이」의 설화에 감싸여 있는 세계이고, 「황노인」·「독짓는 늙은이」·「그늘」의 전통적이고 토속적인 세계"이다.[458]

Ibid., p.255.

457) 「겨울 개나리」에서 의식불명의 환자와 간호하는 아줌마 사이에서 보이는 영혼의 교감, 「아내의 눈물」에서 목숨만 붙어있는 돼지새끼를 버리지 못하게 하는 아내의 시선, 그리고 「막은 내렸는데」에서 한 남자의 자살을 만류할 수 있는 창녀의 안온한 가슴에서 황순원 소설에 작용하는 모성의 힘을 엿볼 수 있다.(김종회, 「삶과 죽음의 존재양식」, 『황순원』, 새미, 1998, p.145 참조.)

생명력이 마멸되어 가고 있는 스스로를 "조밭에 그냥 남은 허수 아비"(p.45)로 인식하고 있는 준근이는 주변 생명들을 "허수아비 어깨에 산에서 날아오기도 하고 마을로 날아가기도 하는"(p.45) 존재로 인식하면서, 명주와 "소처럼 튼튼"(p.35)한 극서의 강한 생명력에 대해 동경을 한다. 준근은 명주가 고구마 도적질을 하는 대담성을 보이는 것에 대해서 부러워하기도 한다. 명주는 고구마를 훔쳐 치마폭에 주워 담고 도망칠 때도 "명주의 발밑에서 벌레소리만큼 무성한 이슬이 달빛을 머금고 사라졌"을 만큼 생기발랄한 생명력을 보이는 인물이다. 이 작품의 배경인 여름의 농촌도 원시적인 생명력을 가지고 있다. 준근이 손바닥으로 쳐서 손에 묻은 등에의 피도 건강한 원시적 생명력을 보여준다.

준근이도 모성 콤플렉스의 영향 아래에 있는 '영원한 소년'의 모습을 가지고 있다. '준근'은 이성애적인 리비도가 아직 어머니에게 결합되어 다른 여성과 제대로 진정한 관계를 맺지 못한다. 준근이가 보이는 '영원한 소년'의 특성 중 하나는 남성성이 결여되어 있다는 점이다.[459]

한편 이 소설의 전체 이야기는 궁극적으로 모성의 추구로 집약되고 있으며, 이를 뒷받침해주기 위한 하나의 에피소드로 젊은 청년과 그의 아내 이야기가 제시되고 있다. 이 부부의 이야기는 전체 소설의 전개에서 주인공 준근이 모성에 대해 각성하는 데 여러모로

458) 진형준, 「모성으로 감싸기, 그에 안기기」, 『세계의 문학』, 민음사, 1985년 가을호; 『황순원연구총서』 2, pp.148~149.

459) Von Franz, M. L., *The Problem of the Puer Aeternus*, 3rd Edition Inner City Books, 2000, p.7.

영향을 미치는 요소로 작용한다. 따라서 이 작품에서 살펴보아야 할 모성의 모습은 준근과 가끔씩 만나 이야기를 나누는 청년의 아내이다. 다음 예시문은 청년과 주인공 준근의 대화로서 청년의 아내 성향에 대해 형상화하여 보여주고 있다. 이것은 준근의 모성 재인식에 영향을 미친 것으로 예상되는 부분이다.

"언제 사태처럼 밀리어나갈지 모르는 생명이 무서울 턱이 없지요."
청년은 뭔가 생각난 듯이,
"아니오, 생명이란 이상한 겁디다."
하였다.
준근은 청년이 오늘은 무엇을 또 털어놓고 이야기하려는고 생각하면서 마침 청년의 손에 발 하나를 남기고 날아가는 메뚜기를 바라보고 있었다.
"애 밴 아내의 배를 찬 적이 있어요."
"참 어찌 됐수?"
"막 공중거리루 넘어지는데 결김에 차놓구두 겁이 나둔요."
"아니, 부인과 헤진다는 거 말요?"
"거야 가을 전으룬 꼭 결판을 낼 생각이죠."
하고 다물면 길어지는 입을 한 번 꽉 다물고 난 청년은,
"그리고 쓰러져 배를 안고 낑낑거리며 돌아가는 게 또 어떻게나 미운지 그걸 또 내리 찧었지요, 그랬더니 그년의 소리가 뱃속의 애야 무슨 죄가 있느냐는 거예요. 그리구 쓰러진 채 쳐다보는 눈이 어떻게나 빛나든지, 이태 면바루 얼굴을 쳐들지두 못하든 게."
하고 이번에는 두꺼운 눈꺼풀 속에서 눈을 빛내었다.
"그게 어머니라는 걸께요."
"글쎄요. 그래 낙태나 해버렸으면 했는데, 사실은 속으로 낙태하면서 에미꺼지 즉사했으면 하구 여간 바란 게 아니죠. 그런데 그렇게 단

단히 채웠는데두 그냥 뱃속에 붙어 있더군요. 생명이란 참 이상합디
다. 그러든 게 막상 애를 낳으니까 아내 그건 더 미워져가두 애 고놈은
밉지 않거든요.[460]

청년의 아내는 남편의 가혹한 구타상황에도 불구하고 자식을 위
하는 모성의 눈을 빛낸다. 이 눈빛은 「카인의 후예」에서 '타는 눈'을
보였던 오작녀의 눈빛과 공통분모를 가지고 있다. 즉 생명에 대한
무한한 긍정과 사랑의 눈길이며, 어떠한 위협에도 두려워하지 않는
헌신과 의지를 가진 긍정적인 모성성의 눈길이다.[461] 이렇게 청년의
아내는 '자식을 수태하고 태어나게 하는' 생명을 제공하는 자연 모
성의 모습을 보여주고 있다.

한 번도 남편을 바로 쳐다보지 못하던 순박하고 겁 많은 아내가
뱃속의 아기를 위협하는 존재(그것이 아이의 아버지라 해도 아니 아버지
이므로 더욱)를 향해서는 강인하고 방어적인 모습을 보인다. 여기에
등장하는 남편으로서의 청년은 아내와 자식이 같이 죽기를 바라는
비인간적인 면모를 가지고 있으며, 무자비한 폭력과 잔인함을 행사
하는 인물이나. 소설의 서두에 묘사된 두 토막의 삶에도 아랑곳하
지 않는 '지렁이'처럼 정신적, 육체적인 면에서 하나로 엮어져야 할
자신의 아내마저 쾌락의 대상으로밖에 생각하지 않으며, "이혼 문
제루 처가에 갔다가 게서 묵게 되는 날은 아내와 부부관계를 한다"
고 서슴지 않고 말하는 인물이다. 그러나 청년의 아내는 이러한 비

---

460) 황순원, 「허수아비」, 『황순원전집』 1, 문학과지성사, p.29.
461) 황순원 소설에서 '눈[目]'은 '별'과 함께 이상적 세계에 대한 주된 상징이기도 하다.
    『별과 같이 살다』의 '오작녀의 눈'은 그 대표적인 예이다.(박진, 「나무들 비탈에 서다」
    의 구조적 특징과 서정성」, 『현대소설연구』 통권 제14호, 한국현대소설학회, 2001.6.)

정상적인 남편의 폭력에도 개의치 않고 '아이를 안전하게 보호하고
먹여주고 기르려는' 긍정적 모성성을 더욱 강하게 보여준다.

> "오늘 안을 다 끝장을 낼려구 합니다. 한데 글쎄 이혼은 하게 됐는
> 데 우스꽝스럽게스리 그래 애와 떨어지지 못하겠다구 하면서 애 유모
> 라도 되겠다는 거예요. 어림두 없지. 글쎄 여태껏 앨 그런 것한테 맽겨
> 둔 것도 멋한데 유모가 되겠다니 원, 어림두 없지"하며, 입을 길게 다
> 물었다.(p.45)

청년의 말을 통해 짐작할 수 있듯이, 배를 차는 남편에게 "뱃속의
애야 무슨 죄가 있느냐"(p.29)라면서 "쓰러진 채" "빛나"는 눈으로 남
편을 쳐다보던 청년의 아내는, 이혼은 받아들이더라도 아이의 유모
가 되겠다고 말하는 긍정적인 모성성을 보여준다. 남편에게 이혼
당하고 쫓겨나는 위기에 처한 상황에서도 자식을 사랑으로 양육할
수 있도록 유모가 되겠다고 자청하는 청년의 아내는 어떤 상황이나
처지에서도 굴절되지 않는 '생명 제공'과 '치유'의 자연 모성의 숭고
함을 드러내고 있는 것이다.

또한 「허수아비」에는 부정적인 모성 콤플렉스의 영향에서 벗어
나지 못한 '영원한 소년'의 인물형이 세 남자의 모습으로 형상화되
어 있다. 주인공인 준근은 '허수아비'의 모습으로 상징화되어 있다.
그것도 눈보라를 맞고 있는 허수아비로 그려지고 있다는 점에서 무
력감에 사로잡혀 있는 준근의 모습을 엿볼 수 있다.

> 허수아비 어깨에 산에서 날아오기도 하고 마을로 날아가기도 하는
> 참새와 메뚜기의 그림자가 무성하게 떨어지곤 하였다.

준근이 햇볕을 안고 눈을 감으면 참새며 메뚜기의 그림자가 자기를 겹겹이 둘러쌈을 느꼈다. 준근이 머리를 흔들었다. 그러니까 참새와 메뚜기의 그림자는 흰 눈이 되어 바람에 날리는 것이었다. 눈보라였다. 눈으로 어깨가 무거워 준근이 눈을 떴다.(p.45)

또한 준근은 자기 자신을 두 다리를 잘리고도 내장을 뒤에 단 채 기어 나오는 개구리와 자기를 동일시하면서 그런 자기를 학대하기도 한다.

새로 김풀을 쥐려던 준근이 놀라 뒤로 물러나고 말았다. 내장을 뒤에 달고 있는 개구리가 김풀 속에서 기어나오고 있었다. 다음 순간 준근은 생에 대한 어떤 더러운 미련을 암시나 받은 듯이 느껴지면서 기어나오는 개구리를 힘껏 풀 속에 차넣었다. 준근은 다음부터 김풀은 안 줍고 그런 내장을 뒤에 단 개구리만 풀 속으로 차 넣기 시작하였다.(p.36)

준근이는 개구리의 모습을 보며 자신의 또 다른 분신으로 느낀다. 그 이유는 준근이 자신이 폐병을 앓고 있는 병약한 상태이기 때문이다. 준근은 명주를 바라보면서 명주와 같이 건강한 것을 소유하고 싶다는 마음을 품고 살을 맞대고 싶은 욕구를 느끼며 그 욕구의 불가능성과 터무니없음에 대해 지각하며 현기증을 느끼기도 한다. 그런 점에서 준근은 개구리의 모습을 "생에 대한 어떤 더러운 미련"처럼 여기고 있는 것이다.

준근은 명숙이와 깊은 관계를 맺고 있으면서도 명주를 마음에 두고 있다. 명주는 혼담이 오고 가는 여자이며, 주변 남성들의 관심을

한 몸에 받고 있는, 생명력이 넘치는 여성상으로 그려진다. 그런 점
에서 융이 분류한 여성상 중 이브형에 속하는 유형의 여인이라고
할 수 있다. 명주는 "두꺼비"로 표현되는 주변 남성들에게 "파리"의
자리에 위치해 있기도 하다. 준근은 그런 명주를 "두꺼비는 파리를
안 먹었다"(p.33)고 인식한다.

  준근은 명주에게 호감을 가지고 있고, "명주의 검디검은 머리칼
로 눈을 주면서 현기증 비슷한 것을 느"(p.24)끼면서도 명주에게 소
극적으로 대한다. 준근은 "개구리가 뛰는 들로 나가고 싶어"할 정도
로 생명에 대한 열망을 가지고 있다. 명주는 그런 준근이에게 "개구
리를 잡아 메치"(p.34)는 강한 생명력을 가진 존재로 비쳐진다. "준
근은 명주의 검붉은 얼굴이며 두꺼운 가슴을 가까이 바라보"면서
"현기증이 날 것같이" 느끼면서도 "그곳을 떠"난다.

  준근은 피임 조절을 했다고 말하는 남숙이에게 "남숙이까지 그렇
게 자기학대를 할 필요가 어디 있"(p.40)느냐고 말하면서 남숙이에
대한 자기의 마음을 "타들다가 꺼진" 성냥개비로 인식하고 있다. 그
러면서도 "벽에 꺾이어 움직이는 그림자를 발견하고 성냥개비를 내
던지며 일어서 밖으로 나"서는 모습에 형상화되어 있듯이 두 여자
사이에서 혼란스러워하는 자기의 그림자(shadow)에 대해서도 인식
할 줄 알고 "잠자리가 꼬리를 지어놓은 썩은 물의 약한, 그리고 둔
한 파문을 지켜보면서 거리의 남숙에게 다시 온전한 여인이 되라고
하리라는 결정"(p.45)을 짓기도 하는 남자이기도 하다.

  준근이처럼 자신의 그림자를 보고 그것을 아는 데서 오는 고통을
참고 견뎌낼 수 있다면 비로소 자신의 작은 부분은 해결된다. 그림
자는 인격의 살아있는 부분이며 그렇기 때문에 어떠한 형태로든 함

께 살아가려고 하는 것이다.[462]

　준근은 자학적인 성향이 강하여 명주가 극서와 교제를 하는 것을 알면서도 묘한 쾌감을 느끼기도 한다. 이런 준근의 모습은 부정적인 모성 콤플렉스의 영향력에서 벗어나지 못한 채 어른의 몸으로 살고 있는 '영원한 소년'의 모습이라 할 수 있다. 이런 준근이의 모습은 '영원한 소년'이 보이는 아래의 양상을 하고 있다고 볼 수 있다.

　　이들은 항상 초조하고 조급하고 뭔가에 쫓기고 항상 불안하다. 이들은 어떠한 선택도 하지 않고 안전한 편에 서기 위해 양쪽 길 모두에 약간씩 걸친다. 그는 어떠한 방향이든 그 방향으로 끝까지 가보는 것을 하지 않는다. 왜냐하면 그리 했다가 그 방향이 잘못되었다는 것을 깨닫게 되면 다시 되돌아와야 하기 때문이다. 그러한 어려움을 피할 수 있으므로 그것은 어쩌면 옳은 선택으로 보일 수도 있다. 하지만 그것은 삶을 중지시키고 더 이상의 변화가 없이 인생이 거기에서 고착되어 버린다. 왜냐하면 대극의 상호교류가 방해를 받기 때문이다. 폰 프란츠는 그것이 영원한 소년이 고통을 피하기 위해 사용하는 더러운 트릭이며 그것은 부메랑이 되어 그에게 다시 돌아온다고 하면서, 이들의 해결책은 그것이 무엇이든 한번은 끝까지 철저하게 해보는 것이라고 하였다.[463]

　청년은 "서울서 법학 공부를 하"는 남자이다. 아내와 헤어지려고 하면서도 고향에 내려오면 아내와 잠자리를 같이 하며, 임신한 아내의 배를 발로 걷어차면서 "속으루 낙태하면서 에미꺼지 즉사했으

462) 융, 『원형과 무의식』, p.127.
463) Von Franz, M.L., *The Problem of the Puer Aeternus*, 3rd Edition Inner City Books, 2000, p.151.

면 하구"(p.29) 바라는 몰인정한 남자이다. 그러면서도 생명력이 넘치는 이브 형 여성인 명주를 마음에 두고 있다. 청년은 준근에게 "두 토막으로 잘려도 하나하나 따로 살아나는 지렁이의 어느 토막인 듯도 하다는 생각"(p.43)을 하게 하는 남자로 형상화되어 있다. 또한 "참개구리를 골라잡아 메친 후 대가리를 짓밟은 청년"의 모습은 "무릎 위가 긴 데 비해 아래가 무척 짧은"(p.36) 다리를 가진 모습으로 준근에게 비쳐지고 있다는 점에서 폐병을 앓고 있는 준근과 공통분모를 가지고 있는 것으로 그려지기도 한다. 청년은 명주의 "검붉은 볼"과 "두꺼운 가슴"에 흑심을 품고 있으며, 자신의 "건강한 애를 낳아줄 여자두" 명주뿐이라고 생각한다. 이런 청년의 모습은 뿌에르 에테르누스가 가진 전형적인 모습인 "여성과의 개인적인 관계에 어려움을 겪"으면서 "'돈 주앙처럼 보이는" 행동을 하는 남성상을 보여준다.

재동영감도 명주에게 흑심을 품고 있다. 재동영감은 "날아드는 벌을 지키다가 이따금 한 마리씩 손가락으로 눌러 비비곤 하"는 남성이다. 재동영감은 "명주의 등뒤로 가 애의 발을 끌어다 혓바닥으로 핧"으며 "이빨 없는 검은 잇몸을 드러내고 으흐이며 웃"는다. 영감의 아내는 "도망"간 것으로 표현되어 있다. 재동영감과 청년은 '두꺼비'의 이미지를 가지고 있는 남성상으로 그려진다.

재동영감은 '영원한 소년'인 '준근'의 그림자(shadow)로, 소년의 대극인 '노인(Senex)'의 면모를 보인다. 즉 재동영감은 원형으로서의 노인(Senex)이 인격화되어 나타난 것으로, 영원한 소년의 대극으로서 부정적인 측면이 강조된 모습을 가지고 있다.

재동영감은 '지루하고 생기 없고 답답하며 우울하다'. 그러한 노인의 면모는 동정심이 없고 냉혹하며 보수적이고 생기 없는 케케묵은 원리만 고수하는 '늙은 왕'의 것이다. 즉 재동영감은 뿌에르 에테르누스인 준근이의 그림자로 형상화되어 있는 것이다. 준근이와 재동영감의 모습은 대극으로서의 영원한 소년과 늙은 왕의 짝에 대한 상징으로 볼 수 있다.

영원한 소년이 늙은 왕을 대신하는 양상은 삶을 새롭게 하는 것이며 분리된 대극의 합일로서, '새로운 내적인 인간' 혹은 비밀스러운 물질의 부활이자 '자기(Self)'의 좀 더 완성된 새로워진 상징을 보여준다. 이 두 부류의 인물, 즉 늙은 지배자로서의 아버지와 날개 달린 아들은 서로 대극이기도 하지만 결국은 하나가 되려는 성질을 가지고 있기 때문에 연금술사들은 그들의 물질을 '노인과 소년(senex et puer)'이라고 하였다. [464] '영원한 소년'인 '준근'의 거친 남성적인 그림자가 의식화되어 자아의식에 동화되지 못하였기에 그 자신을 해치는 형태로 나타나게 된 것이다.

한편 「허수아비」에는 생명체가 많이 등장한다. 준근이는 송충이에 붙어 있는 개미떼 근처에 두 토막을 낸 지렁이를 갖나 놓기도 하며, 재동영감이 죽여 "떨어지는 수벌을 세"(p.25)기도 한다. 또한 "두꺼비 앞에 죽은 쇠파리를 떨구어주"(p.32)기도 하는 준근. 하지만 두꺼비는 준근이 가져다 놓은 죽은 쇠파리는 먹지 않다가 "마침 장독에서 날아온 파리 한 마리가 두꺼비에게 가까이 왔는가 하는 순간" "잽싸게 파리를 입안으로 말아들"(pp.33~34)인다. 준근이는 이런 모습을 보고 생명력에 대한 강한 갈망으로 "개구리가 뛰는" 들로

---

464) Von Franz, M.L., 앞의 책, 1990, pp.312~313.

나가고 싶어 한다. 봉숭아의 씨가 "햇볕에 여물어 혼자 튀어나고 있"(p.38)는 환경 속에서 준근이는 생명에 대한 강한 열망과 함께 병약한 자기 자신에 대해 자괴감을 느끼게 된다.

두꺼비는 중국 설화에서 달의 동물로서 여성적인 생명력을 상징하며 신비한 치유력을 지니고 있다고 한다.[465] 동양사상에서는 두꺼비가 생태학적으로 어두운 곳과 습한 것을 좋아하여 물과 달과 어두움과 함께 음의 성질로 간주된다. 반면에 두꺼비와 유사한 개구리는 남성성을 나타낸다.[466] 즉 준근이는 개구리와 같은 건강한 남성성을 갈망하고 있는 것이다.

융은 민담에 등장하는 동물들은 초월적 존재로서 정신(Geist)의 원형이라고 말한 바 있다.

> 민담에서 주인공을 도와주는 동물 주제가 나온다. 이러한 동물들은 인간처럼 행동하고 인간의 언어로 말하고 인간보다 뛰어난 영리함과 지혜를 보여준다. 이 경우에 사람들은 가이스트(정신) 원형이 동물의 형상을 통해서 표현된다고 말해도 좋을 것이다.[467]

한편 황순원은 단편 「두꺼비」에서 은혜를 갚기 위해 자신의 생명을 아끼지 않는 충직성과 용기를 가진 두꺼비 설화를 제시한 바 있

---

465) 이부영, 『한국민담의 심층분석』, 집문당, 1995, pp.304~305.
466) 한국 사회에서 두꺼비는 남성성을 의미할 때가 많다. "떡 두꺼비 같은 아들"이라는 표현에서 두꺼비는 한국인에게 친근하고 복스러운 남성 이미지로 드러난다. 우리나라 민담 〈지네 장터〉이야기에 등장하는 두꺼비는 소녀가 주는 밥을 먹고 힘이 세어져서 지네를 이기는 동물로 나온다.(오진령, 『콩쥐 팥쥐와 모성 콤플렉스 – 융심리학으로 동화 읽기』, 이담, 2013, p.97.)
467) 융, 『원형과 무의식』, p.195.

다. 또한 「두꺼비」에서 그가 변용한 두꺼비는 마음먹은 일이 있으면 어떤 수를 써서라도 이루어내고 남을 해칠 수도 있는 독기를 지닌 존재로 변용된다.

> 두꺼비 같은 것, 두꺼비 같은 것, 장마철에 떡돌 밑에서 기어나온 옴두꺼비 같은 것 [……] 그놈의 아가리로는 파리 대신 불고기와 소주와 마늘 [……] 참 그놈의 두꺼비 아가리에서 나오는 냄새란 속이 빈 사람에겐 영 견딜 수 없더군.
> 문득 어려서 어른들한테 들은 옛이야기의 한토막이 머릿속을 스치고 지나갔다. 두꺼비가 자기를 길러준 처녀를 위해, 처녀를 채가려 온 구렁이에게 훅훅 독기를 내뿜어 대들보 같은 구렁이를 쿵 하고 천정에서 떨어뜨려 죽이고 자기도 기진해 죽었다. 두꺼비의 독기가 이만한 것이다. 지금 자기가 두꺼비 입김에 쫓기어나온 것도 무리가 아니다. 겨우 다 죽어가는 실뱀 푼수밖에 못 되는 자기쯤은……그리고 병든 구렁이노파도. 참 그 구렁이노파네는 어찌 됐을까? 그 가엾은 구렁이 노파네는?[468]

위에 인용된 실제의 상황은 전재민(戰災民) 현세가 양복을 팔아 가족의 끼니거리인 감자를 사려고 남대문시장으로 가는 도중, 고향 친구인 '두꺼비'라는 별명을 가진 두갑이를 만나 대화를 하게 된 부분이다. 현세는 '두꺼비'의 연출에 놀아나게 된다. 이처럼 황순원은 설화를 변용하여 동물에 담긴 집단무의식을 형상화하는 데 있어 한국적 변용을 꾀하기도 한다.

한편 재동영감은 거미줄을 걷으며 "쌍녕의 거미새끼 다 죽엔 없

---

468) 황순원, 「두꺼비」, 『황순원전집』 2, pp.80~81.

애야디"(p.24)라고 말하는 등 생명에 대해 경시하는 모습을 가진 인물로 등장한다. "날아드는 벌을 지키다가 이따금 한 마리씩 손가락을 눌러 비비곤 하"기도 하던 재동영감은 명주가 애를 업고 나타나 "건 왜 죽이우?"라고 묻자 "이제부턴 수벌이란 넘은 꿀만 처먹으니긴."이라고 말하기도 한다. "썩은 물에 날개가 째진 한 마리가 꼬리를 담그면서" 날고 있다. 잠자리가 썩은 물에 꼬리를 담그고 있는 것은 알을 낳기 위함이다. 잠자리[469] 애벌레는 물속에서 모기 유충을 잡아먹기 때문에 물속에 알을 낳는다. 유충 시기는 물속에서 지내며 성충은 보통 물가에서 볼 수 있다.[470]

「허수아비」에서 알을 낳기 위해 썩은 물에 꼬리를 담그는 잠자리도 '생명을 제공하는' 모성을 보여준다. 잠자리는 날개가 째진 상태이면서도 알을 낳기 위해 썩은 물이나마 꼬리를 담근다.

이런 환경에서 준근은 명숙이에게 피임하지 말고 자식을 수태하고 낳아 기를 수 있는 "온전한 여인"(p.45)이 되라고 말해야겠다고 다짐한다. 따라서 준근은 "언제 사태처럼 밀려나갈지 모르는 생명이 무서울 턱이 없"(p.29)다고 생각하던 지난날과 달리 모성에 대해 재인식하게 된 것으로 볼 수 있다.

이처럼 「허수아비」에서 준근이와 재동영감은 그들에게 자신의

---

469) 물속에서 사는 유충은 물고기나 다른 수서 곤충을 잡아먹으며 살아가는데 이를 가리켜 '물속에서 물고기를 잡으려고 꼼짝 않고 있는 도마뱀'이라고 표현하기도 한다. 이 못생긴 유충이 작은 요정과 같은 잠자리로 탈바꿈하면 곤충세계의 용처럼 하늘을 나르며 곤충들의 사냥꾼으로서 살게 된다. 잠자리는 유충 및 성충 시기에 파리나 모기 같은 해충을 잡아먹음으로써 사람에게는 익충으로 여겨지지만 왕잠자리나 부채장수잠자리와 같은 대형 종류의 유충은 올챙이나 물고기의 치어까지 포식함으로써 양어장 등에는 치명적인 영향을 주기도 한다.

470) 한국민족문화대백과, 한국학중앙연구원

모순적인 양면성을 분리시켜 투사하면서 그들과의 서사적 관계 속에 내면의 갈등을 투영시킨다. 이런 인물들의 특징은 프리드먼이 말하는 상징적 주인공의 성격에 부합된다고 말할 수 있다.[471] 이들의 서사는 동시적으로 병행하며 긴밀한 교호작용을 통해 하나의 균형 있는 전체를 이룸으로써 작품의 의미를 완성시킨다. 그런 면에서 이 소설의 구조는 대위법적이다. 음악용어에 기원을 둔 대위법이라는 개념 속에는 대립물들의 통일과 불일치 속의 조화라는 의미가 함축되어 있는데, 바로 여기에 대위적 구조가 생성하는 미적 효과가 담겨 있다.[472] 준근과 재동영감은 대위법적 관계 안에서 본질적인 통일성을 부여받는다. 이렇게 이 작품은 대립항들 간에 미완의 변증법을 보여주면서 자아와 그림자의 양면성을 잘 형상화하였다.

또한 이런 준근의 모습은 "추한 면까지 포함"하는 "이분법의 와해"를 보여주고 있기에 "순수/타락의 이원적 대립"에서 벗어나 폭넓어진 황순원의 세계관을 엿볼 수 있다는 점에서 또 하나의 의의를 찾을 수 있다.[473]

(2) 「아내의 눈길」

「아내의 눈길」은 생명이 있는 존재를 소중하게 여기는 긍정적 모성성이 담겨 있는 작품이다. 주인공 현구는 "삼년 전" "서른한 살 때 서울에서의 장래성 없는 봉급생활에 싫증을 느끼고" 고향인 갈맷골

471) 랠프 프리드먼, 신동욱 역, 『서정소설론』, 현대문학, 1989, p.33, p.68. 참조.
472) Ibid., p.43, pp.63~65. 참조.
473) 진형준, op.cit; 『황순원연구총서』 2, p.150.

에 내려와 양돈을 시작한 남자이다. 하지만 현실은 현구 내외가 예
상했던 것보다 어려운 상황이다.

> 모든 것이 예상했던 것보다 힘들었다. 그러나 앞날을 바라보고 보
> 람으로 삼았다. 참고될 책을 읽고 부지런히 경험자에게 묻고 배웠다.
> 센 일만 날품을 사서 하고 그 외의 것은 전부 현구 자신이 했다.
> 금년에는 돼지 스무 마리 쯤 더 늘일 수 있을 만큼의 온갖 식물을
> 심었다. 돼지감자를 비롯해서 밀, 보리, 콩, 옥수수, 감자, 호박 등.
> 그랬던 것이 가뭄 때문에 밀, 보리, 콩은 이미 결판이 났고, 이대로
> 가다가는 언제 고구마를 꽂게 되는지조차 모를 형편이니 돼지수를 늘
> 이려던 계획은 완전히 틀어지고 만 셈이다.[474]

하지만 자두나뭇집 할머니, 돼지감자, 태모돼지, 붕어 등과 같은
생명을 바라보는 현구 내외의 눈길은 힘겨운 상황이라고 달라지지
않는다. 생명 존중의 따뜻함과 배려가 내외의 마음속에 담겨 있는
것이다. 현구는 정부의 농어촌 고리채 정리 문제로 채권자와 채무
자의 관계가 되어 "원수처럼 지내오는 사이"가 된 노파와 유 서방
의 관계를 풀어나가는 데에 있어서도 관계의 호전을 바라면서 노력
한다.

> 자두나뭇집 할머니네 집쪽으로 걸어가는 소녀의 옹배기 속에서 고
> 기가 푸드득거린다. 그 소리를 들으며 현구는 저렇듯 펄떡이는 고기로
> 해서 노파와 유서방이 화해되기를 바라는 마음에 다시 한 번 흔감스런
> 미소를 지었다.(p.41)

---

474) 황순원, 「아내의 눈길」, p.37.

하지만 유 서방이 보낸 붕어를 자두나뭇집 할머니가 돌려보냄으로써 "두 사람의 상호불신"은 끝나지 않게 된다.

> "그런데 말야, 그러지 않아두 심보가 노랭인 할망구가 황달병에 걸려서 얼굴까지 샛노래가지구 골골하구 다니는 꼴이 보기 딱해서 붕얼 보냈더니 그 할망구 저 할짓 다 하구서 죽은 고길 돌려보냈다구 유서방은 유서방대루 펄펄 뛰더라네. 갓 잡아 펄떡펄떡 뛰든 멀쩡한 붕어가 그냥이야 쉽게 죽을 리 있겠느냐는 거지. 필연쿠 그 할망구가 황달을 옮겨줘서 죽여놓군 도루 보냈다는 거야."
> 모여앉은 사람들 속에서 또 나지막한 메마른 웃음이 솟았다.
> 현구는 붕어가 황달에 약이 된다는 걸 처음으로 알았다. 붕어를 먹어서 약이 되는 게 아니고 황달들린 사람이 산 붕어를 들여다보면 황달이 붕어에게 옮겨져 병이 낫는다는 것이다.(p.43)

붕어[475]는 "붕어의 눈만 바라보고 있어도 환자의 눈에 있는 노란 물이 붕어의 눈으로 옮겨진다"는 속설도 있듯이 황달 치료에 효험이 있는 물고기로 손꼽힌다. 한편 붕어를 물에 담가 놓고 그 옆에 앉아서 노는 것을 쏘아보면 붕어가 노랗게 되고, 붕어의 눈 색깔이 바뀌면 황달이 낫는다는 것은 황달에 붕어가 효험이 있음을 보여주는 체험적 사례이다.[476] 이러한 황달 치료가 비과학적인 민간요법이라는 짐은 이 동네가 샤머니즘적인 세계관이 지배하고 있는 곳임을

---

475) 붕어는 환경에 대한 적응성이 가장 강한 물고기로서 하천 중류 이하의 유속이 완만한 곳이나 호소(湖沼) 또는 논에 살며, 수초가 많은 작은 웅덩이에도 잘 산다. 자연적으로나 인위적으로 변이(變異)가 일어나기 쉬운 물고기로, 가뭄이나 수질 오염에 대한 저항력은 대단히 강하다.(한국민족문화대백과, 한국학중앙연구원)

476) 류상채, 『기적의 민간요법』, 건강 다이제스트사, 1999, p.291.

보여준다는 점에서 주목을 요한다. 이곳도 「닭제」의 공간적 배경처럼 집단무의식의 영향력이 우세하게 작용하는 신화적 공간이라고 볼 수 있기 때문이다.

한편 현구는 "자기보존본능에 사로잡혀 앞뒤를 가리지 않"고 "다시없는 이기주의자"가 되어가는 동네사람들의 모습을 보며 가슴 아파한다.

> 현구의 마음은 좋지 않았다. 물으려던 돼지얘기도 꺼내지 못하고 말았다. 이곳 농민들이 자기보존본능에 얽매여 있는 동안은 그래도 나은 것이다. 상호불신이 만연되고 자기보존본능마저 기진해서 포기해버렸을 때의 일을 생각하면 무서워지는 것이다. 그것은 가뭄 같은 재해 따위가 문제 안될 만큼 무서운 일이 아닐 수 없었다.(p.43)

한편 현구의 아내가 보여주는 생명 존중의 마음은 현구와 차이가 있다. 막동이 돼지가 생명을 부지하고 있는 것을 보고 "어미돼지의 다음 배를 위하여" "변변치 못한 새끼 하나쯤 없애버리는 것은 문제가 아닌 것"으로 생각하는 현구와 달리, "가뭄 같은 재해 따위가 문제 안될 만큼 무서운 일이 아닐 수 없"는 상황에서도 현구의 아내는 생명을 소중하게 여긴다.

> "감자두 감자지만…… 땅이 울겠어요."
> 하고는 일어나 터덕터덕 집께로 내려가버린다.(p.38)

어미돼지는 「지나가는 비」에서의 '매'와 마찬가지로 새끼를 낳고 키워내는 자연으로서의 모성성을 가지고 있는 어미이다. 어미돼지도 현구의 아내와 마찬가지로 전체성을 이루기 위해 관계를 맺게 하는 모성의 역할을 담당하면서 현구에게 생명에 대한 경외감을 갖게 하는 계기를 만들어주고 있다.

또한 「막은 내렸는데」에서 남자가 마음을 여는 계기가 되는 매춘부의 젖가슴과 마찬가지로, 가슴[breast]은 모성·양육·보호·사랑의 상징이며, 양육자로서의 '태모(太母)'를 상징한다. 이처럼 원형은 인간으로 하여금 부모, 어린이, 남녀 연인 등의 존재에 본능적이고 자발적으로 반응하도록 준비시키고 촉진한다는 것을 어미돼지를 통해서도 확인해볼 수 있는 것이다.

한편 현구는 간신히 목숨만 부지하고 있는 돼지새끼를 차마 외면할 수 없어 궤짝에 넣어 안방에 둔다. 그리고 나서 공연한 짓을 하고 있는 게 아닌가 하고 생각하기도 한다. 하지만 현구는 새끼 돼지의 생명이 경각에 달려 있더라도 끝까지 잘 살아남을 수 있도록 보호해야 한다고 말하는 '아내의 눈길'에 애처로움을 느끼면서도 긍정적 모성성의 발현인 '눈길'에 영향을 받게 된다.

> 아내는 희미한 불빛 속에 무거운 눈꺼풀을 내리깔았다. 그러면서 다시 조용히 말하는 것이었다.
> "하여튼 아직은 죽지 않은 걸요."
> 어째서인지 몰라도 그 말소리가 지금껏 현구 자신이 생각하고 있던 것들을 알고 하는 말처럼만 느껴졌다. 현구는 잠잠히 있었다. 아내는 몸을 일으키더니 남폿불빛이 비치는 둘레를 벗어나 어둠속 돼지죽 끓이는 솥께로 가버린다.(p.52)

현구는 막동이 돼지새끼의 "자잘한 떨림"을 "죽어가는 중"이라고

느낀다. 그래서 돼지새끼를 "솜에 싸서 궤짝에 넣"고는 "들여다보지
도 않"는다. "그저 아내의 말이, 눈길이, 묘하게 머리에 남아 한번
손을 써보자는 것뿐, 직접 죽인다는 행위 없이 제김에 죽기를 기다
리는 거나 다름이 없"는 태도를 보이는 것이다. 그러면서 현구는 어
미돼지가 사산을 하게 된 원인을 생각해본다.

"하지만 이러는 동안도 한구의 마음은 적잖이 착잡"한 상태가
된다.

> 이러는 동안도 현구의 마음은 적잖이 착잡해있었다. 결국은 이제
> 죽고 말 것에 신경을 쓰며 돌볼 필요가 무엇이냐는 생각이 아내의 눈
> 길과 엇갈려 시종 현구를 떠나지 않고 있었다.(p.46)

이렇게 갈등하는 사이 현구는 닭울음소리에 잠이 깬다.

> 닭울음소리는 처음엔 한두 마리의, 그 뒤를 이어 두세 마리의, 그리
> 고는 여러 마리의 울음소리가 멀고 가까운 데서 합쳐져 들려오는 것이
> 었다. 시골 나와 밤중에 닭 우는 소리를 처음 듣는 건 아니나 이처럼
> 무성하게 느껴져오는 닭울음소리는 처음이었다. 지금 그 닭울음소리
> 가 메마르고 두터운 어둠속에 무수한 구멍을 뚫어놓는 것만 같았
> 다.(p.46)

닭[477]은 새벽을 알리는 동물로서 닭의 울음소리는 귀신을 쫓는 벽

---

477) 닭은 신라의 시조설화와 관련되어 등장한다. 『삼국사기』와 『삼국유사』의 김알지(金
閼智)의 탄생설화를 통해 닭이 이미 사람과 친밀한 관계에 있었음을 알 수 있다.
닭과 관련된 길조도 매우 많다. 닭의 목을 먹으면 목청이 좋아진다고 하며, 닭이
감나무에 올라가면 재수가 좋다고 한다. 또한, 닭이 쌍알을 낳으면 집안이 흥한다고

사의 기능을 가진다. 그래서 닭이 제때 울지 않으면 불길한 징조로
여겨진다. 닭이 초저녁에 울면 재수가 없다고 하고 밤중에 울면 불
길하다고 하며 수탉이 해진 뒤에 울면 집안에 나쁜 일이 생긴다고
한다.[478] 『동국세시기』에는 정월원일(正月元日)에 항간에서는 벽 위
에 닭과 호랑이의 그림을 붙여 액이 물러나기를 빈다는 기록이 있
다. 여기서도 닭은 액을 막는 수호초복의 기능이 있는 동물로 나타
난다.[479] 「아내의 눈길」에서도 닭울음소리는 바로 현구가 품었던 생
명에 대해 경시하는 마음을 쫓아내는 기능을 하는 것이다.

　앞에서도 언급한 바와 같이, 융은 민담에 등장하는 동물들이 초
월적인 존재로서 정신의 원형이라고 말한 바 있다.

> 　민담에서 주인공을 도와주는 동물 주제가 나온다. 이러한 동물들은
> 인간처럼 행동하고 인간의 언어로 말하고 인간보다 뛰어난 영리함과
> 지혜를 보여준다. 이 경우에 사람들은 가이스트(정신) 원형이 동물의
> 형상을 통해서 표현된다고 말해도 좋을 것이다.[480]

　이렇듯 동물의 상징은 모성원형에 가깝다. 동물이 가진 속성 중
주목을 요하는 부분은 동물이 충동과 본능에 따라 살아간다는 사실
이다. 동물은 무의식적 본성을 품고 있는 존재이다. 그런 면에서 동
물의 앎과 의지는 곧 본성의 앎과 의지이다. 이는 각 종(種)이 가지

하고, 닭이 항상 나무 밑에 있으면 그 집안에서 벼슬할 사람이 나온다고 한다.(『국어국
　문학자료사전』, 한국사전연구사, 1998.)

478) 한국민족문화대백과, 한국학중앙연구원.

479) 『국어국문학자료사전』, 한국사전연구사, 1998.

480) 융, 『원형과 무의식』, p.195.

고 있는 집단무의식의 법칙성을 의미하기도 한다. 융이 언급했듯이, 모든 생명의 시작과 끝인 위대한 모성으로 되돌아간 사람은 절대적 앎으로 돌아간 것으로 볼 수 있다. 동물은 그러한 무의식의 앎을 상징하는 데 아주 잘 부합한다. 따라서 동물은 전체성의 상징이 된다.[481]

여기에서 닭울음소리는 아내의 목소리를 대변하는 것이면서 동시에 모성원형이 현구에게 생명의 소중함을 떠올릴 수 있도록 경각심을 일깨우는 소리라 할 수 있다. 그런 점에서 현구의 '자기(Self)'가 '자아(Ego)'를 일깨우는 소리라고도 볼 수 있는 것이다. 그래서 현구에게 닭울음소리는 "여러 마리의 울음소리가 멀고 가까운 데서 합쳐져" "무성하게 느껴져오"는 것으로 인식된다.

주지하다시피 황순원의 소설에서는 동물들에 대한 이야기가 유난히 많이 나온다. 『일월』에서는 소가 인간을 포함한 모든 생명체의 근원과 일치되는 것으로 상징화되어 사용된다.[482] 황순원은 여러 동물들을 주제와 관련시켜 비유적으로 설명한 작가이다. 이렇게 모성애나 애정의 갈등 같은 복잡한 감정들이 동물적인 본능과 그 속성들로 비유될 때, 바로 그것은 〈넉넉한 시〉로서의 소설이 된다고도 볼 수 있다.[483]

한편 궤짝에서 뭔가가 자꾸 움직이는 소리가 들려오자 현구는

481) 지벨레 비르크호이저 – 왜리, 이유경 역, 『민담의 모성상』, 분석심리학연구소, 2012, pp.82~84.
482) 이태동, 「실존적 현실과 미학적 현현」, 김종회 편, 『황순원』, 새미, 1998, p.90.
483) 송하춘, 「문을 열고자 두드리는 사람에게 왜 노크하냐고 묻는 어리석음에 대하여」, 『작가세계』, p.55.

"닭 울음소리가 메마른 어둠 속에서 뚫어 놓은 무수한 구멍 같은 것이" 자신의 "가슴에도 무수히 뚫리는 듯함'을 느끼게 되고, 현실의 중력에 짓눌려 갈등하던 모습에서 벗어나 생명의 가치를 새삼 깨닫기에 이른다.

> 그런데 아, 궤짝 속에서 또 움직이는 소리가 들려왔다. 약하긴 하나 좀 전보다 더 똑똑했다. 그리고 한 자리에 머물러있지 않고 이동하고 있는 것이다. 그러자 좀 아까 닭 울음소리가 메마른 어둠 속에 뚫어놓은 무수한 구멍 같은 것이 현구의 가슴에도 무수히 뚫리는 듯함을 느꼈다.(p.46)

이처럼 모성원형은 생명을 돌보고, 유지시키고, 성장하게 하고 풍요롭게[484] 한다. 생명을 바라봄에 있어서 소중한 마음으로 대하는 '아내의 눈길'과 모성원형을 상징하는 '닭울음소리'는 현구를 성장하게 하고 풍요롭게 만들고 있는 요소가 되고 있는 것이다.

모성은 심리학적인 것뿐만 아니라 영혼을 담은 용기로서의 신체라는 의미에서 인간 존재의 물질적 근거를 의미한다.[485] 그렇기 때문에 자연으로서의 모성은 물질의 특성과도 연관된다. 폰 프란츠는 그녀의 저서 '연금술'에서 많은 모성신들이 물질의 관념과 연결되어 있는데, 그것은 단어 자체가 '어머니'[486]와 연관되어 있을 뿐만 아니

---

484) 융, C.G., 한국융연구원 C.G. 융 저작 번역위원회 역, 앞의 책, 「어머니와 재탄생의 상징들」, 2006, p.202.

485) '어머니'는 하나의 원형이다. (중략) 그래서 또한 무의식, 자연스러움, 충동성, 생리적인 것, 우리가 그 속에 살거나 또는 우리가 거기에 포함되어 있는 몸이다.(융, C.G., 한국융연구원 C.G. 융 저작 번역위원회 역, 「꿈 분석의 실용성」, 『정신요법의 기본문제』, 융 기본 저작집 1, 솔, 2001, p.146.)

라, 모든 물질에 투사되는 것과 자연과학자들의 마음의 배후에 존재하는 원형적인 사고의 모델은 모성원형으로부터 나오는 것이기 때문이라고 보았다.

앞에서 언급한 바와 같이 모성성은 어머니가 자식을 낳고 기르듯이, 그리고 대자연이 자신의 생산물들을 낳고 기르듯이 양육하고 길러내는 특성을 가진다. 이런 모성성의 영향력은 현구의 변화에서도 확인된다. 이처럼「아내의 눈길」은 '생명을 돌보고, 유지시키고, 성장하게 하고 풍요롭게' 만드는 힘을 가진 긍정적 모성성이 잘 드러나 있는 작품이라 할 수 있다.

2) 전형성을 지닌 한국적 모성성 -「기러기」·「뿌리」

(1)「기러기」

「기러기」에 등장하는 주인공 쇳네는 황순원이 추구하는 원형적인 모성성을 간직하고 있는 여인이다. 쇳네는 건강한 생명력을 지녔으며 남편과 자식을 위한 희생을 묵묵히 감수한다는 점에서 전형성을 지닌 한국적 모성상이라고 말할 수 있다.

쇳네는 자기의 뜻과는 상관없이 아버지가 정해준 대로 혼인하였다. 아버지가 동이를 데릴사위로 선택한 이유는 "그저 일꾼이 필요"했기 때문이었다. 하지만 "동네에서 부지런하기로 소문"이 났던 쇳네의 남편 동이는 "데릴사위로 들어온 지 일 년도 채 못 되어서부터 점점 게으름"(pp.204~205)을 피우다가는 "아내의 은동곳(은비녀), 은

---

486) 물질이라는 뜻의 'matter'와 어머니 'mother'라는 단어의 유사성을 말함.

가락지를 내다가 팔"고 "성한 옷가지 같은 것도 꺼내" 내가며 "평양
서 입고 나온 양복과 구두도 팔아 없"애고 "장인 몰래 쌀말을 퍼내
가기도 하는 등"(p.206) 무능하고 무책임한 사람으로 변하게 된다.

> 마침내 쇳네 남편은 쇳네더러 돈을 내놓으라고 매질까지 하게 됐
> 다. 어디 분명히 감추어둔 돈이 있을 테니 그걸 내놓으라는 것이었다.
> 쇳네는 어머니가 남겨주고 간 구리 가락지를 뽑아주었다. 그러나 남편
> 은 버럭 고함을 지르며, 이 미물아, 이게 무어 돈 될 물건인줄 아느냐
> 고, 도로 쇳네 면상에다 내던져버리고 말았다.[487]

어린 아내인 쇳네는 남편이 "그냥 무섭기만 했"지만, 남편의 폭력
과 욕설에 아무 말 없이 자신의 어머니가 물려준 반지마저 남편에
게 빼어주는 여성성을 보여준다. "이런 가운데서 쇳네는 게으른 남
편의 몫까지를 대신하듯이 부지런히 일을"(p.207) 하며 힘든 삶을
꿋꿋하게 살아간다. 그녀는 아버지를 병으로 잃게 되는 아픔을 겪
게 되지만, 이러한 아내와 팔삭둥이 아이에 대한 남편의 무관심과
무심함은 계속된다. 이러한 외부의 절망적인 상황에서 "언제 죽을
지도 모를 작은 핏덩어리"(p.209)인 팔삭둥이만이 쇳네에게 살아가
는 힘이 되어준다.

> 남편은 한 번도 애를 들여다보는 법도 없이, 종자로 따들인 호박을
> 베고 밤낮 천정만 바라보고 있더니, 무슨 생각을 했는지 하루는 휙 밖
> 으로 나가버렸다. 그리고는 다음날까지 집에 들어오지 않았다. 이 동

---

487) 『황순원전집』 1, p.206.

구 밖으로 나온 이후로 처음 있는 일이었다. 그러나 쇳네는 혼자 이 언제 죽을지도 모르는 작은 핏덩어리를 의지하는 마음만으로 이제는 살아갈 수 있을 듯했다. 이 마음은 다음날에 가서는 더욱더 쇳네의 가 슴 속을 자리잡아 나갔다. (중략)

애는 요행 죽지 않고 살아났다. 쇳네는 죽자하고 일만 했다. 먹을 것도 먹지 않고, 남에게 갚아줄 것부터 앞세웠다. 그리고 모든 힘들고 고됨이 이 어린애로 해서 다 사라져버렸다.(p.209)

이렇듯 쇳네는 '치유'하는 자연모성으로서 아이에게 '적절한 생 명력을 공급'하고 외부의 고난을 헤쳐 나갈 수 있는 힘이 되어주고 있다. 또한 쇳네는 쇳네의 삶과 가정을 황폐화시킨 주범이 두 오빠 와 데릴사위 남편임에도 불구하고, '따뜻하게 감싸 안아주며 위로 하고 자비를 베푸는' 긍정적인 모성성을 보여준다. 이로써 흩어진 가족을 한데 모으려고 눈물겨운 노력을 기울이는 한국적 모성상으 로 형상화된다. 이런 쇳네의 모습은 '아이를 안전하게 보호하고 먹 여주고 기르는' 긍정적 모성성을 보여준다고 말할 수 있다.

즉 쇳네는 새 생명을 출산하고 그 생명을 죽음의 고비에서 살려 내면서 여성 특유의 강렬한 힘을 주변에 발산하고 있는 것이다. 이 와 같은 여인상은 바로 작가가 식민지 말기의 어두운 시대에 강렬 한 그리움으로 붙잡은 '한국적 여인의 원형'[488]이기도 하다.

융에 의하면 어머니에 관한 민족심리학적 형상이 비록 보편성을 띄고 있다고는 하나, 이런 상은 임상적·개별적인 경험에서는 근본 적으로 변하는 속성을 가지고 있다.[489] 따라서 쇳네는 긍정적인 모

---

488) 이동하, 「전통과 설화성의 세계 – 황순원의 '기러기'」, 『물음과 믿음 사이』, 민음사, 1985, p.102.

성성이 가지고 있는 보편성을 잘 드러내고 있을 뿐만 아니라, '겨레의 기억'을 지닌 한국적인 모성상으로 탁월하게 형상화되었다고 말할 수 있다.

특히 쇳네는 각박한 현실을 긍정적으로 수용하는 근원적 생명력을 선명하게 드러내는 여성이다. 즉 '모든 것을 시작하게 하고, 돌보고, 유지시키며, 성장하게 하고 풍요롭게 하는' 모성원형[490]이 쇳네에게 '건강한 생명의 세계, 혹은 모든 상처와 고통을 감싸 안는 조건 없는 사랑과 보살핌의 세계'[491]로 나타난다. 이로써 쇳네는 '전체성을 이루기 위해 관계를 맺게 하는 성향을 가진' 태모(太母)로 형상화된다.

한편 쇳네는 자기에게는 "그저 무섭고 싫기만" 한 남편이지만 "애에게만은 아비 없는 자식이라는 말을 듣게 해서는 안 될 것 같"(p.209)다는 생각으로 남편을 기다린다. 그러다가 쇳네는 남편의 편지를 계기로 하여 아이와 함께 남편이 있는 만주로 떠나겠다는 결심을 하게 된다.

> 자기는 아무래도 좋았다. 열일곱 살에 벌써 생과부가 됐다는 말도 참을 수 있었다. 단지 애에게만은 아비 없는 자식이란 말을 닫게 해서는 안 될 것 같았다. 도리어 자기에게는 무섭고 싫은 남편이건만 애에게만은 아비 없는 자식을 만들어서는 안 될 것 같았다. 그러면서 쇳네

---

489) 융, 「모성 원형의 심리학적 측면」, 『원형과 무의식』, 융 기본 저작집 2, p.203.

490) 융, C.G., 한국융연구원 C.G. 융 저작 번역위원회 역, 앞의 책, 「어머니와 재탄생의 상징들」, 2006, p.202.

491) 박혜경, 「현세적 가치의 긍정과 미학적 결벽성의 세계」, 『황순원』, 김종회 편, 새미, 1998, p.101.

는 이젠가 저젠가 남편을 기다리게 됐다.(p.209)

쇳네는 "못된 놈 제 색시 팔아먹을지 누가 아느냐"고 "아예" 만주에 "들어갈 생각은 말라고" "타이르듯" 말하는 살구나뭇집 할머니의 말을 듣고도 동요되지 않고 아무 대답 없이 앞 한곳만 바라본다.

그러고도 며칠 지난 뒤 어느날, 쇳네는 마당가에서 아지랑이 낀 들판을 내다보다 문득 안고 있던 애를 들여다보며, 너 아바지한테 간다, 하고 말았다. 그리고는 지금 자기가 한 말에 저 스스로 깜짝 놀랐다. 가슴이 울렁거려지며 귀밑이 홧홧 달아올랐다. 누가 혹시 자기의 말을 듣지 않았나 해 방으로 달려들어오고야 말았다.
방안에 들어와서도 쇳네는 한참을 설레는 가슴을 진정치 못했다.(pp.210~211)

'너 아버지한테 간다'는 쇳네의 발언은 무의식적인 내면의 소리인 자기(Self)가 건네주는 말로 볼 수 있다. 이 부분에서는 특히 '주체와 객체간의 관계를 맺게' 하기도 하지만 '개인 안에서 개별적인 정신의 부분들과의 관계-다시 말하면 의식과 무의식의 관계-를 통해 전체로서의 정신을 이루게 하는 역할'[492]을 하는 긍정적 모성성이 잘 드러나고 있다.

그런 가슴 한구석으로부터 아주 먼 지난날 어머니와 동네 늙은이들이 무슨 말끝엔가 한, 도시 여자란 바늘 가는 데 실 따라가는 격으로

---

492) Jung, C.G., C.W.5, *Symbols of transformation, the dual Mother*, routledge & Kegan Paul Ltd., London, p.324.

아무래도 남편을 따라가게 마련이라던 말이 떠올랐다. 그러나 지금 쇳
네는 자기만은 그렇지 않다고 몇 번이고 되뇌였다. 절로 고개까지 저
어졌다. 그러면서도 가슴속 깊이에서는 역시 자기는 가야 한다는 생각
이 한층 굳어지고 있었다.(p.211)

　이렇듯 사랑은 우리로 하여금 자기 자신으로부터 나와 다른 사람
에게로 향하게 함으로써 자기 자신을 외화하게 한다. 그것은 또한
우리를 치유하고 전체가 되게 한다. 모성애는 이처럼 에로스로 내
적으로나 외적으로 단절된 균열을 치유하는 능력을 가지고 있는 것
이다.[493]
　결국 「기러기」에서 모성의 의미는 "진정한 모성애야말로 이기적
인 것이 아니고 전부를 줄 수 있으며, 사랑하는 이의 행복이외에는
아무 것도 바라지 않는 것"[494]이라고 말한 에리히 프롬의 말처럼, 온
갖 악조건을 견뎌내는 최후의 보루로서 귀결되고 있는 것이다. 이
처럼 「기러기」에서는 온갖 불행으로 점철된 삶을 품어 내고 그 상
처를 치유하기 위해 온기를 발휘하는 긍정적인 모성성이 쇳네의 모
습으로 잘 형상화되었다고 말할 수 있다.
　한편 「불가사리」의 곱단이, 「잃어버린 사람들」의 순이, 『별과 같
이 산다』의 곰녀, 「카인의 후예」의 오작녀 등 황순원이 형상화한 여
성들은 시간적·공간적인 객관 조건에 의하여 결코 변질될 수 없는
성격을 간직하고 있다. 그런 점에서 이 여인들은 시대를 초월한 보

---

493) 지벨레 비르크호이저 - 왜리, 이유경 역, 『민담의 모성상』, 분석심리학연구소, 2012,
　　p.255.
494) 에리히 프롬, 이용호 역, 『사랑에 관하여』, 백조출판사, 1975, p.73.

편성을 획득하게 된다. 뿐만 아니라 역사의 온갖 수난 속에서도 꿋
꿋이 살아 온 한국여인의 전형성도 담아냄으로써 보편성과 특수성
이 조화롭게 형상화된 여성상으로 형상화되기에 이른다.

이런 점에서 황순원이 형상화한 여인상은 「정읍사」나 「서경별곡」
을 비롯한 한국 서정시의 주조적인 가락들 속에 반영되어 있는 여
성상과 궤를 같이한다고 볼 수 있다. 이러한 여인상은 오랜 세월 동
안 한국인의 감성 속에 생생하게 이어져 내려온 여인상으로서 "무
수한 시간 속에 살아온 한국의 여인상"이다.

또한 한국적 여인상의 다양성을 보여주는 어머니들(「어머니가 있
는 유월의 대화」), 특이한 냄새를 풍기는 어머니(「자연」), 죽은 남편이
부르는 소리에 이끌려 달빛 아래를 방황하는 여인(「조금만 섬마을에
서」), 자살하려는 사내를 평안히 잠들게 한 젖 불은 젖퉁을 가진 어
린 창녀(「막은 내렸는데」), 남편에게 어떤 깨달음을 가져다 줄 '눈길'
을 보낸 아내(「아내의 눈길」)는 전형적인 한국 여성[495]을 잘 형상화하
여 보여줌으로써 한국문학의 전통을 탁월하게 계승하고 있다고 말
할 수 있다.

무릇 전통이란 "당대 작가들의 창조적 유인(誘因)으로 현존하고
있어야" 하는 것으로서 "시간적으로 장구한 배경을 간직하고 있어
야 하고 공간적으로 한 문화집단을 광범위하게 포용하고 있어야"
한다. 또한 전통은 "당대문학과의 변증법적인 교호관계를 지속해
나가면서 끊임없이 재편성되고 재확인되어 나가는 성질의 것"이기

---

495) 천이두, 「토속적 상황 설정과 한국 소설」, 『사상계』 통권 188호, 1968; 『황순원연구
총서』 7, pp.24~25.

때문에 "깊이와 넓이를 증대시켜 나가는, 매우 포용적이고도 융통성 있는 성질의 것"이다.[496)

이처럼 "조상 대대로 전해 내려오는 사상, 관습, 행동, 생활양식 등 전통적인 사물이 전해 내려오는 것만이 아니라 그 사물을 통하여 그 속에 들어 있는 정신이 전해 내려오는 것"이 전통이다.[497) 결국 전통이란 역사 속에 있는 과거이면서도 현대의 우리들 삶에 직결되는 생명력이 있는 것이다. 또한 많은 것들 가운데서 이어받아서 발전시키고 싶은 특성을 포함하는 것이요, 언제나 역사와 문화 앞에 재창조의 힘을 가지고 단절이 아닌 연속으로 이어가는 것이라고 말할 수 있다. 즉 한국의 전통문화로서의 문학은 이미 지난 과거의 문학이 아니라 "고전적인 문학적 가치를 지니면서 새롭게 민족의 생활의식과 기법이 현재의 그것에 살아 있는 문학"이라고 말할 수 있다.[498)

한편 천이두[499)는 한의 가락이 주조로 되는 서정시의 흐름 가운데에서 한국문학의 전통[500)을 찾은 바 있다. 이 견해는 '한국적 한'과

---

496) 천이두, 「전통의 계승과 그 극복」, 『한국현대작가작품론』, 일지사, 1974, pp.6~7.

497) 이은상, 「전통문화 수호의 길」, 『문화예술논문선집』(1), 한국문화예술진흥원, 1979, p.286.

498) 정영자, 「한국문학의 전통에 대한 몇 가지 고찰」, 『수련어문논집』 Vol.9, 1982, pp.99~102.

499) 천이두, op.cit., pp.7~9.

500) 조윤제는 한국문학의 전통으로 '은근과 끈기, 가냘픔과 애처로움, 두어라와 노세'를 들었다.(조윤제, 『국문학개설』, 동국문화사, 1955, pp.486~499.) 조지훈은 '멋'을 한국문학의 특질로 보았는데, 이것은 문학의 미적 구조와 생활이 결합된 데서 생기는 특질이다.(조지훈, 「멋의 연구」, 『조지훈전집』(7), 일지사, 1973.) 또한 김동욱은 '가냘픈 멋, 은근한 멋, 굴욕의 겸허 속에 익혀 온 가냘픈 유머'가 한국적인 멋이 한국문학을 지배하는 본질적인 요소라고 지적했다.(김동욱, 『국문학개론』, 민중서관, 1962.) 장덕순은 '패배주의의 유토피어류'(流)로 보았고,(장덕순, 『국문학통론』, 신구문화사, 1960,

'임'을 위한 노래가 그 핵심적 특질이라고 본 것이다. 이러한 한국문학의 특질은 한국문학의 전통과 그 맥을 같이한다. 바꾸어 말하면 부재하는 임 때문에 가지는 한이 우리 문학의 전통으로 이어왔다고 볼 수 있다.

「기러기」의 '쇳네'는 '동이'가 자신을 버리고 만주로 떠나버린 것을 알게 된 이후 임신 사실을 알게 되지만 자신의 운명으로 여기고 이에 순응한다. 하지만 도박과 폭력과 일탈을 일삼는 남편이나마 아이에게는 아비 없음이 큰 고통이 될 수 있음을 깨달은 쇳네는 따뜻한 날씨를 찾아 떠나는 '기러기'처럼 만주로 터전을 옮기게 된다. 즉 '부재하는 임으로 인한 한'을 가진 '쇳네'의 삶도 우리 문학의 전통성과 연결된다고 볼 수 있는 것이다.

한국문학의 전통과 계승 작업은 한국문학의 세계화와 관련하여 계속 논의되고 있다. 하지만 정영자가 문제제기한 바와 같이 전통의 확립 이전에 바로 전통을 보는 관점을 새롭게 할 필요가 있다. 즉 "인류 공통의 정신세계를 진정으로 지탱해주는 정신질서로서의 자유, 양심, 인간존엄, 평화, 예술의 아름다움"을 먼저 살펴야 할 것이다. 이 정신질서의 체계 위에 우리 민족만의 그 어떤 특성, 그것도 후세에 이어줄 만한 정신적 가치가 있는 것을 전승할 뿐만 아니라 당대 작가들의 창조활동을 통해서 재인식되고 재편성되는 작업이 있어야 할 것이다.[501]

---

p.426.) 정병욱은 이별의 정을 읊은 부정(否定)의 미학으로서 '눈 앞에는 없는 임'이 그 특질이라고 했다.(정병욱, 「고전문학과 신문학의 연속성」, 『한국문학』, 1975.2.) 문덕수는 '깐질김과 너그러움'이 한국문학과 예술의 특질이라고 보았다.(문덕수, 『현대한국시론』, 이우출판사, 1975, p.75.)

501) 정영자, *ibid.*, pp.105~106.

정영자가 언급한 위의 미학은 바로 융이 이야기한 집단무의식이라고 할 수 있다. 이처럼 황순원 소설의 원형을 탐구하는 작업은 진정한 한국문학의 전통과 계승의 장을 마련하게 되리라 생각한다.

특히 「기러기」에는 전통적인 한국인의 영상에 대한 작가의 깊은 사랑이 잘 표현되어 있다. 순종적이면서도 강인한 생명력을 지니고 있는 쇳네의 여성상은 바로 "작가가 식민지 말기의 어두운 시대에 강렬한 그리움으로 붙잡은 한국적 여인의 원형"에 해당하는 것이다.

작가는 훗날 이러한 쇳네의 모습을 그대로 연장시켜 『별과 같이 살다』의 곰녀나 『카인의 후예』의 오작녀와 같은 인물을 만들어내게 된다. 그리고 호랑이 영감이라는 별명을 지닌 쇳네의 아버지 역시 작가가 유다른 애정을 갖고 조형한 "한국인의 원형적 이미지"에 해당한다.[502]

이와 같이 모성성에 대한 작가의 관심과 동경이 잘 반영되어 있는 「별」이 「왕모래」에서 복합적 모성상으로 변주되고, 『카인의 후예』에서는 헌신적인 모성성을 지닌 오작녀를 통해 되살아나기에 이른다. 이처럼 황순원 소설에는 긍정적 모성성뿐만 아니라 부정적 모성성과 복합적 모성성까지 아우르며 모성원형이 깊이 있게 탐구되고 있음을 확인할 수 있다고 하겠다.

(2) 「뿌리」

「뿌리」는 죽은 아들을 그리워하며 한평생을 보낸 어머니의 이야기이다. 또한 "인물, 구성, 주제를 구슬의 한 꿰미처럼 엮어내는" 황

---

502) 이동하, 「전통과 설화성의 세계」, 『한글새소식』, 1987.12; 『황순원연구총서』 4, p.62.

순원의 "견고한 소설작법"이 창조해낸 "내면의 결빙력을 갖춘 단편 소설"[503]이다.

이 작품에는 '뿌리'가 지닌 속성이 긍정적 모성성을 형상화하는 데 잘 활용되었다. 제목인 '뿌리'[504]는 모든 생명체의 근원으로서, 식물의 몸이 쓰러지지 않도록 지탱하고 땅 속의 물이나 무기염류를 흡수하여 식물이 시들지 않도록 하는 관다발식물의 영양기관이다. 즉 땅속에서 식물체를 떠받치고 수분·양분을 빨아올리는 식물의 한 기관인 것이다.

주위에서 "교회아줌마"라고 불리는 아줌마는 단 하나의 외아들을 잃고서 팔년 여의 날품팔이와 식모살이로 원래도 실하지 못한 몸이 아주 말 아니게 돼버려 교회당 안으로 들어갈 때도 자그마한 몸집이 의자 사이를 조심조심 더듬거리며 앞으로 나간다.

아줌마가 생활하는 곳도 교회당 옆 목사 사택 지하실방이다. 아줌마를 교회로 인도한 인연이 있는 김 권사가 아줌마가 몸이 부실해져 날품팔이나 식모살이 같은 걸 못하고 거리로 나앉게 되자 거

---

503) 김종회, 「삶과 죽음의 존재양식」, 『황순원』, 새미, 1998, p.151. 참조.

504) '뿌리'는 산스크리트의 인드리야(indriya, 원래의 뜻은 힘)의 한역이다. 일반적으로 인도철학에서는 5종의 감각기능 또는 기관(눈, 귀, 코, 혀, 몸)을 의미해서 〈오근(五根)〉이라고 총칭하는데, 이미 우파니샤드 중에서는 신체에 머무르는 생명활동기능의 하나로서 〈오근〉이 열거되고 있다. 인도철학의 여러 파는 오근을 물질계(원소)에 속하는 것으로 생각되는데, 단순한 신체의 일부(안구 등)와는 구별하는 경향이 강하다. 불교에서는 이에 의(意, 모든 정신활동을 지배하는 기관)를 더해서 〈육근(六根)〉이라고 하며, 넓은 의미로는 육근 외에 번뇌를 끊고 깨달음으로 이끄는 힘(신(信)·근(勤)·념(念)·정(定)·혜(慧)의 오근(五根))이나 수명(명근), 남근, 여근 등을 더해서 〈22근〉이라고도 한다. 또한 이근(利根)·둔근(鈍根)과 같이 〈불교의 가르침을 받는 자로서의 자질〉을 의미하기도 한다.(『종교학대사전』, 1998) '뿌리'는 흔히 사물이나 현상을 이루는 근본을 비유적으로 이르는 말이기도 하다.

둬들여 보살펴주게 된 것이다."

비록 몸이 성하지 않지만 "신새벽, 아줌마는 잠자리에서 일어나 세수를 하고는 교회당 안으로 들어가" 교회당 맨 앞쪽 강단 밑에 꿇어 앉아 꽤 긴 시간을 꼼짝 않고 기도를 하는 신심(信心)을 보여주기도 하는 인물이기도 하다.

또한 이전엔 종지기에 의해 일주일 한두 번 하던 교회당 안 청소를 아줌마가 맡은 후로는 일요일만 빼고 매일같이 진종일 쓸어내고 닦고 하여 운신이 시원찮은 아줌마의 손길로나마 삼백 명 안팎의 교인을 수용하는 교회당 안은 항상 깨끗이 치워져 있다. 이로써 아줌마는 '타인을 위해 자신의 희생을 기꺼이 감수하는 모성성'을 주위에 발산하면서 생활해나간다.

성경에서는 '안정과 성장의 상징'으로 깊게 뿌리 내린 식물 이미지를 사용한다. 식물 뿌리가 바로 그 '식물의 생명'으로 여겨졌기 때문에 성경은 '어떤 사람이나 사물의 근원'을 묘사하기 위해 이 이미지를 사용하는 것이다. 또한 하느님을 신뢰하는 이들을 종종 물가에 심은 '뿌리 깊은 나무'에 비유한다.[505] 뿌리가 튼튼한 나무는 무더운 날씨나 가뭄 중에도 잎사귀가 푸르게 남아 있으며, 계속해서 열매를 맺는다. 마찬가지로 의인들 믿음은 역경 속에서도 그들을 지탱시켜주며 하느님께서 그늘을 위험으로부터 보호해주신다고 보는 것이다.[506]

---

505) "그러나 주님을 신뢰하고 그의 신뢰를 주님께 두는 이는 복되다. 그는 물가에 심긴 나무와 같아 제 뿌리를 시냇가에 뻗어 무더위가 닥쳐와도 두려움 없이 그 잎이 푸르고 가문 해에도 걱정 없이 줄곧 열매를 맺는다."(예레미아서 17, 7~8)

506) 허영엽, 『평화신문』 제1039호, 2009.10.18.

이렇게 볼 때 아줌마는 교회 신도들의 '뿌리'이기도 한 인물이다. 땅속이기도 한 교회당 옆 목사 사택 지하실방에서 식물체와도 같은 교회당을 정성껏 청소하여 신도들에게 신심의 수분 및 양분을 빨아 올리는 교회당의 '뿌리'가 아줌마이기도 한 것이다.

동시에 '뿌리'는 쪼그라진 탈바가지처럼 된 아줌마를 살아 있게 하는 원동력인, 죽은 아들에 대한 사랑과 그리움을 상징하기도 한다.

> 이런 속에서, 아직 오십을 몇 해 앞둔 나이건만 벌써 반백이 넘는 머리에, 온통 주름살로 엉킨 아줌마의 얼굴은 움직임을 잃은 한갓 탈처럼 굳어져갔다.
> 이 얼굴에 변화를 가져오는 때가 있었다. 일요일에 교인들이 데리고 오는 어린애들을 대할 때였다.
> 등에 업힌 갓난애에서부터 걸음발타는 애, 개구쟁이 큰애 할 것 없이 어린애들을 대하면 아줌마는 딴 얼굴이 되곤 했다. 탈같이 굳어진 얼굴에 미소가 지어지는 것이다. 어르는 갓난애가 벙긋거리기라도 하면 아줌마 얼굴은 만면 웃음으로 바뀐다.[507]

교회에서 잡일을 하면서 힘겹게 살아가고 있는 교회 아줌마는 하나뿐인 소중한 아들을 사고로 잃은 뒤로 교인들의 자녀들에게서 죽은 자식의 환영을 찾으며 살아간다. 그래서 아줌마는 "어린애들에게서 무엇인가를 찾아내려는 사람처럼 되풀이 다가"(p.218)간다. 그러던 중 아줌마는 쓰러지고 만다.

---

507) 황순원, 「뿌리」, 『황순원전집』 5, p.218.

마가을 차가운 비가 이틀째 내린 날 아줌마는 교회당 안에 청소하러 들어가다 물바께쓰를 쓴 채 나둥그러졌다. 그날 밤부터 오한에 떨며 열을 냈다. 그런 몸으로도 그냥 청소일을 계속하더니 그만 사흘만에는 몸 져 자리에 눕고 말았다.(p.219.)

한편 병이 깊어져 죽음을 앞둔 그녀를 기적적으로 다시 일어설 수 있게 한 원동력은 신앙의 힘이라기보다는 자식에 대한 그리움 즉 모성애 때문이었다. 죽은 아들에 대한 그리움으로 인해 "죽은 듯 굳었던 아줌마의 얼굴에 뜻않은 변화가 일"면서 "뒤엉킨 주름살이 살아나고 입가에 웃음이 지어진"다.

김권사가 아줌마의 귀 가까이 입을 가져다 대고 큰 소리로 말했다.
—기쁘지, 교회아줌마? 이세상 근심걱정이 없는 천국에 가게 됐으니 기쁘지? 지금 하나님 오른편에서 주님이 교회아줌마를 영접하러 기달리구 계세요. 알겠지, 교회아줌마?
말을 마친 김권사가 아줌마를 살폈다.
아줌마의 입이 벌어졌다. 이빠진 자리에 꺼먼 구멍이 드러났다. 무슨 소린가 조그맣게 새어나왔다.
김권사가 얼른 아줌마의 입으로 귀를 가져갔다.
—저어…우리…아들…
김권사가 좀더 바싹 아줌마의 입에 귀를 기저다 댔다.
—우리…아들애하구……
아줌마의 감은 눈귀로 물기가 비어져나왔다.(p.219)

기이한 일이라고 할밖에 없이 예상과는 달리 며칠 만에 자리를 털고 일어난 아줌마는 무엇인가 기다리는 듯 미소를 짓는다. 죽음을 이겨낸 교회 아줌마는 환상 속에서 아들을 만난 것이었다. 잠들기 전에 언제나 해오듯이 어린애들의 이모저모를 떠올리다가 모든 어린애들의 모습이 뒤범벅이 돼 하나로 뭉쳐진 순간 아줌마는 한 소년이 방문을 조용히 열고 어둠속으로 들어서는 환상을 보게 된다.

아줌마의 환상 속에 나타난 소년은 바로 죽은 아들이다. 낮에는 자동차 정비공으로 일하며 야간 공고에 다니다가 공장에서 시운전하는 차에 가슴을 다쳐 죽은 아줌마의 아들이, 꿈에서는 완쾌된 몸으로 직접 만든 손재봉틀을 들고 나타난 것이다.

> 아줌마가 조심스레 손을 내밀어 소년의 손을 잡는다. 얼음처럼 차다. 아줌마가 자기 양손으로 감싸 녹여주려다 그만 거둬버린다. 소년의 손이, 도리어 부르트고 터져 험하게 돼있는 이쪽 손을 쓸며 어째서 손이 이렇게 됐느냐고 물으려는 듯함을 알아차린 것이다. 그리고 아줌마는 어둠 속이지만 소년의 눈길이 샅샅이 자기를 살필 수 있을 거라고 느껴 얼굴을 감추기 위해 고개를 돌려버린다.(p.221.)

꿈속임에도 불구하고 아들의 마음을 아프게 하지 않으려는 어머니의 사랑과 배려가 작품 곳곳에 나타난다. 죽은 아들은 교회 아줌마의 연이은 꿈속에서 '갓난애'로 변신한 모습으로 나타난다. 이 꿈은 교회 아줌마의 무의식의 풍경을 요약적으로 보여준다. 아들을 갓난애처럼 무한한 사랑과 보호로써 감싸 안아주고 싶은 긍정적 모성성이 꿈의 풍경으로 발현되고 있는 것이다.

> 아줌마는 자기가 이러고 있을 때가 아니라고 깨닫는다. 이 추위에 밖에서 온 애를, 더구나 고달플 텐데 이대로 둬서 되겠느냐고 깨닫는

IV. 모성원형 분석의 세 유형 261

다. 아줌마는 소년더러 옷을 벗고 자리에 들라고 한다. 소년이 가만
히 앉아있기만 한다. 참, 앓는 몸이지. 아줌마가 소년의 옷을 벗겨준
다. 그러고 보니 갓난애의 몸뚱이다. 안아다 자릿 속에 눕힌다. 갓난
애는 이미 잠들어있다. 이불을 꼭꼭 여며주고는 애의 볼에다 자기 볼
을 가져다 댄다. 보드랍고 따뜻했다. 볼을 떼고 싶지 않았다. 그러나
오래 그러고 있다가 애가 잠이라도 깨면 어쩌나 싶어 볼을 뗀다. 애
가 푸욱 잠을 잘 수 있게 이 밤이 새지 말고 길게 이어지기를 아줌마
는 바란다.[508]

결국 그녀는 자신의 바람대로 환상 속에서나마 아들을 품고서 죽
음을 맞이하게 된다. 아줌마는 "잘 여며진 이불 밖에 내의바람"으로
"몸을 꼬부리고 이불 속의 사람을 싸안은 자세로" 죽게 되는 것이
다. 꿈에서 아들을 싸안은 자세로 임종한 아줌마의 모습은 바로 '따
뜻함을 제공하는 모성성'의 구체적 형상화라고 할 수 있다.
　이렇듯 「뿌리」는 죽음이라는 극한 상황을 초극하게 하는 긍정적
모성성을 보여주는 작품이라고 할 수 있다. 뿌리는 모든 생명체의
근원이면서 동시에 땅속처럼 보이지 않는 곳에서 생명체를 떠받쳐
꽃을 피우게 하는 모성의 다른 이름인 것이다.
　뿌리에 대하여 융은 아래와 같이 말한 바 있다.

　　나는 항상 인생이 자신의 뿌리를 통해 살아가는 식물과 같다고 생
　각해 왔다. 식물 고유의 삶은 눈에 보이지 않는다. 그것은 뿌리 속에
　감추어져 있다. 땅 위에서 보이는 것은 단지 한 해 여름 동안만 지탱한
　다. 그리고는 곧 시들어 버린다. 다시 말해 덧없이 사라져버린다. 우

---

508) 황순원, 「뿌리」, 『황순원전집』 5, pp.221~222.

리가 우리 삶과 문명의 끝없는 생성과 소멸을 생각하면 전적으로 공허한 인상을 피할 수 없다. 그러나 나는 영원한 변화 속에서도 살아서 지속되는 어떤 것이 있다는 느낌을 한 번도 잃어버린 적이 없다. 우리가 보는 것은 꽃이다. 그것은 사라져버리고 만다. 그러나 뿌리는 남아 있다.[509]

식물은 아래로 깊이 뿌리를 내리고 있어서 대지성을 끌어올린다. 뿌리 내리기는 실제성과 과거성을 연결하는 것으로, "긍정적인 모성적 가치에 주목하도록 하는 것"이다. 대지는 다른 어떤 것보다도 과거성 및 기초에 해당하는데, 그것에서 사람이 자라난다. 신체가 자라나듯이 정신도 그것에서 자신의 영양분을 얻는다.[510]

교회 아줌마도 "교회당 옆 목사 사택 지하실방"에 '뿌리'를 내리고 자신의 실제성과 과거성을 연결함으로써 긍정적인 모성성이 잘 발현될 수 있는 상황이 된다. 사경을 헤매던 아줌마가 기적같이 살아날 수 있었던 것도 대지성에서 영양분을 끌어올렸기 때문이다.

식물은 필요에 의하여 뿌리를 내려야 하므로 대지인 바닥의 어느 특정 장소에 단단히 묶여 있다. 바로 거기에서 그것은 "생명력과 성장 가능성"을 끌어낸다. 우리는 식물이 대지와 연결되었을 때처럼 자신의 무의식과 연결되었을 때 비로소 자기 자신일 수 있다.

무의식과의 연결성도 어떤 의미에서 무의식의 의지에 따라야 하고, 그래서 개인의 의지를 희생해야 한다면 의식의 자유를 제약하

---

509) 아니엘리 야훼, 이부영 역, 『회상, 꿈 그리고 사상』, 집문당, 1989, pp.20~21.
510) 지벨레 비르크호이저 – 왜리, 이유경 역, 『민담의 모성상』, 분석심리학연구소, 2012, p.167.

는 것이 될 수도 있다.[511)]

언제나 죽는 모든 생명처럼 "꽃은 죽고, 덧없이 사라져버리고 마는" 게 분명하지만 뿌리는 남아 있듯이, 모성(母性)은 존재의 근원이다. 모성에 대한 무한한 신뢰의 모습[512)]은 「과부」에서 자식에게 자기가 어머니라는 사실을 밝히지 않는 희생적인 모성성을 통해서도 형상화된 바 있다.

이처럼 황순원 작품의 상상력은 모성에 뿌리를 두고 있다. 황순원 소설에서 나타나고 있는 모성의 성격과 특질은 모성을 인간에게 있어서 가장 근원적인 곳에서 출발하는 뿌리와 같은 존재로 인식한다고 볼 수 있다.

요컨대 「뿌리」는 긍정적인 모성성이 가진 잠재력을 잘 보여주는 작품이다. 즉 모성애야말로 죽음을 재생에 이르게 하는 힘을 가진 것으로서, 대지성에서 "생명력과 성장 가능성"을 끌어내게 하는 근원적인 원동력이라고 본 것이다.

따라서 어떤 면에서는 신앙보다도 더욱 강력한 절대성을 가진 것으로 작품 속에서 형상화되었다. 이처럼 「뿌리」는 누추하고 보잘것 없는 삶의 모래밭에서 사금처럼 반짝거리는 진실의 축적을 예시하고 그 소재를 캐어낸 작품이다.[513)]

---

511) 지벨레 비르크호이저 – 왜리, 이유경 역, 위의 책, pp.180~181.
512) 천이두, 「원숙과 패기」, p.53.
513) 김종회, 「삶과 죽음의 존재양식」, 『황순원』, 새미, 1998, pp.151~152. 참조.

3) 치유와 희생의 모성성 –「메리 크리스마스」·「그래도 우리끼리
는」·「맹산 할머니」·「겨울 개나리」

(1)「메리 크리스마스」

「메리 크리스마스」는 참혹한 전쟁의 여파로 황폐함이 가득한 길
에서 피난민의 비애를 느끼던 '나'가 추운 길바닥에서 무방비 상태
로 출산한 산모를 보며 새 생명에 대한 경외감을 느끼고 삶의 의지
를 일깨우는 과정을 보여주는 작품이다.

소설의 서술자인 '나'는 "서울서 부산까지 밤낮 닷새 동안을 빈
가솔린 드럼통이 실린 화물차 지붕 꼭대기에 쪼그리고 앉아 비 섞
인 눈을 맞아가면서 흔들리"(p.185)며, 피난 가 있는 "아내와 애놈들"
을 만나러 가는 길이다.

'나'는 부산 시내를 떠나 서면에서 동래까지, 동래에서 영천까지
가는 길에 "이번 동란 이후 한때 치열한 전투가 벌어졌던 곳"에서 "한
길에 경비대가 피우는 장작불"을 보며 도시를 메운 '어둠'을 느낀다.

'나'는 가족을 만나러 가는 여정에서 "모든 물가가 부산은 대구에
비겨 곱이나 된다"는 아내의 이야기를 떠올리기도 하고, 길을 묻는
'피난민'인 자신에게 "모두 저 갈 데만은 아는 듯, 뿔뿔이 아직 어두
운 거리 모퉁이를 돌아 분주히 사라져버리"는 사람들을 보며 전쟁
이 만든 각박한 세태에 대해 한탄하기도 한다.

또한 대구역을 배경으로 하여 삶의 공간을 잃어버린 피난민 가족
들이 어둑신한 전등불 밑에서 역건물 담을 끼고 자리잡고 있음을
본다. '나'는 한데서 드새는 거나 마찬가지인 이들의 잠자리를 보며
자기 자신도 이런 피난민의 하나라고 생각하며 씁쓸해한다.

그렇게 광장을 질러가려는 '나'는 광장 한가운데 꾸며져 있는 크리스마스트리를 보고 야아 소리를 몸속으로부터 지르게 된다. 역전 광장 한가운데의 크리스마스트리를 발견하는 순간 야아 소리를 몸속으로부터 지르게 한 것은 너무나도 고요함 그것 때문이었는지 모른다는 생각을 하게 된다.

> 이끌리듯이 그리로 가까이 걸어갔다. 그리고는 나무와 나무 밑에 소복이 덮여있는 솜눈이며 이 솜눈을 조용히 비춰주는 전등불빛을 바라다보는 내 심중에는 언 황량한 벌판, 강추위로 땅은 얼고 바람이 휘몰아치는 벌판 한가운데 한 작은 촌락이 있어 소복이 눈은 덮이고 거기 잠든 듯 고요한 집집의 들창으로부터 새어나오는 말할 수 없는 조용한 불빛……이런 정경이 떠오른 것이었다. 눈물겨웠다. 웬일인지 눈물겨웠다.[514]

'나'는 대구역을 배경으로 펼쳐지는 피난민들의 모습을 보며 삶의 공간을 잃어버린 이들이 만들어내는 정경에 동병상련을 느낀다. 그래서 역전 광장 한가운데 꾸며져 있는 크리스마스트리와 그것이 만들어내는 고요함을 보면서 작은 촌락 집집의 들창으로부터 새어나오는 말할 수 없는 조용한 불빛을 떠올리고 눈물짓는다. 그러면서 '나'는 이 흔들림이란 어제 오늘에 비롯된 것이 아니고, 벌써 전에, 어쩌면 내 출생과 함께 있는 것인지도 모를 일이라고 생각하며 비애에 젖는다.

오랜 시간 상념에 잠겨 있던 '나'는 크리스마스트리 아래에서 산

---

514) 황순원, 「메리 크리스마스」, 『황순원전집』 2, p.185.

모와 그녀가 막 낳은 아기를 발견한다.

> 얼마 동안을 나는 그곳에 그러고 서있었는지 모른다. 그런데 별안
> 간 나무 밑 뒤쪽에서 무엇이 움직이는 것 같더니 거적대기를 들치고
> 부울쑥 검은 머리가 나타났다. 여인이었다. 땅바닥인 줄만 알고 있었
> 는데 거적대기를 덮고 사람이 누워 있었던 것이다. 필시 역 쪽에는 끼
> 일 자리가 없어 여기에다 자리잡은 것이리라.(p.185)

아래로 깊이 뿌리를 내리고 있어서 대지성을 끌어올리는 식물과
같이, 여인은 "상반신을 채 바로 져들지도 않고 그냥 옆으로 기울이
더니 귀를 땅으로 가져간다. 사뭇 조심성스럽게""귀를 바꿔 기울인
다." 앞에서도 이야기한 바와 같이, 대지는 과거성 및 기초에 해당
하는 것으로서 그것에서 사람이 자라난다.[515]

> 오오, 그때에야 나는 모든 것을 알 수 있었다. 여인은 산모인 것이
> 다. 그리고 옆에 뉘인 것이 바로 전에 그네가 낳았을 갓난애인 것이다.
> 사실 거기에는 해산 직후에 있을 법한 어떤 온기 낀 안개 같은 기운이
> 아직 남아있는 듯도 했다.(p.186)

또한 나무는 일반적으로 생명, 내면의 성장, 개성화와 성숙의 과
정 등의 상징으로 해석된다. 나무는 흔히 어머니-여신과 관계된
다. 또한 어머니-여신은 나무로 숭배받기까지 한다. 나무속에 있
는 아티스 또는 관에 들어가 나무에 걸려 있는 오시리스의 예와 같

---

515) 지벨레 비르크호이저 - 왜리, 이유경 역, 『민담의 모성상』, 분석심리학연구소, 2012,
　　 p.167.

이 훨씬 더 밀접하게 관련된 것도 있다. 그곳에서의 나무는 우리가 신화에서 일반적으로 죽음-어머니라고 부르는 것이다.[516)]

한편 크리스마스트리[517)]는 크리스마스 기간 중 전구 등으로 장식하는 상록수이다. 독일에서는 크리스마스가 되면 성당 앞 정원에서 낙원극(樂園劇)을 공연하였는데, 낙원극을 공연하는 동안 '생명의 나무'(창세 1:9)를 상징하는 상록수에다 하얗고 동그란 과자를 달고, 나무 주위에다 촛불을 피워 나무를 빛나게 하였다. 그리스도인들은 불빛과 장식을 달아 크리스마스트리를 꾸며 세상의 빛이시자 생명의 나무이신 그리스도를 되새긴다.[518)]

갓난애를 위하여 나무 밑에 펴놓은 솜눈을 맨손으로 긁어모으는 산모는 나무의 상징성에서 확인할 수 있듯이 어머니 여신의 상징과 서로 연결이 된다. 이런 산모의 행동은 '따뜻함을 제공하는 모성성'을 선명하게 보여주고 있는 것이다.

---

516) 이상백·김계희, 「영원한 젊은이 : 남성의 모성 콤플렉스의 치유와 변화」, 『용인정신의학보』 제16권 제1호, 용인정신의학연구소, 2009.12, p.57.

517) 크리스마스는 예수성탄 축일을 일반적으로 부르는 말로, 중세에 사용되던 'Christes Masse'라는 말에서 생겨난 중세기의 영어이다. 이 말은 '그리스도의 미사' 즉 그리스도를 예배한다는 뜻이다. 영어를 사용하는 나라에서 특히 사용된다. 프랑스에서는 '노엘'(Noel), 독일과 스위스 등지에서는 '거룩한 밤'(Weihnacht)라고 불린다.
언제부터 크리스마스 때 나무를 장식하였는지는 분명하지 않으나 1600년경의 실레트슈타트(Schlettstadt) 연보, 1605년의 스트라스부르크(Strassburg) 연보에 크리스마스 때 나무를 장식하였다는 기록이 있는 점으로 미뤄보아 크리스마스트리는 독일에서 맨 처음 사용했던 것으로 추측된다. 그 후 크리스마스트리는 영국과 프랑스에서도 나타나게 되고, 현대에는 전세계 교회에서 크리스마스 때 나무를 장식한다. 지금도 남부 독일 지방에서 크리스마스트리를 파라다이스(Paradais)라고 부르고 있음은 크리스마스트리가 중세의 낙원극에서 유래되었음을 뒷받침하고 있다.(한국가톨릭대사전 편찬위원회, 『한국가톨릭대사전』, 한국교회사연구소, 2006.)

518) 주비언 피터 랑, 박요한 역, 『전례사전』, 가톨릭출판사, 2005.

여인은 좀만에 애의 숨결이라도 알아들은 듯 고개를 들더니 손을
내민다. 별나게 길어 뵈는 손이었다. 이 손으로 나무 밑에 펴놓은 솜눈
을 긁어모으는 것이다. 무엇을 하려는 것일까. 여인은 이렇게 손이 자
라는 데까지의 것을 모으더니 애 뉘인 쪽 거적대기 속으로 그걸 밀어
넣는다.(p.186.)

「크리스마스트리」의 산모는 아니마의 발전단계[519] 중에서 '태모
(太母) 원형의 표상'인 '성모 마리아(Maria) 상'에 해당한다고 볼 수
있다. 즉 세 번째 단계인 이 상은 '천상적인 기독교적·종교적 관계
의 인격화인 성모 마리아(Maria) 상'으로서 '영적 헌신의 극치에까지
올리는 상'이다.

성서는 예수의 탄생 장면을 "너희는 한 갓난아기가 포대기에 싸
여 구유에 누워 있는 것을 보게 될 터인데 그것이 바로 그분을 알
아보는 표이다"(루가 2:12)라고 기록하고 있다. 크리스마스에 태어
난 아기를 위하여 나무 밑에 펴놓은 솜눈을 맨손으로 긁어모아 갓
난애의 품에 넣어주는 산모는 어머니 여신으로서 '성모 마리아'의
상징을 획득하게 된다. 또한 참혹한 전쟁의 황폐함과 추위 속에서
무방비 상태로 태어난 아기도 "역 쪽에는 끼일 자리가 없어 여기에
다 자리잡은"(p.185) 산모와 함께 예수의 탄생과 유사한 상황이 조
성된다.

---

519) 아니마는 의식화를 통해 분화 발달을 할 수 있다. 융은 『전이 심리학』에서 ①이브
(Eve)의 상, ②파우스트의 헬렌(Helene)과 같은 낭만적이고 미적 수준의 인격화, ③성
모 마리아(Maria)의 영적 헌신의 극치에까지 올리는 상[태모(太母) 원형의 표상], ④가
장 성스럽고 가장 순수한 것조차도 초월하는 지혜인 소피아(Sophia)상과 같이 아니마
의 네 가지 발달 단계와 특징에 대하여 언급한 바 있다.

이로써 전쟁의 폐허가 펼쳐진 공간에서 적막감에 사로잡혀 있던 '나'는 이런 여인의 모습을 보고 생명에 대한 경이와 모성에 대한 경외감을 느끼게 된다. 그리고 무기력하게 머물러 있던 자기 스스로에게 "여기 서있다는 게 내 자신 무슨 잘못이나 저지르고 있는 것처럼 느"끼면서 부끄러움을 느낀다.

> 그곳을 떠나는 내 심중에는 이미 좀 전의 그 고요함이 깃들어 있지는 않았다. 그저 동트기 전의 냉랭한 추위만이 느껴질 뿐이었다. 그것은 여인이 자기 갓난애의 품에 넣어준 솜눈 같은 것으로는 도저히 어쩌지 못할 추위였다. 나는 이 추위에 대항이라도 하듯이 중얼거렸다.
> -메리 크리스마스![520]

"창조주의 눈"(『전집』1권, p.254.)이자 "자기의 사랑을 위해 떨고 있는"(『전집』1권, p.320.) 여자의 눈은 끊임없는 자기희생이자 변함없는 신뢰며 무한한 사랑을 보여주는 상징성을 포함하고 있다. 피난살이의 힘겨움 속에서 발견한 생명의 존엄성과 그것을 감싸 안는 '긍정적인 모성성'은 '나'로 하여금 냉혹한 현실을 이겨나갈 수 있는 강한 힘을 무의식에서 끌어올릴 수 있게 한다.

그럼으로써 '나'는 적막감에서 벗어나 동트기 전의 냉랭한 추위, 여인이 자기 갓난애의 품에 넣어준 솜눈 같은 것으로는 도저히 어쩌지 못할 추위와 대항이라도 하듯이 대지에 설 수 있게 된다. 이처럼 「메리 크리스마스」는 '따뜻함을 제공하는 모성성'을 극적인 상황 설정으로 보여준 작품이다.

---

520) 황순원, 「메리 크리스마스」, 『황순원전집』 2, p.186.

(2) 「그래도 우리끼리는」

「그래도 우리끼리는」은 '술 마시는 나'와 '알콜빙(ALCOLBING)이라는 금주에 사용하는 약의 도움을 받아 술을 끊으려는 나'와의 싸움이 작품의 첫머리를 유머러스하게 연다. 이어서 친구 원형이 자기 할머니 생신 때 쓰려고 구해 놓은 소주로 공동묘지에서 오징어발을 씹어가며 무덤가에서 잠이 들었다가 깨어난 이야기, 1.4 후퇴때 혼자 피난민 화차에서 진눈깨비에 몸이 젖었음에도 불구하고 가슴에 품고 간 술 한 병 덕택에 괴로움을 이긴 이야기, 술 때문에 게을러져서 속옷 갈아입는 것을 소홀히 하여 여자 제자로부터 홀아비인 줄 알았다는 문안 편지를 받고 무안했던 이야기, 술 먹고 버스에타면 눈을 감는 게 습관처럼 돼 있던 작중 화자가, 차가 전복되는아비규환의 상황에서 버스바닥에 몸뚱이가 뒹굴었으나 자신은 무사했던 이야기 등이 연이어 전개된다.

이로써 「그래도 우리끼리는」은 "이야기의 소설화와 소설의 이야기화"라는 황순원 소설 구성 방식이, "훼손되지 않은 세계, 순수한 어린이의 세계와 표리 관계를 이루면서 줄기차게 지속되고 있다"[521]는 평가를 받기도 했다.

위에서 언급한 여러 가지 이야기 중에서 '긍정적인 모성성'과 관련된 부분은 작중 화자가 송강 정철 묘소를 찾아가는 길에 들은 이야기이다. 이 부분에는 극한 상황에서 발휘되는 모성의 힘이 잘 형상화되었다고 볼 수 있다.

---

521) 홍정선, 「이야기의 소설화와 소설의 이야기화」, 『말과 삶과 자유』, 문학과지성사, 1985.3; 『황순원연구총서』 2, pp.229~230.

'나'는 진천행 버스를 타고 진달래꽃을 천천히 완미하면서 길을 가다가 버스 앞자리에 앉은 두 여인이 주고받는 이야기를 듣는다. 창 쪽으로 앉은 여인의 말에 의하면 지난 겨울 눈 쌓인 이 길에서 버스가 미끄러져 길 아래로 굴러 떨어졌다는 것이다. 차가 낭떠러지로 굴렀을 때 그 여인은 어린 것을 살려야 한다는 생각만으로 어린 것을 품에 꼭 보듬고 무릎과 가슴을 안으로 꺾어 몸을 동그랗게 했다. 그 와중에 모자가 모두 기적처럼 손가락 하나 다친 데가 없었다는 이야기이다.

> 두 여인의 이야기였다. 이야기를 하는 사람은 창 쪽으로 앉은 여인이었다. 지난 겨울 눈 쌓인 이 길에서 버스가 미끄러져 길 아래로 굴러 떨어졌다는 것이다. 여인이 창밖 낭떠러지를 손으로 가리켰다. 이 여인도 그 버스에 타고 있었다. 어린것에게 젖을 물리고 있는 참이었다. 버스가 전복하는 순간은 딴 생각은 없었다. 어린 것을 살려야 한다는 생각만으로 어린 것을 품에 꼭 보듬고 무릎과 가슴을 안으로 꺾어 몸을 동그랗게 했다. 탔던 사람들이 모두 부상을 입고 한 사람은 죽기까지 했다. 그런 속에서 이 여인과 어린것만은 손가락 하나 다친 데가 없었다는 것이다. 숭고하리만큼 아름다운 이야기를 들으며, 공과 같이 둥근 것이 전복되는 차내에서 구르는 광경이 눈앞에 떠올랐다. 어떤 험한 장애물에 부딪쳐도 퉁겨나는 탄력을 가진, 게다가 안팎이 성스러운 것으로 채워지고 둘러싸여져 있는 공과 같이 둥근 것이.(p.163)

여기에서 확인할 수 있듯이 이 작품에서 어머니는 "숭고하리만큼 아름다운" 모성상으로 그려진다. 차가 전복되어 생명의 위협을 느끼는 절체절명(絶體絶命)의 순간에, 오로지 자식을 살려야 한다는 신념대로 행동하는 모성상. 자식을 온전히 보호하기 위해 자신의 몸 전체로 어린것을 품에 품음으로써 보호막이 되어주는 모성상. 자식을 위해 자신을 희생하는 모성상이 바로 그것이다.

이 이야기는 작중 화자가 직접 겪은 바 있는 사고-차가 전복되어 버스바닥에 몸뚱이가 뒹굴었던-경험과 공통분모가 있는 상황이기도 하다. 여기에서 또 한 가지 주목할 부분은 어머니가 아이를 감싸 안은 이미지가 "공과 같이 둥근 것"으로 형상화되고 있다는 점이다. 어머니가 "어린 것을 품에 꼭 보듬고 무릎과 가슴을 안으로 꺾어 몸을 동그랗게" 함으로써 아이와 어머니는 한 몸으로 둥글게 묶인다. "안팎이 성스러운 것으로 채워지고 둘러싸여져 있다"는 표현은 어머니 가슴에 품어져 있는 아이와 아이를 품는 어머니 두 존재가 모두 성스럽다는 의미를 내포한다고도 볼 수 있다.[522] 이 안팎으로 채워지고 둘러싸인 둥근 형상은 원만한 사랑의 존재로서 자궁 속과 같이 완전한 평정[523]을 경험하는 삶으로 볼 수 있다.

한편 어머니가 아이를 감싸 안은 이미지가 "공과 같이 둥근 것"으로 형상화되고 있는 점에 주목해볼 때, 공[524]에 대한 확충(amplifi-

522) 허명숙, 『황순원 소설의 이미지 분석을 통한 동일성 연구』, 숭실대 박사논문, 1996, p.77.
523) "우리들을 포근하게 감싸 안는 공간의 이미지들, 즉 요나 콤플렉스가 우리들의 상상력 가운데 평화롭고 이상적인 곳-이상향이나, 종교적인 문맥에서는 잃어버린 낙원 즉 근원지를 나타낼 수 있게 되는 것은, 그 콤플렉스가 어머니의 자궁 속 태반과 관계있는 것이기 때문이라고 정신분석가들은 설명한다. 즉 그것은 우리들이 우리들의 목숨을 얻은 이후 몸담은 적이 있는 모든 장소들 가운데 가장 완벽하고 행복한 장소이며 동시에 우리들의 근원지이기도 한 어머니의 태반 속에서 우리들이 살고 있었을 때 우리들의 무의식 속에 형성된 것이라는 것이다."(곽광수, 『가스통 바슐라르』, 민음사, 1995, pp.267~268.)
524) 진 쿠퍼, 이윤기 옮김, 『그림을 보는 세계 문화 상징 사전』, 까치, 2010, pp.25~26.

cation)의 필요성이 제기될 수 있다.

공[구(球)]은 태양의 상징이자 달의 상징이며, 구기(球技)는 태양과 달의 축제나 의식과 결부된다. 구기는 하늘에서 신들이 천체, 운석, 항성을 이리저리 던지는 힘을 상징한다. 황금 공은 여자의 머리를 한 괴조(怪鳥) 하루퓌아이의 부수물이며 미라의 성 니콜라스(산타클로스)의 표지이다. 또한 구체(球體)는 완전성, 유한 세계의 가능성의 총체 또는 변용의 가능성을 포함하는 원초의 형태, '우주란(宇宙卵)', 시간과 공간의 소멸, 영원, 하늘의 궁륭(穹隆), 세계, 혼, '세계령(世界靈)'을 상징한다.

구는 또한 재생운동의 순환, 혁신, 하늘의 상징이다. 이슬람교의 상징체계에서 구는 '영'이며, 원초의 '빛'이다. 우주란[525]은 생명원리, 미분화된 전체성, 잠재성, 창조 세계의 종(種), 태초의 모계적 혼돈세계, 우주를 포함하는 '큰 원(大圓)', 존재의 숨겨진 기원과 비밀, 우주적 시간과 공간, 시작, 자궁, 모든 발생 초기 상태의 존재, 태초의 부모, 대립물이 통일된 완전 상태, 부활 이전 상태의 유기물질, 부활, 희망을 나타내고 있다. 이렇게 볼 때 공은 모성원형을 상징한다고 볼 수 있다.

또한 아이와 어머니가 "공과 같이 둥근 것"으로 묶인 이미지는 우로보로스의 형상과 유사하다는 점에서 주목을 요한다. 우로보로스 또한 원형의 형상으로서 영원성과 '불사' 또는 '무한' 등의 의미를 지닌 인간의 심성을 나타내는 상징이다. 따라서 아이와 어머니가 만들어낸 이 이미지는 '인류가 태초로부터 모성과 모성적인 것에

---

525) 진 쿠퍼, 위의 책, pp.118~119.

대해 끊임없이 되풀이하여 경험해 온 모든 체험의 침전'으로서의
모성원형을 상징한다고 볼 수 있는 것이다. 이로써 이 아이는 「산골
아이」의 소년과 마찬가지로 '보호받고 따뜻하게 감싸 안아주며 위
로하고 자비를 베푸는' 긍정적인 모성상에 안겨 있게 된다.

한편 "숭고하리만큼 아름다운 이야기"를 들으면서 작중 화자는
이렇게 생각한다.

> 반쯤 몸을 일으켜 조심히 앞자리 등받이 위로 넘겨다보았다. 입술
> 은 보일락 말락 연 채 어린 것이 엄마 무릎 위에 안겨 잠이 들어 있었
> 다. 돌이 아직 안돼 보이는 사내애였다. 축복해주고 싶었다. 아가야,
> 이세상 젤가는 엄마를 가진 아가야, 마음 푹 놓구 자거라, 그리구 구김
> 살없이 무럭무럭 자라거라. [526]

작중 화자가 여기에서 숭고하리만큼 아름다운 이야기, 혹은 성스
러운 것이라고 말한 세계는 소설의 이야기화가 이루어진 세계로 볼
수 있다. 홍정선도 지적한 바 있듯이, '이야기의 소설화 혹은 소설
의 이야기화'와 관계있는 작품들의 세계는 우리 자신들의 근원적인
삶, 훼손되지 않은 삶과 관계가 있다. 이 세계는 바로 "훼손되지 않
은 이야기적(설화적) 얼굴"로 형상화된 집단무의식이라고 할 수 있
는 것이다. 또한 이 세계는 우리 겨레의 관련된 세계이고 우리 민족
의 무의식의 세계이다. [527]

526) 『황순원전집』 4, p.163.
527) 홍정선, 「이야기의 소설화와 소설의 이야기화」, 『말과 삶과 자유』, 문학과지성사,
1985.3; 『황순원연구총서』 2, p.231.

아울러 홍정선은 「이야기의 소설화와 소설의 이야기화」에서 황
순원이 이와 같은 세계를 「별」이라는 작품을 통해 아래와 같이 아
름답게 제시하였다고 보았다.

> 그러다가 아이는 문득 골목 밖에서 누이의 데런!하는 부르짖음을
> 들은거로 착각하면서, 부러 당나귀 등에서 떨어져 굴렀다. 이번에는
> 어느쪽 다리도 삐지 않았다. 그러나 아이의 눈에는 그제야 눈물이 괴었
> 다. 어느새 어두워지는 하늘에 별이 돋아났다가 눈물 괸 아이의 눈에
> 내려왔다. 아이는 지금 자기의 오른쪽 눈에 내려온 별이 돌아간 어머니
> 라고 느끼면서, 그럼 왼쪽 눈에 내려온 별은 죽은 누이가 아니냐는 생
> 각에 미치자 아무래도 누이는 어머니와 같은 아름다운 별이 되어서는
> 안 된다고 머리를 옆으로 저으며 눈을 감아 눈 속의 별을 내몰았다.[528]

즉 "소년의 눈에 괴인 눈물, 곧 별빛으로 제시된 세계, 이 세계의
확산은 어머니가 자식을 공처럼 안고 궁그는 행위"이며, "궁그는 행
위의 응축은 소년의 별빛"이 될 것이라는 것이다.

> 「학」에서 학사냥을 하는 행위, 「모든 영광은」에서 자신의 남성을
> 눈으로 닦는 행위, 「온기 있는 파편」에서 도둑질한 사내를 구해 주는
> 행위 등은 모두 이 별빛의 아름다운 응축이나 궁그는 행위의 숭고한
> 확산과 동일한 정신에서 나온 것이 분명하다.[529]

이처럼 "어머니가 자식을 공처럼 안고 궁그는 행위"가 「별」에서

---

528) 황순원, 「별」, p.173.
529) 홍정선, ibid., pp.231~232.

는 내면적 의미로 사용되었다면, 「그래도 우리끼리는」에서는 상징적 의미로 사용된다. 이처럼 황순원의 단편소설에서는 모성원형이 원의 형상으로 이미지화되어 나타난다. 자식을 위해서라면 기꺼이 목숨을 내맡김으로써 '보호받고 따뜻하게 감싸 안아주며 위로하고 자비를 베푸는' 모성성을 확인해볼 수 있는 이 작품은 긍정적인 모성성으로 인해 아이와 어머니가 버스 전복 사고에서 유일하게 하나도 다친 곳이 없다고 서술됨으로써, 긍정적인 모성성이 가진 "숭고하리만큼 아름다운" 면과 "성스러운" 면을 확인해볼 수 있다.

한편 이렇게 긍정적 모성성에 대해 절대적인 면을 부여한 또 다른 작품으로는 「참외」를 들 수 있다. 작중화자의 어머니는 욕심이라곤 전혀 없으신 어른이고, 제 물건을 남 주시길 좋아하셔서도 남의 물건이라면 여하한 물건이건 안중에 두는 일이 없으신 어른[530]으로 묘사된다. 이런 어머니가 피난지에서 오는 손자들을 위해 값을 치르지 않고 참외밭에서 청참외를 따온다. 이를 통해 알 수 있듯이 자식들 입으로 들어가는 먹거리를 먼저 생각한 '어머니'는 도덕적이고 윤리적인 가치보다 자식을 우선순위로 생각하는 모성상으로 형상화되었다고 볼 수 있다.

(3) 「맹산 할머니」·「겨울 개나리」

「맹산 할머니」는 타인에게 쏟은 무조건적이고 헌신적인 사랑이 한 노인의 삶 속에서 실현됨으로써 '치유와 희생의 모성성'을 엿볼

---

530) 황순원, 「참외」, 『황순원전집』 3, p.68.

수 있는 작품이다. 싸리문전골에 있는 기와집의 주인 노파인 맹산
할머니는 "말하기를 싫어하는 성미가 돼놔서 누가 드나들건 그저
내버레두는" "체취"를 발산하는 노인이다. 이런 맹산 할머니는 "아
직 몸은 정정해 부엌동자를 혼자 맡아"하며, 멀지 않은 곳에 사는
딸이 다녀가면서 "노파편이 아니고 딸이라는 여인이 눈이 붉도록
울면서 돌아가"는 모습을 동네사람들에게 보여준다.

한편 장터에서 거간 노릇을 하는 노인은 "하얗게 센 머리를 칼로 빡
빡 밀고 언제나 천식증이 있음이 틀림없어 기침이 잦고 기침 끝에
는 으레 거품 가득한 가래를 뱉아내곤 하는 별로 말을 잘 하지 않
는" 할아버지이다. 한편 이 천식증 노인과 맹산 할머니는 "다같이
혼잣몸으로" 서로들 통 말이 없으면서도 맹산 할머니네 집에서 벌
써 여러 해째 함께 생활을 하기에 이른다.

> 그러나 그것보다도 더 이상한 게 있었다. 그것은 이 천식증 노인과
> 맹산할머니와의 사이였다. 다같이 혼잣몸인 이 두 늙은이는 서로들도
> 통 말이 없었다. 꼭 서로 처음 만난 알지 못하는 새의 사람들 같았다.
> 천식증 노인이 맹산 할머니네 집에 와있게 된 것이 벌써 여러 해째
> 되건만. 끼니때만 해도 맹산 할머니는 한 번도 말로 알리는 일은 없었
> 고 천식증 노인이 그저 할머니 부엌동자하는 눈치로써 집으로 들어가
> 는 것이었나.[531]

그러던 중 천식증 노인이 시병(장티푸스)에 걸렸다는 말이 난 뒤
부터 뭇사나이들이 드나듦이 날로 주는 듯하더니 나중에는 한 사람

---

531) 황순원, 「맹산 할머니」, 『황순원전집』 1, p.273.

도 뵈지 않게 되고 때쩔은 셔츠에 무릎이 다 나간 회색 양복바지를 걸치고 다니던 젊은이도 모습을 볼 수 없게 된다.

하지만 맹산 할머니는 "그냥 말없이 혼자 부엌동자"를 하면서 "밤낮없이" 아무런 연고도 없는 노인을 돌본다. 자기 자신은 더 눈꺼풀이 내리덮여 정기를 잃고 있으면서도 할머니는 "병인의 머리맡에 앉아 이마에 찬물찜을 해주는" 등 온갖 정성을 다해 노인을 보살핀다.

> 동네사람 중에는 노파더러 속히 동회에 알려 병인을 병막으로 데려가게 해야지 그냥 놔뒀다가는 큰일난다는 말을 하는 사람이 적잖았으나 노파는 그저 잠자코 그런 말을 받을 따름이었다. 동네사람들의 말에 의하면 밤낮없이 노파는 병인의 머리맡에 앉아 이마에 찬물찜을 해준다는 것이었다. 그리고 천식증 노인은 열에 떠 정신이 없다가도 노파가 미음을 떠넣어주면 싫다는 듯이 눈을 떠보다가도 그것이 노파인 줄을 알고는 순순히 받아먹는다는 것이었다.(pp.274~275)

천식증 노인과 맹산 할머니 사이에는 이렇게 영적(靈的)인 우정의 교류가 이루어진다.

> 한 두어 주일 지났다. 천식증 노인이 살아났다는 소문이 났다. 이제는 죽 같은 것도 먹게쯤 됐다는 것이다. 맹산 할머니가 풋밤알을 짓씹어 어린애에게나처럼 천식증 노인의 입에 넣어주기도 한다고 했다. 그런 때의 맹산 할머니의 구부정한 상체가 밤 깊어 창호지에 그림자져지기도 했다.(p.275)

먹을 것을 씹어 환자의 입에 넣어주는 할머니의 모습은, 이웃을 대하는 행동이라기보다는 무조건적인 사랑과 희생정신으로 병든 자식을 돌보는 어머니의 모습에 가깝다고 볼 수 있다. 맹산 할머니의 이런 선행은 긍정적 모성성에서 연유한 것으로서 보통 사람들이 실천하기에는 쉽지 않은 초월성을 지니고 있다.

> 그런 어느 날, 동네에서 이번에는 노파가 앓아누웠다는 소문이 났다. 같은 시병이라는 것이었다. 어떤 사람은,
> "노망한 노친네같으니라구, 종내 남의 말 안 듣더니 싸디,"
> 하면서 어서 동회에 알려 병막으로 가져가게 해야지 이러다가는 온 동네가 큰 결딴나리라고 했다.
> 사시 서리가 몹시 내린 날 노파는 열에 뜬 눈을 감은 채 죽은 사람처럼 신음소리 하나 없이 다루는 사람이 하는 대로 마구 리어카에 실리어 병막으로 갔다.[532]

이렇듯 자기의 모든 것을 바쳐 아무런 연고도 없는 사람을 살려낸 맹산 할머니는 "죽지를 축 늘어뜨린 추녀"처럼 "다시없이 낮은"(p.271) 모습으로 죽음에 이른다.

이와 같이 「맹산 할머니」에서 형상화된 긍정적 모성성은 일상적인 삶과 이성을 뛰어넘는 사랑의 모습으로 나타난다. 이로써 「맹산 할머니」는 "생명(혹은 자연성)에 대한 무조건적인 경외의 감정"과 "인간긍정"(전이두, 「원숙과 폐기」)이 숭고미를 얻게 되었다고 볼 수 있다.

「겨울 개나리」에서도 「맹산 할머니」에서의 '천식증 노인'처럼 자신과 아무런 연고도 없는 환자를 자식처럼 헌신적으로 돌보는 간호보조원 아줌마가 등장한다. 이 아줌마는 '맹산 할머니'와 같은 희생

---

532) 황순원, 「맹산할머니」, 『황순원전집』 1, p.275.

적 여성상으로서 그려짐으로써 「크리스마스트리」의 산모, 「맹산 할머니」에서의 할머니와 마찬가지로 아니마의 발전단계 중에서 '태모(太母) 원형의 표상'인 '성모 마리아(Maria) 상'으로 형상화된다.

특히 「겨울 개나리」와 「맹산 할머니」의 모성상은 '천상적인 기독교적·종교적 관계의 인격화인 성모 마리아(Maria) 상'으로서 '피에타의 성모'를 떠올리게 하는 여성상이다.

피에타(Pietà)는 영어의 연민(pity)과 경건(piety)의 어원인 라틴어 피에타스[pietas, 의무, 겸허, 효애]에서 파생된 이탈리아어로 '자비를 베푸소서'라는 뜻이다.[533] 피에타는 기독교 미술에 많이 표현되는 주제로 성모 마리아가 죽은 예수를 무릎에 안고 애통해하는 구도를 띠고 있다.

「겨울 개나리」와 「맹산 할머니」의 모성상도 '피에타의 성모'처럼 '영적 헌신의 극치에까지 올리는 상'의 모습으로 형상화됨으로써 "유명(幽明)을 초월한 우정의 교류"를 빚어낸다.

「겨울 개나리」에는 혼수상태에 있는 소녀와 그녀를 간호하는 간호보조원 사이의 언어를 넘어선 신비한 교감이 잘 나타나 감동을 자아낸다. 긍정적 모성성에서 연유한 '타인에 대한 희생과 무조건적인 사랑'을 엿볼 수 있는 이 작품은 간호보조원 아줌마와 환자인 영이가 빚어내는 불가해한 영적 교류의 모습을 통해 이성을 초월한 사랑의 힘이 가능함을 증명해보이고 있다.

뇌종양으로 6개월 시한부 인생을 살아가는 식물인간 영이의 간병인으로 들어온 아줌마에 대해 상철은 처음에는 그리 탐탁지 않아

---

533) H.W.젠슨, 김윤숙 외 역, 『History of Art』, 1978, p.295 참조.

한다. 그러나 그녀는 "고용인으로서의 의무만이 아닌 그대로 환자에 풀려든" 마음가짐으로 정성어린 간호를 한다. 이러한 그녀의 간호는 식물인간 영이와의 불가사의한 영적 교류에까지 이르게 된다.

> 이때 등 뒤에서 아줌마의 말소리가 들렸다. 아가, 응가하고 싶으냐? 어린애에게 하는 듯한 삽삽한 말투였다. 도시 아줌마의 음성이라고는 믿어지지 않을 정도였다. 상철은 환자의 표정을 살폈다. 좀 전과 조금도 변함없이 허공에 아무런 초점도 없는 시선을 던지고 있을 따름이었다. 다시 아줌마가, 아가 조금만 참아라 응? 했다. 한결 같이 어린애를 달래는 듯한 말씨에, 상철은 아줌마 쪽을 돌아다보았다. 뒤를 받아내려는 신문지조각을 펴든 아줌마의 눈길이 환자의 얼굴에 머물러 있었다. 부은 눈두덩 새로 새어 나오는 눈빛을 보고 상철은 가슴이 화끈했다. 아줌마의 시선엔 무표정한 환자의 얼굴로부터 무엇인가를 분명히 읽고 있는 빛이 역력했던 것이다.[534)]

아줌마는 영이의 상태가 "숨이 끊어지지 않은 육괴"에 지나지 않음에도 불구하고 정성을 다해 간호함으로써 시한부인 영이가 외롭지 않고 죽음을 잘 맞이할 수 있게 돕는다.

> "그야 모르지 직접 보지 못했으니까…… 한 가지 이런 일은 있었대. 간호원한테 들은 얘긴데, 서번 일이 있은 후부터 아줌마는 항상 환자더러 타이르듯이 말하드래. 아가, 죽더라도 곱게 가거라, 곱게 가, 응? 하구 말야. 그래선지 어쩐지 몰라두 말끔한 얼굴이 마음 푸욱 놓구 아주 깊은 잠을 자는 것만 같앴어. 갓 감긴 머리엔 빗자국이 곱게 나있

---

534) 황순원, 「겨울 개나리」, 『황순원전집』 5, pp.140~141.

구……." (중략)

"……어디 친부모 자식간이라구 그럴 수가 있겠어. 글쎄 감기 같은 것두 어느 한쪽이 걸리면 으레 다른 쪽두 걸리군 했으니 말야. 두 사람은 우리가 헤아릴 수 없는 데까지 서루 통하구 있었어……."[535]

얼마 전부터 환자는 낮에는 자고 밤에는 깨어있는 생활을 한다. 환자의 상태에 따라 낮을 밤으로 삼기가 쉽지는 않건만, 아줌마는 밤중에 잠이 들었다가도 환자 음식을 줘야 할 시각이나 옮겨 뉘어야 할 시각을 한 번도 지나쳐 버리는 일이 없이 일관성 있게 영이에게 지극정성을 다한다.

10개월이 지나자 가족들의 발길은 점점 뜸해지게 된다. 사랑과 정성으로 피어나는 영희와 아줌마의 "흉헙게 쭈그러 들어"가는 얼굴이 대비가 되면서 아줌마의 희생은 더욱 부각되고 긍정적인 모성성은 극대화되기에 이른다.

한편 영이의 부고를 받고 찾아간 병실에는 아줌마가 꽂아둔 개나리가 사람들을 반긴다. 개나리꽃[536]은 우리나라 어디에서나 피어 친근한 꽃이다. 그래서 개나리는 흔하게 익숙한 것을 상징한다. 개나

---

535) 황순원, 「겨울 개나리」, 『황순원전집』 5, p.144.

536) 어느 부잣집에 도사가 와서 시주를 청하자 부자는 개좆도 줄 것이 없다면서 박대를 했다. 그러나 이웃의 가난한 사람은 정성껏 시주를 했다. 스님은 짚으로 둥글게 만든 곡식을 담는 소쿠리 같이 생긴 둥구미 하나를 만들어 주고는 사라졌다. 그 후 둥구미에서 쌀이 계속 쏟아져 나와 가난한 사람은 금방 부자가 되었고, 이웃 부자는 몹시 원통해한다. 이듬해에 그 도사는 다시 시주를 청하러 온다. 부자가 이번에는 쌀을 시주하자, 도사는 역시 둥구미 하나를 만들어 주고는 사라진다. 그 후에 둥구미를 열어보니 쌀 대신 개좆이 가득 들어 있었다. 주인이 놀라 그것을 울타리 밑에다 묻어두자 그곳에서 개나리꽃이 피어나게 되었다.(박운봉 구연, 조희웅· 김연실, 유지현 조사, 『한국구비문학대계』 1집 4책, 한국정신문화연구원)

리꽃의 유래를 전하는 설화를 보면 아무것도 가진 것이 없다는 뜻으로 했던 개좆(또는 개똥)이라는 말 때문에 개나리꽃이 생겨났다고 한다. 또한 가을에 열리는 개나리의 열매인 연교(連翹)는 임금님의 병을 다스리던 귀중한 약재[537]로 쓰였다. 연교라는 열매는 성질이 차고 종기의 고름을 빼거나 통증을 멎게 하고, 살충 및 이뇨 작용을 하는 내복약으로 썼다. 그리고 봄에 개나리꽃을 따서 깨끗이 씻은 다음 술로 담근 개나리주(酒)도 옛날부터 약으로 쓰였다. 개나리주는 여자들의 미용과 건강에 좋다고 했다.

개나리의 확충을 통해 그 상징을 생각해보면, 개나리는 '친근함', '약재', '위로', '봄소식'의 의미를 내포하고 있다. 따라서 아줌마가 병실에 꽂아둔 개나리는 영이에 대한 아줌마의 사랑의 표시라고 할 수 있다. 즉 개나리는 영이를 자식처럼 사랑하고 위로해주며 봄의 생명력을 전해주고 싶은 마음, 약재와 같은 존재가 되어주고 싶은 마음을 상징하는 것이다. 이처럼 개나리는 영이에 대한 아줌마의 긍정적 모성성을 상징하는 사물이라고 볼 수 있다.

『신들의 주사위』에서도 한수를 살린 것은 세미였다. '창조주의 사랑'에 가깝다. 이런 의미에서도 세미가 한수를 극진히 간호하여 살려내는 것은 창조주가 인간을 다시 창조하는 행위나 다름없다. 세미의 사랑에 의해 한수가 나시 부활히였음을 의미한다.[538]

아줌마의 이러한 모성성은 『신들의 주사위』에 나타난 세미의 사랑과 유사하다. 아줌마가 영이를 극진히 간호하여 죽음을 잘 맞이

---

537) 박상진, 『궁궐의 우리나무』, 눌와, 2001.
538) 한승옥, 「황순원 소설의 색채론」, 『동서문학』, 1988.3; 『황순원연구총서』 5.

할 수 있도록 돕는 것은 "창조주가 인간을 다시 창조하는 행위"[539]나 다름없다. 세미의 사랑에 의해 한수가 다시 부활하였듯이, 영이도 아줌마의 사랑에 의해 아름다운 죽음을 맞이할 수 있었던 것이다.

이처럼 「겨울 개나리」에 나타난 영이와 아줌마의 교감, 「아내의 눈물」에서 목숨만 붙어있는 돼지새끼를 버리지 못하게 하는 아내의 시선, 그리고 「막은 내렸는데」에서 한 남자의 자살을 만류하는 창녀의 안온한 가슴은, 모두 모성의 힘이 삶과 죽음의 분기점을 의학적 진단과 같은 일상적 차원에서 정신적 감응과 결단의 차원으로 상승시키는데 매개되고 있음을 드러낸다.[540] 이처럼 이런 인물들의 형상화를 통해 긍정적 모성성이 구체적인 모습을 획득하게 되는 것이다.

2. 부정적 모성성

한승옥은 "황순원 문학이 악으로 인해 생긴 죄의식에서 출발하여, 그 원죄에 고뇌하고, 고뇌가 고뇌로서 끝나는 것이 아니라 속죄과정을 거쳐 종국에는 구원의 문제에까지 심화 확대된다는데 특징이 있다"고 말한 바 있다. 그는 "악에 대한 작가의 조용하면서도 준엄한 대결은 황순원 문학을 그답게 해주는 점"이며, 악의 실체를 규명하는 것이 그의 문학을 보다 심도 깊고 분명하게 이해하는 징검

---

539) 한승옥, 「황순원 소설의 색채론」, 『동서문학』, 1988.3; 『황순원연구총서』 5.
540) 김종회, 「삶과 죽음의 존재양식」, 경희대학교 대학원 『고황논집』 제2집, 1987; 『황순원연구총서』 4, pp.26~27.

다리가 될 수 있음을 지적하기도 한다.[541]

Ⅱ장에서 이미 언급한 바와 같이, 모성 콤플렉스의 핵심에는 모성원형이 있다. 따라서 어머니로부터 소외된 아이는 어머니에 대한 부정적 콤플렉스를 갖게 되면서 그것이 무의식에 가라앉아 그림자[542]를 이루게 된다. 그 중심에 있는 모성원형의 부정적인 성향이 콤플렉스의 파괴적인 성향을 활성화한다.

삶은 곧 죽음과 연결되므로 모성원형은 파괴적이고 부정적인 측면도 동시에 가지고 있다. 이러한 모습들은 끔찍하고 파괴적인 모성의 모습으로, 혹은 마녀, 용, 거대한 물고기, 뱀 등의 모든 것을 삼키고 칭칭 감는 동물들, 그리고 무덤, 석관, 물의 심연, 죽음, 유령, 어린이를 놀라게 하는 괴물(엠푸사, 릴리스 등) 등으로 등장한다.[543]

삶과 죽음, 복구와 파괴 등은 모두 그 자체로 함께 존재하는 대립

---

541) 한승옥, 「황순원 장편소설 연구 : 죄의식을 중심으로」, 『숭실어문』 제2집 1985, p.86. 이외에 황순원 소설에 나타나는 악에 대한 연구로는 김상일의 「황순원의 문학과 악」(『현대문학』, 1966.11)과 백승철의 「황순원 소설의 악인 연구 : 장편『카인의 후예』를 중심으로」(세종대 석사논문, 1981.) 등이 있다.(정영훈, 「황순원 장편소설에 나타난 악의 문제」, 『한국현대문학연구』 제21집, 한국현대문학회, 2007.4 ; 『황순원연구총서』 4, p.349, 재인용.)

542) 한편 진형준은 「모성으로 감싸기, 그에 안기기」(『세계의 문학』, 민음사, 1985년 가을호)에서 "육식성과 초식성은 인간 속에는 보편적으로 내재해 있다. 그것은 어린아이 속에도 하나의 밑그림으로 공존해 있다. 그때 육식성의 발현이 악이 되고 초식성의 발현이 선이 되는 게 아니라, 그 선악의 구분은 그 밑그림을 하나의 구체적 양태로 나타나게 만드는, 그 밑그림을 둘러싸고 있는 문화적 분위기에 따라 달라진다. 달리 말하면 존재론적인 그 선·악의 구분은 별 의미가 없으며, 더구나 육식성/초식성, 강자/약자의 이원론에 입각한 구분은 윤리적으로는 호소력이 있을지는 몰라도 인간존재의 포괄적 이해의 수준에는 이르지 못한다."고 언급하고 있는데, 이것은 인간을 이해하는데 있어서 자아와 그림자 모두를 통합하여 받아들일 필요가 있음을 역설한 것으로 생각된다.

543) 융, 융 저작 번역위원회 역, 「모성 원형의 심리학적 측면」, 『영웅과 어머니 원형』, 융 기본 저작집 8, 솔, 2006, p.202.

들이다. 생명을 창조하는 모성적 원상은 또한 파괴하는 측면을 함께 가지고 있다.[544] 모성의 파괴적 측면이 드러나면 대부분은 태모로서 두려운 형상이 된다. 그러한 특징이 부각된 민담에서는 모성이 주로 사악한 계모의 역할로 등장한다. 계모는 모성적 원칙을 파괴하는 측면으로 나타낸다. 이처럼 모성원형은 밝고 생명을 제공하는 좋은 측면뿐 아니라, 어둡고 파괴하려는 측면도 있다.[545]

단군신화에서 인간이 되고자 하였으나 인간이 되지 못한 호랑이에서 부정적인 모성의 측면을 찾아볼 수 있다. 이죽내는 단군신화에서 호랑이는 인간이 된, 즉 의식화에 성공한 곰과는 달리 의식화에 실패하였기 때문에 부정적인 모성성으로 볼 수 있다고 하였다.[546] 그는 호랑이는 환웅과의 관계에서 곰과 더불어 여자가 되고자 하는 가능성이 있으며, 인간이 된 곰과의 동성의 경쟁적 관계로볼 때, 호랑이는 의식화되지 못한 곰의 그림자로 볼 수 있다고 하였다. 호랑이가 부정적인 모성성으로 등장하는 우리나라의 민담은 사람을 잡아먹고 삼키는 파괴적 모성을 나타낸다. 이렇게 집어삼키는 모성의 성격을 볼 수 있는 민담은 이것 외에도 제주도 제주읍에 내려오는 설화인 '금령굴의 구렁이'[547]와 충북 청주의 설화인 '지네장터'[548] 등을 들 수 있다.

어머니가 이렇게 끔찍한 모습을 하고 등장하는 것은 자신의 정

---

544) Jung. C. G., *Symbole Mutter und die Wiedergeburt*, GW5, Par.300.

545) 지벨레 비르크호이저 – 왜리, 이유경 옮김, 『민담의 모성상』, 분석심리학연구소, 2012, p.51.

546) 이죽내, 「한국신화에서 본 모성성」, 『심성연구』 2(2), 1987, pp.89~102.

547) 최상수, 『한국민간전설집』, 통문관, 1983, pp.175~176.

548) *Ibid.*, 1983, pp.82~88.

신의 발전을 위해서는 두려움을 이겨내고 모성과 직접적인 대면을
해야 한다는 뜻이다. 그가 만일 어떠한 이유로 이러한 대면에 적극
적으로 참여하지 못한다면 그는 모성에 붙잡혀 있는 상태가 될 것
이다.

부정적 모성원형에 사로잡힌 남성의 심리적 상황에 대하여 융은
다음과 같이 묘사한다.

> 둘러싸는 것, 휘감고 삼켜버리는 것은 어쩔 수 없이 (상징으로서의)
> 모성, 즉 아들과 실제 어머니와의 관계, 그 어머니의 이마고, 장차 어
> 머니가 될 여인에 대한 관계를 가리킨다. 그의 에로스는 어린아이처럼
> 수동적이다. 그는 붙잡아주고 빨아들이고, 감싸주고 휘감아주기를 바
> 란다. 그는 보호하고 기르는 어머니의 세력권을 찾는다. 그가 찾는 것
> 은 모든 근심이 제거된, 주위세계가 그에게 다가오며, 심지어 그에게
> 행복을 강요하는 갓난아기의 상태이다. 그의 앞에서 현실세계가 사라
> 지는 것은 놀랄 일이 아니다.[549]

모성적 괴물의 면모를 살펴보면, 그것들은 대개 거대한 몸으로
주인공을 칭칭 휘감거나 한입에 삼켜버릴 수 있는 특성을 가진다.
혹은 크레타 섬의 미로와 같이 주인공으로 하여금 그 안에서 출구
를 찾지 못하고 헤매게 하는데, 이것은 주인공이 괴물에 의해 삼켜
지는 것과 비슷한 양상이다. 이러한 양상은 아들을 집어삼키는 괴
물의 모습으로서 아들을 자신의 영역으로 되돌리기 위한 모성의 의
도를 보여준다. 프로베니우스의 '밤의 항해'에서 태양신은 온갖 위

---

549) Jung, C.G., C.W.9-2, *Aion, III, the Sysygy; Anima and Aimus*, routledge &
    Kegan Paul Ltd, 1951, p.27.

험으로 위협받으며 어머니의 자궁 속에 밀폐된다.[550]

> 한 영웅이 서쪽에 있는 수중 괴물에게 잡아먹혔다(잡아먹힘). 그를 삼킨 짐승은 동쪽으로 향하여 항해한다(항해). 그동안 괴물의 뱃속에서 영웅은 불을 피우고(불의 점화) 배가 고파서 매달려 있는 심장 한 조각을 잘라낸다(심장절단). 얼마 안 되어 그는 물고기가 물에 이르렀다는 것을 알게 된다(상륙) ; 곧 괴물의 안에서 빠져나오려고 배를 잘라내기 시작한다(절개) ; 그런 다음 그는 밖으로 빠져나왔다(미끄러져 나옴). 괴물 물고기의 뱃속이 너무 더워 그의 머리카락이 빠져버린다(열기, 머리카락) ― 영웅은 동시에 예전에 잡아먹인(모두─삼켜짐) 모든 사람들을 해방시킨다. 그리고 이제 모두 밖으로 빠져나온다(모두 빠져나옴).[551]

영웅의 이러한 면모는 어머니를 극복하거나 혹은 죽이는 것을 의미한다. 불을 피운다는 것은 특히 주목할 만한 의식의 행위인데 그러한 의식화를 통해 모성유착의 어두운 상태를 '죽이는' 것이다.

우리나라의 민담 '금강산 호랑이'에서도 이와 비슷한 장면이 등장한다. '금강산 호랑이'는 주인공이 호랑이에 의해 삼켜지고 그 안에서 처녀를 만나고 구출해내어서는 그녀와 결혼하는, 전형적인 페르세우스형 괴물 제치설화의 형태를 따른다.

호랑이에게 잡아먹힌 주인공 유복이는 잡아먹힌 뒤에 정신을 차리고 칼을 하나 찾아낸 뒤 그 칼로 호랑이의 뱃가죽에 구멍을 뚫어

---

550) 융, 융 저작 번역위원회 역, 「어머니와 재탄생의 상징들」, 『영웅과 어머니 원형』, 융 기본 저작집 8, p.76.
551) 융, 융 저작 번역위원회 역, 위의 책, 위의 책, pp.76~77.

탈출에 성공한다. 주인공이 괴물에 의해 잡아먹힌 뒤 괴물을 퇴치하거나 혹은 그로부터 탈출하는 주제는 우리나라를 포함한 전 세계에 널리 퍼져 있다. 하지만 우리나라의 민담에서는 괴물을 퇴치하는 방법이 조금 다르게 전개되기도 한다.

'지네장터설화'는 괴물제치설화로서 전 세계에 분포되어 있는 페르세우스형 설화의 한국적 유화로서 보편적인 주제를 가지고 있다.[552] 하지만 '금강산 호랑이'에 비해 '지네장터설화'는 괴물제치의 방법이 페르세우스형 신화와 차이가 있다. 즉 지네를 싸워서 이를 죽이는 것은 스스로 제물을 제공한 여자 주인공이 아니라 그녀가 측은히 길러온 두꺼비였고, 지네와 싸웠던 두꺼비도 지네와 함께 죽었다는 점이다. 여기에서 모성원형의 양면성을 잘 볼 수 있다. 즉 두꺼비를 먹이고 돌봐주고 키우는 긍정적인 모성과 주인공을 집어삼키려는 지네라는 파괴적 모성의 모습이다.

유년기의 소년은 자기 어머니를 자연스럽게 동반자로 여기므로 사기 내부에 있는 여성적 요소의 투사를 어머니에게로 향하게 된다. 그래서 융은 "어머니는 그가 알게 된 최초의 여성이며 그가 의식하든 의식하지 않든 그에게 여전히 중요한 존재"라고 말한다.

인간은 어머니로부터 태어나면서 불안과 공포를 느끼고 그 공간에 두고 온 그 무엇을 찾고자 무의식적으로 갈망하게 되는 존재이다. 인간의 본능이라고 할 수 있는 잃어버린 것에 대한 복구 욕망을 충족시키는 것은 매우 중요하다. 개인뿐만 아니라 사회적으로 미치는 영향이 크기 때문이다. 모든 불합리와 부조리를 아우를 수 있는

---

552) 이부영, 『그림자』, 한길사, 1999, p.250.

참다운 모성은 원만한 인격 형성에 절대적으로 기여하는 동시에 무한하고 숭고한 힘을 가졌다고 할 수 있다.[553]

이렇게 인간의 삶 전체를 좌우하는 긍정적 모성이 부재하거나 혹은 부정적으로 왜곡되었을 때 그 모성의 수혜자는 어떠한 형태로든 불구적인 모습으로 성장할 수밖에 없다. 여기에서는 부정적인 모성의 양상들과, 그것이 미치는 영향력에 대해 살펴보고자 한다.

「사마귀」·「갈대」·「왕모래」·「지나가는 비」·「늪」은 황순원의 작품 가운데서도 부정적 모성성을 잘 형상화하고 있어 그의 문학적 궤적 면에서 중요한 위치를 차지한다고 볼 수 있다. 즉 부정적인 모성성도 모성성의 중요한 단면임을 잘 보여주고 있는 것이다. 이제 이 작품들에 형상화되어 있는 부정적 모성성의 양상을 살펴보도록 하겠다.

1) 모성 콤플렉스의 희생양 -「사마귀」·「자연」

(1) 「사마귀」

「사마귀」는 왜곡된 모성으로 인한 연쇄적인 비극을 제 새끼를 잡아먹는 사마귀라는 상징물로 비유함으로써, 부정적 모성상이 어린 자식을 비롯한 주변세계를 비극적인 상황으로 몰고 가는 모습을 형상화한 작품이다.

이 작품은 네 명의 부정적인 모성상을 중심으로 작중인물들의 심리상황을 대화 없는 지문으로 그리면서 극적 긴장감을 유발하고 있

---

553) 장연옥, 앞의 글, p.87.

다. 이 작품에서 사마귀 같은 인간관계는, 주인마누라와 젊은 여인 사이에서 시작된다. 또한 이런 관계는 다시 고양이를 매개로 하여 계속 양산되며, 젊은 여인과 계집애의 갈등을 통해서 다시 그 모습을 드러낸다. 이후 서로가 서로를 파괴하는 사마귀 같은 대립관계가 계집애와 벙어리 사내애의 관계로까지 확대된다.

젊은 여인이 어머니인 주인마누라는, 몸을 판 딸의 돈으로 생활하면서도 어떠한 아픔이나 양심의 가책을 느끼지 않는 여인이다. 따라서 주인마누라 스스로가 젊은 여인을 죽음에 이르게 만드는 사마귀 같은 존재임에도 불구하고, 어미토끼가 사마귀처럼 제 새끼를 잡아먹었다고 오히려 비난을 한다. 또한 벙어리 사내애에게는 "코가 저렇게 발딱하니 하늘로 터졌으니 부몰 아편장이로 만들어 잡아먹지 않고 별 수 있느냐"라고 말하는 모순된 모습을 보여준다. 젊은 여인에게 있어서 주인마누라는 긍정적 모성이 결핍된 '삼켜버리는 어머니'인 것이다.

또한 주인마누라의 사랑을 받지 못하는 젊은 여인은, 딸인 계집애에게도 모성애를 주지 못한다. 젊은 여인 역시 계집애에게는 사마귀와 같이 딸을 정신적으로 죽게 만드는 부정적인 모성 콤플렉스의 소유자일 뿐이다.

사마귀[praying mantis], 즉 버마새비는 이프리카이 부시먼 사이에서 협잡꾼[(挾雜-) 옳지 아니한 방법으로 남을 속이는 짓을 하는 사람]을 뜻한다.[554] 사마귀는 중국에서는 완고함, 탐욕을 상징한다. 그리스에서는 사마귀가 예언(그리스 어로 manteia)을 상징하며, 크리스트교

---

554) 진 쿠퍼, 이윤기 역, 『그림으로 보는 세계문화상징사전』, 까치, 1994, p.208.

에서는 사마귀가 앞발을 치켜 올린 모습이 기도하는 모습과 흡사하다는 데에서 유래하여 기도하는 사람, 예배를 뜻한다. 암컷은 교미 중에 수컷을 먹어버리는 습성이 있다.

사마귀[Mantodea][555]는 공격적이고 호전적이어서 큰 동물에게 덤비는 것을 빗대어 분수도 모르고 강적에게 반항함을 비유한 당랑거철(螳螂拒轍) 또는 당랑지부(螳螂之斧)라는 고사성어가 있다. 이러한 사마귀는 아프리카에서 하느님의 상징이었으며, 그리스어로는 '예언자'라는 뜻이며, 영적인 신비한 힘을 상징하기도 하였다. 사마귀의 먹이 사냥에서 보이는 행동이 고요함, 조용함, 평온, 인내, 균형의 모습이며, 시점이 확실하다고 판단될 때까지 움직이지 않는 것에서 묵상과 명상의 상징으로 쓰이기도 했다. 사마귀 수놈이 교미 후 암놈에게 잡아먹히는 것은 태어날 새끼를 위한 희생의 부정(父情)이라고 할 수 있다. 또한 사마귀는 새끼가 부화될 때면 암놈은 자신의 몸을 새끼의 식량으로 제공한다.

화자인 현이 하숙하고 있는 주인집 마누라가 어미 토끼에게 "사마귀는 제 새끼를 잡아먹는다든가 제 어미를 잡아먹는다는 말은 들었지만 아무리 독한 짐승이기로서니 제 새끼를 네 마리씩이나 잡아먹는 법이 어디 있느냐"고 욕하는 소리에 이 작품의 내용이 암시되어 있다. 주인마누라는 어미 토끼의 모성 결핍을 비난하고 있지만

---

555) 사마귀는 포식자들의 눈에 띄지 않게 몸이 색깔을 바꾸는 위장술이 뛰어나고, 조류 중에서 가장 큰 박쥐가 내는 고음의 소리를 잘 들을 수 있도록 신체 안에 빈 공간을 가지고 있다. 사마귀는 잎이나 나무줄기의 색상과 같이 잘 위장한 뒤 먹이가 나타날 때까지 움직이지 않고 기다린다. 먹이가 나타나면 강력한 앞다리로 먹이를 잡고 머리를 물은 후 먹이를 먹는 곤충이다. 또한 뛰어난 청각과 강력한 턱을 가지고 있으며, 주로 야간에 비행한다.

사실은 누구보다 먼저 그녀 자신이 가장 비난받아야 할 대상인 것이다. 그녀는 젊은 여인(딸)이 매춘을 해서 번 돈으로 생활하는, 그야말로 젊은 여인에게 있어서는 사마귀 같은 존재이다. 그리고 젊은 여인은 계집애(어린 딸)에게 향해야 할 모성을 고양이에게 베푸는 비정한 어머니이다.

계집애는 어머니인 젊은 여인이 손님을 집으로 데려왔을 때 자기 할머니를 어머니라고 부르도록 강요받는다. 그래서 소녀는 인형을 어머니라고 부르며 논다. 매춘부라는 신분에서 이미 타락한 모성임을 보여준 젊은 여인과, 손님만 오면 자리를 피해주는 주인마누라는 부정적 모성상의 표본이다. 계집애와 젊은 여인, 그리고 고양이는 삼각관계를 형성한다. 즉 젊은 여인은 고양이에게 왜곡된 모성애를 투영하고, 계집애에게 모성애의 부재를 드러내는데 이에 따라 계집애는 고양이를 적대시하게 된다. 모성애를 느끼지 못하며 성장하는 계집애의 성격은 매우 포악하고 매정하여 고양이를 창밖으로 밀어내기도 하고 몽둥이로 후려치기도 하는 모습으로 그려진다.

주인마누라와 젊은 여인, 그리고 계집애의 서로가 서로를 죽게 만드는 극단적 대립 관계는 다시 계집애와 벙어리 사내아이에게로까지 확대된다. 이 벙어리 사내애 역시 모성이 극도로 결핍된 상태이다. 아편을 맞기 시작한 사내애의 아버지는 그것을 말리는 어머니가 귀찮아서 일부러 어머니까지 아편쟁이로 만들어버린다. 둘은 서로 아편을 많이 맞으려고 싸우다 결국 아버지가 어머니를 팔아버린다. 그 뒤 아버지 몰래 집을 찾아 온 어머니에게 아편을 훔쳐내주던 사내애는 아버지로부터 혀가 잡아당겨져 벙어리가 된 것이다. 육체적으로나 정신적으로나 극도로 파괴된 이 사내애는 아무도 돌보아 주는 이 없이 고립되어 있다. 그래서 유일한 위안이 되는 계집애에게 맹목적인 순종을 바치지만 계집애는 이런 사내애를 동정하기는커녕 어린아이답지 않은 영악하고 비정한 태도로 상처를 준다.

> 사내애는 계집애가 사금파리 장난에 싫증이 날 듯하면 먼저 눈치채고 이번에는 헌 조끼주머니에서 조개껍데기를 꺼낸다. 그리고 조개껍데기를 마주 맞추어가지고 도드라진 조개눈 쪽을 장독에 갈기 시작한다. (중략) 사내애는 한순간 조개껍데기의 구멍난 쪽을 입으로 가져가다가 그만둔다. 사내애의 입에서는 또 뜻하지 않은 침이 흘러내린다. 사내애는 울 듯한 얼굴로 조개껍데기를 계집애에게 준다. 계집애는 먼저 더럽다고 침을 뱉고 조개껍데기를 받자 불어볼 생각도 않고 장독대 밑에 던져 깨버린다. (중략) 사내애는 다시 톱밥 속에 손을 파묻고 다진다. 또 무너진다. 계집애가 못 참겠다는 듯이 톱밥을 두 손으로 홱 흐트러뜨린다. 사내애의 얼굴에 톱밥이 튄다. 계집애는 재미있다는 웃음을 입가에 떠올리며 톱밥을 한 줌 쥐어 사내애의 얼굴에 뿌린다. 사내애는 앉은 채 눈만 감는다.[556]

현은 계집애에게 모성을 베풀지 않은 젊은 여인에게 분노하고 그녀의 사랑을 독차지하고 있는 고양이를 공원에 갖다 버리려고 한다. 컴컴한 공원 속에서 만난 술 취한 여인이 고양이를 가슴에 안고 있는 현에게 '요맘 때가 애 내버리기에 꼭 좋은 때'라고 하면서 자기도 '사내애와 계집애 쌍둥이를 낳아 여기 가져다 버렸'고 말한다. 이러한 젊은 여인과 계집애의 갈등은 고양이라는 매개물을 중심

---

556) 황순원, 「사마귀」, 『황순원전집』 1, pp.138~139.

으로 하여 확대된다. 젊은 여인은 다만 딸의 대용(代用)으로서 고양
이를 사랑한다. 누구에게도 정을 못 느끼는 젊은 여인이 이렇게 고
양이를 아끼는 것은 모성원형의 부정적인 측면인 '비밀스러움', '암
흑', '유혹'의 속성을 상징적으로 잘 드러내주는 동물이 고양이이기
때문이다.

고양이는 쥐와 새를 가혹하게 다루는 잔인함 때문에 원시적 여
성적 존재에 잘 들어맞는 상징이다. 고양이는 전적으로 자신의 본
성에 충실하게 행동하는 동물이다.[557] 그래서 고양이는 원시적이고
여성적인 심성을 상징한다. 고양이의 부정적인 측면은 잔혹함과
냉정함으로 나타나는데, 이는 선량하고 자애로운 모성에 반하는
것이다.[558]

고양이[domestic cat]는 동서양을 막론하고 주술적인 동물로 여겨
져 왔다. 우리 조상들은 주술을 이용하여 사람을 저주할 수 있다고
생각하였고, 그 저주의 수단으로 고양이를 가장 많이 이용하였다.
고양이의 다리나 간을 땅에 묻고 저주를 하면 원한이 있는 사람의
다리나 간에 병이 생겨 죽게 된다고 생각하였다. 우리나라에는 짐
승들 가운데 고양이를 사람과 가장 가깝게 이부자리에까지 들여놓
게 된 전설도 있다.[559]

---

557) 고양이는 마음이 내키면 사람에게 다가와 쓰다듬게 하나 마음이 내키지 않으면 도망
가듯이 멀어진다. 이처럼 전적으로 자신의 본성에 충실하게 행동하는 동물이 고양이이
기에 고대 이집트인들은 고양이 여신 바스테트(Bastet)를 여성 본성의 그런 측면으로
숭배했다.(지벨레 비르크호이저–왜리, 이유경 역, 『민담의 모성상』, 분석심리학연구
소, 2012, p.36.)

558) *Op. cit.* p.94.

559) 잉어로 변신한 용왕의 아들을 낚은 어부가 그 잉어를 놓아준 대가로 용왕으로부터
여의주를 받고 부자가 된다. 이것을 탐낸 어느 방물장수 할멈이 속임수를 써서 여의주

고양이의 거동을 사물의 전조(前兆)로 보는 습관은 세계적인 현상이다.[560] 고양이는 눈이 여러 가지 모양으로 변하기 때문에 태양의 변용력, 달이 차고 이지러짐과 밤의 광채를 의미한다. 또한 인내, 욕망, 자유를 뜻한다. 고양이는 마녀의 사자(使者)이며, 마녀는 고양이로 변신한다고 알려져 왔다. 마녀의 사자인 검은 고양이는 악과 불운을 뜻하기도 한다.[561]

이와 같은 고양이에 대한 확충을 미루어보면, 고양이는 '공포의 어머니[562]'의 곁에서 어머니의 일을 돕는 사자(使者)의 역할을 한다고 볼 수 있는 것이다.

한편 어머니의 사랑을 받지 못하는 계집애는 어머니의 대용(代用)인 인형에게 모든 사랑을 주면서 엄마 밥 먹으라고 한다. 또 어머니에 대한 사랑을 충족시키지 못하는 계집애는, 어항속의 물고기를

를 가져간다. 이에 격분한 어부집의 개와 고양이가 방물장수 집에 잠입하여, 개는 망을 보고 고양이는 쥐왕을 볼모로 잡고 쥐떼를 시켜 여의주를 찾아낸다. 고양이가 여의주를 입에 물고서 개의 등을 타고 강물을 건너오다가 여의주를 물속에 빠뜨리게 되었다. 이때 개는 그냥 집으로 돌아와 버렸으나, 고양이는 어부가 그물로 잡아 올린 물고기 중에서 죽었다고 내버린 고기들을 뒤졌다. 이 고양이는 여의주를 먹은 물고기는 죽었을 것으로 생각하여 죽은 물고기 가운데서 여의주를 찾아 주인에게 가지고 왔던 것이다. 이 고양이의 행동에 보은하는 뜻으로 그 뒤부터 고양이를 이불 속까지 들어오게 하였으나, 개는 밖에서 살도록 하였다고 한다.

560) 고양이를 죽이거나, 소중히 다루지 않으면 불행을 당하게 된다는 민화(民話)는 동양의 여러 나라뿐 아니라 유럽·아프리카 등지에도 있다. 고양이의 가축화가 현저히 발달한 고대 이집트에서는 고양이는 신성한 동물이었다. 또한 고양이가 시체를 뛰어넘으면 시체가 움직인다고 하여 고양이를 시체 가까이 두지 않는 풍습도 있으며 고양이에 관한 미신은 많다.

561) 진 쿠퍼, 이윤기 옮김, 앞의 책, p.54.

562) 공포의 어머니의 모습은 자아가 남성화 및 용과의 싸움, 다시 말해서 긍정적 발달과 변환을 향해 돌진하는 긍정적 발달을 불러들일 수 있다.(노이만, 박선화 역, 『위대한 어머니 여신』, 살림, 2009, p.60.)

자신과 동일시(同一視)하기도 한다. 특히 낯선 남자가 젊은 여인과 같이 있을 때는, 새침한 표정으로 그렇게도 좋아하던 어항에서 눈을 돌리고 만다.

이렇게 젊은 여인의 사랑을 갈구하는 계집애의 심리묘사는 젊은 여인의 사랑을 독차지하는 고양이와의 대립관계를 통해서 비극적인 상황이 극대화되기에 이른다. 계집애는 젊은 여인이 없을 때 고양이를 할퀴고 눈을 찌르며 흙 위에 굴리고, 나아가 색 헝겊을 매달아 오래돌기경쟁을 한다. 약이 오른 계집애가, 이번에는 막대기로 고양이를 때린다.

한편 젊은 여인의 방에 있던 꽃가지가 시들어도 버리지 않는 계집애의 행동은 '생명을 낳고 기르고 보살피는 긍정적인 모성성'을 바라는 그리움의 발로라고 볼 수 있다. 이 꽃가지를 다치게 하는 고양이를 메치게 하는 것은, 자신이 기대하는 긍정적인 모성상인 '삶을 새롭게 하고 생명력과 신성함을 보여주는' 측면을 침범하는 데 대한 분노감의 표현이다. 즉 이런 계집애의 행동들은 '생명을 제공하고 치유하는' 긍정적 모성성을 바라는 계집애의 마음을 상징적으로 형상화하여 보여주는 것이다.

꽃은 심혼의 상징으로 많이 사용되는 것으로, 전체성으로 가기 위한 모성석 수용력을 상징한다. 동그란 중심점이 있는 원환의 영역을 나타낸다. 이것은 자기(Selbst) 상징의 두 측면을 의미한다. 식물로서 꽃은 무엇인가 성장한 것, 천천히 스스로 발전해 온 것을 의미한다. 그러므로 꽃은 심혼의 어느 곳에선가 자연스러운 성장 과정이 진행되고 있었음을 나타낸다. 아울러 여성을 치유하고 모성을 치유하는 상징으로 사용된다. 꽃은 치유를 하는 전체성 체험에서

정점에 이르게 되는 감정의 발전을 나타내고, 자신에게서든 타인에게서든 전체성을 담지한 심혼적 태도를 나타낸다.[563]

　이렇게 계집애에게 사마귀와 같은 존재인 젊은 여인과, 계집애와의 대립 관계는 계집애와 벙어리 사내애의 관계로까지 확대되는 양상을 보인다. 아편장이인 아버지에게 혀를 잡아 당겨져서 벙어리가 된 사내애에게는 같이 놀아줄 어머니가 없다. 그래서 사내애는 계집애를 찾아온다. 사내애는 진흙을 빚어 인형에게 주기도 하고, 사금파리와 조개껍데기를 갈아 계집애에게 바치기도 한다. 그런데 저도 모르게 침을 흘리게 되자, 계집애는 더럽다고 조개껍데기를 깨버린다. 이번에는 톱밥을 손으로 다진다. 그러나 구멍이 생기지 않고 무너지자, 계집애는 "못 참겠다는 듯이 톱밥을 두 손으로 홱 흐트러뜨린다." 그리고 사내애에게 톱밥을 더욱 세차게 뿌린다. 이 뿌림과 비례하여 사내에는 더욱 "머리를 흠칫거린다." 그리고 그 후로 사내애는 계집애에게 놀러 오지 않는다. 사내애에게 있어서도 계집애는 사마귀와 같은 존재일 뿐이다. 여기에서 사내애의 어머니는 부정적인 모성상으로 형상화되고 있다.

　즉 사마귀로 상징되는 주인마누라와 젊은 여인의 관계는 젊은 여인과 계집애의 관계로 답습되고, 이러한 관계는 계집애와 사내애와의 관계로까지 확대 발전한다. 이들은 정신적으로 서로가 서로를 죽게 만드는 사마귀와 같은 존재가 됨으로써 '부정적인 모성성'이 극대화되었을 때 그 모성의 수혜자가 불구적인 모습으로 성장하는

---

563) 지벨레 비르크호이저 – 왜리, 이유경 역, 『민담의 모성상』, 분석심리학연구소, 2012, pp.107~111.

양상을 보여준다.

한편 '부정적인 모성성'의 극대화에 대해 하숙생인 현은 분노한다. 현은 '긍정적인 모성성'을 갈구하는 계집애에게 연민의 정을 느낀다. 그래서 '전체성으로 가기 위한 모성적 수용력'을 상징하는, 꽃을 꽂은 화병을 가져다주기도 하며, 죽은 토끼새끼를 어미토끼한테 보일 때 반응이 없자 토끼장을 발로 차기도 한다. 즉 어미토끼가 부정적인 모성성을 보이는 데 대해 분노감을 표현한다.

또한 현은 젊은 여인의 사랑을 독차지하고 있는 고양이에 대해 증오를 느끼고, 공원의 여인에게 갖다 주리라 스스로 다짐한다. 그런데 술 취한 여인은 현에게 "애 버리러 왔지 뭐냐고" 하며 자신은 "사내와 계집애 쌍둥이를 낳아서 여기 버렸다"고 말하며 웃는다. 술 취한 여인 역시 주인마누라와 젊은 여인, 그리고 벙어리 사내애의 어머니와 같이, '삼키는 어머니'로서의 부정적인 모성성을 보여주고 있는 것이다. 이때 현은 술 취한 여인에게 고양이를 준다는 것이 결국은 젊은 여인에게 고양이를 주는 일과 다름없음을 깨닫고 공원에 고양이를 놓아버린다. 술 취한 여인은 '파괴적인' 부정적 모성성을 보여주고 있는 것이다.

그런데 공원에 버린 고양이가 어느 결에 하숙집에 돌아와 토끼새끼를 모조리 잡아 죽이고도 모자라 붕어에게까지 손을 댄다. 이때 현은 "죽어라, 죽어라"라고 하며 고양이의 목에 힘을 준다. 이것은 생명을 죽이는 고양이에 대한 분노이며, 동시에 계집애에게 향해야 할 젊은 여인의 모성애를 고양이가 독차지하는 데 대한 증오의 모습이다. 그러나 "고양이의 눈알에서 불티가 튀는 순간 현은 그만 고양이의 목을 놓고 만다." 그리고 붕어의 물을 갈다 하수관 가에서

고기새끼를 발견하고 어항에 넣어가지고 올라온다. 이것은 언젠가 계집애가 놓아버린 고기새끼이다. 이 고기새끼는 계집애가 모성애가 결핍된 채로 살아나가듯이 하수구 개천의 더러움 속에서도 살아왔던 것이다. 그러나 눈알이 없던 고기새끼는 곧 죽어버린다. 이것은 곧 '파괴적이고 삼켜버리는' 부정적인 모성원형의 희생양이 되는 계집애를 상징하는 것으로 볼 수 있다.

이 고기새끼를 고양이가 가로채간다. 이 상황은 계집애에게 향해야 할 모성애를 고양이가 가로채는 것과 동일한 것이다. 그런데 이제까지 고양이가 죽인 줄 알았던 토끼새끼가, 사내애가 갖고 노는 중에 저절로 죽어가는 것이었음을 현이 발견하게 된다. 같이 놀아줄 사람이 없었던 사내애가 계집애마저도 같이 놀아주지 않자, 몰래 토끼새끼를 가져다 어머니 대용으로 소꿉놀이를 하고 있었던 것이다. 사내애는 바로 모성애를 갈구하는 외로운 인간의 모습이기도 한 것이며, 토끼 새끼는 다름 아닌, 모성애의 결핍이 낳은 실질적인 희생물인 것이다. 이런 토끼새끼를 또 다시 고양이가 채어가고 그 뒤를 사내애와 현이가 뒤쫓아 달리는 것으로 이 작품을 끝을 맺는다.

즉 이 작품에서는 사마귀, 고양이, 인형, 꽃, 토끼 새끼, 고기 새끼의 매개물들이 서로 긴밀하게 연관 상징되면서, 네 명의 부정적인 모성상을 중심으로 서로가 서로에게 사마귀와 같은 존재로 악순환되는 양상을 보여주고 있다. 주인마누라, 젊은 여인, 계집애, 사내애는 똑같이 사마귀와 같은 존재로 재현되는 것이다.

이처럼 「사마귀」는 모성 결핍이 가져오는 피해 상황들을 연쇄 반응으로 이끌어 긴장감을 유지한다. 그리고 불구가 된 물고기는 모성애 결핍의 결과를 상징한다고 볼 수 있다. 현이 어항에 물을 채우러 우물로 갔을 때 검은 하수관 구멍가에서 눈이 있어야 할 곳에 눈알은 없고 물크러진 것처럼 패어 있는 비참한 모습의 물고기를 발견한다. 이 물고기는 오염된 근대 사회에서 황폐화된 인간의 모습을 상징적으로 보여준다. 계집애와 사내애도 이 물고기를 닮았으며 이내 죽고 마는 물고기처럼 이들도 이미 정신적으로 죽어 있음을 암시한다.[564] 인간 상호간의 상호의존적 관계를 파괴하는 모성 부재 혹은 모성 기부는 결국 죽음으로 이어질 수밖에 없다.

또한 작품 초반에서부터 결말에 이르기까지 죽은 토끼의 가해자에 대한 의문은 계속된다. 전반부에서는 제 어미가 죽인 것으로 인정되다가 중반부에 오면 고양이가 가해자로 주목받게 된다. 그러나 마지막 장면에서 극적 반전이 일어난다.

> 사내애의 앞에 놓여있는 것은 토끼새끼가 아니냐. 지금 사내애는 곱게 다듬은 사금파리에 톱밥을 담아 토끼새끼 앞에 먹으라고 내놓는 참이다. 토끼 새끼는 그러나 꼼짝도 않는다. 죽어 있다. 사내애는 계집애와 안 노는 동안 토끼새끼 한 마리 한 마리 몰래 꺼내다가 이 놀음을 했단 말인가.[565]

벙어리 사내애는 계집애마저 놀아주지 않자 몰래 토끼 새끼를 가져다가 어머니 대용으로 소꿉놀이를 했고 그 때문에 현의 하숙집 토끼 새끼는 매일같이 죽어 나갔던 것이다. 이렇게 죽음으로 뒤덮

---

564) 장연옥, 앞의 글, p.90.
565) 황순원, 「사마귀」, 『황순원전집』 1, p.145.

여 있는 하숙집의 암울한 풍경은 인간 세계 전체의 불모성으로 확산되며 이때 사내애는 모성애를 갈구하는 외로운 인간을 상징한다고 볼 수 있다.

이처럼 어머니로부터 소외되어 모성애가 결핍될 경우 아이는 어머니에 대한 부정적 콤플렉스를 갖게 될 뿐만 아니라 아이의 본능 영역이 장애를 받고 원형들이 배열되는 양상을 보인다. 그것들은 낯설고 불안한 요소가 되어 아이와 어머니 사이에 나타나게 된다.[566]

무의식으로부터 의식이 탄생하듯이, 아이는 성장하면서 어머니로부터 건강하게 분화될 필요가 있다. 아이가 어머니로부터 분화되는 과정에서 발생하는 현상은 유기감정이다. 어머니에게 버림받은 아이는 일시적으로 불안과 공포에 사로잡히게 되는데 이때 모성 원형은 아이가 현실을 적응하는 데 도움을 주는 요인이 될 수도 있다. 따라서 유기(遺棄)는 독립을 향한 필연적인 조건으로 작용하기도 한다.[567]

하지만 이 작품에서는 아이의 자아가 분화되는 적절한 시기를 놓침으로써 어머니로부터 건강하게 분화되지 못하고 있다. 이로써「사마귀」는 모성애의 결핍이 인간을 얼마나 고독하게 만들며 그 고독이 얼마나 무서운 결과를 가져오는지를 잘 보여주고 있다. 더불어 부정적 모성상을 보여줌으로써 역설적으로 모성애가 인간에게 얼마나 중요하고 근원적인지를 보여주고 있다.

요컨대「사마귀」의 '어머니'는 민담에서의 마녀처럼 부정적 모성

---

566) Jung, 『정신요법의 기본 문제』, p.206.
567) Jung, *The Archetypes of the collective Unconscious*, Princeton University Press, 1969, p.287.

성을 보여주고 있다. 마녀는 부정적 모성으로서 우리의 허약한 부분을 노린다. 그것은 모성에 매달리게 하고 유아적으로 머무르게 하는 경향이므로, 경험의 소중함을 잊지 않으려면 고통스러운 하강에 전적으로 내맡겨야 완전히 극복된다. 그것이 어떤 것으로 우리 속에서 겪어져야 하고 태워져야만 한다. 그것은 이미 희생됐어야 했으나, 그러지 못하고 살아남아 있던 과거의 한 조각이다.[568]

부정적인 모성과의 연결은 우리가 관계를 맺고 있는 주변 사람들과의 '신비적 참여'에서 벗어나서, 온정 어린 접촉이 상실되는 근거가 될 수 있다. 「사마귀」는 이렇듯 '냉담한 모성'[569]의 모습을 가진 부정적 모성상이 주변 사람들의 정신적 삶을 파멸시키는 미묘한 심혼적 위험에 빠지게 하는 양상을 잘 형상화한 작품이다.

(2) 「자연」

「자연」의 남자 주인공 역시 「지나가는 비」의 섭처럼 어머니의 그늘 아래에서 벗어나지 못하고 정상적인 생활을 영위하지 못하는 '영원한 소년'으로 그려진다. 「자연」은 유년시절의 모성 콤플렉스가 성인이 된 이후에도 이성과의 만남에 계속적으로 영향을 미치게 되어 성인이 되어서도 모성에 대한 상상적 욕망의 세계 속에 갇힌 채, 욕망과 억압 사이의 무의식적 긴장을 겪고 있는 남성의 성신세계를 보여주고 있다.

---

568) 지벨레 비르크호이저 – 왜리, 이유경 역, 『민담의 모성상』, 분석심리학연구소, 2012, p.144.
569) *Ibid.*, p.183.

주인공인 '나'는 일찍이 어머니를 여의고 망모(亡母)에 대한 콤플렉스의 소유자로 살아가다가 '망모-후모-자연'의 체취를 매개로 하여 자신의 부정적인 모성 콤플렉스와 직면하게 된다. 이런 주인공의 모습에 대하여 최일수[570]는 "주인공 「나」는 모정(母情)에 굶주린 나머지 애인을 이성으로서보다도 모성(母性)으로서 사랑을 한 것이며, 그 애인 속에서 죽은 어머니의 체취(體臭)를 느끼려 했던 것"이라고 지적한 바 있다. 이처럼 주인공은 자신을 붙잡는 모성으로부터 벗어나지 못한 뿌에르 에테르누스의 상태인 것이다.

그는 부정적인 모성 콤플렉스로 인해 어머니의 냄새에 대한 고질적 천식증을 가지고 있으며, 이로 인해 성적 욕망이 좌절되어 여성과 온전한 인간관계를 맺지 못한다. 이 작품의 첫 부분은 남주인공의 성적 욕망을 서술하는데, 이 소설에서 남성의 성적 욕망이 부정적인 모성 콤플렉스의 그늘로 인해 좌절되어 가는 양상을 강조하기 위함으로 볼 수 있다.

> 나는 손바닥을 네 브래지어 속으로 밀어 넣기를 멈추지 않았다. 그리고 봉긋이 솟은 네 젖 봉우리의 매끈하고 탄력 있는 경사를 더듬어 갔다. 그때 나는 네게서 풍기는 몸 내음에 섞여 어떤 알 듯한 냄새가 코에 스며드는 순간, 급작스런 기침을 하기 시작했다. 나는 무너지듯이 네 발 밑에 쭈그리고 앉아 쉴 새 없이 기침을 계속했다. 오래 잊어 왔던 천식증의 발작을 일으켰던 것이다.[571]

---

570) 최일수, 「황순원 씨의 자연사상」, 『현대문학』 제12권, 제9호, 1966.9, p.282.
571) 황순원, 「자연」, 『황순원전집』 5, p.45.

'나'는 '너'로 지칭되는 여성의 몸을 욕망하는 순간, 몸 냄새를 맡고 천식 발작을 일으킨다. 몸 냄새라는 모티프는 이 작품에서, 주인공의 생모에게는 아버지로부터 버림받은 계기가 되며, 주인공의 후모에게서도 나는 체취임에도 불구하고 아버지는 인지하지 못하는 것으로, 그리고 삭중화자의 애인에게는 주인공이 건강한 남녀관계를 맺지 못하는 계기로 작용함으로써 세 여인을 하나의 고리로 연결시켜주는 장치로 제시된다.

작중화자의 아버지는 어머니의 몸 냄새가 고약하다는 이유로 후모와 딴살림을 차리고 살았다. 작중화자는 어머니의 몸 냄새를 어머니가 돌아가신 후에 냄새가 사라지자 그것의 존재를 깨닫는다. 그러나 후모에게서 그 냄새를 맡는 순간 세상을 떠난 어머니의 냄새, 즉 어머니의 존재를 환기시키는 그 냄새로 인해 천식발작을 일으킨다. 거의 본능적인 거부반응을 표상하는 천식은 후모를 '어머니'라고 부르는 작중화자의 의식적인 노력으로도 극복되지 않는다.

작중화자의 세 번째 천식발작의 대상인 '너'는 주인공에게 애정의 대상이라는 점에서 후모와 다르다.

> 그 짧지 않은 기간, 그 수많은 단둘의 만남 속에서 내가 너의 그 냄새를 못 느꼈을 리 만무다. 그런데 공원에서 천식을 일으킨 것은? 마치 지난날 후모에게서나처럼. 지난날 내가 후모한테서 내 친어머니의 냄새를 맡고 천식을 일으킨 것은 후모에 대한 어떠한 증오가 잠재해 있었기 때문일 거다. 그런데 내게 있어 너는 후모와는 다른 존재라야 한다. 그런데도 내가 네 앞에서 천식을 발작을 일으켰다는 것은 도대체 무슨 일인가. 역시 네가 나를 받아들이는만치 나는 너를 진정으로 받아들이지 않기 때문이 아닌가. (pp. 98~99)

　오랫동안 '너'를 만나면서도 느끼지 못했던 몸 냄새를 새삼 느끼게 된 것은 마치 어머니의 부재를 통해 어머니의 냄새를 의식했던 것과 마찬가지로 외부 및 내부 세계의 변화와 관련된다. 이것은 '너'와 '나'의 관계변화를 암시한다. '나'는 '너'에게서 남녀의 애정관계를 넘어서 모성을 갈구하는 관계로의 전환을 기원했던 것이다. '너'의 몸 냄새가 '나'의 천식 증상을 유발했다는 것은 내가 '너'를 무의식에서 낯선 존재로 여기고 있음을, 어머니처럼 절대적인 존재로 받아들이지 않고 있음을 의미한다. 그래서 '나'는 '너'에 대한 거부감을 없애기 위해 "너만큼의 애정의 높이로 자신을 끌어올리려"(p.101) 하고, 모르는 척하고 자연이 옆에 일부러 바싹 다가앉아 체취 때문에 천식 증상으로 대표되는 거부감을 느끼지 않으려고 노력한다. 그리고 "아무런 이상도" "일어나지 않"는 것을 느끼며, "나는 너에게 내 어머니에게처럼 풀려들 수 있음을 느"끼고 "이제야 네게 향한 내 애정의 바로미터라도 확인한 듯"(p.104) 기뻐한다.

　이 작품에서는 이러한 사랑이 등산 친구와의 대화를 통해 '자연과 동물의 적응관계'로 비유되고 있다.

　　"야 임마, 그렇다구 꼭꼭 시간을 지켜, 이 병신아. 앞으룬 자주 오늘처럼 시간을 어겨보란 말야, 일부러라두. 그렇게 해서 길을 들이두룩 해야 해. 결국 남자란 자연과 같은 거구, 여잔 그 속에 사는 귀여운 동물에 지나지않아. 자연이 동물에 적응해야 옳은가, 동물이 자연에 적응해야 옳은가. 이 점을 분명히 알아둬. ……그건 그렇구 한잔 하러 가자."(p.98)

하지만 "나는 친구의 지껄이는 앞에서" 자연을 생각하며 한 마디를 한다.

> "남녀관계란 그렇게 단순한 걸까. 서로 자연이 되기두 허구, 동물이
> 되기두 하면서, 피차 적응두 허게 마련 아냐."(p.99)

즉 작중 화자는 몸 냄새라는 자연에 체질적으로 길들여지려고 노
력하면서 자연이"만큼의 애정의 높이로 자신을 끌어올리려 애쓰"는
모습을 보인다. 이것은 부정적인 모성 콤플렉스에서 벗어나려는 작
중화자의 몸부림을 상징하는 것이라 할 수 있다.

> 나는 깊어가는 밤거리를 혼자 걸으며 너만을 생각했다. 결국 너와
> 나 사이의 문제는 네 몸에서 풍기는 냄새에 있는 게 아니고, 내가 얼마
> 나 절대적인 것으로 너를 받아들이는가 어떤가에 달려 있는 것이다.
> 앞으로 나는 무리하게 네 육체를 요구하지 않으련다. 그리하여 네 스
> 스로 다가와줄 때까지 나는 다시 너의 입술을 깨는 짓을 않으련다.
> 나는 차량조차 드물어져가는 깊은 밤거리를 혼자 걸으며 너만을 생
> 각했다. 그리고 깨달았던 것이다. 너에게로 자꾸만 달리는 나 자신을.
> 나는 작은 소리로 중얼거려보았다. 나는 너를 절대적인 것으로 받아들
> 일 수 있을 거라고.(pp.102~103)

작중 화자는 어머니로부터 분리됨으로써 아니마이 인식에 도달
하고 싶어 한다. 심혼상의 가장 처음 운반자는 어머니이기에 아이가
어머니로부터 분리되는 일은 원시종족이 수행하는 성인식과 같은
통과의례에 해당한다. 이런 고통을 견디지 못한 사람은 아직도 어머
니 품에 있는 무의식적인 동물 상태에 머무는 어린아이에 불과하기
때문에 어른이 되려면 반드시 성인식을 통과해야만 하는 것이다.

그러나 '나'와 '너'의 관계는 '나'의 노력에도 불구하고 그녀가 몸 냄새 제거수술과 같이 인위적으로 체질을 바꿈으로써 끝내 자연과 동물의 적응관계에 도달하지 못하고, 땅에 뿌리를 내리지 못하고 허공에서 여기저기 떠다니는 듯한 푸에르 에테르누스의 모습에 머물고 만다.

그러면서도 작중화자는 무의식적으로 '모든 여성에게서 어머니를 찾는' 뿌에르 에테르누스의 모습을 보인다. 그래서 어린 오누이가 있는 이상한 데에서 "정신이 곁들이지 않은 배설행위"를 하고 허탈감, 자기혐오감(pp.101~102)에 빠져든다.

작중화자는 탄탄하고 매끄러운 살갗(p.108)에 감촉되는 자연의 등여드름에는 이상스런 쾌감을 느끼면서도 그녀에게서 풍겨야 할 냄새가 없어졌다는 데에 생각이 미치자 돌연 어떤 탈진감에 잠기면서 위축되는 남성을 고통스럽게 의식한다. 또한 보름이나 그 이상의 시간을 헛보내게 될는지 모른다는 생각에 무겁게 짓눌리는 자신과 직면하게 된다.

이처럼 「자연」에는 부정적인 모성 콤플렉스의 전형적인 양상인, 성 불능증을 앓는 뿌에르 에테르누스가 나타난다. 천식증은 남주인공에게 있어 후모를 비롯한, 어머니가 아닌 다른 여자들과의 관계에 있어, 주인공 '나'가 자신도 모르게 갖게 되는 거부감의 한 표현이다. 그것은 "한참 만에 나는 네 몸에서 어떤 냄새가 풍기는 듯함을 느꼈으나 아무런 이상도 내게는 일어나지 않았다. 나는 너에게 내 어머니에게처럼 풀려들 수 있음을 느꼈다. 기뻤다."(p.104)에서 나타나듯이 주인공의 무의식 속에 있는 모성성이 성인이 되어서도 이성과의 만남에 있어 작용하고 있다는 것을 의미한다.

「자연」의 '나'는 '너'의 냄새가 없어져도 어머니만큼의 사랑을 너에게 주기 위해 자신에게 시간이 필요함을 깨닫게 된다. 주인공의 이 같은 깨달음이 깨달음으로 그치지 않고 현실에서 이루어지기 위해서는, 치밀한 방법이 고려되어야 한다. 이것이 이루어지지 않을 때, 주인공은 도취의 상태에 머물러 있거나 현실로부터 달아남의 행위로 귀결[572]된다는 정과리의 지적은 자신의 모성 콤플렉스를 제대로 극복하지 못한 '영원한 소년'의 단면을 보여준다.

모성이 결핍된 세계에서의 주인공의 성적 좌절은 부정적 모성 콤플렉스의 절대적 영향력을 보여주며, 「지나가는 비」의 '섭'과 마찬가지로 모성 콤플렉스의 영향 아래에서 정상적인 인간관계를 맺는 데 어려움을 겪고 있는 '영원한 소년'의 모습을 보이고 있는 것이다.

2) 신성혼 모티프의 모성 회귀 – 「사나이」

「사나이」에서도 결혼 첫 날부터 그와 아내 사이에 누워 자는 어머니의 비정상적인 행동 때문에 결혼생활의 실패를 경험하는 '영원한 소년'이 나타난다. 부정적인 모성 콤플렉스로 인한 김 서방의 성년 입사과정의 실패는 어머니가 돌아가신 후에도 계속되는데, 그는 번번이 다른 여자와의 성적 접촉에서 부적응을 드러낸다. 이러한 김 서방의 모성 콤플렉스는 그의 어머니가 "여잘 믿어선 안된다"라고 한 말이 현실로 나타나는 상황 – 아내나 젊은 색시의 도망 – 을 초

---

572) 정과리, 「사랑으로 감싸는 의식의 외로움」, 『황순원전집』 5, 문학과지성사, 1997, pp.308~309.

래한다.

모성 콤플렉스에 사로잡힌 남자의 여성에 대한 이러한 태도는 실제 돈 후안처럼 많은 여성들과 관계를 맺기도 하지만, 이들 중 몇몇은 다른 사람으로 하여금 그를 돈 후안처럼 보게 하기도 한다. 즉, 많은 여성들을 만나고 그의 주변에 항상 여성들이 있기 때문이다. 하지만 그가 실제로 개인적인 관계[573]를 맺는 여성은 별로 없다. 융이 말한 것처럼 그는 여성에게서 '어머니'를 찾기 때문이다.

인간은 인생의 어느 단계에서나 전체정신의 회복이 요구될 때에는 과거와는 다른 새로운 의식의 탄생이 요구된다. 한번 탄생된 의식이 어떠한 이유로 다시 태어나기 위해서는 먼저 기존의 의식의 죽음이 필요하다. 그것은 곧 자신의 생명의 근원인 모성에 의해 잡아먹히고 죽어야 하는데, 그러기 위해서는 일단 모성에게로의 회귀가 필요하다.

황순원의 「별」에서 소년이 성숙에 이르는 계기는 작품의 말미에서 누이의 죽음으로 제시된다. 누이가 시집을 가던 그 날에도 누이의 앞에 나타나지 않았던 소년은 누이의 죽음을 맞이하게 되자 파묻었던 인형을 꺼내러 가고, 결국 인형을 찾지 못하고서 눈물을 흘린다. 누이의 분신(分身)인 인형을 찾으러 간 소년의 행동은 모성에게로의 회귀를 향한 몸짓이라고 볼 수 있다.

영웅 신화에서는 바로 이러한 모성으로의 회귀와 영웅의 죽음,

---

573) 여기에서 개인적인 관계라 함은 남성과 여성의 개인과 개인으로서의 관계, 즉 의식화된 관계로서 심리학적 관계를 말한다. '심리적 관계를 이야기할 때 우리는 언제나 의식을 전제한다. 무의식 상태에 있는 두 사람 간의 심리적 관계는 존재하지 않는다. 그들에게는 심리학적 관점에서 볼 때 전혀 관계가 없을 것이다.(융, 융 저작 번역위원회 역, 「심리학적 관계로서의 결혼」, 앞의 책, 2004, p.59.)

그 후로 이어지는 새로운 탄생의 모티프가 발견된다. 이러한 신화적인 모티프는 그의 인생에서 필요할 때마다 새로이 등장할 수 있다.

　민담에서도 모성원형은 아들을 죽음으로 유혹한다. 마녀들은 주인공을 유혹하고 그에게 마법을 걸어 말 못하는 동물로 살게 하거나 높은 탑이나 감옥에 가두고 심지어는 죽여버리기도 한다. 동물이 되어 말을 못하거나 인간들이 살지 않는 외딴 곳에 고립되어버리는 것은 이전에 살던 인간으로서의 삶을 살지 못하게 되는 것이다. 심리학적으로 볼 때 이것은 기존의 의식세계와의 단절, 의식의 고립상태, 의식의 죽음을 의미한다.

　이러한 의미에서 기존의 의식의 변화가 요구되는 주체로서의 인간은 '정신적인 재탄생'을 위한 기존의 의식의 죽음이 반드시 필요하게 된다. 이렇게 죽었다가 다시 살아남은 실제 어머니에게서의 태어남인 육체적인 태어남 이후 정신적인 탄생을 위한, 인간적인 탄생이 아닌 비범한 탄생, 즉 기존의 모습과는 다른 새로운 인물로의 재탄생을 의미한다. 이러한 재탄생은 의식의 개혁, 즉 새로운 자아의 태도로의 창조적 변환을 의미한다. 재탄생의 주제는 곧 두 어머니의 주제와 연결된다.

　　두 어머니 주제는 이중의 출생에 대한 생각을 시사하고 있다. 한 어머니는 실재하는 인간적인 어머니지만 또 다른 어머니는 상징적인 어머니로 신적이고 초자연적이며 비범한 특징을 갖고 있다. (중략) 그럴 때는 원형적 관념이 어떤 특정한 주변 인물들에게 투사된 경우인데 그 결과로 대개 복잡한 문제들이 생겨난다. 그래서 재탄생의 상징은 즐겨 계모, 혹은 시어머니이며(물론 무의식적으로) 투사된다.[574]

그러므로 두 어머니에 의한 탄생은 한 어머니로부터는 육체적인 탄생을, 다른 어머니로부터는 신적인 탄생, 즉 '정신적인 탄생'을 하게 됨을 의미한다.

신화에서 영웅이라는 인물상은 개인적인 인물이 아닌 집단무의식의 원형상이다. 이러한 영웅의 탄생을 위한 어머니는 당연히 인간적인 어머니의 범주를 넘어선다. 영웅을 태어나게 하는 모성성은 창조신화에서는 우주를 형성하고 세계를 형성하던 것과 같은 질료이다. 우주의 질료인 원질료(prima materia), 세계나 최초의 인간을 형성하던 질료가 이제 모두 의인화되어 모성성이 되고 그의 아들인 '영웅'이라는 인물상으로 형상화된 것이다. 그래서 종종 '영웅'을 탄생시키는 모성은 인간이 아닌 형태로 그려지기도 한다. 예를 들면 아도니스는 나무에서 태어난다. 신화적 묘사에서 모성이 나무로 그려지는 것은, 나무가 세계수, 즉 세계상 전체를 표상한 생명력 그 자체이기 때문이다.[575)]

영웅의 또 다른 비범한 출생을 나타내는 처녀 출산은 기독교에서 동정녀 마리아[576)]가 예수를 낳은 것뿐만 아니라 다른 종교, 신화와

574) 융.C.G., 한국융연구원 C.G. 융 저작 번역위원회 역, 「이중의 어머니」, 앞의 책, 2006, p.257.
575) 이유경, 「영웅 신화에 관한 분석심리학적 이해」, 『세계의 영웅신화』, 동방미디어, 2002, pp.356~357.
576) 융은 동정녀 마리아는 연금술에서의 메르쿠리우스이고 세계의 혼(anima mundi)이며 그노시스의 빛의 처녀와 비교, 심지어는 '동일시'될 수 있다고 하였다.(융, 융 저작 번역위원회 역, 『연금술에서 본 구원의 개념』, 융 기본 저작집 6, 솔, 2004, p.259.) 마리아는 대지, 육체, 몸, 처녀의 기쁨이 된 것으로 기술되며, 비둘기가 그녀에게 내려오고 오른쪽에서 성부가 그녀에게 손을 대고 축복한다. 그녀 안에서 대지의 원료는 부활의 몸으로 변용되어 신격으로 영접된다.(앞의 책, 마리아의 승격에 대한 그림 참조, pp.253~256.)

민담 등에서도 등장한다. 처녀 출산은 신성과 인간성, 하늘과 땅의 합일이며 그 결과로 신이나 초월적인 존재가 태어난다. 융은 '비범한 출생'에 대해 다음과 같이 말한다.

> '비범한 출생'이란 일종의 생성의 체험을 묘사하려는 것이다. 그것은 정신적인 생성이므로, 모든 것은 도무지 보통의 경험이라고는 할 수 없는 식으로(예를 들어 동정녀 마리아의 출산, 비범한 출생 또는 비자연적인 기관에서의 출생) 일어난다.[577]

영웅은 다시 태어나기 위해 죽어야만 하고, 두 어머니를 통해 새로이 태어난다. 이러한 새로운 탄생을 위해서 의식은 다시 한 번 자신의 근원인 모성의 영역으로 돌아갈 것이 요구된다.

여기서 프로이트의 정신분석에서 말하는 소위 근친상간의 의미에 대해 살펴보아야 할 것이다. 여기에는 외디푸스 콤플렉스가 중요한 위치를 차지하는데, 그것은 잘 알려진 바와 같이 아들의 어머니에 대한 아들의 성욕[578]에 관한 학설이다. 프로이트는 외디푸스 콤플렉스로부터 자아가 멀어지는 과정을 '억압'이라고 불렀으며 자아가 이 콤플렉스에서 벗어나는 임무를 잘 해내지 못하면 억압은 이드에 무의식의 상태로 남아 있다가 병으로 나타날 것이라고 하였다.[579]

하지만 융은 프로이트이 "근원저으로 우리는 오로지 성적인 대상만을 알고 있었다"[580]는 말을 인용하면서, 이 문장을 우리가 남성과

---

577) 융, 융 저작 번역위원회 역, 「어린이 원형의 심리학에 대하여」, 2002, p.255.
578) 본고의 성격상 여기에서는 아들과 어머니와의 관계에 대한 것만 논하기로 한다.
579) Freud, S., *The complete psychological works of Sigmund Freud Volume XIX, Dissolution of the Oedipus Complex*, the Hogarth press, London, 1924, p.176.

여성에 대해 서로 맞추는 열쇠 등으로 말하는 것처럼 단지 성욕주의적 비유라고 비판하였다. 융은 이것에 대해 단순히 성인의 부분 진실을 완전히 다른 종류의 유아적 상태에서 거꾸로 옮긴 것뿐이라고 하였다.[581]

융은 이러한 '근친상간'의 금기는 인간을 다른 동물과 구분하기 위한 무수한 금기들 중 하나일 뿐이라고 하면서 '근친상간'의 진정한 의미는 다른 데에 있다고 보았다. 즉 어머니에 대한 유아의 성욕이란 성적인 의미가 아니라, 외디푸스 시기보다 더 이전의 단계인 구강 성욕기에 적용하더라도, 젖먹이가 젖을 빨면서 쾌감을 느낄 때, 그것이 성적 쾌감이라고 말할 어떠한 근거도 없다고 하면서, 프로이트의 성 이론은 드라마의 대단원이 모태로의 회귀로 끝난다는 사실을 통해 극복된다고 하였다. 그리고 여기서 중요한 것은 앞에서 말한 대로 퇴행이 보다 더 깊게, 시간적으로 성보다 더 이전의, 영양공급 기능층에 이르게 되고, 더 나아간다면 출생전의 상태에까지 리비도가 되돌아가는데 이것은 집단적인 정신으로 들어가는 것을 의미한다고 하였다. 그리함으로써 리비도는 일종의 원초적 상태에 이르게 되고, 거기로부터 모성적인 휘감김에서 다시 풀려나올 수 있으며, 새로운 삶의 가능성을 가지고 표면으로부터 떠오를 수 있다고 하였다.

'근친상간'의 목적에 대한 융의 언급을 살펴보면 다음과 같다.

---

580) Freud, S., *The complete psychological works of Sigmund Freud Volume XII, the Dynamics of the Transference*, the Hogarth press, London, 1912, p.105.

581) Jung, C.G., 앞의 책, VIII, *The Sacrifice*, pp.417~418.

즉 '근친상간의 욕구'는 성교를 목적으로 한 것이 아니고 다시 아이
가 되려는, 즉 부모의 보호막으로 되돌아가서 어머니로부터 다시 태어
나기 위해 어머니로 되돌아가려는 그런 독특한 생각에 기초하고 있는
것이다. 이 목적지로 가는 도중에 어머니로 다시 들어가기 위해 '근친
상간'이 필연적으로 일어나는 것이다. 가장 단순한 방법 중 하나는 어
머니를 수태시켜 다시 자신을 생산하는 것이다. 이를 방해하며 끼어드
는 것이 '근친상간'의 금지이다. 이런 이유로 이제는 태양 신화들, 혹
은 재생신화들이 새삼스럽게 어머니에 관한 모든 연결 가능한 유비를
찾아낸다. 그리하여 리비도를 새로운 형태들로 흘러들어가게 하고,
그로써 리비도가 어떤 실제적인 '근친상간'으로 퇴보하는 것을 효과적
으로 저지하려고 한다. 그 방법 중 하나는 예를 들면 어머니를 다른
존재로 변화시키거나 젊게 만드는 것이다. 그렇게 하면 어머니는 출산
후 다시 사라지며 그녀의 옛 모습으로 되돌아간다. 그러므로 찾고 있
는 것은 '근친상간'적 동침이 아니라, 재탄생이다.[582]

　어머니를 수태시킴은 실제 어머니와의 성교를 말하는 것이 아니
고 내면의 모성으로 되돌아감을 의미한다. 인생의 전반기에는 모
성으로부터 벗어나 자신만의 의식의 확립이 중요한 삶의 주제이지
만 인생의 후반기에는 모성으로 되돌아감이 필요하다. 이것은 모
성으로 회귀하여 다시 태어나기 위함이다. 왜냐하면 모성은 심리
적이고 육체적인 모든 생명의 근원이기 때문이다. 하지만 다시 태
어난다는 것은 원래대로의 모습인 신체적으로 어린아이로 다시 태
어남이 아니다. 어머니의 자궁으로 다시 들어가 이전과는 다른 모

582) Jung, C.G., 한국융연구원, C.G.융 저작번역위원회 옮김, 『영웅과 어머니 원형』, 솔, 2006, pp.64~100.

습으로 태어남을 의미한다. 곧 '변환'이 다시 태어남의 중요한 목표
인 것이다.

황순원의 「사나이」는 홀어머니와 아들의 견고한 관계에는 누구
도 끼어들 수 없다고 생각하는 어머니의 부정적인 모성 콤플렉스가
드러난 작품이다. 작품의 주인공인 김 서방은 그와 아내 사이에 누
워 자는 어머니 때문에 결혼생활의 실패를 경험한다.

> 어머니는 김 서방이 스물아홉에 장가라도 든 날 밤부터 아들과 며
> 느리 사이에다 잠자리를 깔았다. 그리고는 누구보다도 먼저 잠드는 법
> 이 없었다. 그래서 그런지 어머니는 전에 없이 낮잠을 자곤 했다.
> 이날 밤, 어머니는 종시 며느리의 홑이불을 코밑까지 씌워주면서,
> "젊은 애가 이게 무슨 잠버릇이람. 허릿등까지 드러내놓구……." 그리
> 고 이쪽으로 돌아누우며,
> "넌 또 내일 일찌감치 콩나물을 돌려야지. 어서 자라."
> 김 서방은 어머니 하나 사이에 두고 누운 아내가 한껏 멀리만 생각
> 되었다.[583]

결혼은 어머니의 품을 떠나 어머니 아닌 여자와 친밀한 관계를
유지하는 성인 입사식이라는 상징적 의미를 지닌다. 아들과 며느리
사이에 누워 정상적인 부부관계를 방해하는 어머니는 아들을 독점
하고 싶어 하는 홀어머니의 부정적인 모성 콤플렉스와, 아들이 며
느리보다는 자신을 더 가까이 할 것이라는 왜곡된 자신감의 표출이
면서, 동시에 아들을 잃을까 염려하는 불안감에 대한 시험이라고

---

583) 황순원, 「사나이」, 『황순원전집』 3, p.105.

할 수 있다.

한편 김 서방은 "어머니 하나 사이에 두고 누운 아내가 한껏 멀리만 생각되"는 데서 엿볼 수 있듯이 모성의 아니마 매혹에서 벗어나지 못하고 모성의 영향 아래에서 자신의 고유한 삶을 살지 못한다. 스물아홉에 결혼한 김 서방은 어머니와 관계를 끊고 어머니로부터 독립을 해야 하는 과제를 안고 있다. 여기서 그는 자신의 인생에서의 첫 번째 사랑인 어머니를 잊고 배신해야 하는 고통을 견디어 내어야 한다. 즉, '신의 없는 에로스(faithless Eros)'가 필요하다.

김 서방은 성인 남성에 합당하게 자신의 에로스를 발달시킴으로써 다른 여성과 관계를 맺도록 노력하지 않는다. 그런 노력을 통해서만 김 서방은 어머니의 영향력 아래에서 벗어나고 자신의 동반자와 성숙한 관계를 맺을 수 있게 된다. 김 서방은 소위 '근친상간'적 동침을 피하지 않음으로써 '신의 없는 에로스'를 통해서가 아니라 모성으로 회귀하여 다시 태어나고 싶은 재탄생의 욕망에 사로잡혀 있는 것이다.

하지만 김 서방이 어머니의 영향력 아래에서 벗어나 자신의 동반자와 성숙한 관계를 맺으려는 노력이 드러나지 않는 것을 통해 짐작할 수 있듯이, 김 서방은 '신의 없는 에로스'를 행하지 못함으로써 '영원한 소년(뿌에르 에테르누스)'의 모습으로 머물게 되는 것이다.

앞에서 이미 언급한 바와 같이, 생의 전반기에는 모성으로부터 벗어나 자신만의 의식의 확립이 중요한 삶의 주제이지만 인생의 후반기에는 모성으로 되돌아감이 필요하다. 하지만 김 서방은 생의 전반기에 행해야 할 과업을 제대로 이루지 못하고 모성원형의 부정적 기능의 활성화를 묵인함으로써 자신이 주체가 되어 살지 못한

다. 이렇게 김 서방은 삼켜버리려는 부정적 모성성에서 얽매어 행
동함으로써 성년 체험에 실패를 겪는다. 어머니로 인한 김 서방의
성년 입사과정의 실패는 어머니가 돌아가신 후에도 계속된다. 그는
번번이 다른 여자와의 성적 접촉에서도 부적응을 드러낸다. 어머니
는 아들을 자기의 속에 가두는 발언을 유언으로도 남긴다.

> 며느리가 친정에 다니러 가서 오지 않았다.
> 어머니는 아들에게 아예 며느리 말을 입 밖에 내지도 않았다.
> (중략) 그리고 이날부터 어머니는 살림살이에 신이 나는 모양이다.
> 낮잠이라도 자는 법이 없었다. (중략)
> 운명하기 전날 어머니는 아들의 손목을 잡고,
> "사내라군 네 아버지와 너밖에 모른다. 너두 이 어미 말구 딴 여잘
> 믿어선 안된다."(pp.106~107)

며느리가 다시 돌아오기 힘들게 다른 남자에게로 시집갔다는 말
을 듣고 어머니는 행복해한다. 아들에 대한 병적인 집착은 아들의
삶 전체를 흩으러 놓는다. 어머니는 유언을 통해 성이 불행의 원인
임을 경고한다. 그로 인해 김 서방은 영원히 이성과의 정상적인 결
합을 이룰 수 없게 된다. 김 서방에게 있어 어머니는 새로운 세계로
건너가는 장애물이었던 것이다.

김 서방은 결과적으로 왜곡된 모성의 최종의 피해자로서 온전한
삶을 이루지 못하게 된다. 이런 면에서 볼 때 김 서방의 어머니는
자식의 정상적인 삶을 일그러뜨리는 부정적인 모성성을 보여준다
고 할 수 있으며, 김 서방은 파괴적인 모성성의 영향력 아래에서 상
징적으로 근친상간의 상황에 놓이게 되는 것이다. 김 서방에게 있

어서 이런 어머니-이마고에서 해방되는 것은 매우 중요하다. 왜냐하면 어머니에게 사로잡힘[584]은 모성원형의 부정적 기능의 활성화로 인해 현실에서의 생활과 거리가 멀어져 버리기 때문이다.[585] 하지만 모든 것을 해결해주는 모성원형으로 인해 김 서방은 자신의 삶을 살지 못하고 현실로부터 멀어진다. 김 서방은 무의식의 파괴적 모성성이 그를 칭칭 휘감아버리고 단숨에 삼켜버릴 수 있는 모습이었던 것임을 깨닫지 못함으로써 삶에 제대로 뛰어들지 못하고 자신이 주체가 되어 살지 못하고 뿌에르 에테르누스의 삶으로 자기의 삶을 고정화시킨 것이다.

  어머니와의 '근친상간' 모티프는 죽음을 극복하고 삶을 새롭게 할 목적으로 이루어지는 것으로, 곧 '신성혼(hieros gamos)'[586]을 의미한다.[587] 분석심리학적으로 신성혼은 융합 혹은 대극의 합일을 의미하며 그것은 곧 의식과 무의식의 결합을 의미하는 것이다.

---

584) 무의식에 의해 사로잡힘, 즉 '의식 수준의 저하(abaissement du nieveau mental)'은 의식이 무의식에 아주 근접해 있음을 의미한다.(지벨레 비르크호이저 - 왜리, 이유경 역, 『민담의 모성상』, 분석심리학연구소, 2012, p.100 참조.)

585) 김 서방은 "어머니의 팔과 가슴에 묶인 채" 자신의 "실체를 어머니의 실체와 함께 용해하고 진정시키고 있다." 김 서방의 리비도는 어머니의 든든한 팔에 보호를 받고 안주하게 되면서 시간과의 연결을 놓치고 만다.(융, 『영웅과 어머니 원형』, p.234 참조.)

586) 신성혼은 생명을 향한 인간의 욕망에서 비롯된다. 이런 의미에서 오이디푸스 신화는 아들과 어머니 사이의 근친상간 욕구를 보여준다기보다는 아들의 태모원형을 향한 무의식적 보상기능이 상징적으로 드러난 것이다.(이유경, 『원형과 신화』, 분석심리학연구소, 2004, pp.206~222.) 오이디푸스 신화는 영웅 신화의 전형적인 예로서 인간의 개성화과정을 보여준다. 이런 영웅들의 모습은 사실 모든 인간이 걸어가야 할 필연적인 과정을 보여준다는 점에서 보편적인 원형상이다. 영웅 원형은 인간의 집단무의식에 내재되어 의식 활동에 영향을 미친다.(융, 『영웅과 어머니원형』, 솔, 2006, pp.256~257.)

587) Jung, C.G., *Symbols of the Mother and of Rebirth*, Ⅴ, 1956, p.269.

다시 태어나기 위해 모성으로 되돌아감은 다시 한 번 모성에 의해 갇히고, 집어삼켜지고 희생되어야 함이 요구된다. 앞에서 언급하였던 페르세우스형의 신화나 '금강산 호랑이'에서의 유복이처럼 주인공이 호랑이에게 스스로 잡아먹히는 능동적인 태도를 취하기도 한다. 이러한 자신의 인생에서 의식의 일방성으로 인한 정체성을 적극적으로 극복해 나가려는 영웅의 면모이다.

하지만 이 단계에서 주인공은 앞에서와 같이 적극적으로 모성을 극복하기 위해 투쟁하기도 하지만 수동적으로 희생당하기도 한다. 이것은 모성신 숭배 제의에서 아들 혹은 젊은 신이 희생되는 내용을 보면 잘 알 수 있다. 대부분의 아들신은 하나같이 나무에 매달려 죽음을 맞이한다. 여기서 나무는 위대한 모성의 형상화이다. 아들은 때로는 거세당하거나 몸이 갈기갈기 찢겨진 형상으로 희생제의를 완성한다. 이와 마찬가지로 '신성혼 신화'에서 완전히 분쇄되거나 갈기갈기 찢기는 인물상의 모습은 수동적으로 모성 영역으로 회귀하는 것을 나타낸다. 이런 맥락에서 '근친상간'의 결과는 언제나 아들의 희생으로 나타난다.[588]

이러한 희생은 이때까지 일정한 방향으로 나아가던 리비도를 희생하는 것을 의미한다. 융은 그의 논문 '변환의 상징'에서 아티스 제식의 성담을 인용하여 이러한 본능적인 리비도의 희생에 대해 설명하고 있다.[589]

이러한 희생의 다음 단계는 재탄생(새로이 태어남)이다. '근친상간'

---

588) 이유경, 『원형과 신화』, 이끌리오, 2004, p.268.
589) Jung, C.G., *The Sacrifice*, Ⅷ, pp.423~424.

적 결합, 즉 신성혼의 산물로 '왕'이 교체된다. 이러한 결과로 나타
난 '왕의 아들'은 보편자인 인간, 즉 '안트로포스(Antropos)'이며 '자
기'에 해당한다. 이러한 개인의 자기실현은 의식을 획득한 정신이
의식의 주체로서 자리를 잡고 의식의 특성을 충분히 확보한 다음,
정신의 자기분열적 상태를 해소하기 위해 통일적 인격을 지향함으
로써 도달하게 되는 것이다.[590]

이것은 단순한 과거로의, 즉 개인의 분화된 의식 이전의 단계로
돌아감이 아니다. 한번 획득되었던 의식이 다시 한 번 자신의 정신
의 근원으로 되돌아가 집단무의식의 내용을 의식에 수용하여 좀 더
고양된 의식으로 새로이 태어남이다. 즉, 자신이 정신의 주체라는
확고한 바탕 위에 과거의 정신과는 다른 모습으로 새로이 태어나는
성장을 말하는 것이다.

어두운 모성 형상은 「사나이」의 어머니에게서 볼 수 있듯이 '감
금과 속박의 경향'을 갖는다. 여성의 그림자 측면은 자주 다른 사람
을 가두는 성향을 드러낸다. 그녀가 다른 사람을 속박할 때 자신도
가두게 되므로 더 이상의 인격적 성장이나 발전은 없게 된다.[591] 여
성이 자신의 그림자를 모른다면 그것은 그림자에 사로잡힌 포로 상
태에 머문다. 여성이 자신의 그림자를 의식화할 수 있을 때 아들을
진정으로 사랑할 수 있게 될 것이다.[592]

요컨내 「사나이」에서 형상화된 모성상은 '집어삼키는 모성 형상'

---

590) 이유경, *ibid*, p.269.

591) 지벨레 비르크호이저-왜리, 이유경 역, 『민담의 모성상』, 분석심리학연구소, 2012,
    p.170.

592) *Ibid.*, 2012, p.182.

의 모습이다. 사나이의 어머니는 자신의 감정을 자아 중심적으로 잘못 사용하여 대상을 상하게 하는 경향을 보인다. 이로써 아들뿐 아니라 자신을 파괴하는 결과를 초래한다고 볼 수 있다.

3) 모성 결핍의 부정적 종말 – 「왕모래」·「갈대」·「늪」

「왕모래」는 어머니의 부재 하에 가난한 시대를 살아가면서 느끼고 부대끼고 경험하고 성장한 소년의 성장기 아픔이 사실적으로 담겨있는 작품이다. 이 작품 속에는 부재하는 어머니를 향한 소년의 그리움과 아편 중독자가 되어 돌아온 어머니에게 느끼는 소년의 복잡한 심경을 담겨 있다.

이 작품에서 '왕모래'는 이중적인 의미를 상징한다. 그것은 곧 가난에 의한 죽음과 도덕적 타락에 의한 죽음이 그것이다. 즉 경제적인 빈곤 때문에 아버지가 낮에 버력짐을 지면서 묻혀 다니던 왕모래는 가난을 표상한다면, 도덕적으로 타락한 어머니가 밤마다 고무신 속에 넣어 가지고 오는 왕모래는 매춘을 표상한다고 볼 수 있다.

새벽녘이면 으레 돌아와 요강을 먼저 찾던 어머니의 신발에는 아버지가 살아서 사금판 삯일을 다닐 때 신발에 묻혀오던 것과 똑같은 왕모래가 들어있다.

> 지게문에 햇살이 훤히 비치기를 기다려 돌이는 어머니가 깨지 않게끔 조심히 이불을 빠져나온다. 살그머니 지게문을 열고 밖으로 나선다. 어머니의 고무신을 집어든다. 속을 들여다본다. 언제나처럼 왕모래 섞인 흙이 들어있다. 앞 개울 사금판에서 나온 버력흙인 것이다.

아버지가 살아서 사금판 삯일을 다닐 때에도 신발에 똑같은 왕모래 섞인 흙을 묻혀가지고 들어왔다. 아버지가 낮에 버력짐을 지면서 묻혀 가지고 다니던 흙을 어머니는 어째서 밤마다 고무신 속에 넣고 오는지 알 수 없는 일이었다.[593]

'신발'[594]은 발을 보호해주고 땅과 관계를 맺게 해주며 자아와 세상을 맺어주는 중재자이다. 또한 신발은 '다가옴'과 동시에 '달아남'이라는 연인들 간의 거리관계, 사랑하는 대상 그 자체(은어 "고무신 거꾸로 신었다"라는 말 등)를 상징한다.[595] 이 점에서 볼 때 어머니의 신발은 새로운 돌파구를 모색하는 변화를 상징하는 매개체라고 말할 수 있다.

또한 자신에게 매달려 잠을 청하려는 아들을 매몰차게 거절하며, 어머니의 사랑이 그리운 돌이에게 독설을 서슴지 않고 내뱉는다.

---

593) 황순원, 「왕모래」, 『황순원전집』 3, pp.23~24.

594) 우리나라에는 예로부터 신과 관련된 민속이 많이 전래되고 있다. 빈가운 손님이 오면 짚신을 거꾸로 신고 나가는 관행 등이 있었으며, 짚신장가 보내는 풍속이 있는데, 처녀귀신이 시집 못 간 한(恨) 때문에 이승을 떠돌아다니며 해를 끼칠까 우려하여 그 처녀가 살았을 때 신던 짚신을 동네총각에게 신어주길 청하면 총각은 그 신을 신어주는 것이 관습처럼 되었다. 이를 '짚신장가 갔다.'고 하며 이것으로써 처녀귀신의 한이 풀린 것으로 인식되었다. 한편 짚신은 여성의 성기를 상징하는 것으로 받아들여져 이와 관련된 속신이 많이 생겨났다. 그리고 설날 밤에는 하늘의 야광귀(夜光鬼)가 인간 세상에 내려와 발에 맞는 신이 있으면 신고 가는데, 이때 신을 야광귀한테 잃어버린 사람은 일 년 동안 재수 없다고 하여 설날 밤에 신을 숨겨놓는 풍속이 있었다. 신에 대한 속담으로는 '신 벗고 따라가도 못따른다.', '신 신고 발바닥 긁기', '짚신감발에 사립(絲立) 쓰고 간다.', '짚신에 정분(丁粉) 칠하기', '짚신장이 헌신 신는다.', '나막신 신고 대동(大同) 배 쫓아간다.', '짚신에 구슬 담기' 등이 있다.(임동권, 『한국의 민속』, 세종대왕기념사업회, 1975.)

595) 김용희, 「스토리텔링과 한류 동양주의」, 『사랑은 무브』, 글누림, 2012;『황순원연구총서』 7, p.482.

즉 '돌이'의 생모는 파괴적이고 부정적 모성성을 보이고 있다. 이 모습은 무의식의 파괴적 모성성이 보여주는 이미지인, 아들을 칭칭 휘감아버리거나 단숨에 삼켜버릴 수 있는 모습으로 등장한다.

> 왜 넌 세상에 나와가지구 이 성화냐. 술냄새가 끼얹혔다. 그런 어머니의 몸은 무슨 열기까지 띠고 있었다. 돌이는 저리 돌아눕는 어머니의 등뒤에서 숨을 죽이며, 어머니는 어디가 아파서 그러는지도 모른다는 생각을 해보곤 했다.(p.23)

주인공 돌이로 하여금 부정적인 모성 콤플렉스를 느끼게 하는 어머니는 매춘과 아편 중독으로 얼룩진 모습으로 형상화되어 있다. 돌이 어머니는 남편이 죽고 나자 다른 남자를 찾는 일에 급급한 모습을 보이기도 한다.

> 아버지가 세상을 떠난 지 얼마 안 되어서였다. 하루는 어머니가 돌이더러 이 아주머니를 불러오라고 했다. 그날 어머니는 돌이에게 과자 사먹으라고 돈까지 주었다. 돌이가 눈깔사탕을 다 녹여먹고 나서 돌아오는데, 방안에서 어머니의 말소리가 들린다. 더는 이 고생 못하겠어요, 아주머니 말대로 팔자를 고쳐야겠어요. 돌이는 그게 무슨 말인지 알아듣지 못했다. 그저 이날 어머니의 눈이 이상한 빛을 띠었다고 생각했다.(pp.24~25)

그러던 어느 날 어머니는 아홉 살 난 돌이에 대한 아무런 방책도 마련해주지 않은 채 돌이를 버리고 훌쩍 집을 떠나는 모성원형의 부정적인 측면을 보여준다. 그럼에도 불구하고 돌이는 자신을 버리고 떠난 어머니를 원망하지 않고 아홉 살에서 열일곱 살이 될 때까지 입양되었던 집에서 버림받기도 하고 포목점 심부름꾼, 농기구점 심부름꾼, 여관집 점원 등을 전전하면서도 어머니를 그리워하는 마음을 버리지 않는다.

이러한 '돌이'의 모습은 모성 콤플렉스에 사로잡힌 것으로 볼 수 있다. '돌이'는 자신의 내면의 강력한 모성적 권력의 영역 안에서 벗어나지 못하고 있는 상태를 보이고 있다. 그는 모성의 따뜻한 품 속, 대자연의 낙원과 같은 편안함 속에서 이러한 상태를 지속하고자 한다.

하지만 남성의 모성 콤플렉스의 문제는 창조성과 긴밀하게 관계하고 있다. 부정적 형상의 모성상도 나름대로 목적의미를 갖고 있다. 돌이에 대한 모성상의 영향력은 파괴를 목적으로 하는 것이 아니다. 그것은 돌이의 반응을 유도하여 변환에 이르게 하고, 궁극적으로 도달해야 할 목적의미(Zwecksinn)를 실현하게 하는 기능을 하고 있는 것이다.[596]

인류의 보편적 심성에 기초한 민담에서는 주인공이 쫓겨나거나 버려지는 주제가 많이 나온다.[597] 이들은 모두 전혀 상황에 대처할 수 없는 절망적 상태로 버려지거나 쫓겨난다. 「왕모래」에서도 영웅 신화의 중심인물상과 다를 바 없는 극한 상황에 이른 것이다.

융은 이러한 '버림받음'의 주제를 '정신의 경이로운 탄생에 대한 표현'이라고 설명하고 있다.

---

596) 지벨레 비르크호이저 – 왜리, 이유경 옮김, 『민담의 모성상』, 분석심리학연구소, 2012, p.7, 옮긴이 서문 참조.

597) 민담에 표현된 '버림받음'의 예로는, 모세처럼 갓난아이가 강보에 싸인 채 강물에 버려지거나, 외디푸스처럼 발목에 상처를 내어 숲 속에 버려지는 등이 여기에 해당한다.

버림받음, 내버림, 위험에의 노출 등은 한편으로 보잘것없는 출발
점의 전형적인 형식이지만, 다른 한편으로는 신비로운 영웅의 경이로
운 탄생에 관한 내용이다. 이런 표현들은 창조적인 특성을 지닌 정신
적 체험을 묘사한 것이다. 그 체험은 아직 인식되지 않은 새로운 내용
의 현상들을 대상으로 삼고 있다.[598]

돌이가 전혀 대처할 수 없는 극한 상황으로 내쫓기는 상태들은
바로 새로운 정신의 탄생을 위한 것이다.

포목점 심부름꾼으로 있던 어느 날 돌이는 다음과 같은 장면을
목격한다.

> 어느 날 밤이었다. 변소에를 가려고 안방 미닫이 앞을 지나다 저도
> 모르게 발걸음을 멈추고 말았다. 미닫이 유리창 안에 애가 지금 어머
> 니의 젖가슴을 안고 잠들어있는 것이다. 애 어머니대로 한 팔을 애의
> 목에다 걸고.
> 문득 돌이는 자기도 어둠 속에서 어머니의 가슴을 더듬었다. 어머
> 니 편에서도 같이 안아준다. 그러나 다음 순간, 자기 어머니는 저쪽으
> 로 돌아눕고 만다. 돌이는 급히 미닫이 앞을 떠나고야 말았다. 그러면
> 서 다시는 이 미닫이 속을 들여다보지 않으리라 마음먹는다.
> 그러나 그 다음날 밤도 돌이는 미닫이 앞에 발걸음을 멈추었다. 오
> 늘밤은 애가 돌아누워 잔다. 그런데도 어머니의 한 팔이 애의 목을 감
> 아 안고 있다.(p.28)

돌이는 유리차 안의 풍경에 마음이 머문다. 유리는 "너무나 맑기

---

598) C.G.Jung, *Zur Psychologie des Kindarchetypus*, in : G.W.Bd.9, Par.285.

에 오히려 깨지기 쉬운 나약함을 지닌 인물들"[599]을 상징한다. 또한 유리는 찌르고 파고드는 지배적인 속성을 가지고 있다.[600] 이런 유리의 상징성은 돌이의 마음을 잘 보여주고 있다고 할 수 있다.

또한 어머니의 젖가슴은 돌이의 모성 콤플렉스를 보여주는 상징적 매개체이다. 「막은 내렸는데」의 직업여성에게 강조된 '유방', 「피아노가 있는 가을」에서 "젖을 주는 게 어머니"라는 표현, 「그래도 우리끼리는」에서 "버스가 미끄러져 길 아래로 굴러 떨어진 상황에서 어린것에게 젖을 물리고 있는" 어머니, 「어머니가 있는 유월의 대화」에서 갓난애를 강물로 던져버린 어머니가 젖꼭지를 제 손으로 잘라내는 행위 등에서도 확인할 수 있듯이 황순원 소설에서 젖가슴은 모성성의 상징으로 형상화된다.

이처럼 돌이가 젖가슴을 더듬는 환상은 어머니에 대한 간절한 그리움을 드러내는 것으로서, 모성의 부재에서 오는 어린 돌이의 모성 콤플렉스를 보여주는 지표이다. 하지만 돌이에게 어머니는 모성의 부재에서 오는 결핍의 상황에서 애정을 갈구하는 돌이의 환상 속에서도 돌이에게서 '돌아눕고' 마는 매몰찬 모습으로 그려진다.

한편 돌이는 어머니를 되찾기 위해 잠시도 긴장을 늦추지 않는다. 모성 콤플렉스에 사로잡힌 아들은 죽지 않고 계속해서 오로지 어머니에 의지하여 어머니에 의해 살고 있어서 스스로 세상에 뿌리를 내리지 못하고, 계속 '근친상간'의 관계에 머물러[601] 있듯이, '돌

---

599) 정영훈, 「황순원 장편소설에 나타난 악의 문제」, 『국제어문』 제41집, 국제어문학회, 2007.12.(연구총서 4, pp.356~357.)
600) 이 이미지는 강렬하여 『나무들 비탈에 서다』에서 '동호'는 유리조각으로 손목을 그어 자살하기도 한다.(Ibid., p.357.)

이'도 생모와 물리적인 거리를 두고 있으나 생모에게 휘감겨져 있는 상황인 것이다.

「왕모래」에서 돌이는 어머니의 존재에 대해 객관적으로 인식할 수 있게 될 때까지도 어머니에 대한 절대적인 순수와 아름다운 존재로 기억하려는 모습을 보인다. 이 모습 또한 모성 콤플렉스에 사로잡힌 아들이 보이는 행동양상으로 '돌이'는 계속 '근친상간'의 관계에 머물러 있는 모습을 보이고 있는 것이다.

한편 열일곱 살이 되어 여관집에서 일하고 있을 때 돌아온 어머니는 불과 8년 사이에 중늙은이로 아편중독까지 된 참담한 모습으로 나타나게 된다. 돌이의 어머니는 이렇게 아들을 칭칭 휘감아버리거나 단숨에 삼켜버릴 수 있는 모습으로 등장한다. 기름기 없는 머리털과 노란 얼굴빛, 움푹 패이고 눈곱 낀 채 흐리멍텅한 눈을 가진 아편중독자가 되어 돌아온 것이다.

> 이날 돌이는 틈이 나는 대로 어머니 방에 와서는 잠든 듯 꼼짝 않는 어머니를 내려다보곤 했다. 아무래도 지난날의 어머니 모습이 아니었다. 그저 지저분스레 눈곱이 끼고 움푹 꺼진 눈이긴 해도 쌍꺼풀져있는 것만이 옛 모습을 남겼다고 할까. 그러나 돌이는 이 모든 게 어머니가 지금 앓기 때문이라고 생각했다. 그러니 어서 어머니를 위해 판잣집이라도 장만해 가지고 병구원부터 해드리리라.(p.32)

아편중독자가 되어 "할 수 없이" 돌이에게 "몸을 의탁할까 해서"(p.34) 돌아온 어머니는 돌이에게 노골적으로 아편을 요구하게

---

601) Jung, C.G., *Symbols of the Mother and of Rebirth*, V, 1956, p.258.

된다. 그러나 돌이는 그리운 어머니가 자기에게 되돌아온 것만으로 가슴이 "먹먹해진다"(p.31). 또한 제대로 걷지 못하는 어머니를 위해 사기점에서 좋은 요강 하나를 사오며 두근거리는 가슴(p.33)을 다독인다.

> 사기점에서 그중 좋은 요강 하나를 사들고 돌아오며 돌이는 즐거웠다. 지난날 셋방 안주인이 자기네 요강마저 내갔을 때, 정말 자기 어머니는 돌아오지 않으리라 생각한 것처럼 오늘부터는 이 요강으로 해서 어머니를 완전히 자기 것으로 만든다는 생각에 절로 가슴이 두근거려졌다.(p.33)

요강은 모성성을 상징하는 대표적인 원형이다. 따라서 돌이가 요강을 사오는 것은 모성 회복에 대한 기대감을 표현한 것이라 할 수 있다. 그러므로 '요강'은 어머니의 존재, 즉 돌이와 함께 하는 어머니의 존재를 상징한다. 어린 시절 돌이는 요강을 보며 어머니가 곁에 있음을 확인했고 어머니가 돌이를 버리고 갈 때 요강도 함께 사라졌던 것이다. 망가진 모습이지만 돌아온 어머니를 위해 서둘러 마련한 것도 그런 까닭에 요강인 것이다. 요강으로 하여금 돌이는 어머니와 일체감을 느끼고자 한다. 어머니와 함께 온전한 삶을 살고 싶어 하는 돌이의 욕망의 표현인 것이다.

여성성의 중심적 상징은 그릇(vessel)[602]이다. 태초로부터 가장 최근의 발달단계에 이르기까지 그릇은 여성성의 정수로서의 원형적

---

[602] 이런 상징성은 모든 시대를 망라하는 신화와 의례, 전설과 예술에서 예증할 수 있는 원형적 특성을 지니고 있으며, 전 세계의 종교와 민담에서도 그 예를 찾아볼 수 있다. (노이만, 박선화 역, 『위대한 어머니 여신』, 살림, 2009, p.67)

상징이다. 여성=몸=그릇의 기초적인 상징적 등식은 여성성에 대한 인류(여성뿐만 아니라 남성도 포함)의 가장 기초적 경험에 상응한다.

그릇으로서의 몸의 경험은 보편적으로 인간적 특성을 띤다. 이 경험은 단지 한정되어 있지 않다. 노이만이 「의식의 기원사」(p.28, p.290)에서 '신진대사의 상징성'으로 명시되었던 것은 바로 그릇으로서의 몸의 현상을 표현한다. 그릇의 상징에서 특별히 경험되는 것은 다름 아닌 여성성의 기초적 성격이다. 위대한 원형으로서 보존하고 굳게 붙잡는 것은 바로 그릇의 특성이기 때문이다. 그러나 이에 추가해서 태어난 것뿐만 아니라 태어나지 않은 것에게 먹을 것과 마실 것을 제공하는 역할도 바로 영양을 공급하는 그릇이 수행한다.

담겨있고, 은신처를 제공받고, 영양을 공급받는 것은 여성성과 그것의 생존이 순전히 여성성의 자비에 의존하고 있기 때문에 여성성은 위대한 것으로 나타난다. 그릇의 원리적인 상징적 요소는 입, 가슴,[603] 자궁이다. 이런 상징성은 모든 시대를 망라하는 신화와 의례, 전설과 예술에서 예증할 수 있는 원형적 특성을 지니고 있으며, 또한 전 세계의 종교와 민담에서도 그 예를 찾아볼 수 있다.

모권적 영역에서 이 아들이 '위대한 어머니'의 지배를 받는 것은 전형적이다. 위대한 어머니는 아들의 남성성의 움직임과 활성에 있어서도 아들을 꼭 붙들고 놓아주지 않는다. 여성성의 기초적 성격에서 아주 명백하게 드러나는 원형의 양면성은 변화적 성격에서도

---

603) 모든 것에 영양을 공급하는 여성성의 원형적 경험은 가슴 모티프가 배가되어 사용된 것에서 명백히 보인다.(노이만, 박선화 역, 『위대한 어머니 여신』, 살림, 2009, p.189)

보존된다. '위대한 어머니'는 선한 어머니임과 동시에 살아 있는 것으로부터 생명을 앗아가서 인간에게 해를 입히고 가뭄의 시기에 굶주림과 갈증을 겪게 하는 악한 어머니이다.

이러한 돌이 어머니의 모습은 무의식의 파괴적 모성성을 나타낸 이미지라 볼 수 있다. 어머니는 자식에 대한 사랑 때문에 돌아오는 것이 아닌, 아편을 얻고자 하는 욕망 때문에 돌이에게 돌아오게 되고, 그러고도 심지어는 "당최 너 같은 걸 낳아놓기가 잘못이다"(p.33)라고 돌이에 대한 원망까지 늘어놓는 부정적인 모성성으로 그려진다.

> 빈손으로 들어서는 돌이를 보자 어머니는 무슨 기운에 벌덕 일어나 앉기까지 했다. 이 못난 자식아, 그래 그것 하나 못 사온단 말이냐, 당최 너같은 걸 낳아놓기가 잘못이다, 너만 낳지 않았던들 오늘날 난 이 모양이 안 됐다, 내 이 배를 좀 봐라, 뱀 허물같은 이 자국을 좀 봐라, 알량한 너같은 걸 낳느라구 그랫다, 그 마음씨 좋은 사금판 감독이 멋 땜에 날 버린 줄 아니? 이 배 때문이다, 다음에 철도 감독이 날 버린 것두 이 때문이구, 얼마 전에 신길이 영감을 하나 만났다, 그 영감마저 날 버릴까봐 영감이 하라는대루 이걸 맞기 시작했다, 이 영감이 그만 며칠 전에 남의 구두를 훔치다가 붙들렸다. 그래 할수없이 너한테 몸을 의탁할까 해서 왔드니 요모양이냐. 그러나 곧 어머니는 애원조로 변하어, 아니다, 얘야, 모든게 다 내 잘못이다, 이 배의 허물자국을 볼 때마다 내 피를 물구 나온 널 생각치 않은 때가 없다, 세상 사내란 사낸 모두 매정스럽드라, 얘야, 이 어밀 불쌍히 여겨다오, 제발 좀 살려다오, 한 대만 구해 오너라, 그렇지 않으면 이 어민 죽는다.(pp.33~34)

돌이 어머니는 "뱀 허물 같은" "배의 허물자국"을 가리키며 돌이를 탓한다. 다른 모든 동물처럼 뱀은 본능적인 정신의 한 부분을 나타낸다. 그러나 그것은 의식에서 멀리 떨어진 본능이다.[604] 즉 돌이 어머니는 뱀이 상징하는 본능으로 인하여 돌이를 버리고 자기의 욕망에 따르게 되는 것이다.

즉 뱀은 돌이의 그림자를 상징한다. 그것은 돌이의 어두운 부분이다. 그러므로 돌이 어머니가 돌이를 괴롭히는 행위는 돌이의 자기(Self)에게 그림자와의 통합을 야기하는 역할을 한다. 자기(Self)의 경험은 일반적으로 우리가 더 이상 그것을 추구하지 않는 절망적인 순간에 다시 모습을 드러낸다.[605]

영웅 신화에 흔히 등장하는 이러한 괴물들의 예는 메두사, 크레타 섬의 미노타우르, 헤라클레스에 의해 퇴치되는 괴물들, 스핑크스 등을 들 수 있다. 주인공으로서의 영웅은 모성 콤플렉스에 사로잡혀 있는 아들의 면모를 가지기 때문에 영웅이 퇴치해야 할 괴물은 영웅을 칭칭 휘감는 속성이 부여된다. 영웅의 괴물, 혹은 용과의 싸움 후 얻게 되는 것은 보물이다.[606]

---

604) 융은 뱀 꿈을 꾸면 의식이 특별히 본능과 멀리 있다는 신호라고 말한 바 있다. 즉 의식의 태도가 자연스럽지 못하다는 것을 보여주고 어느 면에서는 너무 잘 적응하고 외부세계에 많이 매혹당하면서 동시에 결정적인 순간에 절망적으로 실패하는 경향이 나타나는, 이른바 인위적인 이중인격이 있다는 것을 보여준다는 것이다. 이렇게 뱀과 영원한 소년 사이에는 비밀스러운 관련성이 존재한다.(이상백·김계희, 「영원한 젊은이 : 남성의 모성 콤플렉스의 치유와 변환」, 『용인정신의학보』 제16권 제1호, 용인정신의학연구소, 2009.12, pp.59~60.)

605) *Op. cit.*, pp.59~61.

606) Neumann, E., *The Origin and History of Consciousness*, princeton university press, New York, p.152.

바로 돌이 어머니는 이렇게 돌이를 '집어삼키는 어머니'상을 보여준다. 어머니 자연은 모든 생명의 자궁이다. 그녀는 남김없이 주면서 동시에 무덤이기도 하다. 그래서 살아있는 모든 것들을 사정없이 죽이고 파괴하는 것이다. 돌이 어머니는 돌이에게 생명을 준 첫 번째 여성이면서 동시에 돌이를 집어삼키는 부정적 모성상을 보여주고 있다.

영웅이 파괴적 모성이라는 괴물과 싸움에서 승리 후 얻게 되는 보물은 의식적 정신의 자기 정립이다. 영웅의 이러한 싸움은 일차적으로 자신을 탄생시킨 근원적인 정신의 영역에서 벗어나 자기 자신만의 고유한 정신영역의 확립이라는 과제를 실현하기 위함이다. 이처럼 돌이는 어머니와의 만남을 통해 그림자와의 통합의 기회를 얻게 되는 것이다.

하지만 모성 콤플렉스의 의식화는 이렇게 영웅의 의식의 정립으로 끝나는 것이라 보기에는 어렵다. 많은 아들신과 연관된 모성신화들에서는 대부분 주인공인 아들들이 희생된다. 아티스와 아도니스, 발데르, 탐무즈, 그리고 오시리스 등에서 그러한 방식으로 희생된다. 하지만 이렇게 희생된 채 끝나 버리지는 않는다. 이들은 모두 아들을 사랑하는 모성신과 연관되어 있으며 결국은 모두 다시 되살아난다. 신화에서 일어나는 이러한 일련의 과정들은 계속 진행이 되면, 즉 아들의 죽음을 통해 리비도의 흐름이 막히지 않고 계속되면 어머니에게서 샘솟고 새로워지는 생명력으로 연결된다.

하지만 모성 콤플렉스에 사로잡힌 아들은 죽지 않고 계속해서 오로지 어머니에 의지하여 어머니에 의해 살고 있어서 스스로 세상에 뿌리를 내리지 못하고, 계속 '근친상간'의 관계에 머물러 있다.[607]

「왕모래」에서 돌이는 어머니의 존재에 대해 객관적으로 인식할 수 있게 될 때까지도 어머니를 절대적인 순수와 아름다움을 가진 존재로 기억하려는 모습을 보인다. 어머니와 떨어져 있는 상황에서도 돌이는 모성 콤플렉스에 사로잡힌 아들로 살게 됨으로써 계속 '근친상간'의 관계에 머물러 있는 모습을 보이고 있는 것이다.

> 돌이는 거기 한 버력더미 위에 앉았다. 왕모래 섞인 버력흙을 움켰다. 입에 좀 넣어본다. 돌이는 알 수 있을 것 같았다. 지난날 아버지가 여기 사금판 삯일을 다니기 시작한 지 얼마 안되어서부터 왜 요강에다 뒤를 보았는지를. 그리고 그것을 물 담긴 대야에다 옮겨가지고 열심히 찾곤 한 것이 무엇이었는가도. 그리고 진눈깨비 내리는 날 아버지가 타고 앉았던 요강에서는 왜 피가 나왔는지도. 그러다가 돌이는 가슴이 섬뜩해졌다. 아버지가 세상을 떠난 지 얼마 안 되어서부터 왜 어머니의 신발 속에 이곳 왕모래가 들어 있곤 했는지도 알 수 있을 것만 같았다. 어젯밤 젊은 여인과 사내의 모양이 떠올랐다. 아버지가 세상을 떠난 지 얼마 안 되어, 어머니가 곰보아주머니를 불렀던 일. 그리고 곰보아주머니가 데리고 왔던 코 밑에 팔자수염을 기른 사내의 일. 그때 곰보아주머니의 집은 이 사금판 안에 있었다. 그러나 돌이의 가슴속에서, 아니다, 아니다, 하고 부르짖는 게 있었다. 어젯밤 여인은 날이 밝은 지금까지 곰보아주머니네 집에서 자고 있지 않느냐. 자기 어머니만은 날이 새기 전에 자기한테 와주었다.[608]

돌이는 그런 어머니에 대해 '모른다', '알 수 없다', '아니다'의 상태를 거쳐 "슬픈 얼굴이면서도 무엇을 결심한 낯빛"(p.34)의 상태에

---

607) Jung, C.G., *Symbols of the Mother and of Rebirth*, 1956, p.258.
608) 황순원, 「왕모래」, 『황순원전집』 3, pp.30~31.

이르게 된다. 이러한 인식의 변화는 돌이가 아홉 살에서 열일곱 살에 이르기까지 성장해가면서 어머니와 세상에 대해 알아가는 과정을 보여주었다는 점에서 통과의례적인 면모라 할 수 있다.

융은 "어머니를 떠나지 못하는 신경증 환자들은 그만한 이유가 있다. 궁극적으로 그는 죽음에 대한 공포에 사로잡혀 있는 것이다." 라고 하였다.[609] 모성 콤플렉스의 극복은 자신의 가장 원초적인 공포인 죽음에 대한 공포를 이겨내야 하며, 그러한 공포를 이겨내고 어머니에 의한 죽음을 무릅쓰는 용기가 궁극적으로 자신을 살리는 길이다.

돌이는 자기 자신만의 고유한 정신영역의 확립이라는 과제를 실현하기 위해 생모가 저지른 절도에 대해 보상을 한다. 돌이는 이렇게 스스로 아들을 집어삼키는 부정적인 모성상에게로 되돌아가는 것이다.

내적인 성장과정에는 어느 정도의 시간이 필요하고 거대한 무의식의 휘어잡는 힘에 맞서기에는 아직은 연약한 정신을 보호해야 하는 것이다. 그렇기 때문에 '돌이'는 유복이처럼 자진해서 호랑이의 뱃속에 들어가는 것을 선택한다. 이런 '돌이'의 모습은 좀 더 높은 의식의 상태로 나아가게 하는 개성화과정의 일부로 여겨진다.

'돌이'가 어머니의 목을 조르는 행위는 심리학적 의미에서의 낡은 자아의 죽음을 상징하는 것으로서, 궁극적으로 모성 콤플렉스를 극복하기 위한 것이다. 즉 신화에서 아들이 죽고 모성신을 통해 새로이 태어나듯이, 어머니에게로 되돌아가서 어머니 안에서 상징적

---

609) Jung. C. G., *Symbols of the Mother and of Rebirth*, Ⅴ, 1956, p.271.

인 죽음을 맞이하고 새로운 모습으로 태어나려 한 것이라고 볼 수 있다. 즉 '돌이'는 '심리학적 죽음'을 통하여 모성 콤플렉스를 의식화함으로써 낡은 의식의 죽음과 새로운 의식의 재탄생이라는 과정을 꾀하고 있다고 볼 수 있다. 돌이는 의식적 정신의 자기 정립을 위해 일차적으로 자신을 탄생시킨 근원적인 정신의 영역에서 벗어나 자기 자신만의 고유한 정신영역의 확립이라는 과제를 실현하기 위해 낡은 자아를 죽이게 되는 것이다.

하지만 그렇다고 해서 그 개인에게 죽음의 무게가 경감되는 것은 결코 아닐 것이다. 융은 「변환의 상징」에서 밀러양의 환상에 대해 다음과 같이 말하였다.

> 죽음으로의 방향전환은 불가피하게 다른 사람이 이상적인 인간이라는 착각의 종말을 예고한다. 그녀의 이상형은 장소를 변경하여, 작자인 그녀 자신의 마음으로 거처를 옮기려 한다. 이것은 그녀의 인생행로에서 매우 결정적 지점이 될 것이다. 즉 이상형과 같은, 그렇게 중요한 형상이 변화하려고 한다면 그것은 마치 그것이 죽어야만 하는 것과 같다. 그것은 개인의 내부에서 이해해하기 힘든, 즉 겉으로 보기에 근거가 없는 죽음의 예감과 세계고뇌의 감정을 일으킨다. (중략) 그녀의 유아기 세계가 성인의 단계로부터 분리되기 위해 종말을 맞고자 하는 것이다.[610]

겉으로 보기에 큰 변화가 느껴지지 않지만 그 개인에 있어서 그의 심리학적 죽음은 엄청난 고뇌의 감정을 일으킨다.

---

610) Jung, C. G., *The Battle for Deliverance from the Mother*, Ⅵ, 1956, pp.284~285.

　궁극적으로 결국 아들이 모성 콤플렉스를 극복하는 길은 신화에
서 아들이 죽고 모성신을 통해 새로이 태어나듯이, 어머니에게로
되돌아가서 어머니 안에서 상징적인 죽음을 맞이하고 새로운 모습
으로 태어나야 한다는 데 있다. 모성 콤플렉스에 사로잡힌 아들은
일련의 이런 과정들 중에서 장애가 발생한 상황이므로 모성 콤플렉
스의 의식화의 과정은 낡은 의식의 죽음과 새로운 의식의 재탄생이
라는 과정을 촉진시켜주는 방향으로 나아가야 할 것이다.

　어머니로부터의 분리는 종종 어머니의 죽음이라는 상징으로 나
타난다. 신화 속에서 어머니의 살해는 아들이 종속적인 세계로부터
극복되는 것이며 어머니로부터의 해방을 원형적으로 상징하는 것
이다. 돌이는 심혼의 어린 시절에서 열일곱 살에 이르도록 가지고
있었던 모성상에 대한 모든 유대와 제약을 포기함으로써 어머니로
부터 해방되는 것을 선택한다.

　따라서 돌이의 모친 살해는 심리학적 의미에서의 낡은 자아의 죽
음을 상징하는 것이다. 돌이는 모성 콤플렉스를 극복하기 위해 모
친 살해를 통해 낡은 의식의 죽음과 새로운 의식의 재탄생이라는
과정을 스스로 선택한 것으로 볼 수 있다.

　영웅이 파괴적 모성이라는 괴물과 싸우듯이, 돌이는 파괴적 모성
성을 가지고 있는 어머니와 싸운다. 그리고 이 싸움에서 승리 후 얻
게 되는 보물은 의식석 정신의 자기 정립이듯이, 상징적인 모친 살
해와 같은 싸움을 통해 일차적으로 자신을 탄생시킨 근원적인 정신
의 영역에서 벗어나게 된다. 이러한 모습은 앞에서도 언급한 바와
같이 돌이가 '죽음의 모성'과 싸워 자기 자신만의 고유한 정신영역
의 확립이라는 과제를 실현하기 위한 것이라고 볼 수 있는 것이다.

「갈대」의 세계 역시 모성이 결핍된 메마른 죽음의 세계이다. 소녀는 죽음과 부패의 냄새를 풍기는 무덤가에서 살고 있다. 그리고 묘지기 할아버지, 아편쟁이 아버지, 가출한 어머니, 무덤가를 맴도는 미친 여자, 사람 뼈다귀를 몰고 다니는 개 등으로 요약되는 궁핍하고 황량하고 기괴한 환경 속에서 소녀는 성장한다. 소녀가 처해 있는 공간은 썩은 웅덩이와 움막이 있는 공터로 상징화된다. 썩은 웅덩이에는 구더기가 득실거리고 비루먹은 개가 뼈다귀를 물고 돌아다닌다. 공터 끝 움막에는 소녀와 할아버지, 아편 중독자 아버지가 살고 있다. 또 소녀의 아버지는 아편에 중독되어 사경을 헤매고 소녀는 다리에 난 부스럼을 연신 긁어대고 있다. 이런 기괴하고 섬뜩한 현실이 소녀의 천진스러운 대화를 통해 그대로 드러나고 있다. 파괴된 가정사와 생명력이라고는 찾아볼 수 없는 상황이 소녀의 입을 통해 그대로 드러나면서 현실은 더욱 섬뜩하고 강렬하게 다가온다.

> 저 개가 이제 해골 백 개만 먹으면 사람 된단다. 여기 조금만 파면 뼈다귀가 얼마든지 있는데 뭐. 전엔 예가 무덤이댔어. 저 웅덩이두 무덤 자리구 우린 할아버지가 묘지기였어. 요새두 우리 할아버진 밤마다 옐돌군 한단다. 이제 얼마 있으면 여기에 큰 집들이 가득 들어온단다. 귀신 막 나와 다닐 거야. 우리 어머닌 예서 귀신 들려서 도망가구 우리 아버진 또 귀신한테 홀려서 죽어 간단다.[611]

이런 불모의 환경 속에서 소녀는 조숙한 웃음을 짓고 성적인 암

---

611) 황순원, 「갈대」, 『황순원전집』 1, 문학과지성사, p.88.

시가 드러나는 행동을 한다. 소녀의 이러한 병적인 행동은 이 작품이 풍기는 기괴하고 어둡고 암울한 느낌을 한층 더 설명한다. 황순원은 이 작품을 통해 모성 부재와 생명력이 없는 황폐한 환경이 소녀의 올바른 성장을 전면적으로 방해하는 모습을 보여줌과 동시에, 방치된 소녀의 일그러진 동심을 통해 모성 부재와 동심 파괴 사이의 상관성을 보여주고 있다.

「늪」은 삼켜버리고 유혹하고 독살하며 두려움을 유발하는 모성원형의 단면을 엿볼 수 있는 작품이다. 이 작품에서 가정교사인 태섭이 가르치는 소녀의 어머니의 모습을 통해 자식에 대한 모성이 집착이라는 왜곡된 모습으로 변질되는 양상을 엿볼 수 있다. 내성적이고 연약한 인물인 태섭이 외향적이고 강인한 이미지의 소녀에게 심리적으로 압도당하며 갈등하는 내면세계를 심도 있게 다루면서, 소녀의 어머니와 소녀의 모습으로 형상화되는 여성성을 확인해볼 수 있다.

소녀의 어머니는 남편의 외도 때문에 결혼생활에 파경을 맞고 그후유증으로 심장병을 앓고 있다.

이어서 소녀는 자기가 철들어서 아버지가 첩을 얻고 딴살림을 하게된 뒤부터 아버지와 어머니는 재산을 절반씩 똑같이 나누어 서로 갈라서고 말았다는 이야기로, 지금 얼마 멀지 않은 동네에 아버지가 살고 있다는 사실과, 그새 아버지는 재산도 다 없애고 얼마 전부터 류머티즘으로 자리에 누워있다는 것과, 또 어머니도 그동안 울화병으로 심장병까지 생겼다는 말까지 하였다. 태섭은 위로의 말 대신에 대수책을 소녀 앞에 펴놓으며, 얼마나 어머니가 지금 소녀 공부 잘하는 것 한가

지만을 바라고 있는지 모르니 어서 열심히 공부하여 어머니를 기쁘게
해드려야 한다고 하였다. 그랬더니 별안간 소녀는 비웃는 듯한 이상한
웃음을 띠우며, 그런 말은 어머니한테서 귀에 못이 박히도록 들었다고
하였다.[612]

소녀의 어머니는 남편의 심한 외도로 자신이 불행해졌다고 믿고
있기 때문에 딸도 연애를 하면 결국 자신의 곁을 떠날 것이라고 여
기며 불안해한다. 그래서 딸에게 죽기까지 모녀 단둘이 살다가 죽
자고 다짐까지 시킨다. 그리고 태섭과 소녀의 관계를 언제나 경계
하고 감시하는 시선으로 바라본다. 또한 태섭에게 공부도 공부지만
남자를 멀리하도록 가르쳐 달라고 부탁을 한다. 이런 소녀 어머니
의 모습은 딸에게 집착하는 부정적인 모성 콤플렉스를 보여준다.

> 이번에도 소녀는 자기 혼자서 벌써 그렇게 결정을 짓고는 앞서 걸
> 으며 태섭에게, 뒤 왼쪽 과일가게 옆 골목에 어머니가 따라와 서있다
> 는 것을 알리고 얼마큼은 교회로 가는 길을 가다가 보자고 하였다. (중
> 략) 사실 소녀의 어머니가 과일가게 옆에 서서 이쪽을 지켜보고 있었
> 다. 담배에 불을 붙이고 돌아서면서 좀전에 소녀가 누가 뒤를 밟기나
> 하는 것처럼 뒤를 돌아보던 일과 집에서 공부하다가도 누가 밖에서
> 엿듣기라도 하는 것처럼 갑자기 앞 미닫이를 열곤 하던 일이 머리에
> 떠오르자 절로 등골에 소름이 끼침을 느꼈다.(p.15)

소녀 어머니는 딸에게 집착함으로써 남편에게 사랑을 받지 못한
여인으로서의 피해의식을 보상받으려 한다. 이는 딸의 개체성을 인

---

612) 황순원, 「늪」, 『황순원전집』 1, 문학과지성사, p.14.

정하지 않고 자신의 외로움을 덜어줄 대상으로 여기는 부정적인 모
성 콤플렉스의 일면이기도 하다.

어머니의 은밀하고도 집요한 감시에 익숙한 듯 소녀는 어머니 몰
래 담배도 피우고 가출까지 시도한다. 진정으로 일생을 불쌍한 어
머니와 함께 지내리라는 결심을 한 적도 있지만 소녀는 어머니를
연민하는 것이지 어머니로서 사랑하고 존경하지는 않는다.

> 며칠 전에 있은 일이라고 하면서, 첩이 찾아와 아버지의 류머티즘
> 이 대단하다고 하며 어머니에게 약값을 좀 달라고 하였는데 이 말을
> 듣자 어머니는 펄쩍뛰면서 숨넘어가는 소리로, 네년이 그 만큼 돈을
> 빨아먹었으면 됐지 나중에는 우리 것마저 뺏어 먹으려 덤비느냐고 소
> 리를 질렀다는 것, 그리고 첩되는 여인은 아버지와 어머니가 재산을
> 나누고 갈라설 때 아버지와 만난 여자로 그때 벌써 두 애의 어머니인
> 과부였다는 말과, 그 뒤에도 아버지는 여자관계를 끊지 않아 여러 가
> 지로 고생을 하면서도 이 여인은 참고 끝내 아버지와 헤어지지 않았다
> 는 말이며, 그날도 어머니는 그 여인에게 애 둘씩이나 있는 것이 남의
> 첩 노릇하는 개만도 못한 년이라고 욕을 몇 번이고 하였으나 소녀자기
> 는 전처럼 그 여인이 밉게 보이지 않더라는 말과……(p.17)

소녀는 어머니를 늙고 병든 남편에게 일말의 동정도 베풀지 않고
첩에게 끊임없이 욕설을 퍼붓는 몰인정한 인물로 언급하고 있다.
소녀는 자유분방한 애정행각을 멈추지 않는 소녀 아버지를 인내하
고 살아온 첩과 대비를 이루어 상대적으로 어머니를 비난하고 있
다. 소녀 어머니는 남편과 첩에 대한 증오심 속에 갇혀서 아무도 이
해하지 않고 어떠한 변화도 거부한 채 살아가고 있는 것이다. 오직

자기의 혈육인 딸에게 집착하여 모든 남자는 나쁜 존재임을 인식시키려 하고 삐뚤어진 애정관을 심어주려고 한다. 이처럼 「늪」은 모성이라는 이름으로 자식에게 왜곡된 사랑을 쏟고 자식을 소유물로 인식하는 부정적인 모성 콤플렉스를 엿볼 수 있는 작품이다.

3. 복합적 모성성

원형적 이야기에는 인간의 보편적 정신작용과 개인 심리의 양면이 담겨 있다.[613] 앞에서 이미 언급한 바와 같이 황순원의 소설에는 원형의 대극성[614]이 잘 나타나 있다는 점에서 집단무의식이 잘 형상화되어 있다고 말할 수 있다. 또한 모성원형이 가지고 있는 심리학적 측면이 인물을 통해 다양하고 세밀하게 형상화되어 드러난다. 따라서 황순원 소설은 모성상을 해석하는 데 있어서 원형들이 자유롭게 활성화될 수 있는 길을 열어주고 있는[615] 이야기라고 볼 수 있다.

융은 그의 논문 「모성 원형의 심리학적 측면」에서 모성원형의 다양한 측면에 대해 설명한 바 있다.[616] 우리들에게 경험되는 모성원형의 측면들은 어머니, 계모 그리고 장모, 시모 등의 개인적인 모성

---

613) Jung, 『원형과 무의식』, p.321.

614) 김현은 『일월』의 '인철'이 "빛과 어둠, 각성과 혼란의 혼융 상태에 있는" "중성적 존재"라고 자리매김한 바 있다. 이것은 인철이가 자아와 그림자의 대극을 복합적으로 보여주고는 인물임을 지적한 견해라고 볼 수 있다.(김현, 「계단만으로 된 집」, 『말과 삶과 자유』, 문학과지성사, 1985.3;『황순원연구총서』 3, p.438 참조.)

615) Marie-Louise Von Franz, *The Interpretation of Fairy Tales*, Inner city books, 1996, pp.42~43.

616) 융, 「모성 원형의 심리학적 측면」, 위의 책, pp.84~85.

으로부터 보다 높은 의미에서의 여신, 모성신, 성처녀, 그리고 보다 넓은 의미로는 교회, 대학교, 도시, 물질, 지하세계 그리고 달 등이 있다.[617] 융은 이렇게 열거해도 모두를 다 망라할 수는 없다고 하였으며 모성원형의 성질은 그야말로 '모성적인 것'이라고 하였다. 즉 그것은 오로지 여성적인 것의 마술적인 권위; 상식적 이해를 초월하는 지혜와 정신적인 숭고함; 자애로움, 돌보는 것, 유지하는 것, 성장하게 하고 풍요롭게 하고 영양을 공급하는 제공자이다. 또한 그것은 마술적 변용의 터이고 재생의 터이다. 도움을 주는 본능이나 충동이며 비밀스러운 것, 감추어진 것, 어둠, 심연, 죽은 자의 세계, 삼켜버리고 유혹하고 독살하는 것, 두려움을 유발하는 것, 그리고 피할 수 없는 것이라고 하였다. 융은 그의 논문 「변환의 상징」에 이러한 특징들이 가진 대극성을 '사랑하면서도 엄한 어머니'로 묘사하였다.[618]

모성상은 무의식의 다양한 내용을 담고 있는 동시에 근원적 통일성 그 자체라고 할 수 있는, 총체적으로 모든 대립물들을 포함하고 있는 집단무의식의 상징이기도 하다. 이 때문에 '모성'은 앞에서 언급했듯이 '정신-본능의 문제의 원인일 뿐 아니라, 그것의 해결자이기도 하다. 왜냐하면 그것은 모든 대립들을 하나로 연결하기 때문이다.[619]

---

617) 또한 보다 좁은 의미로 출산 및 생성체로서의 논밭, 정원, 바위, 동굴, 나무, 수원지, 깊은 우물, 세례 반(盤), 그릇으로서의 꽃(장미와 연꽃), 마법의 원으로서(파드마로서의 만다라) 혹은 어린 제우스에게 젖을 먹였다는 염소의 뿔로서 나타난다. 가장 좁은 의미로는 자궁, 모든 구멍 형태(암나사 등), 요니, 빵 굽는 오븐, 요리 냄비, 동물로서는 암소, 토끼, 도움을 주는 일반 동물들이 있다.

618) 융, 「모성 원형의 심리학적 측면」, 위의 책, p.203.

모성상은 창조적인 측면과 부정적인 측면을 동시에 가지고 있으며, 삶의 전체이면서 물질성과 관련되어 질료적인 성격을 가지고 있다. 또한 모성상은 낳고 기르고 보호하고 성장을 촉진시키며 결실을 맺게 하고 재탄생에 이르게 하는 속성을 가지고 있을 뿐만 아니라 의식의 태도에 의해 상대적으로 모성의 태도가 취해진다. 대지의 모성원형은 그 자체로 빛이나 어둠을 모두 포함하고 있다. 그러나 시대 정신을 나타내는 집단의식의 태도에 따라서 한 측면이 더 강조되어 나타난다. 그것은 무의식의 파괴하는 측면이거나 혹은 창조적 측면이다. 한편 완전히 파괴적인 모성의 형상이 있는가 하면 다른 한편으로는 그런 부정적인 영향력으로 변환과 회복을 가져오게 하는 모성의 형상도 있다. 무의식의 긍정적 및 부정적 측면, 모성원형의 그런 두 측면들은 항상 서로 밀접하게 관계한다. [620]

이제 황순원 단편소설에 나타난 복합적 모성성을, '관계 형성 지향의 모성성'·'파멸과 구원의 모성성'·'상호 대극적인 모성성'으로 나누어 살펴보도록 하겠다.

1) 관계 형성 지향의 모성성 - 「지나가는 비」

「지나가는 비」는 부정적 모성 콤플렉스로 인해 개체로서의 정체성을 형성하는데 어려움을 겪고 다른 사람과 관계를 맺음에 있어 변화의 양상을 겪는 인물상을 보여주는 작품이다.

---

619) 지벨레 비르크호이저-왜리, 이유경 옮김, 『민담의 모성상』, 분석심리학연구소, 2012, pp.23~25 참조.
620) *Ibid.*, pp.53~54 참조.

영원한 소년의 특성을 가진 '섭'은 여성과의 개인적인 관계에 어려움을 겪는다. '섭'은 술집 접대부[621]인 연희를 사랑하고 있음에도 불구하고 그 사랑을 표현하지 않고 냉담한 반응을 보인다. 이러한 섭의 태도는 그가 사생아였다는 것과 관련이 되어 있는데, 그는 연희를 통해 어느 바의 여급이었을 어머니를 생각한다. 또한 사생아였다는 사실이 연희와의 관계뿐만 아니라 다른 타인들과의 관계도 제대로 맺지 못하게 만드는 요인으로 작용한다. 그리고 이러한 사실은 그가 여학교 교원이라는 취직자리도 사양하게 만든다. 그는 모성 부재에 대한 강박에도 불구하고 모성적인 사랑을 갈구하는 모습을 보인다. 그는 항상 어머니를 동경하고 있으며, 이성과의 관계에서도 어머니에 대한 생각이 강하게 나타난다. 섭은 어머니의 사랑을 받지 못하고 정신적으로 방황하는 자신이 미래에 어머니가 될 여학생을 잘 가르칠 수 있을지에 대해서도 의문을 갖고 있다.

> 송암 선생은 눈부셔하는 눈을 섬벅거리며,
> "그만두다니?"
> 하고는 안경을 차근히 끼었다.
> "다음세댈 만들 여잘 저같은 게 가르칠 것같지 않습니다."[622]

위의 섭의 말에서도 알 수 있듯이 그는 생명을 기르고 부살피는 행동, 즉 어머니와 같은 존재는 그만큼 완전한 것, 영원하고 숭고한

---

621) 『일월』에서 '기룡'은 사랑을 호소하는 최에스터를 매정하게 뿌리치고 오히려 매춘부에게 그날 밤 몸을 기탁한다. 이러한 모습도 '뿌에르 에테르누스'가 가진 속성을 보여준다고 할 수 있다.

622) 황순원, 「지나가는 비」, 『황순원전집』 1, 문학과지성사, pp.100~101.

것이어야 한다고 생각한다. 그리고 그는 자신이 사생아라는 사실을 깨달으면서 항상 어머니를 동경하고 있으며 이성과의 관계에서도 어머니에 대한 생각이 강하게 나타남을 볼 수 있다.

> 그러나 섭은 지금 옆의 연희의 연지 묻은 담배를 빼앗지 못하고 일어서 포켓에서 담뱃갑을 꺼내며 혼잣말로,
> "육체적으루 헐어갈수록 정신만은 깨끗할 수 있는 여자, 육체를 거쳐 다음에 정신적인 사랑으루 들어가는 여자."
> 하고 웅얼거렸다.(pp.94~95)

여기에서 말하는 '정신적인 사랑'은 긍정적인 모성성을 의미한다. 이것은 연인에게서 여성과 동시에 모성적인 사랑까지를 갈망하고 있음을 간접적으로 표현한 것이다.

이처럼 모성 콤플렉스에 사로잡혀 있는 '영원한 소년'에 대해 융은 다음과 같이 말한 바 있다.

> 아들에 대한 모성 콤플렉스의 전형적인 작용은 동성애, 돈 후안 같은 호색벽, 경우에 따라서는 성 불능증으로 나타난다. 동성애에서는 이성의 요소들이 무의식적 형태로 어머니에 부착되어 있고, 돈 후안 같은 호색벽에서는 무의식적으로 '모든 여성에게서' 어머니를 찾는다.[623]

주인공 '섭'처럼 땅에 뿌리를 내리지 못하고 허공에서 여기저기 떠다니는 듯한 면모는 그림 형제의 민담 '라푼첼'에서 잘 볼 수 있다.[624]

---

623) 융, 융 저작 번역위원회 역, 「모성 원형의 심리학적 측면」, 2002, pp.206~207.

이 작품의 또 다른 인물인 '매'는 사생아를 낳아 공원에 버린 적
이 있다. 그러나 그녀는 자신의 모성 거부 행동에 대해 어머니로서
의 죄책감이나 고통을 느끼지 않는다. 오히려 사생아를 낳게 한 남
자와 아이에 대해 원망하는 마음만 가질 뿐이다. 그녀는 젖가슴이
탄력이 없어졌다는 이유로 모델 일을 그만두게 된다.

> 그게 이번 모델을 그만두면서부터 어머니의 사랑이라는 걸 느꼈어
> 요. 이상해요. 애가 어디서나 잘 자라길 비는 마음이 됐거든요.[625]

젖가슴이라는 것이 근본적으로 어머니의 이미지를 상징한다고
볼 때 자식을 낳은 흔적인 탄력 없는 젖가슴이라는 말을 통해 오히
려 이전에는 느끼지 못했던 모성애를 강하게 느끼게 되었다는 사실
은 매우 역설적이다.[626]

「지나가는 비」에서 모델인 '매'는 사생아를 낳아 공원에 버리고
만다. 그러면서도 자식에 대해 어머니로서의 사랑을 느끼기보다는
사생아를 낳게 한 남자와 아이에 대해 원망하는 마음을 가진다. 그
러나 젖가슴이 탄력이 없다는 말에 모델을 그만두면서부터 비로소
어머니로서의 자신을 인식하게 되고 애가 어디서나 잘 자라기를 비
는 마음으로 바뀐다.

> "모델 그만뒀어요."

---

624) 여기서는 라푼첼을 주인공으로 한 여성의 심리학으로 읽기보다는 왕자를 주인공으로
   보고 라푼첼을 그의 아니마로 보는 남성의 심리학으로 읽기로 한다.
625) 황순원, 「지나가는 비」, 『황순원전집』 1, 문학과지성사, p.102.
626) 김선태, 앞의 글, pp.11~12.

매는 그림의 허리와 가슴까지 찢고는 불 없는 화로에 쌓으며,

"글쎄 얼마를 그려나가다가 내 젖가슴이 탄력이 없다면서 꼭 뒤루 돌아앉아야겠다는 거예요. 그때처럼 분한 적이 없었어요. 그럼 애 둘 난 년이 그렇잖구 어떻겠나구 달아나 와버렸죠."

섭은 매 옆의 어항만 바라보고 있었다.

"사실은 하나예요. 이 그림을 그린 사람의 애예요. 사내애였어요. 백 날 만에 내다버렸어요. 누구에게 알게끔 줄까도 생각해봤지만 공원에 나다버렸어요. 후에 사생아의 어미 자식 사이를 서루 알리구 싶지 않았기 때문예요. 얘가 원망스럽기만 한 그때였어요. 그저 이걸 바라보며 원망했을 따름이죠. 그게 이번 모델을 그만두면서부터 어머니의 사랑이란 걸 느꼈어요. 이상해요. 애가 어디서나 잘 자라길 비는 마음이 됐거든요. 그래 난 이 그림을 찢어버리기로 했어요."[627]

매는 모델로서의 자신의 직업을 포기하고 나서야 비로소 자연으로서의 모성성을 회복한다. 기존의 연구에서는 이러한 변화를 고결한 주제[628]로 승화시키는 관점들을 취한다. 매는 자연으로서의 모성을 회복한 후 자식을 버렸던 매정한 어머니의 모습에서 긍정적인 모성성을 회복하게 된다. 물이 없는 어항 속의 금붕어에게 "어항이나 빗물을 맞히"라는 섭에게 "비를 맞으면 금붕어가 죽을지 모른다"고 답변하는 매의 모습은 그녀가 모성적 돌봄을 지닌 관계망 속으로 편입되고 있음을 말해준다. 매는 인간과 인간의 관계뿐만 아니

---

627) 황순원, 「지나가는 비」, 『황순원전집』 1, p.102.
628) 황순원이 여성의 의미를 항상 모성적 의미로 대체하여 인식하기 때문에 황순원의 작품에서는 자칫하면 본능적 에로티시즘에 함몰될 수 있는 내용이 고결한 주제로 승화되어지는 것을 자주 발견할 수 있다고 논의되어 왔다.(전영태, 『이청준 창작집과 황순원의 단편소설』, 광장 146, 1985, p.335.)

라 개별적인 정신의 부분인 관계의 측면에서도 화해를 할 수 있는
힘을 회복하게 되는 것이다.

또한 매의 이러한 변모는 섭에게 있어 중요한 의미로 자리매김이
된다. 섭은 매의 변모를 통해 자신의 가슴속에 뿌리 깊은 '파편의식'
을 심어준 자신의 어머니와 화해하는 양상을 보인다.

> "근데 뭣을 그리 골똘히 생각하구 있죠?"
> "매씨가 사생아의 어머니라는 걸."
> "그리구?"
> "비를 맞으면 되레 죽을지 모른다는 어항의 고기를."
> "그리구?"
> "아까 송암선생 댁에서 얻어가지구 나오던 붓꽃 포기를 길가에 내
> 버렸는데 누구 가꿀 만한 사람에게 쥐워져 갔는지 어쨌는지 하는
> 걸."(p.103)

아들을 낳고 키워내는 자연으로서의 모성은 그 자체가 깊은 의미
에서의 사랑의 원칙을 가지고 있다. 그렇기 때문에 신화나 민담에서
태모들은 거의 대부분 사랑의 여신의 성격을 가지고 있다. 왜냐하면
그것은 모든 것을 파괴하고자 하는 성격도 있지만 동시에 전체성을
이루기 위해 관계를 맺게 하는 성향을 가지고 있기 때문이다.

이와 같이 섭은 술집 접대부인 연희를 사랑하고 있음에도 불구하
고 그 사랑을 표현하는 데 어려움을 겪고, 연인에게서 '여성'과 동시
에 '모성'적인 사랑까지를 갈망하는 등 '영원한 소년'의 양상을 가지
고 있다. 그런데 섭은 사생아를 낳아 버린 적 있는 매가 모성적 돌
봄의 속성을 회복하는 변모과정을 지켜보게 된다. 이처럼 섭은 매

와의 소통을 통해 모성성의 영향력 하에 모성을 재인식하게 되고, 그의 가슴속 깊이 뿌리박힌 부정적 모성 콤플렉스에서 벗어나 인간관계 자체를 새롭게 정립할 수 있는 가능성의 갈림길에 서게 되는 것이다.

> 매의 바에로 가는 갈림길에서 섭이 걸음을 멈추며,
> "전 이리 가보겠습니다."
> "그럼 또 놀러오세요."
> 매에게 들어 뵈는 섭의 손을 지나가는 비가 차갑게 다음다음 때렸다.(p.103)

이렇게 「지나가는 비」는 인간의 숙명적인 고독 및 인간관계의 의미 추구에 이르는 과정을, 부정적 모성 콤플렉스에서 벗어나는 갈림길에 선 '영원한 소년'의 모습을 통해 밀도 있게 보여줌으로써 황순원의 단단한 소설미학을 확인할 수 있는 작품이다.

2) 파멸과 구원의 모성성 - 「막은 내렸는데」

「막은 내렸는데」에서 주인공 '남자'는 인간에 대한 배신감으로 인해 깊이 고뇌하며 자살을 결심하게 된다. 그것은 "서로가 배반하지도, 배반할 수도 없는 얼굴들"인 친구이자 동업자들의 변질 때문이다.

> 주위는 한결같이 왁자지껄하다. 그 소음 위로 간간 높은 노랫소리와 웃음소리가 솟는다. 이런 속에서 남자는 또 생각한다. 나는 혼자

다. 떨어져 나온 하나의 조각이다.[629]

남자는 자신을 고독한 존재로 예민하게 의식하면서, 자아를 아무런 개체도 지니지 못한 거추장스러운 군더더기, 떨어져 나온 하나의 조각, 절망만을 안은 조각으로 인식하며 심한 절망을 느끼게 된다.

이런 과정에서 자살의 결심까지 이른 남자가 위안을 받는 인물은 다름 아닌 몸을 파는 여인이다. 이 여인은 『움직이는 성』(pp.231~232)에서 손님의 죽음을 말리는 판잣집 옆방 창녀와 비슷하다. 또한 「온기 있는 파편」에서는 4·19 의거 때 부상당한 준오를 죽음의 위기에서 구출해주는 창녀의 모습과도 공통분모를 가지고 있다.

그녀 역시 그 누구보다도 기구한 삶을 살고 있다. 백일이 갓 지난 아이를 기르느라 퉁퉁 불어있는 여인의 유방[630]은 극복을 암시하는 매개물이다. 남자는 아기처럼 이 여인의 유방을 물고, 재탄생을 꿈꾸게 된다. 이미 자살(自殺)이라는 '막은 내려졌는데', 한 창녀와의 소통을 통해 그 막이 걷혀지고 이 여인으로 상징되는 자궁으로의 회귀, 모성으로의 회귀가 이루어지게 되는 것이다.

> 사실 남자는 조금 전까지의 자기와 지금의 자기는 분명 달라져 있다는 걸 느낀다. 말로는 그게 어떠한 것이라는 걸 나타낼 수가 없었다. 다만 이 변화가 조금도 부끄럽지 않다는 것만은 은밀한 가운데 느낄

---

629) 황순원, 「막은 내려졌는데」, 『황순원전집』 1, 문학과지성사, p.160.

630) 가슴[breast]은 모성, 양육, 보호, 사랑의 상징이며, 양육자로서의 태모(太母)를 뜻한다. 유방이 여러 개인 여신은 양육, 풍부 풍요를 나타낸다. 맨가슴은 겸허, 슬픔, 회개, 참회를 뜻한다. 가슴을 치는 것은 슬픔, 회개의 몸짓이다.(진 쿠퍼, 이윤기 옮김, 『세계문화상징사전』, 까치, 2010, p.43.)

따름이다. (중략) 뒤이어 가지각색의 보석 귀금속들이 저 나름대로의
모양을 지니고 저 나름대로의 광택을 발하며 다가오더니 곁의 어둠속
여자에게로 좍좍 뿌려진다. 뿌려진다.(pp.168~169)

이 '남자'도 여성들과의 관계가 진정한 심리적 '관계', 즉 의식화
된 관계로 발전하는 경우는 거의 어려운 '영원한 소년'의 모습을 가
지고 있다. 그래서 육체관계가 가능한 성관계는 매춘부와의 관계에
국한되는 것으로 그려진다. 이 '남자'의 개인적인 에로스도 모성 콤
플렉스의 영향 아래에서 분화되지 못하고 얽매어 있는 상태였던 것
이다.

남자에게 마치 지시를 내리듯 남자의 행동 하나하나를 간섭하는
'펜대'라는 가상의 존재는 남자의 또 다른 내면적 자아의 목소리로
보인다. 이 작품은 이 내면적 자아의 목소리로 인해 작가가 주인공
에게 행동을 명령하고 지적함으로써 같이 대화를 나눌 수 있도록
구성된 이인칭 소설로 분류되기도 한다.[631]

이 상(像)은 무의식을 상징한다고 볼 수 있는 것으로, 이 환영(幻
影)은 '인물들의 소용돌이'[632]로 묘사된다. 이러한 상징은 무의식의
활성화와, 자아와 무의식 사이에서 시작될 어떤 해리를 암시한다고
볼 수 있는 것이다.

남자의 그 목소리가 계속 자살을 독촉함에도 불구하고 남자는 모
성에 몰입함으로써 삶의 의미를 되찾게 된다. 그에게 모성의 세계
는 회복을 위한 재생으로서 작용하는 것이다. 남자는 여인의 젖꼭

---

631) 장현숙, 『황순원 작품 연구』, 경희대 석사논문, 1982, p.62.
632) 융, 「어머니와 재탄생의 상징들」, 『영웅과 어머니 원형』, 융 기본 저작집 8, p.69.

지를 빨면서 무한한 휴식과 위안을 얻는다.

남자의 이러한 모습은 「카인의 후예」에서의 오작녀의 사랑을 일컬어 "원모(原母)로서의 애정"이라고 지칭하며 젖가슴을 "갓난애가 만지면서 젖을 빨게 하기 위하여 존재하는 여체의 일부"라고 지적했던 김인환[633]의 견해와 일맥상통한다. 동시에 오작녀의 사랑을 "가슴(영혼)의 사랑", "젖가슴의 사랑"이라고 파악했던 천이두의 견해와도 통하는 부분이다.

즉 남자에게 퉁퉁 불은 이 여인의 젖무덤이 태내(胎內)로 돌아가는 도구가 된다. 세상에서 가장 깨끗하고 안락한 태내의 환상은 다시 모태로 되돌아가고자 하는 남자의 상태를 반영하는 것이다. 즉 남자는 기구한 창녀와의 소통을 통해서 '모성에의 인식－생의 재인식－모태에의 회귀－죽음－재탄생'의 과정을 겪음으로써 재생과 자기 구원에 이르게 되는 것이다.

결국 이 작품은 근원적인 인간 구원의 원천으로서의 모성을 그려낸 성공적인 작품[634]으로서 모성이 간직한 재생력과 복원력[635]이 강조된 것으로 해석할 수 있다. 이 작품처럼 에로티시즘으로 귀결될 수 있는 상황이 황순원의 소설에서는 작중인물의 모성적 가치 발견을 통해 승화되는 일이 자주 발생한다.

초기 작품에서부터 황순원에게 모성애는 지고의 가치로 자리하고 있는 것으로 논의되어 왔다. 억압적인 현실을 집요하게 파고들어 저항하는 방법이 아니라 훼손되어 버린 것마저도 모성애적 사

---

633) 김인환, 「인고(忍苦)의 미학」, 『황순원전집』 6, 문학과지성사, 1981, pp.476~477.
634) 천이두, 「원숙과 패기」, 『문학과 지성』, 1976 여름호, p.516.
635) 천이두, 「청상의 이미지·오작녀」, 『한국현대소설론』, 형설출판사, 1973, p.271.

랑으로 감싸 안을 때 진정한 치유가 가능하다는 것이 황순원의 작가의식인 것이다. 황순원은 모든 존재의 근원인 모성에 무한한 신뢰를 보내며 근원적 인간 구원의 원천으로 모성의 가치를 부각시킨다.[636)

이 여인은 자신을 속인 세상을 향해 분노나 원망도 없이 그저 자신이 해야 할 일만을 묵묵히 수행하고 있다. 이 여인은 백 일이 갓지난 아이를 가진 20살의 어린 엄마이다. 배신한 남자의 아이를 키우기 위해 몸을 파는 일을 하는 이 여성은 자신의 어린 아이와 제대로 삶을 영위할 수 있도록 빨리 돈을 벌어서 가게를 차리는 꿈을 가지고 있다. 아이와의 생활을 위해 매춘도 마다하지 않는 그녀는 황순원 소설에서 자주 등장하는 태모(太母)의 모습을 보인다.

이 소설에서 20살의 어린 엄마인 젊은 여성은 몸을 파는 일을 하고 있지만, 자신의 아이를 책임지기 위한 방책으로서의 매춘이기에 부정적으로 묘사되지는 않는다. 오히려 생명을 잉태하여 탄생시키며, 자살을 결심한 남자를 보살피는 절대적인 힘을 가진 태모로 그려진다. 이러한 여성의 힘으로 인해 남자는 잃었던 삶의 의욕을 되찾고 갱생하게 된다. 처음에는 아기보다도 젖을 빠는 힘이 모자랐던 남자는 여성이 이끌어주는 대로 힘차게 젖을 먹을 수 있게 된다. 젖이 주는 힘에 의해 세상의 모순과 부조리에 대한 분노와 원망을 잠재울 수 있게 되고, 생의 시계를 다시 돌릴 수 있게 된 것이다. 이렇게 창녀인 여성은 긍정적인 모성성의 회복을 통해 태모로 변모하게 된다.

---

636) 천이두, 「원숙과 패기」, 『한국소설의 관점』, 문학과지성사, 1980, p.53.

모성의 기본적인 성질 중 하나인 에로스는 관계를 맺는 기능으로, 그것은 곧 무의식과의 관계맺음에도 해당이 된다. 융도 에로스를 현대적 언어로 말한다면 심혼의 관계라고 표현할 수 있다고 하였다.[637] 그 관계란 사람과 사람 사이의 관계에 해당될 뿐만 아니라, 개인의 정신 안으로 소급시킨다면 그 개인의 정신 안에서 아직까지 밝혀지지 않은 부분들과의 관계를 맺는 데에도 적용이 될 것이다. 어머니는 우리가 맨 처음 체험한 외부세계이고 동시에 내면세계이기도 하다.[638] 그러므로 모성은 주체와 객체간의 관계를 맺게 하기도 하지만, 개인 안에서 개별적인 정신의 부분들과의 관계, 다시 말하면 의식과 무의식의 관계를 통해 전체로서의 정신을 이루게 하는 역할을 할 것이다.

'지하대적(地下大賊)평정' 설화에서 나타났던 주인공의 탐색 여행이 자신의 분출된 내부 공간 즉 여체의 내면 안을 여행한 것이었듯이, 남자는 "저저끔의 시간을 가리킨 채 멎어있"(p.160)는 시계처럼 자살을 실전에 옮기기 전 별빛을 따라 한강 모래사장을 거닐다가 동굴 속, 혹은 깊은 숲 속, 조개로 가려진 좁은 구멍 안에 해당하는 직업여성이 있는 공간으로 가게 된다.

이러한 탐색 여행의 공간은 어둡고 음습한 곳으로 원초적 공간인 대지의 자궁(womb of Mother Earth)[639]을 상징한다. 탐색자인 남자의

---

637) 융, C.G., 한국융연구원 C.G. 융 저작 번역위원회 역, 앞의 책, 「유럽의 여성」, 2006, p.46.

638) Jung, C.G., *Symbols of transformation, the dual Mother*, C.W.5, routledge & Kegan Paul Ltd., London, p.324.

639) M.Eliade, *Rites and Symbols of Initiation*, Harper; 주종연, 『한독민담비교연구』, 집문당, 1999, p.14.

여행 공간은 혼돈과 어둠이 지배하는 모체의 자궁 속이 된다. 모성의 강렬한 힘은 그가 떠나온 곳으로 다시금 돌아가도록 그를 끌어당기고 있다. 그의 회귀가 모성에 흡착될 것이냐 아니면 새로운 창조를 일으킬 것이냐는 자아의식에 달려 있는 것이다.

남자는 새로운 창조를 일으키는 자아의식의 힘으로 예기치 않았던, 한계 밖에 서 있게 된 자신을 만나게 된다.

> 사실 남자는 조금 전까지의 자기와 지금의 자기는 분명 달라져 있다는 걸 느낀다. 그러나 말로는 그게 어떠한 것이라는 걸 나타낼 수가 없었다. 다만 이 변화가 조금도 부끄럽지 않다는 것만은 은밀한 가운데 느낄 따름이다.[640]

남자가 이러한 재생을 경험하기 전 여자의 젖을 물게 되고 이를 통해 재생력과 생명력을 얻게 된다. 물은 생명력과 정화력, 부정을 물리치는 힘이 있고 여성적 생산력을 상징한다. 유대교와 기독교 전설에서 물이 상징하는 것은 창조의 시작이다. 만물의 근원으로서 물은 초월적인 것을 현현케 하고 바로 이러한 이유 때문에 물은 신성함의 계시로 간주된다.[641]

「막은 내렸는데」에서 남자는 창녀의 "달큰하고 배릿한 젖을 어디다 배앝을까 하다가 꿀꺽 삼켜버린다. 그리고는 입에 힘을 주어 다시 빨아 삼키고 삼키고 한다."(p.167) 유방으로 상징되는 모성성과

---

640) 황순원, 「막은 내렸는데」, 『황순원전집』 5, 문학과지성사, p.168.

641) Chevalier, J., Gheerbrant, A., tranlated by Buchanan – Brown J, *The Penguin Dictionary of symbol*, penguin books, pp.1081~1082.

함께 젖은 생명력과 신성함을 보여주는 상징물이 되는 것이다. 남
자는 이 힘으로 죽음에서 재탄생으로 변환을 하게 됨으로써 흐르는
시간 속에 자신을 맡길 수 있게 된다.

> 그러는 그의 눈앞에 저저끔의 시간을 가리킨 채 멎어있는 시계들이
> 다가온다. 그런데 다가온 시계들이 일제히 움직이기 시작한다. 초침
> 들이 분주히 돌아간다. 뒤이어 가지각색의 보석 귀금속들이 저 나름대
> 로의 모양을 지니고 저 나름대로의 광택을 발하며 다가오더니 곁의
> 어둠속 여자에게로 쫙쫙 뿌려진다, 뿌려진다.(p.169)

이 부분은 다시 태어나기 위해 자궁으로 되돌아간 태아가 되려
는, 즉 부모의 보호막으로 되돌아가서 어머니로부터 다시 태어나려
는 모습을 상징한다. 즉 남자의 이러한 모성 회귀는 재탄생을 위해
내면의 모성으로 되돌아가려는 것을 의미한다.

> 남자는 잠자코 여자의 젖을 문 채 자꾸만 잠 속으로 빨려들어간다.
> 그러는 그의 머릿속이 한순간 맑아온다. 지난날 건축 현장에서 떨어져
> 자동차에 실려갈 때와도 비슷했다. 그러나 지금의 그는 그때의 그가
> 아니었다.[642]

앞에서 이미 언급했던 바와 같이, 인생의 전반기에는 모성으로
부터 벗어나 자신만의 의식의 확립이 중요한 삶의 주제이지만 인생
의 후반기에는 모성으로 되돌아감이 필요하다. 이것은 모성으로

---

642) Ibid., p.168.

회귀하여 다시 태어나기 위함이다. 왜냐하면 모성은 심리적이고 육체적인 모든 생명의 근원이기 때문이다. 하지만 다시 태어난다는 것은 원래대로의 모습인 신체적으로 어린아이로 다시 태어남이 아니다. 어머니의 자궁으로 다시 들어가 이전과는 다른 모습으로 태어남을 의미한다. 곧 '변환'이 재탄생[643]을 하기 위한 중요한 목표인 것이다.

> 남자는 어느새 캄캄한 어둠속 깊이 잠겨들어가있다. 둘레가 아주 좁다랗다. 그 둘레만큼 자기의 몸뚱이도 조고맣다. 연약한 팔다리를 놀려본다. 조금도 부자유스럽게 움직여진다. 갑자기 어떤 자극물이 자기를 이 둘레 밖으로 내몰려 한다. 기를쓰고 버틴다. 몇 번이고 같은 일이 거듭된다. 기진맥진되어서도 끝내 박으로 몰려나지 않는다. 그리고는 유약한 몸을 움직거려 어두운 둘레 속을 유유히 돌기 시작한다. 남자는 이 뱃속의 조고만 자신의 움직임을 안온한 마음으로 지켜보고 있는다.(p.169)

3) 상호 대극적인 모성성 - 「과부」·「피아노가 있는 가을」·「맹아원에서」·「비바리」·「어머니가 있는 유월의 대화」

(1) 「과부」

「과부」는 아랫마을의 박 씨 부인이 "세상에는 이런 소년과부두 있답니다……"로 시작해서 들려주는 이야기가 근간을 이루고 있는 소설로, 유교적 윤리관으로 인해 평생 인고의 삶을 살아야 했던 두

---

643) Jung, C.G., *Symbols of the Mother and of Rebirth*, Ⅴ, 1956, pp.223~224.

청상과부의 비극적 생애를 그린 작품이다. 또한 결말 부분에서 박씨 부인의 이야기에 대한 한 씨 부인의 반응을 제시함으로써 각자의 성격과 삶의 내력을 통해 과연 그들의 삶 중에서 어느 쪽이 가치가 있느냐 하는 물음을 독자에게 던지고 있다.

이 작품은 이야기의 소설화 혹은 소설의 이야기화가 사건의 비극적 전개와 결합할 때 정한의 세계로 빨려 들어가는 모습을 잘 보여주고 있는바,[644] 황순원의 토속적인 소설 중에서도 격조 높은 명품(名品)[645] 소설로 평가되고 있다.

한 씨 부인과 박 씨 부인은 표면적으로는 같은 열녀이지만 실제로는 매우 다른 삶을 살았다. 열다섯 살 때 신랑이 될 소년이 혼례도 치르기 전에 죽은 뒤 '여불사이부(女不仕二夫)'라는 인습을 좇아 칠순이 가까운 오늘날까지 차돌 같은 처녀 과부로 늙어 온 한 씨 부인은 머리칼 한 오라기에도 사내의 손을 대보이지도 않았다는 것이 자랑인바, 사내를 무슨 더러운 물건처럼 대한다. 한 씨 부인은 한평생 부끄럽지 않게 깨끗이 살았다고 자부한다.

전체성으로서의 자기(Self)는 항상 대극의 결합이며, 의식이 빛의 성질을 주장한다. 그래서 도덕적 권위를 요구하면 요구할수록 '자기'의 출현방식은 더 어둡고 위협적인 것이 된다.[646] 한 씨 부인은 한평생 부끄럽지 않게 깨끗이 살았다고 자부하면서 자신의 그림자

---

644) 홍정선, 「이야기의 소설화와 소설의 이야기화」, 『말과 삶과 자유』, 문학과지성사, 1985.3; 『연구총서』 2, p.234.

645) 이보영, 「인간 회복에의 물음과 해답」, 『한국대표명작총서』 12, 지학사, 1985.7; 『황순원연구총서』 3, p.469.

646) 융, 「욥에의 응답」, p.409.

를 부정하고 있는 것이다.

이에 반해 박 씨 부인은 시집 온 지 2년 만에 글방 다니는 아기 새서방이 나무에서 떨어져 죽음으로써 과부가 된다. 하지만 그녀는 외면상으로만 수절과부이다. 그녀는 시집의 일을 도와주기 위해 기거하던, 시집의 먼 친척 되는 청년과 관계를 가진 후 자살을 생각도 하였으나 관계를 끊지 않고 이어가다 결국 임신하여 아들을 낳게 된다.

시아버지는 며느리가 출산을 할 수 있도록 허락한 데에서 확인할 수 있듯이 생명을 소중하게 여기는 사람이다. 시아버지는 며느리의 실수를 탓하지 않고 끌어안아주는 너그러운 모습을 보이기도 하지만, 며느리와 청년이 함께 떠나는 것은 허락하지 않는다. 시아버지는 이렇듯 청년을 먼 타향의 친척집으로 사생아와 함께 추방하는 모습을 통해 알 수 있듯이 양반집 체면을 중시하는 페르소나를 강하게 가지고 있는 인물이기도 하다. 시아버지는 그로부터 20년 뒤 눈을 감기 전에 페르소나와 동일시했던 자신의 모습을 뉘우치고 며느리에게 용서를 청한다. 이로써 시아버지는 대극의 합일을 꾀하면서 죽음에 이르게 된다.

박 씨 부인은 이런 시아버지를 살리기 위해 무명지를 자르는 성의를 보인다. 아기 새서방이 나무에 떨어져 유명을 달리하기 전에 무명지를 끊을 때는 어른들이 시키는 대로 아내로서의 페르소나와 자신을 동일시하였다면, 시아버지의 경우에는 감사와 회한의 감정이 혼용되어 자기 스스로 무명지를 자르는 상태인 것이다. 그런 점에서 한 씨 부인과 달리 박 씨 부인은 대극의 합일에 가까워지고 있다고 볼 수 있다.

시아버지가 죽고－그보다 몇 해 전에 시어머니도 죽었다－ 박 씨 부인은 시집을 시동생에게 맡기고 아랫마을에 지은 초가집으로 옮겨와 살게 된다. 그 해 여름날 젊은 나그네가 찾아와 하룻밤을 묵는다. 어머니를 찾으러 여기저기 수소문하면서 다니는 여행객이다. 박 씨 부인은 그 나그네가 자신의 아들임을 직감하고 잠시 갈등한다.

> 소년과부는 문득 등잔불을 꺼버린 게 뉘우쳐졌다. 그러나 다시 켤 용기가 없었다. 사십년 전에 죽어버렸다고 한 말이 뉘우쳐졌다. 이 한 마디가 자기에게 가장 귀중한 물건을 영원히 잃어버리게 하는 것만 같았다. 그러나 다음 순간 역시 잘했다고 생각한다. 세상을 떠나기 며칠 전의 시아버지의 모습이 떠올랐다. － 내가 네게 큰 죄를 지었다. 나는 그저 집안 체면만 생각했다. 앞으루 네가 살아있는 동안 얼마나 가슴이 아프겠느냐. …… 아닙니다 아버님, 아닙니다.[647]

박 씨 부인은 자신이 어머니임을 끝끝내 숨기면서도 다음날 사립문을 나서는 나그네를 불러 세워 먼지를 터는 체 잔등을 어루만져 보고 두루마기 깃을 바로 잡아준다.

> 아! 하고 나그네가 갑자기 소년과부의 한 손을 덥석 붙들었다.
> "아버지의 말씀이 제 어머니두 왼손 무명지가 없다고 하셨습니다."
> 소년과부는 간신히 떨리는 다른 한 손마저 펴보였다.
> "아, 노인께서는 오른손마저 단지를 하셨군요……그리구 무척 고생하신 손이군요." 그러면서 나그네는 자기 어머니가 지금 살아 있어도 꼭 이 노인네 같은 분이라는 생각을 해보는 것이었다.

---

647) 황순원, 「과부」, 『황순원전집』 3, p.144.

나그네는 박 씨 부인이 자기 어머니임을 깨닫지 못하고 자기 어머니가 살아 있다면 이 노인과 유사하리라는 생각만을 품은 채 떠난다. 박 씨 부인의 이러한 감춰진 진실은 한 씨 부인에게 "세상에는 이런 소년 과부도 있답니다."라고 진술함으로써 수수께끼풀이의 과정을 담는 민화의 결말 형식을 보여주고 있다.

박 씨 부인은 나그네에게 자신이 생모임을 밝힐 수 있는 상황이었다. 하지만 희생적인 모성성을 바탕으로 하여 대극의 합일에 가까워지는 모습을 얻게 된다. 박씨 부인이 그녀의 이야기를 듣다가 잠이 들어버린 한 씨 부인 곁에서 홀로 자신의 비밀을 털어놓는 장면은 아련한 슬픔을 던져 주며 정한이 서린 전통적 여인상의 고뇌를 보여준다. 삶의 고통을 운명으로 체념하며 감수해 낸 박 씨 부인뿐만 아니라 시아버지의 따뜻한 인간애, 아이 아버지의 절도 있는 태도는 이 작품을 미적으로 승화시키는 주요한 요소로 작용하고 있다. 황순원은 이처럼 근대적인 인간상보다는 전통적 인간상을 아름답게 조형함으로써 그들이 간직하고 있는 의연한 정신세계에 대한 향수를 드러내고 있다.[648]

부당한 계율일망정 그 계율의 사회적 의미를 고통스럽게 체득해나가는 인간은 아름답게 보인다. 이 작품이 이야기적 아름다움과 이야기적 비극성을 동시에 띠는 것은 아무도 이 때문일 것이다.[649]

한 씨 부인은 봉건적인 결혼의 관습을 중시하는 사회에 적응하는 가운데 형성된 외적 인격인 페르소나와 자신을 동일시하는 삶을 산

다. 이로써 도덕적 권위를 중시하는 자아의식이 강해지면서 더욱
짙은 그림자를 보이고 있기에 사내를 무슨 더러운 물건처럼 여긴
다. 하지만 박 씨 부인은 마음속의 그림자들을 소화시켜 나감으로
써 한층 넓어진 의식과 자신에 대한 깊은 통찰에 이르게 된다. 박
씨 부인은 자아의 좁은 울타리를 넘어 무의식의 힘을 깨달아가면서
그림자를 창조적이며 긍정적인 에너지로 바꾸면서 본연의 자기를
실현할 수 있게 된 것이다.

이처럼 박 씨 부인은 모성원형의 특질 중에서 비밀스러운 것, 감
추어진 것, 어둠, 심연의 특질을 가진 모성성을 보여주고 있다고 할
수 있다.

(2) 「피아노가 있는 가을」

「피아노가 있는 가을」에서 불륜의 사랑을 따라 남편과 자식까지
도 버리려 했던 종숙이 사랑을 포기하고 자살하는 이유는 딸이 어
머니인 자신을 무서워한다는 데 있다.

> 허지만 제게 있어선 애의 존재란 남편과 저와의 새와 똑같은 것이
> 었지요. 그보담두 더한 것인지두 모르죠. 여태 애는 유모를 정말 어머
> 닌 줄 알고 있을 정도니까요. 사실 젖을 주는 게 제 어머린 말이 옳
> 아요. 저두 어떤 때엔 자기가 난 애라는 걸 완전히 잊을 때가 있어요.
> 유모는 내가 어머니라구 늘 가르쳐주는 모양이지만 애는 한 번두 나
> 구 어머니라구 부르지 않지요. 그랬는데 아까 집을 나설 때 일이에요.
> 전 그래두 마지막으루 애를 한 번 안아주구 싶었어요. 그렇지만 것두
> 결코 어머니가 자기 애를 안어주려는 그런 마음은 아니었어요. 그저
> 한집에 살던 어떤 애를 대하는 마음이었어요. 애 앞에 서서 안으려 팔

을 내민 순간이에요. 애는 팔딱 뒤루 몸을 움츠리면서 놀랜 눈으루, 엄머 무서, 하는 소리를 지르는 게 아니겠어요? 저는 엉겁결에, 엄마가 무섭다니, 하면서 애를 힘껏 떠밀치구 말었지요. 애는 나동그라지면서 울기 시작했어요. 그러구 저는 날 무섭다구 하면서야 엄마라구 부른 애를 내려다보면서 사실 내가 얼마나 무서운 얼굴을 하구 있었나 하는 생각에 온몸이 떨렸어요. 무서운 어머니자 무서운 아내인 저는 죽구 말까지두 생각했어요.[650]

불륜의 사랑을 찾아 집을 떠나려던 그녀에게 딸의 말은 그녀의 존재가, 그녀의 행동이, 얼마나 무서운 행동이었는가를 스스로 깨닫게 되는 계기가 된다. 딸에 대한 모성이 부족함에 대해 아무런 죄책감도 갖지 않았던 그녀가 딸의 말 한마디로 인해 자신의 행동에 대한 자책을 하는 계기를 마련한다. 그리고 그녀는 번뇌 속에서 결국 사랑을 포기한 채 죽음을 선택한다. 그녀는 딸에게 있어 어머니로 불리지만 어머니로서의 역할에 충실하지 못했으며 도리어 긍정적 모성성을 거부하려고 했던 비정한 어머니였음을 스스로 인식하게 되는 것이다. 그녀는 그렇게 자신이 이미 자식을 버린 것과 다름없는 어미였음을 깨달으면서 이미 어미로서의 자격을 박탈했음을 인식하고 스스로 목숨을 끊게 된다.

그녀의 죽음은 파괴적이고 부정적인 측면으로 드러난 모성원형상을 보여주면서 역설적으로 상실한 모성의 회복을 꾀하려 했다고 볼 수 있다.

한편 '지네장터설화'에서는 괴물과의 직접적인 대결로 괴물을 극

---

650) 황순원, 「가을」, 『황순원전집』 1, p.125.

복하는 전형적인 페르세우스적인 모습보다는 주인공의 긍정적인 모성성으로 키워진 두꺼비에 의해 지네라는 괴물, 즉 파괴적인 모성성을 극복한다. 하지만 이러한 결말에는 두꺼비의 희생이 요구된다.

'지네장터설화'에서의 두꺼비와 같은 중요한 인물의 희생이 요구되는 이러한 해결은 '금령사굴설화'에서도 찾아볼 수 있다. 구렁이와 싸운 주인공 판관 서린이 구렁이를 해치운 후 뒤돌아보다가 그의 등 뒤에서 뻗쳐 오른 불그레한 기운에 의해 그 자신도 죽어버리는 것이다.

모든 생명을 낳기도 하고 뺏기도 하는 모성성은 「소나기」에서와 같이 대지와 물로 잘 나타난다. 땅의 모성성에 대해서는 동서양에 걸쳐 매우 널리 알려져 있다. 부성적이고 정신적인 측면인 하늘에 비해 땅은 모성적이고 육체적인 측면을 나타낸다. 땅은 모든 생명을 낳게 하고 자라게 하며 그 생명을 빼앗고 그것을 양분으로 다시 땅은 비옥해진다. 그러므로 땅은 지모[知母; Earth-Mother]이다.

어머니-땅(Mother-Earth)은 창조물들에게 생명을 주고 또 그것을 앗아간다. 베다 경전에 의하면 땅은 어머니로서 존재와 생명의 샘이며 모든 소멸의 힘으로부터 보호한다. 이러한 생명을 낳기도 하고 빼앗아가기도 하는 양면적인 모성의 면모는 아즈텍의 대지-여신에서 잘 나타난다. 그들은 대지-여신이 두 가지 측면이 있다고 보았는데, 한 측면은 풍요의 모성으로서 인간이 살아갈 수 있도록 자신의 모든 생산물을 인간에게 제공하는 면이고, 다른 면은 죽은 자들의 몸을 요구함으로써 그것으로 하여금 그녀 자신의 영양분이 되게 하는 측면이다.[651] 후자의 측면은 파괴자적인 측면이지만 달리 보면 땅은 자식들의 육신으로부터 영양분을 얻어 새롭게 되고, 또 인간들은 새롭게 된 그 땅에 계속해서 살아갈 수 있게 되는 것이다.

모성원형상으로서의 땅은 제주의 삼을나신화(三姓始祖)에 잘 나타난다. 이 신화에 의하면 태초에 이 섬에 아무도 없었는데 세 신인(神人)이 그 주산 북쪽 기슭에 있는 구멍에서 솟아났다. 이들은 일본 왕이 보낸 세 딸과 결혼하여 자식들을 낳음으로써 인류의 기원을 이루게 된다.[652]

생명을 주기도 하고 뺏기도 하는 물의 성질 때문에 모성(母性)은 물의 모습으로 나타나기도 한다. 황순원의「소나기」에서처럼 물에는 생명을 주고 촉진시키고 정복(淨福)을 초래하는 힘과 함께 다른 한편으로는 생명을 죽이고 물의 화(禍)를 초래하는 위력도 있어 소위 죽음의 물도 있다.[653]

물은 태모의 상징이며, 탄생, 여성원리, 우주의 자궁, 원질료, 풍요와 재생의 바다, 생명의 샘과 연관된다. 또한 현재 세계의 끊임없는 분출이며, 무의식인 동시에 망각이다. 물은 항상 용해하며, 부수고, 정화하며, 씻어 내리고, 재생한다. 물은 새로운 생명을 불어넣어주므로 종교적 성인식에서 피나 물로 세례를 하는 것은 바로 이러한 이유에서이다. 이렇게 물이나 피로서 낡은 생명은 씻겨 내려지고 새로운 생명이 성화된다.[654] 리그 베다(Rig Veda)에 의하면 물

651) Chevalier, J.,Gheerbrantm A., translated by Buchanan - Brown J, *The Penguin Dictionary of symbol*, penguin books, 1990, pp.331~332.

652) 장주근, 앞의 책, 1961, pp.76~77.

653) C.G. Jung, 1967a.

654) Cooper, J.C., 앞의 책, 1987, p.188.

은 생명을 가져다주고 생명의 영적인, 그리고 물질적인 측면 모두를 정화하고 강화시켜주는 것으로 칭송된다.[655]

모성과 연관된 물은 또한 죽음을 의미한다. 융은 「변환의 상징」에서 "샘, 강, 호수에서 태어나 인간이 죽을 때 '밤의 항해'를 하기 위해 명부의 강 스틱스(Styx)의 물가에 이른다. 그 죽음의 검은 물은 생명의 물이고, 그 차가운 포옹과 더불어 죽음은 곧 어머니의 태내에 있음을 의미한다."[656]고 하였다.

황순원의 소설 속에서도 물은 중요한 역할을 한다. 김열규는 황순원의 「소나기」에서 소나기는 단지 제목의 역할에서 끝나지 않는 상징이라고 보았다. 김열규에 의하면 소나기는 어린 남녀 사이에서 막 피어나는 첫사랑의 결정적인 계기 노릇을 맡고 있다. 그 소나기를 맞고 소녀는 지병이 덧나서 안타깝게도 죽음을 맞는데, 임종 자리에서 검붉은 물이 든 자신의 스웨터를 그대로 입혀서 묻어달라고 당부한다. 그 스웨터는 소나기가 내릴 때 소녀가 소년의 등에 업히면서 검붉은 물이 든 것이다. 이 작품에서 소나기는 새로운 운명적 국면을 마련해야 하는 객관적 대싱물이 되고 있지만 동시에 그것으로 인하여 사랑의 절실성과 그 밀도가 심화되어 독자의 마음을 사로잡게 하고 있다.[657]

생명을 태어나게 하고 죽게 하기도 하는 모성의 성격은 곧 재생

---

655) 정승석 편역, 『리그베다』, 물의 아들, 아팡 나파트, 김영사, 1984, pp.143~145.

656) 융, C.G., 한국융연구원 C.G. 융 저작 번역위원회 역, 앞의 책, 「어머니와 재탄생의 상징들」, 2006, p.89.

657) 신동욱, 「황순원 소설에 있어서 한국적 삶의 인식 연구」, 『삶의 투시로서의 문학』, 문학과지성사, 1988, pp.174~175.

의 모티프로도 연결된다. 스티스 톰슨에 의하면, 재생의 주제와 연관된 민담들 중 다음의 것들이 잘 알려져 있다. '노간주 나무'의 작은 소년은 누이동생이 그의 뼈를 묻어줌으로써 새로 다시 태어나고, '신데렐라'의 죽은 어머니는 암소로 다시 태어나며 무덤에서 나무가 자라나고, '노래하는 뼈'에서 작은 나팔로 다시 태어난 눈처럼 하얀 뼈 등에서 재생의 주제를 엿볼 수 있다. 이 중에서 어머니를 다른 존재로 변화시키는 장면이 '소로의 환생'에서 잘 나타난다.[658]

(3) 「맹아원에서」

「맹아원에서」는 6·25 전쟁 중 파편을 맞아 시력을 잃어버린 영이의 슬픈 운명과 모성성에 대한 인식의 변화를 다루고 있는 작품이다. 영이는 소경이 된 후 자기에 대한 어머니의 사랑을 신뢰하지 못하고 집안사람들 몰래 집을 나와 혼자 사는 날까지 살다 죽으리라(p.47) 다짐하고 고아가 된다.

열여섯 살인 영이는 회복이 불가능한 상처로 인해 삶에 대한 의욕을 상실함과 동시에 자신을 혐오하게 되어 바다로 투신하겠다는 비극적인 생각을 갖게 된다. 이때 같은 소경인 봉이와의 관계에서 새 생명을 잉태하게 된 사건은 영이의 비극을 가속화한다.

봉이에게서 실연을 당하고 임신 사실을 알게 된 영이는 자신이 어머니가 된다는 말을 듣고 해쓱해진 얼굴에 금새 볼그스름한 핏기가 내돋히면서 스스로 어머니임을 느꼈을 때의 빛 같은 아름다운

---

658) Stith Thompson, *The Folktale*, dryden press, 1946; 윤승준, 최광식 공역, 『설화학원론』, 계명문화사, 1992, p.319.

(p.45) 얼굴을 보인다. 그러다 영이는 태어날 아이가 자기를 닮아 소
경이 되는 게 아닐까 두려워하게 된다. 그러나 다시 영이는 아기가
소경을 태어나기를 원한다. 왜냐하면 자신의 경험으로 미루어보아
성한 사람과 병신은 부모자식 사이라도 종내는 새가 벌어지고 만다
(p.47)는 생각이 들었기 때문이다.

마침내 부모와 자식 간에 새가 벌어질 관계라면, 뱃속에 들어있
을 때 어떻게든지 자기 마음대로 해버려야 한다고 마음먹은 영이는
바다에 관심을 기울인다. 이런 영이의 심리적 갈등은 '고요한 바다'
와 '거센 바다'에 의해 반복된다.

물은 앞에서도 이야기한 바와 같이 기본적으로 모성원형을 상징
한다. 모성원형을 크게 나누면 긍정적이고 유익한, 혹은 부정적이
고 파괴적인 의미를 가진다. 물도 그러하여 긍정적이고 유익한 성
격과 부정적이고 파괴적인 성격으로 크게 구분된다. 하지만 이러한
것들은 개인의 생활 속에서 경험될 때에는 양쪽의 측면이 분리되기
보다는 오히려 긍정적이기도 하고 부정적이기도 한 양가적인 측면
으로 경험된다.

물의 상징[659]도 그러하여 긍정적이고 유익한 의미와 부정적이고
파괴적인 의미를 가진다. 물은 곧 마술적 변용의 터가 되면서 동시
에 재생의 터다. 융은 이런 모성원형의 특징들을 그의 책 「변환의
상징」(『융 기본 저작집』 7권과 8권)에서 이러한 특징들이 가진 대극성

---

659) 이동하는 「잃어버린 사람들」에서 "고난과 정화의 양면을 지닌 것이 바로 소나기"라고
보았다. 특히 이 작품의 끝부분에서 압도적인 모습으로 부각되는 바다는 죽음의 공간
이면서 동시에 사랑의 완성과 그것을 통한 영원한 삶, 영원한 결합을 허락해주는 공간
이기에 그 의미가 자못 깊다고 역설했다. 이것은 융과 엘리아데가 보는 '물의 상징'과
상통(相通)하는 견해라고 말할 수 있다.

을, '사랑하면서도 엄한 어머니'로 묘사한 바 있다. 물은 생명을 가져다주고 생명의 영적인, 그리고 물질적인 측면 모두를 정화하고 강화시켜주는 것[660]이면서 동시에 모성과 연관된 물은 또한 죽음을 의미한다. 한편 엘리아데[661]는 『성(聖)과 속(俗)』에서 물이 죽음과 재생을 동시에 상징한다고 보았다.

사감은 아름다운 바다에 뛰어들어 죽는 게 제일 편하겠다고 말하는 영이에게서 죽음의 기미를 느끼고, "이 가련한 소녀에게 또하나 다른 바다의 모습을 보여주어야만 할 것을 느꼈다. 그것은 거칠은 바다여야만 했다."(pp.38~39) 그것은 곧 물이 가진 대극성인 것이다.

> ―물에 빠져죽은 사람의 꼴이란 참 숭허다. 물 먹은 퉁퉁한 배라든지…… 참 여잔 그 퉁퉁한 배를 물 위에 내놓구 뜨지……
> ―그건 전에 어른들한테 들어 알고 있어요. 그래서 목에다 큰 돌을 매달고 빠진다죠?
> ―썩은 몸뚱이를 고기란 놈이 또 뜯어먹구……
> 더 무서운 말이 얼핏 생각나지 않았다.
> ―그저 숭한 꼴을 사람의 눈에 뵈지 않으면 고만 아녜요?
> 이 당돌한 소녀를 데리고 어서 그곳을 떠나야만 했다.

사감은 주황빛 노을이 물머리를 어루만지고 있는 바다를 이야기하는 영이에게 거칠은 바닷물 소리를 들려주며, 부정적이고 파괴적인 물의 속성을 영이가 깨닫고 죽음에의 유혹에서 벗어나기를 바라게 된다.

---

660) 정승석 편역, 『리그베다(김영심서)』, 김영사, 1984, pp.143~145.
661) 멀치아 엘리아데, 이동하 역, 『성(聖)과 속(俗)』, 학민사, 1983, p.100.

지금 산데미같은 물결이 막 일어섰다가는 부서지군 한다. 오늘은 저 멀리 수평선가지두 물결에 부서져 종잡을 수가 없다. 배라곤 하나 떠있지 않다. 아마 배가 떴다가는 대번 뒤엎어지구 말 게다.

물보라가 날아와 두 사람의 옷자락을 적시었다. 영이가 두어 걸음 뒤로 물러섰다.

－밤중에 이 비슷한 소릴 듣긴 했어요. 그러나 그땐 바람소리로만 알았어요.

영이의 얼굴은 해쓱하니 핏기가 걷히어 있었다. 그 속에 어떤 말 못할 절망의 빛마저 어리어 있었다.

그는 되도록 오랫동안 이 가엾은 소녀를 그곳에 머물려두고 싶었다. 한껏 바다에 대한 무섬증을 일으켜줌으로써 이 가엾은 소녀로 하여금 죽음에 대한 무섬증까지 안겨주려고 한 것이었다.

그로부터 영이는 자기 방에만 들어앉아있게 되었다.(pp.39~40)

사감은 파도소리에 귀를 기울이고 있는 동안, 이 애의 죽음에 대한 생각도 점차 사그라질 날이 있으리라는 기대를 갖고 있었다.(p.40) 하지만 영이는 태어날 아이와 소경인 자기가 벌이게 될 불일치의 삶을 상상하고 예측하는 데서 오는 두려움으로 인해 오랫동안 기도해왔던 자살을 시도하게 된다. 드디어 목숨을 끊을 고요한 바다를 선택한 영이는 목에 돌을 매달고 죽음의 바다 속으로 들어가다 그러나 영이는 태동(胎動)을 느끼고 죽음을 포기하게 된다. 그 이유는 뱃속에 든 것이건만 벌써 자기 마음대로는 할 수 없다는 생각이 들었기 때문이다. 바닷물의 감촉이 가슴 위에까지 차오른 순간에 느껴진 새 생명의 기미는 그녀를 죽음의 문턱에서 다시 삶으로 인도하는 반전을 이루게 하는 결정적인 요인으로 작용한다.

> 물이 가슴 위까지 올라왔다. 그러자 영이는 깜짝 놀랐다. 갑자기 뱃
> 속이 비틀리며 무엇이 꿈틀거리는 것이었다. 다시 뱃속의 것이 꿈틀거
> 렸다. 이번에는 분명히 연하기는 하나 생기 있는 무엇이 가슴을 치받
> 치는 것을 느꼈다. 영이는 그만 저도 모르는 새 물기슭으로 기어 나오
> 고 말았다. 거기 아무렇게나 쓰러져버렸다. 뱃속에 든 것이지만 벌써
> 자기 마음대로는 할 수 없다는 생각이었다.(pp.48~49)

돌을 달고서 바닷물에 몸을 던지지만 한 생명을 잉태한 몸임을
인식하고 자살을 멈추게 되는 영이는 뱃속에 든 것이건만 벌써 자
기 마음대로는 할 수 없(p.49)음을 깨닫게 된다. 이것은 죽음 결행을
포기하게 만드는 것은 또 다른 생명을 잉태한 모성성과 생명에 대
한 경외감을 인식한데서 비롯된 것이다.

이것은 생명에 대한 무한한 신뢰감이며, 긍정적인 모성성의 발로
라고 할 수 있다. 그런 점에서 영이의 생명은 모성애에 의해 죽음에
서 재탄생으로 변환하게 되는 것이다. 바다로 상징되는 죽음에의
욕구가 긍정적 모성성에 의해 치유가 되면서 영이는 재탄생의 경험
을 하게 된다.

물은 앞에서 언급한 바와 같이, 생명을 주기도 하고 뺏기도 하는
성질 때문에 모성(母性)이물의 모습으로 나타나기도 한다. 뱃속 생
명의 태동을 통하여 영이에게 물은 생명을 죽이고 물의 화(禍)를 초
래하는 마력을 지닌 죽음의 물에서, 생명을 주고 촉진시키고 정복
(淨福)을 초래하는 힘을 가진 물로 자리매김이 되는 것이다.

동시에 물이 가진 대극성을 통해 영이 또한 대극성을 가진 모성
성으로 상징화된다. 즉 융이 그의 논문 「변환의 상징」에 이러한 특
징들이 가진 대극성을 '사랑하면서도 엄한 어머니'[662]로 묘사했던

바와 같이 영이는 물과 모성이 가진 대극성을 선명하게 드러내는 모성상으로 형상화된 것이라고 볼 수 있다.

이처럼 자신의 불우한 운명과 두려운 미래로 인해 삶의 끈을 놓으려고 한 원인을 제공하기도 했던 자궁속의 생명이, 삶의 가장 위태한 순간에 다시 재생을 꿈꾸게 하는 힘을 가졌음을 보여준 「맹아원에서」는 모성의 대극성을 잘 보여주는 작품이라 말할 수 있다.

(4) 「비바리」

「비바리」는 4·3 항쟁의 비극적 역사를 경험한 비바리와 도시 청년 준이의 사랑을 그리고 있는 작품으로 비바리의 건강한 생명력과, 운명을 수용하면서도 긍정적 모성성을 잃지 않는 모습이 드러나는 작품이다.

구창환[663]은 「황순원 문학 서설」에서 섬 처녀의 숙명적인 향토에의 집착과 발랄한 말[馬]들의 교미(交尾)를 눈앞에 보며 의중(意中)에 있는 남자를 서슴없이 정복하는 생명력에 충일(充溢)된 여성으로 비바리를 자리매김하면서 황순원의 범생명주의적인 휴머니즘이 잘 나타나 있는 단편들 속에 「비바리」를 포함시킨 바 있다.

심약한 도시 청년 준이는 어머니와 함께 제주도에서 생활하던 중 해녀 비바리를 알게 되고 사랑에 빠진다. 비바리는 강인하고 씩씩한 이미지로 그려지고 있지만, 그녀는 제주도 4·3항쟁 당시 빨치산

---

662) 융, 「모성 원형의 심리학적 측면」, p.203.

663) 구창환, 「황순원 문학 서설」, 『조선대학교 어문학논총』 제6호, 1965; 『황순원연구총서』 1, p.41.

이었던 오빠를 자기 손으로 쏘아 죽여야만 했던 아픈 기억을 간직하고 있던 여인이다. 본래부터 건강하지 못했던 준이는 그녀와의 성적 결합으로 병을 얻어 며칠 동안 앓게 되고 회복될 즈음 숙부에게서 대구로 들어오라는 편지를 받게 된다. 준이는 마지막으로 비바리를 만나야 한다는 생각으로 그녀를 만난다.

> 그러다가 지금 어떤 얼룩말의 등에다 한 손을 얹고 한 손으로는 말의 배를 쓰다듬으면서 마을로 들어서는 한 여자의 모습이 눈에 띄었다. 바로 비바리였다. 그리고 그네가 배를 쓰다듬어주고 있는 얼룩말은 어젯밤엔가 본 그 말이 틀림없었다.[664]

여기에서 말은 움직임, 즉 에너지를 구체화한 것이다.[665] 말은 또한 영혼의 인도자(Psychopompos)의 역할을 한다. 말은 영혼을 저승으로 데려다주는 동물이다.[666] 여기에서 얼룩말은 암컷으로 비바리 자신과 동일시된다. 비바리가 말의 배를 쓰다듬는 행동은 비바리 역시 생명을 잉태한 것이고 그것을 소중하게 생각하고 또 대견해하고 있음을 드러낸다.

한편 황순원 소설에는 인간악에 대한 작가의 인식을 알려주는 몇몇 상징들이 등장한다. 때나 얼룩 같은 것이 바로 그 예인데, 이들은 기독교 전통에서 악을 상징하는 장치들로 빈번하게 사용된 것들이다.[667] 따라서 얼룩말은 에너지를 가지고 있는 영혼의 인도자이면

---

664) 황순원, 「비바리」, 『황순원전집』 3, 문학과지성사, p.238.
665) 융, 「어머니와 재탄생의 상징들」, 『영웅과 어머니 원형』, 융 기본 저작집 8, p.70.
666) 융, 위의 책, p.194.
667) 정영훈은 때나 얼룩의 상징은 작가 황순원의 상상력이 기독교와 얼마나 깊이 연루되

서 동시에 악[668)]을 가지고 있기도 한 비바리를 보여주고 있다고 할
수 있다.

준이는 비바리에게 함께 뭍으로 가자고 제안하지만 그녀는 아무
리 준이를 따라가고 싶어도 자기는 육지로 나가지 못할 몸이라고
말하면서 준이에게 자신의 비극적 운명을 이야기한다.

　　그때 그네는 알아차렸다는 것이다. 이 오빠를 다른 사람 아닌 자기
　　손으로 제주도 땅에 묻어야 한다는 것을. 그리고 또 그것을 지금 오빠
　　편에서 바라고 있다는 것을. 아마 그때부터 자기는 무슨 일이 있어도
　　제주도를 떠나서는 안될 몸이 됐는지도 모른다고 했다. 마지막으로 비
　　바리는 자기 이야기에 끝이라도 맺듯이 앞으로 육지로 나가는 말을
　　볼 적마다 준이를 생각하겠노라고 하며, 좀 전에 얼룩 암말의 배를 쓰
　　다듬던 솜씨로 자기의 배를 몇 번 쓰다듬고는 그 손으로 준이의 목을

어 있는가 하는 것을 보여줄 뿐 아니라 내포된 의미의 변화를 통해 작가의 인식 변화를
알려준다는 점에서도 주의 깊게 다룰 필요가 있다고 본다.(정영훈, 「황순원 장편소설
에 나타난 악의 문제」, 『국제어문』 제41집, 국제어문학회, 2007.12.(연구총서 4, p.353
참조.))

668) 황순원 소설에서의 죄는 하나의 일반적인 범주로서 악에 가까운 함의를 지니는 것으
로 보인다. 리쾨르는 악을 흠, 죄, 허물 같은 세 가지 차원의 상징으로 나누어서 이해하
는데, 이들은 악의 수준이나 깊이와 관련되는 대립 범주들이다. 비바리는 리쾨르가 말
한 세 가지 차원의 악 중에서 '죄'와 가장 가까운 함의를 지닌다고 할 수 있다.
　　리쾨르의 설명을 따라 이 셋을 간단히 살펴보면 다음과 같다. 우선 '흠'은 주로 때의
이미기로 표현된다. 불길한 물건에 접촉하거나 신성한 영역을 침범하여 저지르게 되는
악이 흠이다. '죄'는 무엇에서부터 이탈하거나 벗어나 있다는 느낌을 가리키는 것으로
인간의 실존과 맞닿아 있다. 이것은 주로 개인 차원이 아니라 집단, 공동체 차원에서
거론된다. 마지막으로 '허물'은 죄가 보다 개인적인 차원에서 논의되며, 개인에 따라
정도의 차이가 있다. 흠 차원의 악은 깊은 회개 없이 겉에 붙은 때를 제거하듯 주술적으
로 해결하려는 시도를 수반한다. 반면 죄의식은 악이 뿌리 깊다는 것을 드러내어 회개
역시 뿌리 깊은 곳에서부터 비롯되어야 함을 가르쳐 준다.(리쾨르, 양명수 옮김, 『악의
상징』, 문학과지성사, 1994; 정영훈, op.cit., p.351 재인용.)

와 안는 것이었다.(p.239)

비바리는 오빠에 대한 지극한 사랑으로 오빠를 죽일 수밖에 없었던 자신의 운명적 삶과 그 운명 때문에 제주도를 떠날 수 없음을 고백한다. 죄의식의 문제는 황순원 자연소설에 관한 기존의 연구에서 가장 빈번하게 논의된 주제 가운데 하나이다.[669]

비바리는 자신의 비극적인 운명 때문에 사랑하는 준이를 따라갈 수는 없지만 사랑하는 사람의 생명을 소중히 여기며 잘 키우겠다는 의지를 암시적으로 드러낸다.[670] 이와 같이 아픈 역사 속에 비극적인 운명을 끌어안고 살아가는 비바리를 통해 건강하고도 강인한 모성애를 확인할 수 있다.

「어머니가 있는 유월의 대화」는 어머니에 관한 짤막한 세 가지의 에피소드를 한데 묶어 냄으로써 복합적 모성성의 양상을 잘 드러낸 작품이다. 이 작품은 피난이라는 절박한 상황 속에서 긍정적 모성성, 부정적 모성성, 복합적 모성성이 제각기 색다르게 엮어져 있는 이야기이다.

첫 번째 에피소드에서는 한 남성이 해산한 지 이삼일밖에 안된 데다가 난산이어서 피난길을 나설 수가 없었(p.29)던 아내를 남기고 피난길에 올랐던 과거의 경험을 회상하며 이야기한다. 일곱 살짜리

---

669) 이동하, 「한국 소설과 구원의 문제」, 『현대문학』, 1983.5; 김희광, 「황순원 소설 연구 : 장편에 나타난 죄의식과 인간 구원의 문제를 중심으로」, 성균관대 석사논문, 1992; 이동하, 「소설과 종교」, 『한국문학』, 1987.7~9; 김경화, 「황순원의 장편소설 연구 – 소설에 나타난 죄의식과 구원의 문제를 중심으로」, 서강대 석사논문, 1993.
670) 김선태, 앞의 글, p.28.

작은녀석은 집사람과 같이 남아있게 하고 "아버지 아들"이라고 불릴 정도로 각별했던 열한 살짜리 큰아들을 데리고 떠나기로 결정하자, 큰아들은 채비를 차리고 아버지보다 앞장서서 집을 나선다.

> 집사람이 그 녀석에게 아버지 손목을 놓지 마라, 사람 많은 곳에서 나 어두운 길 갈 땐 더 조심해라 어쩌라 당부를 하니까, 그 녀석은 그런 걱정은 말라구 웃기까지 합디다. 아주 어른스럽더란 말예요. 대견했죠. 이런 애놈을 데리구 길을 떠나는 게 마음 든든해집디다.
> 집사람은 길 떠나는 사람 갈 길 더디게 하지 않을 양으루 그저 대문에서 전송을 했지요. 나두 뒬 돌아다보지 않구 걸음을 옮기구, 앞선 애녀석두 엄말 돌아다보지 않습디다.[671)

그러다 길을 꺾어 돌아서기만 하면 집사람 눈에 두 부자가 아주 뵈지 않게 될 참에, "넌 나하구 같이 있자아"라는 아내의 떨리는 목소리가 들리기가 무섭게 아들은 아버지를 거들떠보지도 않고, 어머니에게 용수철처럼 홱 몸을 돌리더니 그냥 쏜살같이 골목 안으로 달려 들어간다.

> 이제 길을 꺾어 돌아서기만 하면 집사람 눈에 우리 두 부자가 아주 뵈지 않게 될 참인데, 애애, 하는 집사람의 돌연한 목소리가 들렸어요. 그런데 이 애놈 좀 보세요. 그렇게 의젓하게 뒤두 돌아보시 않구 앞서 가던 애가 발이 땅에 얼어붙은 것처럼 돼버리지 않겠어요. 뒤에서 다시, 넌 나하구 같이 있자아, 하는 집사람의 떨리는 소리가 들리기가 무섭게 애놈은 용수철처럼 홱 몸을 돌리더니 그냥 쏜살같이 골목

안으루 달려들어가는 거예요. 난 거들떠보지두 않구요. 그렇게 깨끗
이 돌아설 수가 있을까 싶게 말입니다. 아버지 아들이란 말까지 듣던
애가 글쎄.(p.30)

이 이야기를 마친 작중화자인 '그'는 "어머니란 존잰 절대적입니
다. 그 앞에선 아버지의 존잰 뒤루 물러설 수밖에 없어요. 어쩔 수
없이 그건 절댄걸요."라고 말한다.

이 에피소드에는 이와 같은 아들의 행동과 작중화자의 말을 통해
자식과 어머니는 어떠한 상황 하에서도 떨어질 수 없다는 절대적인
끈을 상정하면서 긍정적 모성성의 위대함을 이야기한다.

융은 콤플렉스가 비교적 높은 수준의 자율성을 가지고 있고[672] 각
개체에서 절대적으로 혹은 미리 정해진 것이기에 개체에 고유한 삶
의 현상이며 무의식의 정신적 구조를 결정한다고 보았다. 따라서 모
성 콤플렉스라고 할 때 모성원형이 그 기초가 되며 그 내용은 아들이
냐 딸이냐, 개인이냐 집단이냐에 따라 다양하게 나타나는 것이다.[673]

이처럼 모든 불합리와 부조리를 아우를 수 있는 참다운 모성은
원만한 인격 형성에 절대적으로 기여하는 동시에 무한하고 숭고한
힘을 가졌다[674]고 할 때 모성은 어떠한 것에 의해서도 신성함을 침
범 당하지 않아야 하며 타락된 존재여서도 안 된다는 절대적 가치
가 부여된다. 이러한 서술 방식을 토대로 볼 때 이 작품에서 모성성
은 신성불가침의 것으로 승화되고 있는 것이기에 이 작품은 바로

672) Jung, C.G., *A Review of the complex theory*, C.W.8, para201.
673) 박신, 「부성 콤플렉스의 분석심리학적 이해」, 『심성연구』 30, 2004, pp.47~48.
674) 장연옥, 앞의 글, p.87.

긍정적 모성성을 형상화한 이야기라고 할 수 있는 것이다.

두 번째 에피소드에는 첫 번째 에피소드와 달리 부정적 모성성이 형상화되어 있다. 이 이야기는 어머니를 증오의 대상으로 여긴다고 말하는 젊은 사내의 이야기이다. 어머니는 남자가 일곱 살 때 아버지가 사업관계로 집을 비운 틈을 타서 정부(情夫)와 애정 행각을 벌이다가는 마침내 그를 따라 도망가 버린다. 그에게 있어서 어머니의 존재는 불성실과 증오의 대상(p.31)으로 각인되어 있다.

> ―그리군 영?
> ―네, 단 한번두 절 찾아온 일이 없었구, 철들구선 저두 찾으려 하지
>   않았습니다. 그까짓 어머닐 찾아 뭣합니까. 제겐 증오의 대상밖에
>   안되는걸요.
> ―철저하시군.(p.31)

그런데 이렇게 얼굴조차 기억할 수 없는 어머니의 얼굴이, 6·25 때 격전 중 부상을 입어 의식이 몽롱해져 죽음이 임박한 순간, 난데없이 그 남자에게 영상으로 나타난다. 그는 증오의 대상이었던 어머니였기에 그 영상마저도 세차게 거부한다. 일곱 살 때 남자를 떠나 어머니의 얼굴을 기억할 수 없음에도 불구하고 그는 그 영상이 어머니라고 생각한다. 왜냐하면 그 영상은 혀를 길게 내밀고 있는 어머니의 모습이었기 때문이다.

그는 아주 어려서 눈병을 앓아 눈곱이 말라붙어 눈이 떠지지 않자, 어머니가 혀로 핥아서 떼어주었던 추억을 가지고 있다. 그 기억이 혀를 내민 어머니의 영상을 보는 순간 물밑에서 떠올랐던 것

이다.

> —제가 아주 어렸을 땐데 눈병을 앓은 일이 있었어요. 아침에 눈곱
> 이 말라붙어 눈이 떠지지 않는 걸 어머니가 혀로 핥아서 떼어준 일이
> 있었거든요. 그때까진 전혀 기억에 떠올리지 않았던 일이죠 물론. 그
> 게 혀를 내민 어머니의 영상을 보는 순간 떠오른 것이었어요. 그 원망
> 스런 어머니의 혀에 눈을 핥게 해선 안된다구요. 의식을 잃을 때까지
> 전 이 생각에 매달렸습니다.(pp.31~32)

어머니에 대해 뿌리 깊은 증오를 가지고 있던 그는 그 원망스런
혀에 눈을 핥게 해선 안된다며 의식을 잃을 때까지 그 생각에 매달
린다. 그는 이런 어머니의 영상을 증오로 거부하였기에 의식을 잃
은 뒤에도 목숨을 부지하게 된 것이다. 무의식적으로 갈구하던 모
성에의 그리움이 죽음에 임박한 순간에 자기도 모르게 나타나 증오
로 인한 의식적 거부와 마찰을 일으키면서 그를 살게 하는 역동적
에너지로 전환이 된 상황인 것이다. 이렇게 볼 때 혀를 내민 어머니
의 영상이 역설적으로 그를 죽음에서 구해내고 다시 재탄생할 수
있는 계기가 된 것이다.

즉 이 남자는 부정적인 모성의 영향 아래에서 자신의 고유한 삶
을 살지 못하게 될 위험이 있는 상황이었다. 남자가 부정적 모성 콤
플렉스의 영향 하에서 벗어날 수 있었던 계기는 전쟁터에서 사경을
넘나들었을 때 어머니의 영상이 떠오르면서 모태로 회귀하게 되고
다시 죽음에 이름으로써 어머니와의 관계를 끊고 어머니로부터 독
립할 수 있게 된 것이다. 여기서 그는 '신의 없는 에로스(faithless
Eros)'[675]를 행함으로써 재탄생을 할 수 있게 된 것이다.

  아울러 남자는 어머니에게서의 사로잡힘에서 벗어나 모성원형의 부정적 기능의 활성화에서 자유로워지면서 현실에서 뿌리를 내리고 살 수 있는 힘을 획득하게 된다. 전체정신의 회복이 요구되었던 바로 그때 남자는 과거와는 다른 새로운 의식의 탄생을 선택할 수 있는 상황에 직면한다. 사경을 헤매던 바로 그 시간에 증오의 대상으로 자리 잡았던 어머니에 대한 좋은 추억을 다시 떠올리게 되면서 남자는 다시 태어나기 위한 기존 의식의 죽음이 이루어졌다. 따라서 어머니의 영상과 싸운 것은 자신의 생명의 근원인 모성에 의해 잡아먹히고, 의식의 죽음이 이루어져 '정신적 재탄생'을 할 수 있게 된 것이다.

  그 결과 어머니에 대해 부정적 모성상을 강하게 가지고 있던 남자는 아래와 같이 마침내 긍정적 모성상에 대해서도 인정하고 받아들이게 됨으로써 모성원형의 대극성을 인정할 수 있게 된다.

>   -하지만 잠재의식 세계에서 보면 역시 어머니를 그리워한 것이 되는걸요.
>   -그럴까요. 모르겠어요. 정말 모르겠어요.
>   그러는 그의 눈에 회의의 빛이 잠시 머물렀다.
>   -어머니의 존재가 절대적인지 어떤지 그건 잘 모르겠지만 하여튼 어머니란 알 수 없는 거에요.(p.32)

  세 번째 에피소드는 감시병의 눈을 피해 임진강을 건널 때 배 안에서 일어난 사건을 중심 내용으로 하고 있다. 이 상황을 표면적으

---

675) Jung, C.G., 같은 책, 같은 장, 1959, p.12.

로 바라보면 긍정적 모성성이 극한 상황에서 외부의 압력을 견뎌내지 못하고 일시적으로 파괴되어 부정적 모성성으로 전환되는 모습으로 나타난다.

> 임진강변에는 마침 밤안개가 꺼있었다.
> 일행은 안내인의 인도를 받아 대기하고 있는 배에 묵묵히 올랐다. 한 사람마다 얼마씩 돈을 내고 모인 사람들이었다. 이 강만 건너면 감시병의 눈에서 벗어나는 것이다.(p.32)

배가 강 한가운데쯤에 이르자 안개가 엷어지며 하늘에 별이 드러나기 시작했다. 이 상황이 되자 도강(渡江)하던 일행은 감시병의 눈에 뜰까 두려워 불안과 공포로 더욱 더 움츠리며 숨소리를 죽이고 조마조마해하기에 이른다.

감시병에게 발각되느냐 안되느냐와 같이 생명을 건 도강(渡江)의 상황에서 별안간 유별나게 크고 높게 갓난애의 울음소리가 들리는 위급 상황이 닥치게 된다. 그러나 곧 그 울음소리는 사라지고 만다. 애 어머니가 갓난애를 배 밖의 강물 속으로 내던져버린 것이다. 배에 탄 동행인들을 살리기 위해 울고 있는 갓난애를 강물로 던져버린 이 상황에는 부정적 모성성을 택할 수밖에 없었던 모성의 아픔이 묻어 있다.

> 그런데 긴장된 배안에서 별안간 갓난애의 울음소리가 솟았다. 그 울음소리는 유별나게 크고 높게 울렸다. 어찌할 바를 몰라들 하는 속에서 그러나 곧 그 소리는 사라지고 말았다. 애 어머니는 갓난애를 배 밖으로 내던져버린 것이다. 첨벙 하는 소리가 한번 들리고, 다시금 조

용해졌다.(p.33)

갓난애를 강물로 던져버린 이 상황은 아기 엄마가 갓난애에게 '물의 심연'을 제공함으로써 아기를 '죽음'에 이르게 하고 '어린이를 놀라게 하는' 부정적인 모성원형상을 보여주게 된 것으로 파악할 수 있다.

한편 초조와 경이적 고조감이 곧 작중화자의 "무사히들 강을 건넜지요"라는 간결한 한마디의 말을 통해 급진적으로 진정 국면에 돌입하게 된다. 불가피한 상황에서 아기 엄마가 행한 결단에 대한 인식이 미적인 비장감으로 승화된다.

이 민족적 비극의 현장에서 벌어진 영아 유기(遺棄)는 그 절박함을 고려해볼 때 불가항력적인 성격을 가지고 있다. 하지만 작가인 '나'는 "내 마음은 평온치가 못했다. 그 여자에게라면 얼마든지 돌을 던질 수 있을 것 같았다."[676]라고 말한다. 비록 선택의 여지가 없는 위급한 상황에서 여러 사람들의 생명을 지키기 위한 어쩔 수 없는 방편이었다고 할지라도 자식을 희생한 행위는 용납될 수 없는 일이라고 바라본 것이다. 그래서 작가인 '나'는 그녀가 자신의 아이를 유기한 여인이기에 그녀에게 얼마든지 돌을 던질 수 있다고 생각한다. '나'는 이 어머니의 행위를 어디까지나 모성 방기(放棄)의 일종이라고 여기고 있기 때문이다. 이런 '나'의 사고는 긍정적 모성성 내지는 이상화된 모성성에 대한 인물의 바람이 담겨 있는 것으로 볼 수 있다.

---

676) 황순원, 「어머니가 있는 유월의 대화」, 『황순원전집』 3, 문학과지성사, p.33.

그런데 부정적인 모성성의 모습이 드러나 비방을 면치 못하던 여인은 자해(自害)를 하게 된다. 아기 엄마의 젖이 붙게 되자 여인이 젖꼭지를 잘라내기에 이른 것이다. 이런 상황은 "애 엄만 젖을 짜내는 게 아니었어요. 퉁퉁 붙은 양쪽 젖꼭질 가위로 잘라버렸습니다. 제손으루요."라는 간략한 말을 통해 부정적 모성성의 모습에서 긍정적 모성성으로 전환이 되는 양상을 보인다.

> 그러나 내 마음은 평온치가 못했다. 그 여자에게라면 얼마든지 돌을 던질 수 있을 것 같았다.
> −그런데 애 엄마의 젖이 붙었어요.
> 강물에 갓난애를 던진 여자가 그의 아내가 아닌가 하는 생각이 들었다.
> 나는 그를 쳐다봤다.
> −젖을 짜내느라구 욕을 봤겠군요?
> 좀 비양조로 나는 물었다.
> −애 엄만 젖을 짜내는 게 아니었어요. 퉁퉁 붙은 양쪽 젖꼭질 가위루 잘라버렸습니다. 제손으루요.
> 그는 천천히 말했다.(p.33)

여러 사람을 위해서 자식을 희생시킨 아이 엄마는, 긍정적 모성성을 한순간 포기하였다. 하지만 여성성과 모성성을 동시에 상징하는 젖꼭지를 제 손으로 잘라내는 여인의 행위는 스스로가 '어미'의 자격이 없다는 것을 아프게 인정하는 것이다. 이 모습은 어머니라는 존재가 아니면 취할 수 없는 초인간적인 면모이면서 '아기 엄마의 위대한 아픔'[677]이기도 하다. 어머니로서의 자식에 대한 말할 수

없는 죄책감과 회한의 심대함은 모성의 절대성을 새삼 확인케 하는
증거로서의 의미를 지닌다.

따라서 젖꼭지를 잘라버리는 여인의 행위는 여성으로서는 쉽게
행할 수 없는 것이기에, 모성성에 대한 인식하에서만 행할 수 있는
결단이었다고 볼 수 있다. 이런 점에서 여인의 행위는 역설적으로
여인을 긍정적인 모성상으로 전환하는 계기가 되었다고 볼 수 있는
것이다.

이런 점에서 볼 때 아이 엄마는 모성원형의 복합성을 명백하게
보여주는 인물이라고 할 수 있다. '위대한 어머니'는 '선한 어머니'임
과 동시에 살아 있는 것으로부터 생명을 앗아가서 인간에게 해를 입
히고 가뭄의 시기에 굶주림과 갈증을 겪게 하는 '악한 어머니'이다.

즉 이 작품은 모성원형의 다양한 스펙트럼의 양상을 잘 보여주고
있다고 볼 수 있다. 모성원형이 인류가 모성에 대하여 체험한 모든
것의 침전이며 우리가 태어나기 전부터 선험적으로 우리 안에 이미
존재해 온 체험방식임을 생각해볼 때 원형으로서의 모성성은 위와
같은 특정한 상황하에서 개인적인 인간의 영역을 훨씬 초월하는 힘
을 발휘한다.

모든 원형과 마찬가지로 모성원형도 끝없이 많은 측면을 가지고
있지만, 크게 나누면 긍정적이고 유익한, 혹은 부정적이고 파괴적
인 의미를 가진다. 하지만 이러한 양쪽의 측면이 이 에피소드에서
는 분리되기보다는, 긍정적이기도 하고 부정적이기도 한 양가적인
측면으로 경험되고 있는 것이다. 이처럼 아이 엄마의 모습으로 드

---

677) 이태동, 「실존적 현실과 미학적 현현」, 『황순원전집』 12, 문학과지성사, 1985, p.89.

러난 모성원형은 생명의 부여자이자 보호자이면서 동시에 생명을 다시 앗아가기도 하는 삶과 죽음의 여신이기에 대극을 포함하고 있는 모성원형의 모습을 잘 보여주고 있다고 말할 수 있다.

V

결론

　황순원 소설은 1930년대부터 1990년대 초반까지 가로지르는 한국 현대소설사의 커다란 산맥이면서 동시에 나름대로의 독자성을 구축하며 한국 현대 소설사의 일부분을 이루어왔다.

　시에서 출발해 단편을 거쳐 장편으로 나아간 황순원 문학은 '소설가 황순원을 말한다는 것은 해방 이후 한국 소설사의 전부를 말하는 것과 다름없다'[678]는 평가를 받아왔다. 시에서 백석·정지용·청록파·미당 등이 한국 시의 세련화에 기여했다면, 같은 시기 한국 소설을 한 단계 성숙시킨 것은 황순원의 단편이었다.[679] 하지만 황순원 작품 중에서도 단단한 서정성과 미학적 완결성을 약여(躍如)하게 보여주는 작품들은 시를 거쳐 소설에 있어서도 원숙한 기량에 두달했을 때의 난편들이다.[680]

---

678) 권영민, 「황순원의 문체, 그 소설적 미학」, 『말과 삶과 자유』, 문학과지성사, 1985, p.148.
679) 김종회, 「황순원 – 소나기」, 『한국현대문학 100년 대표소설 100선 연구』, 문학수첩, 2006, p.364.

본고에서는 황순원 단편소설을 분석하는 해석틀로서 분석심리학적 연구 방법을 적용하여 이니시에이션 스토리를 가지고 있는 단편소설들을 중심으로 모성원형이 잘 형상화된 단편소설들을 분석해 보았다. 소위 이니시에이션 스토리를 가지고 있는 단편소설들과 모성원형이 잘 형상화된 작품들을 심도 있게 연구하는 것은 그의 문학세계의 본령을 규명하는데 중요한 역할을 할 것으로 판단된다.

본고에서는 유년기의 인물들이 아이, 소년 등으로 지칭되는 것은 인간이면 누구나 가지고 있는 보편성을 가지고 있는 인물로 설정된 것이라고 해석함으로써 작가가 보편적인 호칭을 통한 보편성의 획득에 더 큰 비중을 두고 있다고 보았다. 이 점이 인간 누구에게나 보편적으로 존재하여 인류 일반의 특성을 부여하는 요소들로 이루어진 층을 집단무의식이라 부른 융의 분석심리학을 작품 분석의 방법론으로 삼은 이유이다.

'겨레의 기억'으로 불릴 만큼 황순원의 작품에는 바로 이러한 한국인의 원형상이 잘 표현되어 있다. 특히 여러 원형상 중에서도 모성원형이 다양한 스펙트럼에 걸쳐 나타난다. 모성원형은 인류가 모성에 대하여 체험한 모든 것의 침전이다. 그것은 모성이라고 부르는 것에 대한 인류의 체험 반응을 결정하는 선험적 조건이다.

모든 원형과 마찬가지로 모성원형도 끝없이 많은 측면을 가지고 있지만, 크게 나누면 긍정적이고 유익한, 혹은 부정적이고 파괴적인 의미를 가진다. 하지만 이러한 것들이 개인의 생활 속에서 경험

680) 김종회, 「순수성과 서정성의 문학 또는 문학적 완전주의 : 황순원의 작품 세계와 완결성의 미학」, 『문학과 교육』 16, 문학과교육연구회, 2001, p.162.

될 때에는 양쪽의 측면이 분리되기보다는 오히려 긍정적이기도 하고 부정적이기도 한 양가적인 측면으로 경험된다. 모성원형은 생명의 부여자이자 보호자이고 생명을 다시 앗아가기도 하는 삶과 죽음의 여신이다. 모성원형은 대극을 포함하고 있다.

본고에서는 황순원의 단편 소설에 모성원형의 양면적 구조가 탁월하게 형상화되어 있을 뿐만 아니라 황순원 소설의 특징을 요약해서 보여주고 있다고 판단하였다. 이에 모성원형을 '긍정적 모성성', '부정적 모성성', 그리고 긍정적 모성성과 부정적 모성성이 혼재된 양상을 보이는 '복합적 모성성'으로 삼분(三分)해 보았다.

이 분류는 인류가 모성에 대하여 체험한 것을 바탕으로 한 것이다. 따라서 이런 분류들의 근거를 명확히 밝히기 위해 II장에서는 분석심리학 연구방법에 대해 자세히 논해보았다. 분석심리학 연구방법론으로 '확충'을 사용하였는데, 융은 "집단무의식의 상 내지 상징은 종합적 혹은 구성적으로 다루어질 때 그것의 본래적인 가치를 살릴 수 있다."고 말한 바 있다. 즉 "분석이란 그저 해체되어야 하는 것만이 아니라 반드시 종합이나 구성이 뒤따라야 한다." "해체하기보다는 오히려 그것의 의미를 확인하며, 일체의 의식적 수단을 취해 더욱 확대[말하자면 확충(amplification)]시킬 때야 비로소 갖가지 뜻을 전제로 하는 심혼적 자료가 있다는 것을 깨달을 수 있다." 이런 이유에서 융은 신화적 심상, 즉 '원형상'들을 이해하기 위해 '확충'을 제안하였다. 확충은 종교사, 고고학, 선사학, 민족학 등 다양한 영역에서 유사한 자료를 해석하는 비교형태론 심리학의 한 방식이다. 이 확충법은 신화나 민담 등에서 모든 비슷한 모티프의 것을 모아 서로 비교해보는 것이다.

이어서 본고에서 다루고 있는 모티프에 대한 이해를 위해 연구의 이론적 배경이 되는 분석심리학의 중요개념에 대해 설명해보았다. 융은 인간의 정신현상을 보다 역동적으로 설명하기 위해 여러 가지 개념-콤플렉스, 개인적 무의식과 집단무의식, 자아, 그림자, 페르소나, 아니마, 아니무스, 자기(Self)-을 도입하고 있다. 아울러 본고에서 주로 논의되는 모성 콤플렉스에 관해 언급하기 전에 우리가 일반적으로 사용하고 있는 콤플렉스에 대해 좀 더 자세히 설명해보았다.

융에 의하면 모성원형은 양가적인 특성이 있는데, 생명을 낳고 기르고 보살피는 긍정적인 측면과, 파괴하고 죽이는 측면이 동시에 존재하는 것이 바로 그것이다. 어린이를 자기 발치에서 떠나지 못하게 하여 그의 성장을 방해하는 것이 부정적인 측면을 보여주는 것으로, 신화 속에서 자기 아이를 잡아먹는 어머니가 이런 경우에 해당된다. 한편 융은 남성이 모성원형의 부정적인 특성에 사로잡히면 무의식에 병적으로 의존하여 창조적인 삶을 살지 못하며, 어머니의 '영원한 소년[puer aeternus, 뿌에르 에테르누스]'이 된다고 하였다. 일반적으로 '영원한 소년'은 청소년기의 심리 상태에 너무 오래 머무르며, 대부분의 경우 어머니에게 지나치게 의존하고 모성 콤플렉스에 사로잡혀 자신의 고유한 삶에 살지 못하고 모성 콤플렉스에 의해 휘둘리는 삶을 살게 된다.

황순원의 작품 속의 소년은 바로 이렇게 '영원한 소년'에게서 벗어나 자신의 삶을 살기 위해 노력하는 모습을 보여준다. 이를 통해 황순원이 아이를 초점 화자로 삼은 이유에 대해 규명해보았다. 또한 아이의 유형이 가지고 있는 특징들에 대해 살펴보는 과정에 있어 아이가 '영원한 소년'의 특성을 보이고 있음에 주목하였다. 뿐만 아니라 이 작품들에 나타난 부성성과 모성성이 개인적인 아버지, 어머니를 넘어 보편적인 부성성과 모성성을 띠고 있음을 규명해보 았다.

융은 정신 치료의 목표를 개성화과정으로 보고 온전한 삶을 살게 하기 위해서는 의식과 무의식의 대극들이 일방적으로 한쪽으로만 흐르던 것을 균형 있게 흐르게 할 필요가 있다고 하였다. 이에 영원 한 소년의 치유를 위한 개성화과정의 구체적 내용을 살펴보았다. '영원한 소년'의 치유를 통해 자기실현을 하기 위한 과정을 세부적으로 로 단계별 구분을 해보면 '자아가 그림자를 인식하는 단계-자아가 아니무스 또는 아니마를 인식하는 단계-원형상이 나타나는 단계-무의식과 의식의 중심인 '자기(Self)'가 생기는 단계-무의식과 의식의 합일 상태인 '자기실현'이 이루어지는 단계'로 나눌 수 있다. 또한 위의 다섯 단계를 '영원한 소년'과 모성 콤플렉스와의 관련성에 유의하여 '모태로부터의 일탈-그림자의 극복-페르소나와 자신과의 구별-부정적인 모성 콤플렉스에서 벗어나 자신의 아니마 인식하기-자기실현'로 나눈 후 확충의 방법을 적용하여 언급해보았다.

Ⅲ장에서는 분석심리학 연구방법을 바탕으로 하여 황순원 단편소 설들 중 모성원형이 잘 형상화되어 있는 작품들을 셋으로 분류한 후 각각의 작품들에 나타난 모성원형의 양상에 대해 규명해보았다. 특히 모성원형이 잘 형상화되어 있는 단편소설들이 바로 이니시에이션 스토리를 가지고 있는 단편 소설들인 「산골아이」·「소나기」·「닭제」·「별」·「왕모래」라고 판단함에 따라 Ⅲ에서는 위의 다섯 작품을 중심으로 모성원형이 다양한 양상으로 나타나는 단편소설들을 분석심

리학 연구방법인 확충(amplification)을 이용하여 집중 분석하였다.

또한 이 작품들이 의식발달의 단계에 따른 소년의 성장과정을 보여주고 있음에 주목하여, 근원적 통일성 아래에 있는 소년이 「산골아이」에 형상화되어 있음을 살펴보았다. 또한 「별」에는 모성 콤플렉스 아래에 있는 '영원한 소년'이 형상화되어 분리의 과정 중에 있음에 주목하였다. 또한 이 소년이 유감주술(類感呪術, Symoathetic magic)[681]의 영향 아래에 있음을 밝혀보았다. 마지막 장면에서 소년은 육체적으로 정신적으로 성장하였음에도 불구하고 여전히 누이와 어머니가 닮았음을 인정하지 않으며 어머니에 대한 환상을 지니고 있다. 어머니의 이미지는 결국 누이의 죽음에 대한 소년의 슬픔조차도 압도해버린다. 누이의 죽음이 가져온 슬픔에도 불구하고, 누이로 대표되는 현실적 모성의 세계는 죽은 어머니의 이상화된 이미지에 밀려 끝내 거부되어버리고 마는 것이다. 이런 소년의 모습은 뿌에르 에테르누스가 가지고 있는 남성상과 유사한 측면이 있기

---

681) 모방주술(模倣呪術)이라고도 하며, 닮은 것은 닮은 것을 낳는다든가 결과는 그 원인을 닮는다고 하는 유사율(類似律)에 바탕을 둔다. 비를 내리게 하는 의식을 행하면 비가 내릴 것이라고 믿는 것이나, 수탉의 생식기를 날로 먹으면 아들을 낳을 수 있다고 믿는 것이나, 아들을 많이 낳은 여자의 월경대를 차고 있으면 아들을 낳을 수 있다고 믿는 것이나, 석불(石佛)의 코를 떼어 먹으면 아들을 낳을 수 있다고 믿는 것 등이 유감주술의 일종이라고 할 수 있다. 또 옛날 궁중에서 상대방을 해롭게 할 목적으로 그의 제웅(짚으로 만든 인형)을 만들어 방자(남을 해롭게 하려고 신에게 빌거나 방술을 쓰는 행위)하던 행위도 이 범주에 속한다.(두산백과)

주술의 기반에 있는 원리에 의해서 J. G. 프레이저는 주술을 유감주술(類感呪術, homeopathic magic)과 감염주술(感染呪術, contagious magic)로 나누었다. 유감주술은 모방주술(imitative magic)이라고도 하며, 유사한 원리에 의거한 것으로, 가령 기우제를 위한 불을 피워서 검은 연기를 내고 태고를 두들기거나 물을 뿌리는 것은 비구름, 번개, 강우의 흉내이다. 감염주술은 접촉주술이라고도 하며, 한 번 접촉한 것은 떨어진 후에도 서로 영향을 미친다는 사고방식에 선 것이다.(편집부, 『종교학대사전』, 한국사전연구사, 1998.)

에 모성 콤플렉스 아래에 있는 '영원한 소년'임에 주목하였다.

또한 「닭제」에는 자궁 속에 머물고 싶은 '영원한 소년'의 모습이 형상화되어 있음에 주목하였다. 이러한 소년의 모습에 주목하기 위해 도지구타법 모티프, 금기침해 모티프, 변신 모티프를 중심으로 샤머니즘 요소들과 그 안에 들어 있는 집단무의식에 대해 집중 분석해보았다.

그리고 「소나기」에는 체제와의 분리를 꿈꾸는 소년이 형상화되어 있음에 주목하였다. 이에 「소나기」에 사용된 상징적 기법을 살펴보고 '영원한 소년'과 소녀와의 만남의 의미를 살펴보았다.

아울러 모성원형에 따른 작품 분석을 위해 모성원형의 특징을 중심으로 모성원형의 성격과 기능을 살펴보았다. 또한 부모원형이 일생 동안 인간에 대한 기본적 상으로 존재하게 된다는 점에 주목하여 모성성과 부성성의 특징을 짚어보았다. 그리고 본고에서 주목하는 모성원형의 여러 가지 측면을 살펴보았다.

이어서 모성원형을 '긍정적 모성성', '부정적 모성성', '복합적 모성성'의 셋으로 분류해보았다. 우선 긍정적 모성성을 띤 작품으로는 「허수아비」·「기러기」·「아내의 눈길」·「겨울 개나리」·「맹아원에서」를 들어보았다.

처음에는 모성성에 대해 재인식하는 '영원한 소년'이 「허수아비」에 형상화되어 있음을 밝혀보았다. '준근'은 모성 콤플렉스의 영향 아래에 있는 '영원한 소년'의 모습을 가지고 있다. '준근'은 이성애적인 리비도가 아직 어머니에게 결합되어 있어서 다른 여성과 제대로 진정한 관계를 맺지 못한다. '준근'이가 보이는 '영원한 소년'의 특성 중 하나는 남성성이 결여되어 있다는 점이다. 또한 「허수아비」에는 부정적인 모성 콤플렉스의 영향에서 벗어나지 못한 뿌에르 에테르 누스 인물형이 세 남자의 모습으로 형상화되어 있음에 주목하였다. 특히 재동영감은 '영원한 소년'인 '준근'의 그림자(shadow)로, 소년의 대극인 '노인(Senex)'의 면모를 보이면서 영원한 소년의 대극으로서 부정적인 측면이 강조된 모습을 가지고 있다는 점을 논해보았다.

다음으로 「기러기」의 쇳네는 한국적 모성성의 전형임을 지적하면서 전체성을 이루기 위해 관계를 맺게 하는 성향을 가진 태모(太母)로 형상화된 것임을 밝혀보았다. 이와 같이 쇳네의 모습을 통해 모성원형은 모든 것을 시작하게 하고 돌보며 유지시키고 성장하게 하며 풍요롭게 한다는 점을 역설하였다.

이어서 '선하고 희생적인 모성성'이 형상화된 작품으로 「아내의 눈길」·「뿌리」·「메리크리스마스」·「그래도 우리끼리는」·「맹산 할머니」를 들어 보았다.

또한 '부정적 모성성'이 형상화된 작품으로 「사마귀」·「갈대」·「왕모래」·「지나가는 비」·「늪」·「사나이」 등을 들어 보았다. 부정적인 모성 콤플렉스의 희생양이 표현되어 있는 작품으로 「사마귀」·「자연」임을 주목하였다. 신성혼 모티프와 모성에게로의 회귀가 잘 형상화되어 있는 작품이 「사나이」임을 논해보았고, 모성이 결핍된 죽음의 세계가 「왕모래」·「갈대」·「늪에 형상화되어 있음을 논해보았다.

그리고 복합적 모성성을 지닌 작품으로 「지나가는 비」·「과부」·「막은 내렸는데」·「피아노가 있는 가을」·「맹아원에서」·「비바리」·「어머니가 있는 유월의 풍경」 등이 있음을 논해보았다. 우선 '관계 맺음이 어려운 소년'이 형상화된 작품이 「지나가는 비」이고, '구원의 모성성을 만난 소년'이 「막은 내렸는데」에 형상화되어 있으며,

'대극적인 모성성'이 「과부」·「피아노가 있는 가을」·「맹아원에서」·「비바리」·「어머니가 있는 유월의 대화」에 형상화되어 있음을 논해 보았다. 특히 「어머니가 있는 유월의 대화」에는 긍정적 모성성, 부정적 모성성, 복합적 모성성이 세 개의 에피소드에 각각 잘 녹아 있음에 주목하였다.

이처럼 참된 상징을 담은 예술작품은 단순히 그 시대정신에 머무르지 않고, '무시간성' 혹은 '초시간성'에 이르게 된다. 이 점이 무의식의 초월적 기능에 의한 예술의 초월성이다. 그 때문에 위대한 예술작품은 시대가 변함에도 불구하고 계속 빛을 발하고 있는 것이다. 예술가는 '그 자신의 개별적 운명을 인류의 운명으로 변화시켜 우리 속에서 유익한 힘을 발견하는데', 그 힘은 가끔 모든 위기에서 구제할 가능적 힘이다. 그러한 '원상'의 표현이 '위대한 예술의 비밀이고, 우리에게 영향을 미치는 비밀인 것이다.'

이런 접근을 통해 황순원 문학정신의 내밀한 부분을 밝혀봄으로써 황순원 소설 작품에 면면히 흐르는 한국적 원형상, 특히 모성성에 대하여 면밀히 규명하는 작업이 되리라 생각한다. 또한 황순원이 개인적 어머니상을 뛰어넘은 인류 보편의 모성성과 여성상을 탁월하게 형상화한 작가임을 밝혀보았다. 이런 작업은 황순원 작가정신의 핵심을 짚어내기 위한 작업이 되었으리라 생각한다.

문학작품의 올바른 이헤를 위해서는 다양한 연구방법의 적용과 다양한 층위에서의 평가가 필요하다. 본고가 본래 추구하고자 했던 문학연구방법은 계속 보완 및 보충해나갈 것이다. 또한 여러 문학연구방법으로 다각적이고 총체적인 참된 이해와 옹골진 분석과 해석이 앞으로 뒤따르게 될 것이다. 본고의 논의를 확장하여 황순원 소설의 성격을 전체적으로 해명하는 작업은 이후의 과제로 남겨둔다. 또한 본고에서 채 천착되지 못한 문제점들은 다음 기회의 연구 과제로 남긴다.

참고문헌

1. 자료

『한국구비문학대계』, 한국정신문화연구원, 1980~1988.
『황순원전집』 제1~12권, 문학과지성사, 1982.
『황순원연구총서』 제1~8권, 국학자료원, 2013.
융, 융 저작 번역위원회 역, 『융 기본 저작집』 제1~8권, 솔, 2006.

2. 단행본

강인숙, 『박완서 소설에 나타난 도시와 모성』, 도서출판 둥지, 1997.
곽광수, 『가스통 바슐라르』, 민음사, 1995.
구인환, 『한국현대소설의 비평적 성찰』, 국학자료원, 1996.
권영민, 『말과 삶과 자유』, 문학과지성사, 1985.
권택영, 『소설을 어떻게 볼 것인가』, 문예출판사, 2005.
김병익, 『상황과 상상력』, 문학과지성사, 1988.
김열규, 『민담학개론』, 일조각, 1982.
_____, 『상징으로 말하는 한국인, 한국 문화』, 일조각, 2013.
_____, 『한국민속과 문학연구』, 일조각, 1971.
김용희, 『현대소설에 나타난 '길'의 상징성』, 정음사, 1986.
김윤식, 『한국 현대 문학사』, 일지사, 1976.
_____, 『우리근대소설논집』, 이우출판사, 1986.
_____, 『김윤식 선집』 4, 솔, 1996.
_____, 『한국근대문학사상연구』 2, 아세아문화사, 1994.
김윤식·김현, 『한국문학사』, 민음사, 1973.
김종회, 『한국현대문학 100년 대표소설 100선 연구』, 문학수첩, 2006.
김종회 편저, 『황순원』, 새미, 1998.
김준오, 『시론』, 삼지원, 1991.

김태준, 『조선소설사』, 한길사, 1976.

박양호, 『황순원 문학 연구』, 박문사, 2010.

박헌호, 『한국인의 애독작품 - 향토적 서정소설의 미학』, 책세상, 2001.

박혜경, 『황순원 문학의 설화성과 근대성』, 소명, 2001.

손진태, 『조선민족설화의 연구』, 을유문화사, 1947.

신동욱, 『삶의 투시로서의 문학』, 문학과지성사, 1988.

양선규, 『한국현대소설의 무의식』, 국학자료원, 1998.

오진령, 『콩쥐 팥쥐와 모성 콤플렉스 - 융심리학으로 동화 읽기』, 이담, 2013.

우한용, 『한국 현대소설 구조연구』, 삼지원, 1990,

유종호 외, 『한국인과 문학사상』, 일조각, 1964.

유종호, 『동시대의 시와 진실』, 민음사, 1981.

이기문, 『한국의 속담』, 삼성문화문고84, 삼성문화재단, 1976.

이동하, 『물음과 믿음 사이』, 민음사, 1989.

_____, 『우리 문학의 논리』, 정음사, 1985.

이부영, 『한국민담의 심층분석』, 집문당, 2002.

_____, 『분석심리학』, 일조각, 2003.

이상노, 『한국전래동화독본』, 을유문화사. 1963.

이유경, 『원형과 신화』, 분석심리학연구소, 2008.

_____, 『세계의 영웅신화, 영웅신화에 관한 분석심리학적 이해』, 동방미디어, 2002.

_____, 『창조신화에 관한 분석심리학적 이해 세계의 창조신화』, 동방미디어, 2001.

이재선, 『현대한국소설사』, 홍성사, 1979.

_____, 『우리 문학은 어디에서 왔는가』, 소설문학사, 1986.

이창배, 『한국문화상징사전』, 동아출판사, 1992,

임석재, 『한국구전설화』, 평민사,

장덕순, 『한국 설화문학 연구』, 박이정, 1995.

_____, 『설화문학개설』, 이우출판사, 1975.

장주근, 『한국의 신화』, 성문각, 1961.

전영태, 『이청준 창작집과 황순원의 단편소설』, 광장 146, 1985.

전광용 외, 『한국현대소설사연구』, 민음사, 1984.

조희웅, 『설화학강요』, 새문사, 1989.

조희웅, 『한국설화의 유형』, 일조각, 1996.

천이두, 『한국소설의 관점』, 문학과지성사, 1980.
_____, 『한국현대소설론』, 형설출판사, 1973.
_____, 『한국현대소설작품론』, 문장, 1996.
_____, 『종합에의 의지』, 일지사, 1974.
최상수, 『한국민간전설집』, 통문관, 1984.

3. 논저

강은숙, 『황순원 소설 죽음 모티프의 심리적 분석』, 덕성여대 석사논문, 2000.
강진옥, 「'여우누이 설화'에 나타난 남매대결의 의미」, 『구조와 분석』 2, 창, 1993.
_____, 「구전설화 이물교혼 모티프 연구」, 『이화어문논집』 11, 이화여자대학교 한국어문학연구소, 1990.
_____, 「변신설화에 나타난 '여우'의 형상과 의미」, 『고전문학연구』 9, 한국고전문학회, 1994.
구수경, 「황순원 소설의 담화양상 연구」, 충남대 석사논문, 1987.
김권재 · 김영재, 「문학텍스트의 영상 콘텐츠 전환 연구 – 황순원의 「소나기」를 중심으로」, 『문화예술콘텐츠』 1, 2008.
김성민, 「단군신화의 인격의 변화 – 단군신화에 대한 분석심리학적 해석 시론」, 『기독교사상』 442, 대한기독교서회, 1995.
김선태, 『황순원 소설연구 – 모성애와 범 생명 사랑을 중심으로』, 동국대 교육대학원 석사논문, 1998.
김윤식, 「두 신 앞에 선 곡예사 황순원」, 『한국문학』 35권 2호 통권 274호, 2009.
_____, 「민담, 민족적 형식에의 길」, 『소설문학』, 1986.
김은희, 『황순원 소설연구 – 고아의식을 중심으로』, 명지대 석사논문, 2002.
김정하, 『황순원 『일월』 연구 – 전상화된 상징구조의 원형비평적 분석과 해석』, 서강대 석사논문, 1986.
김중회, 「순수성과 서정성의 문학 또는 문학적 완전주의」, 『문학과 교육』 16, 문학과교육연구회, 2001.
나소정, 「한몽소설에 나타난 서정성의 두 의미; 유목성과 정주성」, 『우리어문연구』 31, 우리어문학회, 2008.
남미영, 『한국현대성장소설 연구』, 숙명여대 박사논문, 1992.
남보라, 『황순원 단편 소설의 모성 형상화 연구』, 성균관대 교육대학원 석사논문,

2007.

박 신, 「부성 콤플렉스의 분석심리학적 이해」, 『심성연구』 30, 한국분석심리학회, 2004.

박영식, 「성장소설의 장르적 특징과 '소나기' 분석」, 『어문학』 102, 한국어문학회, 2008.

박혜경, 『황순원 문학 연구』, 동국대 박사논문, 1994.

방민호, 「현실을 포회하는 상징의 세계」, 『관악어문연구』 19, 서울대 국문과, 1994.

서준섭, 「이야기와 소설 – 단편을 중심으로」, 『작가세계』 24, 세계사, 1995.

손선희, 「문학의 분석심리학적 연구에 대한 고찰」, 『고황논집』 51, 2013.

송하춘, 「문을 열고자 두드리는 사람에게 왜 노크하냐고 묻는 어리석음에 대하여」, 『작가세계』 24, 세계사, 1995.

양선규, 「어린 외디푸스의 고뇌 – 황순원의 「별」에 관하여」, 『문학과 언어』 9, 문학과언어연구회, 1988.

_____, 「황순원 초기 단편소설 연구 1」, 『개신어문연구』 7, 개신어문학회, 1990.

연병길, 「한국의 물의 상징성에 관한 소고」, 『심성연구』, 한국분석심리학회, 1990.

_____, 「한국의 물의 상징성에 관한 소고 : 치료적 기능을 중심으로」, 『심성연구』, 한국분석심리학회, 1990.

오은엽, 「김동리 소설의 변신 모티프 연구」, 『한국언어문학』 82, 한국언어문학회, 2012.

우찬제, 「말무늬·숨결·글틀 – 황순원 소설의 문체 분석을 위한 발견적 독서」, 『작가세계』 24, 세계사, 1995.

우한용, 「현대 소설의 고전 수용에 관한 연구」, 『국어국문학』 23, 전북대 국어국문학회, 1983.

유정희, 「융학파에서 보는 여성심리」, 『신경정신의학』 31, 대한신경정신의학회, 1992.

윤민자, 『황순원 소설에 나타난 애정관』, 연세대 교육대학원 석사논문, 1986

이기서, 『소설에 있어서의 상징문제』, 『어문논집』 19·20, 고려대국문학연구회, 1977.

이남호, 「물 한 모금의 의미」, 『문하의 위족(僞足)』 2, 민음사, 1990.

이도희, 「'여우누이'의 분석심리학적 해석」, 『심성연구』 Vol.21, 한국분석심리학회, 2006.

이도희·이부영, 「심리학적 상징으로서의 '어린이'」, 『심성연구』 12, 한국분석심
　　　리학회, 1993,

이부영, 「한국무속관계자료에서 본 '사령'(死靈)의 현상과 그 치료 '제1보'」, 『신
　　　경정신의학』 7(2), 대한신경정신의학회, 1968.

이어령, 「식물적 인간상」, 『사상계』, 1960.4.

이용남, 「조신몽의 소설화 문제」, 『관악어문연구』 5, 서울대 국문과, 1980.

이유경, 「민담 〈손 없는 색시〉를 통한 여성 심리의 이해」, 『심성연구』 Vol.21,
　　　2006.

이재철, 「고전유산의 현대적 계승」, 『아동문학평론』 5, 아동문학평론사, 1977.

이정숙, 「민요의 소설화에 대한 고찰 – 「비늘」을 중심으로」, 『한성대학교 논문집』
　　　9, 1985.

_____, 「설화의 소설화 과정에 대한 고찰(1) – 명주가와 비늘을 중심으로」, 『한
　　　성대 논문집』, 1985.

이죽내, 「융의 모성성과 모성 콤플렉스론」, 『심성연구』 2권 2호, 한국분석심리학
　　　회, 1987.

이호숙, 「황순원 소설의 서술시점에 관한 연구」, 이화여대 석사논문, 1987.

임관수, 『황순원 작품에 나타난 자기실현 문제 – 「움직이는 성」을 중심으로』, 충
　　　남대 석사논문, 1983.

임진영, 「황순원 소설의 변모양상 연구」, 연세대 박사논문, 1998.

장수자, 「Initiation Story 연구」, 『전국대학생 학술논문대회 논문집』 3, 이화여
　　　자대학교, 1978.

장연옥, 『황순원 단편 소설 연구』, 서울여대 석사논문, 2002.

장현숙, 「황순원 소설 연구」, 경희대 박사논문, 1994.

_____, 『황순원 작품 연구 – 「모성」 문제를 중심으로』, 경희대 석사논문, 1982.

전미리, 『황순원 단편소설 연구』, 서울여대 석사논문, 1986.

정수현, 「결핍과 그리움 – 황순원의 작품집 「늪」」, 『여성문학연구』 3, 한국여성
　　　무학학회, 2000.

_____, 『황순원 단편 소설 연구』, 서울여대 석사논문, 2002.

_____, 『황순원 단편소설의 동심의식 연구』, 연세대 박사논문, 2003.

조미라, 「애니메이션의 변신 모티프 연구」, 『애니메이션 연구』 11, 한국만화애니
　　　메이션학회, 2007.

조현일, 「근대 속의 이야기 – 황순원론」, 『소설과 사상』 17, 고려원, 1996.

천이두, 「원숙과 패기」, 『문학과 지성』, 1976 여름호.

최옥남, 「황순원 소설의 기법 연구」, 서울대 교육대학원 석사논문, 1986.
최일수, 「황순원 씨의 자연사상」, 『현대문학』 제12권 제9호, 1966.

4. 국외 논저 및 번역서

[원서]

Barbara Rogers-Gardner, *Jung and Shakespeare ; Hamlet, Othello, and the Tempest,* Chiron Publications, 1992.

Erich Neumann, *Art and the Creative Unconscious,* Princeton Univerity Press, 1974.

F. Walker, *Jung and the Jungians on myth,* Routledge, 2002.

James Baird, *Jungian Psychology in criticism,* ed. by Joseph P.Strelka, *Literary criticism and psychology,* pensylvania state university, 1976.

James HiChevalier, J.,Gheerbrantm A., translated by Buchanan-Brown J, *The Penguin Dictionary of symbol,* penguin books, 1990.

Jung. C. G., *Collected Works of C. G. Jung,* Princeton university Press, 1953~1979.

Jung. C. G., *Modern Man in search of a soul,* routledge Kegan Paul, 1980.

Jung. C. G., *On the Relation of Analytical Psychology to Poetry ; in The spirit in Man, Art and literature,* princeton university Press, 1978

Jung. C. G., *psychology and literature ; in The spirit in Man, Art and literature,* princeton university Press, 1978.

Jung. C. G., Métamorphose de l'âme et ses symboles, Librairie de l'Universite, Georg & Cie S. A., 1953.

llman, *Senex and Puer ; Uniform Edition of the Writings of James Hillman,* Vol.3, Spring Publications, 2005.

M. Elliade, *Birth and rebirth : the religious of initiation in human culture,* Willard R. Trask, Harber, 1958.

Marie-Louise von Franz, *Problem of the Puer Aeternus,* Inner City Books, 2000.

Steven. F. Walker, *Jung and the Jungians on myth,* Routledge, 2002.

Susan Rowland, *C. G. Jung and Literary Theory,* St.Martin's Press, 1999.

Von Franz, M. L., *The Problem of the Puer Aeternus*, 3rd Edition Inner City Books, Toronto, 2000.

[번역서]

C. G. Jung, 『*Analytical Psychology*, 홍성화 역, 교육과학사』, 1986.

K. 랑거, 『예술이란 무엇인가』, 문예출판사, 1984.

M. Eliade, *Rites and Symbols of Initiation*, Harper, p.51, pp.61~62. ; 주종연, 『한국민담비교연구』, 집문당, 1999.

M. Eliade, 이동하 역, 『성과 속』, 학민사, 1983.

Mordecai Marcus, 'What is an Initiation Story' In Critical Approach to Fiction, ed. by Shiv K. Kumar & Keith Mckean, McGrow-Hil, 1968, pp.201~213. ; 김병욱 편, 최상규 역, 『현대 소설의 이론』, 예림기획, 2007.

Rimmon-Kenan, S., 최상규 옮김, *Narrative Fiction : Cantempory*, 문학과지성사, 1996.

노이만, 이유경 번역, 『의식의 기원사』, 분석심리학연구소, 2012.

랄프 프리드먼, 신동욱 역, 『서정소설론』, 현대문학, 1989.

발터 벤야민, 반성완 역, 『발터 벤야민의 문예이론』, 민음사, 2007.

시몬느 비에른느, 이재실 역, 『통과제의와 문학』, 문학동네, 1996.

에리히 노이만, 박선화 역, 『위대한 어머니 여신』, 살림, 2009.

에리히 프롬, 이용호 역, 『사랑에 관하여』, 백조출판사, 1975.

윤승준, 최광식 공역, 『설화학원론, 계명문화사』, 1992.

정승석 편역, 『리그베다』, 김영신서, 1984.

조셉 핸더슨, 조수철·윤경남·이부영 역, 『인간과 무의식의 상징』, 집문당, 2008.

지빌레 비르크호이저 - 왜리, 이유경 옮김, 『민담의 모성상』, 분석심리학연구소, 2012.

휠라이트, 김태옥 역, 『은유와 실재(Metaphor And Reality)』, 문학과지성사, 1982.

찾아보기

손선희

공주대학교 사범대학 국어교육과 졸업
경희대학교 교육대학원 국어교육과 졸업
서강대학교 전문상담교사과정 수료
한국융연구원 및 분석심리학연구소에서 수학
경희대학교 대학원 국어국문학과 졸업(문학박사)
경희대학교 후마니타스칼리지 및 국어국문학과 강사 역임
(글쓰기, 교과논리와 논술, 표현교육론 강의)
현재 서울 청담고등학교 국어교사

황순원 소설의 모성원형 연구

2018년 9월 20일 초판 1쇄 펴냄

지은이 손선희
발행인 김흥국
발행처 보고사

책임편집 황효은
표지디자인 손성자

등록 1990년 12월 13일 제6-0429호
주소 경기도 파주시 회동길 337-15 보고사 2층
전화 031-955-9797(대표), 02-922-5120~1(편집), 02-922-2246(영업)
팩스 02-922-6990
메일 kanapub3@naver.com / bogosabooks@naver.com
http://www.bogosabooks.co.kr

ISBN 979-11-5516-829-5 93810
ⓒ 손선희, 2018

정가 22,000원